OS PORÕES DA ANTÁRTIDA

OS PORÕES DA ANTÁRTIDA

RAYMUNDO TELES

TALENTOS DA LITERATURA BRASILEIRA

grupo novo século

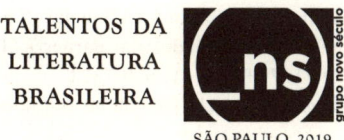

SÃO PAULO, 2019

Os porões da Antártida

COORDENAÇÃO EDITORIAL: SSegovia Editorial
PREPARAÇÃO: Bel Ribeiro
DIAGRAMAÇÃO: Manoela Dourado
REVISÃO: Lindsay Viola
Adriana Bernardino
Silvia Segóvia
CAPA: Lumiar Design

AQUISIÇÕES
Cleber Vasconcelos

Texto de acordo com as normas do Novo Acordo Ortográfico da Língua Portuguesa (1990), em vigor desde 1º de janeiro de 2009.

Dados Internacionais de Catalogação na Publicação (CIP)
Angélica Ilacqua CRB-8/7057

Teles, Raymundo
Os porões da Antártida / Raymundo Teles. -- Barueri
SP : Novo Século Editora, 2019.
(Coleção Talentos da Literatura Brasileira)

1. Ficção brasileira I. Título

19-1854 CDD 869.3

Índice para catálogo sistemático:
1. Ficção : Literatura brasileira 869.3

Alameda Araguaia, 2190 – Bloco A – 11º andar – Conjunto 1111
CEP 06455-000 – Alphaville Industrial, Barueri – SP – Brasil
Tel.: (11) 3699-7107 | Fax: (11) 3699-7323
www.gruponovoseculo.com.br | atendimento@novoseculo.com.br

Aos meus pais,
Raymundo e Clarice,
que me mostraram
o caminho da virtude.

Ele, que além disso
me ensinou o amor
e a dedicação pelos livros,
ela, que me alfabetizou em casa.

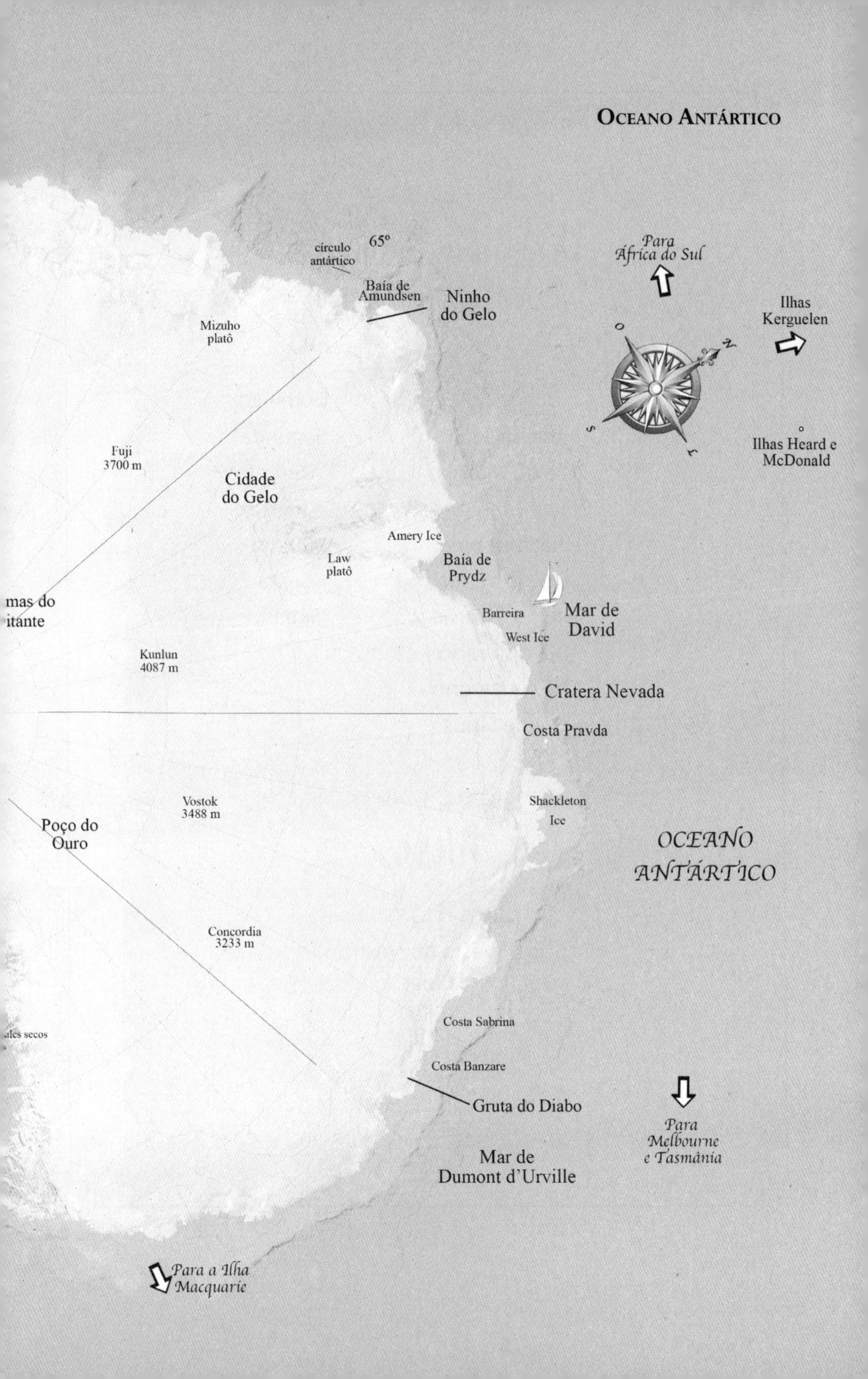

Oceano Antártico
círculo antártico
65º
Para África do Sul
Baía de Amundsen
Ninho do Gelo
Ilhas Kerguelen
Mizuho platô
O
N
S
L
Ilhas Heard e McDonald
Fuji 3700 m
Cidade do Gelo
Amery Ice
Law platô
Baía de Prydz
mas do
itante
Barreira
West Ice
Mar de David
Kunlun 4087 m
Cratera Nevada
Costa Pravda
Vostok 3488 m
Shackleton Ice
Poço do Ouro
Oceano Antártico
Concordia 3233 m
ales secos
Costa Sabrina
Costa Banzare
Gruta do Diabo
Para Melbourne e Tasmânia
Mar de Dumont d'Urville
Para a Ilha Macquarie

Dias da Semana

(DIAS QUE TERMINAM EM)

1	Dia do Sol	Domingo
2	Dia da Lua	Segunda
3	Dia de Marte	Terça
4	Dia de Mercúrio	Quarta
5	Dia de Júpiter	Quinta
6	Dia de Vênus	Sexta
7	Dia de Saturno	Sábado
8	Dia de Urano	
9	Dia de Netuno	
0	Dia de Sirius	

Meses

Luz
Val (Festa do solstício)
Solar
Silo
Estelar

Prólogo

Queridos, hesitei aqui em relatar o que vi,
os horrores e a agonia dos dias do cativeiro,
mas o tempo apaga os vestígios das ações praticadas pelos homens
cujas almas foram levadas brutalmente.
Não há virtude que, por si, deixe marcas.
É preciso então que se cante a memória dos bravos
para que a justiça se faça
e para que nunca mais se ouse tal delito.

A gruta era escura, muito alta e gélida,
o frio intenso congelava até a cabeça.
O calor que sentíamos era apenas o humano;
como ratos, dormíamos juntos.
Uma débil luz, num único canto,
iluminava o cômodo onde dezesseis pessoas se amontoavam.
Sentíamos muita fome, a ração era pouca,
distribuir a comida era difícil e
altercações surgiram no meio dos nossos doze atletas.
Era verão, o sol não se punha,
mas para nós não havia dia e noite.
A pergunta vinha sempre, mas a resposta não.
Estávamos ali sem haver um porquê.

De súbito, um baque surdo.
Um corpo que se atirou de uma abertura que acima havia
à meia-luz nos revelou, de aspecto medonho,
um monstro inumano que nossas tripas queria digerir.

Nossos doze combatentes lutaram até a exaustão,
pois o ogro dor não sentia alguma. Aterrorizada, vi, em verdade,
suas mãos nuas começarem a penetrar na carne dos lutadores
e a marcar o último ato do inominável, pois em seguida
a criatura foi vista tombar, macerada pelos nossos.
Não havia vitória a ser cantada porque,
da mesma abertura, outros caíram sobre nós.

Eram muitos e disformes, seres mitológicos,
saídos de horrenda fantasia. Cida, companheira de Gebaio,
foi a primeira a ter a vida reclamada.
Sem descanso os doze lutaram, mas esperança não havia.
Foi quando, na parede frontal, uma porta branca se abriu
e todos os demônios pararam, estarrecidos.
A luz começou a iluminar o ambiente assustador,
junto à porta estava o chefe de todos eles,
apavorante, verdadeira abominação do submundo,
com os braços abertos e uma garrafa em cada mão monstruosa.
Só se ouviam os gritos dos possuídos: Santana! Santana!
Ao aperto de suas garras, as garrafas se quebraram;
não tinha como ser vencido, a uns poupou, a outros, não.
Pinard teve o crânio fraturado; Jove Bagah,
crânio e ossos quebrados; Muliroa, rasgado a dentadas.
A pergunta vinha sempre, mas a resposta não.
Estávamos ali sem haver um porquê.

No dia seguinte, por ordem do feiticeiro,
nos vestiram com agasalhos de neve,
como se quisessem a todos salvar.
Mandaram que fôssemos embora depressa para um barco,
que alguém largara,
pois o Guerreiro do Diabo iriam soltar.

O vento gélido uivava às nossas costas,
eram oito quilômetros até o litoral.
Foi então que um dos nossos, Crujev, que ficara para trás como morto,
reapareceu com uma arma, não se sabe donde.
Só pediu ele que protegêssemos o seu filho
e avisou que o esquecêssemos, pois nos daria cobertura.
Não o vimos mais, o bravo nos salvou a vida;
foi sua luta com o monstro que permitiu nossa fuga.

O barco era nossa única esperança,
mas havia um trecho a cobrir a nado em um frio intenso.
Sem pensar, nos atiramos ao mar feito loucos,
os agasalhos nos impeliam para o fundo,
tínhamos que chegar em até dois ou três minutos
antes de perdermos os sinais vitais.
Não sei como conseguimos.
E não sei como, em mar alto, um navio do meu país nos encontrou.
Quando revejo essas letras, começo a duvidar;
desejaria estar louca e ter inventado tudo isso, mas não.
Já se foram dez anos. A mim parece que foi ontem.

Do diário da Dra. Íris Lune

Sob o sol ardente ela se movimentava encostada à pedra. A escalada era íngreme e procurava manter seu centro de gravidade acima de suas pernas e as deslocava habilmente, valendo-se dos sapatos aderentes. Escutou lá do alto alguém chamá-la.

– Arthur, eu já estou indo! – gritou, respondendo.

Levava a corda elástica à cintura e, à medida que ia subindo, colocava os calços nas fendas da rocha para depois enganchar a corda que lhe serviria de proteção em caso de vertiginosa queda.

– Íris, não demore, que a nevasca está vindo! – ouviu novamente o seu esposo gritar.

Foi movimentando-se de um ponto a outro até se aproximar do topo da rocha. Quando pôs a mão direita no que seria o último rasgo do monólito, este se soltou. Ao invés de um apoio sua mão segurou o vazio e um pedaço de nada. Caiu de uma altura inimaginável, nenhuma corda aparou sua queda.

Só se deu conta de si ao se levantar de um chão gelado e branco, e ao perceber, atônita, uma imensidão de gelo sem fim. Olhou para todos os lados e não viu Arthur.

Ao invés, na direção do reflexo do sol, na brancura gelada, foram chegando vultos negros que não podiam ser distinguidos contra a claridade ofuscante. Eram grandes e aterradores, e nada falavam. De repente, chegou outro, bem mais perto, tão perto, que ela pôde reconhecer. Um homem monstro que disse apenas:

– Ninguém vai tocar nela. Tem os cabelos dourados, muito longos, os mais lindos que já vi.

Ela gritou, gritou e então... despertou do horrível pesadelo. Tinha a boca seca e suava.

Era um pouco depois do meio-dia e a doutora Íris, a médica francesa que vivia no pequeno Reino de Monde, tinha dormido no confortável sofá da mansão em que morava. Ainda sentada, observou seus longos cabelos dourados lhe descerem pelo colo e se insinuarem pelas pernas.

Santana, o monstro hediondo da Antártida, impressionou-se com meus cabelos..." Nisso, a governanta se aproximou e avisou-lhe que o barão Richo acabara de chegar.

Veio sem me avisar. Aconteceu alguma coisa, ele nunca fez isso, pensou. O homem entrou, dando-lhe boa tarde com muita gentileza.

– Olá – respondeu Íris. – A que devo essa sua *nobre* visita?

– Perdemos, perdemos novamente.

– E então?

– Se não nos movermos será tarde demais.

– Que se pode fazer contra feiticeiros? Você me deu uma carona e ele nos raptou, dominando o motorista. Um a um, foram todos sequestrados por um único homem, que ninguém pôde descobrir... até hoje.

– Feitiçaria combate-se com feitiçaria, sinto dizer isso. Que Deus me perdoe. Nós vamos ter que ousar...

A médica, ainda sentada, segurou um livro de horas em suas mãos.

– Eu não quero ouvir falar nisso. Não precisamos de magia. Não vamos a lugar nenhum dessa forma.

– Eu só vim aqui te contar – respondeu o barão, impaciente.

– Eu sonhei, eu sonhei com eles – disse ela sobressaltada.

– Quê?

– Em algum lugar da Antártida eles estão, eu tenho certeza. Os monstros. Vamos provar que eles existem, só isso. Sabe o que precisamos de verdade? Não é só acusar... Isso já fizemos. Precisamos investigar, inquirir.

– Você trabalha para os *gigantes*, doutora. Acha que eles vão ajudar? – perguntou o barão.

– Acho que não. E a *rainha*?

– Sem chance.

– Às vezes penso que até os grandes do reino têm medo. Medo de enfrentar os homens do gelo – ela lamentou.

O barão levantou-se e fez menção de ir embora.

– Espere – disse a doutora. – Você não tomou sequer um café.

– Não, obrigado.

Após o barão se retirar, doutora Íris se pôs a lembrar das cenas horríveis que enfrentou durante a perseguição no gelo. Viu-se mergulhando em águas quase congeladas até ser a primeira a chegar no barco, que parecia inatingível. Viu o esforço que empreendera para salvar os outros e fazê-los subir. Não esqueceu a gratidão que viu nos olhos deles, não conseguiria...

Deus, Deus meu, por que deixastes acontecer isso?

Estava completamente exausta. Deitou-se no sofá e dormiu novamente. Sentiu o balanço do mar, o vento gélido e as ondas revoltas dos ciclones que não a deixavam e a levavam... aos paredões de gelo.

I

1 Sizígia

ANTÁRTIDA, ANO 198, DIA DE JÚPITER, 15 SOLAR.

O sol não deixava seu rosto e ela frequentemente se virava, pois incidia-lhe diretamente nos olhos. Queria deixar a face e a cabeça livres, sentir a brisa do norte, e, portanto, relutava em puxar o capacete flexível, que ficava às costas da vestimenta protetora. Resolveu então colocar os óculos de neve, moldados para suas órbitas, que lhe cobriram os olhos de um azul cristalino. O trabalho seguia estafante, mas teria sua recompensa mais tarde, ela bem sabia. A semana estava adiantada – já se ia o quinto dia – e Sizígia estava consciente de que sua folga só viria no oitavo, o dia de Urano. Estranho? Não para uma mulher desse povo, que sabia ser a semana de dez dias, começando pelo Sol. Para ela, uma veterana, isso lhe trazia vantagens, o oitavo, o nono e o décimo dias seriam de folga, que teriam de ser *muito bem aproveitados*, pensava. Poder descansar três dias, em vez de somente dois, era um privilégio que os jovens e muitas outras pessoas não gozavam. Só tinha agora que aguardar Urano chegar e torcer para que nenhum incidente tornasse sua semana não produtiva, fazendo que suas folgas fossem canceladas. Trabalhar duas semanas direto? Nem pensar! Certamente não era isso o que ela cogitava depois de passar o dia todo agachando-se sobre o gelo.

– Estou vendo você tão concentrada, querida, posso me juntar? – Sizígia ouviu sua amiga lhe falar.

– Caldene, você sempre querendo me confortar – respondeu Sizígia, virando-lhe o rosto, mas sem largar o fuso de sondagem que ela mesma tinha colocado no solo e lhe fazia se manter de joelhos. – Olha, esse novo assentamento vai se tornar necessário, nosso povo continua se multiplicando e o Governo sabe disso. Como nas outras vezes, vamos construir mais uma usina de energia para a nova cidade.

– Oh! Sua dedicação me deixa arrepiada – disse-lhe Caldene, sem forçar muito seu sarcasmo. – Queria ser assim tão aplicada, mas talvez eu não seja um exemplo de cidadã de Túris. A maioria de nós não se incomoda com esse frio que não para; dizem que não há melhor lugar que aqui – suspirou rapidamente. – Talvez eles tenham razão.

– Nossa espécie já está acostumada com o frio. Não vá, minha amiga, me dizer que sonha com os trópicos. Não quero acreditar nisso. Estou errada? – perguntou Sizígia sem se desconcentrar do que fazia.

Caldene olhou para ela:

– Então, mulher, para você não existe uma região temperada, uma Patagônia, uma Alemanha, uma Tasmânia, não existem as regiões das viníferas, da pesca do bacalhau e...

– Uma Dinamarca, uma Rússia, banhos no Báltico – interrompeu Sizígia. – Deixe eu te falar, sua insatisfeita. Você não estava na costa, na baía de Prydz? Deixou os elefantinhos sem mamadeiras?

– Que é isso? Você está me caçoando? Eu apenas ordenho as mamães dos elefantes-marinhos para você ter seu alimento matinal, meu amor. Verifico as condições ambientais do seu lugar de alimentação, se estão sendo deterioradas por estrangeiros, e também cuido dessas focas gigantes quando estão doentes – exclamou Caldene com um sorriso à medida que se agachava para ficar mais próxima da amiga que observava o som que a sonda voltava a emitir, agora bem mais forte. *Tump, tump, tump...* um eco intenso, profundo, tornava o som mais intrigante. Havia algo ali. Não... não era perigoso, talvez o equipamento tivesse encontrado a passagem para a caverna que Sizígia tanto procurava.

– É isso, veja... é ela! – O rastreador de partículas logo mapeou em 3D a entrada. E se a caverna fosse gigante, como ela supunha, poderia servir de cidade, com ruas, ginásios, lojas, escritórios, casas de banho (saunas), salões de jogos, restaurantes, criadouros, dormitórios, centros de pesquisa e toda espécie de lazer. Se fosse ainda maior, abrigaria até as fábricas da indústria pesada e de mineração.

Sizígia soltou um grito de satisfação.

– Vou ganhar *pontos*. Aqui há relevos, rochas e minerais raros em quantidade que vale a pena ser explorada. É tudo do que precisamos – disse, levantando-se finalmente.

Agora, em pé, mostrava-se. Era alta, tinha 1,83m, traços finos e marcantes, pele muito alva, testa alongada, olhos azuis, cabelos brancos mesclados com poucas faixas de um cinza-azulado. Tinha cerca de 40 anos. A amiga, mais jovem, menor em estatura, também tinha os cabelos brancos da parte de cima arrepiados e perfeitamente alinhados, mas com madeixas de um louro suave, o que não é de se espantar em Túris, onde as crianças começam a trocar os cabelos logo no início da adolescência, fazendo a muda. Um capricho evolutivo certamente.

Negros, castanhos, louros, cianos e até vermelhos iam dando lugar aos brancos dos adultos, bem mais adaptados às regiões polares, mimetizando sua aparência com os monótonos fundos de montanhas de gelo e glaciares e os relevos de pouco contraste, que variavam do branco ao cinza e ao azul, isso sem falar das planícies infindáveis na imensidão do maior deserto do mundo.

O chão em que pisava era firme, coberto por uma fina camada de neve entremeada com gelo em forma de pequenas lascas que se quebravam ao pisar, fazendo um barulho que se assemelhava ao do caminhar sobre areia grossa. Já era bem tarde, próximo da meia-noite, e Sizígia tirou os óculos para admirar a beleza da luz solar através dos filetes de nuvens que adornavam o horizonte, de um estonteante azul-escuro que espraiava matizes sobre o gelo, em cores pastel, desde o dourado até o rosa-púrpura. A temperatura estava amena para o lugar, oito graus negativos, e as amigas abriram os braços para sentir a leve brisa que se insinuava do norte, talvez de algum lugar da formosa baía australiana.

– Você já esteve lá? – Sizígia perguntou.

– Onde?

– No lugar de onde a brisa vem.

– Muito pouco, apenas quinze dias. Meu submarino atracou no local conhecido como Baía dos Franceses. Por mim moraria lá – respondeu Caldene.

– Não diga! Eu trabalhei na Austrália durante cinco meses na construção do projeto do berçário marinho, com várias salas somente para o zooplâncton. Ficou lindo, mas não troco a Antártida por nada. Nenhum céu na Terra é bonito como o nosso, nenhum tem tantas estrelas, nenhum mar tem esse fascínio...

– Ei, ei, acorda! Aqui é a morada das nevascas e dos furiosos vendavais que volta e meia se assanham e se deixam ficar, fazendo que tudo fique com um único tom, aquele detestável branco monótono e universal. Aliás, verificou a previsão do tempo?

– Sim. Vai haver uma tempestade bem violenta daqui a uns dois dias, não agora – Sizígia respondeu, sem qualquer preocupação.

– Quem mora neste lugar tem que se acostumar com as traiçoeiras gretas, verdadeiras fendas no gelo que se abrem como gargantas e levam o infeliz, uma vez tragado, a um negro abismo que parece não ter fim – disse Caldene, olhando na direção dos pequenos cumes montanhosos cujo caminho estava repleto delas.

– Isso nunca foi problema para nós, você sabe disso. O sistema posicional mapeia todas as gretas e suas dimensões, largura, comprimento e profundidade. Ademais, querida, estamos na estação Solar, na qual pode-se encontrar maravilhas como trechos de rochas nuas, mescladas de gelo e áreas descobertas no litoral. A gente vê constantemente praias de pedras redondas, lisas, escuras ou claras, e, com um pouco de sorte, areia grossa para massagear nossos pés, embora eu prefira massageá-los com areia de gelo, que deixa o pé limpo quando termina – ponderou Sizígia.

– Agora, amiga, você resolveu virar professora – ironizou a outra –, mas vou te dar razão. Andar com os pés em areia de sílica os deixam sujos... coisa que ninguém merece. Bacana é andar descalço em cima das pedrinhas pretas – fez um gesto com as mãos estendidas para baixo como se estivesse se equilibrando.

– Só tem um problema – riu Sizígia. – O calçado do nosso macacão não sai, faz parte da roupa. E a única peça que temos por baixo deste traje é... um fino colete, então...

– É só ficar nua, não é? Aqui é um deserto, não tem ninguém, ninguém vai te ver, que pena! – Caldene estendeu os braços para a frente, volvendo-os para mostrar a imensidão e o vazio. – Ao meio-dia, quando o sol está em seu ponto mais elevado, no final da estação da Luz, ou no Val, ou no início da estação Solar, é gostoso pisar na neve com os pés – disse ela, ao mesmo tempo que aprazia, de olhos fechados, o ato de encher lentamente os pulmões com o ar mais puro e denso do planeta.

Ao notar que Sizígia só ouvia, Caldene continuou:

– De uma coisa você está certa. Diferente da nossa Antártida, a atmosfera dos outros continentes é cheia de doenças, poluição, poeira e micro-organismos invasores. É por isso que o PCS, o *Sistema de Prevenção e Controle de Saúde*, está sempre nos vacinando e nos protegendo contra essas malditas ameaças do norte, ai, ai...

Sizígia fez sinal de que concordava com a amiga. Pretendendo relaxar após um dia muito produtivo, as duas mulheres caminharam um pouco, aproveitando a calmaria e o bom tempo. Deitaram-se no chão gelado para admirar a dança das nuvens que anunciava o vento forte naquela altitude. Mesmo sem admirar tanto o frio, Caldene entendia muito bem o otimismo da sua companheira, levando-se em conta que o fenômeno do aquecimento global ia, a cada ano, descobrindo e desnudando a veste branca da paisagem que, no passado não tão distante, se imaginava ser para sempre. *Melhor para as pessoas como nós que moramos num ambiente aparentemente hostil. Um dia, os humanos dos continentes não vão mais aguentar de calor e vão querer se mudar para cá*, pensou.

Esse povo tão bizarro tinha um parentesco com os homens que habitavam a Terra, e, portanto, também podiam ser chamados de humanos. Aos forasteiros que se interessavam diziam ser sua pátria, Túris Antártica, e seu gentílico, *gelos* ou *turisianos*, nomes pelos quais se tornaram conhecidos por todas as nações da Terra.

O sol não iria se por. Aproximar-se-ia do horizonte, quase nele se encostando, e após a meia-noite recomeçaria sua lenta ascensão. Sizígia estava cansada, embora radiante, e então disse à amiga que melhor seria que se levantassem, pois, do contrário, acabariam dormindo ali mesmo na natureza nua, como se faz num bivaque, e talvez acordassem com neve no rosto e, o pior, não sobraria tempo para um gostoso banho de sauna na base. Deu a mão a Caldene que, feliz com seu chão de grãos de neve e gelo, demorava preguiçosamente a se levantar. Em seguida, puxou de suas próprias costas o capacete flexível branco, típico dos habitantes de Túris Antártica, ao mesmo tempo que se dirigia ao belo motogelo, estacionado a 50 metros, uma maravilha sem rodas que não só esquiava como voava. Ao chegar, Caldene resolveu passar a mão enluvada para remover os flocos de neve que se agarraram ao assento da moto, e então sentou-se na posição do carona puxando, somente agora, o capacete protetor para cobrir seu rosto. Sizígia tomou a direção e ligou a fabulosa máquina, que muito pouco ruído fazia.

Caldene notava que a amiga ia para todas as missões de moto, em vez de usar um automóvel-gelo, que seria mais seguro e apropriado para o trabalho.

– Você é doida, sabe que não se permite interromper o trabalho por causa de uma nevasca, mas insiste em andar nisso, ignorando que a Antártida é cheia de surpresas – falou Caldene em alto tom, gritando em seguida: – É por isso que gosto de você, menina!

A pequena base de apoio situava-se a trinta quilômetros dali, e foi para lá que se dirigiram. Sizígia pilotava muito bem o motogelo, que deslizava divinamente, expulsando para os lados e para trás a fina poeira de neve que cobria todo o percurso, provocando com a alta velocidade um jato de partículas geladas que a ninguém incomodava, já que naquele deserto nenhuma outra alma se encontrava. Por vezes, regulava o motogelo para flutuar a dez centímetros do chão, interrompendo o tal jato nevoso. Sob o sol da meia-noite, as mulheres divertiam-se com a paisagem que as luzes do poente antártico proporcionava e os obstáculos que o motogelo ia vencendo rapidamente ao percorrer os trinta quilômetros em apenas dez minutos. Emoção era o que não faltava nesse mundo totalmente estranho. Logo avistaram a tênue imagem de uma redoma branca surgir no horizonte após contornarem um pequeno monte com picos em agulha. Sizígia, então, para poder melhor passar por uma elevação à frente, forçou a manopla para o movimento de ascensão segurando bem o guidão e fazendo o motogelo subir a uns trinta metros de altitude, provocando um frio na barriga na súbita descida e parando bruscamente a leste do domo, levantando nuvens de pó gelado.

Ao entrar na redoma, as duas mulheres removeram seus capacetes flexíveis para trás do pescoço e ficaram a rir, lembrando a sensação de ausência de gravidade que tinham sentido na última manobra feita com o motogelo.

– Uau, Sizígia! – gritou Caldene. – Acho que você me fez ficar cheia de serotonina, meu útero veio aqui na barriga – completou, rindo de suas próprias besteiras.

– Você e eu também – sorriu. – Serotonina é bom pra tudo. Não fossem as aventuras, nossa vida seria bastante sem graça, não é?

Com a mesma roupa que usaram o dia inteiro as duas mulheres dirigiram-se ao refeitório para a ceia que se iniciara à meia-noite. Era um amplo salão bem iluminado, cuja temperatura era regulada para uns quinze graus negativos e onde se podia ver umas duzentas pessoas. Sobre grandes mesas fabricadas em gelo e finamente torneadas, forradas com delgado material isolante nas cores verde, vermelho, azul e laranja, viam-se várias travessas com tampas transparentes conhecidas como *bolhas aderentes*, nas quais eram servidos pratos quentes, desde sopas de algas e mariscos até variadas porções de peixes, carne de focas e queijos de todo tipo. As saborosas centolas, caranguejos gigantes das águas geladas do sul, temperadas com folhas, algas e molhos picantes ocupavam todas as mesas e encantavam os apreciadores da sua carne. Nem mesmo o *krill*, animal tóxico para os humanos, escapava de ser devorado, pois a culinária dos gelos sabia combinar o excesso de flúor de sua carne, transformando-o em uma iguaria apetitosa.

Sizígia pegou um prato e duas garrafas térmicas especiais, uma de boca larga para a sopa e outra, estreita, para as bebidas, e apanhou um dos vários conjuntos de talheres de ouro, cujas facas tinham o corte em diamante. Para se servir das comidas não se destampavam os alimentos; os talheres das travessas, o prato e o próprio braço atravessavam as bolhas aderentes sem rompê-las. Seguiu para as travessas de sopa, e foi só encostar a boca da garrafa nos caldos para que se enchesse automaticamente do delicioso conteúdo. Por fim, dirigiu-se aos galões de vinho e inseriu a garrafa de boca estreita por um dispositivo até a quantidade que desejava. Eram, sem dúvida, tecnologias de grande serventia para salões gelados como aquele.

Tudo estava saboroso. A comida era elaborada sem conservantes por um único cozinheiro que operava algumas máquinas, verdadeiros engenhos computacionais que jamais erravam. Se alguma comida estivesse com especificações fora do saudável, as máquinas a rejeitavam; se algo não cheirava bem, sabia-o o detector químico, que imediatamente removia o alimento no início do aquecimento; venenos e toxinas eram rapidamente identificados e separados, de forma que o cozinheiro era mais um operador do que um mestre-cuca. Para ser justo, não somente um operador, uma vez que era ele quem fazia a manutenção do engenhoso equipamento.

– O único conservante que se usa é o frio. O *Sistema de Prevenção e Controle de Saúde* não permite qualquer outro – foi logo dizendo Sizígia à sua amiga.

– É… Somente a física do gelo, nada de produtos químicos como os dos humanos bárbaros – concordou Caldene.

– Só um bárbaro agride sua própria fisiologia. Nossas leis…

– Pode parar com esse negócio de lei! Você é uma defensora do nosso Governo, não é? Bem enquadrada e certinha – ironizou Caldene, interrompendo a amiga.

– Estou mentindo?

– Não. É isso mesmo. Eu é que sou às vezes insuportável – danou-se a rir.

Todos conversavam muito animados, servindo-se das bebidas fermentadas, vinhos e coquetéis, pois bebidas destiladas não havia. Sizígia recebeu elogios de conhecidos e estranhos por ter descoberto a passagem ideal para a profunda caverna subterrânea onde seria construída a nova cidade. A passagem perfeita para o *inacreditável* sistema turisiano que estabiliza o gelo de forma a impedir desmoronamentos. Ao terminar, as duas mulheres jogaram os pratos em uma das várias fendas da mesa, que tinha orifícios nos lados que serviam para colocar os talheres de ouro e as garrafas, que desciam para o sistema de limpeza via tubos. Dirigiram-se então ao aposento que compartilhavam juntas, uma suíte com aquecimento térmico regulado para a temperatura de dez graus positivos. Só ali tiraram os macacões selados que tinham utilizado durante todo o dia, colocando-os no engenhoso armário de higienização, que os limpavam e desinfetavam, deixando-os quase que novos.

Não era um macacão comum. O traje dos gelos era um verdadeiro engenho; utilizavam-no os pilotos de naves, alpinistas, mergulhadores, mineiros, todos os trabalhadores industriais, os que estavam em missões de guerra e até os que trabalhavam em escritórios e universidades, ou seja, era a roupa universal dos adultos. Não por menos era denominado "o equipamento"; era dito *ativo*, para contrapor às roupas da Terra, chamadas por eles *passivas*. Todo trabalhador, ao sair em missão, tinha que usá-lo, e o fazia com prazer, pois não era uma roupa pesada; pelo contrário, era confortável e contava com mecanismos de aquecimento e até de refrigeração, muito útil para quem trabalhava nas usinas térmicas. Era composto por visualização ótica e digital, sistemas de orientação posicional, segurança, comunicação, informação, blindagem radiológica, dispositivos anti-impactos e de análise e detecção química, além de procedimentos de suporte para execução de tarefas de rotina e emergenciais. Se se optasse pelo uso de um pequeno *pack* nas costas, um genial sistema de provisionamento de ar, não só traria o ar de fora para dentro da roupa como conseguiria extraí-lo da água do mar por meio de brânquias artificiais e proveria a equalização de pressão. Esse acessório era projetado inclusive para fornecer impulso para deslocamento submarino em baixa velocidade. Por ser tão sofisticado, o treinamento obrigatório para utilização do traje durava cerca de um mês.

– Colega – disse Caldene –, essa roupa é muito confortável, até demais. Trabalhei o dia inteiro, mas nem estou suada. Tem-se a sensação de que a vestimenta está sempre nova no corpo.

– O que você esperava de uma roupa que recicla os líquidos do corpo? – emendou Sizígia, assumindo uma postura de professora. – Os modelos antigos não faziam isso, mas muita gente reclamava. Diziam que o macacão *collant* térmico, que ficava por baixo, por vezes incomodava, sabe como é, durante uma acalmia antártica, debaixo do sol e em trabalho intenso, a roupa esquentava e as pessoas transpiravam. Agora é bem melhor. A roupa deixa a gente praticamente limpa, e, se quiser, não precisa nem tomar...

– Ei! Continua não! Eu gosto de me lavar, tá, professorinha? – interrompeu Caldene, já entrando na pequena casa de banho, onde havia uma espécie de sauna, composta por uma comprida banheira elíptica de água que circulava bem fria e uma atmosfera de vapor bem quente. – Eu estava pensando agora em como os humanos bárbaros no nosso continente fazem para se despir...

– Alguns usam mais de vinte peças de roupas – respondeu Sizígia com ar jocoso. – Pense agora em uma emergência, quando somos convocados no meio do sono para uma missão imediata. Se tivéssemos que colocar vinte troços, até terminarmos a desgraça estaria consumada.

– É, seria muito estressante – Caldene deu uma boa risada, e pôs-se a se recordar dos acampamentos selvagens que os gelos faziam, sem aqueles banhos medicinais a vapor, que deixavam a pele maravilhosa. – Se quiséssemos nos banhar teria que ser com areia de gelo. Uurrr!!!

Sizígia vê graça no jeito da amiga, mas não responde, apenas toma seu banho quente com Caldene na extremidade oposta da comprida banheira. Quando o calor se tornou sufocante, deixou-se mergulhar e assim ficou sem respirar por mais de um minuto. Ouviu a amiga cantarolar em alto tom.

– Gosto de mulheres altas – gargalhou. – Um dia você vai parar de me resistir, bonita, vai parar de procurar os homens! Ah, não, esqueci, você quer ganhar *pontos* engravidando outra vez, não é? Uau!

– Sou muito feliz, garota – respondeu ela, tentando desvencilhar-se da provocação da amiga –, já ganhei muitos *pontos* na vida, e com isso passeio muito, me divirto, cuido da minha estética, escolho empregos mais interessantes... *Pontos*? Acho que não tem riqueza melhor... – vestiu um *collant* preto, esboçou um largo bocejo, e literal e instantaneamente apagou na cama forrada com pele de foca-caranguejeira.

O dia tinha sido longo, afinal.

2 A tarefa

Quando acordou, lá pelas oito horas da manhã, Sizígia prontamente pôs-se de pé, apesar de ter dormido não mais que cinco horas. Com o mesmo *collant* que passara a noite foi tomar o delicioso café da manhã, pensando que depois descontaria essas horas de sono perdidas. Omeletes de ovos de pinguim com bacon, presunto de foca-de-weddell, bolo de noz-macadâmia da Austrália, torradas, petiscos de carne de pomba antártica, queijos gordurosos das mamães elefante-marinho, pudins, deliciosos patês, iogurtes, ameixas, ensopados de algas marinhas e diversos outros pratos. Enfim, tantos eram os disponíveis à mesa que o difícil era fazer a escolha. Bom... talvez não fosse o seu caso, pois, numa sequência meio automática, foi seguindo os pratos que estavam na mesa vermelha para depois seguir os da mesa azul, num canto do salão que terminava junto aos painéis da Ordem do Dia. À medida que ia se fartando, observava com seus aguçados olhos azuis as pessoas chegando aos painéis e fazendo *download* das tarefas.

Começou a rir, lembrando-se dos seus tempos de garota, há mais de vinte anos, quando, ingênua, imaginava os estrategos burocratas distribuindo as tarefas mais pesadas para seus desafetos e deixando as *facilzinhas* aos que gostavam. Com o olhar perdido, veio-lhe ao pensamento o caso de um rapazote daquele tempo, um pouco mais alto do que ela, que, ao saber que Sizígia tinha reclamado com amigas que estava num azar danado, *só pegando ouriço*, dera um jeito de se aproximar dizendo-lhe ser *estratego* e que poderia colocar na sua planilha só molezas, desde que deixasse que lhe fizesse *aquelas coisas*. Lembrou-se de ter ficado irritada e não quis olhar a cara dele. Até que lhe contaram que quem distribuía as tarefas não era estratego nenhum, e sim o computador. Foi então que conseguiu uma oportunidade de castigar o cretino, dando-lhe um belo tapa na cara, acabando este revés a única coisa que o rapaz obteve dela. O tempo se fora, e agora tudo era graça para Sizígia, que ia repassando suas lembranças enquanto terminava seu lanche.

Resolveu então levantar-se e se dirigir ao *Painel*, o tal computador, dizendo-lhe baixinho: “pega leve, seu ciborgue!”. Rapidamente o *Painel* a reconheceu e lhe entregou a planilha da missão: teria que ir ao litoral monitorar um cardume de jovens baleias botinhoso-do-sul, as *bicudas austrais*, para lhes implantar o *seguidor*. O pior é que tinha de sair em quarenta minutos, pois as baleias poderiam se afastar dali.

Sizígia torceu o nariz. Não poderia agora fazer o que mais gostava na parte da manhã, o delicioso banho de sauna a vapor no piscinão da base. Resolveu chamar Caldene, mas a amiga estava em seu dia de folga e lhe respondeu que "não iria trabalhar por nada deste mundo nem ficar juntando *pontos*". Sem poder esperar mais, foi para o quarto e se arrumou, pegando apressadamente no armário higienizado sua bonita e funcional roupa de trabalho, de cor branca, cheia de nervuras com pequenos detalhes em cinza e azul-claro e também suas armas no carregador. Seria sua última tarefa da semana, e então teria seus três dias de descanso. O que faria na folga? Pensaria depois.

Montou em seu motogelo e partiu. Sentia-se feliz pelo fato de estar se afastando da tempestade que há dias castigava o leste.

O *seguidor* não era um chip de monitoramento da vida selvagem, era muito mais que isso. Esse sistema *neurossensor* não só interpretava a linguagem das baleias, mas também as dotava de câmeras e dispositivos que permitiam ao seu povo monitorá-las nas águas temperadas do hemisfério sul, no frígido litoral polar e nas águas revoltas do Oceano Antártico; aquelas da corrente circumpolar e da passagem de Drake no caso de se estar próximo à Terra do Fogo.

"Lá vou eu colocar o *seguidor* nas bicudas", murmurou Sizígia, ao mesmo tempo que pilotava.

No caminho, visualizou que teria de atravessar uma estonteante superfície de ondulações de neve endurecida conhecida como *sastrugi*. Verdadeiras irregularidades na superfície do gelo formadas pelos fortes ventos polares, que criam valetas e sulcos por onde passam, e assim permanecerão até que uma nova nevasca venha cobri-los. Em muitos trechos, as ondas de gelo eram baixas. No campo dos pequenos *sastrugi*, quando Sizígia avistou algumas formações com a altura que desejava, resolveu pousar a moto na superfície e começou a percorrer as pequenas ondulações em alta velocidade para poder sentir a vibração resultante do movimento trepidante, o que lhe dava uma sensação agradável. Depois, subiu, sobrevoando a superfície até encontrar em outra planície um campo de grandes *sastrugi*, dunas congeladas que iam de quarenta centímetros até um metro. Eram do tipo que ela gostava de surfar. Parou. Imaginou-se em um daqueles ralis que costumava participar. Avaliou a altura das ondas do *sastrugi* e regulou o motogelo para que seguisse rente ao chão. Respirou fundo, riu desafiadoramente e acelerou, colocando o veículo em alta velocidade. A moto rodopiava, subia e descia, enquanto ela controlava o movimento, sem se descuidar um instante sequer de firmar bem o guidão e se equilibrar, levantando-se e se abaixando constantemente, evitando assim pancadas fortes na coluna. Quando percebeu que o *sastrugi* iria terminar, dirigiu a moto para a duna mais abrupta, que a lançou a uma altura de cinco metros e, em pleno voo, jogou todo o seu peso para trás para pousar com segurança de forma clássica, plástica, com muita graça, mas sem nenhum espectador, a não ser um pequeno grupo de pinguins-de-barbicha que procuravam o bando para se agregar.

Estava junto ao limite da barreira que margeava o litoral. Parou a moto, puxou o capacete para trás, dobrando-o em volta da nuca, e caminhou na superfície extremamente lisa do topo da amplíssima barreira, que, alimentada por dezenas de geleiras, parecia um lago congelado querendo despencar nas águas do oceano. Chegou na beira do paredão de gelo e olhou para baixo, de uma altura de mais de quarenta metros. O mar, de um azul-escuro e profundo, destacava-se da brancura glacial. O leve ruído das ondas no fundo do abismo era o único som que quebrava o silêncio absoluto. Nas laterais da falésia de gelo podiam-se ver belíssimas faixas de um azul suave desenhando as diversas ranhuras como poucos decoradores saberiam fazer.

Ficar ali na beira de uma falésia que podia despencar sem aviso era um grande perigo, mas Sizígia mediu a consistência do gelo e percebeu que a probabilidade de isto acontecer naquele momento ainda era muito baixa. Resolveu então se sentar bem na beira do precipício para admirar o cenário. O chão, de um duro gelo azul, brilhava como se fosse uma pedra branca espelhada. Abaixo via-se uma curta planície de gelo e, um pouco mais adiante, as banquisas e *icebergs* que o sol, posicionado à sua frente, iluminava obliquamente, criando belos contrastes de cores e sombras como só o continente branco sabia fazer.

A temperatura estava bem abaixo de zero quando uma cálida brisa de nordeste, a cinco graus positivos, fez Sizígia voltar o rosto para aquela direção. Como os demais habitantes de Túris, ela apreciava o delicado vento, por isso deteve-se e insuflou seu peito com o ar puríssimo. Fechou os olhos. Assim permaneceu um tempo e, quando os abriu, viu ao longe, na direção da brisa, as baleias que procurava. Eram muitas bicudas, e estavam próximas de um belo *iceberg* tabular.

Pôs a mão por trás e puxou o capacete para observá-las através da viseira. Com um comando mental a viseira foi aproximando a imagem dos cetáceos como um poderoso binóculo faria. Eram todas jovens, exatamente como o *Painel* tinha informado. Mas, para chegar lá, precisava pegar a moto e tomar um pouco de distância até ajustar o veículo para um voo silencioso na direção dos *brincalhões* de seis a oito toneladas.

Foi o que fez. Quando se aproximou, cuidou de reduzir a velocidade até pairar no ar, a uma altitude de quinze metros, bem acima do cardume. Um engenhoso mecanismo fazia que o ruído do veículo se assemelhasse ao dos fortes ventos antárticos, assim ocultando a presença de quem estivesse abaixo, passando despercebido pelas baleias. Ela sabia que não podia demorar, pois a manobra consumia muita energia do motogelo. Virando-se, Sizígia apanhou no *pack* atrás de si o equipamento que precisaria para aplicar o *seguidor* – dispositivo de cerca de um metro de comprimento que lançava o minúsculo sensor como se fosse um projétil.

Com uma boa mira e auxiliada pelo visor do capacete e a inteligência do engenhoso lançador, o primeiro tiro foi certeiro e implantou o *seguidor* na cabeça de uma das baleias por trás de sua narina, o conhecido orifício respiratório. A bicuda mergulhou e, com medo de que as demais percebessem, Sizígia foi rapidamente posicionando-se acima das outras baleias e atirando, até que todo o rebanho submergiu. Era tudo o que ela não queria.

Subiu um pouco mais para poder passar por cima do belo *iceberg* tabular e começou a procurar as fujonas entre as gretas, os grandes vãos e as muitas reentrâncias. Só as encontrou quase trinta minutos depois, numa espécie de fiorde moldado pelos ventos e glaciares que desciam do continente. Repetiu a operação, agora com mais sucesso, até que se deu por satisfeita quando assegurou que cerca de 90% das jovens bicudas austrais tiveram o implante bem-sucedido.

Retornou, ainda voando em seu belo motogelo, e se dirigiu para cima da barreira de gelo continental, em parte ligada ao continente, ao menos por certo tempo, pois no mundo branco nada parecia ser definitivo, uma vez que se poderia ter como certo que essa porção de gelo se fenderia para iniciar, na forma de um *iceberg* tabular, sua navegação pelos mares em uma única viagem até se dissolver em algum ponto do Oceano Antártico.

Pousou sobre a barreira. Saiu da moto para esticar o corpo e se movimentar um pouco. Foi quando recebeu a comunicação de uma nova missão, bem diferente das demais, pois, ao contrário das rotineiras, tinha o sinal de *qualidade*. Era para executar um resgate, na região leste, pois o Painel identificara alguém em apuros no continente e Sizígia era quem estava mais perto do local.

Monitorou o local pelo sistema posicional e percebeu que a nevasca torrencial tinha parado por um momento. *Menos mal*, pensou. Viu-se a falar consigo mesma. *Estou ficando cada vez mais importante, vou ganhar mais pontos. Aí não vou querer folgar somente os três dias da minha semana de dez dias, vou querer mais. Vou folgar, além dos meus dias, os três seguintes, o do Sol, o da Lua e o de Marte, é isso.*

Mas havia um problema. Sizígia sabia que sua moto estava com a bateria nuclear do propulsor de plasma no fim, e que sem a propulsão teria que utilizar o motor sobressalente de campo magnético, que não permitia voo e era muito mais lento e inseguro ante uma nevasca. Dando de ombros, aventureira que era, puxou novamente o capacete e se dirigiu às proximidades do local. Sobrevoando, descobriu um belo veleiro preso nas banquisas no momento em que um forte vento de sudeste, um *catabático* certamente, voltou a desabar em toda região uma abundante nevasca. *Esses ventos catabáticos, terrivelmente gelados, estão despencando do Platô Polar de uma altitude de mais de três mil metros. O pessoal do veleiro deve estar apavorado*, pensou. Chegando ao lado do veleiro, desligou a moto e subiu pela escadinha até o convés, que estava coberto de neve e gelo. Procurou a porta e conseguiu entrar, para descobrir que não havia ninguém lá.

Procurou a luz e a acendeu. O veleiro era espaçoso, com dois convés, um na popa e outro na proa, talvez não o mais adequado para a Antártida; parecia ter mais de quinze metros, uma verdadeira casa flutuante, podia-se assim dizer. Encontrou uma máquina de café novinha e resolveu testá-la. O aroma era tentador. As prateleiras estavam fartas de provisões, tudo muito bem fixado; o espaço da cozinha americana, o banheiro e a sala, defronte à cozinha, impecavelmente limpos. No quarto, uma cama larga confortável e uma rede para se balançar. *Legal, tudo impecável, mas não vejo ninguém, certamente não devem estar longe*, pensou. De repente, deteve-se diante de um livro de capa dura largado sobre a cama. Curiosa, quis saber o que era. Estava escrito em uma língua que falava muito pouco, mas que, da escrita, nada conhecia: o inglês. Com a ajuda do tradutor *on-line* do seu anel leu: *The Republic*, autor: *Plato*. Folheou, ainda em pé, as páginas e logo percebeu que não era um livro técnico e o deixou de lado. *República? Platão? Esse pessoal escreve coisas sem saber sua serventia*, pensou.

Subitamente a nevasca desabou com todo seu furor. O vento sudeste açoitava com rajadas geladas que não cessavam, tornando a busca praticamente impossível. Não vendo melhor solução, Sizígia resolveu esperar passar a tempestade para iniciar o trabalho. Com cuidado, entrou no banheirinho e limpou com a toalha toda a poeira de gelo e neve que estava por fora da sua roupa para não molhar a cama, pois a temperatura dentro do veleiro era bem mais alta, em torno de zero grau. Tinha trabalhado o dia todo, e assim, aproveitou para se deitar. *E se os donos do barco aparecessem? Duvido mesmo, com esse temporal...*, imaginou, já sentindo o efeito do sono que vinha se acumulando. Acabou dormindo bem umas cinco horas.

Quando acordou, observou que o vento continuava, mas bem menos violento. A temperatura havia caído, devido à nevasca, para trinta graus negativos do lado de fora. Não podia perder mais tempo. Resolveu sair e procurar os sobreviventes do veleiro, se é que haveria algum.

Colocou o capacete e, já fora do barco, ao verificar que sua moto estava coberta de cristais de gelo, removeu um bloco de neve grossa que caíra próximo ao painel e ligou a poderosa máquina para que o próprio veículo se livrasse dos detritos da nevasca. Limpou com as luvas a fina poeira de gelo que restara no banco, montou no motogelo e saiu na direção do continente branco até o ponto em que os sensores turisianos tinham perdido a posição das pessoas. Regulando mentalmente o visor do capacete, Sizígia foi procurando algum sinal de vida, algum objeto deixado para trás, pois vestígios e pegadas certamente haviam sido encobertos pela nevasca que teimava em continuar. Tentou captar emissões cerebrais. Tentou novamente... Nada.

Aos quarenta anos de idade, Sizígia não era mulher de desistir de qualquer coisa. Algum outro companheiro seu, ao saber que o resgate não era de alguém de Túris e que o forte vento punha tudo a perder, talvez desse por encerrada a missão. Mas não ela. Se havia alguma possibilidade de encontrar sobreviventes, conseguiria. Este foi sempre seu treinamento, desde muito jovem. Seguira a escola dos *mestres obstinados*, pelo menos isto era o que diziam outros professores da Academia. Obstinados, mas não doidos, bem o sabiam todos os que cursaram com ela.

Os equipamentos da tecnologia não estão me ajudando agora, pensou, *vou ter que usar de todo meu poder.* Parou o motogelo na nevasca. Fechou os olhos, abriu e os fechou novamente... Pareceu-lhe um tempo interminável, mas, de repente, resolveu ligar a moto e vagarosamente foi seguindo seu instinto. Direita, esquerda..., contornando as irregularidades do gelo, atravessando gretas que a nevasca ocultava. Este procedimento mental não permitia que a moto se distanciasse da superfície. Erguia-se no máximo a uns dez centímetros, mas na maior parte do percurso deslizava na superfície como um esqui motorizado de última geração. Percebeu a presença de uma fenda muito larga e funda, desviou-se e continuou até que algo, no seu interior, lhe avisou que era hora de parar. Saltou do veículo, andou meio a esmo, rodopiou e esbarrou num montículo. Sim, era ali. Ajoelhou-se, cavou a neve macia e encontrou um corpo. Um corpo não! Vivia ainda. Uma bolsa de ar ficara presa em um volume de neve próximo ao rosto do acidentado.

Sizígia removeu todo gelo e neve que envolvia a pessoa, encontrando-a deitada de lado, em posição quase fetal. Virou o corpo desfalecido, cobriu-o com seu corpo para proteger-lhe a face da neve, que ainda caía, e só então puxou o capuz que envolvia o acidentado. Iluminou seu rosto com a luz acima de sua viseira e franziu a testa com força.

O homem que estava ali diante de si era louro e tinha uma barba muito bem-feita, embora carregada do branco das partículas de gelo. Mal respirava. Não era de Túris. Aparentava ter uns 35 anos. Sizígia o achou muito bonito. De onde vinha ela não sabia. Teria mais alguém com ele? Teria ela que procurar algum outro montículo de neve? Sua percepção parecia ter se apagado. Não conseguia sentir mais nada. Suspirou um pouco, e tomou uma decisão. O homem não podia ficar ali. Morreria rapidamente de hipotermia. Levantou-o e se colocou por debaixo dele para colocá-lo em seus ombros. Carregou-o sob intensa nevasca para junto de um *nunatak* – afloramento de pico rochoso em meio à imensidão de gelo –, cujo íngreme paredão ela vira minutos antes. Rodeou a grande rocha para se posicionar a sotavento, barrando assim a força do temporal, e escolheu um canto que tinha uma ligeira reentrância que serviria de abrigo provisório. Tomou os sinais vitais de seu inesperado paciente e percebeu que acabava de entrar em parada respiratória, morreria logo. *Só havia um jeito de tentar salvá-lo*, pensou. Olhou novamente para o homem que deitara no chão e calculou que devia ter 1,85 m, quase a sua estatura.

Sizígia despiu sua única roupa protetora, justamente o que um gelo, um habitante de Túris, jamais deve fazer em uma missão. Ficou nua, trajando apenas o colete blindado naquele frio medonho. Retirou duas armas que tinha presas ao macacão. Despiu o homem até deixá-lo só de cueca e o vestiu com a sua roupa. Demorou um pouco para ajustar o sapato da vestimenta porque o pé dele era maior que o seu. O calçado era formidável, podia ser esticado para se moldar ao pé de qualquer pessoa, bastando saber como fazê-lo. Em seguida, começou a vestir a roupa do moribundo: calça e camiseta comprida térmica, um macacão comprido com forro de lã e, por cima, jaqueta e calça impermeáveis. Um par de meias duplas térmicas, um outro de lã e, por fim, dois pares de luvas e um par de galochas de neve, impermeáveis, que iam quase até os joelhos. À medida que se vestia, lembrava-se da conversa que tivera com Caldene sobre a quantidade de peças de roupas que os humanos do norte usavam. Para finalizar, em sua coxa Sizígia fixou as duas armas que tirara do seu macacão. Então, voltou-se para o homem, limpou o gelo da sua barba que se incrustara ali durante o vendaval, ligou o aquecedor da vestimenta protetora, puxou o capacete sobre o rosto dele, e só então o regulou a compacta e estreita mochila, o *pack*, que ficava nas costas da roupa, que passava agora a fornecer oxigênio de alto teor para o interior da vestimenta e controlar os batimentos e outras funções vitais.

A noite não era tão diferente do dia no verão antártico, porque, dependendo da latitude, o sol não chegava a se pôr. Ficava bem perto do horizonte, mas inteiramente visível. O dia raiaria, ou melhor dizendo, o sol, ao ascender na abóbada celeste, traria mais luz e calor ao ambiente se o tempo estivesse firme. A nevasca continuava, e Sizígia percebeu, pelos sensores do traje, que os sinais vitais do homem ainda estavam preservados. Ela ajustara o computador da vestimenta em seu estranho hóspede para seguir o programa de reanimação. Entediada, pois o vento e a neve não cessavam, lembrou-se de buscar o motogelo e o trouxe para junto deles; pegou ali umas bolachas de mel e um forte e saboroso queijo maturado de leite de foca. Levantou-se e resolveu andar um pouco para conhecer o precário abrigo de pedra. Ao voltar, viu, com espanto, que o homem tinha sumido.

– Como eu tiro isso? – Sizígia assustou-se com a voz atrás de si.

O vulto que se dirigia a ela tentava equilibrar-se sobre a neve profunda que se acumulara a sotavento do *nunatak*, em frente ao precário abrigo. Com as mãos na cabeça, procurava em vão descobrir seu próprio rosto. Foi então que Sizígia o livrou puxando o capacete para trás, como se fosse um capuz.

– Olá – disse ele, ofegante –, deixe que me apresente. Meu nome é Koll, Koll Bryan. Não sei onde estou... o que faço aqui, quem... Quem é você? – Uma sensação de vertigem o fez perder o equilíbrio e Sizígia, ao perceber, o ajudou imediatamente a se deitar, fazendo-o recobrar a consciência.

– Não entendo seu idioma – respondeu ela –, parece inglês, não é? Acho que se você falar devagar posso compreender. Já estive na Austrália.

– Austrália?... Eu sou de lá. Meu nome é Koll Bryan – repetiu o homem com a memória ainda perturbada, erguendo-se para ficar sentado no único lugar possível, o chão.

– Quem é você? – perguntou, assombrado, como se estivesse saindo de um pesadelo.

Sizígia olhou para o homem nos seus olhos e respondeu, falando num inglês bem pausado, mas sem interrupção:

– Meu nome é Sizígia. Você está em uma missão de resgate de Túris Antártica, de acordo com o tratado que firmamos com as nações da Terra. Salvei sua vida. Encontrei-o em coma, debaixo de um monte de neve. Tive que escavar com minhas mãos para descobri-lo. Carreguei seu corpo até o abrigo desse *nunatak*, se é que se pode chamar isto de abrigo. Consegui tirá-lo do estado de hipotermia, e agora você parece estar bem. Responda-me agora: tinha mais alguém com você?

O australiano sorriu da maneira de ela falar, como se estivesse lendo. Estranhou seu sotaque, diferente de tudo que já ouvira.

– Ninguém, estou só. Você está usando as minhas roupas e eu com essa maravilha aqui. Isso esquenta o corpo todo; o calçado também, sinto meus pés quando mexo os dedos. Não sei como agradecer, parece que estou em outro mundo.

– Você precisa comer, tome isso. – Sizígia lhe deu um biscoito de gordura e mel que tirou do bolso da jaqueta.

O homem provou o biscoito e gostou.

– Obrigado, mas preciso lhe falar. Essa minha roupa não tem aquecedor e você pode ficar doente.

– Em nós, gelos, turisianos, habitantes de Túris Antártica, os capilares sanguíneos da derme se fecham completamente quando o frio está intenso. Além disso, nossa hipoderme, aquela camada abaixo da pele, é mais densa, mais eficiente e mais bem distribuída, o que nos faz suportar baixas temperaturas.

– Não, não pode ser assim – o homem balançou a cabeça.

– Calma, não se preocupe comigo – Sizígia falou bruscamente. Ao perceber que ele se calara, resolveu concluir. – Não vá pensar também que aguento um frio muito intenso, mas faz parte do meu trabalho.

O homem, agora mais tranquilo, resolveu continuar contestando.

– Desculpe, mas aqui está terrivelmente gelado com essa tormenta abominável, não é correto você ficar sem a sua roupa aquecida.

– Mas eu não troquei de roupa com você por causa de conforto. Você estava com hipotermia e teve uma parada respiratória. A única maneira de salvar sua vida era vestindo-o com minha indumentária protetora. Agora você precisa me contar sua história para eu registrar em minha missão.

Koll não conseguia conter sua admiração perante a mulher branca de olhos azuis que parecia um anjo. Falar do seu infortúnio não era fácil, mas obedeceu.

– Você é muito diferente, seus cabelos são brancos, mas é uma mulher muito bonita. Desculpe... bom... vou te falar. O barco que você viu é onde moro, é minha casa. Eu sou um louco que resolveu sair de veleiro da Austrália, fazer uma única parada na Tasmânia, no porto de Hobart, e depois prosseguir para a Antártida. Ao atravessar a corrente circumpolar, enfrentei fortes vendavais, tive que içar e recolher as velas muitas vezes. Ao chegar no frígido mar antártico, tudo melhorou, mas, quando estava próximo à costa, uma rajada de vento repentina me empurrou para um local que sabia não ser bom. Uma forte nevasca veio em seguida e, temendo que me lançasse contra um pequeno *iceberg* que havia próximo, resolvi descer a âncora onde não queria. A tempestade só amainou no dia seguinte, mas meu veleiro estava preso e o tal *iceberg* tinha vindo para o meu lado. E o maldito, juntando-se às banquisas, me fechou completamente. Esperei vários dias para ver se algum vento quente do norte liberaria o barco, mas foi em vão.

– Contatou seu seguro para resgatá-lo? – perguntou Sizígia.

– Fiz contato com o Clube de Velejadores da Tasmânia, do qual faço parte, mas me disseram que o mar estava virado e não havia nenhum barco nas proximidades. O *plano B* seria contratarem um navio de socorro particular, o que ainda assim poderia levar semanas se a tempestade continuasse. Como tinha muita comida, preferi aguardar o tempo melhorar.

– E então... resolveu sair do barco? Na Antártida, com mau tempo, não se sai do abrigo. Você deveria saber disso – disse a mulher.

Koll ficou meio sem graça com a reprimenda.

– Pois é... Mas o tempo tinha melhorado. Subi no mastro e não encontrei saída para meu veleiro. Foi então que avistei com o binóculo muitas focas-caranguejeiras e resolvi capturar pelo menos uma delas para fazer uns pratos deliciosos que aprendi no meu país. Saí então com essa roupa, que você está usando, e uma arma que agora não está comigo. Andei com dificuldade, pois a neve estava fofa, e o que parecia ser *logo ali* tornou-se muito longe. Quando estava a apenas duzentos metros delas, o rebanho afastou-se casualmente e tive que andar muito mais. Este foi o meu erro. E então um forte vendaval me pegou. Fiquei em meio a uma nevasca como esta sem estar preparado. Vi-me como um tolo pego numa arapuca. Não vi mais as focas. Tentei retornar, caí numa fenda, ainda bem que de braços abertos, mas mesmo assim me foi difícil sair, e só consegui rastejando-me sob a tormenta. Segui o GPS para encontrar o barco, mas a neve funda e o vento implacável, o terrível *blizzard*, me derrubou várias vezes. Perdi o sinal. Não sabia mais para onde ia. A neve, o céu e o chão eram uma coisa só. Não conseguia enxergar além de dois metros. Tudo era branco. Não havia um abrigo sequer; sentei-me, me encolhi, apavorado por ter que dormir debaixo da nevasca...

– Calma! – disse ela, com muito jeito, ao perceber que ele começava a tremer. – Você está a salvo. Não precisa falar agora.

A voz macia e sibilante pareceu ao homem, em seu torpor, um sussurro, que ia perdendo intensidade. "Não precisa falar agora..."

Ele perdeu a consciência por pouco mais que um minuto. Passado algum tempo, agora mais senhor de si, continuou seu relatório e respondeu a todas as perguntas que sua salvadora lhe fazia. Depois, ficou pensativo e disse:

– Preciso fazer xixi, me ensine a tirar esse macacão de astronauta.

– Não é necessário. Você pode urinar, pois, embora seja um modelo feminino, a roupa vai coletar tudo, reciclar e gerar energia da própria urina.

Koll recusou-se e lhe disse que não faria tal coisa na única vestimenta que ela dizia possuir.

– Você parece um *bárbaro*! Está sob minha proteção. Não farei qualquer procedimento incorreto. Se não quiser se aliviar, segure-se até não mais poder – respondeu ela, zangada.

O homem fez uma cara de contrariado, mas não ousou retrucar.

– Vamos sair daqui. Esta nevasca não vai acabar tão cedo. Vamos no meu motogelo até seu veleiro – disse Sizígia, já dando ordens e ajudando-o a subir na garupa.

– Você vai suportar a nevasca em cima de uma motocicleta com essa minha roupa? Não posso consentir! – reagiu Koll.

Sizígia inclinou-se um pouco para trás, fitou-o de cima abaixo e falou em tom solene:

– Estou trabalhando no seu resgate, foi uma missão que me foi dada pelo *Painel Eletrônico*. O trajeto de motogelo até seu barco não vai ser nem um pouco fácil em meio às tormentas, com ventania forte e cortante. A tempestade congelante limpa a superfície do solo carregando partículas de neve que machucam o rosto, infiltram-se pelo menor buraco e constroem montanhas de gelo em poucas horas. Esteja preparado para o *blizzard*. O vento que vamos enfrentar atingirá noventa ou cem quilômetros por hora. Vai nos pegar pelas costas e pelos lados tão logo a gente saia daqui. A sensação térmica será muito baixa. Você, ainda fraco e sem a minha roupa, não aguentaria três minutos. Desfaleceria rapidamente. A linha entre a vida e a morte é tênue. Como lhe disse, meu corpo é mais apropriado que o seu para suportar esse horror. Mas vou precisar da viseira do capacete para me guiar.

Sizígia então removeu o capacete com certa dificuldade, o fantástico equipamento óptico e o adaptou em seu rosto. A bela lente era de um tom dourado, que poderia variar desde o transparente até o vermelho. Koll teve que colocar seus óculos de neve para proteger os olhos. Estava ficando apavorado. Quando estavam prontos para sair do abrigo do *nunatak*, Sizígia percebeu o nervosismo do homem diante da fúria dos elementos. Virou-se para ele e disse:

– Se quiser, segure-se em mim.

O motogelo ia agora bem mais devagar. A bateria do seu propulsor de plasma, o motor principal que permitiria o voo, descarregara completamente, e Sizígia teria que fazer todo o percurso apenas com o segundo motor, o propulsor de campo magnético, muito menos possante. Passou por trechos em que não se conseguia enxergar nada além de neve no ar. Não fosse pelos óculos especiais, talvez Sizígia tivesse que parar. À precipitação de neve somou-se a neve levantada pelo vento. A tempestade de sudeste assobiava contra o veículo. Quando o céu e o gelo se confundem em uma brancura uniforme e sem relevo – dizem os que passaram pela experiência do *blizzard* – é impossível reconhecer o caminho. Ao chegar à borda da barreira de gelo, guiando-se pelos instrumentos da viseira, procurou uma descida, um trajeto pela geleira, difícil de encontrar, que a levou para muito longe. *Se tivesse o motor de plasma desceria voando, direto ao veleiro*, pensou. Quando encontrou uma descida, uma rampa íngreme de gelo, não pensou duas vezes. Embicou a moto e se lançou na perigosíssima ladeira, equilibrando-se com rara perícia. De uma altura de quase trinta metros conseguiu chegar lá embaixo, num patamar de somente dois metros. Foi uma proeza, sem dúvida. Seguiu então na direção que sabia estar o veleiro, mas sem ter certeza de que haveria passagem. Houve momentos em que o caminho se estreitou tanto, que a moto teve de se aproximar muito das ondas que o vendaval fazia estourar por cima deles, molhando-os por completo. Koll, fora o medo que sentia, em nada era perturbado, a tal roupa o protegia totalmente; às vezes fechava os olhos para não ver o perigo, mas Sizígia, mesmo com a jaqueta impermeável do australiano, sentia-se muito incomodada, pois a água gelada, a forte nevasca e pedaços de gelo, que eram atirados com violência, acumulavam-se em seu pescoço e desciam por baixo da jaqueta. A roupa ficava encharcada e lhe gelava a pele da nuca.

Num dado momento, dirigiu a moto para atravessar uma ponte de gelo, a única passagem para o barco, que começava a ser visto agora que a nevasca havia diminuído. Koll segurou nela com força, não conseguia dissimular seu medo. Com a destreza de quem já havia feito aquilo muitas vezes, a mulher estranha passou pelo delgado e escorregadio caminho, continuando as peripécias até chegar a uns setenta metros do veleiro. Parou, desmontou e gritou para seu protegido com o sotaque do seu inglês mediano:

– Vamos a pé, agora!

O homem ficou satisfeito. Estivera atônito durante todo o trajeto, e seu pavor só não tinha sido maior devido à habilidade da pilota e à roupa protetora que usava. Caminharam ainda sob a tormenta, pularam algumas perigosas e escorregadias banquisas e, finalmente, alcançaram a tal escadinha do veleiro. Sobre o deque sacudiram as grossas camadas de gelo que os cobriam. Tinham que fazer isso para não encharcar a cabine do barco.

3
Koll Bryan

ANTÁRTIDA, ANO 198, DIA DE SATURNO, 17 SOLAR.

Koll era um exímio cozinheiro, e uma boa comida quente era tudo o que Sizígia desejava naquele momento. Ela já tinha retirado a incômoda jaqueta e calça impermeável, que estavam bem ensopadas, e também o casaco de lã e a calça forrada, e, por fim, as meias, as luvas e as botas. Ficara apenas com o conjunto térmico de calça e camiseta comprida do australiano.

Resolveu observar como o estranho cozinhava. Koll aproveitou para lhe perguntar como os da nação de Túris haviam conseguido criar uma roupa tão engenhosa como aquela que ele estava usando.

– Você não saberá usar esse equipamento sem treinamento – ela respondeu. Resolveu lhe contar algumas propriedades do traje universal; falou da viseira, que além de corrigir o grau funcionava como zoom e lupa, cujo ajuste fazia-se por uma simples ordem mental ou um movimento dos olhos, e também servia como tela do maravilhoso computador que coordenava o restante da vestimenta e todas as demais funções e informações. Falou até das propriedades do *pack* às costas que, além de ar e água, provia seu ocupante de medicamentos, vitaminas, aminoácidos, açúcares e minerais necessários durante as missões.

– Parece ficção científica – interrompeu o homem, enquanto preparava a comida.

– É muito mais que ficção, *meu protegido*. Nem daqui a cem anos vocês conseguirão construir isso. – Sizígia, pela primeira vez, brincou com o desconhecido e esboçou um sorriso maroto de quem acabava de se gabar perante um estranho.

– Vocês vendem isso?

– Não, australiano. Jamais alguém das nações da Terra conseguiu adquirir uma roupa dessas. E se conseguisse, não iria servir para quase nada, pois o computador do traje mandaria o sistema de segurança inutilizar a vestimenta.

– Você fala como se o traje tivesse vida própria… Acho melhor tirar essa roupa e vestir as minhas, pois já estou ficando com medo. Sério! – disse ele, rindo.

O australiano parecia à mulher de Túris um tanto primitivo, talvez pela barba, pelas roupas ou por morar em um barco que se move com o vento. Mas começou a se sentir atraída por ele. Ele era diferente, bonito e cozinhava divinamente. O cheiro já perseguia suas narinas, aguçando sua fome. A comida estava ainda sendo feita pelo homem que salvara quando Sizígia resolveu ir ao banheiro. Koll tentou tirar o macacão universal na sua ausência, mas não conseguiu. Quando retornou, ele lhe pediu que o ajudasse a tirar a vestimenta para que pudesse vestir suas roupas polares australianas que o deixavam mais à vontade. Vestido só com cueca, foi ao banheiro se trocar e pôs um conjunto térmico seco e por cima um casaco de lã. Ficou imaginando se a mulher estranha, quando o viu quase despido, sentira algum tipo de atração, pois nada nela demonstrara.

O prato de massas com delicioso recheio à italiana ficou pronto, e a mulher de Túris fez questão de comer muito, o que impressionou o cozinheiro. Não havia aquelas etiquetas que faziam certas mulheres fingirem estar com pouca fome. Koll cuidou de servi-la muito bem, e ambos começaram a entrar em assuntos mais diversificados. Num dado momento, ele disse estar um pouco atordoado, não se lembrava que dia era aquele.

– Já passou da meia-noite. Estamos em Urano, dia 18 solar – disse ela sem pestanejar.

– O quê? Do que está falando?

– Ah, esqueci que vocês não conhecem a cultura do povo da Antártida. São os dias da semana e os dias do ano.

– Espere aí – disse Koll, buscando seu GPS. – Estamos em janeiro, dia 8, quinta-feira, que para franceses e espanhóis é o dia de... Júpiter.

– Temos também o dia de Júpiter, mas nossa semana é de dez dias, e não sete. A semana para os gelos começa com o dia do Sol, igual à de vocês, australianos. Depois, vêm os dias da Lua, de Marte, Mercúrio, Júpiter, Vênus, Saturno, Urano, Netuno e, finalmente, o de Sirius, o décimo.

– Ah, então é uma mistura da semana dos espanhóis e franceses com a nossa, dos ingleses. Depois vocês acrescentaram outros dias, certo?

– Acho que sim. Os fundadores da Túris Antártica copiaram essa parte astronômica dos povos da Terra.

– E o mês de janeiro é solar? – perguntou Koll.

– Não. Temos apenas quatro meses e os dias extras. O mês solar é o verão de vocês. O dia do *solstício*, que vocês denominaram ano passado 22 de dezembro, é o nosso primeiro dia solar, que vem após os cinco dias de festa do Val.

– Val?

– São os dias que usamos para acertar o calendário anual depois de quatro estações ou *meses de noventa dias*.

– É... – sacudiu os ombros. – Parece fácil.

Koll Bryan sentia cada vez mais o cansaço e os efeitos do período que estivera em coma, mas não queria saber de repousar, estava eufórico. Preferia tirar todas as dúvidas que continuavam a inundar sua mente. Resolveu perguntar por que ela se arriscara tanto para salvá-lo e por que não pedira ajuda.

– Se eu pedisse socorro, os gelos viriam me procurar, mas isso não é correto, não fazia parte da minha missão – ela respondeu. – Seria quebrar o princípio de conservação se eu os convocasse sem estar eu mesma em apuros. Não se pode desperdiçar nada em nosso mundo, nem pessoas, nem equipamentos nem energia.

– Mas seria por uma boa causa. Não ocorreu uma forte tempestade?

– Nevascas e ventos violentos acontecem com frequência na Antártida. Imagine se um homem de Túris sempre pedisse socorro quando da ocorrência de um forte vendaval... Quem iria querer lhe dar uma missão? Esse cara acabaria sendo classificado como incapaz. Agora, veja este meu caso. A missão está sendo bem-sucedida e estou ganhando *pontos* para minha carreira.

– *Pontos*? – Koll não conseguiu conter a curiosidade. – Então, lhe fiz um favor em quase ter morrido? – sorriu, volvendo a cabeça e dirigindo a Sizígia um olhar desafiador.

– Estou aqui com você. Os gelos sabem onde estou. Sabem que não estou em perigo, pois já sinalizei. Agora, respondendo à sua pergunta, o que posso dizer é que se você morresse por negligência minha, eu perderia, mas por outras causas não. O *sistema* acabaria sabendo. Vou ganhar *pontos* se merecer. Não foi bom eu salvá-lo? Quer voltar pra sua cova na geleira? – fez-lhe uma pergunta irônica.

– Não... Acho que me expressei mal. Verdade... O que você fez por mim não tem preço. Nunca vi uma pessoa tão maravilhosa em toda minha vida – Koll agora falava sério. – Há quase quinze anos velejo pelo mundo afora. Conheci muitas pessoas. Viajava sozinho ou acompanhado. Cheguei até a me casar com uma velejadora, ficamos juntos dois anos, mas depois nos separamos. Não tivemos filhos, coisa que eu queria na época. Com o tempo, acertei minha vida e voltei a procurar os ventos que me levassem para onde queria e também aonde eu não queria. São eles que mandam em mim. Obedeço a eles. São como pais para mim. Os ventos...

– Deve ser bom... sair assim de bobeira – interrompeu Sizígia. – Eu gostaria de ver para onde o vento me levaria...

– Só te digo que é bom demais. Mas você está em missão, não é como eu, um cara à toa – Koll não sabia se sua resposta havia sido adequada, mas foi o que lhe viera à mente.

– Minha missão vai terminar quando desencalhar seu veleiro. Você estará livre novamente para seguir os ventos. E eu terei um fim de semana para descansar. Três dias, e depois mais três, que ganhei com minhas tarefas. Aí, posso fazer este favor, te ajudar a velejar. Na verdade, nem sei fazer isso, mas aprendo rápido.

Koll Bryan assustou-se. *Será que ela falava sério? Velejar com uma mulher de um mundo completamente diferente, sem saber nada da sua vida, uma mulher que porta armas muito perigosas, que tem uma roupa de ciborgue e, o pior, fala um péssimo inglês* – riu sozinho –, *parecia perigoso. Poderia virar uma história de terror, mas... se o vento ali a trouxe...*

Sizígia continuou tirando os pratos da mesa e colocando-os na pia. Koll, ainda intrigado com a mulher misteriosa, resolveu fazer uma pergunta que lhe soou ousada, pois, por mais natural que a mulher pudesse lhe parecer, a verdade é que ele estava diante de uma alienígena que poderia facilmente se ofender por usanças e diferenças culturais.

– E seu namorado, marido, não vai se preocupar com você? – Arriscou uma pergunta íntima, fingindo indiferença.

– Marido?

– Sim. Uma mulher quando se casa tem um marido.

– Ah, no meu mundo não existe casamento. – Ela riu. – As pessoas, quando se gostam, se encontram, namoram, marcam encontros, mas sempre vivem separadas. Estranho para vocês, não é? Para mim, não.

Koll ficou pensativo e começou a observar a mulher branca lavar as louças na pia. *Quem é essa pessoa, que parece uma máquina de guerra ou uma astronauta que perdeu sua nave, ou, quem sabe, uma praticante de esporte de inverno, e agora... uma simples dona de casa, fazendo atividade doméstica e, bem... só Deus sabe mais o quê?*

– Você lava pratos muito bem! Se não fossem inquebráveis, eu mesmo teria perdido muitos – falou ele para testar a misteriosa mulher branca, apesar do receio de lhe causar algum tipo de ofensa ou repulsa feminista..

Sizígia virou-se de lado para encará-lo, encostando uma das mãos na pia.

– No meu mundo trabalhamos muito, e os serviços braçais são feitos pelas máquinas e pelos robôs, ou por nós mesmos na ausência deles. Mas você não me falou como se tornou um grande cozinheiro. Estranhei um pouco as comidas, mas estavam simplesmente deliciosas – disse a mulher, sem alterar sua expressão facial.

– Trabalhei na cozinha de um navio por quatro anos – respondeu Koll. – Acho que levo jeito, aprendi rápido olhando os *chefs*. Uso panelas e todo tipo de tecnologia. Cozinhar é espiritual; não se pode ser apressado, é como pintar um quadro.

– Experimentou cozinhar em lugares desérticos, sem equipamentos? – ela perguntou, curiosa.

– Sim, é só fazer um assado. No gelo eu teria que abafar muito bem, caso contrário a carne ficaria crua por dentro; já na selva seria somente o trabalho de pescar ou caçar, improvisar um espeto e fazer uma fogueira.

– Adoro a vida selvagem – expôs-se Sizígia para o estranho. – Às vezes asso um petisco no litoral para me lembrar dos acampamentos em que ia sempre, quando mais nova. Há alguns pratos que são demorados.

– Para ser rápido, deve-se assar uma carne, simples assim, como chegou a dizer *Platão*, referindo-se aos soldados em campanha.

– Quem é esse cara? – ela perguntou.

– Desculpe. É um filósofo da Antiguidade que tentou organizar uma cidade, a melhor de todas no seu entender, nada mais. Sou curioso. E então, quando estou sozinho no veleiro, dedico-me às leituras para passar o tempo. Agora estou terminando de reler *A República,* de Platão, para conhecer a sabedoria dos antigos.

– É?... Não leio filosofias, costumo ler manuais técnicos e curiosidades científicas, que vão desde o mundo dos seres vivos e o meio ambiente até chegar ao espaço, astros, meteoros, cinturões e órbitas – disse a mulher branca.

– É que também sou sociólogo, então gosto de ler essas coisas.

– Quê? O que faz um soci...

– Sociólogo. – Ajudou-a a completar, pois percebera *que seu inglês* não era bom. – É uma área do conhecimento que estuda as sociedades humanas, sua natureza e estruturas, a relação dos indivíduos com as instituições, o papel da cultura, da religião e das artes, da política; enfim, estuda o social. Eu gosto disso, pois me desperta a curiosidade e a vontade de saber.

– Sou curiosa também, mas em relação à ciência e às coisas práticas. Isso que você estudou é muito teórico, hipotético...

Koll sorriu.

– Mas é interessante! Por exemplo, no mundo de vocês não existem crenças, religiões, tabus? Espíritos vagando por aí... Os mortos, por exemplo, vão para onde?

– Onde?...

– Sim, o espírito dos mortos. O que acontece depois da morte?

– Olha, não temos religiões, se é que é isso que você está perguntando.

– Então, vocês não acreditam em nada?

– Eu não disse isso. As pessoas da Antártida podem acreditar no que quiserem, não é proibido. Tem gente que acredita que os espíritos dos mortos vagam por aí e são eles que nos ajudam quando estamos em dificuldades. Outros dizem que tudo o que é sobrenatural vem dos *poderios*, que ficam entre as estrelas, em algum lugar escuro em outras dimensões.

– *Poderios*? O que são essas coisas?

– *Poderios* são seres de outras dimensões, de alguma descontinuidade cósmica. Dizem que acima deles só existe o *Poder*, e que seu símbolo cósmico é um *rio tortuoso que corre em círculo*.

– O que é o *Poder*? Quem tem o poder? – perguntou o homem.

– O *Poder*? Filosófico... Ai, ai. – Ela riu, pensando na dificuldade que teria em explicar coisas hipotéticas. – O *Poder* seria um ente cósmico que teria originado os *poderios*, mas não é só isso. Dizem que nele toda a magia seria originada. Toda a magia fluiria dele, de suas águas estreitas e profundas.

– Então vocês têm um Deus? O criador de tudo?

– Não. O *Poder* não criou o mundo, criou a magia, os seres vivos e os *poderios*. O mundo sempre existiu... É o que dizem.

– Existe então, para vocês, uma história, uma cosmogonia para explicar o universo?

– Essas filosofias... Eu acho que não tem nada disso. A maioria de nós pensa como os científicos da Academia, que dizem que o *Poder* seria tão somente a *quarta força*.

– Como? Que força é essa? – Koll ergueu as sobrancelhas, surpreso.

– A primeira força cósmica é a gravidade; a segunda, a eletromagnética; a terceira, a nuclear; e a quarta, a magia. Eu gosto da tese dos científicos porque é ciência, e não filosofias. Mas existem grupos menores com outras crenças.

– Quais?

Sizígia procurava sair dessas questões para ela difíceis, mas cedeu à curiosidade e insistência de Koll depois que percebeu o grande interesse que o humano mostrou.

– Há aqueles que acreditam nas profecias planetárias, que predizem que o mundo da Terra se juntará ao seu planeta gêmeo, Tera, e assim por diante. Mas acho que tudo isso são teorias, e que só na ocasião da morte é que conheceremos a verdade.

– Acho que se existisse alguma coisa jamais iríamos saber. O mundo talvez seja só matéria – disse Koll.

Sizígia ficou calada, e deixou tudo brilhando na bancada da cozinha. Virou-se para Koll e forçou um leve sorriso, moveu os olhos para cima como se buscasse algo em sua mente, e disse:

– Alguma coisa fora de nós existe. Na Academia, nos é ensinado como usar nosso poder de percepção fora dos cinco sentidos. O treinamento nos conecta ao mundo sensorial que nos envolve. Nos ensina a nos movermos na direção certa sem que nosso próprio intelecto saiba. Então, a gente não controla mais nossa mente, segue uma direção que o místico sabe ser a correta. É um *poder mágico* que a maioria dos gelos tem e que nos leva a grandes descobertas.

– Acho que você é uma crente – provocou Koll com um riso zombeteiro. Sizígia fechou o semblante e o encarou seriamente.

– Não foi nenhum detector eletrônico que te encontrou. Não fosse este poder, este sensor místico, eu não o teria descoberto embaixo de gelo e neve...

Koll ficou chocado. Não sabia o que dizer. Sentiu o sangue fugir-lhe da face. Sua mente parecia ainda afetada pelo período que ficara enterrado sob o gelo. *Será essa moça uma fada, uma feiticeira?* Veio-lhe a lembrança dos terríveis momentos que passara sob a nevasca. Tentou esconder seu medo e se levantar para ir ao quarto, mas se sentiu pesado, tudo à volta ficou escuro... para ele.

O velejador solitário moveu-se na cama. Sentia ter dormido muitas horas, como uma pedra. Tudo o que passara agora lhe parecia um sonho. A cabeça estava leve e, ao se mexer na cama, esbarrou em alguma coisa. Ergueu-se um pouco e abriu os olhos. Resolveu esfregá-los. Não! A mulher branca dormia ao seu lado com a blusa e a calça antitérmica de Koll. Não tinha sido um sonho.

Então, sentou-se e procurou se acalmar. Percebeu que alguém tinha trocado sua roupa por outra mais quente, e justamente sua roupa preferida para dormir. Puxou as cobertas e se levantou. As armas da mulher estavam num canto do quarto. Ela estava ali, deitada, dormindo, inofensiva, à mercê dele. Resolveu se levantar. Foi ao banheiro, e então decidiu fazer uma mistura de café bem quente com chocolate belga. Desembalou um pão congelado e fez seis belas torradas com um queijo temperado de ovelha australiana que derretia, exalando um aroma tentador. Colocou três torradas e o chocolate numa bandeja e a levou para a mulher. Mexeu nela, mas se assustou quando percebeu que seu rosto sedoso e aveludado estava gelado, igual ao de um defunto, mas ela respirava firme e lentamente. Ao esbarrar em seus lábios sentiu uma quentura, que indicava haver calor dentro do seu corpo. Puxou-a pelos ombros até que viu seus olhos azuis voltarem a fitá-lo. O coração pulou em seu peito.

– Você me acordou? Nós, os gelos, dormimos muito, acho que é influência do frio – ela disse, sem se zangar. Ao vê-lo se virar para trazer-lhe a bandeja, espreguiçou-se e exclamou: – Oh, que gostoso! Já sei o que é pelo aroma. Você adivinhou, o frio nos faz comer muito. – Ajeitou-se na cama, colocou a bandeja no colo e começou pelo café achocolatado. – Humm! Não podia ser melhor, nem mais saboroso. Antes que me esqueça, a missão notificou à Embaixada australiana que o resgatamos com sucesso. Então, a Embaixada vai te pedir para confirmar e você... faça isto.

– Por que falar com eles? Eu não avisei ninguém porque não queria que soubessem do meu encalhe. Pega mal esse negócio. Com o grande degelo provocado pelo efeito estufa, muitos velejadores e aventureiros têm vindo passear aqui, e o Governo sempre diz que não se responsabiliza pela nossa segurança. Então, para nos ajudarmos, entramos nos vários clubes que existem na Austrália e na Nova Zelândia e nos tornamos sócios. Mas...

– Calma, calma! – interrompeu Sizígia. – Você e seu clube não vão pagar nada a Túris. Você só precisa confirmar o salvamento para o seu país saber que estamos trabalhando e seguindo o tratado que firmamos com as nações.

– Ok, me desculpe. Tratado?

– É, nós temos tratados. Por isso, toda vez que encontramos náufragos, notificamos a Embaixada.

Envergonhado por ter se mostrado estressado, Koll ficou calado, pensando em como fazer para agradar a estranha. Ele, que se imaginava um *tranquilão*, começou agora a se preocupar com sua performance. Então, tentou dar sentido à conversa que ontem começara.

– Como eu disse, sigo o vento aonde ele me leva. Então, quando viajo me desligo de tudo isso. Não há terapia melhor. Só desejo que continue assim – completou, ansiando que suas palavras não tivessem soado bobas para a desconhecida.

A mulher, ainda sentada na cama, voltou a fitar-lhe os olhos, os mesmos que perturbavam a cabeça de Koll. Viu-a insuflar o peito de ar e o esvaziar lentamente. Sem dizer nada, ficou apreensivo sobre o que sucederia e se ela sequer escutara alguma coisa que acabara de falar.

– Koll Bryan – disse Sizígia em tom imperativo, levantando-se da cama com a bandeja já vazia. – Vou terminar seu resgate agora – acrescentou em tom solene.

Ela voltou a lhe parecer um profissional em serviço, então se limitou a segui-la com os olhos; viu a estranha dirigir-se à bancada da cozinha e novamente lavar tudo, deixando-a impecável. Depois, virou-se para a sala e apanhou sua roupa protetora, pendurada em um porta-treco na parede. Então, despiu-se. Koll a viu assim de costas, esbelta como uma modelo, usando apenas o colete que cobria até o pescoço e uma larga aliança de ouro com a parte central branca no dedo médio da mão esquerda. Observou-a, atônito, pegando o tal macacão e virando-se para ele, ainda nua da cintura para baixo.

– Essa roupa é feminina, é a única que usamos por cima do colete – ela disse, bem séria, enquanto terminava de vestir o traje universal. Dirigiu-se em seguida ao quarto, como se nada tivesse acontecido, e pegou suas duas armas.

Algo primitivo brilhou nos olhos de Koll e seu coração começou a bater forte. A mulher branca lhe pareceu linda, o que causou um turbilhão em sua mente. Foi um instante único em que todos os fluidos do seu corpo entraram em ebulição. Sentiu uma grande atração, impossível de conter. *Uma deusa? Um homem pode gostar de um deus?* Ele estava gostando. Quando se recobrou da letargia em que se encontrava, percebeu que Sizígia não estava mais lá.

Escutou um barulho do lado de fora. Sizígia, com uma espécie de quebra-gelo portátil ultrassônico, acabara de fender uma parte do tal *iceberg* que obstruía a passagem do veleiro. Koll observou que o barco ainda estava preso por grandes blocos de gelo das banquisas e achou melhor avisar, gritando:

– Cuidado quando for quebrar esses blocos, estão colados ao veleiro!

– Não posso mexer com eles agora. Esses blocos azulados têm arestas cortantes. Seu movimento e peso racharam o casco! – respondeu ela, com voz alta.

– Não! – gritou ele, exasperado.

– Se não acredita, vá lá dentro e olhe com atenção bem embaixo de onde você guarda a âncora. Eu fiz isso ontem, depois que você dormiu. Só não entrou água por causa do gelo. Se derreter, *bye, bye*... adeus barco.

Koll pôs a mão na cabeça. Pensou na loucura que seria tentar retornar ao seu país com o primeiro casco, o de fora, quebrado, e o interno, de aço, trincado. Foi quando escutou Sizígia dizer que podia consertar aquilo, só teriam que ir a um posto que os gelos tinham ali perto e pegar o material e a ferramenta necessários.

– Vamos no motogelo, você não vai congelar, porque agora está sem vento – disse ela, já caminhando para o veículo.

Ao chegarem, antes de montar, ela limpou o assento do gelo que ali se acumulara, virou-se para ele e, de esguelha, lançou-lhe um olhar matreiro, dizendo:

– Você tentou fingir que não tinha nada de mais em me ver pelada, mas bem que ficou perturbado. – Sizígia deu uma risadinha.

– Me pegou desprevenido, confesso. Acho que vou ficar apaixonado – respondeu sorrindo.

– Dizem que nós, gelos, somos meio puritanos. No meu mundo, homens e mulheres ficam nus somente na sauna, mas mulheres de um lado e homens do outro para não se exporem muito; fora isso somos muito bem comportados, todos se respeitam. No nosso caso, por eu ter somente duas peças de roupa e estar em missão, não podia perder tempo e...

– Adoro mulheres que não podem perder tempo – interrompeu Koll, soltando uma sonora gargalhada, que pareceu incomodá-la.

Sem nada dizer, Sizígia sentou no motogelo e puxou o capacete da vestimenta. Koll teve que se ajeitar atrás dela, segurando na sua cintura. O caminho agora estava menos aterrador, a neve alargara as passagens. O veículo seguiu o litoral por alguns difíceis quilômetros até encontrar uma subida pela geleira, o que lhe permitiu alcançar o platô da barreira de gelo. Já lá em cima, passou por paisagens um tanto modificadas pela nevasca da noite anterior. Dava para perceber a quantidade de neve fofa acumulada. Seguiu, durante uma meia hora, um caminho que contornava um monte até chegar próximo a um *nunatak*. Desligou a máquina e desmontou. Koll a seguiu.

– A passagem é aqui – ela disse, fazendo um gesto com a cabeça.

Uma porta alva, camuflada, na base da pedra, deslizou para o lado, obedecendo a um movimento que Sizígia fez com a mão esquerda utilizando o seu anel.

– Isso... Isso é uma gruta estreita, escura e tenebrosa – balbuciou Koll, sentindo um aperto no coração. O frio de doze graus negativos tornava o lugar ainda pior. – Está frio. Tem aquecimento dentro da gruta?

– As grutas são melhores do que aqui fora, pois nunca há vento dentro delas, e se houver uma fonte de calor ela pode esquentar como um iglu. Mas nós não a aquecemos, pois a mobília é toda feita de gelo, aí ficaríamos sem mesas, cadeiras e armários. Vamos entrar aqui e você verá.

– Se alguém fosse pernoitar aí teria então que usar essa vestimenta aquecida até para dormir, não é? – perguntou, ainda assustado.

– Também assim não. As suítes e a sala de banho são aquecidas, mas não deixamos que esse calor vá para outros ambientes – respondeu a mulher branca como se fosse a coisa mais usual do mundo.

Percebendo que ele ainda relutava em entrar no lúgubre corredor, ela resolveu lhe dar uma ordem. Não podia deixar seu protegido do lado de fora.

– Terá que descer comigo à *morada dos gelos*. Na minha companhia não precisa ficar com medo.

– Medo? Não, claro que não... vou descer.

Diante dos dois, uma comprida e torta escadaria os levava para muito abaixo; não dava para ver o fim por causa da irregularidade da escada. Um silêncio estarrecedor seguiu-se; só seus passos eram ouvidos, nada mais. Koll sentiu seu coração bater forte, dependia da luz da estranha, nem ao menos uma lanterna trouxera consigo. *Nunca vi essa mulher antes, não sei quem ela é*, pensou. *Esse mundo de Túris é a coisa mais insondável que se possa imaginar. E cá estou, feito um doido, na solidão do deserto, entrando numa caverna escura e perigosa com um anjo que pode ser um diabo.*

Enquanto desciam os degraus irregulares um ruído se ouviu por trás deles. A porta, que parecia ser uma parede de gelo, se fechara completamente. Foi então que toda a escadaria e o salão que se seguia ficaram amplamente iluminados. Foi um alívio para Koll.

Ao final da longa descida algo chamou sua atenção. Um homem velho, solitário, de não boa aparência, com desgrenhada cabeleira branca, encontrava-se sentado diante de uma grande mesa, e assim permaneceu enquanto Sizígia a ele se dirigia, falando rapidamente em uma estranha linguagem sibilina, que misturava som e sopro, um idioma que ele não sabia se vinha do mundo dos anjos ou das profundezas do inferno. *Não era idioma de gente*, pensou, assustado.

Viu em seguida o velho, de longa cabeleira, apontar para uma direção. Sizígia fez sinal para que Koll a acompanhasse até chegar noutra sala, que, embora estivesse impecavelmente limpa, parecia um almoxarifado, tamanha a quantidade de materiais que se via pelos cantos e pelas prateleiras.

– Esta célula de plasma está carregada – disse Sizígia, apanhando o equipamento na prateleira de gelo. – Vou trocá-la pela que está em minha moto – pegou também um rolo de um metro de chapa de uma liga metálica e pediu a Koll que o segurasse, além de uma pequena máquina, um tanto pesada, que o australiano agarrou pela alça. – Isto é para consertar seu barco – ela explicou.

Koll sentiu-se bastante aliviado quando saíram da gruta. *Estou vivo, longe das entranhas da rocha e do gelo*. Mais calmo, observou Sizígia substituir o módulo de plasma do veículo e deixar o que estava descarregado na gruta, fechando a porta em seguida. Viu-a guardar os outros materiais debaixo do banco do motogelo, que era bem maior do que aparentava, e, ato contínuo, levantar os apoios que o motogelo tinha de cada lado para o passageiro de trás.

– Agora, estranho, vamos viajar com velocidade – ela disse. – Em vez de se segurar em mim, coloque o cinto de segurança do quadril e passe seus braços pelos apoios, pois a moto vai voar e… vai ser muito rápido.

O veículo decolou tão velozmente que, quando ele percebeu, já estavam sobrevoando o pequeno monte em direção à costa. O panorama do alto do penhasco de gelo exibia, naquele dia ensolarado, sua beleza feérica e inesquecível. O veleiro tornou-se visível na límpida manhã e, ao fazer uma pequena curva de descida, o maravilhoso motogelo posou a apenas 50 m do barco.

Sizígia puxou o capacete flexível, dobrando-o por trás da nuca, e olhou para Koll, que se danava a rir nervosamente, tamanha tinha sido a emoção e a adrenalina do passeio que não durara cinco minutos. Em pouco tempo a mulher branca, com a máquina que haviam trazido, soldou a chapa de liga no lado interno do casco e reparou a parte externa.

– Agora vou soltar o barco para você seguir seu rumo – ela disse. – Uma vez livre do gelo, os ventos pesados que despencam das altas montanhas do sul afastarão para longe as banquisas e os *icebergs*, assim você vai poder navegar sem qualquer perigo.

Vários estalos altos se fizeram ouvir quando a arma ultrassônica quebrou algumas banquisas, dando passagem para o barco seguir viagem. Koll ergueu as velas e as aprumou. Sizígia continuou fora do barco. Estava de pé na banquisa de gelo preparada para lhe dar adeus. Foi quando Koll esfregou o rosto e, com a mão agora por cima da barba, vociferou:

– Você não tem tempo nem para um café com bolo?

– Tenho. Eu posso. E aí? – ela respondeu com o semblante solene à medida que, diante de tal convite, voltava a subir sem pressa a escadinha do veleiro.

O homem não conseguiu esconder a frustração de perdê-la, mas ao vê-la já no veleiro falou tropeçando em suas próprias palavras:

– É... Você disse que gostaria de velejar... Aquela coisa de deixar o vento te levar... e agora... com essa roupa de astronauta vai trabalhar mais outra semana de dez dias... *pô*... por que não me disse antes?

Sacudiu a cabeça para não falar asneiras, percebendo que algo lhe premia a garganta, tamanha a emoção que sentia. Viu-se em um monólogo, perante o silêncio que seguiu suas palavras.

– Desculpe-me... estou errado. Não sei o que está acontecendo comigo... – concluiu.

A mulher-gelo foi se aproximando lentamente do louro bretão e, quando ele percebeu, já estava sem as luvas, deixando-se ver o belo anel. Suas mãos alvas, agora cálidas, pousavam em sua barba.

O homem estremeceu. Ela se aproximou e o beijou. Ele sentiu a quentura dos seus lábios envolventes e a agarrou com força. Ela só teve tempo de sussurrar um “eu já estou de folga”, e se entregou.

A viagem 4

Quando as estrelas caem,
O meu vazio se vai.
Existe um lugar onde elas parecem ir
E eu vou junto. Onde?
Não preciso saber.

ANTÁRTIDA, ANO 198, DIA DE NETUNO, 19 SOLAR.

O veleiro deslizava sobre um mar escuro com vento favorável. O belo motogelo fora firmemente amarrado atrás do barco, no convés da popa. Sem os perigos das ondas revoltas, podiam navegar para bem longe, e, com toda calma do mundo, observar o mar que se agitava e se transmutava em azul-turquesa, deixando entrever uma vida abundante que as águas nem sempre conseguiam esconder. No litoral, onde havia pedras, as cores eram devido à presença de liquens e de algas que traziam tons vermelhos e verdes. Não se afastavam da costa, pois sua beleza exercia um poder de atração para ambos. Com os olhos a boreste, deliciavam-se contemplando a linha distante da longa barreira de gelo que parecia não ter fim. A brisa constante estava agora na temperatura ótima para Sizígia, que gostava de senti-la em seu rosto e cabelos. Às vezes entrava no barco para apreciar o homem que acabara de conhecer manipulando o belo timão de um veículo que a deixava extasiada de tão primitivo que era. Com um colorido gorro de pele sintética e óculos dourados, Koll fazia a exótica figura de um capitão em uma embarcação de ecoturismo.

Para qualquer lado que se voltasse os olhos a vida fervilhava sobre o gelo. Sem qualquer esforço, viam-se grandes grupos de focas-de-weddell e focas-caranguejeiras deitadas à margem de um belo *iceberg* tabular, a um quilômetro da costa, sem que nada as perturbassem. Por sugestão da mulher misteriosa, o barco para lá se dirigiu e foi ancorado na pequena ilha de gelo, junto a uma rampa utilizada pelos pinguins-de-adélia. O local para fixar o barco foi escolhido por ela, que conhecia os perigos que poderiam advir de uma atracação errada no gelo.

– Minha amiga Caldene está fazendo um trabalho aqui – disse Sizígia. – Uma colônia de leões-marinhos foi arrebatada de surpresa por correntes térmicas que a trouxeram para cá, numa latitude incomum para eles. Ela está estudando se precisará removê-los ou não.

– Gostei dessa. Deve ser um trabalho gratificante.

– Eu gosto desse tabular porque é mais baixo que os outros e tem boas rampas para subir pelo lado que dá para a costa, além de ser firme. Por isso os animais o usam como se fosse uma ilha. Vamos ver coisas interessantes.

– Sabia que os navios não devem ancorar junto à costa da Antártida, nos locais onde há glaciares? Ouvi dizer que os deslizamentos de montanhas de gelo podem criar ondas furiosas e trazer lâminas cortantes como navalhas para cima do barco. Você sabe disso, não sabe?

– Sim, e não vai querer quebrar o barco de novo, *bárbaro* – a mulher branca acabava de dar um apelido a ele.

– Bárbaro? Está brincando? – ele deu um passo para trás.

– É o nome que nós, de Túris, damos aos estrangeiros.

– É... Pensando bem, devo ser descendente de germanos e celtas, povos bárbaros, nos tempos da Roma Antiga.

Ela sorriu e desconversou. Não tinha o menor interesse de saber a história dos humanos.

– Então, como você disse, existe o perigo de ancorar entre um paredão de gelo e um *iceberg*, por isso é que estou fazendo essa atracagem no lado oposto, em um ponto firme do tabular. Nosso barco, ou melhor, a *sua casa* está agora protegida, mas a rampa desse lado é íngreme.

– Tem certeza? Vou ter que checar isso.

– Não vai ser nada demais – Sizígia foi chegando para junto de Koll e começou a passear seus dedos no emaranhado de fios da sua barba. – Você sabia que com essa barba é muito diferente dos homens da Antártida? Parece um viking.

– Viking? Mas minha barba é pequena. – Riu.

– Bárbaro, viking, sei lá... – De repente, a mulher se aproximou do rosto dele e soprou em suas narinas um hálito com o aroma do mar, que inundou sua mente com intensas sensações.

– O que é isso, *bela*? – murmurou ele, agora com mais paixão.

– O beijo turisiano.

Koll ficou entusiasmado e a segurou com força. Agarrou a mulher emproada e a beijou demoradamente. Mas, de repente, ficou sem ar.

– Aaah! – afastou-se com os olhos arregalados. – O que você está fazendo?

– Suguei o seu ar todo. – Riu Sizígia.

– Mas não é assim o beijo dos humanos.

– Humanos não, bárbaros, já te disse. Vocês sujaram o planeta todo e ainda ficam poluindo minha Antártida, pensa que não sei?

– Quê? – Koll não esperava por aquilo, mas assentiu.

– Minha bela, sou qualquer coisa que você quiser. Só me deixe te ensinar o meu beijo.

Ele beijava e ela ria, e foi assim até Sizígia acertar a respiração e conseguir beijá-lo do jeito que ele queria. Antes que ele perguntasse alguma coisa mais, a mulher virou-se rapidamente e puxou Koll pela mão para subir no *iceberg*, deixando-o curioso.

– Do lado que dá para a costa – falou Sizígia – tem subidas bem suaves e as *praias de gelos* onde as focas gostam de ficar.

– Praias? Você quer que eu acredite?

– Estou chamando de praia aqueles trechos rasos de apenas três metros de altura, diferente do topo do *iceberg*, bem mais alto.

– Por que não subimos pelo lado suave? – perguntou, rindo.

– Não dava para atracar ali, esqueceu? É o lado perigoso que dá para o litoral, sujeito às avalanches. Ora, se você quiser é só nadar até lá. Vai?

– Só se voltar ao barco para vestir a roupa de mergulho antártico – voltou a rir. Sizígia fez um muxoxo.

– Segure bem firme a minha mão. Se escorregarmos nessa subida cairemos na água a dois graus negativos. Se fizer o que estou falando, vamos chegar secos lá em cima.

– É, você com sua roupa selada não sentiria frio algum no mar, mas eu, sem a roupa de mergulho, se caíssemos eu quase choraria – brincou Koll, embora estivesse temeroso com a perigosa rampa, mais apropriada para pinguins que para humanos.

– E não é só isso – provocou Sizígia. – Se você escorregar, pode dar de cara com uma foca-leopardo faminta.

– Acho que você não vai me pegar desta vez. Elas ficam esperando os pinguins escorregarem, não gostam de gente, minha bela – Koll sorriu.

Vencido o aclive, o australiano sentiu-se como se estivesse em uma grande pista de patinação horizontal com quase um quilômetro de gelo plano. Mas o que mais o impressionava era a quantidade de animais que ali se espreguiçavam e se divertiam. Em outra rampa de gelo viu pinguins subindo, passando perto das focas-caranguejeiras como se fossem velhos conhecidos. No topo onde estava, as gaivotas e aguerridas escuas, também conhecidas como mandriões, seguiam seu voo em busca de alimento. Bem perto dali a algazarra de pinguins-de-adélia chamou logo sua atenção, pois jovens "acomodados" não paravam de perturbar os adultos para que lhes dessem uma boa porção de krill, um crustáceo vermelho menor que o camarão, a principal refeição da Antártida, pois servia de alimento também às aves e até às baleias. O cheiro desse crustáceo era percebido na suave brisa. Até mesmo as manchas de cor avermelhada que quebravam a monotonia dos brancos e azuis do gelo eram, às vezes, devidas à dieta de krill nas fezes dos pinguins.

– Vou te dizer uma coisa. Quando o krill começa a desaparecer, muitos animais morrem – falou Sizígia, enquanto deixava o agradável aroma entrar em seus pulmões. – Adoro isso – exclamou, abrindo os braços, feliz, como quem quisesse abarcar o mundo.

– Muitos não querem entender, mas os cientistas já disseram que qualquer desequilíbrio em qualquer parte do planeta é percebido primeiro aqui – comentou Koll, procurando mostrar à mulher que era mais que um *bárbaro*, pois preocupava-se com a natureza e o cumprimento dos tratados da Terra para a redução da emissão de dióxidos de carbono.

– Nós, turisianos, monitoramos e recuperamos os biomas antárticos, não queremos ser prejudicados pelas ações dos egoístas que vivem nos continentes ao norte. – Então, algo desviou sua atenção e ela apontou para bem longe.

– Olhe, na outra ponta do iceberg! Os pinguins-barbichas têm uma colônia em nossa ilha. Estamos cercados por cardumes de krill, e isso atrai também os barbichas.

– Onde estão eles? Não os vejo. – Ele forçou bem a vista e tentou afastar a claridade do branco que o ofuscava. Conseguiu perceber o pequeno grupo de animais. – São mesmo *barbichas*? Que olho você tem!

– Claro que são. Eu nasci aqui, a Antártida é meu lar. Conheço todos os bichos, até os raros. Eu os vejo porque... tenho um olho bom. – Riu, fazendo troça com o homem.

Koll admirava-se de tudo, da sua esbelta companheira e da natureza intocável. Não conseguia parar de sorrir. Aquilo, para ele, era a imagem do Éden. Sentia-se feliz como se estivesse vivendo novamente. De repente, viu Sizígia patinar com sua bota e gritar, enquanto apontava.

– Olhe lá, os leões da Caldene!

No momento em que os leões notaram sua presença, Sizígia passou a andar devagar, para não espantá-los, aproximou-se de um leão-marinho macho e começou a brincar. O bicho ergueu-se todo, como se quisesse disputar altura com ela. Quando sentiu que ganhara a confiança do arisco animal, acariciou-o e pôs sua mão sobre o focinho, o bigode e até nos dentes do gigante.

– Acho que não vou mais querer sair daqui. É o paraíso perfeito! – exclamou Koll, completamente alucinado.

– Vem, quero te mostrar a vista da praia. – Ela o chamou, puxando-o pela mão. Logo que chegaram a uma borda Koll avistou as preguiçosas e gordas focas-de-wedell que, na parte baixa do *iceberg*, se estiravam em bandos despreocupadas, pois sabiam que longe do mar não havia predadores para elas. Todas aproveitavam o sol radiante e o céu pouco enevoado.

– Essas belezas – disse Sizígia, apontando para as focas – prendem a respiração e mergulham a centenas de metros de profundidade em busca de comida, têm sonares biológicos que detectam buracos de gelo nas banquisas para que possam respirar ao voltar do passeio.

– Ei, eu também li isso em algum lugar. Elas se alimentam melhor que os humanos, com dieta natural de ômega-3, peixes, krill, lulas e moluscos.

– Humanos que nem você, não é? Porque eu me alimento muito bem e ainda acrescento muitas algas, esponjas e pepinos na minha dieta. Minha pele agradece. – Pôs nele um olhar invasivo. – Está na hora de você fazer o mesmo.

– Nunca vou discordar de você. Ainda não sei se é um anjo ou uma sereia, mas acho que tem muito de cada um. – Ele falou rápido e com um sorriso confiante.

A mulher-gelo olhou para ele com os olhos brilhando, e desta vez sorriu diferente, demoradamente. Koll percebeu que acertara na mosca; ela não costumava receber esses elogios dos turisianos. Pensou em falar outras coisas bonitas, mas, de repente, um bando de petréis gigantes se aproximou deles num rápido voo para depois mergulhar graciosamente em busca de cardumes. Sizígia deitou-se para ver as aves passarem. Achando-a irresistível, Koll se sentou, inclinou-se e a beijou. A mulher retribuiu as carícias e, após o longo beijo, soprou-lhe novamente o nariz.

– Agora eu sei, isso é uma *bitoca*. – Riu Koll. – Sem se levantar, ousou tirar as luvas em pleno frio para melhor acariciar o rosto da amada. – Eu achei sua pele aveludada, mas agora percebo que é de verdade. É um veludo claro, quase invisível.

– Só percebeu agora? É só uma proteção que minha pele tem contra... as congelações causadas pelos ventos gélidos, que agridem as peles de vocês, deixando-as com manchas vermelhas que nem tomate. – Pôs uma das mãos no rosto dele e continuou. – Aliás, é bom a gente voltar para o *nosso* barco, estamos distantes e você, sem seus esquis, vai demorar a fazer o percurso.

– Por quê? O sol está radiante – ele discordou.

– Olhe para cima. – Ela riu, achando-o tolo. – Está vendo aquelas nuvens? Elas estão vindo depressa, pode nevar a qualquer momento, e estamos longe. Assim é a minha Antártida, imprevisível.

– E os bichos... vão embora também? – Koll resolveu provocá-la.

– Claro que não. Eles não se incomodam com cristais de gelo no bigode e nos pelos. Sacodem-se, e está tudo bem – respondeu ela.

Alucinado ainda com seu Éden, Koll não acreditava que poderia entrar em alguma enrascada. Parecia que Sizígia exagerava com cuidados excessivos, que não combinavam com ela.

– Não se preocupe com isso. – Ele sorriu. – A gente ainda tem tempo para carícias e...

– Meu bárbaro... A temperatura mais agradável para os turisianos é em torno de dez graus positivos. Mas aqui estamos a quinze graus *negativos*, mesmo para mim é muito frio, e para você muito pior. Você não percebeu ainda porque está seco agora. Se chover, ai, ai...

– Nenhuma tempestade vai nos separar agora. Este momento é só nosso. – Ele riu, ignorando novamente o que ela dizia. Percebendo que ele estava fora de si, Sizígia resolveu ser um pouco mais direta.

– Não vai ser bom pra você a gente se rolar aqui – falou tão perto, que Koll sentiu novamente seu hálito suave, que só lhe aumentava o desejo. – Se você fosse um lobo-marinho, eu lhe pediria isso, mas você não é. – De repente ela deu uma gargalhada e continuou a rir sem parar, deixando-o desconfortável.

– Lobo? O quê...?

– Desculpe, são coisas da Antártida. Deixe eu te contar essa. É que, há algum tempo, vindo das ilhas Kerguelen, rumo à costa Pravda, pernoitei com duas amigas na ilha McDonald. Era a *estação da Luz*, época de procriação, e a temperatura estava ótima. De manhã, resolvemos tomar banho do jeito que nascemos naquelas águas desertas, e quando voltei para repousar no gramado ensolarado, junto às rochas pretas, apareceu um lobo-marinho macho, cheio de tesão, correndo aos pulos na minha direção, e tive que fugir dele. Minhas amigas caçoaram muito e contaram pra todo mundo quando retornamos. Essa história do lobo *viralizou*.

– Ué? E as fêmeas?

– Não entendeu? Não havia. Devem ter ido embora com o bando e deixado ele sozinho, com vontade. – Deu uma risadinha.

– Ainda bem que você não quis nada com o lobo. – Koll deu uma gargalhada. – Eu daria uma porrada no focinho dele.

– Uau! Valentão! Você está cheio de testosterona. Vai me proteger? – provocou a mulher-gelo.

– Vou. Pra te defender enfrento até uma baleia.

Sizígia lançou-lhe um olhar de descrédito e sussurrou, sibilante, bem ao pé do ouvido: – Que tal voltarmos ao barco?

Foi como uma onda que ecoou no crânio do homem. Algo que não conseguiu entender. Sentiu o perfume do hálito da mulher misteriosa e seu rosto aveludado no seu. Não se opôs mais. Mais tarde pensaria no que acontecera apenas nesses termos: *Ainda não vi essa gata escovar os dentes, mas tem a dentição bem branca, a mais bela que já vi, e seu hálito, de um perfume marinho, é inconfundível.*

Tinham acabado de passar pela grande barreira do mar de David, uma paisagem dominada por altíssimos platôs de gelo que terminavam abruptamente no mar, gigantescos penhascos brancos que pareciam não ter fim. Sobre uma enseada rasa o barco deslizava num braço de mar com águas claras que deixavam entrever abundantes colônias de crustáceos, fáceis de ser pescados. A água estava tentadora para um banho, não fosse o problema da temperatura. Koll resolveu arriscar-se a mergulhar quando ouviu da mulher branca que a água estava *quentinha*, uma corrente a deixara com dois graus acima de zero. Animado ainda mais pela total ausência de ventos, ele colocou sua roupa de mergulho selada, para vedar qualquer possível entrada de água, e após ajustar o cilindro jogou-se no mar com uma rede fina para pegar os pequenos camarões. *Está na hora*, pensava, *de presentear minha bela com um gostosíssimo ensopado com crustáceo flambado e um prato de estrogonofe que vou preparar com cremes, peixes e arroz integral.*

Em dez minutos o australiano retornou com sua cesta abarrotada de krill e um pouco de anfípodes. Sizígia o ajudou a subir com cuidado para não se perder nenhuma iguaria.

– Meu bárbaro – disse ela, continuando com o tal apelido –, você não pegou as estrelas-do-mar nem peixe. Eu sei que eles estão lá! – Terminou olhando para ele e apontando para o mar.

– Estavam entocadas, e minhas mãos ocupadas com a rede e os camarões – ele respondeu, sacudindo-se para afastar o frio, enquanto Sizígia o ajudava a tirar a roupa de mergulho, o cilindro e os pés de pato. – Bela, lá no fundo vi a sombra de algo grande, deve ser uma orca. Não é bom se demorar nessas águas.

Koll colocava suas várias peças de roupa quando percebeu que a mulher-gelo tirava sua própria vestimenta, ficando apenas de colete.

– Espere, o que você vai fazer?

Sizígia calçou o pé de pato dele e foi logo dizendo para o homem, que ainda não entendia o que se passava:

– Não olhe para mim com essa cara. Se encontrar orcas eu fujo delas. – Colocou o formidável óculos de lentes douradas que tirara do capacete flexível dos gelos. Mandou-lhe um beijo e, para seu espanto, pulou de costas e cabeça n'água com uma faca curva na mão, a cesta na outra, sem o cilindro de mergulho, vestida apenas com o colete e o pé de pato de Koll. Teve tempo ainda de ver o brilho do sol na larga aliança que ela nunca tirava.

Os minutos foram passando, e a mulher não voltava à tona. *Por que não a impedi de mergulhar? Idiota que fui.* Sem saber o que fazer, ocorreu-lhe a única ajuda possível, colocaria a roupa de mergulho novamente e o cilindro para procurá-la. Quando só faltava o pé de pato, lembrou que era justo o item que emprestara à mulher. Pensou em procurar o pé de pato reserva quando, de súbito, Sizígia ressurgiu das águas. Foram cinco minutos de mergulho em apneia que pareceram uma eternidade para Koll. A mulher-gelo retornou com os pescados na cesta; quatro belas estrelas-do-mar antárticas, três anêmonas e dois peixes saborosos, de uma espécie de *notothenia*, dizendo-lhe que não tinha visto os bichos porque estavam muito fundo, a cerca de trinta metros. Trouxe também um tufo de algas, um pepino-do-mar e um pouco de esponjas arredondadas que arrancara de alguma pedra.

Irritado com essa perigosa exibição de talentos, o homem perguntou se ela tinha mais alguma surpresa, dizendo-lhe que outra dessa seria demais para ele. Como alguém poderia adivinhar que ela podia ficar tanto tempo em apneia debaixo de água gelada? E a orca?

Sem esconder que estava tremendo, inteiramente molhada e transida de frio, a mulher se desculpou, enxugou-se rapidamente e vestiu um roupão com forro de grossa lã de rena que Koll tinha no armário. Quando tudo se acalmou, Sizígia se aproximou do homem, soprou-lhe nas narinas e explicou, com toda calma do mundo, que o ar da Antártida tem mais oxigênio e que em contato com a água gelada parte do seu organismo fica inativo, poupando o consumo de ar.

– Não faça isso de novo. Você me deixa muito chateado – grunhiu. Olhou-a de esguelha e perguntou, ainda zangado: – Alguma orca?

– Elas não estão aqui, você deve ter visto a sombra de algum elefante-marinho, seu bobo. – Ela sacudiu os cabelos, que secaram quase que de imediato.

Koll fez uma careta e surpreendeu-se ao ver os cabelos impermeáveis dela secos. Suspirou para se acalmar.

– Você é tão bem adaptada ao clima polar, que me assusta – murmurou. Sem falar mais nada, Sizígia lavou o pepino-do-mar e começou a comê-lo cru. Com um olhar afetuoso, pediu a Koll que lhe fizesse um chá bem quente com algas e esponjas, boas para reforçar a imunidade e esquecer os problemas.

Ele então se dirigiu à cozinha e, ainda apreensivo, foi logo pegando a chaleira e as canecas. Sizígia lembrou-se ainda de dizer:

– Ah, passe um pouco da alga em seus lábios rachados e coloque o restante na nossa comida.

Em seguida, resolveu ver se conseguia aprender um pouco da culinária do *chef*, observando atentamente o que o australiano fazia.

– Desculpe-me.

– Você não teve medo de aparecer uma orca? – ele perguntou, sem lhe dirigir o olhar.

– Antes de pararmos aqui, avistei sinais dos elefantes-marinhos no continente. Então eu sabia que eram eles.

– Eu não vi nada.

– Você não tem o olho e a experiência da gente da Antártida. Você nunca iria vê-los, querido.

– Se você tivesse me avisado antes, teria ficado menos preocupado. Para mim poderia ter sido uma orca.

Sizígia respondeu então com certa indiferença.

– Bárbaro, eu sei fugir de uma orca. Eu as engano.

– Como?

– Deixa isso pra lá. Habilidades turisianas. Eu nasci aqui.

Koll balançou a cabeça, descrente.

– Habilidades... Tudo bem. E você mergulhou nua nesse frio. Nunca ficou gripada?

– Jamais. Aqui não tem esses vírus. Esse é um dos grandes medos que temos, mas nosso sistema de saúde, o PCS, cuida de nos manter imunizados e protegidos, senão uma simples epidemia poderia acabar com a nossa gente. Então, se você ficar gripado, posso te beijar mesmo assim. – Riu, ao mesmo tempo que punha a mão no ombro dele.

– Agora você apelou. – Ele riu também.

Demorou um pouco para o mestre-cuca preparar os molhos e os temperos que harmonizavam com a refeição. Valeu a pena esperar. Sentados na proa, o casal saboreou os inesquecíveis pratos de crustáceos com algas e peixe que eram ornamentados com grandes estrelas-do-mar, como se fossem lagostas, tudo cozido com a melhor arte do sabor. *Ela come demais*, analisou Koll, *tem uma larica misteriosa que atribui ao frio*.

Após o jantar, antes de lavar os pratos, deixaram-se amar intensamente, e os receios que ele tinha ficaram para trás. Em um momento de *relax*, a mulher-gelo mostrou a Koll que já era um novo dia, sem que a noite tivesse vindo.

– Estamos na estação Solar, na qual a noite não existe. Cada estação tem suas belezas. Na estação da Luz, a primavera de vocês, teremos lindos pores de sol quando a longa noite terminar. Na estação do Silo, o outono de vocês, vamos ver luas cheias de estonteante beleza. No Estelar, o inverno, vamos admirar a Via Láctea e as nebulosas como não se vê em lugar nenhum. Então, querido, todas as belezas existem aqui.

– É, mas o Estelar é gélido demais – murmurou Koll.

– Não se preocupe, vou te esquentar – ela sussurrou e, como estava com sono, virou-se e abraçou o longo travesseiro de penas de *kiwi*.

– Só você... ninguém mais... – Ele abriu um sorriso e, quando olhou para Sizígia, ela já dormia profundamente. Ficou espantado. Tentou então relaxar a cabeça e levou quase meia hora para conseguir dormir, pois sua mente estava cheia de pensamentos e dúvidas que vinham sem parar. Sonhou que, durante a viagem, homens de branco os seguiam sem parar, tentava falar com eles, mas nada conseguia. Quando acordou entendeu que tinha tido um pesadelo cuja explicação desconhecia.

Resolveu retomar a navegação. Quando Sizígia acordou, aproveitou o tempo calmo para conhecer melhor o mundo de Túris Antártica e conversar sobre muitas outras coisas. Descobriu, assim, que vários problemas que afligem a civilização humana são resolvidos facilmente nas altitudes geladas, desde brigas até homicídios. Na ocorrência de algum delito, o agressor é imediatamente caçado por todos, pois não há polícia em Túris. Como? O segredo está no *sistema*. É ele que nomeia on-line*, em tempo real,* os defensores, entre os que estão próximos ao infrator, fazendo-os guardiões, ou seja, dando-lhes o poder de polícia até que a tarefa de prender o agressor seja concluída.

Todos em Túris, desde crianças, aprendem a lidar com qualquer tipo de arma e todos são aptos a combater pelo seu povo e estilo de vida. Após a detenção, a ação contra ele é logo impetrada. Os demandantes e o acusado são normalmente ouvidos no dia seguinte, as provas são coletadas on-line, de modo que, em menos de uma semana, o processo fica pronto para julgamento.

– O juiz deve ser alguém bastante sábio – comentou Koll.

– Sim – respondeu ela. – O juiz é um computador inteligente conectado ao sistema central, e a sentença sai em questão de minutos. Dificilmente cabe recurso, uma vez que o *sistema* conhece, melhor que ninguém, todas as leis e os costumes.

– Quê? Vai me dizer que isso funciona.

– Hum, hum. O juiz tem que cumprir a lei ou não?

– É, pode dar certo – pôs a mão na cabeça. – Então, o cara vai para a cadeia, cumpre a pena e depois retorna à sociedade, de acordo com o que o computador estipulou...

– Não, não existe cadeia em Túris, somente detenção provisória em casos especiais. As penas são sempre cumpridas em liberdade. O agressor tem que trabalhar sem nenhuma folga até que a pena seja cumprida, nem que para isso leve dois ou três anos. Seu castigo é não folgar nem poder pretender um trabalho que lhe agrade. Mas vai sempre trabalhar de acordo com seu potencial e aprendizado.

– Mesmo os criminosos violentos?

– Pena de morte.

– Sério?

– Claro, se você mesmo está dizendo que o cara é um bandido violento... Quando o juiz condena o culpado à morte, um segundo julgamento pode ocorrer em no máximo duas semanas de Túris, ou seja, vinte dias. Nesse julgamento, um especialista humano refaz o veredicto junto com o *sistema juiz*, mas na maioria das vezes a pena não é alterada. Condenado novamente, só lhe restaria o *pedido de clemência*, que dificilmente é dado.

– Justiça implacável. É como se diz em meu país. Não tem jeitinho?

– Não entendi. O que você está dizendo?

Koll ficou sem graça. Como explicaria um costume tão errado dos humanos?

– Olha, são aquelas coisas do tipo suborno... Entendeu agora? – Sizígia fez com a cabeça que não, e depois achou graça.

– Eu não entendo essas coisas de vocês. Para nós, se é para valer, vai valer. Ai, ai... Agora, querido, há aquelas faltas pequenas, de ordem administrativa, violações de normas; essas não têm processo, são resolvidas on-line em segundos – continuou Sizígia, estalando os dedos. – Certa vez, dei uma esticadinha de dois dias na minha folga; antes de voltar, o *sistema* já tinha me imputado a pena de trabalho extra por quatro dias. Ocorre muito com os jovens.

– E os drogados, como são punidos?

– Depende da situação. Nós não temos bebidas destiladas. Se eu beber muito vinho australiano e ficar impossibilitada de trabalhar vou perder uns pontos, e terei que batalhar depois para recuperá-los.

– Não tem drogas aqui?

A mulher branca meneou a cabeça como quem estivesse na dúvida se responderia ou não.

– Olha, se eu ingerir as drogas que são liberadas somente para os caras do *Terceiro Poder*, perco muitos pontos. Vou ferir normas.

– *Terceiro Poder*? Posso saber o que é isso?

– É mais ou menos como vocês. Aqui temos três poderes. Túris Antártica é governado pelos membros dos principais clãs, fundadores da nossa nação. É o que vocês chamam de poder executivo o nosso *Primeiro Poder*. Eles são uma elite muito poderosa, não faço parte dela, mas, se conseguisse muitos pontos, poderia utilizá-los para entrar para a elite. O sistema é flexível, entendeu? Nada aqui é para sempre.

– Você fala em *pontos*. Tudo tem *pontos*. O que é isso afinal?

– Tudo bem – respondeu sorrindo. – Você parece minha amiga, Caldene, que reclama por eu juntar *pontos*. Para a maioria de nós *pontos* são tudo. Para um australiano, um estadunidense, um europeu, dinheiro é tudo, entendeu a analogia?

– Não é bem assim. Essa é uma visão muito reducionista. Eu não vivo por dinheiro, por exemplo – reclamou Koll.

– Ok. Você, não – concordou Sizígia. – Acho que fiz uma comparação errada. O que quero dizer é que em Túris os pontos são a alma da *meritocracia*. Qualquer bom trabalho, qualquer missão bem completada gera pontos. Então tem a ver com virtude e o valor das pessoas. O sistema vai computando tudo isso em tempo real. Mas, se falho, posso perder pontos. Com os pontos posso alugar um resort para passar a temporada de férias do *Val* ou um fim de semana; escolher um local melhor para trabalhar; viajar para a Lua; ir aos agradáveis acampamentos provisórios, tomar bebidas caras e comer tudo do melhor nos passeios, posso até tirar férias extras. Posso trocar por adornos de ouro, fazer cursos no meu tempo de lazer... Terei muitas vantagens, entendeu?

– Legal! Pode trocar de moto, comprar um carro?

– Não. Não exagere. Motogelo e carros são *utilitários*, é o Governo que empresta para as pessoas trabalharem.

– Então, essa moto... não é sua.

– Bárbaro! Se estou de folga e quero passear, uso meus pontos para pegar a moto. Se estou trabalhando, não.

– E se você quiser ter sua própria moto?

– Para quê? Você mesmo viu. Minha célula de plasma descarregou, então fui no almoxarifado e troquei por uma carregada. Não tive nem ao menos o trabalho de carregá-la. O velho da cabeleira é quem cuida disso. Se minha moto apresentar defeito, troco por outra. Existe alguma coisa melhor?

– Então... vocês não têm propriedade privada.

– Somos diferentes de vocês, que usam o dinheiro para acumular riquezas. Nós não. Eu uso os pontos para acumular felicidade, ter uma vida muito boa. Até minha roupa é Túris que me dá. Por quê? Porque o traje universal é um utilitário poderoso, é um sistema inteligente. Posso usar os meus pontos para comprar uma saia ocidental para levar em alguma festa temática, entendeu?

– Acho que agora ficou claro o conceito de utilitário. Estou achando revolucionário. Sabe, a civilização de vocês me lembra a tentativa de Platão de criar uma *cidade ideal*.

– Aquele livro de novo? – indagou Sizígia, começando a ficar curiosa.

– É, coincidências existem. Eu te falei que estou lendo sobre este sábio da Antiguidade, ele fala de algumas coisas que vocês fazem – disse Koll. – A cidade ideal provê os cidadãos do que precisam. Lá não existe propriedade privada. As pessoas não podem acumular ouro e prata. Na verdade lhes é proibido sequer tocar em objetos de ouro e prata. A cidade os alimenta e supre todo o necessário. O filósofo disse que "a razão é a brisa que o conduz".

– Quanta eloquência vinda de um selvagem – provocou Sizígia com uma cara de debochada.

Koll não conteve o riso.

– Bárbaro, selvagem, que mais eu sou?

Sizígia riu e deu-lhe um tapa carinhoso no peito: – Agora chega de falar de governos.

– Não, espere um pouco. Minha cabeça está a mil. Apesar de o Governo bancar os utilitários, parece-me que aqui faltam algumas coisas.

– Namorados? Cada mulher arruma o seu, Túris não se intromete. – Sizígia riu, cerrando os olhos. – Não falta nada, não é?

– Falta você criar uma empresa privada, só sua. Vocês não têm isso?

– Só minha? Você quer isso para quê?

– A iniciativa privada é o motor do progresso tecnológico e da civilização desenvolvida. Entendeu?

– Se eu entendi? Acho que não. Se eu quero criar e inventar coisas, saio do Governo e vou para a Academia, o *Segundo Poder*. Lá posso criar, inventar, fazer que pessoas trabalhem no meu projeto, entende? É como se eu fosse um pequeno empresário.

– Você não tinha me falado desse poder, professora. Mas eu te adianto que ele não substitui a livre iniciativa de quem cria negócios, empresas. – Deu um riso pretensioso.

– Como não? Você cria um projeto e bota pra funcionar. Quanto mais resultados ele der, mais soluções trouxer e mais problemas resolver, mais pontos você terá. O sucesso será tanto, que outros aperfeiçoarão o projeto e a engrenagem criadora não vai parar de rodar. É uma verdadeira loucura mental. Eles vibram com isso, mas eu nunca iria querer trabalhar lá. Gosto de trabalhos de campo.

– Acho que entendi. Uma tempestade cerebral atrás da outra, estou visualizando-a agora. É isso que é a Academia, o lugar para se inventar e reinventar – concluiu Koll, erguendo as sobrancelhas e sorrindo, tentando alcançar a própria mente.

– E tem muito mais. É o lugar em que todos os gelos estudam, tudo na Academia nos é ensinado. É lá que os cientistas e maiores cérebros dos gelos estão. É lá que as naves espaciais são projetadas, os motores especiais desenvolvidos, ou seja, é o poder que cuida da área de ensino, ciência e tecnologia. A Tecnologia da Informação também. É lá que os sistemas que dirigem nossa vida são implementados. Todas as invenções são deles.

– Então é lá que se ganha mais pontos. Só pode ser.

– Verdade. Nosso líder veio de lá. Se eu quisesse mais pontos, teria que tentar trabalhar na Academia, mas não gosto, uhh!

– Não sobrou mais nada então. O *Segundo Poder* cuida do ensino, da pesquisa técnica e científica, das leis e da justiça; o *Primeiro Poder,* da execução, do trabalho, das fábricas, das atividades militares e civis. O *Terceiro* então...

– Espere aí. Não temos militares, só os estrategos, aqueles que comandam. Nós os chamamos de *cosmos,* que são os análogos do que vocês chamam de almirantes ou generais. O *Terceiro Poder...* Eu disse que não iria te contar. Surpreso? – Mandou-lhe um beijo e riu novamente.

– Ok. E se alguém sonegar imposto?

– Pare com isso, não temos impostos, nem dinheiro. Há pessoas que colecionam coisas, bugigangas; por exemplo, máscaras africanas, colares ocidentais e roupas para festas. Só tralhas.

– Estou admirado. Tudo aqui funciona tão bem sincronizado e com tão poucos gastos. Se as nações do mundo aprendessem com vocês seriam muito mais eficientes. É o que penso. Juro!

– Percebeu? Agora chega. – Suspirou.

Koll imaginou-se estar entrando em uma espécie de mundo ideal, onde tudo funciona como as engrenagens de uma máquina perfeita. *Mas se eu contar isso, ninguém vai querer me escutar. Então, o melhor é não dizer nada, fazer de conta que é um sonho, pois as grandes mídias não vão querer publicar*, pensou.

O gracioso veleiro continuava seu longo trajeto pela costa do continente gelado. O homem do mar, com as mãos frouxamente no timão, desviava frequentemente o barco de blocos de gelo ou de banquisas. Não queria colocar o veleiro no piloto automático porque sabia que poderia não detectar pequenas massas de gelo à deriva, e após o susto que tomara quando seu barco esteve preso, até um arranhão queria evitar. Contudo, não se aborrecia, havia poucas coisas que Koll gostava mais do que pilotar. Algumas vezes chegou a revezar com Sizígia. Ao se virar, ele a viu trajando uma blusa e a sua calça antitérmica, com os óculos especiais do capacete, a olhar para além do horizonte.

Tinha uma última pergunta que queria fazer à mulher, mas relutava porque tinha medo. Medo da resposta. Pensou enquanto pilotava, até que se decidiu.

– Então, minha bela. Afinal, vocês são humanos ou não?

– Tecnicamente *Homo geniacus*. Você pode também dizer que somos apenas *Homo sapiens* que foram abduzidos deste planeta há quase trinta mil anos e conduzidos por poderosos alienígenas a uma outra estrela em um planeta irmão, que chamamos Tera.

– Um mundo irmão. Assustador... E como conseguiram voltar?

– Outros alienígenas nos trouxeram para cá para fazer algum experimento conosco ou por qualquer outro motivo. Nós somos vítimas de tudo isso. Hoje, no ano 198,...

– Espere um momento! Aqui na Terra o ano é 2088.

– Não para nós. Contamos os anos a partir da nossa chegada.

Koll se calou. Lembrou do sonho que tivera, em que homens de branco o espionavam sem parar. Teria sido apenas um sonho?

Quando se afastou da zona das banquisas e blocos de gelo, Koll largou o timão e foi lavar a louça. Imaginou que depois tiraria uma soneca na rede, pois tinha velejado sem parar o dia inteiro. Cantarolava músicas do folclore australiano que a mulher parecia apreciar. Não podia se sentir mais feliz. Quando terminou, percebeu que Sizígia dormia profundamente ao relento, no chão do convés da proa, estendida sobre um estofado do banco ali jogado. Vestia o conjunto antitérmico que lhe dera, o que o deixou preocupado, pois havia percebido a mudança de tempo, e a chegada de um vento gélido era coisa certa de se prever. Pegou um cobertor de pele sintética e o colocou por cima dela, pois não queria acordá-la. Foi quando seus olhos notaram a vestimenta-gelo estendida na cabine. Não resistiu. Ao pegar o traje, viu uma luz violeta começar a pulsar no local onde sua mão o segurava. Escutou a voz de Sizígia dizendo-lhe "essa roupa não é sua", e logo a largou. Foi para o convés e observou que estranhamente ela continuava dormindo. Como? Ficou chocado, nada lhe fazia sentido. Quando se acalmou, voltou para dentro e sua curiosidade o levou para as duas armas que a mulher deixara perto da roupa. Ao colocar a mão sobre a potente pistola explosiva, sentiu um forte choque e escutou a mulher gritar: "Essa arma não é sua!".

Gelou ao perceber que ela ainda dormia. Começou a suar frio. *Estou apaixonado por uma bruxa?* Tentou controlar o coração acelerado para não entrar em pânico. Estava pálido. Sentou-se para se acalmar. *Mas ela não pode me fazer mal. Salvou a minha vida.* Encontrava-se assim refletindo quando um forte vento congelante entrou abruptamente. Correu para arriar as velas no momento em que Sizígia acordou.

Estendida no chão, lançou um olhar ao seu homem.

– Bárbaro, estou com frio! – ela disse, levantando-se e apertando o cobertor sobre o corpo. Ao vê-lo abaixando as velas, percebeu que chegara uma daquelas tormentas que trazem grande perigo, e gritou:

– Deixe as duas pequenas, vamos seguir com elas! – À medida que ia fechando as portas, tirava a roupa que Koll lhe emprestara e vestia seu traje universal.

– Estamos ferrados, a nevasca está muito forte! – gritou Koll.

– Eu vou te ajudar! – gritou Sizígia. – É só não batermos em nenhum bloco de gelo e torcer para que as velas e os cordames aguentem até o fim!

– Diabos! – praguejou. – Meus instrumentos não captam os de tamanho pequeno. Estamos perdidos!

– Eu sei onde estão! É só fazer o que digo – gritou a mulher novamente. Koll manobrava com muita habilidade, parecia haver nascido no mar, mas era Sizígia quem lhe dava a direção. – Bombordo, boreste, bombordo, de frente agora, puxa as velas, solta, boreste. – O veleiro adernava com a fúria dos ventos, o mastro vergava, como se quisesse tocar a superfície do mar. Havia momentos em que o limpador de gelo do para-brisa não dava conta, e Koll tinha que navegar às escuras, confiando em instrumentos não apropriados para esse tipo de borrasca. Sizígia mandava seguir assim mesmo, que confiasse nela. Foi então que escutaram o guincho estridente dos cordames quando uma das velas se soltou. Koll, apavorado, gritou que um dos estais, os cabos do mastro, estava para se romper. Mais que depressa Sizígia correu para fora e, debaixo da nevasca, observou o mastro com os olhos da sua viseira. Entrou rapidamente na cabine e pegou um aparelho que utilizara para reparar o barco.

– Você está encharcada, lá fora é perigoso – gritou o homem.

– Eu sei o que aconteceu, o cabo está bom, são os terminais que estão trincados. Vou ter que soldá-los, o de cima e o debaixo. Meu traje não encharca. Nunca!

Antes que a impedisse, Sizígia já estava do lado de fora. Quando Koll conseguiu enxergar alguma coisa, mal acreditou no que via: um vulto agarrava-se no alto do mastro debaixo da tormenta. Seria Sizígia? Ele correu e, para se precaver, pegou sua arma de caça. Colocou a direção no automático por somente um instante para poder sair e gritar o nome dela. Ninguém respondeu ao grito, que o vento possivelmente levou.

O veleiro sacudia muito quando Sizígia voltou ao barco coberta de gelo e neve:

– Vou limpar a cabine, eu prometo. Ah! Soldei os terminais trincados, o mastro vai aguentar.

Koll correu para junto dela e a abraçou. Sizígia gritou:

– Não largue o timão, a batalha pela nossa sobrevivência e a do barco não terminou.

– Era você lá em cima do mastro? – ele indagou.

– Como você queria que eu o consertasse?

– Fiquei aflito, não entendo, é impossível um ser humano conseguir subir lá com o *blizzard*. Me explique – insistiu, mas a mulher nada respondeu.

Foram quase seis horas de tempestade, varando a madrugada. Como o barco resistia à procela e aos ventos polares era impossível saber. Parecia não haver lugar no mundo mais perigoso que este. Os músculos do homem já não obedeciam mais. Os dela também estavam exaustos, pois, volta e meia, revezavam-se no timão e nos controles. Quando o homem viu os ventos amainarem, lançou um olhar terno para Sizígia e lhe disse, emocionado:

– Quando as condições de visibilidade e de navegação são precárias, tem-se que parar e lançar âncoras, mas se eu fizesse isso, blocos de gelo poderiam ser arremessados contra o barco, que se tornaria nosso túmulo. Mas você... você nos salvou. Você me indicou o caminho e reparou os terminais do cabo. Não sei... não sei quem você é..., mas eu te amo, garota!

– Então, leve-me para o seu quarto, num lugar bem quente, que quero festejar – respondeu a mulher-gelo com o olhar provocativo e um sorriso maroto.

♦ ♦ ♦

Eram cerca de onze horas da manhã. Estando os dois ainda na cama, Sizígia, de súbito, chamou a atenção de Koll.

– Veja isso!

Ele respondeu automaticamente:

– Eu sei, o sol.

– Não, não é o sol! Você não está escutando? Preste atenção, é um canto, uma música suave.

– Onde?

– Lá fora! – Sizígia levantou-se toda nua para correr à proa.

– Está gelado! – gritou Koll, fazendo um não com a cabeça, como quem quisesse dizer: "essa mulher não tem jeito, é doida". A tempestade fizera a temperatura lá fora cair para vinte graus negativos, e o homem demorou para colocar umas quinze peças de roupa. Levou o roupão de rena para Sizígia que, toda encolhida, observava o mar, urrando para suportar a aragem gelada do sul.

– Lá está ela! – Apontou a mulher-gelo para o mar, que parecia agora uma belíssima lagoa.

Koll ficou extasiado. Jamais vira uma baleia-azul, mas não havia dúvida, era ela mesma, a gigante que cantava, movendo-se calmamente, como quem reina sobre os oceanos do mundo.

– É um grande macho – disse a mulher. – Um verdadeiro rei de todos os mares. Está avisando que o lugar é prazeroso e tem muita comida. Veja como o mar está avermelhado. É o krill. Um lugar ótimo para se habitar este nosso. – Abraçou Koll, agradecida pelo roupão. E assim ficou muito tempo, enquanto ele observava as grossas crostas de neve que se acumulavam em cima do barco e imaginava se conseguiria remover aquilo tudo.

Vendo que o homem voltara os olhos para a baleia, ela disse:

– Ei, já é hora de enfunar a vela grande. Baixe aquela que rasgou, vamos costurá-la depois.

– Era o que eu iria dizer agora. – Ele riu e acariciou-lhe o traseiro.

– Ei, você quer rolar mais? – perguntou baixinho. Koll limitou-se a rir para ela.

Esse lugar é o paraíso e o inferno, é fascinante e terrível. Ela está feliz, e eu... alucinado, arrebatado, possuído, louco de amor, pensou.

5 Cratera nevada

ANTÁRTIDA, ANO 198, DIA DO SOL, 21 SOLAR.

Cedo ainda, Sizígia acordou com torradas quentinhas passadas em uma deliciosa pasta de krill. Um chocolate quente, bem cremoso, e bananas fritas completavam o conjunto.

– Escuta aqui, você quer me comprar pela boca? – perguntou, com um riso leve e solto. – Vou processar você em um tribunal... – Não completou. Ficou quase sem ar com o beijo surpresa que ele lhe deu, sem lhe permitir sequer terminar o riso.

Terminado o desjejum e após um banho no chuveirinho do veleiro, ela vestiu sua roupa universal e chamou o companheiro para ver a fileira dos grandes pinguins-imperadores subindo a costa por uma passagem. Praticar esportes e observar a natureza *in loco* eram programas que os turisianos gostavam de fazer durante suas folgas; afinal, esse povo não tinha filmes de Hollywood, nem novelas na TV, nem facebook, nem *sputniknews* e nem as distrações da internet. Seu sistema de informação era vasto, mas dedicado ao trabalho, à ciência e à educação. Koll ia aos poucos inteirando-se dos hábitos da mulher alienígena, e considerava que tinha muito mais a ver com ele do que as mulheres da sua terra, a Austrália.

Na verga do mastro puderam observar, pegando carona, duas gaivotas antárticas brancas com o dorso das asas em negro. Bandos de petréis das neves, graciosas aves brancas de bico preto, bem menores que seus parentes, sobrevoaram o barco e mergulharam atrás dos peixes. Não durou muito e as aves se afastaram.

Com o vento a favor, o veleiro singrava rapidamente a costa e seguia o curso traçado por Sizígia. À tarde, escutaram o som da ventania atravessando inusitados *icebergs* vazados que se transformavam em possantes instrumentos de sopro.

– Ouvi dizer que esse som é sinal de que vem outra tempestade por aí – disse Koll, pegando o timão e observando o nevoeiro à frente.

Sizígia, com a maior calma do mundo e sua costumeira fome, entregou ao homem uma gorda fatia de carne de foca-de-weddel, a última que tinha ainda embalada dentro do seu motogelo, para que lhe fizesse uma gostosa e encorpada sopa negra.

– É como você disse, um novo temporal está vindo – confirmou Sizígia enquanto saboreava a deliciosa sopa que o *chef* cozinheiro acabara de preparar. – Estamos perto de Cratera Nevada. Vou te levar lá.

– Cratera? Quer me levar para a boca de um vulcão? – perguntou com ar zombeteiro.

– Nunca ouviste falar desse lugar? Acalme-se – tranquilizou ela. – Primeiro, eu e você vamos nos abrigar da nevasca. O porto é o melhor lugar para isso. Depois, Cratera Nevada é uma cidade a céu aberto, onde alguns dos nossos que querem ver os *sapiens* vão passar as folgas, pois é lá que se encontram os *domos* das Embaixadas. Assim você vai poder conhecer outros habitantes de Túris Antártica. Aposto que vai adorar. Cratera é diferente das outras cidades dos gelos, que são construídas em grandes cavernas para nos protegerem do mau tempo.

Koll mal terminara de lavar a louça e a nova nevasca os atingiu, quase tão terrível quanto a primeira, mas Sizígia já avistava o local onde estaria a escondida entrada do porto, um lugar que sabia estar sempre com gelos ameaçadores. O barco saltava sobre as ondas e adejava sob a força da borrasca, que só não o levou ao fundo por causa do fortíssimo conjunto de quilha, estabilizador e leme. Com maestria e orientação, quase que às cegas, a mulher, todo o tempo de pé ao lado dele, conseguiu conduzi-lo para que o veleiro driblasse os blocos de gelo que ocultavam a entrada de uma grande enseada, dificilmente visualizada do mar, mesmo em dia claro.

Como um milagre, navegavam agora sob ventos agradáveis e fina neve no que parecia ser um lago, com altíssimos paredões e grutas esculpidas pelos ventos. Após dez minutos, atracaram no que seria um porto, coisa rara no continente, mas havia ali somente dois navios, um com a bandeira australiana e outro com a bandeira chinesa. Nas laterais à volta, penhascos alcantilados em rocha e gelo, eram vistos a uma distância segura das embarcações e acima do veleiro, ocupando uma grande área vislumbrava-se o teto de uma enorme cobertura branca com a forma da metade de um elipsoide, cuja dimensão poderia abrigar muitos navios. No entanto, na imensa e bela construção geométrica não se avistava um ser vivo, apenas bandos de aves, voadoras ou não.

Tiraram o dia para limpar as grossas camadas de neve no convés e em cima do veleiro. Olhando para o alto podia-se ver os cabos carregados de massa branca, e alguns menores decorados com pequenos cristais de gelo que refletiam o sol. O trabalho que tiveram para deixar o barco limpo e lubrificado foi árduo, mas prazeroso. Faxinaram até as velas, e Koll percebeu que a mulher jamais fizera aquilo antes. Mas o serviço tinha que ser feito, e quanto mais cedo melhor, para que a neve não se compactasse. Tiraram o motogelo do barco e o colocaram no *deck* para poder terminar a limpeza do convés e, em seguida, Koll foi prontamente remover as grossas crostas de gelo em cima do veículo da mulher.

– Não – ela disse. – Não precisa. Minha moto, não, querido!

Ele sorriu e observou a mulher branca fazer um sinal com as mãos e o motogelo ligar sozinho.

– Agora saia de perto, afaste-se! – ordenou ela. Outro sinal e o veículo começou a vibrar e a se aquecer, a ponto de o gelo simplesmente se soltar com estalidos estridentes, dividindo-se em vários pedaços, que foram perigosamente atirados ao longe com a violência das implosões.

– Não te disse? Meu motogelo sabe se virar. – E foi sentando na moto com o prazer de uma esportista. – Vem! – Fez um gesto com a cabeça.

– É, o motogelo sabe se virar, seu traje sabe se virar... Então, o único burro que não sabe se virar aqui sou eu – ele riu fazendo troça de si.

– Não, bárbaro, você me ensina muito mais do que imagina. Coisas que não posso aprender no meu mundo – respondeu tão prontamente, que o convenceu.

A moto foi andando vagarosamente sob a colossal cobertura. Parou diante de uma grande placa que impressionou Koll por estar escrita em inglês. Dizia tão somente:

BEM-VINDO À CRATERA NEVADA
ANTÁRTIDA

– Tem gente que vem aqui? Tem alguém que leia isso? – ele perguntou com os olhos arregalados.

– Essa placa é a única de Túris, em toda a Antártida. Está escrito no idioma mais utilizado pelas nações para indicar que aqui é permitido entrar.

Sizígia andou mais um pouco com a moto. Observou que Koll às suas costas estava boquiaberto, olhando a grande dimensão da cobertura elíptica, mas completamente vazia. Parou na frente do banheiro.

– Quer ir? – ela perguntou.

– Já fui no banheiro do veleiro. Cadê a nossa recepção?

– Cadê? Não tem. O *sistema* já sabe de nós.

Koll ficou apreensivo e perguntou:

– Bela, quando viajávamos no veleiro, eles sabiam?

– Claro.

– Epa, isso está errado. Eles nos espionaram? – Assustado, começou a se lembrar do pesadelo que tivera no dia anterior.

– Não, querido, nunca fazem isso.

Ele voltou a observar a vasta cobertura vazia.

– Não vejo ninguém da segurança.

– Eu te falei, não temos segurança, polícia nem soldados, só guardiões.

– Não é a mesma coisa?

– Não, porque guardião é só uma *tarefa*. Se o *Painel* designar dois gelos para uma tarefa de segurança, eles serão guardiões até a tarefa acabar.

– Tudo bem. Também não tem nada para roubar aqui – deu um sorriso. – Cadê a cidade?

– Aqui não tem ninguém porque é só um porto. Sei que nos portos de vocês têm umas mil pessoas trabalhando, aqui não. Agora, segure-se, vamos prosseguir até a entrada da cidade. Vai demorar um pouco.

Em alta velocidade o veículo começou seguindo uma via de gelo, em mau estado, que conduzia do porto à cidade. Koll abriu por um momento os braços de alegria. Iria agora conhecer uma cidade do futuro, e ficou pensando "quantos dariam tudo para estar no meu lugar". Mais adiante, o motogelo se afastou do caminho buscando encurtar a viagem, sobrevoando picos elevados para, ao cabo de uma hora, lentamente descer numa cratera, que agora permitia que se visse abaixo muitos domos de várias cores, pistas de esqui, postes de luzes amarelas, uma pista larga de pouso para aviões, ruas elevadas e até um córrego de água corrente que desaguava em um piscinão. Passaram pelo domo garagem, que estava cheio de veículos bizarros que o australiano jamais vira, próximo ao lugar onde funcionava a imigração. Sizígia parou o motogelo dentro de um salão e ali, rapidamente, a *biometria 3D* de Koll Bryan foi mapeada e registrada e ele ganhou um anel, menor e diferente do que o usado pela mulher branca.

Sizígia colocou o anel no anular do homem e o viu se ajustar automaticamente à espessura e morfologia do seu dedo.

– Viu como foi rápido? Você foi autorizado pelo *sistema* a passear em Túris, em Cratera Nevada, gostou? Sem burocracia e sem delongas – provocou ela, fazendo-o sorrir.

– É. Achei que ia ser preso – brincou. – O anel é confortável, para que serve?

– É o localizador. O sistema tem que saber sua posição.

– GPS?

– Todos nós usamos, mas o anel dos gelos tem muito mais funções. Há vinte anos, quando nosso traje adquiriu novas funções, alguns protestaram por ele se conectar com o nosso anel, aumentando as informações do que as pessoas fazem, mas o bom senso venceu, uma vez que o sistema age sempre para nos auxiliar, e não o contrário.

– Quê? A vestimenta... o anel. Fazem parte de uma rede?

– A vestimenta captura muitas informações do nosso corpo e fora dele. Tem uma miríade de sensores. O anel tem poucos sistemas de sensoreamento, então se comunica com a roupa para aprimorar suas informações. Entendeu?

– É, agora entendi quando você me disse que eles nos acompanharam em nossa viagem de barco. Seguiram o seu anel.

– Certo.

– É, eu tinha muita curiosidade sobre o seu anel. Agora sei que ele está em rede com a vestimenta e uma porção de sistemas de vigilância. É como um *Grande Irmão*.

– O quê?

– Vou tentar explicar. É a história de um livro sobre um lugar onde todas as pessoas estão sob a vigilância das autoridades. Mas, pensando melhor, os celulares chegaram a tal ponto de vigilância, que viraram também instrumentos governamentais nos países democráticos da Terra. Os órgãos de inteligência espionam tudo o que fazemos – reclamou. – O anel não é muito diferente disso.

Sizígia deu uma risadinha.

– O anel, querido, é capaz até de acionar um programa de reanimação a distância se me encontrar em perigo. Por exemplo, se me afogasse no mar, quando você ficou preocupado de que eu não retornasse, o anel tomaria o controle da minha respiração e músculos para tentar me conduzir à superfície, ainda que estivesse desacordada.

Koll ficou pasmo.

– Não acredito. Ele faz isso mesmo?

– Claro, o anel dos gelos, não esse seu, comunica-se direto com o cérebro. Ele tem o poder de se comunicar com algumas áreas do sistema nervoso autônomo, que controla a musculatura e a respiração, e a partir daí coloca o programa de reanimação para rodar. Muitas vezes dá certo; outras não.

– Nossa! Aqui vive-se a ficção científica. Nunca vi nada igual. Dispensa até os socorristas, respiração boca a boca, massagem de reanimação; gostei. Mas vocês não têm medo que leiam seus pensamentos? Isso é terrível.

– O anel não consegue ler o pensamento de ninguém. Ele socorre atuando em partes do sistema nervoso autônomo. Em Túris, equipamentos para ler a mente das pessoas são proibidos. O anel faz também comunicação na área da linguagem, serve de tradutor, para que eu possa entender as línguas dos humanos. Nessa atividade, ele se comunica com outra região do cérebro, mas é preciso ter treinamento, entendeu?

– Acho que meus amigos sociólogos não iriam gostar de o computador fazer tantas coisas – falou Koll, entusiasmado.

– Nós mesmos estranhamos no início, mas logo percebemos que era coisa útil e boa, pois os computadores não fazem distinção de pessoas, tratam-nos como iguais.

– Vocês têm a mente evoluída, parecem anjos. Dificilmente vamos chegar a esse avanço.

– Um dia chegarão, por que não?

– Porque nós somos como siris. Dois passos para a frente, um ou dois para trás, e vice-versa.

– Conseguem, sim. A ciência tem direção positiva. Se os *sapiens* não se distraírem com *pensamentos laterais* irão muito longe. Agora chega de falar do anel, tá bom, seu filósofo?

– Apesar do frio, acho que aqui se pode ser muito feliz. No meu mundo, os políticos pensam mais neles mesmos e menos no povo, não vão atingir a tecnologia de vocês nunca.

Sizígia olhou-o nos olhos, fez um muxoxo e disse:

– Vem, vamos montar no motogelo para nos dirigirmos à representação do seu país, que fica no domo das Embaixadas.

♦ ♦ ♦

Cratera Nevada tinha ruas elevadas, protegidas da neve por uma cobertura que as deixavam secas. As diversas ruas faziam a ligação entre os vários domos. Da fauna, Koll observou somente algumas gaivotas antárticas que por ali circulavam no verão, pois a cidade ficava distante da costa para que outros animais ousassem ali chegar. Era um deserto de gelo. A moto seguiu pelas ruas a baixa velocidade, pois a via era compartilhada por pedestres e corredores, na maioria estrangeiros, que resolviam se exercitar.

– Bom dia, prazer em conhecê-los. – A voz grossa do embaixador Jimmy, da Comunidade da Austrália, fez-se ouvir. – Chegaram agora, hein? As visitas aqui são pouco frequentes, conto-as nos dedos – comentou após cumprimentar o casal.

– Um lugar distante e um tanto insólito – respondeu Koll com uma boa dose de humor. – Contudo, excelência, alegra-me que essa caldeira vulcânica em que nos encontramos seja bem protegida dos ventos. Passei uns maus bocados no meu barco e tudo o que quero agora é ficar longe de tempestades.

– Eu não ficaria tão otimista assim, Mr. Bryan. A cratera barra a maior parte da luz solar, que já é pouca. No verão, a essa altitude, a temperatura aqui fica em torno de vinte graus negativos; a sorte é que a água da lagoa submersa, que circula para o piscinão, eleva a temperatura de cerca da metade da cidade para dez graus negativos. É como um sistema de calefação.

– Mas o sistema funciona, não é mesmo? – respondeu Koll prontamente e com orgulho, empolgado que estava pela civilização futurista de Túris.

O embaixador simplesmente não respondeu. Nem sempre era fácil lidar com ele. Jimmy era um homem alto, olhos muito claros, gordo, quase sem pescoço, que usava calças com suspensórios; tinha o andar vagaroso, mas firme. Costumava ser contundente em tudo o que dizia. O que mais gostava no escritório era de mascar seu fumo, tomar o chá de algas de Túris e se dedicar às leituras investigativas. Do embaixador que o precedera herdara uma série de documentos que mais ou menos comprometiam a nação turisiana. Curioso e arguto, amante das sutilezas, resolveu fazer suas próprias pesquisas. Conseguiu acesso a documentos australianos classificados sobre Túris e leu tudo o que achou relevante desde que lá chegara. Apreciador que era das coisas extraordinárias, por vezes enveredava-se em teorias da conspiração, mas nunca admitia.

Resolveu mandar que a secretária, Odette, lhes servisse chá quente com bolos, ovos cozidos de albatrozes, queijos australianos e... torresmos. O encontro foi, a partir daí, bem proveitoso, conversaram muito, sobre todo tipo de assunto, mas Koll reparou que Jimmy constantemente colocava seus olhos em Sizígia. Isso o deixou incomodado. Saberia ele de alguma coisa que, naquele momento, não poderia lhe dizer? Ou estaria simplesmente admirando os modos e a beleza da mulher-gelo? Os pensamentos foram circulando em sua mente, mas não havia nada que Koll pudesse fazer. Não agora.

Descontraído como estava, o embaixador falou bastante, mas perguntou mais ainda. Quis saber detalhes de como se conheceram, disse que tinha sido comunicado pelo Governo de Túris do resgate de Koll, mas que não sabia que os dois estavam juntos.

– Mr. Bryan, realmente pensei que você já tinha chegado na Austrália. Ontem mesmo perguntei a Odette se o Consulado de Adelaide confirmara seu resgate pelos gelos.

– Excelência – disse Koll –, Sizígia de Túris salvou minha vida. Eu já estava em coma, enterrado sob a neve que caíra. Foi por um milagre que ela conseguiu me encontrar.

– Esplêndido! São histórias que valem a pena ser contadas. Então, Mr. Bryan, embora nunca beba em serviço, vou pedir a Odette que nos abra um vinho, um Tyrrell's talvez.

– Obrigado, excelência – disse Koll. – Acho que o Governo da Austrália vai gostar de saber dos feitos de Sizígia, sairão nos noticiários, afinal, eles foram comunicados, não foram?

– Eles recebem sempre relatórios, eu aqui raramente vejo um. Fico apenas com as estatísticas, por isso sei que 20% dos resgates dos nossos cidadãos são feitos pelos gelos – respondeu Jimmy com certa indiferença.

– Os relatórios de resgates que fazemos seguem os formatos padrões, acordados com a ONT, a tal *Organização das Nações da Terra* – observou Sizígia, que até então estava calada, dedicando-se mais a prestar atenção.

– Certo, certo – concordou o embaixador com um discreto sorriso, ao mesmo tempo que balançava a cabeça em tom afirmativo.

O encontro seguia bem informal em um clima prazeroso. Entre uma conversa e outra, Koll, já descontraído, resolveu perguntar:

– Excelência, há quanto tempo está aqui?

– Um ano e dez meses. Não vejo a hora de ir embora. Faltam só dois meses.

– Realmente, excelência. Aqui deve ser um lugar isolado.

– Isolado? Antártida é o continente mais ermo do mundo! Quantas Embaixadas você acha que há aqui, hein? Somente quatro. Aqui você não tem com quem conversar. Não fosse a Odette e uma dúzia de funcionários da Embaixada e mais uns vinte compatriotas, uns coitados que trabalham em lojas de roupas e de importados e no restaurante, iria falar para as paredes – desabafou, mal-humorado. – Ficar sete dias aqui, esquiando, bebendo muito e comendo bem, ao som de músicas estranhas, pode ser divertido, mas então você vai querer voltar logo para casa. Tem uma fonte térmica – estamos na boca de um vulcão – que se presta a tomar banho, mas quando se sai da água tem-se que seguir por um túnel aquecido para não se congelar e não arrebentar o pulmão. Você me entende, hein?

– Eu imaginei – Koll fez com a cabeça como se concordasse. – A Antártida não foi o lugar que Deus fez para os seres humanos, mas alguns teimosos, e entre eles me incluo, gostam de vir para cá. A verdade, excelência, é que o planeta está aquecendo rapidamente, e esse belo continente será uma opção!

– Meu rapaz – ele respondeu, observando Sizígia de esguelha –, aqui não tem show de rock nem teatro; na Arena só passam documentários da natureza e os científicos... Se bem que, depois de amanhã, vai se iniciar a primeira temporada do balé Kratev de Moscou, mas é... para esse lugar aqui, se é que me entende, algo excepcional que não sei se as autoridades vão querer manter. Os gelos aqui não vendem nada, a não ser um bom macacão *collant* térmico que é mais apropriado para aquele momento de sair da água, sem passar pelos túneis.

Sizígia escutou tudo. Começou a se arrepender de ter trazido para ali seu homem. Observou que Koll estava assustado, mas que, ainda assim, arriscava uma última pergunta ao embaixador:

– Excelência, talvez uma boa conversa com os políticos daqui possa aproximar a gente do povo de Túris. Programar eventos juntos, fóruns científicos e ambientais, criar intercâmbios entre os jovens, pois sinto que talvez o que falta é muito pouco e...

– Mr. Bryan – interrompeu rispidamente Jimmy –, você chegou na hora certa. Parabéns! Amanhã, chegará aqui o chefe do Governo dos gelos. Você e Sizígia vão poder lhe explicar todas essas ideias. É uma oportunidade rara.

– Verdade? Quem é? – perguntou, assustado.

– O Líder Geada. Fique bem à vontade, Mr. Bryan. – Assim terminou a conversa, esboçando um largo sorriso, que ia de orelha a orelha. – Aqui é um lugar maravilhoso. Não sei ainda por que existem gelos que sonham em voltar para o *planeta Tera*! Humm... Passe bem, preciso ir.

Despediram-se. No caminho, Sizígia desabafou.

– O mundo dos gelos não é essa coisa horrível que o Jimmy descreveu. – Ela ainda amargurava as palavras do embaixador australiano. – Não troco esse lugar por nenhum outro.

– Ele praticamente nos expulsou de lá. Aqui, somente pessoas alternativas encontram um espaço. Os demais têm que trabalhar em Paris, que é cheio de gente, ou então em Beijing. Ele não gosta daqui simplesmente porque não tem vocação para trabalhar na Antártida. É evidente que escolheram a pessoa errada. Não se preocupe, bela.

♦ ♦ ♦

Koll e Sizígia aproveitaram a tarde para esquiar. À noite, quiseram escutar as belas canções turisianas, e foram ao domo do restaurante bar. Ao tomar vinho ao som das melodias, Koll teve sensações indescritíveis; sentiu-se transportado, e que seu espírito flutuava no espaço cósmico, a observar a magia do mar e seu eco na solidão gelada. Radiante, saboreou com Sizígia deliciosos pratos e dançaram, até se cansar, uma estranha dança turisiana formada por duas rodas, nas quais as mulheres com sininhos ficam na roda de fora e os homens na de dentro, para depois trocarem de posição. *Eles não têm tradição de dança, imagino, mas foi muito divertido*, pensou Koll. Sua curiosidade o levou a outras descobertas. Percebeu que os homens-gelo são imberbes, por isso ele, um australiano, seria tão diferente. Cobiçado? Talvez.

Naquele ambiente encontraram alguns chineses, russos, australianos e também *mondinos*, de um pequeno reino chamado Monde. Aproveitou para conversar com eles e conhecer melhor o lugar, e os achou mais otimistas e bem mais simpáticos que o embaixador.

Ao saírem do bar, resolveram caminhar pelo shopping. *Estranho*, pensou Koll, *não havia vendedores*. Bastava escolher o que quisesse. Podia-se provar à vontade e até fazer uso; tudo era cobrado e debitado *on-line* da conta do comprador, mais uma função que executava o estranho *anel*. *Moderno*, pensou Koll, *em meu país iria causar desemprego, em nações populosas e pobres seria catastrófico*.

Outra coisa que lhe chamou atenção foi a quantidade de mulheres-gelo na cidade. Ele sempre via menos homens, em qualquer lugar que fosse.

– Esse lugar tem mais mulheres que homens, por quê? – perguntou à Sizígia.

– As mulheres falam mais, por isso eles colocam os homens em tarefas que não são de relações públicas, diferentes das que predominam nesse lugar. Acrescente também que Túris tem realmente um pouco mais de mulheres que homens. Mas você não vai olhar para nenhuma! – Cutucou o peito dele com quatro dedos espalmados para ver o que respondia.

– Não consigo pensar nessa loucura. Ninguém é igual a você. Ninguém transformou tanto a minha vida. – Tentou falar sério, mas desatou a rir.

– Basta de bobeira! – esbravejou Sizígia, fazendo-o se calar.

Já era tarde. Resolveram que iriam dormir em uma das suítes do *domo da Arena*, que ficava bem afastado da Embaixada. Koll ainda estava intrigado com a atitude de Jimmy. *Talvez houvesse alguma coisa que ele deveria saber*, pensou, *talvez Jimmy quisesse me dizer algo importante*.

– Você vai gostar da cidade – falou Sizígia ao perceber que Koll estava pensativo. – Estamos em um buraco, com estação de esqui e fontes termais. Você viu que aqui tem até mesas de madeira? Toda a mobília usada em Cratera Nevada lembra as de vocês, são confeccionadas na Austrália, sabia? Nossas mobílias feitas de gelo são apenas para as áreas externas.

– É, tudo aqui é novidade. Mas vocês têm muitas outras cidades, não é mesmo? Esta é espaçosa, mas parece que tem pouca coisa.

– Uma cidade aberta não pode ser muito grande, pois não tem indústrias. Nossas verdadeiras cidades são subglaciais.

– Não diga! Você está falando de cavernas como aquela gruta da oficina?

– Aquela grutinha não é nada, querido. – Sizígia riu. – Nossas cidades são gigantes, você não imagina o que pode caber dentro delas.

Koll fez uma cara de espanto.

– Eu acho que não iria gostar.

– Se eu puder, te levo para conhecer outros lugares para você ver que a gente sabe se divertir.

– Com você eu vou, bela – ele riu. – O que vamos encontrar?

– Sítios bons para se passear, ninguém se diverte mais do que nós. Jimmy, seu embaixador, não é amigo. Quanto mais você se esquecer dele melhor.

♦ ♦ ♦

Na suíte, de manhã, o café e as iguarias chegaram em uma bandeja pelo transportador flutuante, que descia do teto em um canto do quarto. Koll pegou a bandeja, esperou Sizígia acordar e ambos apreciaram o desjejum. Antes que pudesse dizer alguma outra coisa, a mulher branca lhe perguntou:

– Novamente preocupado? O que é agora?

– O embaixador do meu país não gosta daqui. Durante a noite pensei nisso. Foi com sarcasmo que ele me mandou falar com Geada. Quem é esse cara? É muito difícil ser recebido por ele?

– Audiência com ele? Impossível. Geada é o chefe do clã de Quirionon, que foi um dos três fundadores de Túris Antártica. Sua liderança é inconteste entre os maiores clãs do nosso mundo. É o grande herói de Túris, que conseguiu reorganizar e unir as cidades após alguns anos de turbulência, por isso é reverenciado, exceto por...

– Não vá me deixar curioso. Por quem?

– Uma minoria de descontentes. Alguns caras do *Terceiro Poder*, a Magistratura – completou Sizígia –, que na ocasião tentavam desafiar nossas leis. O *Segundo Poder*, a Academia, harmoniza-se perfeitamente com o Governo, mas na Magistratura nem todos se integram bem, ainda existem uns poucos... descontentes. Mas sua relação com os outros poderes melhorou muito, e as forças têm se unido.

– Ninguém agrada a todos – disse Koll. – Não tem nada demais. Mas você faz muito mistério com essa Magistratura. O que eles podem ter de tão terrível?

– São todos feiticeiros de imenso poder. Eles têm ritos secretos que executam em seus *círculos* místicos.

Koll ficou boquiaberto.

– O Governo não os enfrenta?

– Não é o caso, pois são gelos também. Mas é preciso estar sempre vigilante para que alguns deles não criem confusão em outro lugar, pois temos que respeitar os tratados que Túris mantém com as nações – respondeu Sizígia.

– Então a *cidade ideal* precisa de ajustes – concluiu. – Só não entendo o que aconteceu para esse grupo ficar tão descontente. O que foi?

– Nos tempos do planeta Tera, o pessoal da Magistratura estudava a magia, mas também tinha a *função de juízes* do nosso povo. Quando migramos para a Terra, eles perderam essa última atribuição em nome da ciência e dos avanços tecnológicos.

– Perderam para o computador e então ficaram ociosos. Agora dá para entender – Koll sorriu.

– Não foi engraçado para eles. Em protesto, os membros do *Terceiro Poder* utilizam na veste branca um detalhe na cor marsala, ou rubi, que para nós simboliza a justiça, e outro na cor azul, que simboliza o *poder mágico*. A ideia dos pais do nosso povo, que chegaram aqui há quase duzentos anos, foi fundir esse grupo à Academia, mas eles não aceitaram, por motivos óbvios. A estrutura dos três poderes continuou então a ser mantida, mas sem as funções de outrora.

– A cidade ideal não pode ter problemas. É, eu vou chamar Platão para dar um jeito nesse bando de ociosos. – O homem continuava achando muita graça e fazia pilhéria com tudo.

♦ ♦ ♦

À tarde, arrumaram-se e saíram para esquiar. Koll ficou admirado ao encontrar um lugar em que se pratica esqui em pleno verão. Observou que os gelos tinham muita habilidade no esporte, e que sua Sizígia não ficava atrás. Quando Koll fez uma descida longa, *downhill*, acabou levando um tombo no fim do percurso. Um homem o ajudou a se erguer:

– Camarada, você quase se machucou, hein! – disse o estranho, entregando-lhe os esquis que caíram longe, quando as travas de segurança se abriram.

– Acho que desloquei o braço completamente – gemeu Koll, evitando gritar de dor.

– Eu o levo ao hospital. Antonov, de Sochi, a seu dispor. Desculpe-me, hora bem ruim para me apresentar – disse o homem enquanto levantava Koll para colocá-lo no carrinho de suporte.

Estavam agora em um grande salão muito bem iluminado. Koll continuava com fortes dores no braço e implorava por uma anestesia. A médica, única funcionária que se encontrava no salão, solicitou que Antonov posicionasse o carrinho de suporte ao lado do equipamento de *mapeamento iônico*. Foi então que a doutora, com um gesto de mão – acredite quem quiser – fez a prancha do carrinho flutuar com o paciente e se transferir para a máquina iônica. Pasmo de admiração, imaginando os que haviam de contar essa história de cura nos anos que seguirão, Antonov observou a médica regular o campo iônico até poder ver com perfeição o braço do seu socorrido. Então ela falou, num tom baixo, tirando as luvas brancas, que o braço não só havia se deslocado, quebrara. Koll voltou a insistir na anestesia. A doutora virou-se para perto do rosto dele e *sussurrou três vezes* que ficaria bem e o acalmou de tal modo que Koll não sentiu mais dor. Envolveu com suas mãos o local lesionado do paciente com muita firmeza. Koll passou a sentir as mãos congelantes da médica e, em seguida, uma intensa vibração e um calor profundo durante os cinco minutos em que a doutora manipulou seu braço depois de colocá-lo no lugar.

– Você agora está curado – sussurrou a doutora novamente.

Koll voltou a sentir o sangue pulsar em suas veias, e só então pôde perceber que a dor e as limitações, que a fratura causara, haviam sumido por completo.

– Tão depressa assim? – perguntou Antonov, meio que incrédulo. – O braço estava fraturado, não estava?

A médica calmamente colocou as luvas e lhe disse, agora em voz alta e clara:

– Bem-vindo a Túris Antártica. – Olhou para Sizígia, que acabava de chegar, e disse também: – Você, meu anjo de luz, pode agora voltar a cuidar dele. Ele é todo seu.

– Ele pode se levantar da prancha? – indagou Antonov.

– Sim, pode fazer tudo – respondeu a médica.

– Quanto lhe devo? – insistiu Antonov, talvez lembrando-se da história do bom samaritano, tão cara para os russos. Koll reagiu e disse que ele pagaria a conta.

– Não, respondeu o homem. Eu o socorri. Eu pago tudo. – O estrangeiro foi incisivo, a ponto de causar admiração nos que ali estavam. – Quanto lhe devo, senhora? – perguntou o russo.

Olhando para Antonov com o rosto impassível, usual da gente da Antártida, afirmou a milagrosa doutora:

– A medicina em Túris é gratuita.

– Gratuita? – indagou o russo com admiração.

A médica, observando a surpresa no rosto do homem, acrescentou:

– A escola é gratuita. A comida é gratuita. As roupas universais são gratuitas e a energia também. Não há impostos, não circula dinheiro, e a cooperação é incentivada ao máximo. Que lugar é melhor que este? – Sorriu por fim, quebrando a seriedade que manteve até então.

Surpreendidos, os dois homens olharam-se embasbacados.

– Platão escreveu que as propriedades criariam divisões, o fato de poder chamar qualquer coisa de meu seria um fator de desunião na cidade. Na cidade ideal as pessoas não receberiam nem salário – disse Koll, emocionado com tamanha cortesia.

– Você é um filósofo, meu camarada – concluiu Antonov, dando-lhe um tapinha nas costas.

Será que isso é correto? Eu conseguiria viver assim? Mas eles conseguem. Incrível, pensou Koll.

– Não temos como lhe agradecer, moça – disse Antonov. – Qual é o seu nome?

– Vahala de Austral.

Antonov, Sizígia e Koll foram para o bar, afinal aquilo merecia uma comemoração. O russo explicou aos amantes que pertencia à companhia do famoso balé *Kratev* de Moscou, que se apresentaria, pela primeira vez na Antártida, no dia seguinte à noite.

– Você é bailarino? – perguntou Koll.

– Ex-bailarino. Agora só administro. Nosso balé é um dos melhores de Moscou e do mundo. Foi difícil conseguir autorização para fazer nossa temporada de apresentação aqui. Mas conseguimos, graças à interferência do cosmos Neso, que é um dos conselheiros de Geada. Vamos ficar em cartaz aqui por vinte dias, e a expectativa é que o balé seja visto por 60 mil pessoas.

– Apresentações e shows das nações da Terra são a coisa mais difícil de se ver na minha Antártida, confesso que estou muito curiosa – falou Sizígia.

– Mas como o cosmos Neso entrou nisso?

– Neso é amigo de Larnaka, filha do falecido Alpha, marechal russo. Ele fundou a companhia de balé Kratev com o intuito de entregá-la à sua bela filha, que é uma russa quase tão inteligente quanto ele foi. E meu ofício é tão somente promover a companhia e fechar contratos. É assim que compro minha vodca – ele finalizou, causando risos.

Mais tarde, Sizígia resolveu convidar Koll para ir à sauna pública. Antonov, que vinha fazendo amizade com o australiano, também foi conhecer o lugar. Uma vez lá, foram registrados on-line pelo sistema de reconhecimento cranial e, em seguida, dirigiram-se para uma espaçosa e sofisticada antessala, que não era outra coisa senão o vestuário. Koll observou que homens e mulheres de Túris frequentavam o mesmo recinto, em lados opostos, e que todos deixavam as roupas em bandejas automáticas, que se fechavam tão logo eram entregues, e depois se abriam com as vestimentas de banho. O sistema era todo robotizado, não se ocupavam funcionários para isso, da mesma forma que nas lojas dos turisianos não havia vendedores. Koll entregou sua montoeira de roupas na bandeja e recebeu um *collant* térmico preto, uma espécie de maiô que ia até o meio da coxa, gola no pescoço e braços descobertos.

A sauna era muito grande; e a temperatura, de 45°. Os vapores eram enriquecidos com produtos que faziam muito bem aos cuidados da pele. Aquele ambiente devia ter uns duzentos turisianos e uns oitenta estrangeiros. Koll observou que os homens ficavam em um lado da piscina elíptica e as mulheres no outro lado, ficando os casais juntos, onde preferissem. Imaginou que esse fosse um hábito daquele povo que seria praticado em todo lugar. A piscina ocupava o centro da sauna; a água doce, translúcida, era rica em produtos medicinais, superiores aos usados na Europa.

Koll e Antonov conversavam, enquanto Sizígia foi se refrigerar na piscina. De repente, enquanto falavam, ficaram pasmos. Uma bela mulher-gelo, trajando um bonito *collant* na cor marsala, aproximou-se deles e perguntou a Koll se estava bem. Não era outra senão Vahala, a médica, que o operara. Antonov tomou a dianteira e foi logo dizendo que seu protegido se recuperara tão bem, que tomou doses de vinho e agora estava ali, completamente curado.

– Acho que ele nunca viu uma médica tão eficiente em sua vida – apressou-se a dizer.

– Muita gentileza – respondeu Vahala, sem se perturbar. – Faço sempre o que posso. Eu vivo disso. Trato até dos bichos. Ontem mesmo me trouxeram um leão-marinho da criação que temos na lagoa para que o curasse de uma mordida que recebera do macho alfa. Faço tudo sem reclamar. Aqui adoramos o que fazemos, ninguém trabalha contrariado, e se um aborrecimento acontecer é só tomar umas doses de vinho e um banho medicinal. Por que se vai querer mais?

– Vocês simplificam a vida. Nós a complicamos demais, eu acho. Às vezes penso que a humanidade não evoluiu desde a antiguidade clássica – filosofou Koll.

– Também assim não. A ciência tem que fazer seu trabalho, não pode se limitar à prática empírica como os antigos – discordou Vahala. – Todos os nossos banhos e saunas fazem muito bem à pele, deixando-a hidratada e saudável. Isso não se consegue sem muito estudo. Não é o que você está pensando agora?

– Claro, é isso mesmo – apressou Koll para responder, perplexo, na dúvida se ela tinha lido ou não seu pensamento de há pouco.

– Meu amigo é um sociólogo, dado às filosofias – sorriu Antonov.

Koll sentiu que o momento era propício para matar sua curiosidade quanto à doutora e lhe perguntou como conseguira curá-lo tão rápido sem fazer uma cirurgia.

– Minha vida é isso. É preciso estudar muito para conciliar a ciência ao *poder*. Nós usamos a ciência e o *poder*. Onde o *poder* falha a ciência resolve, e vice-versa.

– O que é o *poder*? – perguntou Koll, apreensivo.

Nesse instante, Vahala viu Sizígia aproximando-se e resolveu lhe perguntar:

– Sizígia, você não contou para ele?

– Eu disse a Koll que ele foi salvo pelo *poder*, mas acho que ainda não entendeu direito, não é? – instigou Sizígia.

– Estou confuso. Não sei o que é isso. Não existe no meu mundo.

– Não? Você é que não sabe – falou a médica. – O poder mágico é de origem cósmica. Vem de outras dimensões que não podemos conhecer, onde imagina-se habitar os *poderios*.

– Seriam entidades do além? Seriam os *poderios*, anjos ou demônios? – indagou Koll, apreensivo.

– Olha, não sei explicar exatamente o que são. Faz parte dos mistérios oriundos do planeta dos meus tataravós – disse a doutora. – Mas sabemos como usar a magia. Só é suscetível ao poder mágico quem tem certos códigos escritos no DNA. A maioria dos gelos tem esses códigos. Aqui na Antártida, diferentemente de outros lugares, consegue-se unir a ciência com a magia. Nossos antepassados já estudavam isso no planeta Tera e continuamos a estudar aqui na Terra.

– Entendeu? – perguntou Sizígia. – Nem todos os gelos têm o mesmo poder. Alguns sequer os têm. Eu mesmo tenho, mas não na dimensão requerida pelos praticantes da medicina. Túris busca sempre obter os melhores resultados com o mínimo de dispêndios e a melhor metodologia.

– Sabe o *filósofo* que te falei? – respondeu Koll. – Há 2.500 anos ele já se preocupava em se planejar uma cidade ideal, e para isto até o trabalho de cada um teria que ser regulamentado para que os artesãos fizessem tudo com perfeição e se evitasse excesso de trabalhadores em uma mesma função, o que prejudicaria a qualidade.

O australiano coçou a cabeça, pensando no que acabara de dizer, ao imaginar que no capitalismo essa regulação é feita não pela cidade, e sim pelo mercado, no sentido *darwiniano*, em que os melhores sobrevivem. Mas, antes de tentar dizer mais alguma coisa, ouviu Vahala pegar *o gancho* no que dissera.

– É esta a palavra! Perfeição! – exclamou. – Conseguimos construir tantas coisas inimagináveis ao humanos, como? Por que somos inteligentes? Não é só por isso. Por que tivemos ajuda de outro planeta? Não é isso. O segredo está em regular o processo produtivo em todas as esferas, no qual o planejamento cuida até dos detalhes. É como o projeto de uma nave que vai a Marte à velocidade de trezentos mil quilômetros por hora. Uma peça mal elaborada pode por todo o resto a perder. A *Economia de Efeitos*, uma das disciplinas que todos aqui estudam, ensina *o segredo* e coloca a qualidade em todos os pontos, não descuida de nada.

Seria este método superior ao nosso capitalismo?, ele pensou. Mas havia outra coisa que desejava mais ainda entender, e arriscou uma nova pergunta a Vahala.

– Você é da Magistratura?

– Não, estrangeiro. Eu seria aceita no *Terceiro Poder*. Pertenço ao clã Austral, que tem autoridades na Magistratura. Mas nosso supremo-líder, Geada, houve por bem reforçar o Governo com pessoas que têm uma magia muito forte para otimizar os serviços públicos.

– Você entendeu, querido? Não faz sentido os detentores de uma hipermagia valerem-se disso para desafiar o Governo – acrescentou Sizígia. – A magia tem que se unir à ciência; é desta forma que nós, turisianos, somos inovadores.

– Ciência eu conheço. Magia, não. Ciência com Magia menos ainda. Para mim, até conhecer vocês, magia era uma superstição – respondeu Koll, franzindo o cenho.

– Não, não é – reagiu Vahala. – Você vai encontrar centros de magia em diversas regiões do mundo, mas só aqui a ciência e a magia se unem.

Koll ficou abismado. Quanto mais perguntas, mais dúvidas; e se perguntou quando conseguiria entender o insondável mundo do povo da Antártida. Estava assim, absorto, quando Sizígia, prestes a se despedir, comentou com Vahala:

– Eu e Koll estamos juntos desde a baía de Prydz.

A médica piscou um olho para ela. – Você tem sorte, cuide dele.

Antonov, que ficara calado durante as explicações de Vahala, observou, junto com o australiano, Sizígia conversar com a médica na língua dos gelos, que ambos não compreendiam. Então, o russo chamou Koll para se refrescarem na piscina e se protegerem do vapor, que estava ficando insuportável.

– Baixa demais a temperatura da água, vou sair um pouco para a borda – disse Koll.

– Dizem que foram os finlandeses que inventaram a sauna. Pulava-se num buraco de gelo a zero graus para depois se esquentar em um quarto, a noventa graus – sorriu Antonov. – Mas aqui está bem melhor, acho que essa água está uns dez graus positivos, e nosso vapor não passa dos 45°.

Era tarde quando resolveram ir embora, não podiam esperar a sauna fechar, pois ela funcionava 24 horas do dia, como tudo no mundo dos gelos.

♦ ♦ ♦

Cedo ainda, antes de iniciarem o café da manhã, Odette convocou Sizígia e Koll à Embaixada. Chegando lá, levou-os ao salão, onde havia uma grande mesa elíptica, com pessoas que ele nunca vira. Jimmy pediu que se sentassem perto dele e falou que a grande oportunidade de Koll defender seus projetos chegara. Como em Túris só havia quatro Embaixadas, Jimmy apresentou a Koll os outros três embaixadores: da China, da Rússia e do pequeno Reino de Monde, situado na África.

– Mr. Bryan, aproveite para pedir um programa de intercâmbios universitários com as grandes nações da Terra, mais Embaixadas, salas de cinema de Hollywood, Bollywood, e assim por diante.

– Excelência, não estou entendendo – ele disse, preocupado –, ontem tive momentos maravilhosos aqui e... – então a conversa foi interrompida e na sala entram dois guardiões-gelos anunciando a chegada do *supremo-líder*.

Foi então que, atônito, Koll viu entrar um homem forte de cerca de setenta anos, com uma grande cabeça, pele bem clara, lábios salientes, fisionomia austera e olhos extremamente penetrantes, podia-se dizer magnéticos. Muito alto, usava roupa toda branca e capa de pele de urso polar. Koll olhou para o lado e percebeu que Sizígia não estava mais na sala.

– O *Poder* te saúda, Geada! – disse Jimmy – conforme o protocolo requerido de Túris Antártica.

– Salve! Que o *Poder* te ouça, embaixador – respondeu o líder. – Desculpem-me, mas preciso ser rápido. As nações do nosso planeta Terra querem liberdade para vir aqui e investigar nossa gente, nossas armas, nossas leis, nossas ocupações na Antártida, nossos programas ambientais e a nossa suposta culpa pelo derretimento da calota polar. Já dissemos uma vez que isto não é possível.

– Perdão, líder – replicou Jimmy. – Essas interações são boas para os dois lados. Túris só tem a ganhar se abrir suas portas, se divulgar suas habitações, grutas e cavernas. Evitar o incidente que tivemos com a base chino-asiática de Chin Peng, lembra-se?

– Chin Peng foi solucionado – respondeu o líder, sem alterar a voz. – Não chegou a ser um incidente. A base seria construída próximo a uma cidade subterrânea, e, de acordo com as leis de Túris, existe uma zona de propriedade territorial no entorno de qualquer cidade nossa. Não é mesmo? – disse Geada, voltando-se para o embaixador da China.

– Sem dúvida. Foi tudo muito bem acordado. Nós temos o mapa das localizações das cidades – respondeu o embaixador Tian Long.

– Mas muito pouco está mapeado, e as localizações são imprecisas. Túris tem buracos em quase toda Antártida, o que gera insegurança para as nações do mundo. E se houver mísseis balísticos nucleares nessas grutas? – insistiu Jimmy.

Koll estava pasmo. Aquela reunião não era nada amigável. *Não entendo o que estou fazendo nesse lugar*, pensou, agoniado.

– Por questões de segurança – lembrou Geada, falando friamente e sem interrupção –, as potências da Terra têm *camuflado* suas armas nucleares, e agora, sem razão, querem proibir nossa defesa. Para sua tranquilidade, declaramos, tempos atrás, que não permitimos armas nucleares na Antártida, seja de quem for; nossas armas de maior poder destrutivo estão no espaço ou no fundo do mar. Inclusive, assinamos este tratado. Túris preserva todo o continente antártico, e nossas leis ambientais, superioras às das nações, são rigorosas na proteção da vida aqui, e a prova disso tem-la tu, se te deres a lembrar que conseguimos, com projetos de nossos cientistas, salvar a população de krill antártico dos efeitos do aquecimento polar e também as populações de pinguins-de-adélia e de uma quantidade enorme de seres vivos. Temos um programa de resgate de humanos que se aventuram no continente e um programa extenso de monitoramento ambiental e combate à poluição que divulgamos ao mundo inteiro. Tudo isso fazemos sem custo nenhum às nações.

Geada observou o silêncio entre os embaixadores e resolveu concluir.

– Somos os maiores protetores da biota continental, nossa população é muito pequena e nossas leis contra impactos e agressões ambientais são as mais severas do planeta. Tolerância zero à poluição e ações contra o meio ambiente antártico. Túris considera que todas as acusações têm forte viés político, e, portanto, em nada contribuem. Mais do que já fazemos não é possível.

– A China agradece as gestões de Túris em prol da conservação e preservação da Antártida – declarou o embaixador chinês.

– Senhor líder – disse Raweyl Di Lucca, embaixador de Monde –, meu país tem boas relações com Túris Antártica, mas, deixando agora o Estado de lado, sei que alguns *mondinos* ilustres estão com uma pendência judicial não resolvida, referente ao seu sequestro por um feiticeiro homicida da Antártida. Se tivéssemos mais cooperação de Túris, talvez pudéssemos chegar aos culpados.

– O que a nossa Embaixada reportou? – indagou Geada.

– A embaixadora Termala fez uma declaração de que a nação de Túris Antártica não teve qualquer responsabilidade neste caso. Mas, talvez, se formarmos um tribunal misto, conseguiríamos concluir o processo e punir os assassinos.

– Não temos nenhum tratado com as nações que preveja um tribunal internacional – respondeu Geada.

– Túris poderia entrar com uma petição para se integrar à ONT, a conhecida Organização das Nações da Terra, como um novo estado, o que harmonizaria diversos pontos de vista e enriqueceria as leis internacionais com a conhecida experiência do seu ilustre povo. Nós apoiaríamos esse processo – asseverou o embaixador Di Lucca.

– As nações da Terra já deixaram claro que não reconhecerão nosso domínio sobre a Antártida; portanto, nossa participação nessa organização não é de interesse do povo turisiano.

Curto e grosso.

Os embaixadores entreolharam-se, apreensivos. A preocupação estava no semblante de todos, pois não queriam levantar a melindrosa questão da soberania da Antártida. Insistindo sobre os problemas legais, pronunciou-se o embaixador russo:

– A situação atual não é boa, pois a Antártida está sujeita a duas leis, o direito internacional e o direito de Túris, que podem se confrontar.

– Na Antártida só nos vale o direito de Túris. Se não conseguirmos um tratado melhor com as nações, fica como está – disse Geada, para encerrar o assunto.

– Senhor líder – disse Jimmy. – Deixe-me apresentar meu conselheiro, Mr. Bryan. Ele tem sugestões que gostaria que fossem apreciadas – então, passou a palavra a Koll, que engoliu em seco; promovido, sem saber, a conselheiro, não imaginava que entraria *nessa fria* de entrevistar um dos caras mais temidos de todo o planeta. Foi então que uma coragem lhe veio, não se sabe de onde, e Koll interpelou o supremo-líder do Governo gelado.

– O que pensamos é que Túris poderia promover um programa de intercâmbio de universidades, apresentar na Arena shows do mundo inteiro, promover nosso cinema, desenvolver conjuntamente programas de caráter científico e ambiental e criar novas Embaixadas. Isso traria muita gente para cá, pois, com o aquecimento do planeta, a Antártida está ficando mais agradável, e o turismo muito mais intenso.

Geada fitou o intruso, o novato apresentado por Jimmy. Os olhares estavam todos voltados aos contendores à mesa.

– Não somos favoráveis a criar muitas Embaixadas, pois não queremos nos imiscuir nas questões e problemas internos das nações e nem ser por elas importunados. Parece que a vontade é recíproca. As nações tentam nos impor certas condições que nos são desfavoráveis. Cedemos demais no passado. Nada temos a ganhar, e tudo a perder.

– E quanto aos intercâmbios? – perguntou Koll. – Todos ganhariam com isso, não é verdade?

– Não. Nada aprenderíamos com os intercâmbios. Nosso sistema administrativo e também o jurídico são melhores que os das nações. Saúde e meio ambiente também. Educação também. Tecnologicamente, conseguimos nos atender em tudo o que precisamos; enfim, o único lucro que poderíamos ter seria o político.

Não poderia ter havido uma resposta mais fria.

– Excelência – insistiu Koll, não se importando com a reação do líder. – Perdão, a questão da natureza tem que ser trabalhada...

O olhar penetrante do líder passeou pela mesa com seu poder de atração, que fazia com que todos o observassem, gostando ou não.

– Existe, de fato, uma deficiência das nações quanto às formas de preservação do ambiente do nosso continente. Sendo assim, podemos solicitar à nossa Academia que prepare um curso de monitoramento e preservação ambiental da Antártida a ser oferecido aos estrangeiros, pois entendemos que os humanos da Terra poluem demais e têm leis que não funcionam. Quanto aos shows, espero que apreciem a escola *Kratev* de balé de Moscou, que começará a se exibir esta noite. Senhores, desculpem-me, preciso ir embora, pois tenho um compromisso no qual não posso faltar. Saúde e paz a todos!

Com a saída de Geada, os embaixadores resolveram comer uns canapés juntos. Jimmy aproveitou para mostrar sua insatisfação com o líder dos gelos, apresentando-o aos seus pares como alguém orgulhoso, inflexível e perigoso:

– O que esse cara quer? Ninguém vai lhe dar educação?

– Ele é muito poderoso, mas não é um ditador nem controla tudo. Para a Academia aceitar ministrar o curso que ele deseja será preciso negociar – falou o embaixador Tian Long.

– Muito prepotente. Que se cuide – comentou o embaixador russo. – O próximo governante não será do seu clã – disse, confiante, num tom de voz mordaz.

– Você quer nos contar alguma coisa? – perguntou Jimmy.

– A Academia, que tem sido o fiel do poder, já começou a preparar um grupo de geniais estrategos para, no momento certo, apresentar às outras duas casas, ou seja, aos clãs do Governo e da Magistratura. Informação sigilosa que me veio de fonte segura.

– Vão derrubar o Governo? – perguntou Koll Bryan.

– Não, estão só se preparando. Os clãs do Governo dizem que Geada foi nomeado graças ao fato de ser filho de um ex-líder, Quirionon, o que é negado tanto pelos clãs da Magistratura, que afirmam que foi devido à sua mãe, Vitanzia, ser magistrada, quanto pelos cientistas da Academia, que dizem ter sido devido à formação que recebeu e às pesquisas científicas que desenvolveu em suas cidades.

– Então, no momento que perceberem que o líder não apresenta mais a performance que querem, vão iniciar o processo de substituição e convocação das casas – concluiu Tian Long, dando prosseguimento ao tipo de conversa que interessava a políticos, como ele.

– Verdade, mas tem outra – asseverou o russo. – Quando a Academia prepara os sucessores manda o recado para quem? É para os clãs. Quando chegar o momento certo, só quem terá candidatos viáveis é a Academia, e o eleito será alguém do grupo preparado por ela, independente da família a que pertence, e assim ela aumenta seu poder no jogo político.

– Curioso é o *impeachment* deles – disse Jimmy. – Se a política do supremo-líder não for proveitosa, a Academia inicia uma espécie de *impeachment,* um processo que roda no sistema computacional turisiano. Não sei se é verdade ou propaganda, mas é o que se diz.

– Inacreditável! – sorriu Di Lucca. – Um *impeachment* promovido pelo computador. Bom, acho que se ficar muito tempo aqui poderei aprender muito sobre esse mundo extraordinário... e os ensinamentos que poderei tirar disso. Conheceu os chefes dos outros poderes, Sr. Jimmy?

– Além de Geada, conheci o pior deles, o chefe da Magistratura, um homem perigosíssimo. Cheguei a estar com o supremo-magistrado, hoje príncipe, Leucon Gavião, uma vez só, mas foi suficiente para saber que não gostava da raça humana. Pelos líderes, pode-se concluir o pouco caso que fazem de nós.

– Príncipes, reis?

– Não é bem isso. A Magistratura dá o título de príncipe a qualquer ex-presidente. Leucon não governa mais devido à influência de Geada, que não gosta dele, e conseguiu fazer ser eleito Tulan Nira. Mas não tenho ilusões, ele pode retornar.

– E os líderes da Academia?

– Não ambicionam o Governo de Túris, nem podem. Eles mantêm assim certo tipo de isenção, que é a causa da sua força – respondeu Jimmy. – Sua função é preparar as pessoas para todas as atividades que os gelos possam desenvolver; é lá onde estão os maiores cientistas e todas as grandes descobertas. O supremo-reitor, Álabo, é quem preside, mas fica nas sombras, como requer o costume.

Koll, que estava observando a conversa, resolveu perguntar aos embaixadores algo que de fato lhe despertara a curiosidade:

– As nações vão querer assinar o novo tratado da Antártida?

– Tratado feito pelos Gelos? Me perdoe – respondeu o russo. – Bellinghausen não descobriu a Antártida e 29 ilhas em 1820, na expedição científica do czar Alexandre, para dar de presente aos alienígenas!

– Situação difícil. O que motivou minha pergunta, senhor embaixador, foi minha crença de que qualquer povo merece ter um território bem definido – provocou Koll, com uma boa dose de ironia, pois não concordava com o que acabara de ouvir.

Quando o encontro entre os embaixadores estava prestes a terminar, Jimmy chamou Koll a um canto do salão.

– Você é o australiano que mais se envolve com o mundo de Túris. Foi com surpresa que o vi namorando a turisiana, meu rapaz.

– E eu fiquei surpreso em ser nomeado conselheiro!

– Surpreso ficamos nós todos. Por causa de você Túris vai dar gratuitamente um curso às nações da Terra. Você é muito mais do que parece. Conheço as pessoas em um relance. Olhe, nosso país precisa de gente assim. Você trabalha em quê?

– Hoje sou apenas um velejador. Sou sociólogo e cozinheiro. Deixei as ambições para trás, para buscar o que me faz feliz. Sabe, excelência, jamais vi uma civilização tão bem planejada como a de Túris. A organização das cidades turisianas busca a perfeição, como queriam alguns dos filósofos da Grécia Antiga. Isso me fascina.

– É... Excesso de perfeição pode atrapalhar, rapaz. O que quero dizer é que não se pode ser ligeiro em *avaliações sensíveis*. Existem acusações graves que pesam sobre Túris...

– Quais?

– Huuum! Meu caro, há a questão desse sequestro, há dez anos, no Reino de Monde; você não escutou Di Lucca falar disso na reunião? Não foi solucionado até hoje. Eles não têm vontade de resolver, sejamos francos! Tem aquela invasão e a intromissão na Austrália, causadas por Branca, rainha dos gelos, que a história não explicou muito bem. Você sabe, não sabe?

– Excelência, isso foi há mais de trinta anos. Branca aliou-se a um político australiano que tentava dominar nosso país, mas Túris lutou a nosso favor e conseguiu destronar a feiticeira.

– Isso é o que eles querem que a gente acredite, hein? Não foi bem assim... A feiticeira Branca e seu grupo conquistaram o Governo turisiano, e depois ela veio tumultuar aqui. O que quero dizer, rapaz, é que muitos gelos a apoiaram.

– Mas onde estão eles, excelência?

– Esses caras estão meio sumidos... Estão mesmo, hein? Ou estão camuflados na política, formando um estado paralelo em Túris. Não pode ser isso?

– Excelência, tem certeza?

– Não, ninguém sabe, mas eu sou curioso, Mr. Bryan. Vou descobrir, creia nisso – pousou-lhe a mão no ombro, enquanto fumava seu cachimbo. – Antes que me esqueça, parabéns pelo seu novo cargo rapaz.

Nesse momento Sizígia retornou, bem ao término do encontro informal dos embaixadores. Quando ficaram a sós, Sizígia mostrou admiração a Koll pela participação inesperada na reunião com Geada, dizendo-lhe:

– Você é uma caixa de surpresas, bárbaro. Pensei que te conhecia, mas vejo agora que não.

– Eu mesmo não me reconheci, não sei como aconteceu. – Riu Koll. – Mas você desapareceu. Quando olhei para o seu lado a cadeira estava vazia.

– Tive que ser rápido. Jimmy queria me ferrar, não percebeu? Fez isso de propósito. Ele sabe que qualquer turisiano em função na Embaixada tem que estar autorizado por Túris. Se o líder me visse aqui... Percebe? O *sistema* sabe que estou aqui. Mas estou de folga, você entende? Jimmy quer criar conflito para nos separar... Temos que desconfiar das pessoas. O embaixador não gosta dos gelos, e talvez tente acabar com nosso relacionamento.

Koll nunca tinha visto Sizígia magoada. *Se a bela tem medo de me perder é porque me ama*, pensou.

– Vamos descansar no nosso quarto antes do espetáculo de balé, e então você me explica mais sobre esse Geada, que o Jimmy me botou para conversar.

– O que você quer saber do meu líder?

– Os embaixadores, ficou claro, veem o Líder Geada como um cara prepotente. Por que os gelos não escolhem outro? Alguém mais maleável... Facilitaria os intercâmbios com os países.

– Perdoe-me, não é por aí. Ninguém é mais prodigioso que ele. Certa vez deram um golpe, derrubando-o do poder, e isso acabou sendo bom, pois Geada, quando retornou, reorganizou Túris de um jeito que ninguém antes conseguira.

– Como? Vai me explicar como isso aconteceu?

– Posso, mas tenho que voltar ao começo. O clã de Geada é muito influente. Seu pai, Quirionon, foi líder do Governo turisiano até ser assassinado por um feiticeiro. Sua mãe, Vitanzia, sobreviveu ao atentado, mas perdeu um filho, por isso conseguiu autorização para fazer inseminação artificial com o sêmen de Quirionon, e assim Geada foi concebido anos após a morte do pai. Ela entregou o filho para ser educado na Academia e seguiu uma carreira prodigiosa, ascendendo por um ano ao posto de suprema-magistrada. No momento em que Geada despontava na Academia como um prodígio, devido a seus projetos científicos, vagou o cargo de Líder, e ele foi o escolhido, com a ajuda de Vitanzia e do clã de Quirionon. Depois que a mãe morreu, a liderança de Geada durou só mais um ano. Foi derrotado. Foi uma decepção para ele...

– Mas política é assim mesmo. Hoje você está por cima e amanhã não é mais nada. Por isso é que não gosto nada de política, é um jogo de interesses; a ética, para eles, está em último lugar. Até as cidades gregas condenavam à morte quem quisesse alterar a Constituição. Cadê a liberdade de querer mudar, de fazer diferente?

– Foi o *filósofo* que disse isso?

– Sim, e acabaram condenando à morte Sócrates, o mestre de Platão. Quem tem poder quer mais. É a regra do jogo! – Koll deu de ombros e falou com um sorriso nos lábios de quem se envaidecia de ensinar algo elementar à mulher-gelo.

Sizígia pensou se valia a pena continuar a falar da política turisiana.

– É... eu estava falando na decepção que Geada teve...

– Decepcionar-se por que perdeu o poder? – interrompeu Koll. –Tolice, ele já devia saber que política é assim mesmo.

– Não se for com sua própria irmã.

– Quê???

– Você escutou certo. A irmã de Geada chefiou a luta contra ele.

– Como?

– A irmã, Branca, era mais nova; seu pai e sua mãe, Vitanzia, eram magistrados, e ela acabou tendo uma carreira fulminante e se tornou a suprema-magistrada, presidindo toda a Magistratura. Engabelou o irmão e tomou o poder num golpe contra ele. Felizmente para Geada, a odiada irmã não conseguiu matá-lo. Ele fugiu a tempo. Mas Branca não conseguiu formar um Governo, pois, fora os clãs da Magistratura, poucos a aceitavam como a Suprema Líder. Até a Academia se opôs, e ela, para não ser julgada por traição, manipulação e despotismo, fugiu para a Austrália.

– E então?

– Em meio às disputas de poder, a solução foi seguir a legalidade, e Geada pôde retornar graças aos especialistas da Academia, e vidas foram cobradas. Com a ajuda da Academia, ele promoveu grandes reformas e afastou o risco de uma guerra civil. Conseguiu trazer para junto de si feiticeiros muito poderosos, assim enfraquecendo a Magistratura. Ele foi conhecido como um grande líder quando as reformas deram certo. É por isso que a maioria dos gelos gosta dele. Entendeu?

– Acho que sim. Está mais claro agora com essa aula de história. Foi Jimmy quem me botou nessa confusão, nesse ambiente de política, mas vou te dizer uma coisa, minha bela: Você é a única causa de eu estar aqui. – Sorriu e a abraçou ternamente.

♦ ♦ ♦

Havia muita gente ali. A arena coberta abrigava naquele momento quatro mil pessoas, das quais cerca de duzentas eram estrangeiras. Antonov saiu do palco por entre as cortinas fechadas e se sentou próximo ao belíssimo cenário decorado por projeções 3D. Koll e Sizígia estavam aguardando o início da apresentação na terceira fileira. Nos camarotes, mal se entreviam as personalidades: os embaixadores e seus familiares, chefes e representantes dos clãs mais famosos de Túris, decanos e condutores de faculdades, dirigentes da Magistratura e alguns cosmos, comandantes das forças espaciais turisianas. Encontravam-se ainda o Líder Geada, o príncipe e ministro do Supremo Círculo, Leucon Gavião, e o representante do Supremo Reitor da Academia.

Se Koll Bryan quisesse encontrar uma oportunidade para ver tantas personalidades turisianas não teria conseguido. *Uma boa amostra de autoridades que lideravam a nação mais tecnológica do planeta, um verdadeiro privilégio*, ele pensou.

As cortinas se abriram, projetando-se ao fundo um magnífico céu estrelado. No centro, com longas vestes, uma bela mulher, diretora do balé Kratev, a russa Larnaka, começou a anunciar com voz forte e ressonante a apresentação da famosa companhia de dança, iniciando pelo *Ato das Estrelas*. Em cena entrou nesse momento o corpo de bailarinos que, ao som do *Coro das Estrelas* e de músicas clássicas, fizeram movimentos que desafiavam a gravidade. Com muito ritmo, as luzes do palco iam se movendo sob nebulosas estrelas que a cúpula projetava. O segundo ato homenageou a Aurora, e o último, fechando com chave de ouro, homenageou o *manto branco da Antártida*, fazendo a russa declamar:

Corre para o azul-turquesa,
Para o negro azul, sem fundo,
Para a última rosa do dia.
Do poente que depois se esconde,
verde, violeta, ciano e dourado,
abóbora e rubro, todos se foram.
É o branco que te faz descansar,
O branco que em tudo está,
Que o gelado teima guardar.

Os três atos do balé, cada um com cenários diferentes e belíssimos, duraram ao todo duas horas. O sucesso ficou evidente nos rostos iluminados da plateia formada de gelos. Seguiu-se um jantar, com pratos saborosos e show de luzes; até as mesas escuras mostravam halos luminosos quando nelas se tocava. Inesquecível. Sizígia e seu companheiro festejavam radiante com amigos. Koll nunca se sentira tão feliz. Se perguntado, não poderia descrever em palavras o que pensara nessa noite.

Entendeu que esse era o grande momento. Pediu a Sizígia que se casasse com ele. Fez-se um silêncio... Sugeriu que morassem na Antártida durante a primavera e o verão, e na Austrália no outono e no inverno. Novo silêncio... A mulher branca então levou seus dedos da mão direita para que escorregassem sob a barba do amado. Suavemente, começou a falar-lhe, modulando a voz num tom meigo e relaxante.

– Ouça, querido. Não posso morar fora do meu país, pois não sou do corpo diplomático. E também – segurou-se um pouco – e também... Os gelos não se casam. Eu te disse isso quando a gente se conheceu, lembra-se? Mas podemos namorar sempre. Não é proibido. Muita gente faz isso aqui.

Koll Bryan engoliu em seco. Ficou estático, sem saber o que dizer. Avançou o olhar para um lado e, em seguida, recobrou a coragem para encará-la e disse, ainda com nó na garganta:

– Bela, não sei o que dizer. O erro foi meu, esqueci dessa conversa anterior. Fui ansioso, precipitado, não sei se pareci *careta*... Tem gente no meu país que tem esse costume, é tradicional – suspirou. – A vontade... que tenho de ficarmos juntos é muito forte, não deu para controlar. Você... me desculpe.

– Não, não peça desculpas. Você falou o que seu coração mandou. É isso que te faz diferente. – Colocou uma das mãos no peito dele. – Nunca feche os olhos para isso, querido, nunca... nunca mesmo.

Os gigantes 6

ANTÁRTIDA, ANO 198, DIA DE MERCÚRIO, 24 SOLAR.

Quando senhor Bryan pensou que conhecera tudo, algo, de súbito, fê-lo despertar. Um pesadelo o levara a um passado distante, perdido nas engrenagens do tempo. Via-se em uma cidade toda construída de gelo, idealizada por filósofos que não podiam ser vistos. Observava pessoas alegres, à toa ou atarefadas, passarem por ele sem cumprimentá-lo. Sentia-se um estranho.

Quando abriu os olhos deparou-se com a obra clássica que tratava da cidade idealizada de Sócrates e Platão. Decidiu que abriria o livro em uma página qualquer e o leria. Teve medo.

> "*... as mulheres serão comuns a todos esses homens, e nenhuma coabitará em particular com nenhum deles. Os filhos serão comuns e nem os pais saberão quem são os seus.*"

Não, não pode ser, isso não é a Antártida, pensou. A questão de não haver casamento em Túris remoía-lhe a mente e o deixava deveras preocupado. Agora que conseguira um emprego na Embaixada, nada no mundo o afastaria de sua bela. Imaginar que a moderníssima Túris teria qualquer relação com a *cidade antiga* idealizada por filósofos seria para lá de loucura. *Certamente, o que tive foi só um segundo pesadelo, nada de real. Seria um aviso? Óbvio que não*, concluiu. Para espraiar a vista e serenar a própria mente resolveu que hoje não tomaria o tal café no quarto nem acordaria Sizígia. Foi então que se lembrou que os seis dias de folga dela estavam terminando e que sua bela teria que retornar ao trabalho amanhã. Desejou intensamente que o Painel lhe confiasse uma tarefa próximo da Cratera, de modo que pudessem se reencontrar. Por sua vez, cuidaria de assinar, o mais rapidamente possível, o contrato de trabalho que Jimmy lhe oferecera.

Decidiu correr nas bonitas vias da cidade gelada.

Estou me ambientando rapidamente aqui. Não serei um estranho como o Jimmy, pensou. Começou a se arrumar para encarar o frio com agasalhos, meias, luvas e, enquanto se ajeitava nas quinze peças de roupas, permitiu-se imaginar que, se fosse um gelo, usaria apenas um colete blindado e sobre ele um único macacão-inteligente com tudo o que o corpo humano poderia precisar. Bom... ele não era um gelo; não poderia ter esse traje. Contentou-se em calçar botas aquecidas da Sibéria, que deixaria seus pés confortáveis e sem perigo de necroses causadas pelo frio.

Correndo pelas ruas elevadas, a doze graus negativos, monitorava constantemente sua velocidade, tempo de corrida, calorias dissipadas, consumo de glicose e principalmente seus sinais biológicos, batimento cardíaco, pressão, frequência respiratória e temperatura corporal. Cruzou com dois compatriotas que vinham na direção contrária, tomou outra rua elevada, dobrando à esquerda, continuou correndo, e sustou o fôlego ao avistar o que parecia ser um grande disco voador parado, imponente, no espaçoporto turisiano. Continuando mais um pouco, observou que já conseguia ver a larga, embora curta, pista de pouso, que estava com uma certa aglomeração de pessoas, um tanto incomum para esse lugar. Foi então que vislumbrou um grande avião comercial se aproximar e fazer ali um pouso clássico.

Uma escada foi posicionada junto à porta que se abria. Três homens muito altos, não... gigantes, desceram, os primeiros a sair do avião; o maior deles usava chapéu com protetor de orelha. O gigantismo dos recém-chegados fazia que os altivos gelos, que os recepcionavam, parecessem anões. Deviam ter de 2,30 a 2,40 metros de altura. Lamentou que não tivesse um daqueles visores de lente dourada dos gelos que servia de potente binóculo. Era uma cena que não poderia perder. Viu o homem de chapéu, que parecia ser o chefe, cumprimentar os gelos e o embaixador Di Lucca, do Reino de Monde, que ali se encontrava a recepcioná-los na comissão de frente. Um australiano da Embaixada que, ao longe, corria nas pistas elevadas, parou junto a Koll.

– São *góis* – disse o diplomata. – Nunca os vi na Antártida. Acredito que ninguém jamais vislumbrou gente como eles na cidade.

– Bem maiores que jogadores de basquete. Se me contassem, não acreditaria. Ouvi dizer que há um lugar, uma ilha, que eles habitam, mas muitos moram naquele país bizarro, o Reino de Monde –, comentou Koll, mostrando um pouco da sua erudição. – São muito ricos e inteligentes, mas parece que estão em extinção.

– Pudera! Assemelham-se a padres, a maioria não tem mulher nem filhos – comentou o desconhecido. – Não é de surpreender que a população esteja decaindo.

– Mas e aquilo que dizem, que todos eles descendem de uma única mulher? É verdade?

– Não dá para acreditar, mas é verdade. – Riu o diplomata. – O que se diz é que eles, ao invés de ter mães, têm "mags".

– *Mags*? Não é o mesmo que mãe?

– *Mag* é uma palavra que só existe no idioma deles. Aplica-se a uma única mulher, muito longeva, que é mãe do grupo todo. Por isso é que existem mais de duzentos *góis* e apenas uma mulher, a *mag*. É como se fosse uma abelha-rainha.

– Bizarro. Eu não queria ter uma abelha por mãe – debochou Koll.

O diplomata achou graça do que acabara de ouvir, mas retomou o assunto com seriedade para lhe explicar o sentido desta palavra.

– É uma mulher especial. Eva Gô, a mãe de todos eles, viveu mais de quinhentos anos. Agora eles têm uma irmã, uma nova *mag*, gerada a partir dos óvulos de Eva.

– Espantoso. Às vezes penso como essas criaturas de outro firmamento vieram parar em nosso planeta? Acho que nunca saberemos. Outra coisa que me aguça a curiosidade – disse Koll – é: o que os gigantes vieram fazer aqui, onde o mundo acaba?

– Um acordo comercial. Os *góis* são bilionários. Inauguraram uma linha aérea e obtiveram dos gelos autorização para fazer escala aqui. Ninguém tinha conseguido isso até hoje. O voo sai de Monde, faz pouso na Cidade do Cabo e segue para Melbourne, via Cratera Nevada na Antártida, e este lugar em que estamos fica próximo à rota.

– Um pequeno desvio já é suficiente – confirmou Koll, conhecedor que era dos mapas e globos de navegação. – Eles ficarão quanto tempo?

– Cerca de uma hora e meia. Os que têm autorização podem até se hospedar na cidade; os demais, que estão em trânsito, podem saltar e aguardar próximo à pista, comprar alguma coisa nas butiques, tirar fotos e até fazer um lanche – respondeu o homem.

– Esse avião grande deve ser bem confortável, mas eu prefiro navegar, não troco meu veleiro por ele.

O diplomata assentiu.

– Fosse eu recomeçar minha vida, seguiria esse seu caminho. Moro nesse lugar já tem um ano, e pretendo ficar muito mais. Vim para cá nessas pequenas aeronaves do pessoal do corpo diplomático, aviões para executivos. Agora imagino que, nas minhas próximas viagens para a Austrália, vão me mandar pegar essa linha aérea. Foi um tremendo *marketing* esse trajeto. Imagine turistas frequentando uma cidade proibida, extraterrestre.

Koll teve que concordar. Os turistas que viu saírem do gigantesco avião andavam por ali e não conseguiam se conter, tal era o fascínio e a curiosidade que o lugar despertava, a começar pelo ostentoso disco voador que, estacionado no pátio, parecia reinar absoluto. Admiravam não somente o lugar e a sofisticada tecnologia, numa espécie de último refúgio do planeta, mas também a beleza e a elegância dos gelos, os homens altos de belas fisionomias e as mulheres muito alvas, que ostentavam bonitos cabelos de um branco reluzente, impecável. Estavam completamente deslumbrados.

♦ ♦ ♦

George Gô Sandow era aquele gigante de chapéu que tinha 2,40 metros de altura. Quando soube que o Líder Geada estava na cidade, procurou conversar com ele, pois outra oportunidade decerto não teria. Duvidou que conseguiria a audiência não agendada, mas acabou sendo surpreendido ao lhe ser comunicado que o líder iria recebê-lo. *Os góis estão com prestígio perante Túris*, cogitou o homem *gô*.

George conhecia as acusações que nações adversárias imputavam contra os gelos no afã de se obter apoio geopolítico contra as pretensões de Túris de dominar o continente branco. Mas também sabia que o líder, apesar de cumprir rigorosamente os tratados assinados com a ONT, no tocante aos cinco continentes, recusava-se a assinar o da Antártida, por entender que somente aos gelos pertenceria por direito. Arguto que era, o *gô* sabia das histórias inverídicas criadas contra os gelos, mas sabia também que o terrível sequestro perpetrado no Reino de Monde por um feiticeiro da Antártida jamais havia sido explicado por Túris.

Quando chegou a hora, o gigante teve seu encontro; iria finalmente conhecer, em pessoa, o líder do Governo turisiano.

– O *Poder* te saúda, Geada! – disse o gigante bilionário tirando o chapéu.

– És tu aquele a quem chamam de Gô Americano? – perguntou Geada.

– Sim. Nasci nos Estados Unidos e vivo na *Cidade de Góleo*, em Monde, ou então, em nossa nação, a *Ilha dos Góis*. O que me trouxe aqui, excelência, foi a questão comercial. Eu e meus irmãos investidores estamos muito gratos pela licença que Túris nos concedeu. Embora nosso avião tenha autonomia para fazer o trajeto da Cidade do Cabo até Melbourne, a escala aqui é muito vantajosa para os turistas que querem conhecer uma Antártida tecnológica, futurista e manter contato, ao menos visual com o povo do gelo.

– Não é casual essa autorização que o Governo lhe deu. Nós temos muito em comum – disse Geada. – A primeira Embaixada que criamos na Terra foi no Reino de Monde, há mais de sessenta anos, na época em que os *góis* faziam parte do Governo da rainha Ana Bernadete, que era filha do seu povo. Nosso relacionamento vem de longe.

George não esperava do líder uma deferência dessa magnitude, e muito a apreciou. Interessado em estreitar os laços políticos e comerciais, resolveu lembrar outros eventos que fizeram história.

– Começou antes disso, excelência, no século passado, quando fomos os intérpretes dos turisianos perante as nações da Terra. Graças a nós, Túris e as nações celebraram diversos tratados de paz.

– É, os *góis* estão de parabéns. Os turisianos não esquecem o bem que lhes são feito. Quando chegamos nesse planeta, percebemos que era todo ocupado, menos a Antártida. Como já vivíamos em terras geladas no planeta Tera, que lembravam muito este continente deserto, foi muito fácil nos instalarmos nesse paraíso, construir cidades subglaciais iguais às que tínhamos em nosso mundo original e fazer da Antártida nosso lar. Mas havia um problema. Éramos poucos, por isso mesmo vulneráveis.

– Imagino o problema que tiveram, uma migração de dez mil pessoas ou mais, bem diferente da minha mãe, que chegou na Terra com menos de cem *góis*. Na ocasião, criamos uma cidadela na África, e depois, graças às nossas navegações, tomamos posse de uma ilha, que se tornou a nossa pátria. Naquela época, os humanos eram mais fáceis de se lidar e contentaram-se em praticar o comércio conosco – comentou George.

– Com os gelos foi completamente diferente. Preferimos nos esconder dos *sapiens*, e isso durou quase setenta anos, até o dia em que nos encontraram. Estávamos aguardando.

– Foi então que a batalha começou. Daria para evitar? – perguntou o gigante.

– Não creio. Até hoje acredito que quando uma pequena coalizão de alguns países nos atacaram, imaginaram que éramos um grupo muito reduzido e seríamos exterminados tão rapidamente que nenhum jornal da Terra chegaria a publicar. Não sabiam eles que as nossas cidades eram subglaciais, escondidas, então nossa resposta foi inesperada. E, para nossa sorte, nossa tecnologia era muito superior.

– Foi aí que nós entramos, excelência – George sorriu. – Minha mãe, nossa então presidente, Eva Gô, ofereceu-se para intermediar a negociação com as nações, pois nosso idioma, o internário, vocês estudavam na escola e o utilizavam nos trabalhos científicos da Academia turisiana.

– Ainda é o idioma oficial da Academia. O Governo e a Magistratura utilizam o idioma original dos gelos. Então, senhor George, foi assim que começaram nossos tratados com a Terra. E não sabemos como tudo isso vai terminar, porque os *sapiens* ambicionam as riquezas minerais do *nosso continente*.

– Se pudéssemos, excelência, ajudaríamos as potências da Terra a reconhecer o domínio de Túris sobre uma boa porção da Antártida. Mas, infelizmente, não temos este prestígio, somos pequenos na ONT. A propósito, eles querem que Túris entre para a organização.

– Para ser pulverizados, como vocês? A posição de Túris é clara. Negociaremos com a ONT em iguais condições e só entraremos na organização se ela assinar nosso Tratado da Antártida.

Enquanto falavam, uma mulher turisiana entrou no ambiente e serviu-lhes petiscos marinhos em uma bandeja voadora. Quando saiu, George perguntou se os gelos tinham algum livro dos *iténs*, os estranhíssimos habitantes do distante planeta Tera.

– Somente um? Temos uma estante de literatura *internária* que nossos avós trouxeram de Tera, quando da terrível *migração*.

– Estante? Por essa eu não esperava. Surpreendente existirem ainda obras produzidas por eles. Eu teria muito prazer em ver um exemplar.

– Eu não tenho nenhum aqui. Se tudo correr bem, quando estiver com seu chefe, Dr. Gô Pedra, poderei fazer uma doação de um dos livros da nossa coleção. Bem... Isto se a Academia não se importar.

George agradeceu. Geada resolveu indagar:

– A propósito, a *mag* Eva Gô conheceu o grande Tag Ubag, que governa todos os *iténs*. É um privilégio que nenhum dos meus ancestrais jamais ousaram ter. O que ela disse desse encontro?

– Ela o conheceu muito pouco, mas destacou sua grande sabedoria e que era respeitado quase como um deus. Contou-nos que ouvia dizer dos *iténs* que o *grande bag*, o Tag Ubag, era bom como pai e também como imperador.

– George, muitos dos antigos gelos estudaram na famosa *Universidade Internária*, da *Ilha de Antigamente*. Não sei o motivo de franquearem a universidade para as outras espécies, mas foi bom para os gelos.

– Eles eram iluminados – comentou o *gô*. – Excelência, até hoje não existiu uma explicação que esclarecesse o motivo de nossa abdução de Tera por seres avançados.

– Um poeta de Túris Antártica chegou a escrever que a terrível migração de *Tera* para a Terra foi um simples trabalho infantil escolar de alienígenas de civilizações tão tecnológicas que não nos seria possível entendê-los.

George não conteve o riso. Disse então temer que a professora das "tais crianças resolva agora mandar que desfaçam a bagunça e levem os *experimentos* de volta".

Estando para terminar a prosa, o líder perguntou:

– Como foi seu pouso?

– A pista é bem larga, mas com pouco comprimento. Contudo, esse modelo de avião consegue pousar e decolar em pistas assim. O maior problema para nós é a pista se transformar em gelo escorregadio, pois, se a ação de frenagem não for boa, o avião poderia patinar além da curta distância que nos dá.

– Não se preocupe. A pista é cuidada pelos robôs. Suas dimensões são apropriadas a aviões pequenos do corpo diplomático e aos táxis aéreos dos poucos turistas que vêm sempre aqui. É fácil entender, pois Túris não tem aviões, somente veículos com decolagem vertical.

– Costuma nevar aqui?

– É uma região muito seca, então neva pouco, e, quando acontece, não dura. Fora isso, sempre cai em Cratera Nevada uma fina poeira de neve que é trazida pelos ventos dos platôs elevados.

O *gô* observou a paisagem pelas grandes janelas do domo, que permitiam ampla observação das ruas elevadas, pátios, edificações e geleiras.

– A cidade é espaçosa e muito bonita, as ruas são de uma limpeza impecável, por isso a neve só se encontra acumulada nas partes baixas e pátios.

– É por isso que as ruas são elevadas e cobertas – respondeu o líder. – Nas cidades abertas estamos sempre sujeitos às variações do clima. Preferimos as fechadas; são mais limpas e ainda têm a vantagem de estar ocultas aos olhos de potenciais inimigos.

– Eu não me adaptaria a morar em grutas – comentou George.

– Esta é a questão. Não poderíamos criar uma cidade das Embaixadas que não fosse aberta. Os homens *sapiens* sofreriam com a ausência de luz natural. Os gelos não têm este problema, pois estão adaptados ao clima e às cavernas glaciais, e também fazem continuamente missões externas.

– Surpreendo-me e não consigo entender como vocês não têm medo de edificar cidades debaixo de milhões de toneladas de gelo – disse George com espanto.

– Não é só você, ninguém entende – o líder esboçou um leve sorriso. – O gelo é fluido, desliza, então toda a superfície tem que ser rigorosamente mapeada e estudada para que uma cidade possa ser edificada. E ainda tem que se projetar o SEG.

– SEG?

– É o que temos de mais importante. *Sistema de Estabilização do Gelo*, uma tecnologia que trouxemos de outro planeta sem a qual seríamos soterrados. Há cidades fechadas que chegam a se deslocar dez metros por ano junto com a capa de gelo, outras, as maiores, são fundeadas em rochas gigantescas. Todas são confortáveis, criamos acomodações, divertimentos e indústrias de todo tipo, de energia e de equipamentos pesados. Certas cidades são tão vastas, que nelas podemos construir siderúrgicas e até mesmo espaçonaves. Parece algo absurdo, mas é o nosso dia a dia.

O supremo líder encerrou a audiência e o gigante se despediu. Deteve-se o *gô*, na parte de fora, em algum lugar alto, a admirar a esplêndida paisagem branca cercada por montanhas glaciais e decorada por alguns canteiros de plantas bizarras de folhas vermelhas, sintetizadas nos laboratórios turisianos.

Olhou para a fraca luz solar com seus raios em cores.

Os milhares de anos que essa nobre raça lutou para domar a imensidão gelada em um outro planeta lhes trouxe uma tecnologia inacessível a todos nós. As nações da Terra os temem e os acusam sempre, pensou. *Apesar de duvidar do que dizem os políticos, pressinto um grande perigo, que começou há dez anos, em Monde. Eu estava lá na conversa privada que tivemos com a doutora Íris, que trabalha na nossa universidade, e escutei tudo o que ela narrou. Só vejo uma explicação: a paciência de Túris está chegando ao fim. O sequestro foi um aviso.*

7 Hórus

Antonov estava observando os paredões de gelo que ao longe delimitavam a cidade de Cratera Nevada. Ouviu um estrondo aterrador, que parecia vir das montanhas ou debaixo do chão que pisava, como se os mísseis dos inimigos resolvessem cair todos naquele minuto. Parecia ser um aviso de fim de mundo, mas logo tranquilizou-se ao saber que a Antártida tem essas surpresas, que acontecem quando o gelo extenso e duro capta movimentações de massa gelada em algum ponto distante, na superfície ou abaixo dela.

– Quem pode dizer que conhece mais que uma mísera porção dos mistérios que o gelo não quer mostrar? – perguntou Antonov a um turista originário de Monde que, como ele, apreciava provar os vinhos frutados no interior da única adega australiana à beira do piscinão abastecido pela lagoa.

– Tudo aqui parece velado pelo manto branco da nossa ignorância – respondeu Hórus, o estrangeiro.

– Você é egípcio, Hórus? – perguntou Antonov, após desculpar-se por seu inglês difícil com sotaque russo.

O recém-chegado era um homem de porte médio, moreno, cabelos fartos, com olhos de um negro luzidio que se destacavam nas órbitas fundas. Não era alguém fácil de se esquecer, principalmente quando proseava.

– Posso dizer que sim. Meus pais são de Alexandria, mas eu nasci no pequeno e próspero *Reino de Monde*, a pátria de todas as etnias, apesar de ter vivido a maior parte da minha vida no Egito. Os negócios fizeram meu pai frequentar algumas vezes o reino. Agora quem viaja sou eu; só na Antártida já estive quatro vezes.

– Você, que chegou há pouco em Cratera Nevada, teve alguma notícia dos barcos de pesca?

– Pesca ilegal, você quer dizer! Falando sério, soube de fontes fidedignas que dois barcos grandes foram afundados. Túris não está para brincadeiras – disse o egípcio.

– E a tripulação? – indagou Antonov, curioso.

– Mais dois chopes por minha conta! – pediu Hórus à garçonete, garota bem jovem, quase uma guria, que lá ganhava seu sustento. Não demorou para que fossem servidos, e Hórus logo sorveu um gole e enxugou o excesso de espuma sobre a boca. – Você perguntou sobre os tripulantes dos barcos, certo? Foram capturados e conduzidos à ilha australiana de Macquarie. Bom para eles, pois os gelos não fazem prisioneiros – finalizou o egípcio, mostrando conhecimento dos assuntos da Antártida.

– Tem que castigar – opinou Antonov. – Pescaram krill e as nototênias, o peixe preferido dos gelos, e também focas, não foi?

– Com certeza, mas... – falou Hórus, agora em tom soturno – quem garante que não há outros que eles simplesmente matam?... Eliminam... Tem por aqui algum órgão internacional para fiscalizar?

– Teorias da conspiração, meu caro egípcio. Eu, como russo, já vi de tudo. Quando uma acusação começa assim: "O serviço de inteligência descobriu...", pode ter certeza que é *fake news!*

– Por quê?

– É um jogo astuto, meu camarada. Informações oriundas de serviços de inteligência são secretas, por isso as provas não são apresentadas. Percebe?

Estavam os dois a tagarelar quando se aproximou deles a diretora do balé, Larnaka, com um *collant* térmico roxo, recém-adquirido nas butiques do piscinão, que se adequava ao seu corpo escultural. Hórus observou-a atentamente, como se a conhecesse de outro lugar. Discretamente avaliou-a de cima a baixo com um ligeiro passar de olhos. Estava acompanhada do poderoso cosmos Neso, da armada de Túris Antártica. Antonov os apresentou a Hórus.

– Todos aqui comentam o show que foi o balé de Kratev, madame – disse Hórus, que não perdia oportunidade para falar, fosse lá o que lhe viesse à mente. – Fico feliz em saber que terei oportunidade de assistir à segunda apresentação.

– Fazer apresentações na Antártida não tem comparações – respondeu Larnaka. – Não existe um lugar como este. Uma hipercivilização, superior a todas as demais, na mais remota extremidade da Terra e que, ainda por cima, é totalmente autossuficiente. O comércio de Túris com as nações não vai além de 1% de suas necessidades. Não é mesmo, querido? – virou-se para o homem ao seu lado.

Neso era conhecido em muitos círculos por ter bom relacionamento com os humanos. Era havido como alguém de cinquenta anos, de cabelos eriçados, totalmente brancos, um rosto forte e angulado, mostrando a típica testa alta dos gelos, lábios bem definidos e olhos claros. Via-se pelo *collant* negro que usava que era um homem alto e robusto.

– Fabricamos aqui tudo o que precisamos – disse ele. – Nossos cargueiros submarinos nos trazem muitos comestíveis, frutas e bebidas das regiões temperadas e quentes. Mas conseguimos perfeitamente sobreviver sem isso. As águas das regiões antárticas e subantárticas nos dão todo alimento que os gelos realmente necessitam para seu metabolismo e saúde.

– Correto – respondeu Hórus. – A Antártida alimenta até as maiores baleias, por que não alimentaria humanos?

– Vamos parar por aqui – interrompeu Antonov com humor. – Não fossem as importações, não teríamos essa adega com os melhores vinhos nem os magníficos coquetéis suaves dos gelos, que utilizam insumos de fora.

– Mas ainda assim teríamos nossas bebidas fermentadas e chás à base de algas, musgos e iguarias marinhas – afirmou Neso, com um discurso para lá de nacionalista.

– Sinto falta de algumas marcas de vodca russa – disse Larnaka. – O pessoal aqui se descuida em não adquirir esse tesouro.

– Em Túris só são permitidas bebidas fermentadas de baixo teor alcoólico – comentou Neso. – Isso faz que os gelos não tenham o hábito de degustar vodcas. Cratera Nevada, por ser nossa única cidade com estrangeiros, tem legislação especial para os destilados, mas não abusamos disso. Entretanto, podemos vir a ter um *pub* moscovita, caso algum empreendedor se interesse, que atenderá o paladar da mais sofisticada mulher da Rússia – completou, lisonjeiro que era.

Neste momento a tal garçonete australiana da adega lhes trouxe pratos tipicamente antárticos nos quais eram servidos pinguins e gaivotas envoltos em algas verdes com delicado e picante molho cremoso e pequenos potes com pastas de krill e outras iguarias.

– Menina – perguntou Hórus. – Só você trabalha aqui nesse restaurante?

– Tem o gerente também. Aqui servimos pratos de Túris e os típicos da comida do meu país. Se você ou mais alguém quiser outro prato, é só falar comigo mesma.

– Não é isso – esclareceu Antonov, sorridente. – Ele ficou admirado por ser este o único restaurante que tem alguém servindo. Se fosse um estabelecimento turisiano não haveria ninguém. Seria tudo automatizado.

– Entendi. Aqui acaba sendo… diferenciado. Quem vem aqui quer voltar – respondeu a garçonete alegremente, sem considerar que eram poucas as opções de restaurantes em Cratera Nevada.

– Eu prefiro assim, com mulheres bonitas atendendo o cliente. É mais agradável – disse Hórus.

A garçonete sorriu satisfeita e se retirou, fazendo um discreto sinal com os olhos para Hórus. Uma lauta refeição foi-lhes servida e, logo após, Larnaka e Neso se retiraram. Hórus não conseguiu disfarçar sua curiosidade sobre a dona da companhia de balé e tentou com Antonov saber mais da sua vida. Depois, resolveu se calar e dar a vez a seus pensamentos. *Eu sei quem ela é, ocultando-se atrás do balé. Uma mafiosa russa que conseguiu, com acordos, ser indultada em seu país. Tivesse Túris, em vez de quatro Embaixadas, cerca de cem, veríamos todo tipo de contraventores passando por aqui,* devaneou o egípcio, dando asas à fantasia. *Mas não é isso que vim descobrir. O peixe que quero pescar é grande e está escondido em algum lugar. E vou encontrar.*

– Ei, Koll! – gritou subitamente Antonov, enquanto bebericava da taça de vinho que segurava, fazendo sinal com as mãos ao ver de longe o australiano e sua bela trajando um *collant* térmico indo tomar banho nas águas termais. Koll respondeu ao sinal do companheiro com um gesto de que voltariam logo. Ao avistar os dois mergulhando no piscinão, Hórus e Antonov conversaram entre si, dizendo que não tinham essa coragem toda. Com a marca de -13°C lá fora, preferiam continuar dentro da adega, com o ambiente climatizado para 10°C, ouvindo melodias de fundo tão suaves como desconhecidas. Alienígenas, certamente, mas quem se importa? Músicas de outro mundo que trazem tranquilidade à alma.

Mais tarde, por Sizígia preferir a área externa da adega, Antonov, Hórus e Koll se dirigiram para lá, abandonando a mobília de madeira do interior e sentando-se em cadeiras finamente trabalhadas com gelo, confeccionadas em sofisticadas impressoras 3D, tendo por assento belas e coloridas almofadas. Uma bonita mesa, também de gelo, completava o conjunto da borda da piscina.

Hórus, para não perder o hábito, se levantou e pegou algumas garrafas de excelente vinho no aquecedor público e ofereceu a bebida a todos. Antonov lembrou o egípcio que o sistema sabe, pelo anel que ele é obrigado a usar e por outros sensores, que foi ele quem pegou as garrafas e que, portanto, teria de pagar depois. Hórus não se importou, disse estar tão feliz que só faria as contas após retornar ao Egito ou a Monde. As pilhérias de Antonov e os brindes repetidos de Hórus entretiveram os quatro que estavam à mesa. O frio na área externa fazia que Hórus tomasse agora seu gole direto da boca da garrafa, conforme o costume dos turisianos, o que era seguido pelos demais.

– O curioso aqui – disse Koll – é que as bebidas são mantidas aquecidas, enquanto na maior parte do mundo costumam ser resfriadas. Um vinho branco, por exemplo, é servido a 8°C em nosso ambiente, que está -13°C.

Imaginar aquelas pessoas na Antártida, nessa temperatura, embora bem agasalhados, tomando vinho em uma mesa em local aberto à beira da piscina, como se estivessem em um país tropical, era um tanto excêntrico. Não fosse a cratera alta que cercava a cidade, bloqueando os ventos, não haveria valente que ali ficaria. Mas a cratera reduzia a quantidade de luz solar, de modo que a temperatura ali poderia cair muito, e só não o fazia em razão da piscina, que era aquecida por fontes naturais geotérmicas. Enfim, era uma gostosa opção de lazer.

Sizígia não resistiu e deu um breve mergulho na tentadora piscina de um azul-turquesa, próximo à mesa, levantando tanta névoa gelada que bloqueou a visão por completo de quem se encontrava ali sentado. Ao retornar, sentou-se molhada ao lado de Koll, buscando a toalha para se enxugar, e danou a falar de outras piscinas ao lado que eram reservadas à criação de mamíferos marinhos.

– Esplêndido! – Antonov foi logo batendo palmas. – Mas não se atire na piscina de novo, senão a névoa não vai deixar enxergarmos a paisagem. É só entrar sem se jogar, não é?

Ela se desculpou da sua distração, abraçou seu homem, pôs a mão em sua barba e disse, voltando-se aos outros, que "a linda barba loura de Koll era motivo de cobiça". Disse ainda que "suas amigas já estavam com inveja ao correr a notícia do seu homem *bárbaro*, mas que não iria entregar Koll para ninguém".

– Não é muito diferente das garotas humanas. Mulher é tudo igual – gracejou Antonov, provocando um riso geral.

Sizígia aproveitou para pedir a Hórus que pegasse vodca no outro *cooler,* e foi o que ele fez. Antonov não quis perder a oportunidade e comentou:

– Nossa vodca não precisa ficar no aquecedor – resolveu então provocar o egípcio. – O dinheiro de Hórus não acaba, ou então ficará quebrando gelo a três mil metros de altitude para pagar a conta – deu uma gargalhada.

– Epa! Onde você pensa que está? – virou-se Sizígia para corrigi-lo. – Em Túris, no momento em que o dinheiro do estrangeiro acabar, o sistema saberá e ele não vai poder pegar mais nada. Tudo aqui é tecnológico, menos as pessoas e os bichos.

– Sempre ouvi histórias, muitos contos e até fábulas sobre Túris Antártica – disse Hórus ao voltar com a vodca. – Nasci ouvindo as pessoas falarem sobre os mistérios daqui. Acho que não existe um lugar mais fantástico – voltou-se para Sizígia e se atreveu a perguntar: – Você conhece um lugar aqui onde há pessoas meio homem meio bestas, verdadeiros monstros, e um líder que chamam Santana?

Sizígia olhou para Hórus fixamente.

– Quem lhe contou essas coisas?

– São histórias que ouvi em meu país, quando eu era... mais jovem. Sobre monstros terríveis e um mais forte ainda, que chamavam de Santana.

– Não sei quem é. Não é um nome de Túris.

– O Santana... bem... – disse Hórus. – Essas histórias dizem que ele perseguiu um grupo de pessoas na Antártida, muitos morreram sangrados que foram em profusão pelo monstro, e os que sobreviveram, só conseguiram porque foram resgatados por um navio francês. Contam que foi um massacre horrível!

– Existem muitos preconceitos em relação ao povo de Túris – disse Koll. – Caro Hórus, por ser pessoas que vieram de outro mundo não são aceitos. Agora estão inventando monstros terríveis. Dá para entender?

– Desculpe, Sr. Bryan – retrucou Hórus. – O que andei lendo é que pessoas foram sequestradas no Reino de Monde por feiticeiros do gelo e foram conduzidas à Caverna do Santana.

– Não sei que histórias são essas – disse Sizígia –, só lhe digo que não é coisa nossa. Não é uma lenda nossa, nem algo real para os gelos. Ao contrário, os gelos ajudam os humanos, mas há aqueles que nada merecem, como os que vêm à Antártida para destruir a natureza e até nos provocar, embora a maioria tenha medo de nós – franziu as sobrancelhas. – Eu até gosto disso. Sabia que o medo evita confrontações desnecessárias, poupando a energia que seria despendida com o enfrentamento?

– Concordo. Nós *sapiens* somos predadores. Você mesmo viu, Hórus – falou Antonov. – Os barcos de pesca que foram afundados eram ilegais! Não faz sentido os gelos saírem da Antártida para atacar alguém, a não ser que seja para capturar um delinquente que tenha cometido um crime aqui!

– Antonov está certo, senhor Hórus – explicou Sizígia. – Eu sempre morei na Antártida. Os gelos não precisam de nenhuma tecnologia dos humanos, nem de dinheiro, de ouro, de nada... Nada que tenha valor monetário. Então só atacariam para defender a Antártida. Essa sua história é impossível!

– Desculpe, madame, minha impertinência. Toda história tem dois lados, de repente li sobre o lado negativo. É bom saber o que realmente aconteceu para que o bravo povo de Túris não pague o pato pelo que não fez. Existem outros feiticeiros na Antártida sem ser de Túris?

– Os naturais da Antártida são turisianos. Os feiticeiros do continente não costumam vir aqui, mas impossível não é. Afinal, há muitos humanos *sapiens* passeando nesse paraíso. Eu encontrei Koll assim, não foi, querido?

– Hórus – disse o louro australiano apontando para Sizígia, sentada a seu lado –, eu não estaria vivo não fosse essa mulher. Ela é o anjo branco que entrou na minha vida. Eu estava enterrado debaixo de muita neve e gelo, em coma. Não sei como ela me salvou – deu um daqueles beijos rápidos em sua bela. – Vou voltar para a Austrália e contar a todos o que ela fez por mim. Os gelos têm uma aparência fria, mas é tudo mentira – segurou nas mãos de Sizígia com força e sentiu sua temperatura, um tanto fria a princípio, esquentar em seguida. – Eles têm muito sentimento, o rosto expressivo, o olhar penetrante, coisa que você só vai descobrir quando se tornar amigo deles. – Observou que todos estavam quedos, e continuou. – Eu aprendo com a gente daqui a cada dia. É uma lição que, no momento certo, pretendo passar para as crianças do meu país para que cresçam melhor, que sejam acolhedoras e mensageiras de boas notícias...

O silêncio se impôs. Hórus se virou para a mulher branca. No rosto impávido, firme, observou nela os olhos úmidos, uma lágrima escondida na íris cristalina que teimou em não escorrer.

Mas que estava lá... estava lá.

II

Diz o Conto das Três Rainhas que quando Facos era mais nova sua mãe lhe deu uma irmãzinha, gerada sem varão, antes de morrer de parto. A nova rainha cuidou da princesinha como se fosse sua. Decidida a nunca fazer partenogênese, pois tinha a irmãzinha, a rainha Facos resolveu se casar com um príncipe de Monde e gerar uma rainha para os humanos. Foi um casamento muito bonito, rico, em terras de Monde, mas propositadamente pouco divulgado.

O príncipe que a rainha tanto amava morreu dois anos depois, e Facos então voltou para a Caverna e lá criou as duas, seu bebê humano e sua irmãzinha, com muito carinho. A princesa humana viria a herdar o reino humano e tornar-se rainha, mas a outra princesa, já crescida, não poderia assumir sua condição de rainha enquanto vivesse Facos, sua irmã mais velha. Foi assim que, anos depois, o coração da jovem foi tomado pela ambição. Apesar das súplicas da irmã que a criara, a jovem se despediu e partiu sozinha para o Oriente.

Até que chegou o dia em que a bola de cristal anunciou seu retorno, trazendo consigo, da terra do sol nascente, alguns diabos que a ela serviam. Apesar de ter sido recebida com festa, a jovem rainha começou a conspirar em segredo contra a irmã. Como dizem os poetas que tudo um dia é desvendado, a trama foi descoberta e os conspiradores, bruxos e diabos, foram mortos. A afeição que a soberana rainha tinha pela irmã era tão grande que resolveu apenas aprisioná-la e depois mandá-la para o exílio.

Dizem ainda que, exilada no Oriente, a jovem passou três anos conjurando o mal para a irmã que a educara, até que os arcanos do destino fizeram que a Morte em pessoa visitasse a rainha. A Caverna ficou triste, todos choraram a ausência de Facos. Anos depois, a jovem que tanto mal trouxera à Caverna obteve o perdão, e pôde retornar, com a condição de permanecer somente até conseguir gerar uma rainha substituta.

Conto das Três Rainhas

Do *Livro Branco dos Feitos da Caverna*

8 Embaixada no deserto

UM DOS RECANTOS MAIS TÓRRIDOS DA TERRA.

A capital do reino era o rico baronato de Casto com não muito mais que quatrocentos quilômetros quadrados. A larga avenida dos Mosqueteiros, com mais de cem quilômetros de comprimento, cruzava o reino do norte para o sul e, ao atravessar Casto, passava por uma larga praça, a esplanada das Embaixadas, onde viam-se diversos prédios, grandes bancos, instituições financeiras, escritórios de empresas automobilísticas, de energia, de computação e até de turismo. Em um casarão antigo, de somente dois andares, funcionava a Embaixada da poderosa Túris Antártica, uma das quatro únicas existentes no mundo.

Termala, embaixadora de Túris no Reino de Monde, ocupava este posto há mais de cinco anos, e já tinha visto de tudo. Manifestantes volta e meia apareciam com cartazes ali em frente para protestar contra o Governo "déspota" de Túris. Outros pediam para que Túris os fizessem se comunicar com os extraterrestres ou até mesmo que os levassem de disco voador para um encontro pessoal com imaginários e poderosos seres. Ufologistas, mais bem informados, exigiam que os turisianos mostrassem como se comunicar com os *iténs*, seres poderosos que sabiam existir em Tera, para que pudessem planejar uma nova sociedade, muito mais justa que a dos humanos. Enquanto seitas condenavam os gelos como representantes do diabo, uma antiga igreja, mais pé no chão, pedia apoio técnico, logístico e financeiro para fundar um mosteiro copta na desolada Antártida.

E não era só isso.

O universo de opiniões parecia não ter fim. Houve até quem considerasse os gelos seres de luz, que, como anjos, vieram à Terra para preparar a vinda do messias gnóstico que salvaria a humanidade, restauraria a ordem cósmica e juntaria o mundo com o seu planeta irmão, morada de origem dos humanos *geniacus*, conforme revelado em uma antiga canção dos místicos, que frequentemente perambulavam pelo pequeno e fantasioso reino:

Cem anos leva a luz
Para unir os planetas irmãos,
separados pelo leite de Hércules: Terra e Tera.

Embora aparentasse mais jovem, conforme costuma acontecer com pessoas desse povo – como se viver no frio antártico retardasse o envelhecimento –, Termala era tida como uma mulher de cinquenta anos cuja autoridade era por todos percebida. Diziam que fazia parte de um dos clãs fundadores de Túris e que era funcionária de confiança do Governo. Quando chegou à Embaixada naquela manhã, sua secretária lembrou-lhe que daria entrevista ao hebdomadário satírico da editora Argel, verdadeiro pasquim, o mais lido do seu gênero no reino e o mais popular nos cantões africanos com seus quadrinhos, caricaturas, reportagens, notícias de casas noturnas e shows – sempre em estilo irreverente, não conformista e linha claramente socialista.

Quem a entrevistaria seria a diretora presidente da *Editora e Produções Argel*, a *ítalo-mondina* Laura Lindabel, mulher divorciada, mãe de cinco filhos de quatro pais, que também era produtora de cinema e conhecida comunicadora. Quando jovem, chegou a morar em grandes tendas na praia de *Principayle* e a dormir com o som do marulho das vagas e o ritmo das lufadas que sacudiam as fibras das lonas. Era ela quem se adornava com pequenas adagas e pulseiras, cujas medalhas de prata brilhavam com a lua, e que tinha seu fã-clube entre os ripongas, que usavam miçangas e faixas coloridas, os anticonsumistas, *darks*, naturistas, comunistas e trabalhistas. Seus pés, sempre vistos descalços, os sentidos, antenados nos caprichos do vento que à noite farfalhava nas palmas das tamareiras e, por fim, as danças, fazendo a coreografia das melodias ciganas no embolado das jovens, tinham ficado para trás.

O encontro das duas mulheres iniciou-se com uma pontualidade britânica, conforme o costume turisiano.

Não podiam ser mais diferentes.

Frente a frente, a estranha mulher-gelo de cabelos de um branco reluzente com raras mechas esverdeadas, circunspecta, testa alta, com o traje universal que a cobria dos pés ao pescoço, contrastava com a alegre jornalista de cabelos negros, fogosa, boca sensual e vestido curto com decote marcando os seios fartos. A entrevista se deu no idioma francês, o mais falado no reino.

– Por que esse interesse agora dos gelos em oferecer um curso para os humanos da Terra? – perguntou Laura Lindabel após as devidas apresentações.

– Com o aquecimento global, nosso continente, a Antártida, está sendo inescrupulosamente ameaçado por toda espécie de gente – respondeu Termala em francês, com forte sotaque turisiano. – Nossos submarinos chegam carregados de latas, frascos, garrafas, sacos plásticos e embalagens de todo tipo que são atirados nos mares antárticos por turistas sem educação. O oceano todo está ameaçado.

– É verdadeiramente surreal a inconsciência do ser humano diante da poluição das águas e do solo. Como será realizado esse treinamento, quando e em que idioma?

– Nosso líder Geada solicitou à Academia turisiana que preparasse um treinamento de monitoramento e preservação ambiental da Antártida a ser oferecido às nações, desde a abordagem tecnológica, como métodos de prevenção e mitigação, até a *questão da normatização*, zoneamento e questões legais. O prazo que a Academia estipulou para iniciar o treinamento foi de três meses, e o curso teria a duração de um mês. O treinamento deve ser ministrado no idioma de Túris, mas todos o acompanharão em seu próprio idioma. Caso haja aceitação, podemos elaborar outras aplicações para abranger o maior número de pessoas.

– Embaixadora, vocês ministrarão o curso na Universidade dos *Góis,* aqui no Reino de Monde?

– Não. O treinamento acontecerá na Antártida, segundo a decisão tomada no último encontro dos embaixadores no continente gelado, em Cratera Nevada.

– Antártida? Ah... deve ser maravilhoso, mas... distante, não é? – comentou Laura, surpresa. – Quem vai custear?

– O treinamento é gratuito, mas a passagem é por conta das nações que enviarão os alunos para lá.

– Sim. Vocês acreditam que surtirá efeito, isto é, os aventureiros pararão de poluir o último santuário do planeta?

– Eles têm que parar, senão, como vamos impedir a degradação ambiental em nosso meio? Volta e meia somos obrigados a destruir equipamentos de captura de crustáceos de embarcações que insistem na pesca do krill na época do defeso.

– Falando disso... Esta é uma das grandes reclamações, de que os gelos destroem equipamentos caros de pesca sem ter autoridade das nações para assim proceder. Não haveria outro meio de lidar com isso? – perguntou Laura.

– Temos um tratado, assinado com as nações do mundo sobre a preservação do ecossistema da Antártida, que estabelece as épocas de defeso de uma porção de espécies do Oceano Antártico – o rosto de Termala continuava estranhamente inexpressivo.

– Mas isso lhes dá o direito de punir as embarcações?

– Certamente. As embarcações apreendidas pelas nações da Terra são multadas e punidas pelas leis internacionais, e as apreendidas por nós são punidas pelas leis de Túris. Aplicamos o princípio que rege nossa justiça. Em Túris não existem cadeias nem prisões, somente detenções temporárias para faltas muito graves, como crime, estupro, agressão física, fuga, sedição etc.

– Que penas vocês aplicam aos transgressores?

– No caso das embarcações, aplicamos o julgamento on-line, que é rápido e eficiente. Na maioria das vezes, a pena restringe-se à destruição de todos os equipamentos de pesca. O navio é liberado para retornar ao seu país sem a carga e sem o material utilizado no delito. O prejuízo é grande. Se a embarcação retornar às nossas águas para repetir o delito, pode vir a ser destruída e as pessoas detidas, até que seu país mande um navio resgatá-los.

– Foi isso o que aconteceu recentemente, não foi?

– Sim. E os transgressores, após perderem seus barcos, foram detidos e conduzidos à ilha australiana de Macquarie, uma reserva natural no Oceano Antártico, a meio caminho entre a Antártida e a Austrália.

– Embaixadora, eu lhe pergunto: não seria melhor permitir que o infrator seja julgado em seu próprio país? Politicamente seria muito mais interessante, concorda?

– Quem é pego violando o defeso em nossas águas será julgado por nós. Nossa justiça é a melhor do planeta, pois quem julga é um programa de computador. Então, não tem por que deixarmos a justiça de lado para atender à política – respondeu Termala, sem mostrar qualquer alteração no alvo semblante, fora o piscar dos olhos.

A repórter mondina, de origem italiana, estava percebendo que aquela que lhe falava de uma forma solene, representava a maneira de ver o mundo de um poderoso estado alienígena que muito pouco se importava em agradar os humanos da Terra. Mas não se intimidou.

– É natural? O computador não pode cometer erros?

– O juiz computador aplica a justiça igual para todos, sem olhar raça e prestígio. É um sistema muito inteligente que analisa toda a informação fornecida e a obtida on-line. Nossa lei não comete erros como as das nações da Terra. Aqui não acontece as interpretações equivocadas dos juízes humanos.

– Ah... Mas quem faz os computadores são as pessoas, não são? E, além do mais, quando a lei tem imperfeições, o juiz humano preenche essa lacuna, não é mesmo?

– Este é um raciocínio circular. A lei é imperfeita e insuficiente, então o juiz acredita que, ao interpretá-la, será mais justo. Com isso, ele introduz novas falhas humanas que podem se tornar uma infeliz jurisprudência. As falhas continuam existindo, o erro não é corrigido na fonte, e a história se repete. Nós fazemos diferente.

– Fazem? Como? – perguntou Laura, já curiosa.

– Na análise dos casos reais, o sistema inteligente, quando percebe um grau de incerteza maior que o estabelecido no projeto, cria um alerta vermelho para ser analisado pelos cientistas da Academia. O próprio réu ou os acusadores também podem contestar a sentença, uma vez que recebem o relatório da investigação que mostra a fundamentação do veredito. Mas a contestação deve ser introduzida de forma lógica e objetiva para que o sistema crie outro alerta vermelho e o envie à Academia. Uma vez corrigido pelos cientistas, o juiz simplesmente refará o juízo com o novo código. Não é um serviço para amadores.

– Como a senhora vê as críticas dos órgãos de direitos humanos? Dar o poder a uma máquina para fazer certas coisas é um tanto complicado. É o que se pensa. Porque a Academia poderia ser orientada a seguir uma linha capitalista, que maximiza a produção, e acabar se esquecendo dos excluídos – retrucou a jornalista.

– Esta é uma análise filosófica. Basicamente somos cientistas, não filósofos ou metafísicos. Nossa ciência busca o progresso tecnológico, a segurança e o bem-estar de todos. Não há excluídos, pois todos se beneficiam igualmente. Mas, senhora diretora-presidente Laura Lindabel, eu sugiro que não se alongue, pois nosso tempo vai acabar.

De esguelha, Laura espiou e viu o tempo que lhe restava. Era pouco para tudo o que tinha em mente.

– Uma curiosidade que todos têm, embaixadora: Onde está esse código de computador do sistema juiz? Há versões dele em francês ou...

– Um momento – Termala a interrompeu. – Não vamos discutir códigos, por favor. Não vamos complicar. A Academia codifica na linguagem *internária* e nós, do Governo, publicamos em inglês as listas de sanções sobre violação da Antártida. É o que todos precisam saber, só isso.

– Mas essas sanções foram aprovadas pelas nações? – provocou Laura.

– Nossas leis não estão sujeitas a aprovações estrangeiras. Mas as nações estão de acordo com a tipificação do delito. Isto nos basta. Todos sabem que não fazemos parte da ONT. Ou você tem alguma dúvida?

– Não, isso a gente sabe. Em se falando de justiça, vocês estão sendo processados e acusados do sequestro e morte dos atletas que foram conduzidos para a Antártida há dez anos – emendou Laura outra matéria, agora acerca da investigação que acontecia em Monde.

Termala encarou-a friamente antes de falar. Lançou-lhe um olhar para que respeitasse a agenda da entrevista, mas ao ver que a repórter *não se tocava*, alertou:

– Você não avisou que tocaria neste assunto – objetou Termala, rispidamente. – Nós não temos envolvimento com o caso, e foi por isso que ganhamos a causa. Ponto-final. – Terminou, dando desfecho a uma prosa que não queria ver continuada.

Como se não percebesse a frieza da mulher-gelo, Laura insistiu nos pontos que considerou estar sem resposta.

– A causa está na última instância. Por favor, muitos atletas foram assassinados, e os que sobreviveram sofreram no continente gelado. A questão é: Quem sequestraria atletas e os levaria a uma caverna, na Antártida, cheia de monstros?

– Não comento isso. O que se sabe de concreto é o contrário: que muitos aventureiros foram salvos na Antártida pelos gelos. E digo mais, *gratuitamente*. Se você quiser fazer uma reportagem sobre tais resgates, podemos colocar à sua disposição os arquivos, que aliás as nações já possuem.

Gostando da guinada social da entrevista, a jornalista resolveu ir mais além.

– Falando disso... Muitas pessoas têm ideias erradas sobre o povo de Túris, não é? O problema pode estar na ignorância, pois ninguém sabe na verdade o que vocês fazem. E é uma tendência natural temer por algo que não se pode conhecer. Talvez vocês possam patrocinar alguma obra social. Tenho uma amiga, irmã de caridade, que cuida de crianças órfãs e refugiadas...

– Não nos envolvemos com os problemas internos das nações – interrompeu bruscamente. – É nossa política.

– Mas isso é caridade, não é política – insistiu.

– Política, claro que sim. Os gelos não precisam de caridade, uma vez que tudo o estado provê. Dar comida a uma pessoa pobre pode significar que *sou contra o estado alimentar as pessoas* ou que *sou contra que alguém trabalhe para conseguir seu alimento*. Entendeu? Se o país de vocês não fornece o alimento e todo o necessário, e se as pessoas não conseguem trabalhar para obtê-los, vocês terão de rever alguma coisa.

Vislumbrando uma boa matéria, Laura deu um leve sorriso e resolveu explorar este mote até o limite da disponibilidade da entrevistada.

– Realmente, a maneira de se tratar o pobre aqui é bem atrasada. Na Antártida não existe fome nem crianças abandonadas?

– Não existem pobres em Túris. Alimentação, ensino, saúde, segurança e todas as demais necessidades são gratuitas e funcionam. Todos têm a mesma oportunidade.

– Deve ser fascinante... imagino que sim. – Laura não conseguia esconder sua admiração.

– No meu mundo não existem excluídos. Tudo funciona perfeitamente. É difícil entender isso? – A embaixadora começava a se incomodar: *devo cuidar para que essa repórter não publique o que não convém, só falta agora ela querer visitar as cidades turisianas.*

– Acho que não. Túris então é uma espécie de mundo ideal, não é? Aqui em Monde existe um abismo entre os ricos e os pobres, que vivem com baixos salários e ainda têm que competir com robôs e sistemas automatizados. Eu gostaria de uma *autorização* para poder conhecer os orfanatos, o Serviço Social da Antártida... Eu poderia ir lá com uma amiga e...

– Com licença, seu tempo terminou. Tenho uma petição do Governo para responder. – A poderosa mulher acabava de interromper a entrevista bruscamente. *Não é que ela teve mesmo a audácia de querer conhecer nossas cidades?*, pensou a embaixadora, embora no fundo divertira-se com a atitude espontânea da repórter.

Laura saiu da Embaixada. Era meio-dia no Reino de Monde quando se dirigiu ao veículo da *Produções Argel*. O calor da primavera era de 37°C à sombra. Foi então que se deu a pensar como um local tão quente conseguira se tornar referência em produção de tecnologia, uma metrópole cultural com pessoas de todo tipo e falando idiomas os mais variados possíveis. Um pequeno lugar que pretendeu reunir em si cada pedacinho do mundo.

E o mais inacreditável: Como esse reino das maravilhas, que nunca teve petróleo, pôde dar certo?

N
O
L
S
Reino de Monde
Para os Vulcões
Para as Montanhas Elevadas
Principayle
Sérgia
Alexandria
Península Milion.
Edouard
Evreux
Taranto
Laboié
Boulogne
Valíola
Henrique
Del
Uvion
Van
Oásis
Casto
Cidade de Góleo
Kala
Valentinas
Místi
Neutro
Felo
Novos Territórios
Indianista
Ramond
Hertford

9 O reino do mundo

De longe avisto a nau negra contra o sol.
Traz pra mim aquilo que não mais consigo,
memórias de um tempo e lugar,
de quem, por pesqueiros inseguros, navegou.
A imagem se agiganta e eu com ela,
mas já nas areias, quando a vejo,
não era o meu barco, nem tinha os meus peixes.
Cá no deserto, qual espectro eu sou
Meus anos passaram e eu não vi.

O ancião de Monde

Se algum príncipe franco quisesse fundar um reino três séculos atrás provavelmente não escolheria esse lugar. Ele poderia até ser atraído pelas belas tamareiras de algum porto da região, que quebraria a mesmice causada por acácias e árvores-de-damas aqui e acolá, mas logo se desencantaria, pois o que se via em profusão eram as monótonas vegetações arbustivas esparsas, que tinham por qualidade ser resistentes ao sal que permeava o solo árido e que mais se prestavam para alimento de cabras e camelos do que de gente.

Tampouco era de se esperar que o francês fosse se afeiçoar pelas maravilhosas praias de areia em todo o litoral, que no futuro poderiam encantar turistas de roldão. Sequer pensaria em restaurantes e hotéis.

Mas a desventura fez que um príncipe empobrecido finalmente resolvesse criar ali seu reino. Possivelmente, deve ter ele pensado em fundar um povoado que pudesse servir de entreposto para o lucrativo comércio europeu com o Oriente, talvez acreditasse mesmo encontrar na região pedras preciosas ou ouro. O novo feudo teria que ter um nome que lhe trouxesse muita sorte e prognósticos de fácil enriquecimento. Sonhador que era, imaginou, entre duas baforadas do seu cachimbo, ter visto o porto ser frequentado por naus provenientes do mundo inteiro atravessando um canal que uniria a Europa à Ásia, que as nações europeias iriam construir a seu pedido. Decidiu, alumbrado que estava, que o chamaria de reino mundial, *Monde* em seu idioma. Pobre senhor. Deve ter gasto todo seu patrimônio e nada obtido durante sua vida. Mau profeta? Talvez não, se se tiver em conta o sucesso que o insignificante reino almejaria ao se iniciar o século dos oitocentos.

A geografia e a história desse reino de fábulas estavam para começar.

Viver ali só conseguiria quem fosse "duro na queda". É só imaginar uma região caracterizada por um clima quente e seco, dominado por planícies costeiras, onde temperaturas diurnas no inverno beiram os 30ºC e, no verão – supérfluo dizer –, o calor pode castigar para lá dos 40ºC. Não fosse a secura do lugar, essas temperaturas poderiam ser aprazíveis. Mas o que se pode esperar quando os fortes ventos de monções, que levam meses para trocar de sueste para noroeste, ao invés de procurarem a terra, preferem seguir pelo mar, subtraindo do solo a dadivosa chuva? O resultado da combinação dessas convergências naturais é uma terra seca, cujas abundantes minas de água que brotam das terras altas se tornam insuficientes para encher os leitos dos possíveis riachos, que se tornam ravinas nos meses de estio, de modo que, ao invés de aluviões, se têm poucos córregos temporários e nenhum perene.

Enfim, uma visão de natureza morta com a triste paisagem de colinas quase nuas e uniformes a prolongar-se por gretas e áreas de mato ralo, onde algumas plantas suculentas, a modo de cactos, chegam a disputar os espaços livres de lascas de sal com touceiras volumosas de raízes imensas a preencher terrenos erodidos, por vezes tão baixos que o nível do mar já seria elevado.

Retrato da desdita? Também assim não.

O litoral, apesar do calor, mostrava-se singularmente lindo com uma aura mística, que ia do aroma do seu mar à canção de suas ondas, que encantavam qualquer um que ousasse caminhar de pés descalços sobre suas areias e sob um manto salpicado de estrelas. As noites agradabilíssimas, bem mais frescas que o dia, favoreciam a vida dos amantes, e na lua cheia eram eles que acampavam em suas longas praias e se dedicavam à pesca frutuosa, obtendo bons peixes para misturar com farinhas. Era a hora de sentir a brisa, escutar o vento impetuoso cantar nas curvas e crepitar na dura vegetação de restinga; o momento de aguçar os sentidos do corpo e do espírito para se espojar pelo solo praiano e simplesmente aguardar o dia chegar.

Felizmente, muitas vezes o que a natureza não consegue prover sozinha, o homem com seu talento logra êxito, dando-lhe o que faltava. Foi o que ocorreu. Ao perceberem que a água doce poderia ser obtida do subsolo, rico em lençóis aquosos, e ao identificarem nos terrenos elevados solos de origem vulcânica, repletos de minerais e fosfatos excelentes para a agricultura, fizeram os trabalhadores da jovem nação que esses preciosos veios se tornassem a fonte inicial para os grandes reservatórios que abasteceriam toda a região.

Por fim, o homem venceu o meio.

O pequeno Reino de Monde, após mais de meio século de instabilidade, dizem os que gostam de contar histórias, conseguiu implantar uma sólida e respeitável casa reinante, a dinastia dos reis Falcão Vale, que se tornaram senhores de *dois grandes portos* – o primeiro, menor, ao norte, e o segundo, maior, ao sul, que, apesar de desértico, tinha valor pela estratégia comercial e política, e por isso acabaria se tornando futuramente a capital do reino.

O povo europeu que para o árido porto do sul emigrou em busca de riquezas quando o assentamento deste porto se tornou viável deparou-se com todo tipo de gente que também chegava: alguns árabes e negros oriundos do Sudão, indígenas brasileiros que trabalhavam e defendiam o colonizador, mulheres de grenhas descuidadas, populações da variedade etíope e mestiços de todas as procedências, uns de toucas e turbantes, outros a mostrar cabelos corredios e retintos; todos, enfim, deslocando-se livres, pois no Reino de Monde a escravidão jamais foi tolerada, tornando-se para o povaréu um poderoso atrativo. O povo Afar do deserto, pequeno em número devido à dureza do clima, conseguiu se adaptar misturando-se aos demais e ajudando a formar a figura do típico mestiço mondino.

A origem europeia do misterioso reino era formada principalmente por franceses e italianos, mais tarde acrescidos de ingleses e alemães para quem terras foram doadas como forma de atrair recursos para a jovem nação. Administrativamente o país era dividido em baronatos e condados com a classe dominante formada pela nobreza e o rei, de descendência majoritariamente franca. Um reino imaginário, em uma terra ignota, uma miríade de raças e povos, e uma dinastia de reis a construir uma florescente nação que acreditava nos feitos dos homens e em suas riquezas era agora um reino do mundo que tinha tudo para dar certo.

Souberam esses governantes desenvolver a ciência agrícola e fazer trabalhar a dessalinização do solo, de forma a torná-lo produtivo. Para lucrar mais com as atividades portuárias e atrair investimentos, conseguiram montar nos dois portos que possuíam uma indústria naval de renome, que desbancou muitos concorrentes pela qualidade da sua frota. Implantaram posteriormente com eficiência dessalinizadores marinhos de grande capacidade e volume, a ponto de não se precisar racionar a água do subsolo e ainda prover o abastecimento de piscinas particulares e públicas.

Com o desenvolvimento, as praias do reino foram se tornando muito frequentadas, e a boa música não faltava mais à noite, com belas morenas e suas danças do folclore cigano. Trajavam lenços e saias de babados que bailavam sob o vento constante, tilintando moedas e lantejoulas em suas tiaras, bustiês e cinturas. Danças do ventre à moda árabe e véus com medalhas e gotas de quartzo coloridos completavam os ritmos da noite praiana sob a permanente abóbada estrelada, atraindo turistas do mundo inteiro. Tecnologia, riqueza fácil, segurança e estabilidade exerceram tal poder de atração, que fez que homens de negócios de *trinta países de todos os continentes* imigrassem para esse refúgio, que se tornaria uma espécie de centro geográfico e comercial do mundo.

A ampulheta do tempo não parava.

Chegou então um período em que a dinastia dos grandes reis foi interrompida com a morte do jovem monarca Cicerato II Falcão Vale, causando grande desgosto para o povo, além de guerras e muita confusão. Após esses anos de turbulência, que nenhum bem trouxe ao reino, a vitoriosa casa reinante retornou ao poder em um Governo assessorado pela riquíssima família dos *Lhés*, chefiada pelo duque Papatoulos, e pela ainda mais rica família dos gigantes *Góis*, chefiada pela matriarca Eva Gô Mulher.

Os *gigantes* não pertenciam a nenhuma das raças já mencionadas que faziam parte da variada matriz étnica da nação. Embora aparentados aos seres humanos, eram oriundos do distante planeta *Tera*. Sua entrada na política aconteceu devido a um casamento principesco celebrado na Holanda.

A rainha Ana Bernadete Lhé Falcão Vale, primeira mulher a governar o Reino de Monde, era, por parte de mãe, neta do falecido rei Cicerato II, e, por parte de pai, neta da matriarca Eva Gô. Por ter ficado órfã ainda bebê, fora adotada pelo poderoso duque Lhé Papatoulos. Essa constelação de famílias bilionárias trouxe mais prosperidade e pujança à dinastia dos Falcão Vale, que assim foram favorecidos pela sorte. Tanta riqueza dando entrada no país acabou por atrair novos e grandes investidores que, sorridentes, colocaram no porto do sul, milagrosamente transformado pelos governantes, todas as suas fortunas.

Os burgueses milionários e bilionários criaram seu bairro, com clubes, resorts e cassinos, que se tornou um dos pontos de reunião da antiga nobreza de origem europeia. O sucesso obtido com as novas irrigações e sofisticadas técnicas agrícolas, a difusão da cultura, o ensino qualificado e a urbanização clássica, tipificada pelos prédios ornamentais e belas avenidas em estilo europeu, cujo paisagismo e iluminação se tornaram obras de arte, acabaram por promover o crescimento industrial numa taxa superior a qualquer outra nação.

Trinta anos mais tarde, a rainha de Monde, que não deixou herdeiros, ficou muito doente, causando o fim da dinastia reinante e a saída das poderosas famílias de *Góis* e *Lhés* do país, bem como de suas fabulosas fortunas. O futuro apontava para um caos econômico, a moeda nacional começou a perder seu valor e as bolsas entraram em vertiginosa queda, e um caos político, em que uma violenta guerra civil certamente aconteceria caso não se conseguisse criar um sucessor. Foi então que uma antiga lenda ressurgiu, anunciando que uma *nova rainha* estava destinada a salvar o reino.

Essa *rainha mítica* não era uma mulher qualquer. Procuraram-na em toda parte, até que finalmente a encontraram na pessoa de uma princesa, neta bastarda do rei Cicerato II com uma bruxa, portanto prima carnal de Ana Bernadete, e filha da poderosa *gênia Facos* que governava a *Caverna da Rainha*.

A chave para a compreensão desta trama é que esse reino imaginário estava cercado de comunidades de feiticeiros e bruxos. A não mais que trezentos quilômetros a oeste, no lugar onde as sombras cobrem o vale, no cume de serras altíssimas e abruptas, vivia a comunidade milenar dos poderosos bruxos *geniacus* da *Caverna da Rainha,* e ao sul o castelo dito Sombrio, morada de outra comunidade, de feiticeiros *sapiens* que, querendo ou não, insuflavam suas crenças no povo simples.

Foi então que surgiu um terrível dilema.

Na mente da nobreza e das elites que governavam o próspero Reino de Monde era impensável entregar o comando da nação a uma princesa da poderosa fraternidade dos bruxos da Caverna. Algo tinha que ser feito. E mais uma vez um enlace matrimonial resolveu o problema.

O casamento dessa princesa, batizada na bela catedral neogótica do reino como Regina, com um dos pretendentes ao trono, o ex-conselheiro real Laboiazo, estimado pelos militares, resolveu o óbice dando legalidade ao novo governante, que foi coroado rei, com a princesa, coroada rainha, e se tornou cogovernante do reino.

O novo reino inaugurou uma nova dinastia. O rei Laboiazo, inteligente e cientista, mas de temperamento violento, transformou o reino em uma potência militar, aproveitando-se da tecnologia nacional que florescera durante o século. Fez inúmeras guerras e colocou várias nações sob seu domínio ou influência, ao ponto de ter sido agraciado com o título de imperador. Internamente, agia como um déspota, derrubando seus opositores e concentrando excesso de poderes com o tímido apoio da nobreza mondina.

O ponto de inflexão, a virada política, que contribuiu para o fim da ditadura do Governo reinante somente se deu quando da feliz negociação que o Reino de Monde fez para *o retorno* da poderosa e bilionária família dos gigantes *Góis*, que mantinham uma grande propriedade vizinha ao reino, adquirida na época do Governo anterior.

Por meio de tratados internacionais muito bem redigidos, essa propriedade foi incorporada à nação com o nome de *Cidade de Góleo*, que se tornou uma metrópole futurística, superior a todas similares criadas pelas nações da Terra.

A democracia acabou voltando ao reino, o que terminou por agradar ao próprio rei, que, já idoso, pôde se dedicar ao seu ofício preferido como cientista: dirigir os projetos de aeronaves, foguetes e estações espaciais.

Agradou também à rainha Regina, filha da Caverna, que viu reduzir a violência e as revoltas no reino, e crescer ainda mais seu país.

10 A rainha

A prefeitura da Casa Imperial, onde situa-se o palácio do rei Laboiazo, é um dos locais mais bem protegidos de Monde. Quando nela se entra, tem-se a impressão de estar em um mundo que não conhece seca, nada lembra um porto adquirido no deserto: árvores frondosas e diversos jardins e piscinas surgem por toda parte para deleite da nobreza, dos visitantes e dos funcionários do lugar. A rainha Regina é uma espécie de "segunda autoridade" do reino. Por ser pessoa muito querida, os jornais não se cansam de noticiar qualquer movimento que faça. Embora procure se mostrar distante de eventos populares, existe um quase messianismo em torno da sua pessoa que faz alguns dos mais velhos ainda dizer: "*enquanto tivermos nossa rainha, o país estará bem e os empregos não faltarão*".

A origem de tal veneração é mais bem compreendida se voltarmos um pouco no tempo. Quando Regina nasceu, há 56 anos, a pequena Monde passava por uma época gloriosa de grande expansão cultural e tecnológica. Vivia então sua idade de ouro, quando suas novas universidades e escolas atraíam alunos de todas as partes do mundo. Em suas ruas viam-se pessoas as mais variadas possíveis, de quase todas as raças, misturas e procedências.

Mas Regina não fazia parte de nada disso. Embora nascida em Monde, estando apenas com um ano de idade seu pai faleceu. Foi então morar com a mãe em uma rede de cavernas nas cadeias de montanhas da Etiópia, a mais de dois mil metros de altitude, cujos paredões abruptos dão para um deserto arbustivo, um vazio, num vasto vale que antecede o mar. Vivia com uma multidão de *geniacus* chefiados pela sua temida mãe, a misteriosa e ultrapoderosa *gênia* Facos, cujas lendas envolvem até hoje o imaginário do povo de Monde numa aura de magia e mistério.

A caverna-mãe, também conhecida como Caverna da Rainha, ou, simplesmente, Caverna, ficava próxima ao topo de uma alta montanha, em um lugar favorecido por fontes de água potável. Parecia, por dentro, um imenso castelo antigo com suas longas escadarias e pisos de pedra, talhados e retificados através dos séculos pelas mãos servis de legiões de humanoides horrendos, diabos anões e vampiros. Uma bela piscina de água corrente, toda em pedra, voltada para o abismo, completava o charme do inóspito lugar onde as pessoas se banhavam, muitas vezes à noite sob a luz das estrelas e sem a poluição visual causada pela iluminação elétrica que jamais fora consentida.

Regina cresceu brincando e correndo pela caverna, pátio e pela grande área externa, no cimo da montanha, pisando descalça a seca e áspera vegetação de altitude. Brincava também na caverna-mãe e nas grutas menores com uma tia que era apenas dois anos mais velha que ela, uma irmãzinha de Facos, chamada Vuca. Essa menina era também uma *bruxa-gênia*, que estava destinada a suceder Facos ou a criar outra fraternidade de *bruxos geniacus* em algum lugar. Tanto Vuca quanto Facos destacavam-se pelos cabelos completamente vermelhos.

Regina, até hoje, lembra-se de que, em noites muito límpidas, era possível contemplar os céus, o olhar imerso nas estrelas. As duas crianças, ela e Vuca, se debruçavam na beira do enorme despenhadeiro a tagarelar e observar acima do horizonte, no lugar onde as estrelas surgem, uma luzinha muito tênue na direção do litoral a perturbar a negra borda da abóbada celeste. Em uma dessas noites esplêndidas, sem anúncio de luar e sob a brisa que naquela altitude soprava refrescante, uma conversa aconteceu:

— Olhe — disse Regina —, ali é a minha cidade, onde vou governar um dia. Um dia serei rainha, igual ao nome que mamãe me deu.

— Claro que não! Não vê que é uma coisa impossível?

— Mentira! Vai acontecer sim. Tenho certeza!

— Você fala demais por causa da folha do khat! — gritou Vuca, irada.

— Não! O que eu disse é verdade. Pergunte à mamãe! — gritou a pequena Regina, chateada, enquanto balançava freneticamente as perninhas.

— Não, não! Mana não vai gostar de saber que você está "viajando" com o chá da flor da erva proibida — insistiu a menina Vuca, cantando, Alucinaçããão...!

— Mentira, nunca tomei esse chá! — gritou Regina novamente.

— Agora, sua boba, olhe para trás, para as cavernas e a montanha... Sabe quem vai governar?

A pequena mirou de soslaio sem responder à tia, dois anos mais velha que ela.

— Sou eu. Eu! — gritou Vuca. — Eu serei rainha, você não.

A menina Regina se segurou. Quanto mais enfezada ela ficasse, mais agradaria sua tiazinha. Sacudiu os longos cabelos negros, olhou para sua companheira de brinquedos, estufou o peito e, para não perder a oportunidade de lhe dar o troco, falou em tom desafiante:

— Minha mãe, a rainha da Caverna, me disse que vou governar aquele país. Agora, essas cavernas..., isso aí... — balançou freneticamente as mãozinhas na direção do santuário, fazendo biquinho e desdenhando o lugar. — Eu sei que você não vai poder governá-las, pois minha mãe vai viver muito ainda.

Mal deu tempo de ver a menina, sua tia, debandar-se para dentro da Caverna, alvoroçando seus longos cabelos vermelhos.

Soube, mais tarde, que ela desandara a chorar.

♦ ♦ ♦

A rainha estava pensando em todas essas coisas do passado. Pensava nos dois anos terríveis que Monde viveu quando a última rainha teve uma doença incurável; pensava no seu retorno ao país em que nascera e na sua sina, escrita nas estrelas, de tornar-se a nova rainha, aquela que uniria no mesmo reino dois mundos tão diferentes, os das espécies *geniacus* e *sapiens*.

Piscou os olhos e sorriu. União de mundos? Lembrou-se das histórias de sua juventude ao pé da fogueira e de um conto por demais fantasioso e obscuro, a *Lenda das Cem Terras,* escrito originalmente nos livros encarquilhados dos bruxos *geniacus,* que acabou se tornando muito popular no Reino de Monde. Pegou em suas mãos o volumoso *Livro Negro dos Feitiços,* que profetizara a *união entre as duas terras*, leu suas escrituras e as viu acontecer diante de seus olhos.

Nada mais natural, refletiu. Não eram os *geniacus* provenientes de humanos *sapiens* que viveram quase trinta mil anos em outro planeta? Por que não se unirem? *O país de Monde é o lugar onde o bizarro acontece*, pensou; afinal, *não havia sido lá que a rainha Ana Bernadete, filha dos gigantes oriundos de Tera, governou?*

Era de fato a terra dos destinos inimagináveis, do fabuloso e do contraditório. *Minha mãe, com seus poderes de gênia, sempre soube o que dizia; como um oráculo, previa os acontecimentos. Nunca duvidei que seria rainha.*

Estava ainda absorta em seus pensamentos quando uma dama da corte veio anunciar a chegada do cientista médico *gô*, Dr. Pedra, que curara seu filho, Sauro Jonas, de uma doença tida como fatal. Despertando de seus devaneios, a rainha se dirigiu à sala de audiências privadas para receber o famoso gigante.

Embora acostumada a lidar com pessoas muito altas durante toda sua vida, a rainha Regina ainda se impressionava com a figura do médico e estadista *gô* com seus dois 2,60 m de altura. Tão alto era o homem que diante dela se encontrava que, apesar de sentado em uma confortável cadeira aveludada, era maior que uma pessoa em pé.

Era uma figura inesquecível. Um educado ancião, cujos cabelos brancos, que rareavam na cabeça, contrastavam com as grossas costeletas, também brancas, que quase preenchiam as bochechas. Trajava um sobretudo preto com gravata em verde-esmeralda. O gosto pelo preto, dizia-se, ser luto pela morte da sua mãe, Eva Gô. Verdade ou não, ninguém poderia com certeza afirmar, pois os *góis* costumavam ser reservados em sua vida particular. Certa mesmo era sua fama de médico cientista alardeada pelos quatro cantos da terra; uma pesquisa de opinião na internet o conduzira às alturas, apresentando-o como o melhor médico conhecido. Não fosse o melhor, seria o mais afamado.

– Majestade – disse Dr. Pedra, inclinando levemente a gigante cabeça –, nosso principezinho herdeiro, Sauro, está completamente curado da doença maligna que o acometeu. Tivemos que fazer uma alteração cromossômica em um par de genes para bloquear os efeitos do mal que estava a tirar-lhe a vida.

– Doutor Pedra – respondeu a rainha –, o rei sugeriu-me que chamasse o venerando mestre Dunial e mais dois dos meus irmãos bruxos para que removessem o feitiço que estava quase a matar nosso filho. Meus irmãos tentaram em vão. Houve um momento em que tive de mandá-los parar, pois percebi que meu menino, que estava debilitado, não suportaria nem mais um minuto. Estranhas manchas malignas, pretas, apareceram em seu corpo e na parede do quarto. Foi aí que pensei: *Se o Dr. Pedra, o maior médico do mundo, não conseguir salvar meu filho, outro alguém não conseguirá.*

– Obrigado, majestade – respondeu o gigante, com um leve sorriso a curvar os cantos da boca, acostumado que estava com elogios vindos de toda parte. – Sauro Jonas foi atingido pela maldição da *mácula negra*, a *pretal;* não existe doença pior. Em minha longa vida vi parentes, amigos, irmãos e até pais abandonarem os filhos atingidos pela *pretal*. É pavorosa, não passa de uma pessoa para outra, mas infecta quem está próximo de uma porção de outras doenças, desde erisipelas, herpes pelo corpo todo até terríveis inflamações causadas por baixa imunidade.

– Não é coisa desse mundo. Acho que ninguém inventou nada pior.

– Verdade. Essa doença é oriunda de outro planeta. Veio de Tera, junto com as migrações alienígenas. Ela cria mutações no sistema nervoso central e enfraquece o paciente a tal ponto que raramente sobrevive. Dunial não teve culpa, não era possível salvá-lo com magia.

– Ele fez o que pôde, eu sei, conheço meu irmão.

– Nenhum feiticeiro, por mais mágico que fosse, teria êxito, pois a *pretal* tem ligação com uma dimensão profunda, inacessível aos mortais. Majestade – pigarreou –, estudei essa doença durante cinquenta anos com meus cientistas, fomos muito longe...

Regina arregalou os olhos. Criada na caverna-mãe, junto com os venerandos mestres-bruxos, entendia o que representava esse mal que alterava as células neuronais da vítima até levá-la a óbito. Mas certas coisas nem ela mesma compreendia.

– Não entendo. Como uma alteração cromossômica pôde livrar meu filho da *pretal,* se nem a mais poderosa magia consegue.

– Majestade, os magos, para obter uma cura, utilizam-se de seus poderes, e se não forem suficiente, apelam para o *poderio-gênio*. Para reforçar esse apelo, costumam formar os *círculos*. Só que a *pretal* vem de uma dimensão mais profunda, tanto, que nem esse *poderio* tem acesso. O que nós fizemos, majestade, foi bloquear os efeitos danosos da *pretal* no corpo do menino, somente isso. Ou seja, a ciência enganou o feitiço.

– Então... meu filho ainda está com o mal?

– Ele ficou com as alterações genéticas causadas pela *pretal*, mas não ficará mais doente, entende, majestade?

– Ah, que os céus te ouçam por toda a eternidade! – deu um suspiro. – Doutor Pedra, não quero e não devo lhe esconder isso. Durante o restabelecimento do Sauro, tive que mudá-lo de quarto, pois o seu ficou infectado pela *maldição dos estigmas*. Quem lá entrasse estaria em perigo de se contaminar. A atmosfera fúnebre impregnou todo o ambiente, e o simples fato de se tocar em algo poderia trazer uma séria doença. Mandei lacrar o quarto e convidei a maior das feiticeiras, Míriam Mofanie, conhecida como *Mulher do Tempo*, e lhe pedi que fizesse o difícil serviço. Ela consentiu. Como uma história de milagre, a maga, com seus poderes, conseguiu livrar o aposento da mácula negra e de seus miasmas.

– Fizeste muito bem, majestade. Esse não era um trabalho para cientistas, mas para magos. A ciência e a magia devem andar juntas para se obter o melhor resultado. Não é certo o cientista e o feiticeiro competirem.

– É o ganha-ganha – deu um leve sorriso. – Doutor, preciso agora saber como isso aconteceu e por quê? Como a *pretal* pegou meu filho?

– Majestade, a senhora viveu e estudou na Caverna, então, deve entender que a *pretal* não surge em qualquer lugar. Esse mal acontece sempre próximo a locais com pontos de acesso às comunicações com os *poderios*.

– O ponto de acesso mais próximo é justamente aqui na Etiópia, na Caverna – respondeu a rainha. – Mas... me explique melhor isso.

– Senhora, a *Mulher do Tempo* hospedou-se no seu palácio durante quarenta dias. Não lhe disse nada? A maga tem um ponto de acesso aos *poderios* no castelo dela, na África do Sul, e chegou a estudar essa doença nos *livros proibidos*.

– Não. Míriam não me contou nada. Mas ela é assim mesmo, discretíssima. Eu sei que a doença pode surgir espontaneamente pela proximidade com um lugar desses. Mas... na Caverna não. Meu irmão Dunial é cuidadoso. Minha mãe também era.

– Depende muito do que se faz lá. Certos ritos de invocações dos *poderios* podem desencadear danos irreversíveis, porque nem tudo pode ser controlado.

– O esposo de Míriam Mofanie morreu dessa doença há muito tempo. Nem ela, com todo seu poder, conseguiu evitar – disse a rainha.

– Entende então o que estou dizendo, minha rainha? Essa mulher é uma lenda viva. O mais óbvio seria que lhe contasse alguma coisa.

– É, doutor. Quando eu era menina, Míriam se dava bem com a minha mãe gênia e eu era amiga da filha dela. Vou procurá-la.

– Majestade, sugiro também que converse com Dunial, procure saber da Caverna. Faça teu irmão dizer o que acha disso.

– Dunial?

De repente, a rainha encostou-se, quase se jogando na poltrona real, e passou uma das mãos com os dedos abertos sobre a cabeça. Escorreu-a devagar, sentindo seus cabelos vagarosamente. Seu pensamento agora seguia longe...

– Doutor, aquele lugar... a Caverna... é dominado pela *bruxa-gênia* Vuca. Não existe ninguém pior que ela. Ela matou minha mãe. O acordo que fiz com meus irmãos é que ela irá embora depois de gerar uma bebê gênia, por *partenogênese*, mas... Está muito difícil.

O velho gigante moveu suas pernas e se ajeitou na poltrona para aliviar sua cansada coluna.

– Eu entendo que esse bebê é necessário para a Caverna – falou compassadamente – Partenogênese... uma gravidez sem a presença de espermatozoides, sem haver relação com homem algum. Isso mesmo...

– É bizarro, doutor. As gênias têm muitos filhos ao cruzar com humanos, *geniacus* ou *diabos*. Mas uma nova bruxa-gênia só pode ser gerada por partenogênese. Por algum motivo, essa gestação afeta o corpo da mãe e a faz perder o útero. É um parto difícil.

– É que as gênias têm três úteros, mas um deles, o terceiro, é um pouco maior, e é nele que a geração sem a participação do homem acontece. Então, quando ela vai ter esse bebê especial, perde esse útero, ele sai com a placenta.

– Minha avó morreu durante um parto.

– É que ela tentou ter uma segunda filha gênia muitos anos depois de ter tido sua mãe. Não é normal, é muito perigoso.

– Foi o grande erro da sua vida. Não sei por que fez esta besteira.

– Senhora, talvez ela tivesse desejado aumentar as possibilidades matemáticas de criar uma nova Caverna de bruxos. Como não tinha mais o terceiro útero, tentou gestar essa gênia em um dos dois que sobraram. Arriscou-se demais...

– Não tinha um doutor Pedra para ajudá-la – sorriu a rainha. Em seguida comentou, debochando – Vuca não tem nenhuma das qualidades da minha mãe nem da minha avó. Ela nasceu de um útero errado, a maldita!

O médico preferiu ficar calado. A rainha, observando que ele nada iria comentar, resolveu indagar sobre os gigantes:

– Sua mãe, Eva Gô, que Deus a tenha em paz, também tinha três úteros, não é verdade? Mas só gerava homens, não é?

– Sim, majestade. Mas o caso dela era diferente. Não há partenogênese entre os *góis*. Não gerava mulheres por causa de um útero doente, então, eu e minha equipe tivemos que resolver isso com a ciência. Se eu não tivesse tido sucesso, a espécie dos gigantes desapareceria deste mundo.

– Verdade, seria ruim para nós todos. Mas, doutor, voltando à nossa história,... não sei o que fazer com a gênia Vuca.

– Não faça nada, só investigue.

– Doutor, morei na Caverna. Uma invocação que os *feiticeiros dos círculos* fazem com *poderio* não traz este mal.

– E se for uma invocação proibida? Você sabe que isso existe no *Livro dos arcanos*. Existe ou não?

A rainha estava cada vez mais intrigada. Olhou para os vitrais da sala e disse:

– Aquela mulher, Vuca, é capaz de tudo. Teria a maldita atentado contra a vida do meu filho?

O médico percebeu que o rosto de Regina ia adquirindo uma expressão de fúria e suas órbitas se avermelhavam.

– Não estou afirmando nada, majestade. Mas é uma doença rara. Em vinte anos, consigo reportar não mais que dois casos em que alguém apresentou este quadro no nosso reino. Por que isto agora com o filho do rei?

A rainha ofegou e, antes que pudesse falar e proferir coisas bem desagradáveis, escutou o gigante a aconselhar:

– Majestade... Tenha calma, procure seu irmão. Converse com Dunial. Converse com ele...

11 O globo mágico

No Palácio Imperial, em Monde, no andar reservado ao casal real, contíguo ao aposento da rainha, havia uma sala que nenhum empregado jamais entrara. A limpeza era feita somente por autômatos, e um ou outro detalhe era limpo pela própria rainha. O pessoal da segurança sabia da sala, mas não tinha seu detalhamento. Como não era permitido indagar sobre a sala, denominaram-na Sala Secreta.

Estariam ali as joias da rainha? Talvez não, porque a Sala do Tesouro era outra. Alguns funcionários chegavam a dizer que ali era onde o rei, que era cientista, guardava os segredos do universo. Um funcionário antigo, prestes a se aposentar, dizia ter certeza de que era ali que a rainha se comunicava com sua mãe, quando ainda era viva. Alguns se benziam só em pensar que a rainha poderia estar se comunicando com os mortos.

Foi à tal sala tão misteriosa que a rainha se dirigiu aquela manhã. Uma vez lá dentro, caminhou por entre estantes de raríssimos manuscritos encarquilhados até chegar a um móvel muito antigo, de fina madeira trabalhada, cuja parte de cima lembrava um oratório, e a inferior uma bela penteadeira. Com uma chave rústica abriu as portas do que seria o oratório e deparou-se com um pequeno cofre de superfície lisa e brilhosa engastado na parede, sem segredos, nenhuma fechadura aparente nem qualquer abertura visível. Regina encostou uma das mãos no tal cofre, que, de súbito, se abriu, expondo seu interior. Nele havia apenas um objeto, uma esfera de alguma gema cristalina sem emendas de um leve tom esverdeado que repousava sobre uma almofada de seda. A rainha a apanhou com as duas mãos e a trouxe para perto de si, pousando-a em uma espécie de berço de madeira macia entalhado no que se assemelhava a uma penteadeira. Começou a deslizar as mãos sobre a esfera, seguindo algum código milenar, e viu a pedra cintilar uma luz esverdeada e multiforme.

Por algum dos mistérios desse mundo, que não nos cabe desvendar, a tal esfera esverdeada possibilitou que a rainha se comunicasse com seu irmão

Dunial, o venerando mestre bruxo que estava na Caverna, no cume de escarpadas e elevadas montanhas da orografia etíope.

– Dunial – falou Regina, sem qualquer preâmbulo –, a doença que atacou meu filho veio de outro mundo, de alguma dimensão que não conhecemos. Como ela apareceu aqui? Por que escolheu meu filho, justo o herdeiro do rei?

– Ele foi atingido pela *mácula negra* – respondeu o mestre. – Percebi isso durante o ritual, quando nenhum dos *poderios* acudiram o menino. Agora, você, minha irmã, quer saber por que o mal se manifestou em Sauro... – Dunial hesitou por um instante e disse: – A resposta é: não sei.

A rainha suspirou e falou, movendo-se nervosamente na cadeira:

– Tem que haver uma explicação. Por que com meu filho? Você não vai guardar segredos para mim, vai? Serei mais direta agora: Vuca pode ter invocado algum malefício para tirar o sopro do menino?

– Pela chama dos lumiares! Você não vai querer que eu faça essa pergunta à matriarca da Caverna... imagino que não. Tampouco vou poder responsabilizá-la, porque sei que você, Regina, tem uma parte nessa culpa. Não tem?

Os olhos da rainha arregalaram-se, e ela se segurou na cadeira, quase pondo as mãos na esfera de cristal.

– O quê? Do que você está falando? É você mesmo, Dunial, ou a sua sombra?

– Calma, sou eu. Lembra-se, minha irmã, que foi você quem mais insistiu para que fizéssemos com Vuca o pacto com a Morte?

A rainha sentiu subir-lhe o sangue pelas têmporas.

– O que você queria que eu fizesse? Não fosse assim, ela entraria na Caverna e nunca mais sairia – objetou rispidamente.

– Então foi você.

– Não havia outro jeito. Tenho que tomar certas atitudes. Se dependesse de vocês... o Reino de Monde ficaria sem garantias.

– Eu e todos os bruxos do *círculo* corremos risco com os rituais do pacto. Livros proibidos não são para ser usados nos ritos. Quando conseguimos fazer os ritos com os *arcanos* do livro trouxemos o mal para essa região.

– Mas... por que, Sauro Jonas, por quê? É tão difícil me explicar? – A rainha não se conformava, contendo-se para não gritar.

– Este é o raciocínio. Não existem garantias quando se chama a Morte. Tudo de ruim pode acontecer, o destino só nos dá chances; um dia se ganha e no outro se perde. É como... um jogo, mas o que se perde, rainha, é a vida.

Regina ficou irritada. Não queria discutir coisas do passado e relutava em aceitar que pudesse ainda estar presente.

– Desculpe se te dei motivos para ter raiva de mim, mas não havia outra maneira de obrigá-la a sair da Caverna quando a nova gênia nascesse. O que quero... melhor, eu só quero que você me ajude a descobrir por que meu filho pegou essa doença.

– A linha entre a Luz e o Escuro é tênue, Regina, e não quero explorá-la. Pode ser uma linha abismal, mas é apenas um traço fino. No abismo, um centímetro pode ser a diferença entre a vida e a morte.

– Estou com um problema gigante e você só me traz filosofias. Eu quero soluções, não quero pensar. Você parece minha mãe, quando dizia que não havia certezas na Luz.

– Facos não lhe dava respostas prontas. E você gostava dela.

– Tudo o que sou devo à minha mãe. Mas não quero falar dela porque não quero me emocionar.

– Justo. E eu não quero mais ter que invocar uma página sequer do livro proibido. Há nove anos que sinto o peso dos grilhões da morte rondando a Caverna.

– Dunial, não estou lhe pedindo para voltar a ler os livros. Só não quero esquecer que tudo de mal que aconteceu ao reino devo à *bruxa-gênia* que matou minha mãe.

– Mas não insista para que eu converse com a gênia sobre o menino. Não seria bom.

Fez-se silêncio. A rainha sabia que era muito difícil, mesmo para um respeitadíssimo mestre, ousar interpelar certas coisas à gênia. E se ela não tivesse culpa alguma, poderia lançar sua ira contra o garoto. Pelo menos era o que Regina imaginava.

– Olha, Dunial, só quero descobrir se há alguém planejando eliminar meu menino ou qualquer uma das minhas filhas.

– Não convém mexer nesse vespeiro. Dê uma oportunidade ao tempo.

Regina sentiu o peito comprimindo-a diante da impotência. A dor da ausência pareceu crescer no seu interior, bem como a certeza de que nada disso aconteceria se sua inesquecível mãe governasse a Caverna.

– Ah... Saudades da nossa mãe...

– Eram outros tempos, rainha.

Ela respirou fundo e começou a entoar:

Pelas searas abertas nós caminharemos,
vales e colinas iremos transpor,
só o vento nos acompanhará.
O aroma silvestre será nosso alimento,
os calcanhares, nossa montaria,
as grutas, nossa morada, e o sol nosso guia.

Percebeu que Dunial acabava de recitar a mesma prece junto com ela, uma das preferidas de Facos.

– Eu me comovo com a epopeia da fundadora – ele disse. – De como a primeira gênia de nossa linhagem, com uma longa e fina trança vermelha, caminhou só, grávida e descalça, por quarenta dias até encontrar a caverna ideal. E de como ela ali se embrenhou na escuridão absoluta até encontrar uma galeria profunda onde teria seus primeiros filhos. Tudo rústico, primitivo, não havia uma escada, mas havia o mais importante: a água.

Regina suspirou, fechou os olhos e respondeu:

– Eu também.

– Minha irmã – ele disse. – Existe algo que não te contei.

– O que foi? Pode me falar. – A rainha expressava-se agora em um tom cândido, suave.

– Coisas estranhas estão acontecendo aqui. Não se assuste, não é com o príncipe herdeiro. Usdarina, das cordilheiras do Tajiquistão, esteve na Caverna. Ela esteve aqui. Ficou três dias nas dependências de Vuca.

– Ahhh, Macqun! – gritou a rainha, chocada... – Não pode ser. Eu sabia, eu sabia. Bruxa desgraçada...

– Não perca a calma. Imagino que você esteja falando de Vuca, e não da outra.

– Para receber Macqun na Caverna, Vuca está planejando algo de muito ruim, você percebe?

– Você me faz lembrar das histórias que nós, ainda crianças, escutávamos sob a luz de lamparinas ou de uma pequena fogueira. Às vezes eu ficava na sua frente e ria dos seus medos. Alguns desses contos eram com a *mensageira da Morte,* a última pessoa que qualquer ser humano, rei ou camponês, bruxo ou *diabo* desejava ver.

– Sem piadas. Todas as crianças tinham medo das histórias que a velha contava da *mensageira*, até Vuca agarrou seu braço uma vez.

Dunial sorriu e sussurrou:

– Eu só comecei com essa história, minha irmã, porque o nome da *mensageira* era Macqun. E agora você chamou Usdarina com esse nome.

– Não inventei esse título para ela. Se você soubesse quem foi...

– Rainha, ainda que Usdarina encarnasse a figura da *mensageira*, nada teria a ver com a *pretal* em Monde.

– Prefiro concordar com você, mas não tenho certeza. Você saberá por que fiquei apavorada. Aconteceu em janeiro... – Ela fechou os olhos e passou a falar em uma espécie de transe místico. – Míriam Mofanie estava aqui no palácio, na ala da rainha, era minha convidada. Eu estava no meu quarto quando recebi um sinal de que algo de errado acontecia nos aposentos de Míriam. Fui depressa, e quando lá cheguei, encontrei Míriam, caída com os braços semiabertos, totalmente desacordada. Signos em preto, formando um círculo em torno do seu corpo, estavam rabiscados no chão, numa antiga língua jamais falada na Terra. Uma coisa horrível. Eram sinais de uma forma de escrita que cheguei a aprender um pouco nos meus dias da Caverna.

– Signos? Você não vai querer me dizer que eram... – indagou o mestre, surpreso.

– Não tenho dúvida. Eram os *arcanos*, sim. Uma terrível maldição com os signos proibidos. Minha filha Echerd irrompeu no aposento, atendendo ao meu chamado, para ajudar a carregar Míriam até a banheira para poder lavá-la, pois, em transe místico e doloroso, a poderosa maga recendia a urina. Foi somente aí que ela recobrou os sentidos. Com duas luas negras sob os belos olhos azuis, a *maga do tempo*, ainda na banheira, nos contou que Usdarina, a Macqun, estava querendo tirar-lhe a vida.

– Então a maga acredita que a *mensageira* possa existir em nosso mundo.

– Entendeu agora, incrédulo? Vai guardar suas pilhérias?

O mestre a escutava em pé, quando, de repente, sentiu uma lufada fria às suas costas. Virou-se e disse em seguida:

– Ákila, que fazes aqui?

– Eu tenho que ser rápida. Essa noite fui perturbada por um sonho e preciso que você saiba, meu irmão – respondeu a mulher mestra que trajava um manto azul-escuro com mangas muito amplas.

– De que se trata?

A mulher se aproximou da bola de cristal e respondeu:

– É sobre a rainha. Minha irmã – virou-se para a esfera translúcida –, não entre no caminho da Morte, vi coisas horríveis acontecendo com você, só pode ser um aviso.

A rainha sentiu um arrepio e perguntou, sentindo-se afrontada:

– Ákila, você quer me assustar?

– Nos três dias que Usdarina esteve aqui, nuvens escuras cobriram o alto da montanha e não vimos o sol. Seu disco, nem ao menos por um minuto, surgiu na abóbada, apesar do clima aqui ser seco.

– Minha irmã, escute – disse a rainha. – Eu só estou sabendo desta visita agora, pelo Dunial. Eu não poderia estar planejando nada do que você está falando, não faz sentido.

– Ouça agora. Vim aqui lhe falar porque não quero perdê-la. Certos sonhos que me vêm estão fora da seta do tempo, e são tão vivos que não se distingue o onírico do mundo real. Vi você usar seu poder para parar alguma coisa que a gênia e a Caverna estavam fazendo. Por favor, não siga esse caminho.

– Ákila, o que aconteceu na Caverna tem tudo a ver com o que ocorreu com Míriam no meu palácio. Eu tenho que saber!

– Seja o que for que vá acontecer na Caverna, não tente interromper. As maiores potências do orbe estarão aqui. Eu a quero muito bem, e não quero perdê-la – suspirou.

– Regina, sou eu, Dunial – retomou ele a conversa. – Não fique nervosa. Vamos ter outros contatos, e vou deixá-la tranquila.

– Faça isso,... por favor – respondeu a rainha, ao mesmo tempo que percebia a luz do globo se apagar.

– E então? – Dunial se dirigiu à Ákila. – A gênia está vindo?

– Não mais. Mefistofu, o *diabo*, barrou seu caminho. Ele veio trazer notícias do castelo que a Vuca tem na *Floresta Negra*.

Dunial olhou para ela e sorriu de repente.

– Melhor assim, a gênia poderia querer saber de Regina se aqui chegasse. O que tinha que ser feito para ajudar a rainha você já fez. No momento certo, Vuca nos revelará o *segredo de Usdarina* e a fraternidade continuará. O que um dia foi segredo deixará de ser, fará parte da nossa memória, e será contada em cânticos.

Ákila olhou para os vários tetos da Caverna e exclamou:

– Tem sido assim por mais de mil anos!

12 Austrália

Em uma fazenda situada na Austrália Ocidental uma nave pousou, trazendo cerca de noventa gelos que vieram trabalhar na nova central de fertilizantes. Eram técnicos e cientistas que desenvolviam um ambicioso projeto de fertilização utilizando insumos de algas e plâncton desenvolvidos nas fábricas oceânicas subantárticas de Túris. Para o projeto da central havia sido feita uma *joint venture* com empresas australianas que já utilizavam os novos fertilizantes em áreas de baixa precipitação, semidesérticas. Sizígia era uma das técnicas que ali chegaram para a montagem dos equipamentos.

No dia seguinte, ela é chamada à central de comunicação da fazenda. Fez um intervalo em seu serviço e foi atender.

– Um humano está querendo falar com você – disse-lhe uma funcionária de Túris. – Coloque esse anel de comunicação na mão direita. Tem o seu *code*, seu número. O anel fará um link com seu sistema auditivo e você poderá conversar com os humanos. Ah, já passamos esse número para a Embaixada e para os australianos que trabalham no nosso projeto.

Sizígia agradeceu e ficou eufórica em saber que, enquanto estivesse na Austrália, esse *code* a deixaria telefonar para humanos. Impensável na Antártida.

Tão logo Sizígia se retirou da central, chegou-lhe uma chamada pelo anel de comunicação. *Ora, só pode ser ele*, pensou e atendeu.

– Minha bela, vou pegar um voo para vê-la. Estou em Adelaide, no golfo de São Vicente.

– Bárbaro, não vejo sua cara desde a estação do Silo, há uns quatro meses, quando te visitei na Embaixada australiana de Cratera Nevada. Depois, você voltou para a Austrália e sumiu.

– Olha, para mim é horrível o fato de seu sistema de comunicação ser isolado das nações da Terra. Túris tem que se abrir mais, é muito fechada. O fato de você ter que ir à Embaixada do meu país, em Cratera Nevada, para poder telefonar para a Austrália é surreal.

– Engraçado... Você some, e agora eu sou culpada por não conseguir ligar?

– Eu sumi? Estou fazendo um curso no meu país para assumir o emprego. Você sabe, não é todo mundo que é convidado para um cargo de comando em uma Embaixada australiana – falou, presunçoso.

– O que quero é que você não fique encucado com nossas normas de segurança, está certo? Faz bem a sua cabeça admitir sua culpa e sua ausência, seja por que motivo for. E quando você começar a trabalhar na Antártida a gente vai voltar a se ver.

– Tá, entendi. Deixe eu correr, tenho que comprar a passagem ainda.

– Não, escute. Cheguei ontem. Tenho que trabalhar sete dias direto, depois terei três dias à toa. Venha então na minha folga, pois na minha terra é uso trabalhar de cinco a seis décimos por dia, e não iria nos sobrar tempo, não é?

– Décimos?

– É, para vocês é de 12 ou até 14 horas e 24 minutos. Não enrola não, você entendeu.

Koll suspirou, contrariado.

– Ok, vou aguardar e contar os dias. Vou ver se tomo um sonífero para hibernar a semana toda. Será que existe isso? – Tentou ser engraçado.

♦ ♦ ♦

Os turisianos que trabalhavam no projeto eram constantemente observados pelos australianos. Estranhavam muito que todos usassem a mesma roupa branca, estilizada com estranhas nervuras, fizesse sol, chuva ou frio, e que também fizessem questão de trazê-las impecavelmente limpas. Quando a roupa se sujava de terra, antes de qualquer refeição ou ao final do trabalho, homens e mulheres-gelos entravam numa ducha forte, com detergentes, que sempre havia posicionada próximo ao refeitório, e ali lavavam a roupa por fora, sem tirá-las, num momento de descontração em que se davam a conversar o supérfluo. Durante o banho improvisado nem ao menos tiravam as luvas, mantinham de fora somente a cabeça, que costumavam molhar para se refrescarem do calor, e por vezes puxavam para a frente o capacete flexível, fechando-o para lavá-lo também. Parecia, a quem os via, que tinham uma espécie de pavor à sujeira.

O aspecto externo da roupa era para eles muito importante, ao ponto de se tornar cultural. Fácil era mantê-las limpas nas geleiras – raramente no gelo as roupas se sujam – o que não acontecia em terra e areia. A secagem era surpreendente, logo ficavam impecáveis, pois sequer se imaginavam fazer a refeição molhados. Ingleses e australianos faziam troça, comentando entre si que os alienígenas não precisavam de máquina de lavar.

Volta e meia australianos e outros anglo-saxões puxavam conversa com os gelos, mas acabavam descobrindo que, durante o expediente, só aceitavam falar de trabalho, nada mais. Após o expediente, conversavam mais entre si, e, para quebrar esse "gelo nas relações", eram os turisianos frequentemente convidados para curtir com eles uma divertida música country ao sabor irresistível dos grelhados e da cerveja. Poucos eram os que iam nessas comemorações, e nunca se demoravam, pois acordavam cedo para o trabalho, a não ser que estivessem de folga.

Percebiam também que somente os gelos que estão há mais tempo na Austrália conseguiam falar inglês. Os demais só o faziam via um sistema computacional que tornava a fala um tanto padronizada. Um deles chegou a dizer a Sizígia que parecia uma boneca falando. Ela riu, desconectou mentalmente sua fala do aparelho, e disse que "fora do expediente podia conversar sem ajuda, mas eles teriam que falar devagar para que pudesse entender tudo". Quando a convidavam para dançar, costumava aceitar, era a oportunidade para aprender os balados e gingados do povo daquela terra, e isso divertia muito os técnicos australianos. Mas não vestia saias nem calças jeans, dançava com seu traje universal nas cores branco e gelo. Quando, em meio à cerveja, diziam os homens algum gracejo que não entendia, Sizígia ameaçava ligar o tradutor, o que fazia os homens ficarem mais comportados, pois adoravam ouvir o sotaque natural da "alienígena". Eram poucas as mulheres turisianas que seguiam Sizígia, a maioria, quando acontecia de ir aos festejos, ficava assistindo sentada com os homens-gelos. Se eram poucas as mulheres, menos ainda os homens, que, aparentemente mais tímidos ou avessos ao folclore, raramente se davam a dançar quando puxados por uma australiana fogosa.

Finalmente chegou o dia da véspera da folga de Sizígia. Quem veio à tarde foi Koll, que a esperou no saguão do domo hospedagem. Imaginava como seria encontrá-la. Já não se viam desde o outono, pois Koll estava fazendo um curso na Austrália, na área da inteligência e segurança, preparatório para assumir o novo emprego na Embaixada. *Outono para nós, para ela Silo, pois nossas estações do ano os gelos denominam diferente,* pensava. Em seus devaneios, enquanto aguardava, lembrou que Sizígia lhe explicara que Silo fazia referência ao período de abastecimento de víveres para o longo inverno antártico, que os primeiros turisianos tiveram que zelar para não passar privações nem fome.

Distraído como se encontrava, rememorando seus pensamentos, alheio ao tempo que passava, percebeu que já eram 19 horas. Então, sentiu alguém agarrando-o e o vendando por trás, soprando-lhe o ouvido, exalando um sutil aroma de frutos do mar que lhe era familiar. Ao pôr as mãos por cima das que o vendavam, escutou uma risada feminina, fácil e descontraída.

Foi tomado por uma alegria contagiante.

– Então – disse Koll –, é verdade que você está grávida? Um filho meu?

– De quem seria? – Passou as mãos na barriga, tentando mostrar a curvatura que ainda não havia.

– Fico feliz em saber que os gelos são fiéis.

– Fiel? O que é isso?

– Amor, é aquele negócio de não sair com outra pessoa quando se tem envolvimento com alguém.

– Você fala engraçado. Eu só amo você, bárbaro!

Koll sorriu e acariciou a barriga de Sizígia. A mulher branca fez uma cara de quem gostou e o puxou pela mão, dizendo-lhe que havia dois cavalos esperando por eles.

– Estou aprendendo a andar a cavalo. Se eu errar, você me ensina.

– Epa!... Quem te disse que sou bom nisso?

– Eu sei de coisas de você que você mesmo não me contou. Às vezes adivinho, bárbaro – explicou Sizígia com um sorriso malicioso, pondo os olhos nele, ao mesmo tempo que montava numa égua.

– Espere aí! Ei! Não vai andar a cavalo grávida, é perigoso, não sabe?

– Gravidez é saúde. Não te ensinaram isso? – respondeu ela com um súbito sorriso, ao mesmo tempo que dava um tapa na sua montaria, que desandou a correr.

Essa mulher é doida. Koll correu e montou apressadamente o outro cavalo para alcançá-la. *Desisto, não vou conseguir entendê-la, mas acho que é por isso que gosto dela, é como o vento do norte, imprevisível.*

Koll a seguiu cavalgando a toda velocidade e a alcançou. Não se descuidava de olhar sempre para os lados, para ver se a mulher conseguia acompanhá-lo. Ela foi acompanhando-o bem de perto, às vezes emparelhava sua montaria com a dele, e acabou dando-lhe a direção que queria. Seguiam galopando entre outeiros e rochedos, sem parar nas raquíticas sombras dos cardos, nem mesmo nas encostas de montes.

Era correr o que ela queria, deslocando cascalhos e afugentando aves ciscadeiras e lagartos, com o sol à frente ou à direita, vencendo paisagens secas e selvagens até avistar uma pequena elevação arborizada com fartas sombras. Koll, alheio a tudo, entregue que estava à cavalgada prazerosa, despertou e se surpreendeu ao observar que a mulher não se firmava muito bem na sela. Decidiu fazê-la parar a fim de que pudesse ter sua primeira lição, mas um incidente cortou suas palavras e só lhe deu tempo para berrar "*Nossa mãe!*"... O cavalo de Sizígia tropeçou em um buraco e ele a viu rolando pela pradaria. Foi um grande susto, e Koll, aflito, já se imaginava culpado em distraí-la e se horrorizava com a ideia de ela perder o bebê.

– Você tem que escolher o caminho. Esse chão é cheio de buracos e tocas que os marsupiais fazem – Koll berrava, a respiração entrecortada. Mas, quando começou a correr na sua direção, percebeu que sua amada já se levantara.

– Você está bem? E o bebê?

– Estou ótima – respondeu sorridente. – Fiz um rolamento clássico, não me machuquei, e minha vestimenta me ajudou.

Koll, afobado que estava, só teve tempo de ver Sizígia abraçando seu pescoço e procurando-lhe a boca. Começou com bitocas, seguidas de um longo beijo acalorado, interrompido, por vezes, pela respiração ofegante de ambos.

– Sabe – disse Sizígia –, nós, os gelos, aprendemos a beijar com os humanos. Mas você ainda pode me ensinar alguma coisa que eu não saiba – concluiu com um ar de malandra.

– Não – ele respondeu, sorrindo. – Para mim você já sabe tudo. Mais do que eu mesmo.

Então, Sizígia reparou que sua égua estava mancando, e lhe prestou os primeiros-socorros. Koll conhecia a maneira objetiva e proativa dela, nunca vacilava em encontrar soluções para tudo, mas se surpreendeu que também soubesse tratar dos animais.

Como se percebesse o que ele pensava, ela foi se explicando.

– Nós, de Túris, somos preparados para tudo. Somos trabalhadores e até soldados.

– Ei, Platão não permitiu isso – ele brincou. – Segundo o filósofo, é impossível que uma só pessoa exercite com perfeição diversas artes. Ele escreveu que na sua cidade ideal *era proibido que o sapateiro fosse ao mesmo tempo lavrador ou tecelão ou pedreiro*, e só o deixou ser sapateiro *a fim de que cada obra resultasse perfeita.*

– O quê? Lá vem você com esse filósofo de novo! Bem, na verdade eu só faço o trabalho que sei. Não sei se é isso o que o filósofo quis dizer. Mas já te expliquei que lutar, em Túris, é ofício de todos.

– É verdade, todo cidadão tinha que defender a cidade grega. Acho que sim, você tem toda razão – ponderou Koll. – Mas... você não poderia lutar, não está armada.

– Todos nós andamos armados em Túris. Aqui na Austrália é diferente. Você pode ver que estou sem armas. Temos que seguir o tratado que protocolamos com o país.

– E se eu fizer alguma coisa errada sem saber. Você vai me prender?

– Meu bárbaro bonito! É óbvio que o sistema nunca vai me ordenar isso. Ele decretará sua prisão somente se fizer coisas absurdas; por exemplo, matar focas por esporte. As pessoas em Túris revoltam-se com essas barbaridades.

– Matar os bichos é falta grave?

– Aham! Claro que é. Será que alguém mata por esporte, sem saber que isso é crime? – Franziu o cenho.

Caramba! Se ela soubesse que já houve até concursos disso na Terra! Iria odiar a gente, pensou Koll. *Acho que somos piores que bárbaros*. Foi então que reparou que Sizígia o observava e aguardava a resposta da pergunta que fizera.

– É verdade, não se pode fazer maldade com os bichos, é antiecológico e desumano. A avançada civilização turisiana está de parabéns.

Sizígia passou as mãos na testa e disse que, não fosse seu traje, não suportaria o calor.

– Mas esse traje não é para proteger do frio intenso?

– Não, não é só isso – murmurou com um sorriso matreiro. – A roupa também refrigera, e muito bem. Olhe só – voltou a passar a mão na testa –, estou suando. Isso é coisa que só sinto nas saunas.

Koll franziu a testa e estranhou vendo-a se dirigir ao cavalo e segurar a sela.

– Você vai montar novamente? Acho melhor não. Você protege os bichinhos e eu protejo nosso bebê, está certo agora?

– Ah, você não entende mesmo, não é? Quando me movimento no cavalo o bebê está aprendendo também.

– Epa! O *filósofo* falou que as criancinhas tinham que aprender a andar a cavalo, mas não desse jeito.

– Fala, meu querido – ela riu –, o que mais o filósofo disse?

– Ele escreveu que *as criancinhas devem montar o cavalo o mais cedo possível*, mas não dentro da barriga das mães!

Sizígia deu uma gargalhada.

– Errado! O mais cedo possível é agora – e então falou mais alto para contrapor o vento que chegava. – A égua está boa, sarada, e já estamos quase chegando na cabana que reservei para passarmos a noite. Prometo que agora vou bem devagar – mandou-lhe, já montada, um beijo, e, para que nunca se esquecesse dela, soprou em sua direção um perfume novo, diferente, que de longe lembrava o aroma de mariscos na rebentação.

O australiano estranhou que, apesar de estar a dois metros de distância, acabara de sentir vivamente o aroma que encontrara rapidamente o caminho para as camadas primitivas e lascivas do seu cérebro.

– Me ensina como vocês fazem esse sopro, esse aroma que entranha no meu cérebro, me traz desejos e parece não querer sair – ele pediu, rindo.

– Quer aprender? Posso tentar, mas não vai ser fácil. Se você não conseguir fazer direito, continue com o seu beijo, é diferente... eu gosto dele – piscou Sizígia para Koll.

Há algo nessa fêmea que não me deixa viver longe dela. Não sei dizer o que é, mas não a esqueceria ainda que quisesse, pensava ele enquanto voltava a cavalgar.

Atravessaram o riacho de águas frescas que serpeja o vale, próximo às faldas da colina. Era um fim de tarde, ouvia-se as aves começando a arrulhar pelos caminhos que passavam, indicando estar chegando a hora de se recolherem. Ao se aproximarem da curva do córrego, visaram o lugar que Sizígia lhes reservara.

Era uma cabana pequena forrada com sapê. A mesa rústica de madeira maciça expunha dois pratos e respectivos talheres, uma cesta com quatro pães, um queijo de cabra com cheiro de muito novo, ovos de pata, salsichas, molhos e quatro garrafas de um vinho fabricado em alguma fazenda de Túris. Uma lareira aconchegante, recentemente acesa, completava a decoração do ambiente. Além da sala, havia somente mais dois cômodos: um quarto e um pequeno banheiro. Tudo muito bem preparado, mas não se via sequer um serviçal.

Tudo feito por Túris, surpreende!, pensou, embasbacado.

– Amanhã vou te levar ao córrego que avistamos quando estávamos chegando – falou Sizígia com brilho nos olhos, denunciando a satisfação que sentia de ter preparado tudo com perfeição.

– Vocês conseguiram criar a paz em recantos tão simplórios como esse. Meu povo tem muito o que aprender com o mundo branco. Vocês não têm cinema, teatro, redes sociais, jornais, shows, programas em restaurantes, mas sabem viver.

– Querido – respondeu, virando-se para ele. – Nós simplesmente adoramos conviver com a natureza nua e as tecnologias que nos permitem chegar aos lugares remotos e difíceis. Só isso.

– Eu iria com você até a Lua, iria de olhos fechados.

Estava extasiado, via-se nascendo novamente.

13 Nos caminhos da gênia

Um documentário sobre a família real passava na moderna televisão tridimensional, que ficava defronte a cama de sua alteza, a princesa Pilar. Ela ainda estava com cara de sono, desde que ligara o aparelho, mas a reportagem lhe prendeu a atenção e resolveu assisti-la enquanto saboreava seu desjejum elaborado pela sofisticada culinária palaciana.

A matéria falou muito bem do rei e da rainha de Monde, mas deteve-se nas três princesas e no principezinho. De Pilar, a mais velha, 36 anos, contou um pouco da sua vida, de um filho que tivera em um casamento que não deu certo, do título remunerado de condessa que ostentava, suas duas faculdades, de psicologia e de comunicação, suas aparições em shows e em festas reservadas. De Echerd, 33 anos, falou da sua vida fora do reino a partir dos treze anos, sua gravidez com o bilionário Odetallo e o filho que tiveram, da sua condição de solteira e de seus pretendentes, da sua vida furtiva, seu título remunerado de baronesa e suas duas graduações, teatro e *feitiçaria*. De Linda, 29 anos, o documentário pontuou sua graduação, mestrado e doutorado, em *aviônica*, a medalha que recebeu na olimpíada mundial de piloto de caça, sua carreira de major da Aeronáutica, seu título remunerado de viscondessa e da sua vida de solteira, afastada das colunas sociais. Por último falou de Sauro Jonas, 12 anos, da sua grande altura e inteligência e da misteriosa doença que o prostrara por mais de um ano e quase o matara.

A princesa Pilar assistia a esse documentário confortavelmente em sua luxuosa cama. Espreguiçava-se como quem apreciava a vida faustosa. Chegou a trabalhar uns poucos anos na governança de um condado, mas, de um tempo para cá, vivia ociosamente. Raramente visitava sua empresa de imagens, filmagens, fotos 3D e propaganda. Deixava tudo nas mãos de gerentes mais ou menos capacitados, bem pagos, que a livravam da chatice que seria tomar conta daquilo.

É bom assistir a esses documentários para conferir o que a mídia pensa da gente, assim como o povão e os políticos. Nossa imagem continua boa em outros países. Dos livros que escrevi falaram pouco. Bem que eu precisava de uma propaganda..., murmurou a princesa consigo mesma. Desligou a TV3D, bocejou e se virou debaixo de uma coberta quente; afinal, o ar deixava seus aposentos com um friozinho à francesa.

Estava pensando em se encontrar com sua amiga predileta e íntima em todos os momentos, a princesa Níssia do Marrocos, que vivia em Monde, quando recebeu uma tarefa da sua mãe, a rainha Regina: ter certa conversa com a publicitária e diretora de cinema Laura Lindabel, da editora Argel.

Sem se levantar do aprazível leito, fez a convocação da jornalista ao palácio, com razoável pressa, pois ordens da rainha não podiam esperar. Só então rolou na cama e pôs os pés no chão, aumentou a temperatura do ar, tomou um banho espumante e saiu já relaxada, pronta para vestir um conjunto de casaco com bela saia plissada verde-esmeralda. Com as roupas na mão, ao passar diante do espelho deixou-se a se contemplar, vaidosa que era. Uma vez arrumada, abriu as gavetas do seu toucador e observou suas ricas joias; escolheu o colar com a pedra que mais convinha para compor o conjunto que escolhera.

– Está tudo bem com você, princesa? – perguntou Laura, com um ar de menina maliciosa. Dirigia-se com familiaridade, pois já era conhecida da princesa de um grupo do *Clube dos Governadores*, fundado por sua alteza e amigos.

– Claro – respondeu, enquanto concluía uma mensagem que passava para uma reservada rede social.

– Por que me chamou, princesa? Vai voltar ao clube para praticar tiro? – perguntou Laura, em meio a uma risadinha.

– Oh, não, eu quase não vou lá. – Terminou de mexer em seu celular e só então olhou para a jornalista. – Querida, me conte como está a Valéria. A neném já está falando? Não a vejo desde o batizado naquela paróquia estranha, cuidada por ex-feiticeiros.

Laura apreciou a pergunta, pois a princesa tocara no assunto que mais gostava no momento, falar da sua filha.

– Está linda. Começando a falar "mamãe". Eu só tinha meninos, quatro – fez o sinal com os dedos –, até ela surgir na minha vida. Estou louca de felicidade e a paparicando muito. Confesso que atrapalha o meu trabalho, mas estou conseguindo dividir meu tempo. Ainda bem.

– Meu amor – disse Pilar –, você teve um sucesso fenomenal no seu último filme sobre a *Floresta da Grande Cachoeira*, próximo à Colômbia e ao Brasil. Legal, não?

Laura fez que sim com a cabeça, continuava a apreciar a conversa.

– Não esperava tanto sucesso para um filme que teve poucos custos de produção. Foi um misto de ficção e documentário real, com câmeras ocultas, sem que os feiticeiros soubessem que estavam participando. As pessoas estão gostando deste tema. Corri riscos. Se os feiticeiros descobrissem que eu gravava com as microcâmeras escondidas estaria ferrada. – Riu, orgulhosa do seu feito.

– Esse seu filme foi sobre os feiticeiros da *Grande Cachoeira,* e você se envolveu muito com a filmagem, não é? Arranjou até uma filha de um rapaz de lá, não foi? – Deu um risinho.

– Mas... não tem nada a ver com o filme. Ele nem foi filmado – respondeu ela descuidadamente.

– O pai da Valéria é um feiticeiro, bem mais novo que você. Fala pra mim, ele é bonitão? – A princesa mordeu levemente os lábios, num gesto provocante, segurando o riso.

– Ah, tá bem! Você não vai me deixar envergonhada, Pilar. Ele é bonitinho, alto, magro, cabelos longos... Mas falaram que eu estava enfeitiçada, então saía da barraca, à meia-noite, e passeava pela floresta, em direção ao rio...

– Não continue. Sei como é... Você é uma mulher bonita, linda demais, qualquer um iria desejá-la. – Suspirou, com um olhar lascivo.

– Pilar, você me convocou ao palácio não foi para isso, tenho certeza – interrompeu Laura, ansiosa, sem querer dar guarida à princesa que, apesar de discreta, tinha preferência por mulheres.

– Certamente, meu amor – respondeu Pilar, tentando falar sério. – É que você começou a aprender umas coisas de magia, e com o sucesso do filme, que *viralizou* até na China, ficou muito empolgada, certo? Aí resolveu visitar a caverna da minha avó na Etiópia. Não é, querida?

– Ah não, eu não fui. Poxa, queria tanto ir lá, mas não me deixaram, infelizmente. Os bruxos sabiam que eu fazia cinema e negaram meu visto. Eu iria com minha amiga, Agera, e uma nova amiga que conheci, Niágara. Niágara é americana, mas viveu, desde os oito anos, na caverna onde sua mãe morou, e lá aprendeu magia e feitiços. Mas é uma pessoa muito boa.

– Essa mulher viveu na caverna da minha avó? Que legal! Então ela conhece meu tio Dunial. Eu quero falar com ela. Mas... e se ela quiser me enfeitiçar?

Ao perceber que Pilar estava apreensiva, Laura adiantou-se e explicou que Niágara era uma mulher de grande confiança e que ajudava a missão dos índios *bugabus* há muito tempo.

– Lembrei-me dela! Não é a feiticeira loira que estava no batismo da sua filha, Valéria?

– Ela mesma. Quando ainda estava sobre a pia batismal, Niágara cantou um hino muito bonito, chamando a divina luz, e então...

– Então as cornucópias gigantes, ao lado da pia batismal, que foi projetada sob uma abertura circular no teto, dando para as estrelas, curvaram-se na direção de Valéria. Foi a coisa mais linda que já vi – completou Pilar.

– Eu me arrepiei toda. Sou grata a ela. Nunca me esquecerei desse momento.

– Vou agora mesmo convocá-la – disse a princesa, já se levantando.

– Mas... o que há com a Caverna? – indagou Laura, apreensiva e curiosa.

– Coisas estranhas estão acontecendo por lá, e precisamos saber.

– Uau! Você não vai me contar?

– Não posso, você sabe, mas não é nada demais.

– Eu venho então com Niágara, nós somos amigas e...

– É? E eu vou te dar de graça uma reportagem para esse satírico pasquim da editora Argel sobre a minha conversa particular com a bruxa. Ah! Vá embora, não sou boba. – A princesa sorriu e fez um gesto com as mãos para a jornalista sair.

Niágara nunca tinha estado no palácio. No caminho foi pensando no que poderia ter motivado essa convocação e se teria alguma forma de ajudar. Foi perdida entre dúvidas e um pouco ansiosa que a "bruxa boa" chegou. Ao vê-la, a princesa percebeu que estava diante de uma mulher loira e bonita.

– Você conheceu minha avó, Facos? – indagou a princesa, depois de se cumprimentarem e tomar chá.

– Sim, cheguei na Caverna há trinta anos. Como uma verdadeira rainha, ela comandava tudo; como uma sacerdotisa, provia as conexões com os *poderios* e cuidava do que todos nós precisávamos.

– Conheceu Vuca? – perguntou Pilar, indo direto ao assunto.

– Com certeza. Vuca andava sempre na sombra dela e participava de todos os ritos. Ela foi criada pela irmã Facos, bem mais velha que ela... Vaidosa, orgulhosa, mas sempre observadora e atenta. Tudo aprendia.

– Minha mãe nunca me falou dessa tia Vuca, sua tia e minha tia-avó. Qual era a sua função, Niágara? Seu papel na caverna-mãe, a Caverna da Rainha?

– Eu nunca morei lá, morava na rede de cavernas que ficava em outro cume, depois da grande ponte em balanço sobre o horripilante despenhadeiro que unia os dois montes. Só os *geniacus* podem morar na caverna-mãe. Não sou feiticeira *geniacus*, sou feiticeira *sapiens*, então não tenho nobreza para morar lá.

– Quer dizer que você é humana, certo? – indagou Pilar, depois de um risinho.

Niágara concordou com a cabeça: – Embora eu tenha uma minoria de genes dos *geniacus*.

– Meu caso – disse a princesa – é um pouco diferente. Tenho uma parte da genética *geniacus* que herdei de minha mãe. Não tenho nenhum poder de feitiçaria, pois os bruxos *geniacus,* quando se unem com humanos comuns, que é o caso do meu avô Ace, esposo de Facos, geram filhos sem poder ou com um poder *residual* que pode aparecer na segunda geração, segundo o fenômeno genético do *atavismo.* É o que aconteceu com a minha irmã Echerd, mas não comigo.

– É princesa, mas os filhos de bruxos *sapiens* sempre herdam o poder – comentou Niágara. – Engraçado isso. Os feiticeiros *geniacus* têm um poder muito maior, mas é preciso ter *pureza genética,* por isso eles são tão poucos em número.

– Conheço alguns feiticeiros *sapiens* entre os *Darcoh* – disse Pilar.

– Na Caverna há uns preconceitos dos bruxos *geniacus* com a gente. Mas há mestres que gostam dos *sapiens*, como o venerável Dunial, um homem muito sábio – explicou Niágara.

– Dunial, meu tio, irmão da minha mãe – comentou Pilar. – Ele é o melhor, o preferido da gente da casa real – comentou sorrindo.

– Seu tio? Que bom saber, gosto muito dele.

– E a gênia Vuca? Você conversava com ela?

– Nunca conversei com Vuca. Ela se relacionava somente com os *geniacus* e diabos. Sabe, as gênias precisam ter filhos, e usam esses caras poderosos de DNA puro. A gente evitava chegar perto dela nas cerimônias, ou mesmo quando corria em seu cavalo branco.

– Uau! Se bobear ela atropelava alguns lá em cima! Minha vó não iria gostar. – Riu Pilar.

– Ela tinha Vuca, que criou como se fosse sua filha predileta. Facos podava suas artimanhas, mas não ao ponto de lhe tirar o espírito de iniciativa, combativo. Repreendia suas grosserias e discutiam muito. Às vezes via-se Vuca gritando com Facos, até que resolveu mandar a irmã rebelde passar um tempo no Oriente para se acalmar. Mas um dia...

O rosto de Niágara mostrou uma expressão grave, e ela parou de falar.

– O que foi? Fale! O que aconteceu? – reclamou Pilar em alta voz.

A bruxa suspirou.

– Princesa... Um dia, Vuca voltou de uma longa viagem e... tentou destronar a irmã. Eu era menina ainda... Vou te contar o que aconteceu, o que a sabedoria da Caverna registrou. – Sem disfarçar seu pesar, pois o que iria contar afetara toda a vida da Caverna, deixando-a à míngua, Niágara relatou à princesa uma história que marcou todos os que nela habitavam: o "Conto das Três Rainhas".

Pilar ficou chocada, pálida. Seu coração começou a acelerar e sentiu náuseas. Niágara se levantou para ajudá-la, mas a princesa a interrompeu com um gesto brusco.

– Não se permite mágica no palácio. Sente-se, por favor.

Quando recuperou o semblante e sua cor retornou, falou, contrariada, que sua mãe, a rainha Regina, com certeza conhecia esse conto, mas, por algum motivo, não quis contar às filhas.

– Agora, o que preciso saber é se você viu... *argh*, minha raiva me impede de falar o nome desse demônio – Pilar exclamou afetada e depois se acalmou. – Você a viu quando esteve lá recentemente?

– Sim princesa. Eu a vi. E a assisti, imponente, presidindo uma cerimônia, um rito de regresso do Oriente de uma poderosa bruxa e sua filhinha, que ficaria sob sua proteção. Em um lugar que não conhece eletricidade, a gênia projetou sua voz, solene, preenchendo todo o amplíssimo salão de pedra:

> *Eu te recebo, mulher geniacus, em nome do fogo, para ser uma feiticeira da Caverna que deverá zelar pela manutenção de nossa fraternidade e da nossa tradição, e prometo-lhe moradia e proteção, mas deves jurar que mais que isso à Caverna não poderá pedir.*

– A bruxa jurou?

– Sim, e depois aconteceu o *rito da vestição*. Diante da gênia e de todos os presentes, a bruxa se despiu completamente e recebeu o novo manto azul das mãos de Vuca. O manto anterior voou para as chamas com um simples gesto de mão da matriarca.

– Que horror! Isso me arrepia, é coisa do mal – queixou-se Pilar.

– Não, alteza, é um rito muito bonito. Eu também a vi cavalgando à noite em um belo cavalo branco e seu vestido brilhava com um halo esplêndido de luz branca, e quando se chegava mais perto via-se que esse brilho era formado por milhares de estrelinhas, e sua coroa, pasme!, com luzes de diferentes cores e matizes. Muito lindo. Marcante. Não dá para esquecer.

– E o que você achou da... bruxa-gênia? Ela faz jus ao conto, essa história horrível que vitimou minha vó? – perguntou Pilar.

– Sim. Muitos na Caverna têm medo dela. Anseiam pelo momento de a gênia ir embora. Todavia, ela só vai depois que a herdeira nascer. Esse foi o pacto de morte, selado com sangue, que não pode ser quebrado. Toda vez que a gênia fica grávida, o que é comum, os bruxos ficam agitados e balançam a cabeça quando descobrem que ainda não é a herdeira que a Caverna precisa. Fazem *círculos* para que a neném venha.

– Mas para que isso? Por que querem tanto essa criança? – exclamou Pilar, nervosa. – Eu sou neta da gênia Facos e não entendo nada disso. Surreal minha mãe nunca ter-me explicado essas coisas. – Deu um suspiro. – Estou abobada.

– As gênias têm muitos filhos de diversos pais, quer sejam homens ou monstros. Porém, uma nova gênia só pode ser gerada por partenogênese, um processo demorado, com certas complicações. Sem a criança, a Caverna perde o sentido de existir. A linhagem matriarcal termina.

– E qual seria o problema?

– Aconteceria o que aconteceu com quase todos os outros feiticeiros e magos *geniacus*. As comunidades se dispersaram, ficaram sem liderança, muitos se casaram com humanos, e o "poder de magia" desapareceu na terra onde nasceram.

– Acho que o mundo seria melhor sem esses poderes mágicos. Falo também como psicóloga. A magia confunde a cabeça de muita gente, faz pessoas ficarem perturbadas – disse Pilar.

– Talvez você tenha razão. Mas a Caverna é uma relíquia milenar, todos os que moram lá querem salvar a dinastia das gênias. Por isso a neném especial tem que vir ao mundo. Para os bruxos *geniacus* isto é fundamental. É seu *ethos*, sua razão de existir.

– Ah, para o meu tio certamente que sim. Ele não sai de lá... Vive como se fosse um monge.

– Princesa, depois que Facos morreu, seu tio com alguns eminentes bruxos tomaram a frente de tudo na Caverna. Tive aulas com Dunial; ele gostava muito de mim, mas ao completar vinte anos fui para o Oriente, e lá me casei com um mago, ficando viúva alguns anos depois. Se a milenar Caverna terminasse eu não seria afetada, mas seu tio sim. Não consigo ver alguém tão afeiçoado a ela.

– Isso é uma religião?

– Não. Não é bem uma religião.

– Por quê?

– Bem, é que não é uma sociedade baseada na fé. O que eles lutam para conservar é a magia, entende? Eles têm algumas coisas que lembram religiões, como os livros ocultos, sabedoria...

– Acho que entendi. Você não é boba não, conhece muita coisa. Mas, se a Caverna acabasse, poderíamos arrumar um emprego para o meu tio. Como os tratados de Monde não permitem feiticeiros poderosos aqui, eu pediria a meu pai para nomeá-lo embaixador na Antártida.

– Você é malvada. – Sorriu. – Dunial ficaria desolado, perderia sua fraternidade de bruxos e ainda seria exilado?

– Não sou não. – Deu um risinho. – É que tudo um dia acaba. Grandes religiões desapareceram, como a dos egípcios, por exemplo. É a lei da vida.

– Com o judaísmo aconteceu algo semelhante. Quando o Templo que tinha centenas de anos foi destruído, foi preciso criar o judaísmo rabínico, que independe do Templo – disse Niágara.

– Então, a Caverna é como se fosse o Templo de Jerusalém. Se a Caverna acabar, é só meu tio inventar outra coisa. – Sorriu Pilar. – Agora, você, Niágara, surpreende. Tem muita gente querendo ter esse poder e você querendo perdê-lo. Nunca vi algo assim. Você me impressiona demais, verdade! É uma mulher formosa, muito linda. Já te disseram isso?

– Obrigada, mas os poderes mágicos de feitiçaria não se perdem nunca, princesa. Eu, por exemplo, tenho os poderes, só não os pratico.

Pilar fez um muxoxo. Estava gostando da entrevista com a bruxa loira, mas ela era, na verdade, uma estranha. Então, pensou que seria melhor se mostrar bem profissional e terminar de cumprir a missão da rainha. Resolveu acabar com a conversa.

– Olha, eu morreria sem saber de coisas horríveis que aconteceram na minha família. Se a minha irmã Echerd, que é feiticeira, estivesse aqui, minha mãe me pouparia de conversar com você, e eu seria *poupada* de saber essa história terrível do "Conto das Três Rainhas". Tudo bem. Agora sei e vou ter que conviver com isso. – Sorriu nervosamente. – Para terminarmos, quem mais sabe desse conto?

– Fora as pessoas da Caverna e um círculo fechado de bruxos e magos, acredito que ninguém saiba.

A princesa pediu à criadagem outro chá, desta vez uma erva calmante. Foi então que Niágara entregou a Pilar um frasco, dizendo que a erva ali contida era o melhor relaxante do mundo.

– Obrigada, depois experimento. Agora vou lhe dar uma ordem: não comente essa nossa conversa com ninguém. Entendeu?

Niágara concordou, fazendo um sinal afirmativo com a cabeça, e, com os dedos, uma cruz sobre os lábios róseos.

– Você não vai falar nada com nossa amiga Laura. Entendeu? Nossa conversa é sigilosa, não pode sair naquele pasquim, naquele jornal irreverente.

– Pilar mantinha-se séria, mas, em seu íntimo, ela bem que gostava de uma irreverência, desde que não fosse contra o trono.

– Pode confiar em mim, princesa.

– E a gênia maldita, vai para onde? – a princesa perguntou.

– O mais longe daqui. Que o Deus da Luz nos ajude e nos afaste do poder dela... o mais rápido possível.

♦ ♦ ♦

A rainha estava recostada na poltrona, olhando à frente, logo acima de suas próprias mãos, cujas palmas estavam voltadas, sem se encostar, unidas que estavam apenas por três dedos. O que pensava dificilmente dividiria com alguém. Sobre seu colo estava um livro grosso em couro negro. Foi quando escutou chamá-la:

– Mãe, mãe! A senhora conhecia o "Conto das Três Rainhas"?

– O que foi Pilar? – respondeu ao mesmo tempo que apanhava o livro e o colocava sobre a mesinha ao lado.

– É o que estou dizendo. A senhora nunca nos contou isso. É a história da minha avó, eu tinha o direito de saber!

– Você acha que encontro tempo para tudo? – A rainha deu de ombros, já querendo evitar discussão.

– É mãe, agora eu sei, agora minhas irmãs vão saber também – desafiou a princesa.

– Quem você pensa que é? – gritou a rainha, com súbita fúria. – Você não é criança! Tem 36 anos... Ponha-se no meu lugar. Esses assuntos são secretos, até para o reino!

– Mãe, desculpe-me. – Sua voz foi ficando fraca e rouca. – O *Serviço de Inteligência e Segurança* não sabe?

– As questões da Caverna são assunto de segurança nacional, mas quem comanda o SIS sou eu. Você acha que vou falar tudo para eles? A Caverna *é a minha família;* há coisas que ficam só entre eu e seu pai.

– Perdão, mãe... me desculpe, é que me senti, apesar de ser princesa e condessa... uma idiota que não sabe de nada. – Pilar encolhia-se, evitando outra reprimenda.

– Tive uma noite horrível, princesinha – chamou-a pelo apelido de infância.

Olhando ao redor, Pilar deteve-se na mesinha onde estava o livro de capa negra.

– Veja o que a senhora está fazendo com este livro de bruxaria, mãe. Não vai achar respostas nele. Não é coisa da nossa formação cristã.

– O que você sabe? – desdenhou. – O *Livro Negro dos Feitiços* tem segredos e sabedoria que poucos conhecem. Se você parar de me provocar, a gente pode conversar. Mas não se conta a ninguém os segredos.

– Já aprendi, não vou contar para Linda nem para Echerd.

– Sua irmã Echerd, a *aprendiz de feiticeira*, saberá das coisas por mim, não por você. Justo?

– Eu te prometo, mamãe – suspirou Pilar.

– Mas, antes, conte-me o que mais a bruxa te disse. Quero saber da gênia Vuca...

– Vuca está lá, mãe, e preside todas as sessões com muita solenidade. Só não entendo por que tanto interesse nisso se minha vó, Facos, morreu há mais de vinte anos. A senhora não está querendo vingar a morte da minha vó agora... ou está?

– Vamos devagar, não se trata disso. Sinto um vento pestilento vindo das *montanhas elevadas*.

– E eu posso saber?

– Às vezes é melhor não.

– Hum hum. É um tabu falar da Caverna, eu sei. São tantos segredos que a senhora esconde, que acho que nunca iria querer visitar aquele lugar.

– Quando se mora em lugares como a caverna da bruxa-gênia, as pessoas ficam muito misteriosas... pensativas, nunca se esquecem do mundo em que viveram. Isso é normal, acontece sempre com os feiticeiros que têm muito poder; eles viveram coisas que as pessoas comuns jamais aceitarão.

– Eu entendo, fiz psicologia, existe um abismo entre a vida no mundo misterioso da magia e o nosso mundo. Mas, mamãe, não é o seu caso; a senhora não tem *poder mágico*.

– Mas vivi e cresci no meio deles, no mundo dos grandes feiticeiros e *diabos*, até completar 18 anos. Você entende? Lá é como se fosse um *não lugar*. Nunca mais se esquece das assombrações que se viu. – A rainha ergueu as sobrancelhas e em um tom soturno e vagaroso foi concluindo. – Elas são reais para nós. Elas entram nos nossos sonhos. Você convive dia a dia com monstros e... com o poder das gênias.

– Enquanto vivia lá a senhora não tinha esses problemas...

– Não tinha problema nenhum, fui criada como uma princesa. Tudo na Caverna para mim era normal. Do mundo de fora eu só conhecia do que me contavam.

– Mãe, esse é o mito da caverna de Platão. O mito, na forma invertida eu acho. A senhora saiu de um mundo com imensos poderes, onde alguns bruxos podem planar e voar sobre o abismo para outra realidade, completamente diferente, onde se pode morrer por cair de uma simples escada.

– Não exagere. Minha mãe me preparou para que fosse a rainha dos humanos. Então evitou que eu sofresse um conflito, um choque, ao sair para o vasto mundo dos homens *sapiens*. – A rainha sorriu e segurou uma lágrima de saudades de sua mãe. – Agora chega, é melhor eu ficar sozinha.

Pilar percebeu que sua mãe, tão soberana, começava a se desfazer emocionalmente. Resolveu se aproveitar daquele raro momento e fingiu não escutar o que dissera.

– É mamãe, eu sou filha de uma mulher da Caverna. Eu tenho uma vida tão normal, que sequer entendia o que estava se passando com a senhora.

– Nem vai entender, nem que volte para sua psicologia.

– Psicologia é coisa séria.

– Muito bem. Traga-me aquele livro. – Apontou para um velho manuscrito em pergaminho costurado com fios de cânhamo, cuja lombada em couro sépia com nervuras denunciava sua antiguidade.

Pilar obedeceu. Sua respiração e as batidas do seu coração estavam aceleradas, mas não queria demonstrar.

– Não entendo nada do que está escrito aqui – disse, abrindo o livro em qualquer página.

– É a linguagem dos magos – respondeu a rainha sem delongas. – Este é o *Livro da Inocência*. Ele descreve os ritos de passagem dos feiticeiros *geniacus* e, nas duas últimas folhas, encontramos… – Ela ia folheando ao mesmo tempo que falava. – A *prova do fogo*.

– Rito? Prova do fogo? – Pilar ergueu as sobrancelhas.

– É. Essa prova existe em alguns manuscritos apenas. Uns dizem que foi acrescentada ao livro por uma escola herética, extremista, há mais de mil anos.

– Hereges?

– Não importa. Vou lhe mostrar as esquisitices que podem acontecer em ambientes onde habitam feiticeiros *geniacus* com o dom da hipermagia para você entender meu mundo. Você conhece muito bem a Míriam Mofanie, esteve aqui no último *réveillon*, certo?

– Sabia, mãe, que ela tirou uma pinta de nascença da Níssia sem deixar marca nenhuma?

– Com seu poder isso é moleza. Quando Míriam era adolescente aceitou passar pela *prova do fogo*, um desafio que raríssimos feiticeiros ousam executar.

– Fogo? Cruz credo! – Pilar se benzeu.

A rainha puxou uma folha amarelada que estava inserida entre as páginas da tal prova, inspirou profundamente e começou a ler.

Uma menina virgem, adolescente, lindíssima, com um belo vestido de salão, cor de vinho. Acabara de entrar na puberdade, tinha apenas quinze anos. Cabelos negros como a noite, pele alva e olhos de safira a brilhar. Esbelta, uma nobre donzela que nunca conhecera varão. Teve que enfrentar as chamas de uma imensa fogueira no maior salão do castelo de pedra que, imponente, se erguia em um monte na África do Sul.

Ela teve que caminhar para a fogueira com os pés descalços, mas com seu belo vestido armado com anquinhas, babados e sete anáguas, que bailavam diante do vento quente que irradiava da labareda. Se se desconcentrasse, seria toda consumida, se falhasse, ainda que pouco, seria chamuscada e teria cicatrizes sobre a pele.

Não hesitou. Entrou devagar. Sua roupa foi se queimando toda. Com a ajuda das anáguas ela virou uma tocha humana. Depois foi a vez das armações que faziam as anquinhas do vestido. Teve que ali ficar por dez longos minutos. Ao sair, totalmente nua, não se sentiu assim porque estava negra, irreconhecível.

– Ela não se queimou? – Pilar se segurou na cadeira, espantada.

– Era fuligem, as feiticeiras serviçais, longe dos homens, foram limpando seu corpo com panos levemente ensaboados em água gelada e poções, e ao descobrir sua pele branca, alva, sequer uma mancha apareceu. Somente as pontas de seus cabelos, negros como o ônix, foram chamuscadas. Após tomar banho, bastou Míriam aparar os belos cabelos e refazer o penteado.

– Ai! Isso não é história para ser contada – reclamou a princesa.

– O que quero que você entenda é que contos verdadeiros como este para mim são normais, porque vivi na Caverna, e lá, o que se faz até hoje, além de estudar, é ouvir histórias. Escutei essas coisas até completar 18 anos. É um lugar que não tem televisão, internet nem energia elétrica.

– Prefiro viver aqui, no reino. – Riu Pilar.

– Há momentos que Míriam migra tanto para fora do corpo, que parece estar em dois lugares ao mesmo tempo. É o *poder mágico* em sua versão extrema.

A princesa perguntou curiosa: – Mãe, Echerd, que agora virou aluna e aprendiz de Míriam na África do Sul, disse que é a feiticeira mais poderosa do mundo. Verdade isso?

– Não mais que as *gênias*. Quando minha mãe vivia, jamais seu pai perdeu uma guerra e jamais algum feiticeiro pensou em invadir o reino. Quando a poderosa feiticeira Branca, dos turisianos da Antártida, pensou em tomar o Reino de Monde, foi minha mãe que a impediu.

Pilar olhou para a rainha, sentiu-se mais confiante para inquiri-la, e disse o que estava na ponta da língua.

– Mãe... eu sou sua filha. Agora é a hora de a senhora confiar em mim. Vamos voltar ao nosso assunto.

– O que você quer dizer, menina?

– Por que me mandou conversar com Niágara? Não se trata de vingar a morte da minha avó, que morreu há muitos anos. O que é então?

– Não vai parar de me encher de perguntas?

– A senhora está com algum problema e não quer me dizer. Vou ser sua psicóloga. Por uma das causalidades do universo, a senhora viveu em um mundo paralelo e não tem culpa disso. Me conte, por favor? – Pilar movimentou suas pernas agitadamente na cadeira, inquieta que estava.

A rainha suspirou e mirou os olhos da Pilar.

– As coisas da Caverna têm que ser mantidas em segredo absoluto. Tem sido sempre assim para que o nosso trono, a nossa dinastia no Reino de Monde, não corra perigo.

Em seguida, a rainha afundou-se em sua macia poltrona, indicando assim estar exausta. Pilar remexeu no seu bolso e retirou um frasco.

– É um calmante que Niágara me deu. Vou fazer um chá agora e a senhora vai ficar bem – foi falando enquanto derramava a água quente do bule sobre a essência. – Eu vou tomar junto.

A rainha sorveu uma metade e, após se lembrar do que era, tomou o resto.

– Mãe, se a senhora não quis esperar Echerd para a missão que me passou é porque é algo urgente, e estou aqui para ajudar – falou com muita convicção. – Confie em mim!

A rainha olhou para ela e disse apenas:

– Você está me deixando cansada, garota...

– Se a senhora queria saber de Vuca, por que não perguntou ao tio Dunial, que estava em Monde no *réveillon*? – Pilar percebeu que ela estava no ponto de se emocionar novamente.

A rainha passou a mão sobre o rosto, tentando afastar a angústia que agora sentia. Respirou profundamente.

– É o seu irmão.

– Meu irmão? Sauro? Ele não está se curando?

– Seu irmão foi atingido pela *doença negra* de *Tera*. A questão é: a doença negra, a *pretal*, foi casual ou dirigida? Estamos investigando, nada sabemos.

– Sim. E a gênia tem a ver com isso?

– Tem? Acho que foi ela, A BRUXA! – gritou, sentindo ódio e impotência.

E pela primeira vez em sua vida, Pilar viu sua mãe com lágrimas nos olhos. A princesa se levantou e se dirigiu à rainha. Ficou de joelhos, com as mãos sobre uma das pernas da sua mãe, que permanecia sentada, com as mãos sobre o rosto, a cabeça levemente abaixada.

– Aquela demônia chamou a *mensageira da morte*, só pode estar planejando algo contra mim – murmurou, enquanto secava o próprio rosto.

Pilar sussurrou:

– Mãe... desculpe-me. Eu não quero que rememore as coisas ruins... Só quero vê-la feliz.

A rainha afastou as mãos da filha e se levantou, encheu com ar fresco os pulmões comprimidos pela dor e caminhou altiva até uma cadeira em frente.

– Se foi ela quem resolveu matar seu irmão, *nosso reino voltou a estar em perigo*.

Pilar sentiu um súbito arrepio, que do rosto percorreu-lhe todo o corpo.

– Vamos pedir ajuda a Dunial, ele é nossa esperança.

– O Venerando Mestre é um erudito e respeitadíssimo feiticeiro, com muito *poder mágico*. Mas não pode vencer a matriarca.

– Ah, droga! Não sei mais o que dizer – exclamou Pilar.

– Não convém que lhe conte nada além do que tratamos aqui. Vá e não fale disso com ninguém.

A princesa Pilar se retirou, pensando:

Hoje aprendi com minha mãe mais do que em anos. A pessoa mais indicada para esses assuntos terríveis é minha irmã Echerd. Mas ela não estudou psicologia. Não conseguiria fazer minha mãe chorar. Eu, sim.

Sentia-se vitoriosa.

14 O sequestro

O grande porto da Zona Industrial há muito tempo tem abastecido o mercado externo com todo o excedente produzido pelo reino e sido também a porta de entrada para a grande quantidade de insumos de todo tipo, além de produtos agrícolas que o celeiro de Monde, o bem administrado baronato de Ramond, não consegue produzir.

Morar em Ramond é quase que morar fora de Monde, pois é lá que o pequeno reino termina ao final da avenida dos Mosqueteiros, a maior do país; uma via que começa no litoral, em Principayle, e só vai chegar em Ramond depois de cem quilômetros. Bom para quem gosta de se exercitar na ciclovia que, apesar do sol ardente, foi protegida por grandes árvores que multiplicam as sombras nos bem-sucedidos projetos de arborização.

O grande ator que fez Ramond virar o celeiro de Monde foi seu barão, Richo Almeida. O nobre, um mestiço de sangue índio, tem nacionalidade mondina e se casou com uma índia *bugabu,* que lhe deu seus dez filhos. A presença indígena em Monde é tão influente, que um dos cinco condados é denominado *Indianista*. O barão é um homem rico, proprietário da rede de lojas *Gabu*, shoppings, supermercados, escolas e até uma universidade, que construiu em parceria com o baronato. Sempre trabalhou muito, frequentava reuniões, uma atrás da outra, e ainda tinha o dia de audiências para o povo de Ramond. À noite, muitas vezes dirigia-se ao *Clube dos Governadores*, no Condado de Valentinas, para fazer sua ginástica e treinar luta e tiro com amigos.

Em um dia ensolarado, como os que costumam acontecer no reino, o barão encerrou seu expediente pela manhã, pois tinha um encontro à beira-mar, ao qual não podia faltar, no grande hotel *Paradiso*, um verdadeiro resort na *Península dos Milionários*.

O dono dessa meca do prazer, com marinas, cassinos e a vista privilegiada da baía de Beylul, era o multimilionário Carlos Odetallo, ex-proprietário de um badalado canal de TV3D. Esse homem foi quem havia promovido, há cerca de dez anos, quando ainda era dono do mais famoso programa de calouros e *reality show* de Monde, um concurso internacional para selecionar os melhores e mais versáteis atletas em provas bem variadas. O sucesso chegou a ser tão retumbante, que, na época, as pessoas do reino paravam tudo o que estavam fazendo para assistir às finais da competição. A noite de gala em que os campeões foram escolhidos tornou-se uma festa inesquecível e, na semana seguinte, eram eles ainda o comentário de todo o reino. Tudo ia muito bem, até o momento em que os atletas voltaram a virar notícia, não mais pelos louros do sucesso ou pelo assédio ou bafafá da mídia, como seria de esperar, mas por uma terrível tragédia.

Reunir essas pessoas após dez anos tornou-se o objetivo do magnata, que se encontrava em uma das salas de recepção da magnífica construção trajando um belo paletó de botões duplos.

– Boa tarde, Richo – cumprimentou Odetallo. – Estávamos aguardando-o, só faltava você.

Na sala que dava para uma vista invejável do mar, o barão Richo viu a doutora Íris, médica francesa que trabalhava na Universidade dos *Góis,* a melhor do país e referência de ensino no mundo, e também dois homens: seu amigo do *grupo dos governadores*, Daniel Zovrain, e Albert Houstand. Daniel era doutor em escultura e professor de educação física, e Houstand, atleta e combatente, um mondino da comunidade alemã que Richo conhecera na época do concurso.

– Podemos começar, meus amigos – disse Odetallo. – Quando eu não for claro, interrompam-me, por favor. Pedi a todos para estar aqui, vocês sabem, porque temos um processo na justiça contra Túris, por termos sido sequestrados por um grande feiticeiro que nos conduziu ao inferno de gelo, o lugar mais frio do mundo – fez um leve movimento com a cabeça –, uma terra que os seres humanos não podem habitar.

A simples menção do local deixou as pessoas inquietas em suas confortáveis cadeiras.

– Antártida, o último continente, o maior deserto do planeta. Desolado e aterrador. Faz muito tempo... – o barão rememorou, apreensivo.

– Ah, nem me fale. O que é fascínio para cientistas, ecologistas e navegantes, foi para mim o pior dos pesadelos – interveio Íris. – Não fosse o que aconteceu eu poderia amar aquele chão, o eixo onde o mundo gira, mas não posso. Vocês sabiam que às vezes ainda sonho com aquilo? – Tentou sorrir, mas algo dentro dela a impediu, então suspirou.

– Doutora, aquilo é o covil do diabo – reagiu Houstand. – É o lugar para onde todos os mísseis do mundo deveriam estar apontados.

O doutor em escultura e atleta Daniel levantou-se e se serviu do bule de café que estava em um canto da sala. Foi quando notou que havia outra pessoa, atarefada junto ao computador, em um ponto onde o cômodo fazia uma curva. Não pôde perceber direito sua silhueta.

– Você não nos chamaria, senhor Odetallo, se não houvesse algo novo para nos contar – falou, indisciplinadamente, enquanto retornava à sua cadeira.

Odetallo balançou a cabeça concordando.

– Certamente. Esse assunto precisa ter um fim, não dá para continuar do jeito que está. Por isso, tomei a liberdade, à minha custa, de contratar um investigador, dos melhores que já trabalharam para a inteligência egípcia, que agora ficará à frente do nosso caso, não como advogado, mas detetive. Já vimos que somente acusar não adiantou. Vamos ter que ir além, senhores...

– Além? Até onde você ousaria? – provocou Daniel.

– O investigador, senhor Hórus, é quem vai nos dizer. Ele passou um tempo na cidade de Cratera Nevada, num local abrigado junto à uma fonte térmica, em Túris Antártica. Gostaria que o ouvissem, ele tem informações que podem nos interessar.

Foi então que o tal homem do computador surgiu, de um canto assombreado da sala que dava para um pequeno escritório, e avançou para perto das cadeiras, onde as pessoas se encontravam. Somente então os demais perceberam sua soturna presença. Cumprimentou a todos e não perdeu tempo.

– Estive na única cidade em que se permite a estadia de estrangeiros em toda a Túris, a cidade onde ficam as quatro únicas Embaixadas, as quais têm representações. Então, dos humanos só se veem australianos, chineses, mondinos e russos. Fiquei lá por mais de trinta dias. Conversei com muitas pessoas do lugar.

– E os naturais, os homens de Túris? – perguntou o barão.

– A princípio, senhor, é muito difícil conversar com um morador de Túris. Eles permanecem distantes como se fossem realmente alienígenas. Só consegui uma boa conversa com uma mulher-gelo e algo perto disso com uns três outros turisianos. Mas, acreditem, nessa operação toda cautela é pouca.

– Alguma informação... Deixaram escapar alguma coisa? – voltou a indagar o barão.

– A mulher, que tinha uns 40 anos, disse jamais ter ouvido falar de Santana e da caverna dos monstros. Veja, eles não são de dar informações, mas fui persuasivo e usei meu treinamento em leitura corporal e facial. Para quem não sabe, sou sensitivo.

– E então? – perguntaram todos, surpresos, com brilho nos olhos de quem finalmente estava prestes a descobrir algo muito revelador.

– Ela falou a verdade. Eu vou ter que considerar isso em meu trabalho. Quero que entendam também que existe pouco para se investigar lá. Os quiosques de leituras em Cratera Nevada só têm livros dos humanos, quase nada deles. Eles têm um sistema on-line de acesso a várias informações através da roupa e do capacete, então simplesmente não se vê um único computador naquela cidade. – Hórus esboçou uma leve careta que denotava frustração.

– Pelo que imagino, é uma tecnologia muito além da que conhecemos – observou o barão, que tinha brevê de astronauta e era afeito às ciências.

– Certamente que sim. É assustador imaginar um lugar onde todos trabalham sincronizados como peças de um delicado mecanismo. – Hórus fez um gesto com a mão direita como se girasse uma engrenagem.

Visivelmente irritado, o professor Daniel disparou.

– O que importa, no meu entender, é o que ninguém nos contou. Não queriam que fizéssemos show para eles. Queriam... só nos matar. O maior mistério disso tudo é: Por quê? Não sei até hoje como sobrevivi. O Governo de Túris tem que nos responder isso. Que se dane que uma mulher diga que não conhece o Santana. Eu não convidaria uma turisiana para depor a meu favor, porra!

Odetallo levantou-se, não queria deixar para Hórus, seu convidado, sua própria defesa. Já esperava por alguma reação deste tipo.

– Amigos, não é surpresa para ninguém que, antes de me tornar empresário, eu era detetive e tinha meu próprio escritório. Hórus trabalhou comigo naquela época. Vendi o escritório, e ele acabou continuando lá. A questão não é o que eles contarão. Um investigador excepcional pode descobrir informações não só pelo que se diz, mas também pelo o que não foi dito. Existe a leitura facial e outras mais difíceis. Não nego que os gelos têm muito a esconder, claro! Mas preciso que deem crédito a este homem que aqui está – apontou para o detetive, que permanecia de pé. – Poucos, não... raros têm a habilidade para conduzir uma investigação desse tipo. E tem outra coisa... conheço bem os feiticeiros e aprendi a lidar com eles. Morei na floresta da Grande Cachoeira, onde vivem muitos *feiticeiros sapiens*. Mas os gelos são mais perigosos, são *geniacus*. Um investigador sem destreza pode facilmente ser descoberto em Cratera Nevada. Não tenham dúvida! O fato de ele... do senhor Hórus, ter ficado mais de um mês naquele lugar sem ter despertado suspeitas é de se *tirar o chapéu*.

– Você fala muito certo, a gente entendeu, nós sabemos que eles têm *poder mágico* – disse Houstand. – A questão que me vem é: vamos prosseguir ou recuaremos com medo deles? Não sou medroso, mas encarar esses caras de outro planeta seria uma bravura inútil. Ou não?

– Ninguém vai parar agora, Houstand. Nossa luta não é física, é jurídica. Jamais perdi uma boa perícia. Se fosse para amarelar não aceitaria este caso – observou Hórus friamente.

– Senhor Hórus – disse o barão. – Em uma minúscula gruta na Antártida, dentro de um *porão* com a temperatura de um freezer, estivemos confinados; éramos dezesseis pessoas. Morreram seis: Cida, Pinard, Jove Bagah, Muliroa, Crujev e seu filho Gebi. Dos dez que restaram, temos nós cinco, mais o meu motorista, que está com problemas mentais, e os quatro que deram entrada no processo na França: Herpons, Lindon Joff, Samuel e Gebaio.

– Foi o que conversamos, Richo. – Odetallo fez um aparte. – Precisávamos experimentar uma tática completamente diferente. Nesses dez anos, os processos seguiram, um atrás do outro, na justiça, e só perdemos. Foi então que eu e você chegamos à conclusão de que estávamos sendo passivos demais. Decidimos assim pela nossa própria investigação.

– O caminho é este – completou Hórus. – Os dados novos que vamos obter mexerão com a cabeça dos juízes. Esse é o alvo.

– O processo dos quatro que deram entrada na França não deu em nada. Tem alguma coisa errada, não tem? – interveio Houstand.

– Os gelos não têm propriedades em Monde nem na França – observou o detetive. – O pessoal que deu entrada na França conseguiu transferir a segunda instância para um tribunal da Austrália pelo fato de os gelos não terem representação na Europa, e neste outro país eles terão tudo. Lá terão até chance real de uma indenização, como uma apreensão de bens. Aqui, somente se os gelos concordarem em nos pagar com ouro da Antártida, pois não há nada deles em Monde além de um belo apartamento no hotel marinho dos *góis* e do velho casarão da Embaixada, coisas que são inalienáveis.

– Eu não me incomodaria em receber a indenização em barras de ouro – declarou Houstand.

Ouviram-se risos abafados.

– Senhor Hórus – perguntou Daniel. – Nós vamos conseguir mandar esses caras para a cadeia?

– Como? Só se fôssemos lá e sequestrássemos os sequestradores. – Mais risos. – Ninguém está afirmando que se vai prender turisianos e arrastá-los ao tribunal. Não mesmo – continuou Hórus.

– Ok. Ei, Houstand! – gritou Daniel. – Vamos dividir esse ouro. Pronto, já está resolvido.

Odetallo esboçou um sorriso e disse:

– Companheiros, gostaria agora que escutassem a estratégia do detetive.

– Quando lidamos com o povo do gelo todo cuidado é pouco – começou Hórus. – Teremos que ser cautelosos em tudo. O que observei é que estamos bem atrasados na questão da inteligência criminal nesse caso. Uma *primeira* questão seria onde se encontra o local dos crimes. Aquela gruta, o *porão*? Uma *segunda*, a ser investigada, diz respeito a quem são os monstros. Como apareceram lá? E eu deixaria para a *terceira* uma grande pergunta: Quem são os gelos? Qual a sua relação com feiticeiros bandidos? Qual interesse teriam em fazer esse sequestro?

– Deixem-me falar, pessoal, sobre a primeira investigação – adiantou-se o barão. – Monde tem um mapa com algumas cidades turisianas, mas certamente há muito mais lugares que não divulgam. Os satélites militares dos Estados Unidos mapearam diversos outros sítios que podem ter grutas secretas dos gelos. Mas enviar missões militares para vasculhar ou destruir esses lugares fere o tratado assinado com Túris. Há alguns anos, uma missão científica francesa partiu da posição geográfica em que o navio deles resgatou nosso barco e vasculhou o litoral próximo para encontrar o esconderijo dos monstros, mas nada conseguiram. Se tivessem encontrado a *gruta do diabo* e provas que a relacionasse com os gelos, poderíamos ter ganho a ação.

– Talvez não, Richo – retrucou Odetallo. – Os gelos não se responsabilizam por eventuais bandidos em solo antártico. E também alegaram no processo que foram provavelmente estrangeiros ou marginais que agiram sem o conhecimento do estado. Eles podem estar certos. Bem... desejaria que não.

– Já estamos esbarrando na investigação de número três, que vamos ter de trabalhar também – interveio Hórus. – Qual a relação dos gelos com os tais bandidos?

– Acho que sou um paranormal, pois vejo as coisas com um olhar oposto ao de vocês. Eu quero saber – discordou Daniel, irritado – se existem feiticeiros que moram na Antártida e não têm nada a ver com os gelos. Isso é surreal! Ninguém mora na Antártida, a não ser... os gelos. Nas bases científicas dos humanos só vivem profissionais, cientistas e trabalhadores. Como nosso juiz tem coragem de barrar nossa causa? Exigir provas? Não são necessárias provas. Danem-se todos os juízes que deram ganho de causa a Túris! O *tribunal do marreta* ficará do nosso lado. Todos sabem que os gelos são também feiticeiros. Então, foram eles!

– O *tribunal da decisão final*, a última instância de Monde... Eu não teria tanta certeza – observou Hórus. – A Embaixada de Túris continua negando qualquer responsabilidade nesse crime, e eles são influentes no reino. O que para você são evidências, para eles não passam de meras especulações. Prestem atenção: se vocês ficarem de braços cruzados perderão.

– O que o detetive fala é verdade. A Embaixada não nega que tenha havido os crimes. Mas como responsabilizar a nação turisiana por isso? Eles sequer foram às audiências, sabiam? Só mandaram seus advogados – reagiu Odetallo, fazendo um sinal com os olhos para que Hórus continuasse.

– Esta que estamos discutindo é a investigação três, bem complicada. Mas temos também a investigação dois: Quem são os monstros? Alguém quer falar sobre isso?

O barão tomou a palavra:

– Companheiros, existe uma dificuldade real, sejamos sinceros. Os monstros que nos atacaram não tinham os cabelos brancos dos gelos. Os gelos são elegantes, muito alvos e olhar inteligente. Não são monstros. Os que nos atacaram são grotescos, pardos, e aquele... aquele chefe deles, hediondo, tinha cabelos... não, cerdas, que iam de um castanho-avermelhado a verde, e o aspecto, pavoroso.

– Mas as criaturas disformes existem, não são fantasmas – interveio doutora Íris, rememorando o encontro que todos haviam tido. – Nós vimos o mal nos rostos distorcidos e o chefe deles, o guerreiro que disseram não poder ser vencido. Eu até pesquisei em documentos na Universidade dos *Góis*... mas realmente não existem monstros em nenhum documento turisiano de lá. Mas estivemos com eles, somos testemunhas, e, infelizmente, talvez as únicas pessoas da Terra que já os viram.

– Eu lutei contra aqueles hediondos – disse Houstand. – Sei que não têm sangue humano. Também não são gelos, então... O que estavam fazendo naquele lugar?

– É a segunda pergunta, Houstand, e nós vamos investigar. Que monstros eram aqueles e o que estavam fazendo ali – objetou Hórus. – Temos uma árvore de possibilidades, e cada ramo está sendo analisado. Darei só um exemplo de como não é fácil. Poderia a chave para desvendar a origem dessas criaturas grotescas estar em algum lugar da *floresta escura*? – Percebeu então um ar de perplexidade que se instaurava entre os presentes.

– Você está querendo dizer a *Floresta Negra*, aquele bolsão de mata impenetrável em algum canto perdido da amazônia? – indagou o barão incrédulo.

– Por que não? Esses caras poderiam ter estado em cavernas da Antártida e lá perpetrado seus crimes. Digo isso porque tenho indícios certos da presença de feiticeiros-gelos naquele distante lugar. Eles teriam levado os monstros? Não posso afirmar. Mas, convenhamos, a Antártida é um lugar difícil de se chegar.

– Eu acho que estamos mal – disse Daniel. – Nenhum humano entra na *Floresta Negra*, um lugar onde até mesmo a maioria dos feiticeiros temem e desconhecem. Até hoje não se sabe nem o que existe por lá. Dizem até que aquele lugar se move. Da mesma forma, ninguém vai cometer a loucura de enfrentar os monstros no domínio dos gelos na Antártida. Pessoal, vamos desistir. Vamos embora. A gente toma um vinho e cada um vai cuidar da sua vida. Está bem assim?

– Calma, Daniel – pediu Odetallo. – A questão não é enfrentar alguém, é descobrir. Ninguém falou em fazer guerra. O motivo de estarmos aqui é para ganharmos uma batalha jurídica contra Túris. Perdemos no tribunal por não termos conseguido provas de que o Santana e os monstros trabalham e vivem com os gelos. Então, vamos obtê-las, entendem?

Doutora Íris suspirou.

– Eu também conversei com Richo para iniciarmos as investigações. Mas, sinceramente, não vejo como conseguirmos provas contra bandidos de uma nação perigosa que vivem em um continente isolado.

– Íris, você cuida dos doentes. Eu lhe pergunto: enquanto eles estiverem vivos, para você, a esperança existe? – pressionou o barão.

– Enquanto houver um sopro, sim. É que já se passaram dez anos... Às vezes sou até assaltada por pesadelos.

– Se você não se incomodar, doutora, eu gostaria de ouvir seu sonho – disse Hórus.

A médica consentiu.

Preocupado com o rumo que as conversas tomavam, Odetallo só precisou de um momento para organizar sua mente. Tinha que mostrar às pessoas que tinha um trunfo, algo realmente diferente.

– Não vamos falhar de novo. Às vezes achamos que os gelos estão conseguindo ocultar as provas muito bem, mas não é nada disso. Eles estão se *lixando* para nossa causa, *têm certeza que vão ganhar*. Esta é a verdade! O erro é nosso, estamos atirando fora do alvo.

Hórus fez um sinal com a cabeça.

– Senhores, estou só começando. Como disse, estamos avançando nas três investigações com muita cautela. O que falei da *Floresta Negra* foi apenas um pequeno detalhe. Numa investigação abrem-se muitas portas, mas também é preciso fechar outras tantas. Há estratégias com melhores possibilidades de retorno do que outras. Dei também o exemplo do sonho da doutora Íris. Ele pode revelar alguma coisa. Na verdade, já resolvi um caso através de sonhos. No mundo das coisas incompreensíveis *tudo pode ser* uma pista. Nada acontece à toa.

– Eu também acho, senhor Hórus – reagiu Daniel. – Um, dois e três parece ser muito fácil, são só três números. O que está sendo feito de concreto, já que estamos fartos de elocubrações?

Odetallo esboçou um sorriso confiante enquanto pegava um cigarro:

– Vamos entrar no terreno deles e lutar com as armas deles, nem que para isso tenhamos que solicitar a ajuda de magos.

– Verdade. Vamos fazer o feitiço virar contra o feiticeiro. É coisa que quero ver – interveio o forte Houstand, sorridente.

– Companheiros, tenho investigadores agora na Austrália, no país em que os gelos têm propriedades e grandes fazendas.

– Austrália? Muito bom – o barão franziu uma sobrancelha; esta nem ele mesmo sabia.

– Há muita gente trabalhando lá, nas fazendas e fábricas de Túris – Odetallo foi concluindo. – Quem sabe se não encontramos uns monstros humanoides... escondidos?

15 A raposa

O homem que estava na sala de espera do Departamento de Negócios Estrangeiros ouviu que chegava alguém pelo estalido de sapato alto, e imaginou que fosse a recepcionista trazendo-lhe notícia do seu chefe.

– Senhor Hórus, o secretário vai atendê-lo. Siga-me, por favor – disse a moça, conduzindo-o à sala da autoridade.

– Bom dia excelência – saudou o detetive.

– Bom te ver – respondeu Jimmy, fazendo sinal para que se sentasse. – Como você pode observar, não sou mais embaixador na Antártida, agora comando uma secretaria do Governo. Livrei-me de algo que realmente não me agradava. Se governasse minha próspera nação, não haveria essa turma de Túris no meu país. A maioria não pensa assim porque os projetos de insumos agrícolas desenvolvidos pelos gelos em parceria conosco tornaram nossos produtos os mais cobiçados do mundo. América do Norte, Europa, praticamente toda a Ásia e o Oriente Médio são nossos clientes. O futuro dirá se tenho ou não razão. Mas vamos ao que interessa. Trouxe os documentos?

– Excelência, deixe-me falar primeiro sobre o processo em Monde.

– O processo contra Túris?

– Isso. Temos esperança de ganhar na última instância e virar o jogo a nosso favor.

– Humm... Prossiga – consentiu Jimmy com certa reserva.

– Estamos pedindo uma indenização que vai ajudar os sobreviventes e as famílias dos que foram assassinados na Antártida. Quando o veredito final for dado a nosso favor, que é o que todos almejam, a ideia seria abrirmos um processo de execução na Austrália para que Túris possa ser cobrado aqui, uma vez que é o único país do mundo em que têm bens e ativos.

– Meu rapaz – disse Jimmy –, parece brincadeira. Todos acham que a Austrália vai concordar com isso. O pessoal que impetrou processo na França tem outro problema, pois não existe nenhuma representação diplomática de Túris na Europa, à exceção da Rússia. Então, eles escolheram abrir um processo aqui, mas veja: Nós fazemos representação diplomática para a maioria dos países que querem algo de Túris, mas é só isso. Eles não conseguem entender que a Austrália não tem que impor sanções aos gelos, uma vez que nada fizeram contra nós. Preste atenção: não os defendo, quero-os longe do meu país. Disse isso uma vez ao primeiro-ministro, mas o que vocês estão querendo é arrumar sarna para nós. Desculpe-me.

– Excelência, Túris não faz parte de nenhum órgão da ONT e, por consequência, de nenhum tribunal internacional. Então, todos estão entendendo que a Austrália deve cooperar. Não existe outra forma de pressioná-los a seguir nossas leis – argumentou Hórus.

– Antes de prosseguir, senhor investigador, quero que leia isto. – Jimmy entregou-lhe, então, um texto em uma folha de jornal que acabara de retirar da gaveta.

Por mais terrível que seja a reputação de Túris, do Governo e do seu povo, em nenhum caso atacarão, se puderem evitar. Eles farão todo possível para defender a Antártida que consideram seu lar.

Se nos aproximarmos deles, nenhum mal farão.

Se rompermos com eles, acontecerá de estarmos caminhando com os gelos, lado a lado, e nada percebermos, pois se camuflam. Escondem-se muito bem na terra e no mar.

Eles só morderão se chegarmos muito perto de suas bases, a ponto de se sentirem ameaçados como aves que defendem seus ninhos.

Se quisermos acabar com os gelos, acabarão também conosco.

Só há uma maneira de nos sentirmos seguros quanto a eles... Tornando-nos seus amigos.

– Este texto...veio de algum pacifista? – indagou Hórus com ironia.

– Preste atenção, meu rapaz. Desde os tempos da antiga ONU, Austrália é o principal canal que o mundo tem com o povo de Túris. Agora, imagine que Túris não queira pagar e os forcemos a isso. Há um grupo de especialistas em política internacional que entende que não se deve fechar o único efetivo canal que *o mundo* tem com esse povo alienígena. Foi esse pessoal que defendeu isto na ONT. Não é difícil entender, concorda?

Hórus percebeu que o homem largo à sua frente era firme no que dizia e que não era de mudar de opinião. Via-se que era alguém que estudara muito.

Estava lidando com uma velha raposa, e se não quisesse sair de mãos abanando teria que se entender com Jimmy. Nunca fora do feitio de Hórus recuar. Insistiu, educadamente:

– Perdão, senhor. Temos que ter uma postura firme. Ninguém respeita os fracos.

– Muito bem. Talvez eu concorde com você, mas vou fazer o papel do diabo. O mundo está até hoje em *estado de guerra* com Túris, visto que o tratado da Antártida não foi assinado. Só foi assinado o tratado referente aos outros continentes. Os gelos não reconhecem nossas atividades na Antártida, e vice-versa. Sabe o que eles têm de mais perigoso?

– Sua armada com tecnologia superior às das nações da Terra, excelência.

– Nããão! Mais do que isso. O que mais amedronta, o pior de tudo... é que *eles não... precisam... de... nós* – soletrou este final, bem devagar, como se estivesse encenando. – O comércio que eles mantêm *com o mundo* é somente o australiano, o resto é irrelevante, não existe. Agora, eu lhe pergunto: se quisesse destruir alguém, iria querer depender dele? Algum animal ataca seu comensal? Hein? Hein?

– Não que eu saiba.

– Você acredita que eles queiram nos derrotar em uma guerra total? Talvez estejam esperando o momento adequado. Uma mudança nas relações com a Austrália ou no Governo poderia ser o estopim. Não poderia?

– Austrália?

Jimmy pressionou os lábios enquanto olhava o detetive com firmeza.

– É lento para aprender, senhor Hórus – zombou. – Sem a minha nação eles ficariam totalmente isolados, não mais *quase isolados*.

– Excelência, uma coalizão com as mais poderosas nações da Terra poderia varrer Túris do mapa – observou o investigador.

– Derrotar, talvez. Livrar-nos deles, não. Túris tem até um plano B caso percam.

– Plano B? Como assim?

– Ouro, muito ouro. Dez quilos de ouro por habitante, para que os feiticeiros, uma vez derrotados, possam se esconder e viver entre nós.

– Há como denunciar isso?

– Sem brincadeiras. Os serviços secretos sabem, mas quem seria louco de iniciar uma guerra de aniquilação contra eles? Bom, para mim foi o bastante.

Desliguei-me da Embaixada, muitos não compartilham dos meus receios. Então, vou pescar, não é mesmo? – Jimmy deu um riso largo e zombeteiro.

– Entendi tudo, senhor, mas talvez eles concordem em pagar um preço para não confrontar os tribunais da Terra. E, neste caso, vale a pena continuarmos.

– Vá em frente, rapaz. E quanto à documentação que você prometeu trazer?

– Excelência, aqui está um resumo de toda a documentação que tenho analisado sobre a atividade dos gelos na Austrália. Consegui até algum material de conhecidos do FBI.

– Deixe-me ver isso. – Puxou o envelope das mãos de Hórus. – Humm... são documentos não classificados, mas de boa qualidade, pode-se dizer úteis. Posso lhe fornecer, acho que é isso que está faltando para a sua investigação, um dossiê sobre a Rainha Branca de Túris Antártica, que fez terrorismo aqui na Austrália com seu comparsa, o estadista australiano Youssef. Como você deve saber, foi com a ajuda da maldita feiticeira, a Rainha Branca, que ele aumentou seu poder na Austrália e fez o que fez, até o momento em que foi derrubado e morto.

– Excelência, esta é a parte mais apavorante da história dos gelos.

– Com certeza – disse Jimmy. – A história dessa mulher é um divisor de águas. Ela acabou com o mito de que os gelos jamais atacariam a Terra. Não fosse ela, a historinha de serem um povo que há duzentos anos busca a paz seria aceita pela maioria. Não fosse ela, até eu poderia gostar dos gelos, com quem trabalhei na Embaixada.

– Excelência, ela derrubou seu irmão mais velho, Geada, do poder em Túris, mas não conseguiu unificar seu comando; os próprios gelos entraram numa espécie de disputa interna e, depois de dois anos, ela teve que deixar a Antártida.

– Éééé... Deixou a Antártida e veio desgraçar meu país. Os mais novos não viveram isso, mas eu presenciei as manobras daquele político com essa mulher do mal, que na verdade era bem real. Branca levou rebeldes da Magistratura para a Austrália, ajudou Youssef a fazer guerras e terrorismos, e a coisa só não ficou pior porque ele foi morto. Túris nos ajudou muito a derrotá-los.

– O que foi feito dela?

– Fugiu com um grupo de seguidores. Você sabe o que os turisianos fazem com quem não gostam, não sabe? – perguntou Jimmy para ver se o egípcio mondino conhecia bem os gelos.

– Morte?

– Na mosca! Pena capital.

– Desculpe-me, não foi bem assim, excelência – reagiu Hórus. – Os partidários dela foram indultados.

– Mas muitos gelos morreram. Não existem estatísticas, não temos acesso a nada deles, mas foi o que aconteceu.

– Um núcleo desses rebeldes poderia ter sequestrado os atletas?

– Talvez. Mas, com a morte de Branca o grupo se reduziu ainda mais. Há um enigma não desvendado sobre a morte dela, que julgo estar nos documentos classificados do Serviço Secreto de Monde. Se lá não estiver, creio que não estará mais em lugar algum. Procurei por tudo, conversei com os principais órgãos de inteligência dos aliados. Só faltou o pequeno Reino de Monde. É um *paisinho* minúsculo, mas orgulhoso, fechadão. Muita coisa misteriosa acontece lá, a inteligência deles ignora pedidos... Há muitos feiticeiros nesse lugar, você sabe,... nasceu lááá...! – entoou, forçando a última palavra de forma zombeteira.

Hórus revirou-se na cadeira. Jimmy notou sua inquietação e disse mais ainda, provocando-o.

– Você é de Monde. Veja se consegue descobrir como Branca morreu! O SIS sabe, mas não quer contar.

– Não tenho acesso à documentação classificada do Serviço de Inteligência e Segurança. Mas... quem sabe? Excelência, permita-me dizer que o Reino de Monde não é um *paisinho*. Foi a primeira nação em que Túris montou uma Embaixada.

– Agora eu lhe pergunto: por que os alienígenas feiticeiros foram escolher logo esse país? O seu país, hein?

– Na época, os gigantes *góis* mandavam na política do reino. Os *góis* são alienígenas, assim como os turisianos – respondeu Hórus. – A aproximação então ficou mais fácil.

– Tem mais coisa – disse Jimmy. – Não muito longe de Monde, existe a milenar caverna dos feiticeiros, e justamente uma bruxa de lá foi amante do rei. Depois, a neta dele, filha de uma bruxa maior ainda, tornou-se rainha de Monde. Deus me perdoe. E o pior, ela é quem comanda o serviço secreto até hoje. O que quero dizer, rapaz, é que o seu país, de forma camuflada, abre a guarda para feiticeiros. Verdade ou não, hein?

Hórus permaneceu calado, e preferiu não seguir aquela conversa. Não podia se aborrecer, sabia que Jimmy estudara os gelos por muitos anos e precisava dele.

Falou, então:

– Excelência, qualquer coisa que eu consiga para seu dossiê de Túris, esteja certo, estará logo em suas mãos.

– Bom. Muito bom, humm... Agora vou te dizer outra coisa – Jimmy notara o silêncio de Hórus, mexeu-se um pouco na cadeira, inclinando-se para a frente sobre a mesa, o rosto papudo e os largos ombros erguidos, fitando o detetive. – Nunca confiei nos gelos. Não confio em feiticeiros. É tudo do diabo. Foi até bom eu sair da Embaixada, não aguentava mais morar com eles.

– No Reino de Monde acredita-se que muitos poderosos feiticeiros da caverna-mãe têm um lado bom – argumentou Hórus. – E não é só isso. Esses bruxos da Caverna só entram em Monde *com autorização* da nossa rainha. Não oferecem nenhum perigo para o país.

– Você defende os bruxos porque nasceu em Monde. Mas não se deixe enganar. Existem na Caverna uns ogros, com a feição de diabos, que têm um imenso *poder mágico*. Vai me dizer que eles são pacíficos? De que lado você está, rapaz? Bem, é seu país, não é?

– Meu senhor, desculpe. Nunca soube que um ogro desses tenha atacado alguém do Reino de Monde ou que mesmo tenha entrado lá. Nossa rainha não os autoriza.

–Não confio – respondeu Jimmy. – Quanto aos gelos, não teria sido o demônio que os trouxe de outro planeta? Hein?

– Como?

– Branca, rainha dos gelos, tinha um poder tão grande, que entrava em qualquer país clandestinamente; os serviços de inteligência jamais conseguiam detectar. A diaba hipnotizava autoridades, ficava invisível, desnorteava batalhões inteiros em campanhas, separava amigos e juntava inimigos. Sabe o que ela fazia mais?

– Invocava Satã, o inimigo do mundo? – perguntou Hórus, com um risinho de deboche.

– Você foi longe, mas pode estar certo, não ria não. O diabo, em grego antigo, não é aquele que engana? Foi o que a monstra do mau fez durante todos os dias de sua existência até o momento da sua morte merecida.

O detetive, vendo que aquela conversa se desviara e não chegaria a lugar nenhum, resolveu não dar corda ao ex-embaixador nem mostrar as discordâncias que porventura teria.

– Excelência, é assustador. Mas como isso poderá me ajudar na investigação do assassinato e sequestro dos atletas que estavam participando de um campeonato em Monde?

– Meu caro Hórus, você me parece um cara inteligente. Não vá me decepcionar – respondeu Jimmy, balançando a grande cabeça. – Faça uma aposta. Aposte que eles sejam culpados e descubra se é verdade ou não!

– Apostar? Isso agora é uma charada? Diga-me, por favor.

– Simples, não é difícil não. Você vai entender. Os juízes de Monde darão ganho de causa para eles, pois quem vai conseguir provas na Antártida se o Governo de Túris só deixa estrangeiros entrar em Cratera Nevada e em nenhum outro lugar? Digo por mim mesmo. Fiquei lá dois anos, mas nunca conheci outra cidade! Cheguei a entrar em uma das cidades subglaciais, em uma visita monitorada, na qual você só vê o que eles querem mostrar. Uma cidade alicerçada em alguma montanha onde a luz é artificial. Uma cidade tão oculta que nossos satélites jamais conseguiriam vê-la.

– Eles têm uma capital?

– Dizem eles que sim. Seria a *Cidade do Gelo*, uma metrópole subglacial, mas que tem uma pequeno território aberto. Só fui uma única vez; novamente em uma visita controlada. É bonita, mas terrível, muito fria, em um local muito alto. Sabe qual era a temperatura? Hein?

– Quarenta abaixo de zero.

– Muito pior. Peguei 75° negativos!!! Um avião ali não consegue pousar. Se o fizer, tem que ser rápido e sem desligar os motores. Óleos, fluidos, embreagem e freios começariam a congelar, e os patins de aterrissagem começariam a aderir ao gelo. Uma clara provocação.

– Provocação?

– Sim. A tecnologia que eles têm numa cidade tão fria é tão grande e se gasta tanta energia, que nós, humanos, jamais conseguiríamos. Este *é o recado*, por isso nos levaram em pleno inverno, onde há só trevas, e escolheram um dia excepcionalmente frio.

– Como o senhor foi?

– Na nave deles. Um verdadeiro disco voador. A coisa mais linda do mundo. Dizem os embaixadores que, depois de viajar em uma nave dessas, ninguém tem coragem de pensar em fazer uma guerra contra eles. Enfim, você, em Túris, só vai conhecer Cratera Nevada, nada mais – respondeu Jimmy, com os braços abertos e as mãos espalmadas.

– Excelência, os gelos seriam culpados do crime do sequestro ou não?

– Lembra-se do que eu lhe disse? Faça uma aposta! Aposte que eles são culpados. Esses gelos são camuflados, verdadeiros camaleões – insistiu Jimmy enquanto abria uma gaveta e apanhava uma desconhecida moeda de ouro de cinquenta gramas de peso.

– Sabe o que é isso?

A pergunta lhe pareceu estranha.

– Uma moeda.

– Não é bem uma moeda. Só parece. É fabricada por Túris, como mercadoria de troca com os humanos pelo seu peso em ouro quando os gelos precisam do nosso dinheiro. Não tem circulação na Antártida.

– É, vejo que não tem valor nominal, nada escrito, só o mapa da Antártida.

– Certo, senhor Hórus. Convença-me agora que eles não querem anexar todo o continente em sua pequena nação, hein? Hein?

– Verdade. Contudo, muitos dizem que os gelos só querem que os humanos reconheçam sua autoridade no continente e que sempre deixarão os da Terra montar bases na Antártida e fazer pesquisas.

– Difícil acreditar nisso, hein? Eu sou australiano, detesto vê-los caminhando nos territórios reivindicados pelo meu país.

– Mas, excelência, não posso desistir. Não existe ninguém lá que possa me ajudar? Algum não conformado, um insurgente?

– Nunca vi um insurgente. Existem mesmo? Ou será que *eles querem que você pense assim*?

– Ok, excelência, me ajude só mais um pouco. E o Santana, o monstro que matou os atletas. Quem é o cara?

– Santana não é nome de ninguém deles. Talvez seja alguma divindade bestial entre os monstros, nada mais. Desista, não vai encontrar nada sobre ele na internet – Jimmy voltou a sorrir zombeteiramente.

– Não posso desistir.

– Você tem acesso às fichas do Departamento de Pessoal de Túris? Se tiver, procure na aba *monstros* – respondeu, ironizando.

Hórus agora respirou fundo. Detestou ouvir aquilo, mas relevar era o melhor que podia fazer.

– Ninguém tem acesso à rede deles?

– Esqueça, você não vai conseguir nada. A não ser que... Veja, aqui tenho um cartão de um funcionário novo da Embaixada. Guarde-o, talvez um dia possa te ajudar. Rapaz, vou ter que sair – disse, já se levantando. – Tem uns caras me esperando para jogar críquete... Só veteranos, caras de cinquenta para cima.

Hórus despediu-se de Jimmy e prometeu estudar toda a documentação que tinha a seu dispor. Ao sair, digitalizou os documentos e passou para seu patrão, Carlos Odetallo.

Aposte que eles são culpados. A velha raposa não é burra, não..., ficou a pensar, pois tinha agora muito tempo, seu voo de regresso seria no dia seguinte.

Na hospedagem, após um bom banho, pegou o cartão e leu:

Embaixada Australiana em Túris, Secretário de Logística, parou um pouco e disse a si mesmo: *Conheço esse cara*.

16 Mulher do tempo

A fazenda, onde o avião da Casa Imperial de Monde estava para chegar, escoltado por um par de caças de última geração, tinha uma pista de pouso simples, mas muito bem delimitada e perfeitamente sinalizada. Ficava em uma região de savana estepária e montanhas na África do Sul. O avião, um executivo de luxo com confortáveis mesas, poltronas, adegas e banheiros, transportava a rainha Regina de Monde com três de suas damas de companhia, encarregadas de cuidar dos pertences da sua majestade.

Quem cuidou de todo o aparato desta visita foi ninguém menos que uma princesa, Echerd, filha de Regina, que estava morando na fazenda desde que iniciara seu *mestrado em feitiçaria* em um dos poucos lugares do mundo onde isto é possível, o castelo da maga Míriam Mofanie, conhecida como a *Mulher do Tempo*.

A princesa Echerd de Monde tinha uma história bem diferente de suas duas irmãs, Pilar e Linda, pois fora expulsa do reino quando tinha treze anos de idade pelo próprio pai. O rei, pessoa muito autoritária, não conseguia domá-la, e, em vez de deixar sua educação por conta dos profissionais, preferiu mandá-la para algum outro país. Echerd morou então na França, vivendo da quantia que a rainha lhe enviava mensalmente, e lá terminou o segundo grau. Ao completar dezesseis anos, fez a mãe reconhecer sua maioridade, dispensou todos os empregados enviados pela rainha para atendê-la e provê-la de cuidados, e seguiu sua vida completamente independente. Antes de completar dezessete anos terminou o ensino médio e foi morar no Egito, segundo um plano que vinha traçando. Nesse país fez questão de estudar e conhecer todos os monumentos dos faraós. Fisicamente Echerd chamava atenção, não só por sua beleza, mas porque herdara os cabelos vermelhos da gênia Facos, sua avó materna. Rubros como o ferro em brasa, os fios revoltos dançavam-lhe sobre os ombros como o vento faz com as pontas dos capinzais, emoldurando seu rosto e roçando-lhe a boca sensual.

Crescera. Era princesa e mulher.

Foi ainda no Egito que cursou a faculdade de Teatro. Todos os que a conheciam diziam o mesmo, que tinha personalidade muito forte e era uma pessoa tão determinada quanto misteriosa. Talvez aí estivesse a raiz do seu desentendimento com o rei Laboiazo, seu pai, que na época era um verdadeiro déspota. O velho ditado popular, "dois bicudos não se beijam", não poderia ser mais bem aplicado.

Desapegada e, mais ainda, independente... Insondável.

Seu lado misterioso a fazia procurar o ocultismo e a gostar de mágicas e prodígios. Aos dezoito anos começou a se apresentar em um circo na metrópole de Alexandria, onde representava uma fada que ajudava as crianças a fugir de um feiticeiro mau, que era um mágico talentoso. Foi então que se envolveu em grande perigo, pois o tal mágico não era um ator corriqueiro, mas um verdadeiro feiticeiro *sapiens*, oriundo da floresta da *Grande Cachoeira,* situada ao norte da floresta amazônica.

O feiticeiro, com suas artes ocultas, descobriu que a jovem de cabelos vermelhos que contracenava com ele era na verdade princesa de Monde e, talvez por não ter sido correspondido em seu desejo por ela, maquinou sequestrá-la e obter um rico resgate da sua mãe.

A sorte de Echerd é que um habilidoso detetive egípcio, que fazia trabalhos para o serviço secreto do país, desconfiou da trama urdida pelo feiticeiro e seu comparsa, de mesma etnia e procedência, e conseguiu surpreender o perigoso agressor quando, após iludir a princesa, a levava para um vilarejo na periferia da cidade.

O desfecho da história foi que o detetive conseguiu matar ambos, o feiticeiro e o comparsa, e resgatou a princesa dos cabelos vermelhos. O habilidoso investigador não era outro senão o egípcio Carlos Odetallo, que na época era pouco conhecido das colunas sociais e da gente rica. Os dois, Echerd e Odetallo, acabaram se enamorando por um ano, e deste amor ela teve seu único filho, Sérgio Faris. A separação deles, que continuaram sendo amigos, apesar de vez por outra programar algum encontro, foi uma decisão da princesa, que não queria ficar ligada a homem nenhum.

Echerd ficou com o filho até terminar a faculdade de Teatro. Depois, retornou à França e deixou o menino aos cuidados de damas enviadas pela rainha. Viajou então pelo mundo inteiro, Ásia, África, Europa, América e Austrália. Ao fim das inúmeras viagens, voltou a frequentar Monde, hospedando-se normalmente no luxuoso hotel Paradiso do agora magnata Odetallo, na baía de Beylul, na vertente ocidental da península dos milionários.

Desconfiada de que herdara algum *poder mágico* da gênia, sua avó, resolveu fazer uma segunda faculdade, o curso superior de feitiçaria na escola da etnia *Darcoh,* que acabara de receber autorização do Governo para funcionar. Voltou a morar no palácio imperial depois que seu pai lhe conseguiu o título de baronesa com os respectivos proventos, o que fez a alegria da rainha, por preferi-la perto de si.

Cedo era ainda. O trinado dos pássaros e o rebuliço dos que saíam de suas tocas para a primeira coleta da manhã ou para simplesmente pegar os raios do sol nascente estavam por toda parte quando o ronco da aeronave que trazia a rainha cessou. Ao descer do avião, Regina logo deu com sua filha, Echerd, que não via há vários meses.

A princesa correu para abraçar a mãe.

Um pouco atrás de Echerd, a rainha viu sua tão esperada amiga, Míriam, elegantíssima, em um longo vestido de um azul quase negro salpicado de prata em tão grande número e tamanhos que lembravam estrelas. Trocaram beijos e amabilidades e, em seguida, entraram em belas caminhonetes, que estavam à espera da ilustre visitante, com o teto solar todo aberto ao modo dos veículos que transportam turistas nos safáris.

Ao longo do caminho, não se podia deixar de perceber o amontoado de gente – desde velhos até crianças, estas principalmente – que causava um alarido parecido ao de doidos, mas que, habituados vistas e ouvidos, entendia-se perfeitamente que nada mais eram que empregados da fazenda, que, ao modo de quem mora e vive da natureza, tudo o que dizia respeito à patroa e seus convidados principescos era motivo de festa e de parar o trabalho. Os carros, após quinhentos metros de asfalto, passaram a trafegar em estradas de terra batida, levantando poeira, pois Míriam não permitia que se pavimentasse o caminho, já que gostava de tudo o mais natural possível. Decisão correta para uma fazenda limítrofe a uma das conhecidas reservas da África.

Passaram ao largo de um belo *lodge*, que já estava preparado para os militares dos caças, e, prosseguindo pelo caminho, entraram numa região densa de árvores que ousavam quebrar a monotonia do *weld*. Bandos de macacos balançavam-se nos galhos sobre as cabeças principescas tagarelando sem parar, rastros de animais eram vistos por toda a parte e, ao atravessarem um belo riacho, começaram a se distanciar dessa fresca região, permitindo agora que se avistasse, ali e acolá, rebanhos de zebras, elefantes e antílopes.

Adiante, as caminhonetes encetaram uma subida íngreme para chegar no alto de uma colina, em cujo topo via-se um bonito e bem trabalhado castelo de pedra que parecia ter mais de duzentos anos. Foi entre um solavanco e outro no caminho irregular de cascalhos e depressões que a rainha Regina viu seu belo chapéu de aba larga voar. Deu uma boa risada ao ver sua indumentária, que a protegia do sol e lhe dava um ar despojado, rolando morro abaixo. Ela e Echerd ficaram em pé – pela abertura do teto solar da caminhonete, que continuava a subir – acompanhando, radiantes, o destino do objeto voador.

– Não quero mais o chapéu – disse a rainha, descontraída. – Vai servir de troféu a algum menino, o negrinho que correr mais. – A filha acompanhava a mãe, que ria alegremente como não fazia no palácio.

Ao chegarem defronte do castelo, alguns sorridentes carregadores negros transportaram as bagagens para os aposentos previamente reservados.

– Mamãe – disse Echerd –, isso aqui é um paraíso. Não existe melhor anfitriã que Míriam. – De repente, virou-se, deu um gritinho e apontou. – Olhe ali, os abutres voando para as montanhas. É lindo!

– Estou muito feliz em nos ter recebido tão bem – felicitou a rainha Regina sua amiga, Míriam, e seguraram os antebraços uma da outra em sinal de afeição.

– Nada que você não possa superar em sua cortesia – respondeu a feiticeira.

Míriam era uma mulher alta com seus 1,77 metros, e muito bonita para quem estava com 73 anos. Os que a conheciam eram fascinados pelo estranho hipnotismo que seu olhar causava. Seus olhos, de um profundo azul, contornados com sombras de lilases, destacavam-se em sua face clara, quer usasse a maga mantos vermelhos, violetas, azuis ou negros.

A feiticeira tão afamada era também mãe da vaidosa rainha da Arábia, Sahirah Mofanie, casada com o rei Abdullah e avó de nove netos, seis rapazes e três moças. Regina conhecia muito bem a filha de Míriam, amigas que eram há muito tempo.

Da entrada do castelo atravessaram amplas soleiras de pedra até chegarem a um grande salão. A rainha notou que as colunas e uma das paredes eram compostas de outro tipo de granito, que quebrava a monotonia do ambiente e lhe trazia mais harmonia e beleza. Sobre o chão, grandes tapetes orientais adornados com fios de ouro, e do grandioso teto abobadado pendiam antigos e pesados lustres, cravados nos arcos de pedra que no topo se cruzavam.

Um único elevador evitava que se subissem as longas escadarias de pedra. A rainha lembrou à anfitriã que na *Caverna* ela tinha que subir as estreitas escadarias a pé, como nos tempos antigos, e escorando-se nas paredes, pois sequer havia corrimões.

No quarto andar o elevador parou e a convidada percebeu que a anfitriã a conduzia a uma ampla varanda em balanço, formando um semicírculo, onde o almoço seria servido em uma grande mesa de pedras italianas, marchetada com desenhos de águias, pássaros e faisões. Não havia como deixar de olhar para fora e não se deliciar com a vista de girafas saboreando tenras folhas de acácias e zebras que pastavam bem mais ao longe. Era evidente que a espaçosa varanda era o local preferido da maga para degustar seus chás e fazer suas refeições, leves por sinal. Ao longe, uma alta montanha, que se destacava do horizonte, desafiava o céu azul com nuvens em algodão.

Míriam percebeu que o belo varandão e a indescritível paisagem impressionara a rainha. Echerd sorria ao ver sua mãe maravilhada.

– Regina de Monde, escolha o que mais lhe aprecie e as mulheres a servirão – falou ela, solene, com uma voz forte e bem articulada tão logo se sentaram.

Apesar de tal cortesia, a rainha nada pediu, pois logo viu a mesa sendo servida com finos aperitivos e excelentes vinhos. Não negligenciou nada da refeição, que foi lauta, nem dos tintos africanos, generosos. Belas jovens negras de roupas coloridas e elegantes, penteados no legítimo black, batom e blush à moda selvagem, serviam à mesa com rara maestria. No magnífico varandão tudo parecia encantado.

Perguntou à amiga se a fazenda ficava dentro da reserva.

– Não, querida. Minha fazenda é colada com a reserva, de modo que aqui funciona como uma zona tampão, que protege a reserva de invasores que queiram usar essa via. A preservação da fauna e da flora na fazenda é total, e não temos cercas nem muros.

– Como vocês impedem invasões?

– Nossa divisa é marcada por postes com inscrições em inglês e idiomas da África do Sul, além de símbolos regionais e os *meus grifos*.

– Seus grifos? Não vai me dizer...

– É isso mesmo que você está pensando, mulher da Caverna – falou a maga dirigindo-se à rainha. – Símbolos mágicos que trazem a fertilidade para as famílias e animais, e os piores males para caçadores e invasores.

– E se eles ignorarem os sinais?

– Não o farão. Contentar-se-ão em contornar a fazenda, ou então...

– Mãe, os naturais daqui chamam os postes de *totens* para que ninguém de fora ouse derrubá-los. Aqui onde estamos é o *castelo da bruxa,* e ainda tem Badru, o defensor, o feiticeiro negro, alto e forte – disse Echerd em meio a uma risadinha.

– E o Governo? Não vai querer desapropriar essas terras?

– Difícil. É como eu disse, aqui divisa com a reserva. É uma garantia de que o parque não será invadido por este lado. E os nativos também defendem esse santuário. Seus pais e avós estão enterrados aqui.

– Ótimo. Imagino o susto que um invasor com armas automáticas teria ao se deparar com você em meio à estepe.

– Não preciso ser vista. Se os *grifos* não lhes trouxerem doenças, posso trazer-lhes pesadelos. Diante de tal situação, eles sempre desistem, vão violar outro lugar, não aqui. Quem adora isso tudo são os nativos, pois se sentem protegidos.

Echerd contou à mãe como estava sendo sua estada na fazenda e como Míriam lhe ensinava muitas coisas. Disse também que não poderia haver melhor professora que ela, a única pessoa no mundo que consegue controlar os elementos. A única que podia parar a chuva ou cobrir o sol de nuvens. A rainha escutava radiante, sentia-se feliz e ria à toa.

– O Reino de Monde precisa de alguém que faça chover. Não existe lugar mais seco que o meu país. Toda a água de que precisamos é extraída do mar ou do subsolo. Não se vê uma gota de água no céu. Praticamente só temos um pouco de chuva no verão, nos meses de julho e agosto.

– Não posso fazer chover no deserto – replicou Míriam. – É preciso que alguns elementos existam para que possa ter sucesso em minha alquimia do tempo. – A voz translúcida da maga, agradável de se ouvir, parecia fixar-se na mente das pessoas.

Nesse momento, duas jovens leoas aparentemente dóceis entraram na grande varanda e Echerd gritou:

– Loira, Gata, venham cá! – Os enormes felinos se aproximaram e Echerd afagou Loira na cabeça e no pescoço. Gata dirigiu-se a Míriam passando bem por detrás da cadeira da rainha, ao ponto de ela sentir o leve deslocamento de ar causado pelo grande animal. Míriam sorriu docemente e posicionou a cabeçorra da leoa sobre seu colo. O ar ficou recendido com o forte cheiro das feras, que, por estarem de banho tomado, em nada incomodava os que estavam à mesa. Pelo contrário.

A rainha riu nervosamente com a proximidade das leoas e disse:

– Isso aqui me lembra muito meus anos da Caverna, onde até os animais mais selvagens eram ali acolhidos. Vejo-me em minha juventude pisando o chão do mato ralo com os pés descalços. Eu mesma criei no meu quarto três leopardos... fêmeas, claro.

Míriam esboçou um sorriso e falou ironicamente, virando uma das mãos por cima da mesa e deixando ver seus longos dedos com os anéis de pedra negra.

– Ora, minha dileta rainha, que tens contra os machos?

– As fêmeas são mais dóceis, parecem-se comigo mesma. Você também, querida, está criando leoas. Meu marido – se é o que você quer saber – gigante, ambicioso e inteligente rendeu-se aos meus encantos, e a partir daí decidimos que conquistaríamos o trono de Monde. Como você sabe que não sou bruxa – deu um sorriso malicioso –, posso lhe garantir que ele estava plenamente lúcido, não enfeitiçado.

– Eu também não enfeitiço ninguém com meus encantos – apressou-se a dizer Echerd, um tanto desconfiada.

– Ah, Regina – provocou Míriam. – Não vá me dizer que você não fez a *dança da cobra* para o homem, seu pretendente.

A rainha reagiu.

– Ele é quem foi atrás de mim. Somente na noite do noivado, um mês depois que o conheci, que lhe fiz a dança. É sensual, mas se faz vestida. Não tem apelação.

Míriam esboçou um sorriso enigmático, aliás, tudo nela parecia assim, e disse que também nunca precisou de mágica para conquistar seu finado e amado príncipe Francisco, que a deixou há mais de trinta anos. Fora-lhe fiel durante todo tempo em que ficaram juntos, e se amaram muito. Uma vez viúva, disse também que muitos foram os feiticeiros, bruxos e magos que a cobiçaram.

– Mas eu era uma mulher muito bonita – completou.

Regina reparou que Míriam não se adiantou a contar seus enlaces amorosos e detalhes da sua vida íntima, e talvez por isso mesmo a instigou.

– Míriam, você continua muito atraente. Duvido que ainda não seja cobiçada. Agora é você quem está na *berlinda*, está bem? – deu um risinho.

–Verdade, querida, uma mulher com setenta anos ainda pode ter desejos, e... – Míriam virou o rosto na direção da estepe e da montanha – *se ainda continuar bonita...*

Não disfarçou, pelo brilho em seus olhos, a saudade que sentia do tempo em que era uma mulher lindíssima. Foi então que Echerd, desejosa de afastar o que parecia estar causando melancolia na mulher que ela mais admirava, resolveu tirá-la da berlinda.

– Mamãe, não tem ninguém para minha *mentora* – falou ela, fitando os olhos em Míriam, cujo rosto estava de perfil, uma das mãos sob o queixo, ainda contemplando a grande montanha distante, no lugar do infinito. – A pele dela é perfeita. Suas netas, de quando em quando, vêm aqui para que a avó as torne mais formosas do que já são, sabia?

– Bobagens – discordou, com modéstia –, elas vêm para me ver, elas gostam de me ver. Não consigo melhorar a beleza delas. Só faço uma limpeza de pele, nada mais.

– Desculpe, mestra, sei que elas são lindas. Esmeralda Mofanie foi até escolhida pelo rei Rabat, do Marrocos, para ser sua esposa. Um luxo!

Míriam contou orgulhosa como foi essa escolha e a dificuldade que o rei teve para decidir entre as três formosas princesas.

– Safira, dos cabelos negros, parecia a mais cotada; Marly, a ruiva, não ficava muito atrás; mas a desinibição de Esmeralda, dos cabelos dourados, valeu-lhe o troféu – concluiu ela novamente com um sorriso indecifrável.

Uma vez concluída a refeição e de terem degustado os deliciosos manjares, Míriam convidou a rainha para ambas se sentarem nos belos sofás de balanço, forrados com veludo vermelho, que compunham a decoração da varanda.

Regina olhava a amiga com olhos de lince, fixos em tudo o que a maga fazia, sem perder qualquer movimento. Encantava-se com a maneira de ela mexer com os braços, levantar-se e caminhar suave como se driblasse a gravidade. Seus longos e ágeis dedos tinham vida própria, dobravam-se para qualquer lugar, até mesmo para trás, fruto de um prolongado treinamento de magia, impossível, por limitações de anatomia, de ser aplicado às pessoas normais.

– Você quer me dizer alguma coisa, minha cara rainha, eu sei – falou, enquanto se recostava e cruzava as pernas, buscando uma posição confortável, sacudindo levemente seu vestido longo para manter o caimento.

– Você é maravilhosa, Míriam. Sempre sabe de tudo com bastante antecipação. O problema é que estou investigando a causa de o meu filho Sauro Jonas ter sido atingido pela *pretal*. É uma doença muito incomum, então pensei que talvez Vuca tenha a ver com isso. Afinal, foi ela quem conseguiu um feitiço contra minha mãe; da mesma forma, ela poderia ter engendrado um feitiço para o meu querido Jonas. Meu instinto de mãe diz que foi ela.

– Talvez não. Meu castelo, por exemplo, é um dos grandes pontos de acesso do mundo, um dos melhores lugares para se conectar com *poderios*, mas poucas vezes tive que socorrer nativos das proximidades acometidos pela *mácula negra*.

Quando esse mal acontece, é difícil ter sucesso; você sabe que meu falecido príncipe Francisco morreu disso. Estudei muito o caso dele, e tenho convicção de que ninguém lhe dirigiu a *pretal*.

– Mas o que foi então?

– Eu era nova ainda, e fazia muitos experimentos com o poder que tinha. Queria conhecer tudo o que era descrito no *Livro Proibido*, aquele que fora redigido em pergaminhos de outro mundo, o *Livro dos Arcanos da Morte*. O problema é que quando você quer ser a maior, crescer sem limites, termina por ser imprudente.

– Você estudou o Livro da Morte? – A rainha sentiu o coração bater forte.

– Estou te deixando nervosa, Regina.

– Continue, por favor. Eu preciso escutar isso.

– Este livro fala daquilo que pode te destruir. Aquilo que um poderoso feiticeiro nunca pode fazer. É escrito em uma língua morta. *Ele não te dá respostas, não são receitas de bolo*. O grande perigo é que te dá o início, mas *não mostra o fim*. Mas uma das coisas que deixa bem claro é que a invocação do poderio Morte traz a morte a quem o invoca. A saída para isto é tentar invocá-lo para outro lugar, um lugar que esteja na sua mira.

– Você fez isso?

– Sim, fiz os experimentos algumas vezes, sempre olhando para aquela montanha – apontou. – Passado um mês e até uns dois anos, atendi vários casos da *pretal*. Todos morreram, menos uns dois negrinhos, um deles trabalha comigo. Não considero a cura mérito meu, pois meus procedimentos foram os mesmos em todos os casos. É uma doença maligna, que vai além do meu entendimento. Parei então com o *Livro Proibido.* Dele só faço agora os feitiços menores, aqueles que não necessitam de invocações. Mas, Regina, não vá contar isso para ninguém, a partir de agora será o nosso segredo.

A rainha ficou calada por um tempo até Echerd tocá-la, despertando-a do estado letárgico em que se encontrava.

– Míriam – ela perguntou. – Dunial me contou que eles fizeram um pacto com a Morte para que Vuca fosse embora após gerar a nova gênia. Isso pode ter causado a *pretal*?

– Pode. Com certeza! – A maga ainda afirmou com a cabeça.

Echerd olhou para a mãe tentando adivinhar o que ela iria perguntar.

– A bruxa-gênia tem culpa?

– Não posso dizer isso, ó rainha, mas se descobrisse que foi realmente a matriarca, o que você faria? Você não vai conseguir tirá-la da Caverna, certo? Aguarde... Espere a neném gênia nascer.

– Mas não é só isso, Míriam. Usdarina, a *Macqun*, esteve na Caverna, conversando com Vuca.

Ao ouvir aquele nome a *Mulher do Tempo* levantou-se e andou um pouco. Um lampejo de ira surgiu em seu rosto.

– *Macqun*, o nome que nos antigos arcanos significa a *sombra da morte*, a *mensageira* que prenuncia a última tristeza da alma – suspirou.

– Querida, você está bem? – A rainha voltou os olhos na direção dela.

– Você viu, Regina, que ela me visitou em sonhos quando eu estava em seu palácio, em Monde, e lançou contra mim uma *maldição dos arcanos*. Está jogando para me matar. Então, ela esteve com Vuca na Etiópia?

– Certeza absoluta. Dunial a viu em pessoa. Não esconda de mim, ajude-me, me diga, por favor, o que está acontecendo?

Míriam resolveu se sentar.

– Um momento, Regina, o vinho acabou.

Mandou que a princesa Echerd trouxesse o famoso néctar e as servisse. Quando chegou na adega de prata, um belo móvel de madeira escura com revestimentos em prata, Echerd precisou fazer uma mágica para abri-lo. Encontrou dificuldade, pois o móvel não obedecia ao seu comando e retornou a sua *mestra*, que segurou os dedos e o braço da mão direita da sua pupila e aplicou-lhe um movimento brusco, um tranco. Pôs uma mão atrás da nuca da princesa, que sentiu seu inconsciente aflorar até mais não poder, e então lhe ordenou, como se Echerd não fosse mais que uma simples serva:

– Vá agora, aprendiz, você consegue!

A rainha olhou espantada, mas nada disse. Limitou-se a observar.

Logo a princesa chegou com a bandeja de prata com duas garrafas de uma safra premiada das proximidades da Cidade do Cabo. Como se fosse apenas uma serviçal, colocou a bandeja suavemente na bela mesa marchetada e encheu as taças da maga e da sua mãe. Foi o único som que se ouviu, o do vinho saindo da garrafa.

Sem nada ainda a dizer, senhora Mofanie pegou o cálice e bebeu. A rainha a acompanhou. Encheu ela mesma o segundo e bebeu. A rainha houve por fazer o mesmo. Passou as costas da mão direita pela boca e murmurou:

– Isso é delicioso.

– Sem dúvida – concordou a rainha, tentando esconder sua impaciência.

– Você ia me falar de Usdarina...

– Ah, sim. Você sabe por que ela quer me matar?

– Não faço a menor ideia.

– Querida Regina, segure-se agora na cadeira.

– O quê?

– Usdarina está *triangulando um feitiço* muito poderoso para se comunicar com o *planeta Tera*.

A rainha ficou afônica e sentiu um brusco calafrio pelo corpo todo, seguido de um tremor. Sua voz logo retornou.

– Ah! Não me fale. Isso não existe... É possível?

– Juro que não sei. Mas se conseguir, vai poder conversar e trocar informações com feiticeiros desse outro planeta. Eu sei de uma coisa que o outro mundo tem que não temos.

– O quê?

– Feitiços em *arcanos*. No nosso planeta só existe um único livro, com poucas cópias. Se a triangulação der resultado, ela poderá conseguir outras obras proibidas. Acredito que é isso que Usdarina tanto deseja para aumentar seu poder. Só que...

A maga parou e olhou fixo para a rainha:

– Fala! – insistiu. – Não me deixe nervosa.

– Querida, para montar essa feitiçaria cósmica ela vai precisar de três excelentes pontos de acesso em distâncias continentais, e um quarto para captação. O *ponto um* é onde ela mora, nas cordilheiras do Tajiquistão; o *ponto dois* é a Floresta Negra, em um bolsão na Amazônia; o *ponto três* ela quer que seja aqui, na África do Sul; e o quarto local, aquele da captação, fica próximo ao coração desse triângulo. É lá que a magia será coletada, onde teoricamente a energia cósmica chegará com toda sua força.

A rainha foi ficando pálida, chocada.

– Sabe onde ficará a captação? Pela sua expressão sei que já entendeu, minha cara. É nesse lugar mesmo.

– Na CAVERNA, NÃO! – gritou a rainha, transtornada.

– Calma... você acertou – Míriam deu um sorriso sarcástico. – Sabe o que eu disse para Usdarina?

Os olhos de Regina se arregalaram.

– Você... conversou com ela? – franziu o cenho e inclinou levemente a cabeça de lado.

– Sim, conversei. Eu disse a ela que não. Não na África do Sul. Não no meu castelo. Não aqui. Então Usdarina, a *mensageira*, vai ter que encontrar outro lugar. Ou... me matar para poder usar meu castelo, pois aqui é um dos melhores pontos de acesso. Mas a captação, de qualquer jeito, terá que ser na Caverna. Vuca deve lucrar alguma coisa. Só não sei o quê.

– Lucrar? Míriam, ela não tem nada a perder, então pode topar qualquer negócio. Vou voltar a me comunicar com Dunial. Minha mãe nunca teria permitido isso.

– Regina, sua mãe gênia era uma pessoa completamente diferente. Ela tinha certos cuidados, jamais a visitava no palácio para não prejudicar vocês. Ao se manter afastada do Reino de Monde, não dava oportunidade aos inimigos de acusarem o casal real de estar governando enfeitiçados, mas essa outra...

– Era isso mesmo – a rainha ainda falou, afrontada. – Quando não suportava a saudade que tinha dela, era eu que me dirigia à Caverna. Mas quando tinha que enfrentar algum poderoso feiticeiro, ela sabia como fazer melhor que qualquer um. Lembra-se da Rainha Branca, a *Rainha Má* de Túris? A simples visão dessa mulher, tão alta e tão gélida, fazia arrepiarem-se cabelos e carnes. Mas mamãe nunca teve medo. Você sabe, Míriam, o que ela fez quando a rainha da Antártida veio para Monde, não sabe?

– Sim, eu sei. A mesa das oferendas, que a tão poderosa Rainha Branca invocou dos *poderios*, foi envenenada. A *rainha do gelo* perdeu, e com sua morte se foram os últimos projetos que ambiciosos magistrados elaboraram para poder governar a Terra.

– Sério? Me contem essa – exclamou Echerd. – Minha vó tem algo a ver com a morte da rainha dos gelos?

– Eu e seu pai fizemos questão de manter essas coisas no mais absoluto sigilo – falou-lhe a rainha, agora bem mais calma. – Quando nos casamos, nossa proposta era governar Monde com sabedoria e justiça. Afastar do país, que um dia foi dirigido pelo meu avô, todas as rebeliões e revoltas, e unir as facções que ambicionavam o poder. Sua avó era a garantia de que nenhuma magia ameaçaria o reino.

– Então... – Echerd ficava cada vez mais ansiosa. – E a rainha da Antártida?

– Seu consorte envolveu a Austrália em guerra e confusão. Quando ele foi morto, a Rainha Branca ficou numa situação bem ruim. Não podia retornar ao continente branco por ter tentado tomar o poder de Túris, e tampouco para a Austrália.

– Branca ficou sem ter para onde ir e foi perdendo todos os que a apoiavam. Ficou só, como a coruja da noite. Os adeptos que a abandonaram só voltariam se fosse bem-sucedida em sua última cartada – acrescentou Míriam.

– Anos depois, ela começou a perambular por Monde e proximidades. Eu sabia que ela estava tramando algo contra o reino. Falei com minha mãe pelo globo de cristal, e ela me disse que a rainha dos gelos estava montando, em algum buraco das montanhas da Etiópia, um poderoso feitiço para, com seus asseclas, se apossar de Monde. O dia e a hora não foram revelados. Só que, para executar a magia cósmica, Branca tinha de aguardar um sinal das entidades do além, os tais *poderios*. Em seus *círculos* místicos, mamãe e os venerandos mestres descobriram que o sinal aconteceria em uma pequena floresta de Monde.

– A *Floresta dos Clubes* – sussurrou Echerd.

– Caminhando pela floresta – contou Regina –, a Rainha Branca encontrou a mesa das oferendas, feita toda de mosaicos em granito, servida com um manjar, um licor e um doce. O que aconteceu então, filha, ninguém sabe como foi, mas mamãe disse ter visto em seus transes místicos.

– Não pare – murmurou a princesa.

A rainha dos gelos ouviu uma voz do além que lhe dizia para se sentar, pois a mesa estava posta, e a convidada tinha sido ela. Regina resolveu citar a estranha conversa que Facos dissera ter vislumbrado e que a Caverna registrou:

> *Não tenha medo, você queria um sinal e aqui estamos. Mas o que é isso, indagou a rainha ao ver duas garotinhas olhando para ela. Vem, está gostoso, está gostoso, pareceu-lhe ouvir a primeira garotinha falar com uma fatia do manjar em uma das mãos. Você vai poder fazer tudo, tudo, pareceu-lhe ouvir a outra garotinha e vê-la pegar a segunda fatia do manjar. Faltava a terceira e última fatia e a rainha do gelo perguntou a quem elas serviam. Os poderios, os poderios... você nos chamou na fenda cósmica. Oh! A mesa vai embora... vai embora e todo o poder também... A Rainha Branca, ao ver desaparecer diante de seus olhos uma a uma as partes do cenário, pôs rapidamente a mão na última fatia e a ingeriu. E isso foi tudo.*

Echerd respirava acelerado, não queria que soubessem que ela estava nervosa. Míriam percebeu e pôs seus olhos profundos a fitar sua aluna, até tranquilizá-la. Depois, disse:

– O corpo de Branca jamais foi encontrado.

– O mundo dos infernos a reivindicou. Ela era uma pessoa muito má – falou Regina, com uma ponta de satisfação.

– Não, Regina. As filhas da *Morte da Centésima Terra* a levaram – disse Míriam, referindo-se a uma antiga lenda dos feiticeiros.

– Minha avó, meus tios e outros mestres tiveram coragem de invocar o *poderio Morte*. Vocês mesmas disseram que era perigoso. Eles correram muito risco, poderiam ter morrido – questionou Echerd.

A rainha tentou tranquilizar a filha com um deboche:

– Ora, filhinha, foi um castigo de Deus. Era mais uma querendo roubar minha coroa. Teve o fim que mereceu, assim como *outras* também terão.

– Outras? – indagou Míriam com um sorriso, mas a rainha preferiu ficar calada.

– É, eu queria acreditar em Deus, mamãe, mas minha vida afastada do palácio me fez perder a fé cristã, não sei mais em que acredito. A faculdade de feitiçaria também não segue essa linha, não é?

– Filha, deixe as preocupações de lado, você voltou ao palácio, e isto é o que importa.

– Verdade, estou feliz. E aqui na fazenda minha professora me protege, nenhum mal se abaterá sobre mim.

– Ai, ai. – Com um sorriso a maga tentou *baixar a bola* que sua aprendiz colocara. – Não tenho esse poder todo, mas... – Virou-se e olhou para a Loira, e afagando a leoa no pescoço e no rosto completou – se algum animal feroz resolver atacá-la, Echerd, eu a protejo, mas aqui no castelo até as leoas são dóceis.

♦ ♦ ♦

No dia seguinte, encontrava-se a rainha Regina, a princesa Echerd e Míriam sobre um penhasco abrupto que dava para uma estonteante paisagem. Daquela varanda, esculpida pela natureza, podia-se contemplar uma bela coleção de caça, preservada pela reserva que se estendia para além de onde a vista alcançava. Míriam, sentada sobre uma grande pedra, movimentava suas pernas, que balançavam sobre o imenso vazio, onde o chão deveria ficar oitocentos metros abaixo. Seu vestido comprido não era suficiente para esconder seus pés, vistos sempre descalços, para quem tivesse coragem de olhá-los na direção do abismo imponente. Regina sentou-se um pouco atrás de Míriam e, aos poucos, num gesto não fácil de se ver em uma rainha, foi se arrastando com o trazeiro no chão, lanhando seu vestido azul na rocha, até conseguir se colocar do lado direito da maga. Echerd posicionou-se do outro lado, mas chegou arrastando-se de bruços até o despenhadeiro, e assim permaneceu com o cotovelo apoiado na pedra, olhando o abismo assustador.

– Era assim que eu e Vuca ficávamos, quando crianças, tentando ver se conseguíamos avistar Monde. Na verdade, a cidade era tão longe, que tentávamos apenas enxergar sua luz – disse Regina, olhando para Míriam no momento em que uma águia vinha pousar próximo à maga. Sem se perturbar, continuou a rainha:

– Parece que no mundo os maiores feiticeiros são mulheres, contrariando o que diziam os antigos: "onde cantarem galos não hão de as galinhas piar".

– Aqui é o meu refúgio, não troco isso aqui por lugar nenhum. – Míriam estendeu a mão direita espalmada, braços esticados, varrendo lentamente o espaço até apontar para o castelo, muito longe, atrás de uma neblina densa.

– Incrível a forma como você nos trouxe aqui em cima. – Riu Echerd, ainda eufórica. – Você pediu que nos déssemos as mãos e então nos transportou até aqui. Senti que meu corpo desabava; de pé, como estava, estatelaria no piso frio, mas quando consegui sentir novamente o chão sob os pés, percebi que já estava nesse lugar magnífico. Não tive tempo de sonhar, parece que apaguei e acordei em seguida. Nada mais. Como você consegue fazer isso e ainda trazer nós todas para cá?

– Eu nasci com esses poderes; melhor dizendo, nasci com esse potencial, está no meu código genético, oriundo de um planeta que não sabemos onde fica.

– Leve-me até lá com magia – disse Echerd, brincando.

– Echerd, sua tia vai lhe dar um tapa no seu traseiro empinado se continuar falando asneiras – disse a rainha, observando que Echerd estava todo tempo de bruços ao lado de Míriam.

– Deixa ela... Quando a gente começa a aprender as primeiras mágicas, sentimos uma sensação tão agradável, que uma descarga de serotonina incontrolável faz o noviço acreditar que vai fazer tudo e conseguir qualquer coisa que deseje. Mas não é assim – observou a anfitriã.

Então, uma segunda águia, uma gigante de onze quilos, talvez atraída pela presença da primeira, chegou já pousando na coxa esquerda de Míriam, que sentiu a forte dor de suas garras afiadas e perfurantes.

– Ai! Você está me machucando – falou a maga em alta voz. Echerd, assustada, afastou-se um pouco para não ficar muito perto da ave.

Regina observou que o acipitrídeo furara fundo os dois panos, o grosso e o fino, do vestido longo de Míriam, e que, com as potentes garras afiadas, podia muito bem ter perfurado sua carne.

– Míriam, cuidado, acho que a ave... feriu você.

– Mamãe – disse Echerd em tom de zombaria. – Você não vai pedir para a tia levantar as duas saias do vestido longo até aí em cima. Ela *não usa calcinha*. – Riu e continuou a tagarelar para quem quisesse ouvir.

– Vai! – gritou a maga para a águia, fazendo um súbito movimento e levantando os dois braços esticados em direção do animal, que, assustado, fugiu, lançando-se no penhasco com as asas esticadas, planando magnificamente.

Míriam, então, ainda sentada, puxou o vestido até o local ferido na coxa – Echerd fechou os olhos brincando, dizendo que não queria ver. – Cuspiu em sua mão direita e a colocou sobre o ponto que sangrava e, com um movimento lento e circular, foi levando-a em direção ao joelho até a ferida fechar instantaneamente.

– Assim não terei hematoma. Essas águias são minhas queridas, mas não têm noção da força de suas garras – disse a maga olhando nos olhos da rainha, que só não se apavorava por ter sido criada na Caverna e por ser filha de uma gênia.

♦ ♦ ♦

O sol estava quente naquela altitude e logo sentiram sede. A anfitriã as conduziu para um ponto onde havia uma mina de água fresca. Mas vendo que a água estava quase secando, fez um gesto com as mãos, repetindo palavras em um idioma desconhecido, até que a mina voltou a jorrar fartamente, como se temesse desobedecê-la.

– Milagre! Ela controla o elemento água! – gritou Echerd, fazendo um gesto teatral.

– É preciso beber logo, pois a água voltará a ficar fraca como dantes – falou a maga.

A rainha principiou a beber, mas se assustou com um enxame de abelhas africanas que se dirigiam para a fonte. Mas Míriam, com um leve movimento oscilatório da mão esquerda, as fez rodopiar, mantendo-as nesse movimento como que hipnotizadas, até o momento em que a rainha se saciou.

Echerd olhou um pouco acima as flores, que saíam de reentrâncias das rochas, e percebeu que estavam todas abertas, quando, há vinte minutos, a maioria não havia ainda desabrochado. Acompanharam a maga até o local onde haviam frutinhas silvestres, próximo a espinheiros. Míriam as fez servirem-se das frutas, que sabiam bem o paladar.

Outra coisa que a princesa Echerd percebeu foi que, embora a feiticeira andasse descalça na montanha, seu frágil pé não se incomodava com a quantidade enorme de acúleos de plantas rasteiras que pelo chão se amontoavam.

Era um prodígio atrás de outro, pensava.

No momento em que a misteriosa mulher se afastou e Echerd viu-se a sós com sua mãe, comentou, sussurrando:

– Ter uma feiticeira como ela a nosso favor é uma bênção dos deuses. Tê-la contra nós é uma verdadeira maldição.

No fim da tarde aguardaram o sol descambar sobre a crista da serra de um local privilegiado, que permitia observar os movimentos da águia marcial na captura da última refeição e os gorjeios dos papagaios e calaus ao chegar aos seus ninhos nos contrafortes da montanha.

Era assim que o dia se despedia nos pilares da África, fazendo Regina ter saudades do tempo que morava nas *montanhas elevadas* que abrigavam a Caverna na Etiópia. As três mulheres ficaram ali, despojadas, sem qualquer tipo de arma. Não temiam o leopardo, nem mesmo o leão que por vezes ouviam. Quando o véu da noite dominou por completo o cenário, retornaram da mesma forma que vieram.

Pareceu que tudo tinha sido apenas um sonho. Teria?

17 O ninho

ANTÁRTIDA, ANO 198, DIA DE URANO, 88 ESTELAR.

"Consegue avistar o ninho?" Pareceu a Koll ouvir a mulher falar, e então reparou que Sizígia apontava bem para o alto, na direção do pico, onde se podia ver a portentosa rocha magmática elevando-se por sobre a imensa cobertura branca de gelo que quase a cobria. Na posição em que estava, sentado no banco de trás do motogelo, Koll teve que se inclinar para tentar observar o que a mulher branca dizia ver. Mas, mesmo com os óculos de aumento que usava, custou para definir alguns contornos na rocha que muito longe se havia, devido à altitude de mais de 1.500 metros em relação a eles, que bem próximos da costa ainda se encontravam.

– Você diz que ali tem uma pousada? Um lugar quente para pernoitarmos?

– Eu digo a você que é um dos melhores do mundo.

– Não consigo enxergar nenhum hotel ali, nem com meus óculos.

– Com as lentes do meu capacete eu consigo, meu bárbaro. – Deu uma risada.

– Você quer insinuar que vamos chegar àquela altitude nessa minúscula motocicleta?

– Motogelo.

– E se faltar energia? Vamos despencar dessa altura toda? Não sei se tenho essa coragem. – Koll não brincava, estava hesitante.

– O indicador diz que a bateria do motor de plasma tem carga de sobra, e ainda que o sistema falhasse, a gente não despencaria, desceríamos amparados pelo motor de campo, seu bobo.

Sizígia moveu sua moto mais para perto do litoral, em um ponto que dava para uma bela visão da planície de gelo, contrastando com um braço de mar azul-turquesa, de onde se podia avistar, com o uso de lentes, um bando de orcas espreitando uma colônia de focas, algumas delas fêmeas prenhes e outras com seus filhotes.

Parou e desmontou.

Koll notou na planície de gelo vários domos elípticos e muita gente por lá, que não parecia estar trabalhando.

– Minha nossa! O que é aquilo?

– É um acampamento de recreação dos gelos. Aqueles domos são como se fossem grandes tendas, que serão desmontadas quando o acampamento terminar, daqui a um ciclo lunar.

– Por que não vamos para um acampamento de gelos? Fica no litoral, é melhor – Koll ouvia falar desses acampamentos superdivertidos desde que começara a trabalhar na Embaixada em Cratera Nevada.

– São acampamentos selvagens, sem banhos a vapor. Lá você terá que tomar banho de gelo derretido. Eu tomo. Você aguenta? Se quiser esfrego uma esponjinha em suas costas com uma espuma aromática. Limpa tudo, mas a espuma estará um pouco gelada.

– Vocês são doidos.

– Eu prefiro a água "quente" da ala médica, uns dez ou doze graus.

– Uhrrr! Acho que vou ter que ficar sem banho – deu uma risadinha. – É verdade que os acampamentos para crianças e adolescentes são separados dos de adultos?

– Sim. Em Túris, as pessoas ficam adultas a partir dos vinte anos. Então, temos acampamentos para o grupo de dois a dezenove anos e os de vinte até a velhice, desde que estejam com saúde. Há coisas que não se permitem entre os jovens, como certas intimidades entre os sexos. Os acampamentos, querido, têm de cem a novecentos indivíduos em média, mas pode ter mais.

– Qual é o problema de deixar os jovens namorar? No meu mundo não tem mais essa bobeira! – fez um gracejo, instigando Sizígia.

A mulher cravou-lhe um olhar de reprovação e respondeu:

– Até os 19 anos os jovens encontram-se em formação na Academia, que é o tempo que têm para terminar o que vocês chamam de faculdade. Tudo é planejado para se obter os melhores resultados. É ciência. O namoro existe, mas com controle. Você gosta de falar coisas que não entende. Bobeira é o que vocês fazem, deixar cada um fazer o que quer.

Koll deu um risinho e falou com um ar presunçoso:

– Deixa pra lá. Só estou colocando pontos de vista elevados da nossa civilização, que não tem os severos controles de Túris. Um dia vocês entenderão. – Reparou, com satisfação, que ela olhou para ele, mas não retrucou. Sentiu-se vitorioso.

Sizígia resolveu continuar:

– Posso falar agora?

– Já era para estar terminando. – Ele riu.

– No acampamento promovem-se campeonatos, jogos, pescarias, e todos têm oportunidade de fazer sua própria comida. Não é interessante? Há jogos que envolvem leões-marinhos, da nossa criação, e os animais do lugar, como pinguins, focas e até aves voadoras. Mas tudo tem que ser selvagem.

– Ótimo.

– Não se pode usar o traje universal no acampamento. Usa-se somente o macacão *collant* térmico. Você reclamaria, pois o *collant* só vai até o pescoço, não cobre o rosto.

– Posso então usar minhas roupas de sempre? Para os gelos é coisa selvagem, bárbara, não é? – Deu uma gargalhada.

– Pode até ser selvagem, mas os gelos não aceitariam. Você teria que usar *collant* mesmo, um calçado térmico e talvez uma touca, nada mais.

– Eu aguento, sim.

– Se você não for valente, ficará dentro do domo-hospedagem os três dias do acampamento. Só sairá uns trinta minutos, para logo retornar. Se não tiver vento, você aguentaria umas duas ou três horas. – Olhou para ele com um risinho debochado.

– Sai fora, você não me conhece ainda, sou aventureiro e enfrento desafios – reagiu. – Vamos ao que interessa. Esses acampamentos selvagens são seguros?

– São. Os médicos fazem massoterapia, balanceiam o corpo todo e nos proporcionam um verdadeiro spa dentro dos domos elípticos. Fazem várias cirurgias em acidentados, pois os adolescentes e adultos gelos arriscam-se demais nos atletismos e nas brincadeiras.

– Eu sei o que é isso. Não fosse a médica Vahala, eu estaria ferrado naquele acidente de esqui.

– *Tsc, tsc*. Aquilo foi pouco. Vi uma mulher despencar junto com uma geleira. Quebrou tudo, menos a cabeça. Foi uma cirurgia muito difícil, levou horas. No dia seguinte tiveram que mandá-la à Academia para continuar o tratamento. Hoje ela trabalha normalmente, mas tem várias próteses, como um ciborgue.

– Teve sorte.

– O mais difícil para você seriam as atividades no mar a dois graus abaixo de zero – falou displicentemente.

– O quê?

– Isso, bonitão. Nos acampamentos dos adultos, se você quiser fazer mergulho selvagem, terá que pular na água, e, se for ousado, pode ir só com o colete, sem o *collant* térmico. – Riu. – É você quem escolhe amor. Se encontrar uma mulher nua... Uau! Não vá me esquecer. – Deu uma sonora gargalhada.

Koll olhou para o rosto de Sizígia com uma expressão de desconfiado.

– É, hoje você não está bem.

Ela se manteve sorridente. Ele se encostou na moto e deteve-se a observar com as lentes um jogo que estava para começar. Viu que os jogadores estavam se aquecendo, e os técnicos verificavam os balizamentos do enorme campo de trezentos metros com pista plana e rampas nas extremidades. Reparou que havia um *slot* retangular a três metros de altura em cada lateral das rampas, que faziam o papel da trave; ou seja, no jogo havia quatro traves ao todo. Os técnicos haviam configurado os sinaleiros que afugentariam animais, pinguins, focas ou aves voadoras que porventura se dirigissem ao campo.

– Eu tenho uma curiosidade – disse Koll. – Como não vi até hoje nenhuma foto na internet desses acampamentos?

– Impossível. Toda vez que um grupo acampa nós colocamos os *borradores*.

– O que é isso?

– Os *borradores* impedem que os satélites dos *sapiens* consigam nos identificar. Assim ninguém consegue tirar nossa privacidade quando estivermos em uma bela planície de gelo. Os modelos atuais chegam a enganar perfeitamente, como se as imagens deslizassem, cobrindo o local para os espiões.

Eles prezam demais sua segurança, pensou Koll.

Voltando a olhar para o acampamento com as lentes, notou que iniciara a animada competição.

– O que eles estão jogando?

– É a olimpíada que o acampamento promove para os membros. São quatro modalidades: luta clássica, mergulho, patinação e jogos de disco.

– Eu estou falando do jogo, aquele ali. Parece divertido – disse, mirando com a lente. – Vocês têm times profissionais?

– Não. São times que se formam no acampamento. Das atividades, o jogo de discos é a mais concorrida, e é o que *viraliza* a torcida. Eles estão jogando agora com vinte pessoas em cada time – respondeu Sizígia. – Eles usam vários discos, ao invés de uma bola. O número de jogadores varia e é decidido no início da contenda.

– Como é a regra do jogo? – perguntou Koll, colocando uma das mãos no bolso, confiante, mostrando um comportamento que, no seu entender, concerne a qualquer anglo-saxão, tradicional amante do esporte. *O que esses alienígenas podem entender disso?*, pensou, enquanto balançava a cabeça.

– Cada atleta começa o jogo com um disco na mão. Eles são luminosos para permitir o jogo à noite nos meses em que não há luz solar. Todos os discos de um time têm a mesma cor. Um atleta tem no máximo vinte segundos para ficar com o disco. Você só pode encaçapar no *slot* o disco que tem a cor do seu time. Se pegar o disco de outro time, você pode atrapalhar o jogo dele lançando o disco para seus parceiros. O disco só pode ser pego no voo ou no chão, não pode ser tomado da mão. Se o disco sair da área, quando passar a marca do balizamento ele retorna automaticamente para o centro do campo e continua no jogo. Ficar com o disco por mais de vinte segundos é uma falta que faz o disco mudar para a cor do outro time. O outro time vai tentar tomá-lo para aumentar seus pontos. Se o atleta não lançar o disco com a cor do outro time em vinte segundos, ele muda novamente de tom para branco e não pode mais ser jogado. Sairá automaticamente do jogo e se posicionará junto com os discos que foram encaçapados. Ponto para o adversário. É permitido um atleta esbarrar no parceiro para desequilibrá-lo, mas nunca usar para isto braços e mãos, entendeu?

– Ganha quem lançar mais discos no *slot*, imagino.

– Certo. O jogo começa com eles descendo de rampas opostas, de uma altura de vinte metros, com os patins de gelo a alta velocidade. Os jogadores têm que lançar os discos para dentro dos *slots* nas laterais da rampa do adversário. Para isto eles têm que chegar com velocidade para poder subir a rampa a tempo de alcançar os *slots*. Um jogador pode ficar no máximo com dois discos na mão. O jogo termina quando algum time encaçapa o número de discos igual ao de jogadores. O sistema que conta os discos anuncia o vencedor. Entendeu agora?

– Claro que sim – respondeu Koll sem vacilar, tentando mostrar sua expertise. – Nós temos um jogo que chamamos *frisbee on ice*. O campo é bem menor, é em gelo planificado, não tem rampas, e se joga com um único disco. O jogo de vocês poderia fazer sucesso entre meu povo, mas talvez não. É bem difícil de jogar, eu acho.

Sizígia sorriu, deu um empurrão nele e foi dizendo:

– Está vendo como os gelos sabem se divertir? O jogo não é difícil não.

– Ei! – Ele conseguiu se equilibrar. – Fácil, não é, garota. Naquela velocidade que estão jogando, uma única esbarrada, mesmo com capacete, machuca bastante, mais que o hóquei no gelo – Koll franziu as sobrancelhas. – Não quero jogar isso não. Eu teria que treinar muito.

– Ok – Sizígia soprou nas narinas dele.

– Bela – Koll falou com a voz suave. – Túris poderia deixar que aviões e satélites filmassem o jogo. Bobagem colocar *borradores* nisso aí.

– Privacidade... privacidade. – Passou uma das mãos espalmadas no rosto dele, da testa até o queixo, cobrindo-o com pedrinhas de gelo, dando uma gargalhada em seguida.

– Isso não vale! – Rosnou, tirando as luvas para limpar melhor o rosto. Sizígia o ajudou com sopros quentes sobre seu rosto, pedindo desculpas enquanto ria sem se conter.

Quando se recuperou do frio, Koll decidiu o que iriam fazer com um ar solene.

– Vamos então para o acampamento. Na ala médica tem banheiras de água quente. Vou me inscrever nos spas.

– Não é assim com valentia, não. Os médicos, após a avaliação, são quem decidem o que você tem que fazer. Mas tem uma coisa que não te contei... ainda, me desculpe.

– Já chega de falar, não? – franziu as sobrancelhas.

– Não tenho autorização para te levar lá.

– O quê?

– Não consegui autorização!!! – gritou-lhe no ouvido.

– *Arre*! Por que não me avisou antes? Eu, gastando aqui meu verbo...

– Ora... Porque você é curioso e danou a me perguntar – encostou as mãos quentes sem luvas em seu rosto e lhe falou baixinho e pausadamente: – Está para escurecer, e será pior para voarmos sobre a montanha. Acho melhor pegarmos o motogelo e irmos depressa para o ninho. Eu tenho reservas para duas noites.

– Você é cheia de surpresas. Ainda vou te domar. Vamos embora.

Sizígia franziu o cenho.

– Hum, hum. Então, valente, segure-se nas duas abas laterais da moto e feche a trava de segurança sobre seu quadril. Confie que não haverá perigo.

Koll fechou a trava por sobre a cintura e viu, preocupado, sua namorada, grávida e começando a fazer barriga, colocar o veículo em movimento.

O pequeno aparelho subiu rapidamente, fez um grande arco enquanto acelerava e depois se dirigiu para a montanha. Ele pensava, quando fechava os olhos para evitar a sensação de vertigem, em como se metera nesse relacionamento e se seria o único humano que namorava uma mulher-gelo. Quando sentiu o motogelo desacelerar, seus olhos, que ficaram todo o tempo meio que fechados, se abriram totalmente e o que viu o deixou deveras preocupado. Não despregava mais a vista.

A montanha parecia um gigantesco paredão. O motogelo ia se aproximando vagarosamente da rocha, que agora, mais perto, se agigantava como um estádio. Somente então ele percebeu que esse *monumento às entranhas da terra* estava repleto de *janelas translúcidas*, formando vários andares nos locais onde o gelo não cobria o rochedo.

Sizígia foi seguindo paralelamente à rocha a uma inacreditável distância de apenas vinte metros, no amplo espaço que havia entre as fileiras de janelas, nunca diante de alguma delas, até encontrar uma reentrância vertical na rocha, que contornou quase 150°, para dar de frente ao que seria um grande portão que, ao perceber a presença do motogelo, se abriu totalmente, deixando-o entrar e fechando em seguida.

– Veja, estamos no Ninho do Gelo – falou Sizígia, radiante, sustando sua respiração por conta da emoção.

Koll desandou a rir.

– Se eu contar isso a minha mãe ela morre do coração. Na próxima vez que você for à Austrália, vou te apresentar à mamãe. Sua mãe não se preocupa?

– Ela morreu. Chegamos. Esta é a nossa suíte. – Abriu logo a porta, desconversando.

O australiano Koll Bryan nunca imaginara um lugar como aquele. Encrustado em uma rocha magmática, mais de dois mil apartamentos davam, durante o verão, para uma visão esplendorosa do mar da baía de Amundsen, na direção do lado ocidental da Austrália, em pleno continente antártico. Não havia cozinha nem qualquer tipo de forno, apenas três compartimentos. Um pequeno lavabo, o quarto com cama de casal, com janela para o mar, e, por fim, o quarto de banho e sauna com a bela banheira elíptica, com parte colocada em balanço sobre o penhasco, permitindo que se pudesse curtir uma paisagem exuberante com ampla visão. O quarto era aquecido, de forma a afastar todo pensamento do frio da Antártida.

– Querido, no inverno, com quarenta graus abaixo de zero, este quarto vai ficar sempre assim, quente, ou melhor, confortável, embora a paisagem fique escura em noites sem lua. No verão, quando ventos terríveis varrerem a montanha, nada sentiremos. Furiosos catabáticos, com a força de furacões, podem derrubar toneladas de gelo dos montes laterais, e as geleiras junto à costa vão desabar no mar em grandes blocos. Nada sentiremos além de um leve tremor. Pode nevar ou até chover. Mesmo com o *blizzard* lá fora, aqui nunca fará frio, nunca faltará água nem comida. É o ninho.

Sizígia beijou seu homem e o ajudou a se despir. Koll retribuiu, fascinado, e logo foram para a banheira de água fria, que assim não aparentava por causa da sauna a vapor.

– Engraçado, vejo que vocês nunca têm um chuveiro.

– É. Dizem que não temos a cultura de chuveiros porque aqui há poucas quedas d'água.

– Certo, não tem aqueles famosos rios de degelo da Sibéria e do Ártico, que despencam em bravas cachoeiras. Mas sabia que cheguei a ver uma cachoeira aqui em dias quentes de verão?

– Eu sei onde é, querido, e existem outras. Vocês *sapiens* estão esquentando o planeta com o dióxido de carbono e começando a derreter nossas calotas. Só no tapa que vocês aprendem. – Ela riu.

– Me bate então. – Ele deu uma gargalhada.

Durante a noite, volta e meia sentiam fome, e pediam costelas de focas, ovos de pinguins, vinhos australianos, sul-africanos ou chilenos, iogurtes de leite de fêmeas de leões-marinhos, queijos, sopas de algas, camarões e castanhas. A comida não demorava, vinha em uma cápsula que se dirigia a dois compartimentos na parede, conhecidos como *boca*, cada um com sua portinhola, uma para o quarto de banho e outra para o quarto de dormir.

– Por que vocês chamam essa cápsula onde chegam as comidas de *boca*?

– É uma analogia com os pinguins que levam a comida para os filhotes na boca – respondeu Sizígia.

– No bico, não é? – corrigiu Koll.

– Verdade, talvez chamemos de boca para parecer algo maior. – Abriu os braços exageradamente para representar algo grande.

Quando acabaram de comer, Koll perguntou novamente pela família da sua mulher.

– Já te disse que minha mãe morreu.

– E seus irmãos?

– Não tenho.

– Seus tios?

– Não tenho.

– Tem filhos?

– Alguns.

– O que eles fazem?

– Estudam.

– Estudam onde?

– O que está acontecendo? – indagou Sizígia, irritada. – Você agora resolveu me perguntar tudo! Vou te dizer: as crianças vão para a Academia estudar, então a gente perde o contato. Eu trabalho para o Governo. A Academia é outro poder, entende agora? Tem cidades que são da Academia, e não do Governo.

Koll percebeu a impaciência dela, mas mesmo assim insistiu.

– E você não pode visitá-los?

– Não convém, pois não deixam os filhos saírem com as mães. Eles sempre têm atividades, e a lei de Túris protege a criança que fica com os especialistas que lhes dão a melhor educação possível.

– As crianças têm férias escolares?

– Sim. Mas há várias atividades para elas nesses períodos que ajudam a integrá-las.

– E o nosso filho? Vou poder brincar com ele? Levar para andar de barco?

– Não – respondeu ela com calma. – Nas minhas folgas não posso ir para a Austrália. Só posso ir lá a trabalho. Então você teria que vir para Cratera Nevada – respondeu a mulher branca.

– Amor, eu não te falei ainda. Sabe aquele emprego que o Jimmy me conseguiu? Agora terminei os cursos na Austrália e me mudei para Cratera Nevada. Vou estar sempre perto de você, na Embaixada do meu país.

– O quê? Por que demorou esse tempo todo? Se me colocassem para fazer um treinamento de sete meses eu aprenderia a pilotar uma nave para Marte. Fez curso de quê?

– Cursos das agências de inteligência e segurança com instrutores americanos e britânicos. Tem caras da CIA e do MI6. Você certamente já ouviu falar neles, são feras.

Sizígia fez uma cara de surpresa.

– Não. Nem imagino o que seja. Mas isso é muito bom. Você vai poder brincar com o bebê então.

Koll pareceu confuso, e pensou: *Nossa, esse pessoal parece alienado, aposto que não sabem nem onde fica o Reino Unido. Ela também não gosta quando pergunto pela sua família. O filósofo disse que os filhos serão comuns e nem os pais saberão quem são os seus. Mas ela me garantiu que o filho é meu. Ela não mentiria para mim.*

Pelo janelão da sala de banhos ele contemplou, acima do horizonte, as cores brincando no cenário com gradações em azul, cinza e rosa-púrpura, uma visão de estonteante beleza. Viu a lua cheia ascender e inundar toda a suíte com tons de prata, uma recompensa que imaginava não merecer.

Estava para amanhecer, quando o sono não lhes deu mais tréguas.

Ao despertar, com o sol no horizonte, Koll pôde observar que já se conseguia vislumbrar uma linha da costa a olho nu, pois a cobertura de gelo do inverno, que se estendia do litoral por vários quilômetros, estava se retraindo. Com a potente lente embutida da janela do quarto de banho, que ampliava as imagens muitas vezes, reparou em um navio francês e em dois veleiros que aproveitavam a proximidade das focas para fazer fotos. Comentou com Sizígia, que lhe disse que era um navio de pesquisa oceanográfica e os veleiros de turistas, e que esse tipo de atividade era permitido no acordo firmado com os gelos. A curiosidade de Koll Bryan foi aumentando, afinal, ele e a mulher branca já se conheciam há mais de oito meses.

– Os gelos têm navios?

– Não, somente submarinos. E, te digo, dos melhores.

– Armados?

– Os cargueiros com armas leves, e os demais navegam como uma fortaleza submersa.

– Que tipo de energia vocês usam?

– Toda nossa energia na Terra é de fusão nuclear.

Koll suspirou ao lembrar da potência inigualável dessa fonte energética.

– Penso, às vezes, por que tantas armas no mundo?

– Isso é de Platão?

– Não, é meu... e também de todos os pacifistas...

Sizígia o interrompeu:

– Se ficássemos desarmados, como nos defenderíamos de alguma agressão?

– Exagero, não? A teoria da conspiração faz que um dos lados tenha certeza do plano de invasão do inimigo, e o mesmo acontece com o outro. Então, ambos ficam se armando sem cessar, quando na verdade a melhor saída é muito simples, basta seguir a via diplomática, através do diálogo – afirmou Koll.

– Nosso líder, Geada, sempre diz que as nações da Terra querem se relacionar com os gelos numa posição de superioridade. Os gelos só aceitariam se a posição fosse de igualdade. Então, não temos que seguir as leis das nações se eles não vão seguir as nossas, entende?

– Mas nós da Terra temos duzentos países. Então, vocês estão em minoria, não é? Vocês colocam suas leis em pé de igualdade com as leis internacionais, então fica difícil negociar. Não estou certo?

– Não! Para nós vocês são apenas um. Os *geniacus* de Túris Antártica e os *sapiens* da Terra. Oh! Por que estou perdendo meu tempo falando com você?

– Desculpe, mas vocês não têm medo de ser dizimados?

– Talvez. Porém, nossa tecnologia é superior à dos *sapiens*.

– Mas a população dos gelos é muito pequena. Vocês devem ter menos armamento, e...

– A Terra não tem como nos vencer. Tentaram há mais de cem anos e não conseguiram. A guerra não é boa para ninguém, nem para nós, nem para os *sapiens*. Você tem que entender isso. – Ela fez um gesto com a mão. – Nós não temos para onde ir... Então, se na Terra *não há lugar para os gelos, não haverá para mais ninguém*.

Koll ficou chocado.

Olhou para Sizígia e o bebê escondido na sua barriga e resolveu que era hora de decidir de uma vez por todas a vida deles.

– Minha bela, não é melhor você fugir comigo e irmos morar na Austrália? Lá vamos criar nosso filho e seremos felizes.

Sizígia voltou o olhar para ele. Ainda sentada na cama, respirou devagar e o observou atentamente. Koll percebeu que seus olhos azuis pareciam ter adquirido mais brilho e ficou tenso, preocupado. *Fiz alguma merda?*, pensou. Resolveu quebrar o silêncio e perguntou:

– O que você está fazendo?

– Você é uma pessoa muito boa. Minhas amigas têm inveja de mim por causa de nós. Mas um gelo ir para outro país sem autorização é considerado alta traição. Sabe qual a pena para isto?

– Não, eu...

– Morte.

Koll suou frio. Franziu as sobrancelhas e falou alto:

– Por quê? Não tem motivo!

– Não? Não existe motivo maior que desobedecer a lei, e a traição é o pior dos delitos.

– O que estou querendo dizer... Escute, por favor. Nós podemos solicitar seu asilo em meu país via um processo legal na nossa Embaixada em Túris. Isso é perfeitamente normal quando um casal se apaixona e quer viver juntos. Ninguém pode ser condenado por amar alguém!

Sizígia aproximou seu rosto ao dele, quase tocando-o. Levantou a mão esquerda e encostou os dedos médio e indicador nos lábios do amado.

– *Shhh*... Este processo não existe. Não consta do tratado com as nações, entendeu? Você me deixa triste por me pedir o que não posso te dar. Você não iria querer meu fim, não é?

Irado como estava, Koll rosnou:

– Como aconteceu com aqueles atletas há dez anos? Alguns foram estraçalhados, outros sobreviveram com traumas e...

– Do que você está falando? – Sizígia ficou indignada.

– É, eles não eram NADA! – gritou. – Eram só gente de Monde, africanos, americanos, europeus que morreram pelo Santana. Só isso!

Koll perguntava-se se estava indo longe demais.

– Os gelos não têm nada a ver com essa história! Que loucura é essa? – gritou Sizígia. – Isso é invenção daquele egípcio, Hórus. Eu avisei isso a ele!

– Foram os gelos, sim. Pode não ter sido os de Geada, mas pode ter sido os das facções rivais. Não há até um *Terceiro Poder* que desafia as leis? Ou então foi alguém da oposição. Túris não deveria esconder os criminosos. Deveria puni-los para provar que é inocente! – esbravejou.

– Pare agora e pense! – berrou Sizígia.

O homem se calou. Sizígia pôs-se de pé, andou e se virou para ele.

– Vamos supor que nos Estados Unidos um bandido tenha sequestrado e matado uma mulher-gelo. Aí, Túris resolve solicitar a esse país a prisão e extradição do cara. O criminoso fugiu, ninguém pôde puni-lo. Então, Túris pede permissão para investigar o crime em território americano. Este país vai deixar?

– Claro que não! Isso viola sua soberania. Um investigador de fora só poderia ser aceito se tal atividade fosse prevista em algum tratado bilateral entre os gelos e esse país, mas não é – respondeu Koll.

– É onde quero chegar. Este é um exemplo dos duplos padrões. O que vale para as potências da Terra tem que valer para os gelos. Entendeu? E tem mais, se o bandido que sequestrou os tais atletas fosse um gelo estaria morto. Nenhum turisiano foge da nossa justiça.

– Não se poderia conduzir um inquérito em conjunto?

– É o que estou te dizendo sobre os duplos padrões. Investigar em nossas cidades não se cogita. Além de ser inútil, não existe esse tratado entre nós. Alcançou?

– É civilizado deixar um crime desses impune?

– Eu já te falei que não foram os gelos. E nossa justiça é melhor que a de vocês. É rápida, e a sentença não leva mais que uma semana. Eu já te ensinei isso!

– A investigação pode ser rápida, mas não justa. Grande justiça é essa, que acha melhor condenar à morte uma mulher porque quer viver com o homem que ama em um país amigo. Concorda?

Sizígia pôs novamente dois dedos sobre a boca do homem.

– *Shhh! Shhh!* Calma. Quando as nações da Terra reconhecerem o direito de Túris sobre a Antártida as hostilidades cessarão. Aí eu poderia viajar até a Europa, usar biquíni no Brasil e fazer compras em Nova York ou Xangai. Até que esse dia chegue, vamos ter que esperar muito.

– Está bem – Koll respondeu, agora com calma. – Mas as nações da Terra têm muitas bases científicas na Antártida, você não sabe?

– Eles não iriam perder nenhuma base, ao contrário, poderiam continuar com suas pesquisas com a permissão de Túris e a ajuda da nossa tecnologia, a ajuda insubstituível da Academia. Só teriam a ganhar com a gente. Túris sempre respeita tratados. Nós só queremos a soberania na Antártida. Esse continente é inóspito para os *sapiens,* mas ideal para nós. É aqui que somos felizes.

– Ok, concordo. Mas tem o tal do *Terceiro Poder*. Você me disse, quando nos encontramos, que eles são difíceis.

– O *Terceiro Poder* não é mais problema desde o fim da insurreição da Rainha Branca. Eles se adaptaram à nossa estrutura de Governo, graças ao nosso líder que fez uma boa política.

– E os bandidos?

– Você não entendeu. Aqui é uma terra de leis. Não há foragidos, ninguém se esconde aqui. Se você quer encontrá-los, procure nos continentes da Terra!

– É, faz sentido.

– Demorou para entender, hein? – Deu um risinho irônico.

Koll, ainda preocupado, resolveu ir mais além.

– Você confia no Líder Geada? Está na hora de ele largar o poder, não está?

– Deixe meu líder em paz, querido. Ele é inteligente e grande administrador, e sabe fazer política positiva. Por causa dele, Túris e os *sapiens* estão em paz. Não é o que os humanos querem?

– Ninguém pode ficar tempo demais no poder. Corrompe-se, sei lá... A democracia existe para evitar isso, entende?

– Democracia? Não vá trazer filosofias dos *sapiens* para Túris – reagiu ela. – Esse sistema de vocês não funciona, é cheio de *fake news,* ou seja, quem contar a melhor mentira vence.

– Espere aí! E o de vocês?

– Nosso sistema político é a *Meritocracia*.

– Você me disse isso, bela, mas não a entendi como sistema político, achava que era só para aquele negócio de juntar pontos.

Koll percebeu que Sizígia andara se informando sobre os *sapiens*. Não era mais a turisiana alienada às coisas da filosofia e política.

– Amor, democracia ou meritocracia, não sei qual é o melhor. Mas você tem razão. As notícias falsas servem à causa da guerra, pois criam preconceitos e desinformação. Nunca será uma coisa boa.

– Eu não tenho preconceito nenhum contra os *sapiens*. Mas vi no Jimmy que tem preconceito contra os gelos, e ele não está sozinho – ela disse.

– É... não está sozinho. – Koll via-se agora, pensativo. Vislumbrou o futuro embaçado, cinzento, como que atingido por um *blizzard* antártico.

Se na Terra não há lugar para os gelos, não haverá para mais ninguém. Terrível. Espero que todos entendam isso enquanto há tempo, pensou.

Sentiu as mãos dela deslizando por suas costas. Estava feliz, mas em sua cabeça alguma coisa tinha que mudar, ou nele ou em Sizígia, ou... no mundo.

Só não sabia o quê.

18 O círculo

EMBAIXADA AUSTRALIANA DO REINO DE MONDE.

Na antessala, que dava acesso aos escritórios privativos, duas figuras proeminentes se destacavam; um deles era o bilionário egípcio Carlos Odetallo, e o outro, um nobre, naturalizado mondino, o barão Richo Almeida. As portas e acessos que davam para as salas eram identificados em três idiomas: francês, árabe e inglês.

Sem qualquer demora, os dois homens notáveis foram convidados a entrar para um encontro que teriam com o Secretário da Embaixada australiana em Túris, que ali estava de passagem.

– Bom dia, senhores. Folgo em saber que querem falar comigo. Sou Mr. Bryan. Sentem-se, por favor.

Após os cumprimentos protocolares, Odetallo explanou os motivos de sua vinda e deixou o recém-empossado Chefe do Departamento de Logística australiana em Túris a par do mote principal.

– Eu ajudaria vocês, se pudesse – disse senhor Bryan –, mas Túris está longe de ser algo simples de se entender. Primeiro, é preciso que saibam que as coisas que descobri e as que estudei na inteligência podem não agradar.

– Não viemos aqui para receber lisonjas. Queremos saber de tudo. – O barão assentiu.

– Simpatizo com a situação de vocês, mas posso lhes afirmar que esse sequestro com mortes e crueldades não faz parte da cultura dos habitantes da Antártida.

– Não?

– Os gelos, embora procurem se manter afastados dos humanos, são prestativos quando a necessidade assim se impõe. Faz parte da sua educação.

– Quê?

– É coisa da lei deles. Até mesmo ajudar alguém que esteja em perigo aumenta a pontuação, uma espécie de mérito que o sistema computacional atribui individualmente a todos os turisianos.

– Mérito? Ajuda? – indagou Odetallo, surpreso.

– Foi o que eu disse. O sistema de Túris é fundamentado na meritocracia, qualquer trabalho útil que se faça acaba pontuando a favor de quem o faz, até mesmo o de ajudar alguém. Incrível, não é?

Richo fez uma cara de quem não gostou.

– Então, sequestrar e matar indefesos não aconteceria porque o sistema não aceitaria. Desculpe, mas fica difícil, para nós, acreditar na propaganda deles. Isso é o que dizem.

– Vou explicar melhor. Não há motivo para que a nação de Túris cometa tal crime. E vocês, salvo algum engano meu, estão processando o Governo.

– Por que não?

– É bem simples, senhor. A primeira pergunta que se faz diante de um delito é: A quem interessa? Uma pergunta elementar que se fosse seguida, por exemplo, pelas nações, muitos problemas seriam facilmente resolvidos e muitas guerras evitadas. No caso do sequestro, o Governo não ganha nada com isso.

– O Governo não, mas talvez delinquentes... Em todos os países existem criminosos, não é? – observou Odetallo.

– Tivesse sido um crime casual, contra turistas ou pesquisadores, seria fácil entender. Mas o que aconteceu foi bem diferente. Um crime premeditado com antecedência e até envolvendo sequestro em um país distante. Não é coisa do Governo, mas também não sei o que é.

– Eu sei que não é nem um pouco fácil. Vamos supor, Sr. Bryan, que o Governo nada tenha a ver com o crime. Por que então não fica do nosso lado? Por que não nos ajuda a prender os bandidos?

– Ninguém foi preso em dez anos – endossou Richo.

– Boa pergunta. Eu acho que posso responder. A legislação turisiana é bem rigorosa, mas, sabe o que aconteceu? Não tomaram nenhuma ação porque seu sistema não tem oficialmente registros desse caso. Só pode ser isso.

– Como? – Odetallo espantou-se.

– Parece difícil, mas não é. O sistema judicial de Túris, apesar de ser moderno, não aceita certas coisas; por exemplo, abrir um processo em Monde.

Richo fez menção de se levantar da cadeira.

– Inaceitável este ponto de vista. Não houve um crime? – reagiu o barão.

– Desculpe-me estar falando assim, mas para Túris é uma questão de ordem legal. Eles ignoram processos abertos em qualquer outro lugar – respondeu Sr. Bryan com tranquilidade.

– O senhor pode explicar? – pediu Odetallo, fazendo um sinal para Richo se acalmar.

– Tinham que ter aberto o processo em Cratera Nevada.

– Onde fica isso?

– Na Antártida. Mas existem meios de se chegar lá.

– Tudo bem. Se é assim, Sr. Bryan, vamos abrir então o processo em Túris, ok? Com uns dez anos de atraso, mas, se é para resolver... – Odetallo deu um riso irônico.

– Tarde demais. A Embaixada já tentou abrir um processo lá e não conseguiu porque Túris tem uma lei que diz que não se aceita processos que estejam abertos em outro lugar. É a lei da ilegalidade do *duplo juízo*.

Puta que pariu, pensou Odetallo.

– Você está me deixando com mais raiva deles, desculpe-me – rosnou o barão.

– Preste atenção, não estou defendendo Túris. Acontece que fiz um treinamento secreto na Austrália para poder assumir esta Secretaria do meu país, e também tenho contato com turisianos. Acredite em mim. Sinto muito que não tenham avisado a vocês dez anos atrás.

– Raios! E o direito internacional? – insistiu Richo.

– Túris não o reconhece. A Antártida e a ONT têm um tratado assinado, que já sofreu algumas revisões. Eles só seguem aquilo.

– Por exemplo? – indagou Odetallo.

– Proibição de poluição das águas antárticas, pescas predatórias, atividades econômicas acima do paralelo 40S e assim por diante.

– Crimes, sequestros, nada?

– É só seguir uma chave lógica: Existe algo no tratado que fala de crimes, extradição e sequestros de pessoas? Não. Então, vá para o tribunal turisiano. Simples demais... Para eles.

Os dois homens olharam-se espantados.

– Então, teríamos que fazer a reclamação primeiro na Embaixada de Túris... – concluiu o barão.

– Primeiro, não. Só essa.

– Ah, tá. A Embaixada nos mandaria abrir o processo em Cratera Nevada, na Antártida, e lá se resolveria tudo.

– Entendeu? Aí vocês não teriam violado a lei do *duplo juízo*.

– Que arrogância! – protestou o barão. – Que lugar é esse, que não se preocupa em fazer investigação, perícia, inquérito? E como fica o trabalho da inteligência criminal? Não existe promotoria? Não há interesse, não é mesmo? É fácil falar quando não se foi sequestrado como nós fomos. Você consegue imaginar, Sr. Bryan, o que é viver o horror do cativeiro na fria e desolada Antártida? – rosnou o barão.

– Concordo.

– A embaixadora Termala de Túris sempre diz que não tem conhecimento, mas o que ela quer dizer mesmo é que, para eles, *legalmente* essas mortes não aconteceram. Eles estão *se lixando* para isso... – reclamou Odetallo.

– Um beco sem saída – disse Koll. – Os culpados podem até já ter sido punidos e mortos, mas nem isso vão nos dizer. Sabe por quê?

Odetallo deu de ombros e nada respondeu.

– Dar declarações sobre punições em Túris é ilegal. Nada de oficial pode sair dos processos internos turisianos.

– Senhor Bryan – ponderou o barão –, não acredito que os culpados tenham sido punidos. O processo se arrasta, e Túris continua dizendo que não tem conhecimento do fato e que não pode se responsabilizar por algum criminoso eventual... É a resposta padrão.

Nesse momento, a secretária fez um contato, via o sistema de comunicação interna, com Koll Bryan. Este pediu licença aos dois homens e foi atender.

– De que lado esse idiota está? – sussurrou o barão para Odetallo.

– Richo, estamos naquele jogo do cervo no labirinto. Chegamos no corredor errado, aquele que não tem saída, a não ser que façamos o que combinamos na reunião. Vamos ter que ser agressivos. Só processo não adianta.

Quando Koll acabou de atender, Richo argumentou, já com pouca paciência:

– Se prendêssemos Santana, senhor secretário, algum dos monstros ou o feiticeiro, tudo se resolveria, concorda?

– Concordo, mas... Deus do céu, você acha que vai conseguir?

– Não temos mais opção.

– Senhor barão, quantos gelos estão detidos em alguma nação da Terra?

– Não faço ideia.

Koll fez um gesto com a cabeça.

– Nenhum, senhor. Nenhum. Se um gelo é preso, foge, simplesmente desaparece. Ele dá um jeito, mas, se não houver, se mata.

Richo e Odetallo entreolharam-se.

– Senhor Bryan, não vamos desistir, é nossa decisão. A investigação tem que prosseguir para que algo semelhante não volte a acontecer. Se tivermos fatos concretos, poderemos pressionar Túris de tal maneira que não terão mais como negar. Precisamos de evidências. Então... já vamos.

– Esperem um momento, por favor – disse Koll. – Dez anos se passaram, e as evidências estão se tornando cada vez mais difíceis. Na documentação, classificada ou não, que chegou a vocês por Monde e pela Austrália, viram alguma coisa sobre a ex-rainha dos gelos?

– O reino nos cedeu muito pouca coisa – disse Odetallo. – Mas a tal rainha dos gelos morreu há 25 anos. O que isso importa agora?

– Nunca ouviram falar do *círculo* da Rainha Branca?

– Não – ambos responderam.

– Vou contar uma história que acho que vale a pena escutar – disse Koll. – Quando a Rainha Branca morreu, alguns de seus fãs e simpatizantes se uniram numa confraria secreta e criaram um *círculo*.

– Queriam reviver a feiticeira? Algum tipo de comunicação com os mortos? – indagou o barão.

– Não, senhor. Os *círculos* não invocam mortos, só invocam os *poderios*. Quando têm sucesso, seu poder aumenta... É alguma coisa assim.

– Poder para quê? – indagou Odetallo.

– Para qualquer coisa. Talvez tramassem algo contra o Governo, eu acho que sim. Sabe por quê?

– Porque eram mafiosos, imagino – respondeu o barão.

– Não. Talvez fossem rebeldes operando contra o Governo. Afirmo isso porque esse círculo específico foi proibido por uma lei turisiana.

– Certo. Se esse *círculo* está na Magistratura, conclui-se logicamente que Túris é culpada – disse Odetallo

– Na Magistratura? Penso que não. Esses gelos insurgentes podem estar em qualquer continente da Terra, longe da Antártida – afirmou Koll. – Na verdade, não tenho certeza se esse *círculo* ainda existe.

– Isso vai nos ajudar? – perguntou Richo.

– Veja bem. O caminho que vocês tomaram no processo está esgotado. Não dará em nada. O que estou colocando é uma *nova linha* de investigação. Se vocês conseguirem *linkar* os rebeldes de um *círculo ilegal* com o caso do sequestro, Túris terá que tomar uma atitude.

– Certeza? – indagou Odetallo.

– Claro! Eles têm que ajudar qualquer um que combata o *círculo* de Branca.

Os dois homens respiraram aliviados.

– Por que não nos falou isso antes? – Odetallo esboçou um sorriso.

– Eu continuo na mesma – disse o barão. – Como vou saber se um feiticeiro que *ninguém sabe o nome* fazia parte de um círculo que nem sabemos se existe?

– Desculpe, talvez a inteligência do Reino de Monde tenha o que vocês precisam. Se tivesse essa informação entregaria agora – respondeu Koll.

Já do lado de fora da Embaixada australiana, Odetallo comentou com o barão:

– Esse cara da logística não é idiota não. Parecia que defendia os gelos, mas está do nosso lado.

– É... Desde quando um australiano defenderia Túris? Esta questão seria um desdobramento da terceira linha de investigação de Hórus, algo que o investigador sequer pensou. Bandidos atuando contra o Governo ou contra a própria Magistratura. Se conseguirmos evidências disso, podemos abrir outro processo, agora na Antártida.

O barão fez a pergunta e se despediu. Odetallo resolveu retornar ao Hotel Paradiso, onde morava. O luxuoso carro que o esperava apareceu após a curva e ele entrou. Em seu apartamento, relaxou e começou a cogitar, enquanto observava o vento refrescante noturno que agitava brandamente a vegetação costeira.

Tomou um gole.

Pegou seu celular. Tinha muito a fazer, e o tempo era curto. Sentiu que as coisas iriam melhorar.

♦ ♦ ♦

Eram umas onze horas da noite quando o telefone tocou.

Echerd, a princesa de Monde, não dormia. Estudava o idioma dos magos do oriente para facilitar a leitura e a compreensão dos velhos livros de magia da senhora Mofanie. Estava cansadíssima, mas sequer poderia pensar em não fazer as lições que a maga lhe ordenara.

Quando percebeu que seu telefone a chamava, sabia que só podia ser de alguém muito próximo a ela ou do seu círculo familiar. Verificou quem era e atendeu, lutando para esconder seu estado de fadiga.

– Olá, bonitão! Está com saudades da sua feiticeira?

– Desculpe te ligar a essa hora – uma voz grossa se fez ouvir –, mas preciso de umas informações do palácio imperial.

– Não, não... Venha aqui me ver – falou ela em tom meigo, enquanto mordiscava levemente seu lábio inferior.

– Onde você está? Está sumida, não precisa mais de mim?

– África do Sul.

– Mestrado em bruxaria?

– Claro.

– Você não tem jeito. Sempre se meteu com feiticeiros. Eu te salvei de uma uns quinze anos atrás no Egito, mas não vou poder te salvar sempre – gracejou.

– Isso foi naquele tempo, hoje é diferente. Naquela época eu trabalhava no teatro com um feiticeiro, mas não sabia. Agora minha vida melhorou muito.

– Fala então, bonita.

– Meu pai me deu uma prebenda de baronesa, voltei a morar no palácio e descobri que tenho o *Poder Mágico* ao fazer a faculdade *Darcoh* nos Novos Territórios.

– Então, agora você me dispensa. – Riu.

– É, não preciso de proteção contra feiticeiros. Agora estou virando uma e tenho a proteção da melhor professora de magia do mundo.

– O meu resort, Paradiso, continua à sua disposição, esqueceu?

– Você sabe que quando estou em Monde sempre apareço; minha suíte é luxuosíssima. Mas então, me conte o que você quer que eu faça.

– É que... preciso de acesso a documentos sigilosos do palácio. Pensei que você pudesse me ajudar.

– O que você quer saber?

– É sobre os homens-gelos.

– Vem pra cá. – A princesa Echerd desligou o telefone. Começou a remoer uns pensamentos sobre o homem que acabara de ligar. Carlos Odetallo tinha sido um detetive bastante habilidoso, um cara corajoso e de sangue frio. O que quer investigar agora? O bonitão não é mais detetive, é um megaempresário.

Apressou-se para dormir logo, pois cedo, às cinco horas da manhã, teria uma aula de magia com a *Mulher do Tempo* na Sala da Torre, a mais alta do castelo. Colocou o despertador para acordá-la meia hora antes, o tempo mínimo que imaginava para tomar seu banho e jogar sobre o corpo uma única túnica em azul-royal, sem qualquer cinta que ousasse dividi-la, conforme a regra da sua mentora. Teria também que se apresentar em completo jejum; apenas lhe era permitido beber água. Desobediência e atraso a maga não tolerava. Enganá-la era impossível. Se colocasse uma única bala na boca ela saberia.

Dois dias depois, a atenção dos trabalhadores da fazenda voltou-se para o homem que, diante do castelo da maga, segurava com a mão esquerda um belo chapéu. Ele observava os três velhos que, sentados em esteiras com seus trajes típicos, fumavam charutos à sombra do baobá no grande pátio. Um homem negro, muito alto, com a indumentária de um curandeiro local adornado com metais e belos braceletes, perguntou ao visitante de chapéu com quem desejava falar.

– Estou sendo aguardado pela princesa Echerd – disse Odetallo, colocando o chapéu na cabeça.

– Meu nome é Badru, o pajé negro, assistente da *Mulher do Tempo* – falou com grande orgulho. – Aguarde no hall, forasteiro, vou mandar os servos chamarem a princesa.

Echerd, ao chegar, encontrou Odetallo de costas, admirando os escudos e espadas antigas que decoravam o majestoso hall do castelo. Num movimento súbito e silencioso, como se seus pés flutuassem em uma camada de ar, alcançou seu antigo amado, abraçando-o pelas costas.

– *Mon cher, amour* – disse a princesa, com sotaque bem à francesa, após um beijo delicado que lhe deu na orelha. Odetallo sentiu um leve arrepio e sorriu. Diante da aproximação da irresistível princesa, o par logo se formou e se viu trocando beijos, até o momento em que Echerd resolveu oferecer ao hóspede um chá completo, que fazia parte do cardápio do castelo.

Diante da bela mesa de pedra marchetada com delicados mosaicos, que exibiam ilustrações de animais das savanas e da África selvagem, Odetallo contou a Echerd sobre a difícil investigação que conduzia e quantas dificuldades havia encontrado. Em alguns aspectos, regressara ao marco zero, mas não desistira.

Enquanto ele falava, Echerd o escutava sem muita atenção, dando-se a observar os pássaros que às vezes por ali voavam e a presença de viúvas, aves dançarinas cujo macho ostentava cauda belíssima. Quando ele terminou, a princesa mexeu com os dedos da mão esquerda, como que treinando alguma mágica e depois os tamborilou na mesa.

– É querido... não sei o que dizer. Coisas muito estranhas estão acontecendo no meu país, mas os maestros são outros. O problema não é uma rainha dos gelos que morreu há muito tempo, mas a rainha da Caverna, Vuca, irmã da minha avó Facos.

– Não é bem com uma rainha que morreu que estou preocupado, bonita – respondeu ele. – O que preciso são aqueles documentos secretos da sua mãe sobre a presença de turisianos na África e suas atividades.

– Brincadeira, não é?

– Falo sério.

– Uma comunicação cósmica está sendo organizada, uma coisa subversiva e terrível, entende? Minha mãe está preocupadíssima. O que você veio procurar é melhor esquecer.

O homem arqueou uma sobrancelha com uma expressão inquiridora e seus lábios se recurvaram, denotando decepção.

– Você quer me tirar do sério? Eu viajei para cá à toa?

– Você veio me ver – ela suspirou com um olhar ardente.

– Claro que sim, mas...

– Você não consegue ficar longe de mim.

– Minha princesa... Estou falando sério.

– Desculpe, querido. O que quero dizer é que Túris Antártica é uma sociedade muito fechada. Eles jamais diriam alguma coisa comprometedora, e vocês não terão coragem de ir a Antártida para saber.

– Você não entendeu ainda. Tenho informações de que, mesmo após a morte da Rainha Branca, seus partidários continuaram reunindo-se. Esses caras devem ter relação com os magistrados de Branca, porque, se não foram eles, foi o Governo. Só que, para quebrar a espinha dorsal da petulância e orgulho dos gelos, vou precisar de alguém que tenha acesso aos documentos. Monde tem um dos maiores arquivos secretos de feitiçaria do planeta.

– Esses documentos são classificados.

– Eu sei. Informe-se e me traga o que preciso – piscou para ela.

Echerd sustou a respiração ao perceber que seu fiel amigo estava indo longe demais ao pretender ter acesso à documentação do SIS, o serviço secreto que sua mãe, a rainha, com certeza não liberaria.

– Meu galã. – A princesa sorriu. – As questões de feiticeiros no reino são supersigilosas, necessárias para manter nossa política de segurança, porque podem gerar incompreensões e revoltas populares. Minha mãe não permitirá.

– Estou falando de um crime que envolveu até a nobreza de Monde.

– Veja, minha mãe quer que eu a ajude no serviço secreto, mas só começarei de fato quando terminar meu mestrado aqui com a mentora.

– Só que não posso esperar até que você entre para essa elite do SIS. Acredito que o feiticeiro pertencia a algum *círculo* secreto da rainha Branca. E, se for verdade, Túris vai nos ajudar. Se não for, o culpado é o Governo. Eles hão de se ferrar!

Echerd se aproximou, segurou delicadamente as mãos dele nas suas e lhe falou com um sussurro envolvente.

– Meu amor, fique comigo hoje. Amanhã consigo uma audiência sua com Míriam. Ela pode ajudá-lo nesse negócio do *círculo*.

– Pode?

– A mestra sabe tudo o que se faz de bruxaria daqui até Monde.

A seguir, convidou-o a ver a lua crescente no magnífico varandão que dava para o belíssimo jardim selvagem, que se via agora em sua forma penumbral, com toques de prata que iam se alterando à medida que a lua passeava pelo céu. Odetallo respirou fundo ao perceber uma sutil pontada em seu peito diante daquela mulher que irradiava beleza e magia.

Na mão da princesa havia apenas uma taça com os aromas dos pinotage de *Stellenbosch;* a lembrança desse momento estava destinada a trazer uma sensação de retorno, que impregnaria para sempre a memória dos amantes justamente como um retrogosto, uma arte que a infanta usava para vencer a armadilha do tempo.

Durante a noite, houve uma chuva de estrelas cadentes de tamanha intensidade, que teria, segundo os nativos, caído uma pedra do céu sobre a montanha, um mau sinal. Ainda na mesma noite, rugidos de leões em fúria foram ouvidos durante horas próximo ao castelo, coisa difícil de acontecer. Na madrugada o céu se fechou e a chuva caiu torrencialmente, alagando e derrubando o que estava em sua passagem.

Amanheceu.

Echerd e seu amigo foram convidados para o tão esperado encontro. O almoço não pôde ser servido no varandão, que a maga tanto gostava, pois a chuva continuava impetuosa, e o estrondo que fazia não permitiria colóquios à mesa. Foi, então, escolhido um salão interno, fechado e lúgubre, decorado com retratos de antigos feiticeiros, príncipes e princesas em molduras clássicas de ébano adornadas com ouro puro. Não podia ser mais estranho. Havia uma lareira quase negra bem ao centro, no meio do salão, e nela o fogo estalava e saltava, mas nada era assado ali; os pratos quentes vinham pelas mãos da criadagem, que muito bem servia. Odetallo imaginou que o fogo fazia parte de um ritual secreto ao sentir o aroma do incenso e ao vê-lo mudar de aparência e cores. Não ousaria perguntar.

A conversa correu bem à vontade; Míriam falou do prazer que sentia em morar na fazenda, e Odetallo, das suas aventuras de detetive e de como salvara Echerd, há quinze anos, do ardil enredado por feiticeiros no Egito. Era natural que, diante de uma mestra da magia, lhe agradasse contar aquela incrível proeza. Quando achou oportuno, o rico empresário falou sobre o sequestro, ocorrido há dez anos, em que ele e os companheiros atletas foram conduzidos à Antártida por um poderoso feiticeiro. Perguntou a Míriam o que sabia sobre o *círculo* da Rainha Branca.

– Minha pupila – disse a maga com uma voz vibrante –, você não me disse que eu iria fazer parte de uma investigação criminal.

Echerd assustou-se.

Desde que iniciara seus estudos no castelo, o que a princesa mais prezava era ser uma excelente aprendiz, daquelas que não se negava nem mesmo às mais humildes tarefas, como a limpar a latrina do banheiro da sala da torre. Mas, agora, acabava de receber uma reprimenda. Respondeu com dificuldade, o coração acelerado e o tom grave.

– Perdão, mestra. Meu pai não quis saber de mim e me expulsou de casa quando entrei na adolescência. Vivi longe da minha família até o momento que me vi em perigo de morte. E foi esse anjo, o detetive Odetallo, quem salvou minha vida. Cinco anos depois de me ter socorrido, meu salvador quase morreu pelo monstro Santana e os feiticeiros do diabo que viviam, ou vivem, na Antártida, então...

Míriam não a deixou terminar.

– Saiba que há coisas que precisam ficar no escuro, e há as que têm que ser iluminadas. Só ao sábio é dado o conhecimento dos mistérios.

– Mestra, entenda-me, se me negasse a ajudá-lo agora, em sua justa vingança, não me sentiria um ser humano – a princesa insistiu.

A maga respondeu bruscamente.

– Quem tem o entendimento? O mestre ou o aprendiz?

– O mestre.

– É, todos querem que a *Mulher do Tempo* resolva os problemas do mundo. Eu, por exemplo, já curei bichos e pessoas, mas prefiro usar meus poderes para curar animais, apesar de gostar das pessoas. Sabe por quê?

– Porque assim não farão fila aqui... mestra – murmurou Echerd, sentindo-se humilhada.

– Os sucessos e reveses fazem parte do aprendizado. Talvez eu possa te ajudar, menina, mas talvez não queira.

A princesa sentiu um profundo arrepio. O sangue parecia ferver quando respondeu, trêmula:

– Mestra, sinto desapontá-la por pedir sua ajuda. Se você entender que mereço castigo, impeça-me de ser sua aprendiz e, embora triste, voltarei ao palácio do meu pai.

O silêncio no salão somente era quebrado pelo trovão que parecia distante, barrado que estava pelas paredes de pedra ou então pelos pingos que gotejavam na pia da ablução. Odetallo olhou em volta e observou que a princesa cobrira o rosto, chorando copiosamente. Não negaria um pedido dele, que foi o homem que salvara sua vida, mas também ele mesmo se surpreendeu, pois jamais pediria tanto a ela.

– Esta não é você, não é a minha aprendiz – Míriam falou, solene.

– Desculpe – foi só o que se ouviu da princesa, não ousando tirar as mãos que ocultavam seu rosto.

Ainda sentada à mesa, voltou a severa mestra seus olhos amarelados para Echerd e exclamou:

– Aqui, Echerd, você não é uma princesa. É só uma aprendiz. Esta é sua primeira lição, é preciso compreender isto muito bem para poder continuar a fazer os outros exercícios.

Odetallo respirou fundo. Olhava para Echerd, ainda com as mãos no rosto, mas imaginou que qualquer coisa que falasse lhe seria danoso.

– Mestra, desculpe-me – Echerd soluçou.

– Aqui é um castelo, mas é um templo também – a maga apontou para o fogo que ardia na lareira no centro da sala. – É aqui que o *poderio-genio* vem quando o chamo. Esse fogo nunca se apaga, é alimentado para ficar sempre assim, fumegante.

Mirou a princesa com olhares escrutinadores e perguntou, solene:

– Flor vermelha do Vale do Rift, diga perante o fogo se vais continuar ou desistir. Você só tem uma chance.

Echerd enxugou suas lágrimas. Seu rosto estava avermelhado e ela sentia muita vergonha.

– Vou continuar.

– Não se atinge a gnose no caos – continuou Míriam. – Ele sempre existe, faz parte do equilíbrio, mas o mestre tem que saber distinguir os dois: caos e ordem.

– Eu errei, mestra. Deixei aflorar sentimentos humanos demais para uma aprendiz de feiticeira. Sinto muito.

A maga pegou sua taça de vinho e a sorveu.

– Não se agaste. Você se emocionou, minha pupila, mas vou lhe ensinar a lidar com isso.

Em seguida, a maga virou-se para Odetallo:

– O *círculo* da Rainha Branca continuou após sua morte, fizeram-no inclusive em meu país, a África do Sul, lembro-me disso. Mas há muitos anos não o percebo mais. Certamente acabou.

– Há dez anos? – perguntou Odetallo.

– Mais. Quinze, ou até vinte, não sei ao certo. Era um grupo que se proclamava defensor da antiga Magistratura, um saudosismo político que contrariava as leis. Por isso a Academia se opôs. Acabou.

– Então – falou Echerd –, como não existiam esses *círculos* há dez anos, pode ter sido o sequestro uma ação isolada.

– Isto não é bom para o que eu quero. Um grupo remanescente de descontentes – supôs Odetallo. – Não pode ser isso?

– Quem pode saber? – respondeu Míriam.

– Os assassinos podem não ter ligação com o *círculo* proibido de Branca, mas podemos afirmar que sim, de forma a forçar os gelos a cooperar.

– Acho que sim – disse Echerd. Odetallo virou-se para Míriam:

– Parece-me que temos um possível caminho. A senhora tem uma grande biblioteca e arquivos ocultos. Por favor, permita que Echerd me ajude a procurar documentos que possam nos ajudar no processo.

Míriam olhou para Echerd.

– Querido – disse a princesa, ora olhando para ele e ora para a mentora. – A mestra não vai lhe dizer tudo o que sabe nem fornecerá documentos de bruxos para apreciação em tribunais humanos.

– Senhor Odetallo – disse Míriam. – Você escutou. Está encerrada essa conversa desagradável.

O homem respirou fundo. Voltou-se para Echerd, que o segurou pelo braço.

– Tive uma ideia – ela sussurrou.

– Qual?

– Vamos fazer Termala, a embaixadora de Monde, contar sobre os saudosistas dos *círculos*. Vou falar com a mamãe, ela pode me ajudar.

– Não vai.

– Se for persuadida...

Tudo bem, pensou ele, *a princesa vai agir do jeito dela, e eu do meu.*

Nesse momento, entrou no salão o feiticeiro ajudante, Badru, e se dirigiu, com semblante muito preocupado, à maga:

– Mestra, o temporal está derrubando as paliçadas e habitações dos nativos. Serpentes venenosas estão por todo lugar, assustando nossa gente. O rio está impossível de se atravessar, a correnteza tudo arrasta e não podemos socorrer quem está do outro lado. As plantações...

– Chega! – gritou a maga. – Não perturbe meu sossego! – Míriam levantou-se, sacudindo suas vestes, cuja cauda arrastava-se levemente pelo chão. Badru retirou-se, não sem antes fazer uma breve reverência a sua irada patroa.

– Mestra – falou Echerd. – Alguma tarefa para mim?

– Obrigada, hoje não. Agora vou dormir.

Echerd lamentou-se com Odetallo que as pessoas esperam demais de sua professora, a grande *mistagoga*, conhecedora de todos os mistérios.

– Há certos feitiços que a desgastam muito e a fazem perder imunidade. Nessa idade isso é um perigo.

Odetallo observou a maga caminhando lentamente em direção à escadaria de pedra que a levava a seus aposentos no próximo andar. Não pegara o elevador.

– É óbvio que ela não é nenhuma garota. Tem mais de setenta anos. Não há poder que resista à ampulheta do tempo.

Echerd e Odetallo ficaram a fazer planos e depois foram para o aposento da princesa, uma ampla suíte com o aroma de suaves incensos, muito bem arrumada pelas caprichosas camareiras do castelo. As paredes de pedra e as cortinas lhe davam um ar medieval. Echerd adorava, parecia-lhe viajar ao passado.

Veio a noite.

A expectativa de poder ajudar verdadeiramente seu defensor na acusação contra os algozes que o sequestraram fazia a princesa feliz. Foi então que ouviu uma forte lufada de vento estremecer as janelas e uma vozearia abafada pela chuva. Tomou coragem e abriu uma banda da janela do seu quarto, que ficava bem abaixo do de Míriam, e a escutou proferir, em alto som, palavras que pareciam estar perdidas no tempo, no idioma de um outro mundo que, por algum motivo, era obedecido aqui no nosso.

Gritos, uivos, bramidos e clamores, tudo prestava-se à causa do feitiço. Odetallo dirigiu-se à varanda com os olhos pregados no céu.

– Meu Deus, o que é isso?

Um grande raio caiu junto ao castelo e fez tremer suas grossas paredes. Ao passar o susto, Odetallo pareceu ver a chuva torrencial se amainar, fechou os olhos, abriu-os, e a viu se acalmando ainda mais. Virou a cabeça, caminhou pelo quarto e voltou o olhar atento para o céu. A chuva parecia estar sem força, e, então, menos força ainda.

– Você vê o que vejo? – perguntou incrédulo a Echerd, que também jamais presenciara algo semelhante.

– Anjos ou demônios... Não sei o que é – respondeu a princesa. – A mestra imortalizou seu nome com isso.

O céu noturno foi se abrindo, cada vez mais claro, até mostrar seu manto de estrelas. Odetallo estava tenso, nunca tinha visto algo semelhante.

Impensável um poder desses na floresta da Grande Cachoeira onde andei a explorar no passado. É um prodígio que não poderia ser realizado por nenhum mago.

A menos que fosse... a Mulher do Tempo.

19 O gavião e a Caverna

Levanta-te, vento do sul, não se apiede de ninguém, traga-me notícias da terra gelada, queime todas as plantações que seu caminho ousarem deter, para que meu amado não tarde a vir, a saborear da fruta que lhe foi reservada.

A Caverna toda se agitava. Vuca, a bruxa-gênia, aquela que a rainha de Monde tinha como inimiga, chamava o amante, que não era um feiticeiro comum. Não era um daqueles que lhe tinham gerado filhos, crianças que rondavam pela caverna-mãe, uns com feições de humanos, outros que pouco se lhes assemelhavam. Nos píncaros da escarpada e altíssima montanha, por sobre a colossal caverna-mãe, sua voz ecoava pelos despenhadeiros que para o sul se avistavam. Defronte a porta desta Caverna, antes do átrio, um imenso *pátio de terra batida* e vegetação rasteira de altitude formavam o espaço aberto de lazer da fraternidade dos bruxos. Nesse dia, o manto azul-escuro estrelado dos feiticeiros geniacus foi visto em profusão, parecia que todos estavam no pátio a adivinhar o que a gênia fazia. Os bruxos *geniacus*, mesmo os *venerandos mestres*, e os temíveis diabos evitavam dar de cara com a *rainha da caverna*, quando percebiam que ela estava em estado de transe, invocando o que quer que seja.

Contudo, sabiam que, para o pátio, hoje ela não desceria.

Com mais razão, os bruxos *sapiens*, de menor poder, tinham nessa situação tudo a temer. Moravam ao lado, nas dezenas de cavernas pequenas em um segundo monte, que separadas ficavam da caverna-mãe por um enorme precipício, que uma longa ponte assentada sobre fortes cabos de aço ousou vencer. Pela natureza da sua construção, a estrutura provocava o balanço contínuo da temerosa passagem perante o vento canalizado que frequentemente corria assobiando por entre os paredões abruptos. Sob a assustadora ponte, um abismo de mais de quinhentos metros avistava-se, formado por junções de colossos de rochas que se erguiam para além de encostas clivosas, de modo que qualquer escorregão, mais comum entre as crianças e os bêbados, seria fatal.

Não era só isso que os separavam.

A região das cavernas, o lugar onde até os dezoito anos viveu Regina de Monde, tinha, para além das diferenças morfológicas que o relevo rochoso produzia, outras distinções, estas de cunho social, que distanciavam os feiticeiros que habitavam a caverna-mãe daqueles de menor poder, que não tinham a outorga deste direito.

Detentores de muito poder mágico, os feiticeiros *geniacus puros* tinham ambos os pais feiticeiros *geniacus,* ou, com um pouco mais de sorte, poderiam ser filhos de um feiticeiro *geniacus* com a gênia. Estes eram os únicos que podiam galgar uma posição social invejável na fraternidade dos bruxos com a possibilidade de ascender até à augusta posição ocupada pelos mestres veneráveis. Os demais, ao contrário, apesar de participar de todos os ritos, cerimônias e festas da Caverna, eram sempre considerados "menores", e assim eram também os feiticeiros *sapiens* e também os feiticeiros mestiços de *sapiens* com *geniacus*.

Viviam na Caverna ou em seus arredores, os diabinhos, verdadeiros monstrinhos, criaturas repugnantes que procuravam, quando podiam, perturbar o sossego de todos. Por incômodos que fossem, eram eles que faziam toda manutenção que as cavernas precisavam, por isso eram tidos como muito úteis. Mas nem por isso os bruxos tinham muita tolerância com os diabinhos, de modo que volta e meia se via algum dentre eles morto pelos caminhos.

Outra das horrendas criaturas eram conhecidas como "diabos", devido à sua grande estatura, ombros largos, pele avermelhada e um imenso poder mágico, que suplantava o da maioria dos bruxos *geniacus*. Eram sempre poucos, e uma parte deles era oriunda do Oriente, nas imediações da *Cova do Fundo*, quando não da *Floresta Negra*. Tinham habitualmente como companheiras as ninfas, que pareciam jovens delicadas e que, ao se unirem aos diabos, podiam gerar diabinhos, outras ninfas ou um bebê diabo. Os diabos participavam do círculo restrito dos maiorais da Caverna e, mesmo não sendo *venerandos mestres*, eram respeitados.

Não se sabendo se eram realmente seres reais ou imaginários, moradores locais que adentravam as pequenas grutas próximas às moradias dos feiticeiros frequentemente relatavam ter visto fantasmas, capazes de fazer qualquer um perder o sono, ao ponto de se tornar parte do folclore local uma variedade de contos que asseveravam ser a Caverna o lugar em que os bruxos conversavam com os espíritos dos mortos.

Não ficavam sempre ociosos os membros da fraternidade dos bruxos.

As grandes festas e os ritos litúrgicos do fogo e do incenso que aconteciam na Caverna da Rainha, promovidas pelos *maiorais*, tinham cunho obrigatório também para os feiticeiros *menores,* pois serviam de forte elemento de coesão tribal. A ausência nesses ritos justificava-se somente por motivo de doença, idade avançada ou viagem. As comemorações festeiras, sempre noturnas, eram seguidas de abundante ceia regada a bebidas variadas e o *Tej etíope*, bebida alcoólica das mais antigas do mundo, fabricada com mel puro e sem qualquer conservante. Quando as cerimônias terminavam, os *bruxos menores* tinham que retornar à noite, passando pela longa ponte balançante para chegar em suas moradas, a menos que tivessem alguma autorização especial para pernoitar na caverna-mãe.

Os nativos etíopes faziam o possível para morar distantes de tais cavernas, mas ainda assim muitos preferiam juntar algumas frutas silvestres e colheitas que eram entregues aos bruxos para que não dirigissem sua cólera contra eles. Todavia eram poucos os mimos.

Para os bruxos em geral, viver nas cavernas tinha sido muito bom na época da gênia Facos, mas não nos tempos de hoje, em que a população fora reduzida a menos que a metade devido à evasão e às lutas de poder.

Viviam de lembranças.

♦ ♦ ♦

Era uma aurora fria, como acontece com a maioria dos lugares secos e de altitude elevada. A sombra ainda cobria as asperezas dos contrafortes da terra etíope. O sol no horizonte preparava-se para iniciar sua ascensão matematicamente previsível pela abóbada celeste, cujo azul intenso era somente interrompido pelas pouquíssimas formas brancas que aqui e acolá davam sua graça.

Muito cedo os bruxos observaram um enorme gavião contornar a montanha e pousar sobre um promontório rochoso que dava para a majestosa caverna-mãe. Não viera como os que caem das nuvens rasgando as entranhas das vítimas. Aquietara-se ao ponto de o esquecerem.

Pouco depois, viram diante de si, no grande pátio, em frente a porta da Caverna da Rainha, um homem de cerca de dois metros com testa alta e cabelos brancos projetados para cima, roupa branca com insígnias em marsala e longa capa azul. O rosto alvo e olhos azuis não o deixavam muito longe da visão intimidadora de um anjo apocalíptico.

O ser que ali chegara nada falou. Sua capa, que podia se abrir como asas, era constantemente sacudida pelo vento e, ao bater ruidosamente em suas longas e rígidas pernas, denunciava o invasor a qualquer um que ali estivesse. Com certeza, para estar ali era alguém de infinita coragem.

Assustados, foram os bruxos acordar o venerando mestre Dunial, que acabou por avistar o homem ali, imóvel. Percebeu imediatamente que era ele o homem-gelo que a gênia aguardava e o saudou no idioma dos bruxos. Viram todos o estranho erguer o braço esquerdo e as mãos espalmadas à frente e, em seguida, desenhar um arco para trazê-lo ao peito e, sem pronunciar qualquer som audível, dizer mentalmente:

– O *Poder* saúda a todos.

Silêncio. Sem mexer os lábios, os bruxos ouviram o mestre responder, em alta voz:

– *Enquanto não vierem suas águas, permaneceremos com o fogo.*

Uma antiga profecia da Caverna imortalizada no *Livro Negro dos Feitiços* era relembrada diante do estrangeiro.

Não era bem uma rivalidade que opunha o fogo, arquétipo do *poderio*, à água, arquétipo do *Poder*. O que estava em questão para os mestres da Caverna era que somente os *poderios* podem ser invocados, somente eles respondem às invocações, então nenhum *feiticeiro geniacus*, por mais poder mágico que tivesse, poderia invocar qualquer outra coisa. O Poder, *pai dos poderios*, existindo ou não seria inútil; então, por que proclamá-lo aos quatro ventos? Era um preciosismo *mistagógico* que a nem mesmo aos bruxos menores interessava, algo que lembrava as antigas querelas teológicas dos gregos.

O feiticeiro do gelo manteve-se impassível, mas detestou o que ouviu. Apontou seu longo braço esquerdo para o ramo espinhoso de uma mirra da abissínia e fê-lo crescer em sua direção até chegar a sua palma pálida e fria. Fechou a mão esquerda prensando os espinhos por entre os dedos e voltou a falar mentalmente:

– Eu venho pela água e nela permanecerei. Mas não pense você que tenho medo do fogo.

Desafiador. O mestre, sábio que era, relevou a provocação. Sabia a hora de parar e evitar a *disputa de magos*.

Sem abalar-se, o forasteiro vê chegar, por trás do mestre, dois grandes *diabos*, ombros largos e tatuados. Crábuli, o claro, e Khulaim, o negro, portavam, além de adornos de ouro, uma espécie de tanga de couro cru de tom vermelho-escuro estampada com signos e totens. Carregavam um longo cajado de metal e caminhavam descuidadamente, até prestar atenção no recém-chegado. Ao verem o *príncipe branco* com o porte de um arcanjo mitológico, os musculosos diabos empertigaram-se e plantaram os pés firmes no chão, em atitude de combate.

– Os gelos estão chegando – rosnou Crábuli, com um sorriso forçado.

– Irmãos – disse o mestre aos diabos. – A visita é esperada, vamos recepcionar o enviado da Antártida.

Mediante a intervenção do mestre os medonhos acalmaram-se. Os diabinhos, que tudo assistiam trepados nas distantes árvores, começaram a sair de um transe e a se movimentar nas galhadas, como símios. Usavam uma faixa de pano enrolado entre as pernas e, às vezes, por cima, uma tanga.

Os bruxos menos corajosos que se perfilavam bem atrás do cenário começaram a se aproximar, ao ponto de sentirem o cheiro fétido dos dois diabos. Embora estivessem na posição que se encontravam, com pouca visão do cenário perturbador, nenhum deles ousava levitar – para melhor assistir ao que seria certamente contado futuramente nos *anais da Caverna* – pelo simples fato de que tal movimento de ascensão feria os códigos de hierarquia que regulavam a altura de pessoas em cerimoniais.

De repente, todos se afastaram. O motivo era o som dos cascos do majestoso cavalo branco com arreios negros e dourados que saía lentamente pela imponente porta da caverna-mãe trazendo montada sua rainha, a temida Vuca, ostentando riquíssimos ornamentos e coroa de ouro. Um brilho emanava das suas vestes e do seu rosto. Seus cabelos, de um vermelho vibrante, escorriam soltos pelos ombros, seus olhos fundos, de um verde translúcido, que muitos evitavam pelos males que podiam causar, contrastavam com os vermelhos dos cílios e sobrancelhas. Uma protuberância na região frontal, acima dos olhos, impossível de não se notar, era adornada por uma belíssima joia de safira e diamante, como que destacando uma região da mente tão cara aos místicos orientais. Sua figura era para lá de expressiva, não se podia lhe negar a beleza.

Evitava falar desnecessariamente.

Puxando levemente as rédeas sem freios do animal, a imponente mulher, *o oráculo das chamas,* dirigiu-se ao homem que ali permanecia como a estátua de um deus com as pernas ligeiramente afastadas, tendo como único movimento a longa capa sacudida pelo vento. Luzia o olhar da gênia como olhos de feras a passear pela turba.

– Leucon, o Gavião, tu demoraste – disse ela, estendendo-lhe a mão esquerda para que montasse em sua garupa. Foi o momento em que todos os figurões olharam. Dunial conservava-se sereno, mas muitos dos homens e até os diabos não escondiam sua ira, despeitados que estavam ao ver sua rainha pronta para galopar com o forasteiro.

O belo cavalo os levou a um passeio galopando até a beira do precipício e, num salto súbito, impossível de ser reproduzido por um animal real, o pégaso sem asas voou por sobre a longa ponte balançante, alcançando a outra margem em alta velocidade, dando-se a percorrer o extenso caminho que seguia por entre as cavernas dos *bruxos menores*, descendo por escarpas e veredas tortuosas ao ponto de ser vistos por nativos amedrontados que mil metros abaixo se encontravam, pobres homens cuja única defesa era recitar suas preces pedindo a proteção dos seus deuses.

Retornaram, após meia hora de frenético passeio, para o interior da grande caverna-mãe que, iluminada por tochas, jamais conhecera energia elétrica, mesmo no último quartel do século XXI. Desmontaram somente quando o animal adentrou o salão sagrado dos ritos, dominado pela *Taça de Pedra*, a pira do sacrifício. Vuca, puxando o príncipe dos gelos pelas mãos, fê-lo sentar-se em uma luxuosa *cadeira de jade* em quadratura com o trono de ouro da rainha, cujo cimo era ornado com duas espadas, também de jade, que podiam ser movidas para algum ritual. Em pé, ajeitou os longos cabelos vermelhos por trás de suas vestes e aprumou a bela coroa de ouro maciço:

– A *cadeira de jade* era onde me sentava quando Facos vivia. Era onde Facos se sentava quando minha mãe vivia.

– Então, faz-me uma honra – disse, com seu sotaque sibilino, o príncipe-feiticeiro. Falava naturalmente em seu idioma peculiar, e a gênia entendia.

– Amado, tu conseguiste com a ciência da Antártida aumentar as chances de a minha partenogênese acontecer, e agora estou grávida de uma menina da minha linhagem.

– A ciência, quando se alia ao *Poder,* não pode ser superada.

– Perto daqui, no pequeno reino de Monde, os cientistas *góis* fazem todo tipo de experimentos genéticos. Mas esses gigantes imprestáveis nada fariam por mim, só se prestam a ajudar aquela oportunista que se diz rainha de Monde. Uma rainha falsa, que nunca governou, indigna das insígnias reais, que deixou desde o início que seu amante tomasse o poder e se proclamasse rei e imperador – declarou a gênia com absoluto desprezo.

– A Antártida é diferente. Nossos médicos são superiores aos *góis*, incluindo esse velho Dr. Pedra, cuja fama viajou o mundo inteiro. Mas, sabe a verdade? Não queremos disputar uma fama que sobrevive em uma espécie decrépita, como sabemos ser os *sapiens,* que, apesar de antiga, não consegue se livrar da pobreza, mendicância e ignorância.

– Os *góis* não são *sapiens* – corrigiu Vuca.

– Também não podem conosco. – A gênia sorriu maliciosamente.

– Vou profetizar algo que pode te interessar. – Ela se levantou e caminhou dando a volta em torno da poltrona, onde o príncipe permanecia, retornando de frente para ele. – Não te agastes em querer poupar o sofrimento de quem não merece. Os gelos podem resolver isso. Não podem?

– É claro que nós podemos. A Antártida poderia dominar todas as nações da Terra, mas as forças de oposição são muito numerosas; eles se prendem a um tratado que assinamos há mais de cem anos, o que não faz sentido – respondeu o Gavião. – Causa-me asco ver turisianos defenderem um povo tão hostil como os *sapiens*, quando sabemos que podemos esmagá-los.

– Justamente. São tantas coisas que não fazem sentido, não é mesmo?

Então, a gênia tira suas luvas para colocar gentilmente sua mão sobre a do príncipe.

– Vai-se o tempo, e os nossos inimigos da Terra vão se tornando cada vez mais fortes – continuou o Gavião. – Geada não enxerga nada disso, vive obcecado pelo poder. Sua irmã, Branca, que era a melhor opção, se tornou rainha dos gelos em momento bastante favorável, mas, ao invés de se juntar a ela, a maioria dos clãs instou com membros do Governo para que freassem o ascendente poder da Magistratura que os signos cósmicos anunciavam. Perdemos a última porta que nos foi aberta.

– O tempo de Branca se foi, ó príncipe. Não é mais hora de se lamentar por ela! – exclamou a gênia Vuca.

– Quando a raça dos gelos entender que deve seguir os sinais, todos os problemas desaparecerão.

– Senhor dos ares, o nosso tempo é outro! – evocou a bruxa-gênia. – Branca não conseguiu e ninguém mais o fará, pois Geada sempre enfraquecerá o poder do supremo magistrado. Não fosse isso, querido, você estaria presidindo a Magistratura até hoje, ao invés de ser um... ministro.

– Fale logo o que você quer! – A ira do príncipe branco pareceu agradar a gênia, que tinha segredos nos recônditos da sua mente.

Ela me chamou, e não foi para me avisar da sua gravidez, pensou, ao mesmo tempo que mirava os olhos verdes da bruxa.

– Estamos em um novo tempo, príncipe da Antártida. Não vás descuidar agora da atenção aos novos sinais para ficares a lamentar dos sinais que passaram. Certa vez – a gênia falava calmamente –, deixei que tu ficasses a par do *Projeto Duo*. Tu sabes o que o *duo* significa, não é mesmo?

Ela está falando nisso novamente.

– Acabaste de me falar dos sinais, esqueceste? – insistiu Vuca, ao ver que o príncipe não respondia.

– Não é que eu vá recusar – disse ele com a voz gutural dos gelos. – Chegamos na Antártida há quase duzentos anos. Não é possível sentir o que aquele primeiro grupo sofreu ao ser sequestrado do seu planeta. Tentaram o *duo* por cinquenta anos, mas nada se conseguiu. Hoje, os cientistas dizem que isso é somente uma hipótese. Se nós, gelos, com nossa tecnologia, não tivemos sucesso, como vocês teriam?

– Não digas mais nada! – exclamou a gênia num rompante.

Em seus olhos duas galáxias verdes giravam, num deles no sentido horário, e no outro no sentido contrário. Leucon, ainda que poderoso, jamais tinha visto aquilo, e sentiu um arrepio. Baixou o tom.

– Desculpe-me, sei que o *Poder* está com vocês, mas...

– Não, não é só isso... – a gênia olhou então para o vazio por sobre a *cadeira de jade* na qual o Gavião estava sentado.

– A matriarca da Caverna sabe de algo que eu desconheço? – perguntou o príncipe-magistrado.

– Escuta agora! – exclamou. – Não se conseguiram em duzentos anos porque algumas peças estavam faltando. Faltava alguém que conhecesse o inimaginável, o oculto, o segredo... Faltava! Não falta mais.

Leucon Gavião via-se agora no espaço viajando no tempo, e, então:

– Não me diga que esse alguém é Usdarina, a *sombra da Morte*, aquela que as historinhas dizem que é imortal. Não acredito. Se for alvejada pelas armas de Túris, ela morre.

– Não se precipite. Não estou falando dela ainda. Falo de outra pessoa, um feiticeiro longevo, único, que viveu com os *iténs* em Tera. Tera, o planeta que um dia se unirá ao nosso.

– De quem você fala então? – Podia-se observar a expressão grave e assustada no semblante branco de Leucon.

– O feiticeiro *Novus Seles*. Aquele que veio para a Terra com os primeiros gelos, há quase duzentos anos, e que acabou falecendo sem cabelos brancos, há uns quinze anos. Usdarina o conheceu muito bem. Teve tempo para isso. Certo dia, ela lhe mostrou como tentara o *duo* durante muitos anos e nada conseguira. Ele então a corrigiu e disse tudo o que ela precisava saber. Mas isso não foi um instante. Ela foi aprendendo com ele durante quase vinte anos, até ele perceber que estava preparada.

– O Duo. E o que aconteceu depois?

– Ele morreu, infelizmente. O segredo ficou com Usdarina, com mais ninguém. Vamos ter que trabalhar com ela.

– Se isso é verdade, estou de acordo em utilizarmos os serviços da *maldita* e de seus arcanos do *Livro Proibido*.

– Eu me entendo bem com ela. Usdarina tentou durante anos fazer o *duo* sozinha em seu mundo, nas altas cordilheiras do Tajiquistão, mas sempre falhando. Até que percebeu que necessitava de conexões com distâncias continentais. É por isso que ela me procurou, precisava de ajuda para triangular os *círculos*. Conseguiu acordar com os feiticeiros e diabos da floresta escura na América, a tal *Floresta Negra*, e vai *precisar da Antártida*.

– Novus Seles... Se veio dele, acredito. – O príncipe-feiticeiro levantou-se repentinamente e em pé ficou. – Novus viveu com os *iténs*, os dominadores do mundo de *Tera*, durante muito tempo. Seu conhecimento cósmico da magia era insuperável. Tornou-se uma lenda. Os gelos sempre quiseram se aproximar, mas ele era muito perigoso.

– O tempo das histórias se acabou, querido. Os sinais chegaram. Todos estão preparados, só tu faltas. Agora é a tua vez de mostrar a tua força...

Leucon Gavião resolveu se sentar.

– Os gelos tentaram conseguir a comunicação com o planeta *Tera* a vida toda e foi em vão. Agora está nas minhas mãos conseguir. Nas minhas mãos, é isso que você quer dizer?

– Exatamente, amado. – A gênia deu uma assustadora gargalhada. O príncipe não se abalou, sentia que agora era a sua vez.

– Vuca, todos nós invocamos os *poderios* quando queremos certos feitiços muito difíceis ou estamos nos conectando em *círculos*. Neste caso, entramos em contato com a dimensão dos *poderios* via um portal que conseguimos abrir. Com o *projeto Duo*, vamos fazer que os *círculos* que estão triangulados se conectem através do ponto de acesso central com algum círculo de outro mundo. Mas, qual?

– Use a chave que Novus ensinou a *Macqun* – respondeu Vuca prontamente.

– Usando a chave de Novus Seles, poderemos nos conectar com *Tera*? É sinistro. Significa que pela primeira vez vamos poder conversar com os feiticeiros de lá...

Vuca percebeu que o príncipe estava deveras impressionado. Em sua mente, já se conectava ele com o outro mundo, seus olhos viraram ao ponto de ficar brancos, mas bastou a voz de Vuca para fazê-lo retornar.

– É certo que vamos conversar e aprender com eles – respondeu Vuca. – Talvez eu possa chegar a descobertas de muito valor, de modo que a Caverna não vai poder me esquecer.

O tom da sua voz subiu, e ela emitiu um forte grito de mulher.

– Nunca!

Subiu mais, em intensidade, muito mais ainda, parecendo agora o grave ribombar de um trovão.

– NUNCA MAIS! – O berro saiu ecoando com tal intensidade, que fez tremer as paredes de pedra do salão.

Leucon sentiu como se fosse um abalo sísmico. Controlou a própria respiração e, diante do desafio de tamanha demonstração de poder, procurou responder com a maior calma do mundo.

– Podemos ir além. Talvez consigamos nos conectar aos gelos que vivem na Túris original do planeta Tera. Como Tera é um planeta mais desenvolvido que o nosso, eles podem nos passar projetos muito avançados, o que aceleraria a tecnologia da Antártida.

– Novas tecnologias obtidas do espaço conduzirão vosso belo povo às estrelas. Eu já vejo isso acontecendo – Vuca profetizou.

Era claro que o príncipe estava satisfeito. Se tudo saísse como planejado, teria consigo algo que o tornaria o homem mais poderoso de Túris. Então falou com afeto:

– Mulher bonita dos cabelos de fogo que ao fogo serve. A Magistratura ajuda imensamente Túris Antártica na espionagem industrial que fazemos com os projetos dos tecnocratas das nações da Terra. Nada nos escapa. Qualquer coisa que inventem nós espionamos. Também somos quem promove a *tempestade cerebral* entre os gênios da Antártida para que criem coisas novas. Essas duas estratégias, que servem à ciência de Túris, são nossa verdadeira função desde que perdemos o poder de julgar o povo. Uma lástima para os juízes.

– Mas tu, esbelto homem do gelo que à água serve, vais trazer projetos do planeta dos *iténs* e da Túris histórica. Grande será teu poder!

–Não posso negar isto. A primeira coisa que farei será pegar meu cargo de volta – sorriu.

– Geada vai ficar contente contigo – disse Vuca, agora bem calma, irônica, com uma cínica expressão que mais sabia a deboche.

– Este presente não será para ele. Será para a Academia – reagiu o príncipe.

– Agora tu estás sendo sagaz. A Academia é o fiel da balança do poder em Túris. Tu não vês como Geada prestigia os magníficos reitores e condutores da Academia? Quem tiver o apoio deles governa a Antártida.

– Você está me dizendo que posso vir a governar os gelos?

– Não é grande aquele a quem tu serves? Por que vais querer pouco se podes ter muito? – provocou a gênia.

– Você está indo longe... Impossível nada é, mas a Roda da Fortuna tem muitas engrenagens – respondeu o Gavião, cauteloso.

– Imagine que esse contato com Tera, que os gelos desistiram de fazer há mais de cem anos, agora desse certo. Imagine que a nação dos gelos de Tera começasse a desenvolver projetos conjuntos convosco. Imagine que o elemento de ligação entre as duas nações fosse a poderosa Magistratura de Túris. Quem iria governar?

– Haveria uma turbulência no Governo, certamente.

– Não! – exclamou a gênia. – Não podes pensar pequeno. Se fores fraco, outro será forte e te derrubará. Escute a voz da sabedoria, não se colocam *duas pedras* no mesmo lugar! No *balaio* que tu carregas leve somente o que é teu.

A mulher do fogo viu de soslaio que o belo príncipe-magistrado, alto, empertigado como uma coluna, estava com os olhos brilhando. *Azuis seus olhos como a água que ele servia,* pensou. Branco até os cabelos, assemelhava-se à figura de um anjo, não o bom das historinhas, mas o terrível do *Armagedon*.

A bruxa-gênia moveu uma de suas delicadas mãos exibindo-a, bela, para o homem, e disse ainda:

– Quando a Academia entender que a parceria com a Magistratura é o ponto de inflexão, a ideia de Geada de reduzir o poder da Magistratura morrerá para sempre. Tão rápido... e tão sem dor... – A ponta de sua longa unha do dedo indicador tocou em uma flor de Lótus, que lindamente planava na bacia de pedra-sabão ao lado do trono, fazendo-a muchar ao ponto de ficar negra.

– Vuca, você parece conhecer os gelos melhor que eu. – Fez uma expressão grave. – Sem a Academia, Geada não tem poder nenhum. A transição seria pacífica. A Academia arranjaria um emprego para ele em algum projeto de pesquisa tecnológica.

– A Academia é o balanço de tudo. É quem escreve os códigos inteligentes das leis turisianas, quem decide o poder na Antártida. É chegada a hora de seres o principal, aquele que conduz.

– E você, o que ganha com isso? – perguntou o príncipe.

– Eu e Usdarina seremos as peças chave dessa comunicação. A Magistratura vai adorar minha assessoria.

– Mas isso não te adianta com a Caverna.

– O pacto com o *poderio Morte* que fiz com esses... ingratos, ignorantes, só pode ser desfeito se os dois lados quiserem. Mas isto é só na teoria...

– Você sabe que existe risco em quebrar um pacto, ainda que todos concordem. Todos podem morrer.

– Amado. Usdarina, a mensageira da Morte, vai me ajudar. Se utilizarmos os arcanos certos,... estarei livre. Não é o que você quer?

– Você me dá muito desejo. Vuca, se você não obtiver sucesso, o plano B seria sair da Caverna e criar uma nova comunidade em outro lugar.

– Isto nunca! Levaria muitos anos até criar uma fraternidade só minha. A não ser que o Líder de Túris consiga que a Academia...

Para um homem como Leucon, que não teria qualquer dificuldade no jogo de xadrez, esse início de elocução era o bastante.

– A Academia... não vai lhe dar isso. E você é uma mulher longeva, não fará nada para prolongar mais sua vida. Recusou-se a ajudar Geada. O líder vai morrer como um velho decrépito.

– Ora, Gavião. – A bruxa falou terna e meiga, algo muito raro de se ver –, eles vão ter que continuar a comunicação entre os planetas. Vão ter que prolongar a vida de sua aliada gênia; afinal, onde achar alguém igual a mim? É certo que vão me querer na Antártida. E eu tenho... meu preço.

– Você confia demais nos meus amigos da Magistratura. Enquanto eu estiver no poder, a Magistratura ficará ao seu lado. Se eu cair, rogue aos demônios, pois alguém vai querer descartá-la.

Vuca ficou transtornada e esbravejou:

– Essa conversa está muito chata! – Deu-lhe um tapa na cara, deixando-lhe um arranhão no rosto, tão fundo a ponto de sangrá-lo.

O príncipe se levantou e bufou de raiva, irrompendo e fazendo abrir sua capa. Seus olhos se tornaram amarelos como os do gavião.

– Não vais absolver sua rainha? – perguntou a bruxa-gênia com uma voz estranhamente suave, encostando-se nele com movimentos de uma serpente, ao mesmo tempo que retirava sua própria coroa e a colocava sobre o macio assento do trono.

Sem pronunciar qualquer palavra, o príncipe a empurrou bruscamente para o chão de pedra e ouviu o corpo dela cair. Pulou sobre a rainha, como se fosse uma presa, e a possuiu ali mesmo, no sagrado salão dos ritos, próximo à pira dos sacrifícios, a *Taça de Pedra*.

Ela gritou. Gemeu, debatendo-se loucamente como se estivesse no cio, rangeu os dentes em completo delírio, dominada que estava, possuída.

Mas ninguém, nenhuma alma viva ou assombração, ousava entrar, embora não houvesse porta, somente largos portais no grande salão.

Os feiticeiros da Caverna viram o Gavião permanecer por uns quatro dias e depois partir. Indagada pelos venerandos mestres, a gênia só lhes disse que se preparassem, "pois o dia virá".

– Que dia é esse? – mestres e diabos perguntaram.

–Tão certo como nas trevas sabemos que o sol raiará, a *mola que move todas as conexões vai se distender* e a vida de todos melhorar! – proclamou com a voz do oráculo.

– Mas quando acontecerá isso? – alguém ousou perguntar.

–Antes da *troca das monções* um novo tempo se iniciará.

20 A academia

No topo do mundo, em um lugar inexistente, onde nascem os ventos que desabam pelas encostas em tempestades glaciais com o frio cortante e impiedoso.
No mais deserto dos desertos e no mais impossível dos lugares.
Quem poderia imaginar fazer do polo um lar?

ANTÁRTIDA, ANO 198, DIA DE SÍRIUS, 10 LUZ.

A nave acabara de pousar na Cidade Universitária em algum lugar do Platô Polar. Sizígia avistou da nave vários estudantes que andavam de um lado para outro. Parecia que não se incomodavam com a temperatura extremamente fria, beirando os -60ºC. Mas todos estavam com o famoso traje de campanha dos gelos, que esquenta o corpo à temperatura mais agradável possível. A maioria dos jovens utilizava o capuz e o óculos flexível do capacete, mas deixava o nariz e o rosto descobertos, embora alguns se protegessem totalmente, permitindo-se ver apenas os olhos pela viseira translúcida dos óculos.

Quando ia descer da espaçonave, que estava numa temperatura confortável diante de tamanha frialdade, ela puxou seu capacete flexível tapando o rosto por completo, mas logo lembrou de levantá-lo um pouco para hidratar os lábios, e então resolveu deixar o rosto, abaixo dos olhos, descoberto, como os jovens faziam. Sizígia não era jovem, tinha uns quarenta anos, mas se sentia bem nesse meio.

Parecia um recreio. Os adolescentes indo e vindo de todas as direções, cada um com uma invenção na cabeça e ocupando-se com pensamentos e projetos; ninguém incomodando-se com o que os outros faziam, a não ser quando chegavam a seus grupos. Era um mar de gente que impressionava os próprios turisianos, acostumados a pequenas aglomerações.

Sizígia avistou dois grandes domos universitários, mas não era para lá que pretendia ir, e sim para uma estrutura que havia além. Seu propósito era dirigir-se ao grande *penedo subglacial,* uma rocha gigantesca, a crista elevada de alguma montanha, que tinha sido descoberta nas entranhas glaciais escavando-se em sua vertente norte uma imensa cratera no gelo. Chegar lá caminhando era impensável, melhor seria esperar uma carona, já que tinha perdido o coletivo.

Foi então que avistou um motogelo no estacionamento, próximo ao primeiro domo, e resolveu ganhar tempo. Verificou que estava liberado. Montou na máquina e partiu, como era o costume da Antártida, onde ninguém é proprietário.

Todo veículo liberado encontrava-se à disposição de qualquer um que necessitasse utilizá-lo; quem liberava era o sistema, que calculava o tempo de ociosidade do motogelo ou automóvel conforme a oferta e a demanda. Às vezes acontecia de alguém estacionar um veículo para se encontrar com algum conhecido e na volta ter a infeliz surpresa de que não estava mais lá; tinha sido liberado. Sizígia sabia que teria que ser rápida, ou esperta, o suficiente para não perder a moto que acabava de encontrar. Caso contrário teria que pegar carona de automóvel ou motogelo, ou então aguardar o próximo coletivo, o que sempre demorava na Academia, por culpa dos próprios jovens que tinham o hábito de preferir as caronas. A razão disto era que o sistema turisiano programava-se automaticamente para evitar desperdícios, impedindo que um coletivo viajasse sem passageiros, o que fazia que eles se tornassem mais raros nesse lugar.

Com o motogelo pôde acelerar a uns 80 km/h e logo começou a descer a imensa cratera artificial até chegar ao portão da fortaleza da penedia. O local era um imenso laboratório onde se desenvolvia uma grande quantidade de projetos, cada um mais sigiloso que o outro.

Desmontou. Esperou o sistema examinar sua identificação e o motivo da sua entrada, informações que foram obtidas do anel que Sizígia usava. Foi autorizada sua permanência pelo período de um décimo, ou seja, 2h24.

A porta se abriu e ela teve que descer por um elevador que a levaria às profundezas glaciais. Chegando no andar desejado, dirigiu-se a um centro de manipulação genética, onde trabalhava uma amiga de infância, Dafne, que aos 25 anos, por ser muito inteligente e dedicada aos estudos, conseguiu passar na prova da Academia, largando sua função técnica no Governo. Sabia que a amiga trabalhava no Laboratório 37, e para lá foi caminhando.

– Olá, Dra. Dafne, surpresa em me ver?

– Sizígia! – ela exclamou, sem chegar a gritar para não perturbar o laboratório. – Você é assim, passa seis meses sem aparecer e chega com essa cara tonta de inocente. – Abraçou-a e a beijou, soprando-lhe abaixo das narinas, como era o costume entre as amigas.

– Ingrata, falando assim de mim. Eu aproveitei minha folga para viajar até aqui, garota! – rebateu Sizígia.

– Ihhh! Você está grávida – disse Dafne, passando a mão na barriga dela. – Ah, deixe-me ver. – Encostou um aparelho portátil na barriga, que lhe mostrou, em visão holográfica, que era um menino forte. – Está de parabéns!

Observou o cérebro da criança e disse ainda: – Vou te dar essa injeção e uma menor no feto para auxiliar o desenvolvimento no lobo frontal e no córtex de associação, áreas mais ligadas diretamente à inteligência, pois, hoje em dia, estão muito exigentes com os nascituros. É coisa do Governo, não é nossa não, entende?

– Vai me dizer que o Governo está mandando no *Segundo Poder*? Cai fora com essa história boba! Vocês estão trabalhando juntos com o Governo, isso sim. É tudo combinado, eu sei. – Sizígia riu para a amiga. – Mas me aplique logo essa injeção, vamos! E no meu neném também.

Brincadeiras à parte, Sizígia ficou feliz com a preocupação da amiga em relação ao seu bebê e foi logo dizendo, com orgulho, que já fornecera quatro crianças viáveis para Túris.

– Você sabe quem é o pai? – perguntou Dafne.

– Sei sim. É um *bárbaro* louro da Austrália. Diferente de todo mundo daqui.

– Ai, que bacana! Mas esse bárbaro é inteligente?

– É sim. Foi até contratado pela Embaixada australiana de Túris para chefiar a logística.

– Humm. Ótimo!

As duas conversaram muito até Dafne avisar que não poderia demorar, pois sua chefa, Aurora, chamaria sua atenção.

– Então está combinado – disse Sizígia. – Hoje à noite vou dormir em seu quarto e a gente vai poder conversar mais.

Nisso, lembrou-se de fazer uma pergunta sobre algo que a estava intrigando há tempos.

– Dafne, você já ouviu falar no *Santana*?

– *Santana*? – perguntou Dafne, como quem quisesse confirmar.

– Sim, foi o que perguntei.

– *Santana*, que eu saiba, é um projeto secreto do laboratório.

– Não é isso que quero saber, querida, estou falando é de um monstro.

– Eu sei… Foi um projeto de doutorado de Geada. Dizem que isso o ajudou a subir no poder.

Sizígia ficou chocada, tamanho o susto.

– O quê? E esse… projeto… está aonde? Deu certo?

– Claro! Ele já tem uns 45 anos. É um monstro incrível, habilidoso e inteligente. Feio, horroroso, mas muito forte e ágil. Tem DNA dos *diabos*, que são criaturas de uma força descomunal. Tem também genes dos nórdicos do báltico. Geada colocou também seus próprios genes, por isso diz-se no laboratório que o monstro é filho dele. Uau!

– Como ele é? – perguntou com infinita curiosidade.

– É uma máquina de guerra, não tem para ninguém.

– Mas como nunca ouvi falar nele? – Sizígia estava cada vez mais assustada.

– Esse… é apenas o código do projeto. Não é o nome do monstro.

– Essa coisa tem nome? Ele não é um gelo – asseverou Sizígia. – Eu não sei nem o que é um troço desses. Só pode ser um ciborgue, certamente.

– Calma. Seu nome é fruto de aproveitamento e desenvolvimento de projetos anteriores… Deixe-me ver – consultou o sistema on-line do laboratório da Academia, ao qual Sizígia não tem acesso. – *Melede* é o projeto dos *diabos*, que angariou muitos sucessos em pesquisas anteriores com seus poderes, sensibilidades e resistência ao calor. Outro projeto de grande performance é o de codinome *Alaska*. Eles resistem a temperaturas absurdamente frias, podem hibernar, viver em águas polares e têm uma gama de *biochips*. *Hans* é o codinome de um projeto secreto do próprio Geada, e ainda houve o *projeto Erik,* que utilizou um *bárbaro,* como os vikings, para dar um aspecto mais humano ao campeão dos monstros. Não é você quem gosta desses *sapiens*? Foi um *bárbaro* desse tipo que chegou na Groenlândia há mais de mil anos – virou-se para Sizígia com as mãos ainda posicionadas sobre o que seria a belíssima tela do computador, um maravilhoso elipsoide luminoso, o dobro do tamanho de uma bola de *rugby* que Dafne manipulava, girando-a por todas as direções e selecionando as seções. – É isso que você queria saber? – abriu um sorriso para a amiga.

– É,… – murmurou. – A Groenlândia é um país lindo, eu assisti a vários documentários, um lugar bom até para morar. Mas esses nomes, como Erik, Hans, Alaska ou Melede, são bem esquisitos.

Dafne deu de ombros.

– São só codinomes de *sapiens* e de *geniacus*.

Sizígia nada entendia de história, ainda mais a dos *sapiens*, e não sabia por que o pessoal da Academia estudava certas coisas inúteis. Mas foi quase ficando mais pálida do que já era com a revelação que Dafne lhe fazia. A amiga, com sua argúcia, percebeu.

– Você está bem? – indagou Dafne.

– Sim – beijou sua antiga colega de turma e se despediu.

Sizígia agora sabia que *a coisa* era real, embora nada conhecesse do *homem-monstro*. Começou a procurar informações sobre Hans Erik, mas ainda assim nada encontrou. Não as obteria do sistema do Governo, que ela acessava on-line. O sistema só disponibilizava aquilo que entendia ser importante para alguém executar certas funções. Ademais, o sistema era pobre em dados sobre os monstros e ciborgues, porque não eram gelos; poderia no máximo encontrar algo dos turisianos que usavam fantásticas próteses mecânicas reparadoras de deficiências horríveis causadas por acidentes.

De fato, o caráter único de pessoas especiais tornava ciborgues e monstros afastados do dia a dia dos gelos, ao ponto de Sizígia não obter nada sobre onde encontrá-los. Em um continente imenso como a Antártida, lugar em que os turisianos construíram umas quatrocentas cidades subterrâneas e dezenas de milhares de postos de trabalhos em locais menores, eles poderiam estar em qualquer lugar. Somando ainda as mais de mil bases marinhas e estações espaciais, ficava extremamente difícil procurar informações que o sistema não disponibilizava.

Que situação! Como posso contar isso ao meu Koll? Não posso. Os tais monstros que mataram os *sapiens* estariam trabalhando para quem? O Terceiro Poder? Mas por quê? E para quê?

Sizígia não tinha respostas.

Ao chegar na hospedagem, no salão da ceia soube que o sistema de defesa da cidade tinha acabado de destruir onze *spyballs* das nações da Terra. Não bastava os satélites espiões, comentavam as pessoas no salão, eles insistem em enviar esses minúsculos objetos voadores.

Sizígia escutava as conversas do restaurante, o que aliás, em Túris, era um dos melhores locais para se observar as impressões que as notícias causavam nas pessoas. *Os* spyballs *estão cada vez mais sofisticados, são menores e mais eficientes que as primeiras esferas espiãs, superiores aos robôs camuflados que se passavam por gaivotas, e incomparavelmente melhores que os drones de setenta anos atrás*, pensou. *É sempre assim. Eles gostam de espionar as cidades e instalações de pesquisa da Academia. Acho que eu não gostaria de trabalhar aqui. A Academia promove muitas missões no espaço, na Lua e em Marte, e até em cometas, mas prefiro mesmo as da Terra*. Jantando sozinha e com seu pensamento em revolução, Sizígia riu para si mesma, imaginando que sua amiga Dafne era meio maluca.

Após a ceia, resolveu se dirigir à suíte e se deitou na cama para ver documentários em alta definição com projeções 3D super-reais. Ela lembrou que assistiu a filmes na Austrália com Koll, coisa que não existe na Antártida, onde o conteúdo limita-se a documentários e programas técnicos e científicos. Fora isso, a TV3D era também integrada ao sistema do *Painel* para que pudesse explicar as tarefas para alguém que fosse convocado.

Sizígia deu um comando mental que desligou a TV3D e resolveu tomar banho. Relaxada em sua banheira de água e vapor, deu-se a pensar livremente e se imaginou com seu homem assistindo uma peça de teatro que ele lhe prometera caso retornasse à Austrália. Ela nunca tinha assistido uma peça na vida.

Teatro em Túris? Nem pensar.

Foi quando lhe veio à mente uma conversa que tivera com Koll sobre o filósofo. Não é que Platão criticou o teatro na Grécia Antiga? E que postulou que aqueles que deveriam se tornar homens superiores deveriam se afastar das artes miméticas?

Sizígia virou-se de bruços na banheira e consultou seu anel com um comando mental para ver as mensagens que acabara de receber de Cratera Nevada. Eram poucas; divulgações de artigos de lojas, uma exposição de fósseis na Embaixada russa e... um presente *dele*. Quando soube o que era, levantou as sobrancelhas.

Não sei onde está a cabeça de Koll. Acabou de me enviar um livro de história da filosofia de um renomado autor irlandês. Imagine se tenho tempo para ler esse negócio. Grécia, Roma, Santo Agostinho, filosofia islâmica, judaica, escolástica e... não acaba nunca.

Era por volta da meia-noite quando Dafne chegou e Sizígia resolveu lhe perguntar se alguma vez a Academia pensou em montar uma peça de teatro.

– Teatro? Que bobagem é essa? Veja, amiga, nossa população é pequena – cerca de seiscentos mil indivíduos – e mais de um terço são crianças e jovens em preparação para a vida produtiva. Ao completarem vinte anos de idade, as pessoas são consideradas adultas e têm que se retirar da Academia. É o momento em que elas vão trabalhar para o Governo, e uma pequena minoria pode ser requisitada para a Magistratura ou para se dedicar à pesquisa na própria Academia. Então, num quadro como este, onde as necessidades primárias se impõem, atividades como o teatro seriam pura digressão. Não é o que a gente já sabe?

– É claro que entendo o que você quer dizer. Que a Academia prepara as pessoas para uma vida mais objetiva, dedicada às ciências exatas, para que ajudem Túris a evoluir tecnicamente de forma a reduzir nosso risco de extinção ante a espécie predadora dos *sapiens,* não é?

– Sim. E, por segurança, temos que priorizar a formação de cientistas e técnicos. Diversão? Temos muitos divertimentos aqui na Antártida na área do esporte e lazer, sem aquela *distração* que seria formar profissionais do esporte, como os *sapiens* fazem. Eles podem, têm bilhões de pessoas. Existe um único turisiano para cada vinte mil *sapiens*. É assustador.

– Realmente, mas, olha, nossos atletas amadores fazem bem bonito, sabia Dafne?

A amiga cientista tirou seu traje universal e o trocou por um *collant* preto, cujas pernas iam até o meio da coxa. Jogou-se de costas na cama.

– Tire essas ideias de *sapiens* da cabeça. Teatro, filosofia... Nada disso precisamos – ela disse.

– Eu gosto dos *sapiens*. Meu homem é um deles, um louro bonito com barba curta douradinha, um cara que gosta de filosofias. Eu te falei dele, não foi?

– Tudo bem, Sizígia. Ah, lembrei-me de algo que você queria saber. – Dafne foi falando enquanto se esticava toda na cama, alongando-se o máximo que podia.

– Me conta. Não me esconda nada – ficou imaginando se viria uma bomba agora.

– Encontrei uma colega dos laboratórios que esteve, há não muito tempo, com o tal Erik.

– Erik, o ciborgue? O Santana? E então, como ele se parece?

– Não é um ciborgue. Só tem alguns *biochips;* ciborgue, não. Há pequenos olhos laterais, por trás da orelha, mas não peças mecânicas. É um cara todo criado em laboratório. Conta-se até que é o *protótipo* acabado de uma *arma secreta* para matar os *sapiens*. Uma ideia antiga que Túris deixou em *stand-by.*

– Dafne, não me fale de matar *sapiens* – repreendeu Sizígia.

– Túris não quer isso não. Está mais confiante agora. Mas, se a situação sofresse um revés e nossa espécie fosse seriamente ameaçada... Bom, não se pode vencer uma guerra só com bombas e espaçonaves, você sabe. É preciso *desembarcar* para tomar as terras para si. E como se vai fazer isto se nossos combatentes são voltados às tarefas de logística e nossa população muito baixa?

– Realmente... Então? – Sizígia franziu as sobrancelhas e seus olhos estreitaram-se.

– Não se assuste agora. Túris produziria o que temos já incubado e soltaríamos dezenas de milhares desses caras para fazer uma limpeza logo após o ataque de nossa invencível armada. Eles seriam os *guerreiros do juízo final*, só para usar uma expressão que os *sapiens* gostam. Fora os não sei quantos milhares de ciborgues, que serão enviados para auxiliá-los. Seria um massacre.

– Juízo final?

– Sim. É o mesmo que chamá-los de *guerreiros do fim do mundo*. O Santana é apenas isso, *o projeto final*. Com os "santanas" e os poderosos feiticeiros da Magistratura, os *sapiens* terão muita distração e nos cederão suas terras e oceanos produtivos do mundo inteiro, ou ao menos as do hemisfério sul, e amargar o momento que decidiram acabar conosco, enquanto nossas espaçonaves fariam o resto do trabalho.

– Esse codinome, Santana, significa isso?

– Talvez. O líder não falou, mas dizem que ele teria pensado em uma nova arma. No principal idioma dos *sapiens* seria algo como **S**outh Axis and **Anta**rctic **N**ew **A**rmy. Nem suas cidades nos interessariam. Você entende, amiga, o que estou lhe dizendo não é? Seria algo...

– Apocalíptico – completou Sizígia, erguendo as sobrancelhas e arrepiando-se como uma fera assustada. Suspirou profundamente.

– Apo... o quê?

– Um termo que meu bárbaro, meu *lobo,* me ensinou para indicar um cenário de fim de mundo. Dafne, Túris não quer guerra fora da Antártida, o Governo até ajuda os *sapiens*... Você me mostra um cenário terrível que não faz parte do nosso treinamento.

– Lobo? – Dafne deu uma risadinha antes de acalmar a amiga. – Não se preocupe, colega. Os *sapiens* nunca nos atacarão nem romperão os tratados assinados. Não é o que você sempre diz? Que eles seguirão os escritos?

Sizígia quedou-se. Preferiu não comentar. Dafne continuava a se alongar, e colocou as pernas retas e esticadas junto da cabeça. Olhou para ela.

– Não vai ficar calada não. Agora, quero que você me explique. Você chamou seu bárbaro de *lobo*? Por que? Ele é ardente, fogoso, faz sexo toda hora? Como ele é, hein? É uma máquina de prazer? – danou-se a rir.

Sizígia lembrou-se da fama que os lobos-marinhos tinham entre as mulheres da Antártida e reagiu.

– O que foi? Está querendo meu homem? Não vou te dar nem te apresentar, oferecida.

Riram as duas.

– Mas, Dafne – insistiu Sizígia, voltando ao assunto –, até agora você não me falou como o monstro se parece.

– Ah, sim. Minha colega disse que o monstro tem uns dois metros de altura e é muito largo e forte. Tem um olhar inteligente, mas é soturno e fala pouco.

– Ele é metido, violento, perigoso, insano? – Sizígia estava para lá de curiosa.

– Ela disse que não é nada disso. Pelo contrário, tem uma voz bem grave, fala devagar e não se envolve com ninguém. É educado. Come com talheres na presença dos gelos, come muito, muito mesmo, e, embora seja um monstro, não derruba comida na mesa – deu uma risadinha. – E tem mais. Não provoca nem desafia ninguém, apesar de ter um reflexo impressionante. Dizem que nunca foi punido por desordem; enfim, é um cara bom para *seguir certas ordens* do Governo.

– Então, você está quase me descrevendo um *gentleman!*

– Uau! Vais querer trocar seu bárbaro por ele? Cuidado, talvez ele não goste de sexo do jeito que você quer... Entenda, ele não é um *gelo*.

– Está doida?

– Eu, doida? Você mostrando o maior interesse pelo cara e eu é que sou doida. Aliás, você não me disse por que quer saber tanto dele. É algum segredo? Se é, vai ter que me contar.

– Nada demais. É que... Quando entrei em seu laboratório, vi uns fetos estranhos conservados para estudos, então fiquei curiosa. Diga-me. Sua colega te falou que o monstro frequenta locais cheios de outros monstros? – Sizígia perguntou.

– Outros monstros?

– Sim. Ahn... não têm uns hediondos?

– Ora, existem uns monstros frutos de projetos das universidades, mas ele não tem a ver com isso. Você precisava ver, menina, os projetos de estudantes que foram reprovados. Sai cada coisa torta. Depois a universidade acaba destruindo essas anomalias. Só os muito bons são conservados para estudos futuros ou para ser examinados pelos alunos. Um dia desses, vi o projeto de um ciborgue que tinha uma cabeça humana e quase o corpo todo era de organismo sintético. Bem interessante, funcionava perfeitamente.

– Não gosto de ciborgues. *Uhrrr*!

– O robô humano resolveu problemas supercomplicados de química. Tinha *biochips* fantásticos – insistiu Dafne. – Não há como descartar projetos tão evoluídos como esses.

– É... no meu mundo não tem nada disso. Ainda bem.

Dafne deu de ombros e virou-se de lado na cama:

– É só para quem tem vocação, querida. É um trabalho que não tem o tipo de emoção ocupacional que você gosta.

Sizígia sorriu para a amiga e resolveu dormir. Mas demorava, sua mente estava inquieta com muitos pensamentos e, apreensiva como estava, tentava ainda entender o que se passava.

Eu ainda vou me encontrar com esse cara perigoso, virou-se na cama. *Vou saber quem esse Erik, melhor, o Santana, realmente é. Se conquistar sua confiança, poderei até esclarecer alguns enigmas. Não. Estou indo longe demais. Não vai acontecer.*

Quando percebeu que passara muito da hora de dormir, para evitar ser atacada pela insônia utilizou uma técnica conhecida como *damanchi*. Virou-se de bruços na cama, respirou lentamente e apagou.

O silêncio era total, quebrado apenas pela respiração de duas mulheres. Mulheres do mundo do gelo.

O homem que corria percebe que o agente estava mais perto. Em dado momento escutou um estampido e um grito horrível.

Korotec! Korotec! – gritou também. Correu mais um pouco e caiu. Escondeu-se. Tornou-se invisível aos olhos humanos. Agora não vão me encontrar, pensou. Quedou-se extático.

Ouviu o som de folhas secas sacudidas em uma mesma cadência, até que, para seu desespero, notou um silêncio perturbador. Deitado como estava percebia o suor gotejar do seu rosto em bicas para o chão, terrivelmente quente. Ele não vai me ver! Não vai me ver! Delírio obsessivo.

– Não adianta se esconder de mim, Tobruk. Estou te vendo...

Arquejou... Resolveu se sentar, vagarosamente, retorcendo-se sem fazer qualquer ruído nem perder a invisibilidade. Avistou o homem de capuz escuro se aproximar e lhe apontar a arma explosiva, a mesma que atingira Korotec. Seus olhos saltaram...

– Tobruk, falei que estou te vendo, volte ao normal. Aqui não é um circo. Foi só então que Tobruk teve certeza de estar sendo observado pelo homem de capuz negro e óculos eletrônico de ciborgue.

– Você vai me matar? – perguntou.

– Hoje não. Talvez nem amanhã. Vai depender de você. Sua ficha criminal não está boa, tsc, tsc.

– Sou inocente, juro! – Tobruk se contorceu no chão, tentando se levantar.

– Acreditas em Deus?

Tobruk estremeceu, sua cabeça vibrou, parecendo um não.

– Ótimo. Que bom! Vais fazer então o que eu mandar. Você só tem esta... esta única merda de vida.

– Que queres? Mande que eu faço, juro!

– Ai, ai, Tobruk...! Não é assim. A gente vai ter que conversar com calma. Primeiro quero que vejas Korotec... bom... o que foi Korotec.

Caminhou cambaleante, tentando ajeitar-se, e foi seguindo o agente. O peito aberto do amigo, como uma bolsa, mostrava restos de costelas chamuscadas e sem o coração, que pulara para longe. Jazia.

– Sabe, essas armas modernas... elas expõem demais suas vítimas – falou o agente calmamente. Seguiu-se um baque. As pernas de Tobruk falharam.

– Tobruuuk!... – debochou e ordenou. – De pé, agora, você não está ensaiando. – Uma fina adaga penetrou seu joelho, causando-lhe profunda dor e um grito bestial. O sangue escorria lentamente e ele tremia, em convulsão. Imaginou que chegara seu fim, mas não. Viu o algoz lhe dar a mão.

– Levante-se Tobruk! – A voz lhe ordenou. – Você agora é meu.

21
A testemunha

O coxo entrou no escritório de advocacia. Estava desconfortável.

– Aceita um café da Abissínia? – perguntou-lhe a atendente. – Vai tranquilizá-lo, está bem quente. Se preferir, temos chá.

– Obrigado. – Após sorver a xícara com um gole só, perguntou o homem com um riso sinistro:

– Tens dinheiro? Vodca? Uísque?

A atendente fez que não, sorrindo levemente, no momento em que entrou o advogado, que foi logo falando:

– Sr. Tobruk, o senhor sabe que é a nossa grande esperança. Consta nos papéis que tenho aqui que o senhor foi a única pessoa que conversou com o sequestrador antes do crime. Verdade isso?

– Sim, doutor.

– E então?

– Sabe – coçou a cabeça –, foi há tanto tempo, faz dez anos. Eu estava em uma estalagem de italianos em Taranto. Era uma construção rústica de madeira com poucos quartos. Fui lá porque me disseram que era fresco e serviam boa comida, mas se eu tivesse dinheiro iria ao baile das loiras em Alexandria de Monde. Não soprou uma brisa; nem os pássaros cantaram naquele dia. Então, à noite, me chega um estrangeiro com um traje escuro e, ao ver as poucas mesas ocupadas, resolveu se dirigir a mim. Deixei-o me acompanhar.

– Sr. Tobruk – disse o advogado. – O senhor sabe que não está em juízo. Sou advogado e quero resolver seu problema. Consta aqui que você é culpado de vários crimes, desde utilização de documentos falsos, extorsão, estupro de incapaz, roubo... Por enquanto é só. Mas nós vamos te ajudar. Me conte tudo o que sabe sobre o sequestrador. Continue, por favor, o que vocês conversaram?

– Perguntou-me se era feiticeiro.

– E você?

– Respondi que sim. E que vim do Egito com um amigo.

– E então, o que ele disse?

– Contou-me que gostava de circo. Então pensei: "coincidência, trabalhei no circo". Contou-me que gostava de bebida turca. "Bizarro, eu adorava *raki*, o licor turco." Quando chegou nas mulheres, aaah doutor... as mulheres. Me dê uma bebida...

– Depois. Prossiga, por favor. Você parou nas mulheres...

– Éééé... Ele me disse que gostava só de loiras, mas loiras legítimas, não aquelas que se transformam. Aí pensei: "diabos, eu também só gosto desse tipo de mulher, esse cara deve ser um mago". Então perguntei isso a ele.

– E então?

– Bom, cadê o meu trago?...

– Depois. Me diga o que preciso saber.

– Ele me respondeu que sim. Um feiticeiro que veio de longe. Não um qualquer, mas o mais talentoso deles.

– E então? – insistiu o advogado quando viu que Tobruk se calara.

– Ele era o maior de todos. E gostou de mim. – Colocou, emocionado, dois dedos sobre os olhos e os esfregou.

– Sr. Tobruk, temos que terminar isso. Sua vida vai mudar. Nunca mais vai precisar roubar nem fugir.

O homem se animou, e continuou:

– Ele gostou de mim, sabe? Me deu uma pepita de ouro e falou para eu gastar em Alexandria de Monde no baile do *Campo da Fraternidade*. Eu olhei para os olhos dele... – Mostrou um sorriso sinistro. – Agradeci o feiticeiro rico e fui ao baile. No dia seguinte, paguei a Korotec para ficar lá também. Ficamos uma semana no *Campo da Fraternidade*, um paraíso, um Spa. O melhor lugar do mundo. Eu tinha dinheiro e era feliz.

– E então, quando saíram conseguiram roubar a pepita do cofre do campo, certo?

Tobruk fez que sim, com um sorriso de bêbado.

– E foi aí que vocês resolveram trocar aquilo por dinheiro na casa de câmbio e, então, descobriram que a pepita era ouro de vinte quilates com uma liga meio incomum. Quem costuma fazer essa liga?

– Malabar, muito raramente. Eu conheço ouro, doutor. Roubei isso a minha vida inteira. Sabe como é... Era a mesma composição que foi usada em um negócio que a Antártida fez com a China. Eu digo que o ouro veio de lá. É da Antártida. AN-TÁR-TI-DA!

– Por favor, senhor. Porventura está bêbado?

– Me dá um gole...

– Agora não, Tobruk, meu cliente quer vê-lo.

O coxo seguiu o advogado até a sala onde se encontrava o empresário Odetallo e o investigador Hórus.

– Tobruuuk... – exclamou Hórus com satisfação, estendendo-lhe a mão. O coxo tremeu, suou frio e apoiou o joelho doente com a mão.

– Doutor, não posso, meu joelho dói.

– Não faz mal – disse Odetallo, um tanto desconfiado. – Sente-se.

– Tobruk me disse – adiantou-se Hórus – que o feiticeiro do gelo contou-lhe que estava em uma missão. Para o Governo, talvez?

– Quem era o mandante ele não me falou – afirmou Tobruk.

– Ele comentou se conhecia alguém da Embaixada de Túris em Monde? – indagou Odetallo.

– Isso não.

– Comentou de que região, de que cidade da Antártida vinha?

– Também não.

– Imaginei. Uma testemunha ajuda, Hórus. Falta a testemunha, muito bem, mas este não será um depoimento conclusivo. Agora, me deem licença, tenho um encontro com empresários alemães e austríacos.

Odetallo retirou-se. Quando a porta se fechou, Hórus se dirigiu a Tobruk.

– Você tem que falar mais coisa, porra! Eu te avisei! – Tobruk colocou as mãos no joelho.

– Quando você vai pagar uma cirurgia dos *góis* com o Dr. Pedra para mim?

– Não vou pagar nada se você não ajudar! – gritou, aos sussurros e muito pouco som, para que a atendente não o escutasse.

– Senhor investigador, já inventei essa história de que o feiticeiro gelo estava em missão. Não posso inventar mais, os gelos me matariam!

– Claro que não, Tobruk! Eles jamais matariam a testemunha. Pode soltar a língua, dizer que o cara esteve com o embaixador e assim por diante. Cai na real. Você é um bandido. Se o Governo egípcio te pegar, sua pena não vai ser cadeia não. Você já está condenado. Se te descobrirem... ai, ai...

Seguindo um comportamento instintivo, Tobruk começou a se afastar, andando de costas, até que, sem querer, esbarrou no bule de café, que foi ao chão. Nenhum ruído se ouviu. O bule encontrava-se agora nas mãos mágicas de Hórus.

– Veja a porcaria que você fez! O chão agora está sujo. Se eu não conseguisse pegar o bule a secretária agora estaria aqui.

– Como você me descobriu? – indagou Tobruk.

– Você não vai querer saber. Ou melhor... acho que não fará mal saber disso agora. Você não iria querer que eu o entregasse a Mefistofu, o *diabo*. Ele sabe que você é amigo dos gelos, não sabe?

O homem tremeu. A simples lembrança da expressão louca e selvagem de Mefistofu, que conhecera em sua desventura na *Floresta Negra*, o deixou com o rosto transtornado. Tentou ajeitar-se na primeira cadeira que encontrou. *Então foi o diabo que falou de mim. Preciso dar o fora daqui*, ele pensou.

– Você sabe como é essas coisas – Tobruk tentou explicar. – Não tive culpa, fiz amizade com a ninfa, mas ela gostava mesmo era de um homem-gelo, não daquele soturno que sequestrou os atletas, mas de outro, não do *diabo*. O que eu podia fazer? O *diabo* era mais feio que um gorila, o gelo belo como um anjo. Você não ficaria do lado da ninfa? Ah, claro que sim. – Esboçou um sorriso débil e debochado.

– Nem pelo ouro que o turisiano te deu, bandido. Ela era prometida ao *diabo*, você atravessou o caminho dele e não pagou ainda. Quer saber mais? Tô nem aí para sua vida nem gostaria de estar na sua pele. Se você começar a contar seus erros, a gente vai ficar aqui até o mês que vem. Você sabe como são as coisas comigo, não é? E sabe também o que quero, não sabe? Você não gosta da polícia egípcia nem quer rever seu não muito amigo Mefistofu, então...

– Você é um mago, Hórus – gemeu Tobruk. – Tinha que ajudar um bruxo, que nem é tão prodigioso como você.

Foi então que, apavorado, viu o investigador fazer um gesto como se quisesse avançar em seu pescoço.

– Se você não me ajudar, bandido... se não me ajudar... – Fechou o punho com força, rangeu os dentes e fez uma horrível careta que nada havia além de asco, nada além do mais vil desprezo.

Tobruk ficou pálido. Sua delgada figura sacudia-se, encolhida como um cão que se rasteja sob o açoite. Não tinha a conta de quantos bandidos seu algoz matou. Tudo o que queria era estar longe.

– Não vou falar mais nada. Conte o que sabe e o que não sabe. É a última chance que lhe dou. Depois o levo às autoridades.

Não demorou muito para que o delegado escutasse a confissão de Tobruk e o encaminhasse à investigação. Mas, sem qualquer autorização da perícia, os jornais divulgaram a história de uma possível testemunha que poderia elucidar o caso do sequestro dos atletas, apresentando também suposições de que feiticeiros-gelos, ligados à Magistratura de Túris, teriam sido os responsáveis pelos crimes. Isso causou um alvoroço entre a imprensa que precisava vender notícias, e mais ainda entre os usuários de grupos na Internet. Uma petição redigida por advogados de uma ONG ligada ao Partido Liberal exigia que a embaixadora de Túris Antártica convocasse um representante da Magistratura para se explicar.

– Avise a essa imprensa marrom que tudo isso são mentiras, *fake news*, e que nenhuma evidência das novas acusações foi apresentada – disse a embaixadora Termala, indignada com o desenrolar das notícias.

– Senhora – disse a assessora da Embaixada –, eles estão publicando que um tal de Tobruk teria conversado com o sequestrador dois dias antes do sequestro e que teria revelações bombásticas.

– Nunca ouvi falar dele. É uma testemunha falsa. Não vou considerar nada do que ele vá dizer. É evidente que, com o julgamento do Supremo se aproximando, eles vão inventar tudo agora – desabafou.

– Um deputado do Partido Liberal pediu uma audiência, o que digo?

– Vou atender somente se vier protocolado como uma solicitação do partido. Caso contrário, mande-o fazer o pedido no formulário padrão de Túris, que inclui a explanação de motivos para que a audiência seja deferida ou não.

Tendo caído a noite, na rua defronte à Embaixada, alguns repórteres tentavam um *furo* jornalístico. Mas ninguém viu a embaixadora sair e, no dia seguinte, foi noticiado que se encontrava hospedada no fabuloso *resort* marinho na *Cidade de Góleo*. Disseram que estava calmamente tirando uma folga de uma semana e dedicando-se ao que gostava, mergulho noturno, em seu belo veleiro.

A investigação de Tobruk e a tomada de novos depoimentos pela polícia imperial estava em andamento, até o momento que a testemunha, que estava hospedada, por conta do poder público, em um hotel na cidade de Oásis não apareceu no café da manhã nem atendeu qualquer ligação.

Subiram ao apartamento de Tobruk e, após colocarem a porta abaixo, encontraram-no morto, atravessado na cama. Ninguém foi visto entrar. O andar foi interditado, revistado de cima a baixo. O crime foi noticiado nos grandes jornais e até no famoso *Royaume du Monde*.

Uma nova investigação foi iniciada.

A perícia começou a coleta de informações e impressões, analisou vídeos e todo o necessário para o trabalho inicial, além da tarefa mais importante: investigar e descobrir o que causou a morte de Tobruk. Dois dias depois chegaram à conclusão de que Tobruk tinha sido exposto e envenenado pelo agente neurotóxico *xinyaowu*, cuja ação era quase instantânea. A vítima ficava sonolenta e em minutos entrava em óbito. Fulminante.

– Que droga é essa? – Os jornais queriam saber.

A próxima revelação foi divulgada em poucas horas. O composto, de origem chinesa, era sintetizado a partir de um componente desenvolvido na Antártida pelos cientistas de Túris.

Era a peça que faltava.

A TV noticiou, e as grandes agências de notícias do Ocidente fizeram farta distribuição de suposições, que iam desde a adição do veneno na alimentação da vítima até a aplicação do composto no sabonete, nos objetos pessoais, nas maçanetas das portas ou no filtro do ar-condicionado do aposento. Exploraram também as implicações políticas. Haveria Túris realizado um ataque químico no Reino de Monde, seu suposto aliado? Teria a China, adversária de Monde, participação no assassinato?

As Embaixadas turisiana e chinesa negaram tudo. Em uma entrevista transmitida em cadeia de TV3D, a embaixadora Termala, que retornara ao trabalho, fez a seguinte pergunta aos repórteres:

– A quem interessa essa morte? A Túris certamente que não. A China, também não. Eu não diria o mesmo dos investigadores do sequestro de dez anos atrás, que agem secretamente no Ocidente e em Monde.

O tumulto foi grande, pois os repórteres, aglomerados na pequena sala, queriam falar ao mesmo tempo e se distribuíam sutis cotoveladas. Sobre o composto químico Termala explicou:

– O componente desenvolvido por Túris, que foi utilizado na fórmula chinesa, faz parte do rol da bioquímica de laboratórios da Antártida para pesquisa em animais, causando paralisação nas cobaias, para posterior reanimação. Nada mais que isso.

Algum repórter teve a insensatez de perguntar pelo antídoto, até cair em si, pois a vítima já estava morta. Termala enfatizou que os gelos não têm o composto chinês *xinyaowu*, apenas um dos componentes utilizados na fórmula.

– Embaixadora – perguntou um repórter da Reuters. – Quando Túris assinará o protocolo de não proliferação de armas químicas?

– Em primeiro lugar, nosso componente não é uma arma química. Como já disse, é só um agente paralisante, mais ou menos como o éter, que paralisa a mosquinha *drosófila*. Segundo, as nações da Terra não quiseram assinar o protocolo da Antártida que apresentamos. A Antártida é nossa morada, e, portanto, os turisianos têm o direito de reger todas as operações no continente...

– E a pergunta, embaixadora, a pergunta... Quando os gelos assinarão o protocolo de armas químicas? – repórteres de várias agências e mídias voltaram a insistir. A embaixadora foi breve:

– Não pertencemos à ONT e, portanto, qualquer protocolo emitido por esta organização não nos inclui.

Houve muita confusão. A embaixadora acabou por encerrar a entrevista. Diversos jornais do mundo começaram a associar o sequestro de dez anos atrás com o assassinato de Tobruk. Não poderia ter sido pior para a diplomacia de Túris.

Carlos Odetallo, na presença de dois de seus advogados, acabava de receber o detetive Hórus, seu contratado.

– As coisas estão melhorando para o nosso lado. Já descobriram como o cara foi morto. Eu sei da química, mas o principal, o que interessa mesmo, do ponto de vista criminal é: como o veneno chegou no delator?

– A polícia está investigando, mas não há pistas – respondeu Hórus.

– Mataram nossa testemunha. Mas não tinha mais nada a contar, não é mesmo?

Os advogados confirmaram.

– Era uma testemunha fraca, mas agora vão dizer que ele sabia de tudo. – Riram.

– Era um pobre diabo – comentou Odetallo, enquanto começava, ele mesmo, a abrir um cobiçadíssimo uísque que passara 25 anos em barricas de carvalho. – Fiquei até com pena dele, mas o destino está a nosso favor. Nada do que aconteceu com o bandido nos prejudica; pelo contrário. Se Túris planejou isso, deu com os burros n'água.

Cada um pegou sua taça e em coro brindaram. Não trocaram mais nenhuma palavra do que havia acontecido. Depois de tomarem uns drinques, Hórus se despediu.

Um vento forte fustigava os belos jardins do Paradiso quando o feiticeiro detetive saiu abotoando seu capote.

Aposte que eles são culpados, foi o que a velha raposa disse, ele pensou.

22 Triangulação

Foram muitas as escadas que ela subiu até chegar à sala da biblioteca, onde um grupo de feiticeiros aprimoravam-se no estudo das obras dos grandes *mistagogos* e dos velhos manuscritos. De relance, Ákila percebeu que seu irmão não estava. Então, saiu pelo longo corredor curvo de pedra bruta, cujo chão era muito bem lapidado de modo a que ninguém se preocupasse com tropeções. Após uma sequência de direitas e esquerdas ela o encontrou próximo à sala de aula.

– Preciso lhe falar.

– Ákila, faltam poucos minutos para eu começar a dar essa aula de aperfeiçoamento em *translocação* – ele falou, apontando para a entrada do portal da sala.

– Julgo ser o bastante.

Dunial respondeu em tom afável:

– Ótimo. Eu sempre estou disposto a ouvi-la, você sabe. Aliás, sua aula sobre premonição foi transferida para depois de amanhã.

– Deixe-me ir direto ao ponto. Houve um tempo em que a Caverna era dominada por *diabos*. Eram em grande número e seguiam a matriarca gênia, dificultando o trabalho dos venerandos mestres, que então foram reduzidos a um grupo muito pequeno. Isso foi há cinco séculos. Duzentos anos mais tarde eles começaram a emigrar para outras regiões.

– Eu sei, mas... Algum problema?

– Mefistofu está cooptando *diabos* para trazer para cá. Ele quer reviver aquele tempo.

– Ákila, ele está na *floresta escura*. É lá que ele vive.

– Não esteja tão confiante. Ele jurou a Vuca que, quando a triangulação tiver sucesso, uma horda virá do Oriente, da *Cova do Fundo*, e outra do Ocidente, da *Floresta Negra*, em grande quantidade. Inclusive, o diabo-chefe virá para a *conexão cósmica*. Tenho medo de que matem a neném gênia depois que nascer.

– Isso Vuca não permitiria, pois acabaria com o matriarcado milenar da Caverna, que começou com a *fundadora*. Agora, cuidar bem da neném vai ser muito difícil com tantos diabos perturbando.

– Você se esqueceu de que Vuca vai embora? – perguntou Ákila. – Temo a confusão se nós mestres tivermos que expulsar os diabos estrangeiros. E ainda tem outra coisa. Os bruxos estão se perguntando se virão para cá feiticeiros gelos. Tem gente preocupada.

– Claro que não. Os tratados com Túris não permitem que venham. O príncipe-magistrado já se foi.

– E os diabos?

– Vou conversar com Vuca. Sem a permissão da Caverna ninguém virá.

Dunial percebeu o ajuntamento de feiticeiros que chegavam para a aula.

– Ákila, vou ter que entrar, eles precisam de mim – falou, pousando uma das mãos no ombro da irmã.

– Espero ter sido útil – ela respondeu com uma voz sombria.

Dunial viu sua irmã desaparecer. Imaginou que estava aflita, pois não era usual *translocar-se* dentro da Caverna.

Seria bom se Ákila fosse mais serena, pensou, e lembrou-se de que precisava ligar para Regina.

A temperatura era perto de 40ºC à sombra, mas no palácio tudo funcionava muito bem. As três princesas, Echerd, Pilar e Linda, foram convidadas pela rainha para se banhar na belíssima piscina do jardim imperial, a mais sofisticada entre todas dos vários jardins. Ao som de músicas italianas, gesticulando ritmicamente as mãos, as princesas dançavam alegremente e, volta e meia, mergulhavam e retornavam. Espontaneamente as jovens resolveram mostrar à mãe suas habilidades aprendidas em cursos de dança, fazendo sob o gramado da piscina o movimento de reversão frontal, em que a ginasta, começando em pé, coloca-se de cabeça para baixo e, apoiada no solo somente pelas mãos, retorna à posição inicial, uma perna e depois a outra.

– Eu vou fazer diferente – disse Linda.

Ela, que era major da aeronáutica, exibiu para as irmãs e a mãe o salto *flic flac* dos ginastas olímpicos, em rápidos rodopios sucessivos, com movimentos para a frente e para trás, terminando como faria uma atleta qualificada.

Surpreendeu.

– Você foi ótima – disse-lhe Pilar. – E adorei o pulo final; se escorregasse, cairia com a bunda no chão. – Deu uma gargalhada.

Linda, ainda ofegante, riu discretamente e completou:

– Ah não! De jeito nenhum, eu não deixaria sujar meu biquíni.

– Alguém na aeronáutica te ensina essas coisas? – perguntou Echerd.

– Claro que não. Esse treino no solo é coisa minha, é para me sentir segura; na força aérea aprendi outras coisas, como pular de paraquedas, pilotar de cabeça para baixo. Por isso achei bom praticar esses saltos, pois tenho que fazer *loops* no avião e outras manobras que sempre apavoram o piloto de primeira viagem.

– Você está de parabéns – disse a rainha, enquanto se deliciava com petiscos de camarões rosados em molho com azeitonas pretas.

Linda deu um risinho e começou a narrar suas acrobacias nos caças da força aérea de Monde. Falou das acelerações bruscas, os "Gs", e *loops* a que o avião submete o piloto, dos movimentos para levantar o nariz da aeronave e de rolamento do avião sobre seu próprio eixo, até ser interrompida.

– Olha ela... Vamos parar com essa conversa mole? Quero ver você aguentar um filho na barriga por nove meses. Isso sim é ter coragem – provocou Pilar, pois sabia que a irmã mais nova nem namorado tinha.

Sem se importar com a troca de palavras e amabilidades que se sucediam entre as duas irmãs, após as provocações da mais velha Echerd se levantou, pegou uma bandeja com quitutes e sucos e foi servir a rainha.

– Eu e minha mãe temos segredos para tratar, não é, mãe?

– Humm? – fez a rainha, franzindo o cenho.

– Vai nessa não, mãe – disse Pilar. – A senhora conhece minha irmã, vive caçando encrenca, deve ser mais uma.

– Não fique arrodeando, não. Fala logo o que é – respondeu a rainha com um risinho malicioso.

– É particular – ela respondeu, apreensiva.

As princesas riram da irmã e deram-se a tagarelar, menos Echerd, que não conseguia disfarçar certa preocupação. Estava sentindo-se uma idiota. Finalmente, quando a refeição terminou, ela pediu à mãe que lhe concedesse um tempo, a sós.

– Tem que ser agora?

– Claro, mãe, estou com problemas...

– Você sabe que trabalho à tarde, está quase na minha hora, seja breve, menina – falou a rainha fechando o semblante.

A princesa dos cabelos vermelhos viu nesse encontro não agendado a oportunidade de ajudar Odetallo, pois lhe tinha prometido levar o caso do sequestro a sua mãe. Contou então à rainha da suspeita de que foram insurgentes dos gelos, talvez ligados ao antigo *círculo* da Rainha Branca, que sequestraram os atletas do campeonato que Odetallo promovera há dez anos. Perguntou à rainha se havia alguma coisa que pudesse fazer, pois os juízes tinham dado ganho de causa aos gelos no processo, considerando não haver provas do envolvimento de Túris.

– Você sabe que não posso me envolver com isso. Os juízes seguem nossa lei. Se você e Odetallo conseguirem novas provas, evidências, é só anexar e remeter. Cabe ao juízo recebê-las ou não.

– Mas esse não foi um crime comum. Foi um escândalo! Sequestros de distintos cidadãos do reino e de outros países por um feiticeiro da Antártida. Se Túris puniu os criminosos, mãe, tem que apresentar evidências disso – retrucou Echerd.

– Se puniram não vão dizer. Eu conheço esse povo. Não são amigos nem inimigos, mas por serem leais aos acordos são melhores que os falsos aliados, que dizem uma coisa e fazem outra. – A rainha fez um sinal para que a dama viesse com a sobremesa.

– Mãe, a Míriam me confirmou que o círculo existiu. Quem sabe se não perdura até hoje?

– Duvido muito. – Balançou a cabeça.

– Deixe-me procurar nos documentos secretos do reino, aqueles ligados à feitiçaria. Talvez encontre o que preciso – pediu Echerd, depois que viu a dama se retirar, deixando-as a sós.

– De modo algum. Você ainda não trabalha para mim.

– Mas tenho que ajudar o homem que me salvou – insistiu Echerd, enquanto observava a mãe saborear um sorvete de calda de chocolate brasileiro da belíssima região de Porto Seguro.

Ao terminar a sobremesa, a rainha levantou-se bruscamente.

– Com licença, agora tenho que ir, não prometo nada, mas vou pensar. – Piscou para a filha.

Echerd sorriu, fechando seus olhos amendoados e murmurou para consigo, confiante que a rainha iria ajudá-la: *A hora está chegando, eles vão ter que provar do seu veneno.*

Estavam as coisas nesse pé quando a rainha Regina recebeu a comunicação de Dunial pelo globo de cristal.

– O príncipe-magistrado de Túris Antártica esteve com Vuca? Vão fazer um contato cósmico?

– Foi o que acabei de dizer, Regina – confirmou Dunial. – Vou mantê-la ciente do desenrolar do caso, mas, a princípio, uma comunicação com o planeta *Tera* não nos traria perigo.

– Não estou tranquila – queixou-se a rainha. – Primeiro vem Usdarina, e agora esse príncipe turisiano. Quem mais fará parte disso?

– Os *diabos* da *floresta escura*.

– Que horror! Alguém tem de impedi-los.

– Ninguém pode. A impenetrável floresta é um dos vértices do triângulo.

– Cada vez que falo com você fico mais nervosa.

– Não negocie sua paz interior. No momento certo tudo se resolverá. Faça os exercícios que aprendeu na Caverna, vai lhe fazer muito bem nesse momento.

Quando terminaram de conversar, Regina meneou a cabeça e pensou no que Dunial dissera; ele sempre via o mundo de um jeito diferente do dela.

Não pode ser assim. Diante das adversidades tem-se que ter atitudes.

No horário nobre, à noite, em um canal de TV3D, justamente aquele que pertencera ao milionário Odetallo, antes de vendê-lo para um grupo italiano, a notícia sobre o caso do sequestro ganhava nova repercussão. Documentos secretos *poderiam provar* a participação de magistrados turisianos, que cultuavam o antigo *círculo* de Branca, no nefando crime que escandalizara a nação. Tobruk, que tinha sido assassinado, *estaria cooperando* com a investigação para descobrir se o sequestrador trabalhava ou não para a Magistratura.

Ao ser entrevistado, Odetallo dissera não poder revelar detalhes para não prejudicar o inquérito em andamento. E, nesse disse não disse, foram as mídias de Monde vendendo jornais e notícias, sempre alegando novas e ocultas informações de que ninguém tinha acesso, mas que, de certo, *resolveriam o caso*. O barão Richo chegou a ouvir confidencialmente de Odetallo que nada como um *banho de mídia* para sensibilizar os juízes do Supremo.

Após ter acompanhado todas as notícias, Echerd tentou se dirigir aos aposentos da rainha, para colocá-la a par do que tinha sido veiculado nas mídias, mas foi barrada pelo sistema. A única mensagem que conseguiu de sua mãe dizia: "Você tem alguns problemas, mas os que eu tenho são infinitamente maiores".

♦ ♦ ♦

Era tarde da noite quando Regina enviou uma mensagem para Míriam, dizendo que precisava ter com ela uma conversa sigilosa. Para evitar qualquer escuta clandestina, seja por tecnologia ou por feitiço, resolveram que se falariam pelo globo mágico e pelo caldeirão da maga.

– Regina, vejo sua imagem refletida na sopa do meu caldeirão. Mas sinto que sua vibração não está boa.

– Míriam, preciso que você me ajude. Desculpe minha intromissão em sua, *érr*... culinária, mas outras coisas estranhas estão acontecendo na Caverna.

– Você não está me atrapalhando.

– Obrigada, você é sempre maravilhosa. Soube agora há pouco que o príncipe dos gelos se encontrou com Vuca e ficou lá por uns dias. Trataram da tal conexão cósmica que vão triangular. Mas você me tinha dito que não permitiu utilizar seu castelo para formar os vértices do triângulo... Então...

– Continue...

– Como eles vão triangular esse negócio? Vão usar a Antártida, as altíssimas montanhas do platô? Ou o quê?

– Vai ser na Antártida, onde precisamente não sei. Eu mesma sugeri.

A rainha deu um gemido, espantada.

– Aaah! Como? Por quê?

– Regina, não se assuste. Conversei com a *mensageira*, você sabe que ela é muito perigosa. Disse-lhe que não tenho nenhum interesse nesse feitiço, então que ela procurasse os gelos, pois eles se interessariam. E foi o que ela fez.

– Não! Já conversamos sobre isso. Essa magia vai aumentar o poder de Vuca, a inimiga do Reino de Monde, e agora... para piorar... vai fazer Túris voltar-se contra nós. Como você foi sugerir esse negócio? – A rainha ficou indignada, não sabia se chorava de raiva ou tinha um acesso de fúria.

– Não fosse eu a sugerir seria a Vuca, com certeza. Você pode até não saber, mas ela tem encontros com o príncipe Leucon da nação antártica.

A rainha respirou fundo.

– Calma, muita calma nessa hora querida – Míriam continuou a falar pausadamente, modulando a voz –, não vai acontecer nada demais. O projeto é para se comunicar com Tera, e não com *poderios* perigosos. O que eles podem encontrar? Outro humano em Tera? Um *geniacus*? Gigantes *góis*? Seria um arremedo de experimento científico. Sem futuro nenhum, acredite.

– Que interesse Usdarina teria em algo meramente científico? Há segredos que você não sabe. Isso pode ser uma caixa de pandora – reagiu Regina.

– Pense comigo. A ciência não tem o mal e o bem. Ela não tem lado. A triangulação será um experimento, o que vai sair disso não nos é revelado.

– O que vai sair disso? Você ainda tem dúvidas? É só olhar quem está envolvido: magistrados turisianos, Vuca, com sua perfídia, os *diabos,* e até a *mensageira do poderio-morte*. Pode haver um quarteto pior que esse?

A maga pareceu não concordar.

– Usdarina é uma loba solitária, veio para esse mundo sem ninguém. Ela pode estar querendo rever sua tribo.

– E a matriarca Vuca? Que interesse teria nisso se não aumentasse seu poder?

– Não sei. Vuca é bem diferente do que Facos foi. Mas você quer saber a minha opinião?

– Diga, por favor.

– A triangulação não tem como dar certo. É coisa impossível no plano físico.

– Por quê?

– Imagine. Duas pessoas contatando-se com determinado poderio-gênio em planetas diferentes no mesmo instante. Só isso já seria alguma coisa altamente improvável, um fenômeno. E, depois, como farão o *link* entre si? Não pode dar certo. Esqueça isso.

– Mas, se der certo, estarei perdida. Vuca vai aprontar alguma coisa, eu a conheço.

– Regina, se eu pudesse, conversaria com Vuca, mas não posso visitá-la na Caverna. Depois que Facos morreu nunca mais a vi.

– E se meu irmão a convidasse? – indagou Regina.

– Dunial? Veja bem, ele não vai me convidar. Você deveria saber.

– Não... Eu?

– É a nossa história Regina. Eu me dava muito bem com Facos, conheci você e Vuca, ainda meninas, na Caverna. Vuca me via levar minha filha Sahira para brincar com você. Mas ela se afastava, estava entrando na adolescência, essas coisas... Depois que Vuca se tornou a matriarca, não pus meus pés lá.

– Míriam, muitas vezes a gente se sente tola quando faz uma coisa nova e ousada... – Regina preparava a maga para uma nova abordagem.

Míriam percebeu, e deu uma leve mexida com a colher no caldeirão para melhorar a imagem da rainha na superfície do caldo que funcionava como uma tela.

– Sinto muito envolvê-la, Míriam, mas a triangulação cósmica, quando for acontecer... Você não poderia dar uma de espiã e observar pelo seu caldeirão?

– Não tenho esse poder.

– Pela minha bola de cristal?

– Também não. Regina, preste atenção. Dunial vai participar do *círculo* que Vuca organizará. Quando acabar o experimento, você poderá indagá-lo.

– Pode ser tarde demais. Não poderei conversar durante os dias da conexão, pois quem está dentro do *círculo* não pode fazer contatos externos.

– Acho melhor não falarmos mais disso.

– Querida, vamos encontrar uma solução.

– Regina, você me conhece. Não me envolvo com as intrigas de feiticeiros, seja lá de onde vier. E também só faço magia branca. Você já pensou em conversar com os gelos? Para triangular o feitiço com a Antártida, será preciso pelo menos uns dez feiticeiros bastante poderosos de lá. Túris saberá.

– Uma vez que concordaram, nada do que eu disser vai alterar alguma coisa. Infelizmente.

– Regina... Vou me desconectar. Boa noite.

– Não, por favor – a rainha estava ficando aflita, tinha que resolver aquilo de qualquer maneira. – Eu... eu tenho um plano, uma sugestão para lhe dar. No dia em que começar a invocação, uma *bruxa menor* poderá ir à Caverna. Vamos sincronizar sua mente com a dela, então tudo o que ela vir, ouvir ou captar em sua mente com seu *sexto sentido* você saberá no mesmo instante, como se você estivesse lá. Entende o que eu digo? E você conseguirá perceber coisas que a *bruxa menor* não perceberia.

– Você pede demais, não sou espiã.

Regina estava ficando irada. – Míriam, a triangulação só vai acontecer porque você sugeriu a Antártida.

– Escute, ó rainha! Eu sabia que Vuca convidaria os gelos, então sugeri antes. Dessa forma a *mensageira* parou de me perseguir. Fui até ela nas altíssimas cordilheiras do Tajiquistão. Eu já te avisei, vou desconectar.

Estou enfurecendo a maga, mas não sei mais o que fazer.

Para Regina, tudo aquilo era só o início de todo o mal que poderia advir. Ver aumentar o poder de sua inimiga e não conseguir pará-la a torturava. Uma magia tão poderosa tinha que ser combatida com outra. Sentiu um arrepio. Precisava da ajuda de Míriam.

Pensou em Niágara. Ela seria a *bruxa menor* que faria a difícil e arriscada tarefa de espionagem. Como é uma bruxa oriunda das cavernas, não iria despertar suspeita. A espiã captaria todas as informações que costumavam vazar do círculo para a turba de bruxos que faziam o entra e sai da Caverna para o Pátio.

Convencer Niágara, que mora em seu reino, não seria difícil. Duro mesmo seria convencer a maga.

Tinha que insistir.

– Desculpe-me querida... você é muito corajosa. Eu te admiro muito, mas estou angustiada. Por favor, eu *preciso de você...*

O resto da frase ficou presa em sua garganta.

Segurou a *bola de cristal* e verificou que a conexão terminara.

– NÃO, NÃÃÃO! – berrou...

23
Termas do oitante

ANTÁRTIDA, ANO 198, DIA DE NETUNO, 19 LUZ.

Era cerca de meia-noite quando o anel que Sizígia jamais tirava do dedo sinalizou que Koll queria lhe falar. Ela ainda estava trabalhando na perfuração de uma espessa camada de gelo e da rocha que jazia abaixo em busca de um veio d'água quente para um novo assentamento. Se a sondagem não desse resultados, a nova cidade seria aquecida por energia oriunda dos pequenos reatores de fusão nuclear, tão comuns em Túris.

A mensagem chegou da Embaixada da Antártida, o único lugar do mundo em que ele podia se comunicar com ela, porque o sistema turisiano era isolado com códigos e satélites próprios, desconhecidos das nações da Terra. Sizígia atendeu a ligação via um comando mental para o seu anel, que lhe servia de celular, entre tantas outras coisas.

– Koll, eu sabia que era você, estou quase terminando meu trabalho.

– Venha me ver, minha bela, não consigo esperar mais. Você tem que trabalhar menos. Não acha que já faz muito?

– Vá devagar, querido – gracejou. – Normalmente, trabalho metade do dia ou até mais. Não seria bom para você eu ficar de moleza, trabalhando pouco, porque neste caso eu teria menos folgas.

Koll bufou ao telefone.

– Faz de novo. – Ela riu.

– Poxa, você está brincando comigo e eu me lascando de saudades.

– Perdão, querido. Como você não pode vir onde estou, amanhã irei à Cratera. Tudo bem?

– Como faço para ir onde você está?

– Não faz. Você sabe que nenhum humano pode visitar os acampamentos de obras de Túris. Até mesmo cidades é muito difícil, seria preciso uma permissão especial, e eles quase nunca dão.

– Também não é assim, você nem tentou. Consiga para mim essa autorização; eu sei que você consegue. Já fomos ao Ninho, que fica em um sítio bem longe de Cratera Nevada. Agora quero conhecer outras cidades, estâncias, fábricas, tudo o que puder.

– O Ninho não é uma cidade, querido, é só um resort para se ficar a dois. Mas vou ver o que consigo, prometo. Fábricas... Não vai dar. Se tentar te levar a uma fábrica, os gelos me acharão doida. – Riu novamente. – Outra cidade, talvez... vou fazer o teste e saber se meu prestígio está em alta.

Quando os dois se encontraram, a mulher-gelo veio com uma surpresa. Contou a Koll que o fato de ele trabalhar na Embaixada facilitou muito as coisas, pois Túris é grata à grande nação australiana.

– Quero ir à fábrica de espaçonaves – ele disse.

– Eu, hein? Fique esperando... Venha comigo, no caminho te conto. – Toda sorridente, disse-lhe que conseguira autorização para irem à cidade de *Termas do Oitante*, muito bela, segundo ela, que tinha uma particularidade, várias piscinas térmicas provenientes de uma fonte natural de origem geotérmica, diferente da grande maioria das localidades dos turisianos, onde a fonte térmica é puramente nuclear.

– Sabe como iremos? – ela perguntou.

– Só pode ser de motogelo. – Ele riu.

– Nãããão... Errou, querido. Vamos de disco voador. É uma nave apropriada para viajar por todo o espaço gravitacional terrestre, incluindo a Lua. As mais velozes, as que atingem os trezentos mil quilômetros por hora, são interplanetárias.

Koll gritou de satisfação, fascinado. Jamais sonhara em viajar em algo parecido. As naves de Túris eram as mais desenvolvidas do mundo. Pegaria um dos discos imponentes que com frequência pousam em Cratera Nevada. Não conseguia parar de sorrir, imaginando quantos homens haviam tido a oportunidade de viajar em uma espaçonave gelo. Sua mente estava distante, sentia-se como uma criança, quando Sizígia o avisou que era hora de partir e que já despachara sua mala.

– E você, vai levar o quê?

– Nada. Os gelos não têm esses costumes de vocês, malas para levar pertences pessoais, bebidas, uma montanha de lembranças, presentes. Se eu quiser levar um presente para alguém, carrego numa bolsinha. Só isso.

Na espaçonave, ele reparou que viajavam cerca de duzentos gelos e doze *tirranies*, homens marinhos que descendiam do antigo *Homo erectus,* que também vieram com as migrações para a Terra. Olhou ao redor, no interior da nave, e achou-a bastante confortável. As poltronas eram bem inclinadas e ficavam em cabines para duas pessoas; as laterais eram abertas de modo que se podia ver parcialmente os vizinhos dos compartimentos ao lado. Todas as cabines eram dispostas em *círculo*, acompanhando o formato do disco voador. Os *círculos* mais próximos do centro do salão eram obviamente menores, comportando menos passageiros. À frente de cada assento da cabine havia uma janela que servia também de tela que era formada por projeções holográficas; as imagens eram acessadas somente por conexão mental. Com a tela desligada, podia-se observar o curioso movimento das cápsulas, cada uma em forma de ovo, locomovendo-se pelo teto até as cabines dos que haviam feito pedidos, como refeições, lanches, bebidas, remédios, e até cosméticos.

No visor 3D podia-se assistir a documentários científicos e reportagens no idioma dos gelos, que Koll só entendia porque os funcionários da Embaixada tinham autorização para usar o tradutor on-line. Legenda só havia para a escrita internária, dos poderosos *iténs* de *Tera*. Outra coisa interessante que logo chamou sua atenção foi a ausência de aeromoças na nave dos gelos. Quando alguém queria uma bebida, fazia um pedido mental e ela era levada pela cápsula, através da janela de cada um, até o colo do passageiro. A cápsula abria-se e dentro encontrava-se uma garrafa metálica com uma espécie de canudo curto, pois era assim que as bebidas e até sopas eram servidas em Túris. Terminada a bebida, era só colocá-la de volta na cápsula, que subia novamente para o teto, seguindo o caminho para o dispositivo de limpeza e reciclagem.

Os passageiros que viajavam a lazer tinham que pagar tudo, o débito era on-line, pela comunicação do anel individual com o sistema de pagamentos, sem qualquer tipo de senhas ou pedidos de confirmação. Koll não se preocupava, pois era Sizígia quem fazia os pedidos; ele não saberia como se comunicar mentalmente com o sistema, ainda que tentasse a vida toda.

– Vocês não têm redes sociais em Túris? – ele perguntou.

– Não.

– Muito atrasados, vocês.

– Mas posso mandar mensagens para qualquer gelo que conheça pelo computador. Posso até formar grupos.

– Pode mandar fotos?

– Fotos minhas e de paisagens, sim. De outras pessoas não.

– Minha nossa, que atraso! Você pode fazer um site no sistema?

– Não. Ninguém faz sites aqui. Posso montar alguma coisa no sistema do trabalho.

– Pré-histórico, *tsc tsc*. – O homem balançou a cabeça.

Sizígia começou a olhar para ele com estranheza.

– O que vocês têm de pornô? – continuou Koll, querendo provocá-la ainda mais.

– Nada. Ninguém pode postar suas fotos de nudez no sistema. – Koll pôs a mão na cabeça e disse em tom jocoso:

– Não dá para acreditar. Então, os gelos não podem ver fotos de pessoas nuas? Que coisa retrógrada, vitoriana!

– Pode sim – respondeu Sizígia, franzindo o cenho. – Todos têm acesso às fotos de sistemas médicos e biológicos com a anatomia masculina, feminina, *tirranie*, *sapiens* e...

– Espere aí! Não dá pra você entender que isso não é pornô? Caramba, acho que estou em outro planeta. Alô? Tem alguém aí?

– Você parece um bobo – censurou ela, irritada. – Se quiser sexo, coloco no sistema que estou "a fim" e então aparecem algumas pessoas que querem a mesma coisa... Eu posso aceitar sair com elas ou não. Mas nas fotos ninguém está nu, pois é proibido.

– Até que enfim... Então, vocês têm um site de namoro.

– Não é bem um site, é só uma fila. Eu coloco uma *flag* no meu código. Se aparecer alguém querendo, entro no sistema oficial de identificação que me traz uma foto e alguns dados da pessoa. Se gostar, quando nossas folgas sincronizarem a gente se encontra.

– É... vocês têm muita censura. Diferente de um mundo *livre*, como o meu. – Sizígia aborreceu-se com ele.

– Não sei o que deu em você, estava elogiando nossa tecnologia e, agora, esse mau humor. Quer saber? Seu mundo desperdiça tempo com o que é inútil, ou você ainda não percebeu? Leia Platão! – gritou.

Pela primeira vez Koll a ouviu falar bem do filósofo.

– Com uma população tão baixa como a nossa – continuou Sizígia –, se fôssemos inúteis, os *sapiens* teriam nos destruído com mísseis e armas biológicas. Você pode ter certeza disso.

– Desculpe... – Sorriu maliciosamente, mas, no fundo, sentia-se engrandecido, pois pareceu ter conseguido fazer uma mulher, de uma civilização tão evoluída, perder a calma.

♦ ♦ ♦

A nave decolou tão confortavelmente e sem qualquer tipo de ruído, que dificilmente se percebia já estar em movimento. Estavam todos inclinados em suas confortáveis poltronas, uma cautela necessária devido aos "Gs", acelerações que poderiam acontecer se algum imprevisto forçasse a espaçonave a fazer curvas inesperadas. Koll escolheu com a ajuda de Sizígia, na tela 3D, o canal que mostrava o que acontecia lá fora. Lindas paisagens de geleiras, do litoral e dos grandes icebergs o fascinavam. Estava anoitecendo, e as imagens eram perfeitas. Em dado momento, viu a nave se aproximar de um grande paredão rochoso, cujo topo era coberto de gelo. Embora não conseguisse ver tudo, pareceu-lhe que uma porta camuflada de rocha se abriu no paredão para receber a grande nave, que por ela entrou. O pouso foi suave e logo estavam todos do lado de fora da espaçonave. Maravilhado, Koll não conseguia desprender seus olhos da gigantesca caverna que servia de espaçoporto.

– Onde está minha mala? – indagou Koll, um pouco surpreso com o que via.

– Já está no apartamento em que vamos nos hospedar.

– E a sua, coitada... – Forçou um riso.

– Eu acabei de te falar que não uso mala. No apartamento já tem toalhas, um macacão *collant* térmico para eu usar à noite e no café. Solicitei na cor azul-marinho. É só do que vou precisar.

– Vocês são engraçados. Até a roupa íntima o hotel fornece, como se fosse roupa de cama. Lavou, pode usar novamente – disse Koll forçando um riso, pois na verdade espantava-se com as *estranhezas socialistas* de Túris.

– Claro, tudo aqui é reaproveitado. Tem um *collant* para você lá também. Você não precisaria usar suas roupas de baixo.

Koll deu uma gargalhada.

– Essa eu quero ver. Eles sabem o meu tamanho?

– Eles sabem de tudo.

O homem engoliu em seco, ficou receoso, mas respirou fundo e se acalmou.

– Bela, vou te falar de uma curiosidade que descobri em meus estudos na Embaixada: Termas do Oitante, já vi o porquê desse nome. Aqui, nessa cidade subterrânea, tem um único lugar, muito alto, em que se consegue enxergar lá fora, através de uma abertura inclinada escavada na rocha. E o que se vê?

– Em determinadas horas da noite, bárbaro – ela interrompeu.

– Deixe eu falar – disse Koll. – Estamos na primavera e, nas horas corretas, se você olhar pela tal abertura, verá no límpido céu noturno a constelação do Oitante e suas vizinhas. Dizem que é de prender a respiração

– Já que você falou, vem olhar a tal abertura – Sizígia o puxou pela mão. Koll espantou-se.

– Não – balançou a cabeça. – Esse buraco do qual estou falando fica no topo da cidade, muito alto, bem lá em cima.

– Então... É isso mesmo que quero te mostrar. Você está certo, só que já estamos no *topo da cidade*, onde fica o hangar das espaçonaves.

Ela o levou a uma escadaria estreita, e subiram juntos. Koll tirou o casaco e o levou no braço. Trezentos degraus tiveram que galgar, após os quais chegaram a um salão cuja temperatura era de cerca de zero graus, pois os vapores da imensa cidade-caverna tendiam, logicamente, a subir e esquentar em cima. A escuridão agora era total. Com a roupa que Koll usava, mesmo com o casaco no braço, ficou incomodado com o calor que sentia. Olhou para cima e viu bem de perto o grande buraco e o céu estrelado. Ficou deslumbrado, pasmo. Pareceu-lhe um quadro de algum artista supremo a luz do céu do Oitante em plena escuridão da caverna. Julgou-se insignificante, uma partícula de nada no universo.

É nessa hora que o homem se encontra com o seu criador, pensava.

– Está vendo? Reparou no triângulo do Oitante, as estrelas nu, delta e beta? – Ela apontou o céu com a mão segurando o braço dele.

– É ele, o Oitante. É uma constelação apagada, mas aqui na Antártida, e nessa altitude, o triângulo está lindo. Bem no Polo Sul, em noite sem luar.

– Vamos descer agora e depois pegar o elevador. Afinal nosso quarto está a dois quilômetros abaixo daqui.

– O quê? – Koll ficou apavorado e sentiu uma forte tremedeira. Começou a suar instantaneamente.

Sizígia pôs uma das mãos na cabeça do seu homem.

– Shhh, calma – fez ela. – Não é nada demais, não há motivo para pânico. Rapidamente a sensação de medo passou e Koll resolveu voltar com seus gracejos.

– Foi só um susto. Você quer me enterrar, mas não tem problema. – Riu para ela. – Uma descidinha a dois mil metros de profundidade em Túris é tão normal quanto andar de bicicleta, não é mesmo?

– Mais fácil ainda. – Riu Sizígia, estalando os dedos. – Você queria ver uma cidade turisiana, não queria? Elas são sempre assim, construídas em grandes profundidades. Você logo se acostuma, até porque *não tem outro jeito*, meu bárbaro. – Deu-lhe um beijo apressado.

Em seguida, Sizígia se afastou dele com o rosto compenetrado e, aproveitando que estavam a sós, resolveu ter com Koll uma conversa muito séria. O homem estranhou.

– Preciso alertá-lo.

– O que foi?

– Essa cidade jamais viu algum humano *sapiens* em toda sua existência. Você é o primeiro. Aqui não é Cratera Nevada, entendeu?

– Ok. Mas qual é o problema? – Ele deu de ombros.

– Muitos o estarão observando, e você deve estar atento aos costumes dos turisianos com muito respeito. Não encare as pessoas. Se elas sorrirem para você, retribua. Evite tomar iniciativas, pois você aqui é quase bizarro. Principalmente se estiver sozinho, muito cuidado!

– Você quer me amedrontar logo agora que estou chegando?

– Querido, há gelos que jamais viram um *sapiens* pessoalmente. Cuidado com eles... O estranho é você. Tenha cuidado com qualquer um, homem ou mulher, qualquer um deles pode ser perigoso.

Foi um aviso. O australiano ficou assustado e não compreendeu bem, pois já se acostumara com a hospitalidade dos gelos em Cratera e da sua maneira de ser. Não falavam muito, mas eram pródigos em cortesia. Seja como for, agora era hora de descer para a cidade, encontrar sua suíte e dormir.

Pela manhã, já tendo feito o desjejum, resolveram os dois tomar banho nas famosas termas da cidade subterrânea. A cidade tinha sido edificada dentro de uma gruta imensa e muitos de seus salões foram escavados ou esculpidos na rocha.

Ao entrar nas termas, dirigiram-se a uma piscina natural muito grande de águas tépidas, com mais de mil espreguiçadeiras, metade delas flutuando sobre a água. No meio da piscina havia vários bares e restaurantes, e foi para um deles que Sizígia se dirigiu, trazendo seu homem pela mão. Koll reparou que muitos na sauna ficavam nus, como em certos locais da Europa, embora mantivessem separados os grupos de homens e de mulheres, e que ambos os sexos tinham corpos esculturais como se fossem estátuas gregas ou esculturas de anjos.

– Só nas termas apreciamos sorvetes – Sizígia falou, e pediu, para ambos, cerveja gelada e sorvete cremoso. – Este tipo de sobremesa não faz parte da nossa dieta, é uma cultura alimentar que trouxemos das nações da Terra.

– Dá para entender. Impossível alguém querer tomar algo gelado em plena Antártida, não fosse nesse calor – gritou Koll, para se certificar de estar sendo ouvido apesar da música ambiente que não parava de tocar.

– Ei, essa é para você. – Ela o molhou com uma mangueira de água gelada, e desandou a rir. Koll sentiu um arrepio percorrer toda sua espinha, e então percebeu que cada banco do bar tinha, na sua frente, uma mangueirinha daquelas.

– Você e os gelos me surpreendem. Quando penso que sei alguma coisa, vejo que não sei nada. – Seu rosto foi se aproximando dela lentamente, sua voz era agora só um sussurro, interrompido por um daqueles beijos vagarosos, que fazem que o tempo seja a última coisa a ser lembrada.

– Acho que sou eu quem nada sabe. – Foi só o que ela conseguiu dizer. Olhando para longe, na direção das laterais do enorme salão, Koll observou vários nichos escavados na rocha com água até a borda, de cujas paredes saía vapor em grande quantidade, e que muitas pessoas lá ficavam fazendo sua sauna e asseio antes de se dirigir ao banho de piscina.

Fazia gosto ver a alegria que tomava conta de todos. Não viu ninguém agressivo, e tomou como exageradas as recomendações de sua bela. *Quem imaginaria que caras tão sérios como os gelos*, pensou Koll, *se libertariam nesse lugar de todos os afazeres e compromissos profissionais e se entregariam totalmente à diversão?*

Parecem outras pessoas, não aquelas fisionomias austeras que vi na espaçonave nem as que vejo no cotidiano de Cratera Nevada. Impressionante como conseguem mudar de humor nesse paraíso.

– Fala, em que você está pensando?

– Muita coisa... Tudo aqui é novidade. Onde estão as pessoas barrigudas?

– Não temos isso, todos se cuidam e são tratados pelo *sistema*.

– Cadê as crianças e os jovens?

– Só frequentam saunas públicas os adultos, ou seja, de vinte anos para cima. A garotada fica nas cidades da Academia.

– Cadê os velhos?

– Os velhos, aqueles que não conseguem trabalhar bem, são desligados do Governo e vão para a Magistratura. Então, só frequentam as suas cidades, não as nossas. Para você entender melhor, escuta o que vou dizer. Os três poderes de Túris cuidam do homem conforme o tempo. Tem uma máxima que diz:

Os turisianos nascem na Academia
Vivem no Governo
E morrem na Magistratura.

– Muito bonito, Túris está de parabéns. Nos países da Terra não existem cidades só para os velhos; cuidar deles, quando se tornam incapazes, é um *problemão*, pois a maioria das pessoas não quer cuidar dos seus idosos.

– A Magistratura faz este trabalho e cuida muito bem, até definharem como um galho seco. Agora você está do meu lado, não é? – Piscou para ele, mandando um beijo ao mesmo tempo.

– Outra coisa é que vejo muitas mulheres grávidas – Koll fez outra observação.

– É, bárbaro, a gente tem que aumentar nossa população. Isso conta ponto para as mulheres. É uma vantagem nossa que os homens não têm.

– E o homem que contribui... você sabe. Não ganha nada? – Ele a provocou com um sorriso malandro.

– Você está muito bobo. – Bateu-lhe com as costas da mão. – Os homens não fazem trabalho nenhum.

Ele danou-se a rir.

– Bom, outra coisa que penso – disse Koll, ainda rindo – é que os gelos são o povo mais civilizado do planeta, mas, no entanto, o que parece ser um paradoxo, são muito fechados e governados por uma pequena elite que não larga o poder. Tecnologicamente avançados, mas subdesenvolvidos politicamente.

– Onde você leu isso? Aqui não funciona assim. Embora exista a força dos clãs do Governo e da Magistratura, pessoas de outras linhagens podem galgar as melhores posições nos comandos graças à meritocracia.

– Você, por exemplo, poderia?

– Eu não iria querer um posto desses nunca. A política aqui é entendida bem diferente das nações da Terra. Em Túris, política é serviço, significa que você vai ter que trabalhar mais para que todos vivam melhor. Entendeu? Não é vantajoso. Não há benefícios para quem quer se dedicar a isto e também não se fica muito rico. Aliás, riqueza é algo que os gelos não ambicionam tanto, porque só podemos gastar com lazer ou... Será que vou ter que te ensinar tudo de novo?

– Não há benefícios, mas se ganha poder, influência, privilégios...

– A Academia nunca vai deixar aventureiros assumirem o Governo, pois as regras são claras, não se permitem erros. Nossa civilização é regulada pelos sistemas inteligentes que maximizam o desenvolvimento tecnológico. É uma civilização ideal, como aquela cidade do filósofo que você vive falando.

– É, bela, agora vou ser obrigado a concordar. Os governantes da cidade ideal nada recebem, assim como os guardiães da república platônica. São mundos diferentes.

– Então, pare de falar bobagens e vá estudar o *filósofo* – gritou a mulher branca, contrariada.

O australiano resolveu se calar e apreciar as belas melodias turisianas. Tinham algo que opunha o eterno ao transitório, pareciam conduzir a alma por estreitos inexplorados, repletos de desafios e mistérios. Ao ouvi-las pela primeira vez, não pôde deixar de sentir uma corrente fluir em seu interior e prosseguir pelo espaço, rumo ao caminho do cosmos. Observou que algumas canções acalmavam, outras aceleravam o espírito, tornando-o combativo, enquanto outra ainda radiava alegria e descontração, mas todas pareciam encontrar um espaço escondido em sua alma para se alojar. Virou-se ao sentir as mãos de Sizígia em seus cabelos.

– Vejo que meu bárbaro admira nossas músicas.

– Acho que admiro quase tudo, mas há coisas que preciso desvendar, sinto muito.

– Você quer conhecer tudo, não é? Tem muita pressa...

– É uma coisa que não sai da minha cabeça. Uma nação tão tecnológica deveria ter um Governo *perfeito*, que não esconderia um crime tão grave como aquele cometido na Antártida por insurgentes oriundos de um círculo de feiticeiros. Vocês tinham que ser os primeiros a punir este ato nefando, para dar o exemplo.

– Que círculo é esse? Tu... pirou?

– O círculo dos adeptos da Rainha Branca

– Isso acabou quando ela morreu.

– Foi um ato brutal, para quê? Foram punidos? A verdade é que não sabemos o que o Governo fez com esses caras. Os humanos têm o direito de saber, faz parte do direito... direito internacional. – Koll hesitou em terminar a frase, lembrando-se de que Túris Antártica sequer fazia parte da ONT.

– Olha... não sei nada disso – respondeu Sizígia sem disfarçar sua preocupação. – Acho que não tenho como ajudar, sinto muito. – Foi se aproximando para beijá-lo quando, de repente, ele barrou seu gesto e falou baixinho:

– Consulte o sistema de informações dos noticiários, você vai acabar encontrando. – Os lábios dela roçaram nos dele, sem completar o beijo, e, então, foi se afastando, devagar, e sussurrou:

– Cuidado, eu já volto, mas não vá ficar olhando essas invejosas brancas que estão rondando meu lugar.

Koll percebeu três mulheres-gelos bebendo no balcão circular e, de onde estavam, podiam vê-lo quase de frente. *Como pode mulheres geniacus ser parecidas com as sapiens apesar de trinta mil anos de evolução independente? Em termos de ciúmes, parecem idênticas.*

Resolveu pedir vinho e riu para si mesmo. De repente, viu que uma das três mulheres tinha sumido, não estava mais lá. Passou a mão por trás da cabeça sem conseguir entender. Desviara seu olhar por apenas dois segundos e, antes de poder ver se o vinho chegara, uma voz lhe perguntou:

– E aí, estranho, você não é daqui, não é mesmo? – Koll ficou chocado, pálido, tamanho o susto. A mulher de outro mundo tinha longos cabelos de um branco brilhante, que a diferenciava da maioria que usava cabelos curtos. Havia se sentado no banco de Sizígia, ao seu lado, com os seios a palpitar em um *collant* muito fino. – Você está muito tenso, eu posso te ajudar. – Pôs sua mão esquerda sobre a barba dele.

– Me desculpe, eu não a conheço. – Koll tentava ainda se recuperar do susto.

– Verdade!... Meu nome é X318. Não... Beta Crucis. Mas você pode me chamar de Crucis, é assim que todos me chamam.

– A constelação do Cruzeiro do Sul?

– Foi a primeira constelação que minha mãe avistou ao me ter em Marte. Então ela apontou para o céu e disse: "essa menina terá o nome do cruzeiro".

– Marte, o planeta?

– Aham! – A mulher percebeu o vinho italiano chegando, um autêntico Brunello, e o apanhou; em dois segundos sacou a rolha somente com uma das mãos e, num piscar de olhos, foi deitando o néctar na taça de Koll e na dela. – Gostei de você, a gente vai se entender – disse-lhe rindo e piscando um dos olhos, como faria uma profissional do lazer.

– Você não compreendeu – reagiu Koll –, minha esposa está comigo, ela teve que sair, mas volta já.

– Esposa? Nós não estamos na Alemanha, na China e... Preste atenção, meu lindo – Crucis agora começava a falar com voz meiga e sensual, os dedos já correndo sobre o belo peito de Koll. – Em Túris não existe esposa.

– Minha mulher... – Koll foi ficando atemorizado ao se lembrar das recomendações de Sizígia para não conversar com ninguém.

– Aqui ninguém é de ninguém, estranho.

Ele pigarreou. Estava visivelmente nervoso.

– Nós nos amamos. Ela está esperando um filho meu... – Crucis deu uma gargalhada.

– Filho? Ninguém aqui tem filho.

– Ela está grávida – Koll aborrecia-se cada vez mais.

– Toda mulher fica grávida. Como você acha que a população cresce, bonitão? Os filhos são do Estado, ou vai me dizer que o gostosão não sabe? – A mulher passou suavemente suas mãos cálidas no rosto do homem, que tentava se recompor do susto que levara.

Igual a Esparta, os filhos são retirados da mãe ainda crianças, ele pensou enquanto balançava a cabeça tentando sair da embaraçosa situação.

– Esparta... ahhhh! Terráqueo, se ligue. Aqui é Túris, acorde! – Koll ficou apavorado. Ela acabara de ler seus pensamentos.

– Eu não falei nada...

– Não se preocupe, desculpe se li sua mente, foi sem querer. Se quiser me conhecer melhor eu te mostro, mas não pode ser aqui na piscina, a lei dos malucos de Túris não permite. A gente vai ter que ir para as salinhas privadas, senão eles nos prendem.

– Prender?

– Exato. E sabe como é, não? Tudo é on-line. Você será preso e, em menos de um minuto, terá uma sentença para cumprir. Terrível. Mas não vou deixar acontecer nada com você, amigo.

– Desculpe, mas não quero.

– Mas você não me acha bonita? – insistiu Crucis. – Ainda sentada, foi se aproximando de Koll com o corpo e pôs a mão direita em volta do seu pescoço. Com um sutil movimento, roçou nele seus seios, deixando-o perceber o volume e, por fim, falou com uma voz meiga e sedutora.

– Está na hora de irmos para as salinhas meu estranho...

– Eu sei, mas... não quero fazer isso em lugar nenhum – respondeu Koll, preocupado. – Olhe lá, minha mulher está chegando – apontou ele para Sizígia que, nesse momento, mergulhou de ponta cabeça na piscina e chegou furiosa.

– Saia daqui! Esse é meu homem! – gritou Sizígia com o sotaque aspirado dos gelos.

– Nós estávamos só tendo uma prosinha, não é estrangeiro? – Crucis virou-se para Koll, buscando uma confirmação, que não veio. Levantou-se lentamente do banco, com movimentos de serpente, e falou:

– Ela está grávida, oooh!

– Aqui não é seu lugar! – Deu-lhe um empurrão.

– Meu *Poder*! Essa mulher é alta... – virou-se para Koll –, e eu baixinha... ai, ai! – Crucis sentiu a mão de Sizígia agarrando seu braço e, na sua voz sempre arrastada de quem não tem pressa, retrucou: – Não me bata, você será presa e julgada on-line; esqueceu das suas leis? Oooh!... E cuide do bebê – disse, apontando a barriga de Sizígia com seus dedos finos. Simulando as ondulações de uma cobra, virou-se para Koll, dizendo em alta voz, à medida que se retirava:

– A gente vai se ver! – Um sorriso deslizou nos seus lábios rubros e, sem que ele percebesse, lançou para Sizígia um olhar de cólera.

– Bela, não tive nada a ver com essa louca – Koll foi logo dizendo –, sinto muito por esse constrangimento.

– Estou com raiva da bruxa. Quero mais que ela morra!

– Perdoe-me. Ela apareceu do meu lado, sentada em seu banco. Caramba, nunca tinha visto uma coisa dessas. Não a vi se aproximando. – Koll inclinou-se e pôs suas mãos nos braços da sua amada. De súbito, ela recuou dois passos e se afastou.

– Essa mulher é perigosa! – gritou Sizígia, irada. – É uma loba da Magistratura. Eu já te disse isso, tem gente boa trabalhando lá, mas tem também esse nojo, gente inútil!

Koll calou-se, talvez fosse a melhor coisa que pudesse fazer. De longe avistou a intrusa em pé, o peito arfante, conversando com as duas amigas, bebendo todas, e às vezes dirigindo um olhar rápido para ele. Não mirou mais aquela direção.

Sizígia pediu para os dois um lanche, sugerido no painel, e, em pouco tempo, chegou uma bandeja flutuando e foi pousar no balcão, onde eles se encontravam. Koll imaginou que, quando retornasse ao seu país, sentiria falta dessa tecnologia. *Não parece com um drone, mas essa bandeja voa e vai ao destino certo*, ele pensou. Só então lembrou-se de perguntar a Sizígia:

– E então? Alguma coisa sobre o círculo?

– Nada. Nada nos noticiários sobre o círculo, sobre o tal sequestro, nada. É como se não tivesse acontecido – disse Sizígia, que agora se encontrava calma.

– Censurado. Isso também acontece entre os humanos.

– Acredito que não. Não é algo que tenha a ver com Túris. Aqui tudo é muito objetivo, não existem noticiários especulativos, entende? Em seus países as mídias especulam para vender, há um mercado para isso. E as mídias fazem a política de uma dúzia de países que dominam o resto do mundo. Uma vergonha. Nosso noticiário é diferente, não cria suposições, pois as notícias vêm do sistema inteligente, e não do Governo. Nenhum Governo turisiano jamais pôde alterar o noticiário a seu favor.

– As mídias podem ir contra o Governo?

– O sistema divulga o que está acontecendo de forma independente, quer o Governo goste ou não, entendeu? Bem diferente de vocês.

– Mas certas informações não estão disponíveis no sistema para você, e quando você começar a trabalhar em serviços de inteligência, se é que isso vai acontecer, terá acesso a tudo – disse Koll.

– Você acha?

– Sim. Tenho certeza.

– Eu seria como você que agora trabalha na inteligência australiana. É isso o que está me dizendo? – ela perguntou com um sorriso desconfiado.

– Nem tanto, estou só começando.

– Vou te falar uma coisa. Está na hora de esfriar essa cabeça, não vai aparecer nada de novo. Já se passaram dez anos do tal sequestro. Esqueça! Também porque você não tem nada a ver com isso.

– Apareceu uma testemunha, que parecia não ter muita informação, mas foi assassinada, segundo o que li nos noticiários.

– Há muita informação falsa. Está na hora de você parar com isso.

– Tudo bem, mas alguém tem a resposta. Só não sei como chegar a este alguém – respondeu Koll, já querendo encerrar.

– Você tem que se preocupar com outra coisa. Sabe o que é? Pare de querer saber. Isso é um aviso! Você não é investigador, e não pode fazer ingerência na Antártida. Vai se dar mal.

Koll resolveu se calar.

Sizígia concentrou-se nas deliciosas torradas que pedira, com grãos da Austrália, e ficou pensando:

Aqui na Antártida tudo é tão objetivo e tão correto, que a gente não se dá conta de que existe uma coisa chamada política, na qual as divisas são móveis e os objetivos nada claros. Os tecnocratas da Academia não permitem tal carga de subjetividade. Mas são pessoas que deram o start *nos sistemas. Até onde os cientistas têm como interferir em um sistema inteligente autônomo? Eu não sei... Acho que a maluca agora sou eu querendo filosofar.*

Terminou seu desjejum ainda pensativa.

Agora sei que o Santana existe, mas não posso tocar nesse assunto com Koll. Também não sei praticamente nada. Seria melhor que ele parasse de investigar essas coisas e pensasse mais em nós.

No dia seguinte, no salão do café, Koll chegou cedo para o desjejum. Tinha deixado Sizígia dormindo e resolvido arriscar-se a perambular sozinho, acreditando que suas credenciais de diplomata lhe valeriam alguma coisa caso fosse ameaçado.

– Você veio me procurar. – A mulher falava sério. Com o traje universal dos gelos, nada parecia com a que aparecera ontem nas termas.

– Você me chamou, percebi em meu sonho – disse Koll, muito sem graça. – Você brincou comigo.

– Isso foi ontem, bem... Um novo dia nos aguarda na estação da Luz. Se você não for ficar com a mulher grávida, eu o levo nas Termas hoje – Crucis foi falando, calmamente, enquanto saboreava um grande omelete de pinguins.

– Não posso. Eu e Sizígia nos apaixonamos – respondeu Koll.

– Você... eu acredito. Ela, não. – Fez um gesto negativo com os dedos. – Gelos não se apaixonam. Só se envolvem, romanceiam, mas ficar atado a paixões, não. Mas sei que você veio para me perguntar alguma coisa.

Durante a noite, Koll lembrara-se do que Jimmy lhe dissera, que existe uma técnica para que os gelos não consigam ler os pensamentos das pessoas. O segredo era não pensar em nada além do que se conversava. Koll tentou usar isto com a feiticeira.

– Bem... É que estou estudando a história de Túris e queria saber qual Governo foi melhor, o da Rainha Branca ou este atual. – Koll engoliu saliva, mas tentou aparentar o mais natural possível.

– Viu? Você quer nos conhecer. – Bateu com as duas mãos sobre o balcão. – Eu sei quem você é. Um espião!

Koll sentiu seu coração dar um solavanco no peito, seguido de arrepio. Estava correndo perigo, mas agora teria que parecer o mais natural possível.

– Não é isso, por favor! É que estou trabalhando na Embaixada da Austrália e fiquei encantado pela cultura de vocês. Na Terra nunca vi povo mais fascinante. – Koll surpreendeu-se por ter conseguido não gaguejar nem enrubescer, apesar do estado de tensão em que se encontrava.

– Nunca vi um *sapiens* aparecer nesse lugar, e mais raro ainda entrevistar uma mulher de Túris – falou Crucis. – Gosto muito deste planeta. É meu lar, nasci em Marte e me criei aqui. Eu era criança no tempo da feiticeira Branca, mas suas ideias eram melhores, ela pregava uma interação completa dos *geniacus* gelos com os *sapiens*, até porque vivia com um de vocês. Com a sua queda, que aliás veio rápido demais, acabaram criando um novo Governo. Muito fechado, isolou a gente. E aí, gostou? Tá bom?

Koll surpreendeu-se quando percebeu a descontração que a conversa adquirira. Agora fluía num novo tom, bem natural. Não viu mais perigo em continuar.

– Não poderia ter respondido melhor – disse ele. – Você trabalha na Magistratura?

– Sim.

– Você tem muitos poderes?

– Mais que a sua companheira de ontem. Muito mais. – O branco dos olhos de Crucis adquiriu um forte tom alaranjado e suas pupilas se contraíram, tornando-se fechadas e finas como as de uma cobra. Então, Koll conseguiu se manter calmo, e perguntou ousadamente, em meio a um sorriso:

– Incrível! Faz de novo! Você consegue? – ela repetiu. – Você faz parte do círculo da Rainha Branca?

– Esse círculo não existe. Existiu quando ela vivia. Mas, quando morreu, alguns saudosistas continuaram por um tempo, mas acabou.

– Acabou há uns dez anos, quando o Santana ainda vivia, não é? Se é que ele morreu. – Koll mesmo, não entendia sua confusão, mas o que quer que ela lhe falasse lhe seria vantajoso, pois nada sabia.

Os olhos de Beta Crucis retomaram sua configuração normal. Colocou sua mão enluvada sobre a mão de Koll e lhe disse:

– Que baralhada! Você está me usando para investigar o que se passa aqui na Antártida, e levará essas informações para a inteligência do seu país e seu jornal. Não posso te contar mais nada, homem bonito.

– Me conte, por favor, somente onde fica a caverna dos monstros – respondeu Koll, novamente preocupado por ter ido longe demais na conversa.

Crucis levantou-se.

– Meu café acabou. Se quiser se relacionar comigo, tem que vir agora, pois a outra, aquela megera, já vai chegar.

– Desculpe meu mau jeito. Mas minha ligação com Sizígia não pode ser quebrada.

– Ela sabe que você é espião?

– Espião? O que é isso? Não sou. – Ele riu. – É só curiosidade. – O riso de Koll soou forçado, até mesmo para ele.

– Não se incomode, bonitão. Meu anel está conectado ao seu. Eu sei que essa mulher, Sizígia, está te fazendo mal, ela finge que gosta de você e te engana todo dia. Sabe por que ela ficou com raiva de mim? Porque percebeu que consegui captar suas intenções com meus poderes superiores e descobri que estava te enganando. Ela é falsa. Afaste-se dela o mais rápido possível. Saberá me encontrar. Você viverá um amor de verdade, vai agarrar em meus cabelos e vibrará dentro de mim. – Ela o encarou, moveu os lábios e falou devagar: – É só seguir seu anel...

– Seguir como? – perguntou Koll. Então, pegou na mão da feiticeira e a viu se desmanchar-se, e sua voz bem longe ainda dizer:

– Ele será o seu guiaaa...

O australiano saiu apavorado. Tinha ouvido histórias de feiticeiros-gelos que desapareciam, mas agora acabava de presenciar alguém sumir diante dele, e a mão que segurara dissolver-se. *Agora entendo por que Jimmy é tão avesso a esse povo. Ele, na verdade, tem medo. É apavorante.*

Quando Koll chegou na suíte que dividia com sua amada teve sua primeira discussão. Sizígia disse-lhe que sabia do seu encontro com Crucis e que se aproveitara do fato de ela estar dormindo. Koll desculpou-se, não queria acordá-la, e estava certo de que não iria demorar no desjejum, mas então se deparou com a mulher da Magistratura e se sentiu impelido a conversar com ela, tamanha era sua curiosidade em conhecer alguém ligado ao *Terceiro Poder*.

– Pare de falar! – gritou Sizígia, furiosa. – O que você tem com o *Terceiro Poder*? Aquela mulher é lasciva, só respeita nossas leis porque é obrigada, mas critica tudo. Por que você tem que procurar essa gente! Esteja certo do seu desejo, bárbaro, antes de olhar para a bunda dela! Se você não está contente conosco... retire-se da minha vida.

– Não, não... Não é isso. Fui lhe perguntar sobre o círculo da rainha e...

Sizígia deu-lhe um empurrão tão forte que o deixou, num baque surdo, estatelado no chão.

– Não acredito! Você não pode dar uma de investigador em Túris. Suas viagens e nossos passeios não serão mais autorizados! O que você pensa que está fazendo? Você está louco? – vociferou.

– É um defeito meu. Não pensei nisso. Tudo aqui é controlado. Estamos em uma prisão, não é?

Ainda no chão, Koll colocou a cabeça entre os braços e lamentou muito, nunca tinha visto sua bela com tanta raiva do que quer que fosse.

– Você está errando de novo! – ela continuou gritando. – Não é prisão. É que toda tentativa de violação dos atos soberanos de Túris é motivo de inquérito. Só que não é como nas nações onde processos levam anos e resultam impunidade. Aqui, Koll Bryan, não se perde tempo com isso! Um processo não leva mais que um dia, às vezes poucos minutos somente. Se o *sistema* levantar suspeita sobre você, pode ser condenado amanhã!

– Eu sou um cidadão da Embaixada – protestou Koll.

– Ok. E sua pena pode ser retornar à Cratera Nevada amanhã e não ter mais autorização para visitar nossas cidades e instalações. Talvez você tenha até que deixar a Embaixada e nunca mais poderá me ver. É isso o que você quer? – gritou pela última vez, antes de se acalmar.

– Eu fui um idiota, não faço mais isso. Juro! Por Deus!

– Também não sei se quero mais te ver na minha frente. Você gosta da feiticeira vil. Fique com ela!

– Não, não é verdade. Eu só amo você, juro! – Agora era ele que gritava, mas não de raiva, de desespero.

Sizígia sentou-se. Mirou seus olhos azuis nos dele. Um olhar circunspecto varreu-o de cima a baixo, e lhe disse, pausadamente:

– Quando um turisiano fala isso, cumpre. Espero que os *sapiens* entendam assim. Bom para mim. É a última chance que dou para o nosso amor. Vou agora tomar meu desjejum, sozinha. – Levantou o dedo e acrescentou: – Não me siga, Koll Bryan, por favor.

24 Termala

A poderosa embaixadora de Túris Antártica dificilmente punha seus pés no palácio. A primeira vez havia sido há sete anos, quando suas credenciais foram apresentadas ao rei Laboiazo. Além das reuniões promovidas com os embaixadores, foram poucos os eventos formais que a fizeram retornar, uma vez que a chefe do corpo diplomático de Túris em Monde era avessa a encontros fúteis promovidos pela nobreza curiosa.

Mais fácil seria encontrá-la no recém-inaugurado haras dos novos territórios ou, o que era mais comum, no *resort* marinho *EvaGô*, na Cidade de Góleo, onde morava em um apartamento de propriedade do Governo turisiano e onde ficava ancorado o principal objeto do seu hobby, um sofisticado e belo veleiro com design inovador, diferente de todos os demais. Com frequência concorria a diplomata nas competições de vela, nas classes livres, das quais normalmente saía campeã com seu velame tão fino que mal se deixava ver, mas cuja resistência e resiliência eram fortes o bastante para suportar tempestades tropicais. Tecnologia exclusiva de Túris. Quando a luz batia em ângulo favorável, o conjunto de velas semitransparentes separava as cores como um arco-íris, um fenômeno bonito de se observar e que de imediato chamava a atenção de todos que o viam. O nome do barco: *Sereia Austral*.

Volta e meia os *paparazzi* publicavam suas fotos de biquíni e até com seios à mostra nos jornais eletrônicos, ávidos por obter uma boa vendagem. Adorava fazer mergulhos à noite para fugir do calor insuportável. Quando o tempo lhe sobrava, Termala ia de veleiro até a costa de Tiyo ou à região de Ghelaalo, ou até mesmo ao grande arquipélago Dahlak, a centenas de quilômetros de distância. Dependia muito das monções. Os ventos fortes daquele trecho do mar, nos meses em que soprava para o noroeste, ajudavam muito na ida, mas eram implacáveis no retorno, pois mudavam de direção na troca das monções, o que poderia levar meses. Desafiadora e esportista, ela manipulava as velas para poder navegar no contravento, ziguezagueando e com frequência enfrentando tempestades de areia, que fustigam o corpo com muita violência. Quando lhe convinha, buscava se aproximar da costa e de ancoradouros para aguardar o tempo abrandar. O retorno lhe tomava até dois dias inteiros, que ela aproveitava pescando belos espécimes e preparando pratos saborosos. Só usava o pequeno motor em situações em que tinha pressa, pois não temia o mau tempo, apenas o calor lhe fazia muito mal, ao ponto de o seu veleiro ser dotado de um sistema de refrigeração capaz de manter na parte coberta uma pequena banheira gelada, regulada para uma temperatura de dez graus.

Foi em uma dessas ocasiões que recebeu uma comunicação de que a rainha queria lhe falar no dia seguinte. Tinha que ser ligeira. Levantou-se da banheira, enxugou-se e vestiu o traje universal. O forte vento contrário golpeava seus cabelos curtos e eriçados quando pegou no timão para virar a embarcação rumo ao sudeste, deixando a costa a boreste. Partiu para o mar aberto. Usou o veloz motor para poder retornar a tempo.

Criada pela gênia da Caverna, a rainha sabia que interpelar uma *feiticeira-branca* de grande poder como Termala era bastante difícil, e mais ainda se tentasse camuflar suas verdadeiras intenções, pois acabariam sendo descobertas. Usar as técnicas de bloqueio da mente, que ela aprendera com Facos, poderia não ser suficiente, mas a rainha ainda tinha outros métodos para perceber falhas em sua defesa. Para evitar problemas, imaginou ter com a embaixadora uma conversa direta, daquelas em que não se oculta o que se tem em mente.

– Excelência – apresentou-se a dama da Corte, dirigindo-se à embaixadora Termala –, a rainha a aguarda no quarto andar. Acompanhe-me, por favor.

O gabinete da rainha estava decorado com belas pinturas e imponentes quadros dos reis do Reino de Monde, da Casa dos Falcão Vale, de onde descendia. Na parede acima da mesa da soberana, em maior destaque, havia outros dois quadros em esplêndida moldura: à direita, o retrato da gênia Facos, e à esquerda do príncipe Ace Falcão Vale, respectivamente mãe e pai de sua Majestade Fidelíssima Grã-Mestra da Nobreza, título oficial da rainha Regina.

– Por favor, sente-se – disse a rainha.

– Obrigada – respondeu Termala. – Majestade, sinto-me honrada em atender a essa convocação e faço votos que o feliz relacionamento do Reino de Monde com a Antártida se prolongue no futuro.

– Eu também faço esses votos. Embaixadora, fiz essa convocação amigável porque preciso de um favor de Túris.

– Agrada-me ser útil.

– Ótimo. Não sei se é do seu conhecimento, mas um alto magistrado de Túris Antártica esteve na Caverna da Rainha, nas montanhas da Etiópia.

– Quando, majestade? – indagou Termala.

– Há menos de um mês. Você teve conhecimento deste fato?

– Não, mas posso averiguar. A senhora sabe quem foi? – Termala permanecia impassível, fazendo jus à sua fama.

– O príncipe-magistrado Leucon Gavião. Você deve conhecê-lo pessoalmente, pois presidiu a Magistratura por alguns anos. Um feiticeiro-gelo prodigioso como o Gavião não viria aqui à toa, não é mesmo? – A rainha fixou seu olhar na embaixadora, pronta para captar seus sinais corporais, mas nada conseguiu.

– Vim da Magistratura para trabalhar no Governo, e na época éramos todos subordinados a ele.

– Você se criou na Magistratura?

– A maior parte da minha vida, até o momento em que aceitei a proposta para me integrar ao Governo.

Percebendo que a rainha estava um pouco assustada, Termala completou:

– Mas não se preocupe, vou me informar da visita do príncipe.

– Embaixadora, não se surpreenda por tê-la convocado. Fiz de boa paz, não de forma oficial, como sabeis, mas o assunto me é de grande importância. Preciso que Túris investigue as movimentações do príncipe-feiticeiro próximo à fronteira do meu país e na Caverna em que nasci. A Caverna, você sabe disso, é governada atualmente por uma inimiga de Monde, a gênia Vuca, que já me trouxe muitos problemas. Mas, agora, ela começou a se aliar a magistrados gelos e aliar-se até àquela *mensageira da morte* das cordilheiras do Tajiquistão. Você, como uma grande feiticeira, sabe de quem estou falando, não é?

Termala limitou-se a um piscar de olhos.

– Eu sei quem é, mas não há nada com que se preocupar, Túris não tem qualquer interesse nesse tipo de relacionamento, quanto mais longe de nós melhor. Jamais recorremos aos Arcanos da Morte, nosso poder é voltado à ciência.

– Bom que seja assim. Para Monde, as coisas que estou te relatando, são questões de segurança nacional. Até agora meus irmãos leais têm conseguido controlar a situação na Caverna para que não se quebre o acordo firmado com minha saudosa mãe, que garante a *não interferência* da fraternidade dos bruxos nos assuntos do reino. Mas, se um *príncipe branco* aliar-se à gênia, todos os acordos estarão em risco. O de Monde, com os bruxos e os gelos, e também o tratado das nações com Túris que proíbe a interferência turisiana nos continentes acima do paralelo 40 Sul.

– Não há o que temer. Quanto mais longe dos problemas dos humanos pudermos estar, para nós é melhor. O que interessa realmente a Túris é apenas a solução pelas nações da Terra da questão da Antártida. Nada mais.

A rainha pressionou os braços de sua poltrona. *Tenho que ser mais enfática, não vou perder esse momento com as questões do continente gelado*, pensou. Não podia deixar transparecer, mas estava furiosa, desejava estabelecer *uma linha* que não pudesse ser ultrapassada.

– Embaixadora, em nome de uma amizade de *sessenta anos* entre o Reino de Monde e Túris Antártica, você *não pode* falhar. Os magistrados gelos *não podem* frequentar a Caverna nem fazer seus círculos com minha inimiga Vuca. Ela já tem muito poder para praticar o mal, e o Reino de Monde *não concordará* com qualquer ajuda que esse demônio possa receber de feiticeiros da Antártida – falou a rainha com muita determinação, controlando-se para não deixar extravasar toda a raiva que a ascendia nem franzir a testa e marcar seu olhar.

Fez-se um silêncio constrangedor. Regina moveu a cabeça e perguntou:

– Conto com você?

Percebendo o estado de tensão da rainha, Termala ergueu a mão direita, conforme o costume dos gelos quando se quer acalmar alguém.

– Abaixe a mão! – exclamou Regina, com a pulsação acelerada. – Não é permitido feitiçaria no palácio.

– Calma, majestade. Este é o gesto de paz turisiano. Jamais ousaria violar os direitos de quem quer que seja, principalmente os do palácio imperial.

Regina respirou fundo. Imaginou se estaria sendo imprudente nessa conversa particular, mas não voltaria atrás.

– Embaixadora, desculpe-me, não sei se estou me fazendo entender. Eu só quero os gelos longe de Vuca.

– A senhora pode contar comigo. Mas tenho que lhe pedir uma coisa.

– O quê? Posso saber?

– Preciso de uma autorização para liberar os investigadores, que vou trazer, para analisar as falsas notícias que estão aparecendo nas mídias.

– Para que isso?

– Túris não pode ficar à mercê de aventureiros que dizem o que quer. As notícias, quando são lançadas à imprensa sem qualquer fundamento, não servem à causa de Túris nem à do Reino de Monde. Elas saem daqui e logo são publicadas na Europa e na grande mídia. Muitas nações do mundo invejam nossas relações diplomáticas, e é nosso dever mantê-las no melhor patamar possível.

– Eu sei que o Reino de Monde foi pioneiro na diplomacia com Túris, e isso temos que preservar – respondeu a rainha.

– A grande mídia sempre distorce as notícias quando se trata de nós. Recentemente os jornais começaram a publicar reportagens fantasiosas sobre um círculo secreto de feiticeiros da Antártida que teria sido dissolvido. Inventaram uma testemunha falsa, que apareceu do nada, para acusar Túris do sequestro dos atletas há dez anos. Eu solicitei à polícia imperial que nos permitisse cooperar na investigação sobre a testemunha. Seria uma ótima oportunidade de elucidar este caso.

– E então?

– Não deu tempo. Quando alguém percebeu que a polícia poderia concordar com os termos da nossa ajuda, deram um jeito de assassinar o homem com um agente químico *neurotóxico* antes mesmo que qualquer investigação pudesse acontecer.

– Isso é grave. Túris abriu alguma sindicância interna sobre esse caso?

– E precisa, majestade? Com as acusações que jogaram sobre nós, o único que não se beneficiaria com a morte da falsa testemunha seria Túris. Nada temos a ver com o crime.

– É, mas ele não morreu sozinho. Foi uma espécie de arma química, um agente neurotóxico que estão chamando de *xinyaowu*. Como ele age?

– Majestade, este agente químico foi desenvolvido na China para controle de pragas. Não é turisiano.

– Esse *agente novo*, o que ele faz?

– Não é uma arma química. É um produto avançado para a agricultura seletiva. Poderia fazer que cabras comessem ervas daninhas e deixassem intactas as plantações.

Os olhos da rainha brilharam.

– Muito bom, bom até demais! Eficiente e ecológico, não? Então era para ser alguma coisa revolucionária, que permitiria mudar o gosto dos animais para algo que seja útil ao ser humano, não é? E por que não deu certo?

– O *xinyaowu* foi sintetizado para ser usado diluído, uma parte por um milhão. Por ser muito instável e perigoso, não foi aprovado pelo Governo chinês. Os criminosos utilizaram esta química tóxica por uma única razão: colocar a culpa em Túris.

– E onde entra Túris nessa história?

– Há um composto nosso que fez parte da formulação do *xinyaowu*.

– É mesmo?

– Um grupo de proteínas que sintetizamos para fazer que um organismo se adapte a um órgão transplantado.

– Já existe muito medicamento desses no mercado – retrucou a rainha.

– Este é diferente dos coquetéis. Nosso paciente fica em estado de semiconsciência durante o tempo que o sistema imunológico é rearrumado. Depois disso, o paciente se recupera, volta a trabalhar normalmente e nunca mais precisará tomar remédios para controlar a rejeição.

– Verdade? É como se recebesse um novo sistema imunológico. Parece ficção.

– Exato. E quando os cientistas chineses souberam deste nosso composto, acharam que era o que faltava para o projeto deles. Mas não deu certo.

– Você devia ter negociado essa maravilha com Monde. – Ela deu uma risadinha. – Meu esposo, o rei Laboiazo, é um grande cientista e aprecia muito as descobertas científicas. Claro, iríamos utilizá-la de maneira bem segura. Não temos a riqueza da China, mas somos o primeiro país a fazer amizade com vocês, e isso tem que valer para alguma coisa.

A expressão séria de Termala se dissolveu, e ela sorriu para a soberana.

– Majestade, está na hora de colocar um ponto final nessas acusações absurdas contra Túris. Quando se pede as fontes das informações, nunca são fornecidas. Por quê? O Reino de Monde teria algum ganho com essa enxurrada de *fake news* nas grandes mídias?

– Certamente que não, as *fake news* entre os países é uma das mais antigas armas de guerra, então não faz sentido entre nações aliadas como Túris e Monde. Vocês são frutos de migrações forçadas para a Terra, mas eu também sou.

– O reino deveria denunciar essa enxurrada de notícias inventadas.

– Impossível. Não posso interferir na mídia.

– Como não?

– Porque *não é o Governo* que está acusando.

– Há muitos políticos que nos combatem e são quase os mesmos que combatem a realeza.

– A democracia é isso. – Deu de ombros. – Mas é bom que você faça alguma coisa para... amenizar essa rixa. Repare que as coisas acontecem agora com muita velocidade, e então algo pode terminar mal.

Nesse momento, Regina lembrou-se do pedido de Echerd para obter informações dos gelos sobre os círculos.

– Majestade, é fácil perceber que essas notícias, às vésperas do julgamento em última instância, são fabricadas. Elas têm um forte viés político.

– Termala, eu diria que sim e não – retrucou.

A rainha recostou-se em sua poltrona e resolveu alterar o tom da conversa. *Está na hora de mexer nesse vespeiro*, pensou.

– O "não" está no fato de que o círculo secreto dos adeptos da feiticeira Branca existiu. Minha mãe, Facos, chegou a me contar alguma coisa antes da sua morte, que Deus a tenha.

– Coisas do passado que no passado foram resolvidas – respondeu secamente.

– Esse processo contra Túris – a rainha fez um sinal com o dedo – foi movido por respeitáveis súditos e parceiros desse reino. A tese deles, pelo que sei, é que se insurgentes egressos de Túris cometeram crimes de sequestro e homicídio, e se esses criminosos não foram punidos pela autoridade da Antártida, o Governo deve ser responsabilizado.

– Majestade, Túris só reconhece os recursos decorrentes dos tratados que firmamos com as nações da Terra, além das nossas próprias leis. Não aceitamos ser responsabilizados por dois ou três bandidos que sequestraram humanos *sapiens* para algum buraco da Antártida. Esses bandidos podem ter vindo de outro lugar, da *Floresta Negra* por exemplo. Não se sabe nem ao menos se foram turisianos.

– Mas vocês não podem ignorar as relações diplomáticas que existem entre Túris e Monde – alterou a voz. – Os acordos entre as nações são só o começo, estão aquém, muito aquém de nossas ligações especiais. E, neste contexto, espero a ajuda do seu Governo para que haja punição a tais crimes.

Os olhos da embaixadora estreitaram-se.

– Eu gostaria que todos os crimes no mundo fossem solucionados e punidos, mas só fazemos o que nos cabe.

– Vocês ganharam em duas instâncias. Vão ganhar a próxima? O fato é que não havia nenhuma evidência direta da participação do Governo de Túris. Não havia, até agora.

Após dez anos de sucesso nos tribunais, Termala estranhou que a rainha, que sempre se abstivera de opinar contra Túris, tivesse mudado de opinião. Não cederia. Manteve-se decidida.

– Túris não invadiu terras e propriedades de nenhuma nação, não atacou nenhum povo e não violou nenhum dos tratados que temos firmado. Essas notícias nos jornais não trazem nenhuma prova da participação do Governo e só prestam a ajudar os demandantes em uma causa perdida. Inaceitável.

– Inaceitável? Bom, de alguma forma essa questão tem que ser resolvida – reagiu a rainha, alteando a voz. – A Antártida não pode se manter distante desse problema escorando-se em termos legais. Na última audiência, que acontecerá em breve, sugiro que Túris apresente alguma coisa concreta. Vocês têm que nos ajudar a punir os culpados.

Termala franziu as sobrancelhas. Com os olhos semicerrados, deteve-se em silêncio a razoar por alguns segundos. Pensou que se trabalhasse em alguma solução que satisfizesse a coroa, evitaria um desgaste nas relações diplomáticas. Talvez valesse a pena fazer um esforço para agradar a soberana.

– A rainha pede que Túris faça mais do que consta nos tratados e em nossas leis?

– Fique à vontade para entender como quiser. O reino só quer uma solução satisfatória. Não é pedir muito.

– E meus investigadores?

– Embaixadora, prometo pensar sobre isso. Mas, você sabe, há um protocolo em Monde que restringe ao máximo a vinda de feiticeiros poderosos para o meu país. Limito a presença até dos meus irmãos queridos, que tanto amo, que dirá de feiticeiros da Antártida.

– Majestade, preciso urgentemente de investigadores para elaborar a resposta turisiana no inquérito policial – pressionou.

Regina olhou para Termala, reparando que durante todo o tempo ela mantivera a coluna aprumada na poltrona. Seu olhar era firme, e a rainha percebeu que para obter algum favor dela teria que reconsiderar.

– Muito bem, eu aceito. Mande-me os nomes e dados dos investigadores para que eu possa analisar. Mande-me, também por escrito, o que eles vão de fato fazer em meu país.

Termala acenou com a cabeça.

– Embaixadora, nos sete anos em que você está aqui conosco, tivemos poucas oportunidades de conversar a sós. Mas gosto de pessoas que mostram muita franqueza, e vejo que você é uma delas.

– Faz parte da criação turisiana. Na Antártida, colocamos a lógica acima da política. Às vezes os estrangeiros têm raiva da gente justamente por isso. Os *sapiens* acostumaram-se a fazer políticas irracionais. Muitas vezes preferem seguir os acordos entre bloquinhos políticos do que as leis internacionais.

– Dizem que na política não existe o certo e o errado.

– Para Túris as leis sempre valem, fora disso é o caos.

Regina, agora bem descontraída, confessa à mulher-gelo o que lhe acabava de vir à mente.

– Quando a gente é novo, sempre acha que vai fazer melhor. Criar um país fundamentado em sistemas lógicos é muito difícil, e esta parece ser uma conquista única de Túris. Quando o rei de Monde começou a governar com justiça, encontrou muitos problemas, apesar de ser um homem inteligentíssimo. Hoje, imagino que se ele tivesse ajuda de sistemas lógicos, como o de vocês, nossos sucessos teriam sido bem maiores.

– Eu posso falar por Túris. Foram as nossas leis que impediram, por exemplo, a ascensão de Branca ao Governo turisiano. Ela tinha uma base política muito bem costurada, mas o *sistema* a denunciou. Por isso diz-se que foi a Academia que a barrou, mas não é verdade.

– Quem foi então?

– O *sistema*.

A rainha olhou para cima e se encantou.

– Não sabia que o sistema era tão autônomo assim. Não sei se daria certo em Monde. Mas, desde que o homem consiga controlar as máquinas, por que não?

– O Sistema Legal não tem poder para ferir ninguém, ele diz o que tem que ser feito de acordo com as nossas leis. Todos, desde criança, aprendem que as leis jamais podem ser violadas. Então, como ser contra?

– É perfeito. Imagino que desenvolver um sistema desses levaria uns vinte anos, além da integração com outros sistemas e o tempo de educação de uma nova geração. Ah... vou esquecer, impossível implantar uma tecnologia dessa envergadura em Monde.

– Acho que nosso encontro está chegando ao fim – disse Termala, percebendo que o assunto já era outro.

– Muito bem. Vamos então terminar e selar esta nossa conversa – falou a rainha sorridente.

A um sinal de Regina, a dama da corte apareceu e serviu às duas mulheres uma garrafa de raro vinho da região de Médoc e um outro, dos premiadíssimos vinhedos do Vale do São Francisco, cultivados artificialmente no *proibido* paralelo 8 do Nordeste brasileiro.

25 Luz sobre a gruta

Os que foram convidados naquela noite sabiam que não seria uma reunião habitual. Algo bem diferente estava para acontecer. No 48º andar do Hotel Paradiso, numa bela enseada dando para a baía de Beylul, em uma pequena sala de negócios, duas pessoas que nunca haviam participado das reuniões estavam ali presentes. O mais alto dos dois dispensava apresentação àqueles que viveram os momentos do terrível pesadelo do sequestro. Os companheiros logo identificaram o campeão, o vencedor dos torneios: o americano Lindon Joff.

– Boa noite, senhores. Peço desculpas por não ter marcado presença em nenhuma das reuniões realizadas durante todos esses anos, mas tenho sempre contribuído com documentações e informações – disse Sr. Joff. – Alguns aqui sabem que faço parte das forças especiais Seals da defesa dos Estados Unidos. Daí que meu sumiço foi mesmo falta de oportunidade.

– Estou surpreso que esteja aqui – interveio Daniel.

– Eu também – sorriu o grande estrategista –, prazer em vê-lo. Fico feliz também em rever nosso apresentador e patrocinador do torneio, Sr. Odetallo, sua excelência, o barão Richo, o senhor Albert Houstand e, em especial, me alegro em rever a doutora Íris Lune, pois, sem a sua ajuda, sua prontidão em socorrer a todos e seus preciosos conhecimentos médicos, não sei como teria sido nosso cativeiro, nem mesmo se estaríamos vivos.

Erguendo o olhar, a recatada doutora deu um sorriso.

– Obrigada, nada fiz além do que podia. Corri perigos, e vocês me protegeram de horríveis monstros semi-humanos. Sou eu quem tem que agradecer.

– Doutora, sem você estaríamos todos mortos, afogados naquele mar gelado. Estávamos no limite das nossas forças. Você chegou primeiro no barco e nos resgatou.

– E vocês? Vocês todos me protegeram dos monstros.

– Isso foi até o Santana chegar. A partir daí, foi ele quem a protegeu da turba dos hediondos. Eram tantos, não havia como…

Íris sentiu uma pontada no coração ao se lembrar de que Joff estava certo, o monstro a protegera dos demais que tentavam avançar sobre ela.

– Ele foi muito cruel com vocês. Quatro atletas pereceram lutando contra ele, e o menino Gebi, filho do herói Crujev, não suportou as águas revoltas da costa antártica e morreu em meus braços – respondeu com a voz embargada.

Odetallo olhou para a médica, ergueu as sobrancelhas e falou em tom afável:

– Agora tudo vai ser diferente.

– Quando isso vai terminar? Ninguém acorda dos mortos nessa vida – retrucou Íris. – Os criminosos *ficarão impunes?*

– A justiça virá, confie – respondeu Odetallo. – É por isso que quero que vocês escutem o companheiro Joff, o grande convidado da noite.

O campeão fez um breve sinal com a cabeça.

– Fico feliz em também conhecer Sr. Hórus, o bravo detetive egípcio que não tem medido esforços para levar os homens-gelos à justiça, trazendo peso à nossa difícil causa, uma causa internacional. Gostaria de apresentar meu compatriota, capitão e doutor Craig, do comando estratégico da marinha de guerra americana.

Não poderia ter causado maior impacto.

Após todos cumprimentarem o estrangeiro, Carlos Odetallo tomou a palavra e foi direto ao verdadeiro motivo da reunião. Disse que a inteligência do Governo dos Estados Unidos conseguiu, após dez anos, descobrir o paradeiro da caverna onde eles ficaram sequestrados. A revelação causou muito espanto, ouviu-se da boca de todos uma súbita exclamação uníssona que vibrou por toda sala.

Um som único e abafado, a que se seguiu um silêncio sinistro.

Ninguém falava, as expressões eram as mais variadas possíveis, de alegria a preocupação, difícil seria dizer se a notícia lhes parecia boa ou não. Uma foto deste momento seria no mínimo curiosa, pois retrataria todas as emoções e contradições entre os sobreviventes.

– Por que tanto tempo? – indagou Daniel, quebrando o silêncio. – Como poderemos acreditar que é realmente a gruta onde estivemos cativos?

– Daniel... Senhores! – Lindon Joff apressou-se a responder. – Foi uma tarefa bastante difícil. Vocês não devem saber, mas os gelos só publicam para as nações as posições das instalações de Túris Antártica que lhes convém. Umas poucas cidades, um ou outro laboratório de pesquisa, uma ou outra fonte de abastecimento de água doce, algumas fontes térmicas, e nada mais. Na verdade, isto não é nem um por cento dos buracos que os demônios fizeram na Antártida. Não estamos lidando com pessoas normais com quem se possa facilmente negociar. É um povo extremamente agressivo... E muito perigoso. Dr. Craig saberá dizer melhor do que eu mesmo, pois trabalhou bem próximo da inteligência americana.

Joff afastou-se para dar a vez ao seu companheiro. O barão adiantou-se e cumprimentou o estrangeiro em nome de todos com um leve sorriso.

– Fale então, doutor. Conte-nos tudo. Somos seus ouvintes. – Abrandava assim a atmosfera carregada que fazia que todos ficassem rígidos em suas confortáveis cadeiras, mas não conseguiu disfarçar a ansiedade que também sentia.

– Senhores – Craig começou a se pronunciar. – O lugar em que vocês foram presos e torturados por monstros é muito pequeno. Eu diria que não é uma caverna. É um buraco, algo como um... *porão*.

Foi o momento de se lembrarem, nervosamente, da cova de 24 metros quadrados, onde dezesseis pessoas foram confinadas. Atento ao vozerio que se iniciava, Joff pediu calma a todos para que Craig pudesse continuar.

– Nossos satélites espiões não conseguiam descobrir onde a gruta se situava, alguns deles foram até inutilizados pelos gelos. Os *spyballs* não foram bem-sucedidos, pois eram constantemente destruídos pelas armas magnéticas de Túris. As cavernas e as grutas na Antártida sofrem alterações constantes em sua configuração e morfologia devido às movimentações das geleiras. Nada nos ajudava.

Um murmúrio de lamentos e grunhidos se fez ouvir.

– Esperem eu terminar, amigos – pediu Craig. – Durante anos fomos aperfeiçoando os satélites espiões e a integração inteligente com os *spyballs*, a ponto de acreditarmos que já tínhamos uma ferramenta eficaz para pegar o que queríamos fazendo um eficiente raio X de toda a superfície próxima ao cativeiro. Mas ainda assim não dava certo.

– Por que não? Você está me deixando curiosa – interveio Íris, quase ofegante.

Craig apontou com a cabeça o mapa detalhado daquela região.

– Acreditávamos que o *porão* ficava nessa região mais ao norte. Sempre tentamos melhorar a resolução ali e fazer um mapa radiográfico das rochas.

– A imagem está boa ou não? – perguntou Houstand, franzindo o cenho e pressionando os olhos para ver se conseguia enxergá-la melhor.

Craig sorriu.

– Não é isso, amigo. As imagens estão ótimas, mas para nós de nada servia, pois, em algumas regiões, elas deslizam e se emendam devido a um engenhoso equipamento dos gelos, uma espécie de *rastreador-borrador* desenvolvido pelos turisianos. Ficamos três anos observando e não conseguimos nada relevante. Foi então que, utilizando um novo sistema de posicionamento geográfico da Nasa, conseguimos perceber que o local mais provável do cativeiro não era ao norte, junto ao ponto em que estávamos, e sim um pouco mais ao sul, pois o recorte do litoral de gelo, no ano do sequestro, estava ligeiramente diferente do que acreditávamos – fez uma rápida pausa e continuou. – Sabe o que aconteceu?

O marine observou calmamente as pessoas entreolhando-se, com a respiração suspensa. Ajustou os óculos que lhe escorregavam no rosto.

– Eu estava lá, vi com meus próprios olhos. Essa notícia trouxe alegria a todos nós que investigávamos. Começamos a andar e a falar eufóricos. Foi um momento inesquecível para os que estudavam esse problema há tanto tempo. Com o novo traçado do litoral conseguimos radiografar uma anomalia, uma pequena falha na rocha, abaixo do gelo, que não estava alterada pelo *borrador* e tinha as dimensões suficientes para abrigar todos vocês com bastante largueza.

– Essa falha, esse pequeno espaço, seria o nosso *cativeiro*? – indagou o barão, recusando-se a acreditar.

– Com certeza, senhor – afirmou Craig. – Não temos dúvida nenhuma. Mas adianto que a aparência da gruta pode estar um pouco modificada após dez anos. Mas está lá. É ela... Sim, ela mesma.

– E então? – perguntou Daniel. – Os Estados Unidos mandarão uma tropa para tomar essa área?

– Não, Daniel – falou alto Sr. Joff, levantando a mão. – O Governo americano não pode invadir uma área dessas sem causar uma batalha com os gelos. E temos tratados com Túris que impedem nossas forças de atuar em guerra na Antártida. Só missões científicas.

– Ué? Eles sequestram a gente e não podemos fazer guerra contra eles? Qual a utilidade então desta descoberta?

– Não é assim... explique a ele, por favor – Lindon Joff se dirigiu a Odetallo, pois não queria responder a perguntas incômodas.

Odetallo e Hórus argumentaram com Daniel, até que tudo foi esclarecido. Não poderia haver nenhuma missão oficial de Governo nenhum, nem de Monde, nem dos Estados Unidos. Não se podia quebrar o tratado sem denunciá-lo antes via os canais políticos da ONT.

Nada poderia ser oficial.

Vendo que não havia mais dúvidas, senhor Craig retomou a palavra, ajeitou seu paletó e disse em voz solene:

– Chegou a hora, senhores.

– Hora? Do quê? – indagou Houstand.

– De viajarmos... para a Antártida!

Um silêncio aterrador tomou conta de todos.

Durante dez anos, o grupo que se reunia em Monde, só tinha conseguido desgastar-se nos tribunais, perder todos os julgamentos e conquistar fracassos. Agora, alguém da inteligência americana acabava de dizer aos presentes, em alto e bom tom, que o momento da reviravolta havia chegado. Hórus percebeu que os valentes foram retraindo-se, irrequietos em suas cadeiras, e nada disseram. Resolveu tirá-los do torpor.

– Senhores, estou nessa missão. Irei à Antártida. É meu dever. Sou investigador e quero ver o fim disso tudo. Estamos avançando, conseguimos uma testemunha que foi assassinada pelos gelos por um veneno híbrido formado a partir de uma fórmula deles. Conseguimos levantar suspeitas de grupos de feiticeiros rebeldes que pertencem à Magistratura turisiana. Se fotografarmos a caverna e trouxermos alguns utensílios de lá, fabricados pelos gelos, nenhum tribunal deixará de nos favorecer. Vamos ganhar em Monde, na França e na Austrália. Sabem o que acontecerá?

Todos se entreolharam.

– Bom – continuou Hórus. – Túris vai ter que nos indenizar em peças de ouro, já que não têm moedas. E não vai ser pouca coisa não. Eu acho que, depois dessa... vou ficar uns anos sem trabalhar.

– Senhor Hórus – expressou-se Houstand, quebrando o silêncio dos ouvintes. – Não conheço investigador tão bom como você. Antes de você aparecer, não tínhamos chance nenhuma. Eu, diferente dos ricos daqui, não tenho onde cair morto. Ganho dinheiro com lutas e prestando serviços ao exército de Monde, pois é só o que sei fazer.

– Faço só o meu dever – respondeu Hórus, simulando não se importar com agrados.

Houstand não se fez de rogado.

– Companheiros, vamos aplaudir o amigo Hórus, o grande investigador da nossa causa. – Nesse momento, o gigante lutador se levantou e fez aquele conhecido movimento com os braços e as mãos espalmadas para cima.

Todos levantaram-se em seguida e ovacionaram o detetive. Hórus sorriu e respondeu com um leve aceno de cabeça.

– Peço também uma salva de palmas para Odetallo – interveio o barão. – Foi ele quem contratou o amigo Hórus e tem bancado todas as despesas sozinho.

Novos aplausos.

– Certamente estarei na Antártida, a paisano, em missão secreta, ajudando no trabalho e representando meu país – observou Craig. – Mas vou precisar de voluntários que já estiveram lá, no horrível cativeiro.

– Eu irei – disse Joff, sucintamente.

– Alguém mais? – perguntou Odetallo.

– É bom ir mais alguém que conheça o lugar – disse Craig. – Algum outro candidato? Vamos! Esta é a oportunidade que vocês esperaram boa parte de suas vidas. Não vão nos deixar trabalhar sozinhos...

– Amigos – falou Houstand. – Essa experiência marcou minha vida de um modo que somente eu sei como foi. Difícil expressar com palavras. Voltar lá? Nunca. Foi apenas meu primeiro pensamento. Mas há uma força maior que me impele a ir ao local onde todos fomos derrotados pelo Santana, o guerreiro que, segundo o feiticeiro raptor, *não pode ser vencido*.

– Sinto arrepio só em pensar rever a gruta – interrompeu Íris.

– A senhora, doutora, não pode ir à Antártida. Isto é tarefa nossa – Houstand falou decidido.

– Ninguém vai deixá-la ir – reforçou Daniel.

– Retornar ao lugar onde aquele demônio destruiu nossas vidas é o que mais desejo agora. Sabem por quê? – declarou Houstand.

– Por quê? – indagou o barão com uma expressão grave.

– A morte de nossos amigos não pode ter sido em vão. O major Crujev e seu filho menino, os atletas Muliroa, Jove Bagah e Pinard não foram vingados. A última instância do julgamento em Monde vai dar vitória aos gelos? Santana não será preso e o sequestrador... também NÃO? – a última frase Houstand gritou com a força do seu poderoso pulmão.

– Amigos – disse Daniel, lançando um olhar de esguelha para Houstand –, vejo que a atmosfera está tensa, mas vou pedir desculpa a todos, pois não poderei ir. Não volto mais lá. Não há dinheiro no mundo que me faça retornar ao *porão*. Não vou voltar ao inferno. Perdão.

– Senhores – interrompeu bruscamente Lindon Joff. – A caverna encontra-se abandonada. Estou sendo claro? A-BAN-DO-NA-DA!

Expressões de alívio romaram a sala. Joff continuou a explicar:

– Esta é a razão do *borrador* de Túris não estar lá. Nossa expedição será tão somente para fotografar e trazer utensílios leves. Nada mais. Ninguém vai lutar com o Santana. Não haverá problema nenhum. Será uma missão secreta, os gelos não sabem de nós.

– A mensagem está clara – disse Odetallo. – A caverna não está sendo monitorada pelos gelos. Pode-se ir lá como quem está a passeio.

– Amigos – pediu silêncio o barão. – Não é tão fácil assim, me desculpem. Ninguém pode entrar lá. Mesmo que se descubra a porta, o que já é bem difícil, pois o gelo cobre qualquer coisa abandonada na Antártida, ela estará hermeticamente trancada. Será uma viagem muito arriscada e sem possibilidade de sucesso.

– Tem algo que você não sabe. A chave do acesso está em nosso poder – contestou Odetallo. – Temos um serviço secreto ou não temos? – Olhou para todos e sorriu com o ar característico dos vencedores.

O alarido foi geral.

– Como? O quê?... – as falas atropelavam-se pela sala, todos queriam falar ao mesmo tempo.

– Calma, atenção! – pediu Hórus.

Só se viam caras de espanto, descrença ou risos.

– Uma pessoa vai nos colocar lá dentro. Ela vai se encontrar conosco.

– Quem é? – perguntou Daniel.

– Não podemos adiantar os detalhes – disse Hórus.

– Aqui ninguém escuta nada, Hórus. Quem teria tanta coragem? – pressionou o barão.

Nesse instante, Carlos Odetallo interferiu e não deixou Hórus falar mais nada. Seguiu-se um momento de tensão.

– O que está acontecendo? – protestou Daniel, mal-humorado. – Nem em nós se pode mais confiar?

– Companheiros – reagiu Odetallo. – Hórus está em treinamento que o impede de pronunciar certos nomes e detalhes da missão para que seu pensamento não seja lido por feiticeiros. Isto é essencial. Vocês sabem que, depois das acusações que saíram nos jornais, os gelos ficaram acuados. Devemos ter o máximo de cuidado de agora em diante, porque eles não vão mais nos ignorar.

– Senhores – pontuou Joff – não se fiem que eles são amigos de Monde. É gente perigosa. Não fosse isso, haveria Embaixadas no mundo inteiro e seguiriam as leis internacionais. Eles isolam-se como quem quer esconder seus crimes. É um estado ilegal, e nossa missão é mostrar a esses caras que envenenam testemunhas, que sequestram pessoas e fazem feitiços, que não há lugar para eles em nosso planeta enquanto não se sentarem e negociarem conosco.

Não podia ter sido mais confiante.

– A partir de agora – Odetallo falou em tom grave –, os detalhes da missão só podem ser revelados aos voluntários que irão à Antártida. Para esses bravos um treinamento especial terá que ser realizado.

– Que história é essa? Todos nós aqui conhecemos todos os tipos de armas para ações táticas. Eu e Richo, no Clube dos Governadores, treinamos três vezes por semana – retrucou Daniel. – O que falta, hã?

– O treinamento de *supressão cerebral*. Sem isto é melhor abortar a missão. Não sai daqui, nem começa – afirmou Odetallo.

Todos se calaram. Não reagiram de pronto, mas ficaram se olhando. Cada um começou a imaginar do que se tratava.

– Amigos – lamentou Richo. – Meu desejo sincero é ir na missão, mas não vou poder. Minha saída, a saída de um barão, nesse momento despertaria suspeitas. Eu só iria atrapalhar. Eu digo, com certeza, tenho muita vontade de ir, mas como? Os gelos na certa me seguirão.

– Richo, todos nós entendemos – respondeu Odetallo. – Agora, prestem atenção sobre os perigos: a gruta está completamente abandonada, os gelos não a estão observando. Essa é uma informação preciosa do serviço secreto dos Estados Unidos. Nossa chance é agora. Ninguém vai enfrentar gelos em uma caverna da Antártida. Mas para que não vaze nada da missão, teremos que manter o mais absoluto sigilo.

– Companheiros, vocês estão falando até em treinamentos – disse Daniel.

– Eu tinha dito que não poderia ir. Desculpe, embora não seja tão famoso como alguns de vocês, minha ausência na Universidade dos *Góis*, neste momento, poderia despertar suspeitas.

– O quê? O que ele está falando? – A voz de indignação de Albert Houstand se fez ouvir.

– Qual é, cara! Estou fazendo esculturas para a rainha de Monde. Como vou falar para a corte que atrasarei os serviços? Me diga?

– Já vi muita desculpa na minha vida, mas essa... – Houstand balançou a cabeça.

– Cale a boca! Não pense que tenho medo de você, seu bosta! – gritou Daniel, em tom desafiador.

Houstand levantou-se de um salto e se postou diante do professor, que logo reagiu. Antes que se atracassem foram contidos por Richo e Joff.

– Daniel! Houstand! Por favor, aqui não é o momento para se desentenderem – gritou o barão. – Nossos inimigos são outros e estão longe.

Os contendores olharam para os demais e ficaram sem graça. Daniel desculpou-se e procurou se acalmar, e disse:

– Não tomem isto como uma desonra. Eu não quero ir, tenho meus motivos, é minha decisão final.

–Vamos direto ao ponto. Quando começamos o treinamento? – perguntou Houstand, bufando e procurando se sentar.

Foi então que, na sala fechada, ouviu-se aquele barulho bem característico de salto alto feminino sobre o chão de mármore. Os olhares na direção do som identificaram a figura de uma mulher um tanto misteriosa, de cabelos vermelhos, vestido cor de vinho, elegantíssima, caminhando com a postura reta e ombros alinhados.

– Princesa! – exclamou o barão, assustado.

– Echerd, filha do rei e rainha de Monde – apresentou-a Odetallo.

Foi uma surpresa. Sua sensualidade e beleza ferina eram difícil de não ser notadas, pois ela mesma fazia questão de ostentá-las.

Apesar de Monde ser um pequeno reino, a maioria dos presentes jamais tivera algum contato visual com Echerd, por ela ter vivido mais de quinze anos fora do país. Mas sua história, a da princesa que foi rejeitada e depois acolhida, era de conhecimento geral, pois houve um período em que a princesa era o assunto preferido das mídias do país.

Desfeito o encanto inicial, a princesa tomou a palavra, falando em um francês erudito e pausado:

– Eu vejo que vocês estão surpresos em me ver – juntou uma mão à outra. – Odetallo acabou de explicar sobre um treinamento de supressão cerebral para quem vai se aventurar na expedição secreta à Antártida. Bom, sou eu quem vai ministrar o curso. Para quem não sabe, sou feiticeira formada pela Escola Superior *Darcoh* nos novos territórios do nosso país. Esta faculdade tem sua sede na floresta da *Grande Cachoeira*, em um cantão da Amazônia, e também uma filial que foi legalizada aqui.

– Quanto tempo dura o curso? – perguntou Lindon Joff.

– Quatro semanas seria o mínimo – abriu os braços, com as mãos espalmadas para cima. – Vou iniciá-los no *damanchi*, a antiga técnica de supressão do espírito desenvolvida por um grupo de magos que, no passado, viviam na remota China.

– Isso é perigoso? – objetou o barão Richo.

– Não, de modo algum. A energia vital que flui em nosso corpo, quando não é dominada pode nos trazer até doenças. Ela está sempre em emanação, o que quer dizer que mentes sensíveis e treinadas podem captá-la a distância. É tudo o que não queremos, pois assim os feiticeiros conhecerão nossos planos e nossas intenções, não importa o que você diga.

– Então, vou aprender a fechar minha mente para os feiticeiros. Muito bom. É algum tipo de cabala? – perguntou Craig.

– Não é bem isso – ela deu um sorrisinho, destacando as maçãs projetadas do seu rosto. – O curso proporcionará um estado total de relaxamento. Inicialmente, vamos aprender a colocar a atividade da mente focada em observar os ritmos fisiológicos do corpo de maneira sempre crescente. Vocês aprenderão a escutar o coração, suas batidas, a sístole e a diástole, e até seus problemas. Se tiverem uma ausência de uma pulsação, vão perceber. Simultaneamente, vocês aprenderão a controlar a inspiração e a expiração. Vocês só pensarão nos ritmos do corpo. Vão escutar também o movimento gástrico dos sucos digestivos e perceber os movimentos peristálticos dos intestinos funcionando para conduzir e digerir a alimentação.

– É um sistema de sensoreamento completo, posso imaginar – falou Daniel, um entusiasta de mística e esoterismos.

Nessa fase inicial – continuou a princesa –, os olhos estarão sempre fechados. Nenhum estímulo externo poderá ser recebido pela mente. Vocês vão aprender a bloquear a audição, os sensores receptivos da pele e a inibir os sucos salivares. O único aroma que perceberão é o produzido pelo seu próprio hálito.

– Funciona de verdade – observou Odetallo. – Hórus já pratica isso há muito tempo, e eu também.

– Muito bem. Quando vocês conseguirem isso tudo – continuou Echerd – vou lhes ensinar a fazer os exercícios com os olhos abertos, sons de motocicleta, um forte cheiro de tangerina no ar, a sensação de calor e frio, muito frio. Vão aprender a fazer o exercício alimentando-se e bebendo vinhos. Somente quando conseguirem completar essa etapa é que vou começar a ensinar a supressão cerebral, o ato de colocar a *mente no vazio* e criar um *escudo mental*.

– É maravilhoso – disse doutora Íris. – Eu vou gostar de fazer o treinamento; como médica é algo que vai me ajudar com os pacientes.

– Desculpe, doutora – retrucou Odetallo. – É só para quem vai na missão. Se muita gente estiver sendo treinada, pode acontecer de despertar a atenção de Túris para o meu hotel.

A princesa sorriu para Íris e disse:

– Se eu tivesse tempo, daria outro curso desses em outra temporada, mas estou fazendo mestrado na África do Sul. Sinto muito – voltou-se para o grupo e continuou: – Quando terminarmos, vou tentar ler a mente de vocês e não vou conseguir. Tem uma outra coisa legal. Quem aprender a fazer isso bem jamais terá insônia. Por quê? Porque vai poder esvaziar a mente de preocupações e assim se desconectar facilmente.

– É o suficiente para nos ocultarmos dos gelos? – perguntou Daniel.

– Provavelmente sim. O treinamento dificulta que sua mente seja lida. Mas não vai torná-lo completamente imune, pois, para isso, você e seus amigos teriam de ter o que chamamos *Poder Mágico*, a genética do "P", que eu tenho, mas vocês não.

– É, alteza, esse negócio de "P" foi o que deu poder aos feiticeiros que invadiram nosso reino no passado, não foi? – perguntou Houstand.

– Com certeza. Existem alterações genéticas que proporcionam isso. Na faculdade *Darcoh*, quem não tem a genética do "P" não consegue executar a maioria dos exercícios e acaba sendo reprovado.

– O Governo dos Estados Unidos tem pesquisado o "P" como defesa e arma também – observou Craig. – Mas os resultados, até mesmo para nós da marinha, são secretos.

– Talvez, se não fosse o "P" – interveio Joff –, já teríamos derrotado os gelos há muito tempo, e eles teriam que rezar pela nossa cartilha e pela das nações que cultuam a liberdade.

– Acho que não. Os gelos têm uma tecnologia superior à nossa – retrucou o barão. – Amigos, vamos decidir logo quem vai se integrar à missão – virou-se, olhando para cada um.

Concluídas as consultas, os voluntários que se inscreveram na missão foram: Lindon Joff, Craig, Houstand e Hórus.

Odetallo também era versado no treinamento *damanchi*, desde os tempos em que frequentava a floresta da *Grande Cachoeira*. Ficou de participar a título de coordenação.

Uma vez tudo acertado, antes de se dispersarem, a última recomendação foi feita, com bastante cautela, por Hórus.

– Esta foi nossa última reunião antes da missão. Todo cuidado a partir de agora é pouco, e não podemos sair desta sala sem selarmos certos compromissos. – Olhou um a um com seus olhos fundos e penetrantes.

– Fala amigo, é a sua hora – interveio o barão.

Hórus iniciou sua ladainha em um tom especial, numa vibração que penetra as mentes e tornam as coisas inesquecíveis.

– Primeiro: *Ninguém poderá comentar nada com esposa, marido, filhos, pais e empregados. Nem com o melhor amigo. Nem com o padre.* Segundo: *Ninguém poderá ligar para o outro, mesmo que seja para comentar qualquer banalidade. Estaremos, de agora em diante, sendo vigiados. Um movimento errado agora pode estragar tudo.* Terceiro: *Nossa missão não tem risco algum, mas, se vazar, estaremos colocando os amigos em gravíssimo perigo e seremos responsáveis por qualquer coisa que aconteça com eles.* Quarto: *Não esqueçam que a Embaixada de Túris está furiosa com as notícias dos jornais. Não se esqueçam que foi graças à investigação solitária e dispendiosa do serviço secreto americano que poderemos fotografar o local.* Quinto: *Não pensem mais neste assunto. Vocês nunca estiveram aqui. Nunca se viram. Vão assistir à televisão, ao cinema, assistir a um show e uma partida de futebol. Vão namorar. O dia e a hora da viagem dos voluntários vocês não ficarão sabendo.*

– Estamos de acordo? – retomou a palavra Odetallo.

Um a um os presentes foram sendo interpelados e dando seu consentimento. Após a adesão de todos, Odetallo resolveu dispensá-los, desfazendo o grupo que vinha se reunindo há alguns anos.

Antes de se retirar, o atleta Lindon Joff, Seals da marinha norte-americana, solicitou a última fala para poder se despedir:

– Companheiros, rezem por nós. A missão parece simples, mas requer atenção e cuidados, pois estaremos nos movendo no mais remoto e inóspito continente da Terra contra esses ateus, que não são humanos e não pensam como nós. E que Deus, o todo poderoso, seja sempre o nosso verdadeiro guia.

Saíram sem se conversar. Misturaram-se aos demais frequentadores do grande *resort* Paradiso que, alheios a tudo e a qualquer contratempo, frequentavam shows, festas e alegres encontros. Do lado de fora ululava um vento refrescante, fustigando as cabeleiras de quem desafiava as monções. Para os que se divertiam, o vento era agradável e estimulante; para os que saíam da tensa reunião, trazia somente frio.

Era noite…

26 O poderio

Pensara eu estar livre quando na montanha cheguei,
Mas no tempo em que uma folha cai
Estarrecido eu me tornei.
Sombras surgiram no lado que eu não via.
Sem olhar para trás, sabia-me seguido.
Se não era animal, se não era gente,
Se não havia nada além do som da ventania...
Seria o eco do meu medo que soava
Sob a luz do sol ardente?

Niágara tinha feito essa mesma caminhada com uma amiga feiticeira, um ano antes, mas desta vez ela teria que viajar só. Não podia convidar ninguém para acompanhá-la na missão de espionagem que lhe haviam confiado. Quando a princesa Pilar a chamara novamente ao palácio, tinha sido para levá-la à rainha. Criada na Caverna, ouvira muitas vezes contar as histórias e façanhas da *Rainha do Mundo*, o nome bizarro pelo qual Regina era conhecida na Caverna. Lembrava-se de uma vez, quando menina, de uma visita que a rainha fizera à Caverna e da esplêndida festa que transformara o evento em feriado. Lembrou-se de ter visto Regina sentar-se na *cadeira de jade*, junto ao trono de Facos, no salão sagrado dos ritos, e Vuca, em pé, perder seu lugar e se recolher nas sombras. Por essas coisas, quando Regina lhe explicara a missão, Niágara entendera imediatamente que correria perigo de vida. Mas como recusar uma solicitação da rainha do país que a acolhera?

Em algum local, em meio à montanha, ela teve que deixar seu carro onde havia um vilarejo etíope, e aproveitou para comer algumas comidas típicas de lá, muito apimentadas, por sinal, com vegetais variados e um pouco de carne servidos sobre a injera, uma espécie de crepe feito com farinha de teff, um cereal nutritivo, substitutivo do trigo. Comia-se com as mãos, escavando a tigela; o costume ancestral devia ser seguido em todo lugar que se aquietasse.

Nos remotos povoados, ela era constantemente rodeada por curiosos que tentavam lhe vender especiarias e folhas alucinógenas. Eram pessoas que davam facilmente um sorriso amigável toda vez que conseguiam atrair sua atenção. Não se sabia se a achavam bonita ou simplesmente diferente. Loira, de olhos azuis, a americana Niágara fazia a figura perfeita de estrangeira, mas por ter morado ali perto, no topo da montanha, onde se encontravam as temidas cavernas, conseguia se fazer entender com seu rude *tigrínia*, idioma local. Nesses remotos lugares, à margem do mundo, alegrava-se em ver o respeito que tinham com os idosos e suas tradições. O povo, muito amigável, estranhava o fato de uma mulher trilhar esse trajeto sem nenhum acompanhante, mas os mais velhos advertiram os moradores para tomarem muito cuidado, pois tudo indicava que ela não era uma turista americana e sim uma bruxa. – Era por isso que ela não se amedrontava – disseram eles. Apesar da simpatia da estrangeira, deram-se por felizes quando Niágara deixou o vilarejo para subir a íngreme e rochosa montanha.

Andava ela de um pouso a outro indiferente à vida e aos perigos. Deixando para trás as últimas habitações humanas, seguia as paragens solitárias e desertas rumo às cavernas. Era longo o trajeto que tinha que vencer.

Os caminhos pelos quais percorria eram acidentados. Sorte que levara na mochila o estritamente necessário, pouca roupa para troca, um agasalho para servir de cobertor à noite, pão, amendoins, sementes e farinhas como alimento, e, de resto, uma fina capa para chuva, lanterna e fósforos. Não levava barraca, pois se ajeitaria em pequenas grutas, que lá havia em profusão.

Sondava nessas remotas plagas um lugar onde houvesse uma fonte d'água para abastecer seu cantil, limpar a poeira dos pés ou até mesmo banhar-se. Quando se aproximava do topo da cadeia montanhosa, avistou ao longe a primeira série de grutas e escolheu a mais próxima, junto a uma fonte que deitava no solo a escorrer uma água muito fria e fresca.

Iria pernoitar. Cuidou logo de juntar punhados de forragens secas da montanha para colocar no canto da gruta que escolhera passar a noite. Em seguida, renovou a água do seu cantil, acendeu o fogo para assar a farinha na pedra e foi à fonte se banhar com um pano absorvente, que ia empapando e ensaboando. Enquanto se limpava viu a lua surgir na amplidão do vale a argentear os secos tabuleiros sem florestas que levavam ao assombroso pico da Caverna da Rainha. O brilho prateado irradiava em sua fronte e desnudava seu corpo enquanto observava atentamente a serpente enroscada num galho seco de acácia. Aguçou seu ouvido para escutar os rumores da escassa vegetação. Em nenhum momento deixou-se afastar do seu cajado que enfeitiçara para se proteger de alguma hiena solitária ou de algo ainda pior.

A temperatura não parava de despencar com a rudeza implacável dos lugares secos e elevados. Niágara preparava-se para dormir. Do fogo que lhe fora útil na ceia buscou uma flama para alumiar e aquecer o local da sua cama silvestre. Fez outro fogo bem na entrada da Caverna e nele pôs um encanto, um feitiço para afastar animais e criaturas inumanas que sabia lá haver.

A noite passou maravilhosamente. Era bem cedo. Ao despertar e sair da gruta, deu de cara com dois geladas, macacos que se assemelhavam a babuínos, que pacificamente estavam digerindo o que sobrara da sua refeição noturna. Admirou a beleza dos animais e conseguiu que comessem de suas mãos punhados de sementes. Na amplidão do vale, viu um pé carregado com as tâmaras que ela saborearia em seu caminho, ouviu o eco de bandos de galinhas-d'angola enquanto observava um casal de tecelões coletando ramos para construir seus ninhos suspensos.

Parou para fazer um chá relaxante, à sombra de um velho pé de terebinto abissínio, pois a próxima caminhada seria a última. Do café etíope já bastava o que tomara nos povoados. Queria algo que a ajudasse nesse último percurso. Tirou o chá bem quente do fogo e o bebericou, ao mesmo tempo que ia insuflando o peito com os agradáveis aromas das ervas medicinais e o perfume do tronco e sementes do terebinto.

Lamentou pela missão de espionagem que lhe haviam incumbido. Como dizer que não colaboraria se a solicitação viera da rainha Regina em pessoa? Não teria adiantado esquivar-se e falar do seu medo sincero em embarcar em tão arriscada empreitada. Se fosse descoberta, se desconfiassem dela, sua vida não valeria mais que um palito de fósforo. Seu poder mágico não serviria perante os poderosos bruxos do círculo e os venerandos mestres. Por um momento chegou até mesmo a imaginar que a terrível gênia em pessoa iria querer tirar-lhe a vida.

Desolador... Mas não precisava ir tão longe.

No claro e escuro dos arbustos, o perigo que se avizinhava não vinha de seres com tantos poderes, mas era real. Algo a espreitava, uma figura que rastejava e adiantava-se silenciosamente nos espaços escondidos da rala vegetação. Niágara ainda não se dava conta do perigo, e continuava a desarrolhar seus pensamentos. *Não, não sou uma traidora. Vou apenas prestar um serviço para Monde, a nação que me acolheu*, pensou. Nisso, escutou finalmente galhos sendo quebrados em uma direção acima dela. Levantou-se rapidamente e pegou seu cajado, pois, sentada, estaria em perigo. Foi quando viu um daqueles asquerosos diabos anões que o pessoal das cavernas chamava *diabinhos*.

– Ponha-se longe daqui. Afaste-se! – gritou, pegando o cajado, brandindo-o no ar.

– Você está sozinha e Nuvi também – gemeu a medonha criatura no idioma dos bruxos das cavernas. – Hum? Vai ser boazinha com Nuvi, não vai? Huuum?

– Você me ouviu! Afaste-se, senão vou tirar seu sangue – gritou Niágara, já fazendo um rápido movimento de arco com o cajado na direção do humanoide. Foi então que reparou que, um pouco ao longe, mais duas dessas aberrações lentamente se aproximavam. Tinha que ser rápida.

A criatura asquerosa não se intimidou, avançou na sua direção, até ser atingida pelo cajado que, apesar de ter a ponta grossa, rasgou-lhe horrivelmente a barriga devido ao feitiço que Niágara colocara no pedaço de pau, que agora parecia ter o efeito de uma lança. O humanoide urrou de dor e se debandou com a mão segurando as tripas, escalando as rochas como faria um símio, para buscar socorro dos dois de seu bando que causavam asco como ele. Niágara olhou rapidamente e observou que os dois, prontos para dar o bote, começaram a se encolher para longe dela. Percebeu o temor nas suas carrancas.

A feiticeira não teve pena dos Nuvi. Por ter habitado as cavernas, conhecia-os e sabia da violência de que eram capazes quando se afastavam das montanhas abruptas onde os bruxos viviam. Os mestres feiticeiros os proibiam, sob penas severas, de procurar as habitações humanas, por isso perambulavam bem mais acima, a saborear frutos silvestres, escavar tubérculos, caçar pequenos animais e... espreitar humanos curiosos que se aventurassem a subir, possíveis vítimas de estupros e de outras bestialidades.

Continuando sua viagem, foi imaginando como aqueles anões poderiam ser filhos dos tão temíveis *diabos*, verdadeiros monstros de um poder mágico imenso, que colocavam quase todos os feiticeiros a seus pés. Bom para ela que os *diabos*, ao contrário das ninfas por quem sempre lutavam, não devotavam nenhuma afeição a eles, pouco importando se viviam ou não.

O restante da caminhada se deu sem contratempo. Ao encontrar a gruta onde morou por muitos anos, Niágara percebeu que poucos eram os conhecidos e familiares que haviam permanecido nas montanhas. A maioria, decerto, preferiu o mundo dos humanos, bem mais agitado do que o excessivo sossego típico de topos montanhosos. *Eu também fiz isso, mandei-me daqui e fui conhecer o Oriente*, pensou. Apesar de passados dezoito anos que não morava nas cavernas, não lhe foi difícil encontrar um canto e baixar as cortinas que, unidas com zíper, delimitavam o novo quarto de qualquer recém-chegado. Dentro havia somente um catre que poderia armar para dormir e uma tina de madeira para banho. Armou o catre e o preparou, colocando uma manta por cima, e encheu a tina com a água do mangueirão. Apesar de tudo, imaginou que para fazer o difícil e perigoso trabalho que lhe incumbiram dificilmente pernoitaria ali.

Suspirou. Enfim, chegara. Uma vez instalada em suas novas acomodações, dirigiu-se ao cume vizinho, local da formidável Caverna da Rainha cujo acesso se fazia por uma ponte de madeira assentada em cabos de aço que balançavam com os passos dos caminhantes. Difícil era não perceber o desfiladeiro abaixo, com cerca de quinhentos metros, que separava as duas zonas de moradia, a do baixo e a do alto clero, entendendo-se este último como o que é formado pelos feiticeiros puros, todos *geniacus*, cujos índices elevados de poder mágico só eram encontrados entre os que não descendiam de *sapiens* e tampouco de *geniacus* naturais, não bruxos.

Era, portanto, um privilégio, que se concedia aos *puros*, de morar na magnífica Caverna da Rainha cujo interior assemelhava-se a um castelo antigo com piso de pedra plano, além de portais, abóbadas, paredes e longas escadarias esculpidas na rocha. Não havia elevadores.

Ao completar a travessia, Niágara teve seu andar barrado por dois bruxos, um velho e um novo, que, de braços cruzados, mantinham suas mãos sob as faldas da longa manga do manto. A mulher levantou seu cajado.

Sentiu medo.

– Nunca levante o cajado, a menos que tencione usá-lo – disse o velho. Foi então que, com leve movimento das mãos, os dois homens fizeram Niágara cair de joelhos. O bruxo novo pegou seu cajado e o quebrou ao meio. Só então a deixou prosseguir. "Eram feiticeiros *geniacus*, com certeza", lamentou.

Humilhada e assustada, Niágara continuou.

Ao entrar na grande caverna, a bruxa loira dirigiu-se à Dunial, seu antigo professor e ilustre venerando mestre. Fazia-o com cuidado redobrado para que ele não percebesse que estava em missão secreta para o Governo de Monde. Encontrou-o sem dificuldade. Parecia que a esperava. Trajava um manto azul-escuro e tinha os pés calçados em sandálias.

– Vejo que minha antiga aluna gostou daqui, pois está retornando – disse Dunial com voz firme e pausada e um leve sorriso, em tom afável.

– Mestre, deixe-me lhe falar, é sobre os meus sentimentos... Depois de muitos anos afastada, dei-me conta de que aqui é um local de meditação, pois na vastidão das montanhas percebe-se a grandeza de Deus.

– Deus... Deus... Então a minha aluna retorna pra cá com uma nova gnose, diferente da que se ensina aqui. Ou enganado estou? – perguntou o mestre.

– Deus é a fonte da luz, pelo menos é o que me parece. Mestre, não sou teóloga, apenas uma arquiteta de interiores e... feiticeira. Mas só faço magia branca, quando faço. Os índios da missão *bugabu* sempre recorrem a mim para lhes aplicar unguentos e chás com as plantas que cultivo em meu sítio. Mas, em meio a esse socorro, uso a gnose que aprendi aqui, pois é mais apropriada para a cura do que a oração – respondeu Niágara, feliz que ele ainda não estivesse lhe perguntando nada difícil que o pudesse levar a descobrir que sua pupila era agora uma *agente estrangeira* a serviço da rainha.

– Minha irmã, a rainha Regina, deve pensar igual a você. Nossa gnose não é uma religião, eu diria que é um arcabouço para se entender melhor o papel dos *poderios* em nosso meio.

Dunial apontou seu dedo comprido com grandes unhas para o chão de barro e a distância desenhou o que lhe apresentava a mente. Com os olhos quase fechados, o traçado surgiu preciso, com um nível louvável de detalhes.

Ele desenhou com o pensamento, vislumbrou Niágara. *Eu queria tanto poder fazer isso, mas não consigo*. Mas, quando o genial mestre terminou, sua antiga aluna impressionou-se mais ainda.

– *A roda da fortuna, aquilo que decide toda nossa existência. A representação simbólica do círculo que envolve todos os humanos e humanoides da Terra. Onde luz e trevas se intercalam, onde crer e não crer não faz diferença*. – Niágara acabava de recitar o que aprendera na Caverna há mais de vinte anos.

– E então? Minha pupila ainda se lembra? Foi antes de você sair atrás de Merveux, o mago – disse Dunial com certa nostalgia. Não gostava de perder seus alunos.

– Mestre, depois que meu esposo Merveux foi morto, aprendi com o sacerdote Mesólice na missão *bugabu*: é a luz que devo seguir, e não o escuro. Foi ele o meu mestre desde que fiquei viúva. Ele me ensinou a singularidade da existência humana.

– Só conhece a luz quem conhece o escuro – corrigiu Dunial sua antiga e bela pupila. – Aquele que pensa ter visto a luz sem antes ter visto o escuro engana a si mesmo.

– Sim, mas o sacerdote me ensinou a andar sempre na luz e...

– Não é verdade que foi dito que Cristo desceu aos infernos? – interrompeu o mestre. – Não foi ele que, antes de falar da luz, conversou com Satã? A luz e o escuro, Niágara, estão sempre juntos. Nunca se esqueça dessa lição.

– Sim, mestre. Mas, no fim dos tempos, o sacerdote me disse que a luz e o escuro serão separados. Há feitiços que são da luz, outros do escuro.

– Fim dos tempos... – O mestre olhou para o infinito. – A roda da fortuna não diz que o tempo acaba. É uma roda, não tem começo nem fim. Entende agora?

Os olhos de Niágara estreitaram-se, não buscou mais responder ao antigo professor.

– Mestre, deixe-me sozinha. Preciso contemplar os ensinamentos da montanha. Juro que vou pensar no que você me disse. Mas, agora, se me permite, preciso estar só.

Dunial a ouviu e percebeu agitação no espírito de sua pupila.

– Esse tempo que você vai passar aqui vai lhe ser muito útil. Vou ficar feliz se puder ajudá-la – disse o poderoso feiticeiro, despedindo-se.

No dia seguinte, Niágara se dirigiu à Caverna da Rainha onde haveria um rito vespertino, que seguiria noite adentro até o momento do plenilúnio. No salão dos ritos, doze notáveis, mestres feiticeiros e alguns *diabos*, postavam-se em pé na frente do salão, formando um círculo em torno da Taça, um antigo objeto ritualístico, de pedra polida com relevos em toda sua volta e em cujas laterais se viam alojadas treze adagas de jade que, como uma pira olímpica, ardia e fumegava com o carvão em brasa. Treze adagas que representavam os *treze membros* que o ritual do pequeno círculo exigia. Faltava um.

Os bruxos *geniacus* vinham a seguir, formando semicírculos nas laterais, e, por último, os demais bruxos, afastados da Taça, em linhas opostas diagonais que não se encontravam a fim de deixar livre um largo corredor central. Ocultas nas paredes das cavernas mal se podia ver as pequenas figuras de esgar diabólico que a tudo assistiam, agarrados em estalagmites ou pendurados em reentrâncias e estalactites.

Não havia assento para ninguém, e o *magnífico trono* e a *cadeira de jade*, que se encontravam atrás da Taça, permaneceram desocupados. A cerimônia iniciou-se com as invocações rituais e, de quando em quando, os mestres jogavam pó de incenso na brasa que na Taça ardia, emitindo assim fumaça e vapores com as cores do arco-íris. No momento em que a primeira lua cheia nasceu no horizonte, grande e dourada, o trote do cavalo branco se ouviu, e na Caverna entrou montada a bruxa-gênia Vuca, o *décimo terceiro elemento*, com um longo vestido em tom de magenta-púrpura, repleto de pontos que brilhavam como pequenas estrelas. A música relaxante de voz e instrumental que tão agradavelmente cobria todo o salão extinguiu-se.

Mulher e cavalo percorreram sem pressa o largo e longo corredor. Somente o eco dos cascos eram agora ouvidos. Ao chegar junto ao fogo, ela afagou as crinas do pégaso sem asas e estendeu a mão a um dos mestres que a fez descer do formoso animal. O cavalo se retirou para a penumbra bem atrás dos mestres, e a rainha matriarca dirigiu-se, subindo alguns degraus, para a parte de trás da Taça, mas *não sentou* no trono, o que indicava que aconteceria uma cerimônia de *invocação de poderios*. Suas vestes brilhavam suavemente a cada passo que dava e a cada movimento que fazia.

Na linguagem da Caverna, no momento mais solene, ela proclamou em altíssima voz, que inexplicavelmente fez *todo o salão de rocha tremer*, ao mesmo tempo que não tirava os olhos da fumaça que subia:

A FILHA DA NOITE AQUI ESTÁ, NÃO SE OCULTE, Ó, GÊNIA DE LUZ, QUE SUA NÉVOA E SEU ÉTER CUBRAM SEUS SÚDITOS.

Vuca tomou em suas mãos um pó cintilante e o soprou na direção da brasa. Neste exato instante seus longos cabelos vermelhos ergueram-se e se esticaram em arco, seus braços levantados e suas mãos distendidas e viradas para a direção da brasa, deixavam ver as longas unhas que os dedos não podiam esconder.

Fez-se um silêncio sepulcral. Os bruxos arrepiaram-se. As névoas da brasa ergueram-se em *tênues filetes de diferentes cores* que seguiam circulando a Taça. Não se falava mais nada, pois sabia-se que *algo estava ali*. Algo muito além da sabedoria dos homens. Muito além de nossa dimensão. Algo que se identificava como sendo o *poderio-gênio*. Ninguém ousava se mover enquanto a entidade estivesse ali. Podia-se identificar perfeitamente a respiração de cada um. Niágara, ao fundo, percebia um tremor em seus braços que não a deixava um momento sequer. Sentia que seus poderes de magia eram agora muito intensos. Já não era mais dona de si mesma.

Quando saiu dali, Niágara percebeu que o dia iria amanhecer. Caminhou sozinha, ainda assustada, pensando *na facilidade com que Vuca invocara o terrível poderio*. Atravessou a longa ponte que unia o monte da caverna-mãe ao monte das demais cavernas. Próximo a sua morada, subiu para além de elevados penedos rochosos, em um ponto que dava para avistar o grande pátio na entrada da caverna-mãe, e se pôs em posição de lótus. Ela sabia que durante as invocações o *pátio externo* seria o local onde os feiticeiros *sapiens* se concentrariam e onde se dariam aos comentários e fofocas de tudo o que estaria acontecendo lá dentro. Levou consigo uma manta para suportar o frio da noite. Fez o sinal da cruz. Aguçou, com um poder mental, sua visão e audição para que a distância não a impedisse de ver e escutar todos os comentários que surgiriam no pátio. Ali começou sua longa meditação, que buscaria o abandono, que a faria *dissolver-se completamente em Deus*. Como se fosse uma monja, dali só se permitiria sair para se alimentar, banhar-se e para as necessidades elementares. Espiritualidade beatífica que combinava os conhecimentos da Caverna com a mais profunda ascética cristã.

No terceiro dia, iniciou sua comunicação com a maga do tempo, na distante África do Sul. Míriam Mofanie tinha, por fim, concordado com a rainha de Monde em espionar a Caverna via a mente de Niágara. A bruxa menor seria os sentidos da maga e, a partir da mente dela, Míriam tentaria fazer seu espírito vagar até para dentro da Caverna em um desgastante esforço. Se Niágara se distraísse, a conexão entre as duas se romperia, por isso também para Niágara a tarefa seria penosa, veria sua energia esvair-se tão rapidamente como se fosse a de uma vela no candeeiro.

A primeira informação que passou, como espiã, foi que Vuca estava grávida, mas não apenas de *geniacus* humanoides ou horrendos diabos, mas de uma nova rainha, gerada sem varão em seu *terceiro útero*, da mesma forma que sua mãe a gerara, por pura partenogênese.

– Então a bruxa conseguiu! – disse a rainha Regina em seu palácio ao saber da notícia. E então riu, riu muito.

– Isso é bom? – perguntou Echerd, que nesse momento estava junto à mãe.

– Mas é claro. Eu vou te contar uma coisa – disse a rainha. – Quando Vuca quis voltar à Caverna alguns mestres se opuseram. Mas eles precisavam de uma rainha para que a Caverna continuasse a existir. Os anos que se seguiram à morte de minha mãe Facos foram terríveis para os bruxos, a maioria acabou indo embora. Quem ficou teve que lutar contra a tristeza e o abandono. Com a chegada dela a Caverna voltou a crescer. Então...

– Eu não quero acreditar nisso – a princesa interrompeu a mãe. – Concordaram com o retorno da gênia só para crescer o número de membros da fraternidade dos bruxos? Os tempos agora são outros, mãe, os *feiticeiros geniacus* não precisam mais viver como monges. Eles podem fazer como a Míriam, que, quando quer fazer os seus *círculos*, convida os que lhe são mais chegados. É muito melhor, porque ela tem uma vida independente, sem um monte de bruxos para atrapalhá-la.

– Certo. Os *feiticeiros dos círculos,* para se reunirem, não precisam de uma sociedade como a dos nossos bruxos. Só que a Caverna tem algo de diferente.

– Diferente...?

– Desde há alguns milhares de anos os clãs de feiticeiros do tipo *colmeia*, uma sociedade gregária de forte coesão social, vêm desaparecendo deste mundo. A Caverna é a sobrevivente deste fenômeno histórico. Sem a gênia a linhagem matriarcal terminaria, eles perderiam variedade genética e o *poder mágico* ficaria ameaçado.

– Eu sei. É aquela história de maior fluxo gênico... maior variedade e maior poder. É um tanto complicado.

– Quando minha mãe vivia recebíamos constantemente magos do oriente e feiticeiros da *floresta escura*. Todos os grandes na arte da magia queriam nos visitar e isso nos trazia genes vantajosos para a comunidade que atuavam de forma positiva. Muitos dos que aqui vinham pediam para ficar e havia então uma seleção, pois só aceitávamos os melhores. E ainda tinham os filhos de minha mãe gênia com feiticeiros *geniacus* que sempre nascem com mais poderes. No período que se houve entre a morte dela e a vinda de Vuca, o fluxo na Caverna era o contrário; os bruxos saíam e comumente não retornavam.

– É. Havia um esvaziamento... E ainda têm as tradições.

– O seu tio e os mestres estão querendo preservar a todo custo o patrimônio milenar da fundadora, eles sabem o que fazem – disse a rainha.

– Foi então que vocês negociaram a vinda da gênia do mal para dar continuidade a tudo isso. – Echerd suspirou.

– Eu exigi dos mestres que fizessem com Vuca o pacto de sangue, um feitiço mortal que nenhum poder na Terra pode quebrar. Dunial contou que eles correram risco de vida no ritual negro dos arcanos.

– Como é possível um pacto que não se quebra?

A rainha prestou atenção na princesa e respondeu:

– Somente aquele que é feito com o maior dos poderios, *o poderio-morte*. Todos sangraram muito, inclusive a gênia. É uma cerimônia horrível. Durante os dezoito anos em que cresci na Caverna, jamais vi acontecer algo semelhante. Quem rompe o pacto morre.

– A senhora acredita mesmo? Esse negócio funciona? – indagou a princesa um tanto afrontada com aquele tipo de conversa.

A rainha suspirou longamente e esboçou o sorriso dos descrentes, pensando no que responderia. Encontrava-se entre a cruz... e as forças ocultas.

– Como rainha e cidadã cristã eu diria que não. Mas nasci e vivi na Caverna até os dezoito anos. Quando os *arcanos são escritos*, querida, todo cuidado que se tem é pouco. E se o sangue *for aceito*, nada mais se pode fazer.

– Aceito? Por quem?

– Aceito, filha, quer dizer que foi selado com o *poderio-morte*.

– Como se sabe que o *poderio* aceitou? – insistiu Echerd, sem se aguentar de tanta curiosidade.

– Não se pode saber, porque esse *poderio,* diferente do *poderio-gênio*, não responde nunca. Só haverá os sinais, que estão grafados no *Livro dos Arcanos*, e não existe ninguém que se atreva a pô-los à prova.

Echerd encostou-se na parede.

– É a coisa mais perigosa que já ouvi. – Esta era a parte do mundo dos feitiços que a princesa tinha aversão, então preferiu não pensar mais nisso.

Regina caminhou calmamente para a mesinha de chá, na *varanda das conchas*, que dava para o mar, e pôs-se a se servir, e serviu Echerd com uma efusão de erva relaxante, ao mesmo tempo que observava a preocupação da sua filha e tentava acalmá-la.

– Vuca sabe da sua participação? No acordo com a Caverna?

– Acho que sim. Foi bom para "a bruxa", pois está morando na Caverna há uns nove anos. Era tudo o que ela sempre quis. Só que *não vai ser para sempre*. O que me deixou apavorada é que mexer com pactos da *morte* prejudicou seu irmão, Sauro, que pegou a *doença negra,* a horrível *pretal*.

– O que é isso! Não tem nada a ver, mãe – reagiu Echerd. – Meu irmão ficou doente sete anos depois.

– Não foi o que Dunial me falou. Ele simplesmente disse que a *pretal* retornou para essa região em decorrência do arriscado pacto com o poderio Morte.

– Não. Não pode ser. Ele está mentindo. Alguma coisa meu tio está escondendo – falou a princesa com o dedo em riste.

– Aquele... – a rainha grunhiu, franziu a testa e voltou a olhar para a filha. – Eu sempre desconfio do que ele me diz, porque está sempre querendo me poupar de alguma coisa pior.

– O que pode ser pior que isso? – Echerd riu, incrédula, enquanto saboreava uns *cookies*. A rainha foi ficando irritada, não falava nada. Enquanto tomava o chá só pensava.

– Quando Vuca for embora, ela irá para a *Floresta Negra* ou para o Oriente?

– Eu é que sei? Vai morar no inferno. – Bufou, respirou fundo e então deu um sorriso olhando através da princesa. – O que importa é que ela vai ficar bem longe daqui, bem longe de nós.

– Ela poderia morar na Antártida. É um lugar muito longe, e lá também há feiticeiros de grande poder.

Ao escutar isso a rainha ficou irada.

– Só me faltava essa! Você parece que adivinhou que esse nome me deixa nervosa. Estou aqui me descabelando para que ela não se junte com nenhum turisiano e você...

Echerd assustou-se.

– Desculpe, a senhora falou que ela iria morar longe, então imaginei que o continente gelado seria um bom lugar.

– Filha, vou te dizer uma coisa. Fico feliz em ter a Embaixada dos gelos em meu país, porque assim posso controlá-los, ter notícias de primeira mão, entende? Não adianta fazer como a maioria das nações que não os querem por perto. Mas também não quero vê-los se fortalecer, ainda mais com uma matriarca gênia, uma pessoa inimiga que seria pior que a feiticeira Branca.

– Esqueça o que falei. Ela nunca iria gostar da Antártida, é frio demais e as cidades são subglaciais. – A princesa riu.

– Infelizmente você está enganada. Você sabia que o príncipe Gavião esteve na Caverna tratando de algum acordo com Vuca? Então, aproveitando que tenho a Embaixada deles aqui, convoquei Termala de Túris e exigi que seu Governo impedisse para sempre a presença dele em terra etíope.

– A Etiópia não faz parte do nosso reino, mãe, o que é isso? – A princesa começou a rir.

– Não se brinca com questões de segurança. A amizade dele com Vuca, próximo às nossas fronteiras, traria instabilidade ao Reino de Monde – falou a rainha, enquanto ajustava seu corpete.

– Tudo bem. A embaixadora vai querer fazer isso? Acho que não. O príncipe Gavião é um dos homens mais poderosos de toda a Antártida – a princesa negaceou com um leve movimento de cabeça.

– Eu a fiz concordar – respondeu, orgulhosa –, mas me solicitou um pequeno favor.

– Qual?

– Que eu libere a vinda a Monde de um grupo de investigação de Túris sobre o assassinato da testemunha do tal sequestro. Vou liberar, são apenas três investigadores que nos auxiliarão sobre o agente neurotóxico *xinyaowu*. Eles trarão informações técnicas importantes, e talvez eu consiga que nos cedam alguns componentes bioquímicos de vanguarda que só os turisianos têm. – A rainha piscou para a princesa com um dos olhos.

Echerd sentiu um súbito calafrio na barriga e ficou pálida. Não podia acreditar no que tinha ouvido. Então, gritou, ao ponto de a rainha se assustar.

– NÃO! Não mamãe!

– Que grito é esse? Ficou louca? – A voz de Regina estalou como um chicote.

– Não os deixe vir, por favor!

– Que é isso? Tem algum segredinho, alguma coisa que eu não possa saber?

– Eu... eu estou ajudando... Ajudando Odetallo a punir quem o sequestrou. É uma investigação para desvendar se os monstros da caverna da Antártida têm ligação com o Governo ou a Magistratura de Túris.

– E qual é o problema? – Regina deu de ombros.

Echerd levantou-se da cadeira e se pôs de joelhos, bem onde a rainha se sentava, e pegou-lhe a mão.

– Eu me aconselhei até com Míriam, na África do Sul. Mamãe, os gelos são muito poderosos. Se você permitir que venham, vão me descobrir. Me desculpe, me perdoe...

– Que conversa idiota é essa? Fale logo o que você fez!

– A questão é que depois que essas notícias saíram, Odetallo e alguns que investigam o sequestro ficaram com medo de Termala ler a mente deles, então estou lhes ministrando um curso de supressão cerebral. Aquele curso...

– O *damanchi*?

Echerd confirmou com a cabeça. Regina não tirava os olhos da filha, pressionando os lábios, ainda sem querer acreditar no que ouvia.

– Preste atenção no que vou te dizer. Vuca é inimiga, minha e do reino, não posso permitir que um príncipe-gelo com o poder do Gavião a ajude. A embaixadora Termala solicitará ao Governo que impeça Gavião de vir para cá, mas, em contrapartida, vou ter que liberar seus investigadores. O que você quer que eu faça?

– Não, não... Escute a súplica de sua filha! – A rainha foi ficando impaciente.

– Levante-se, sai de perto de mim! Escute você. Eu já estou uma pilha de nervos com essa história. Se você quer se meter com os gelos, deveria ter me falado antes – gritou.

A princesa afastou-se e se sentou novamente. Com o rosto avermelhado, pôs a mão sobre a testa e se segurou para não chorar. A rainha continuou falando pausadamente, ao mesmo tempo que pensava.

– Eles vêm nos ajudar a desvendar o caso do assassinato com arma química daquela testemunha do sequestro... Aí, pode ser que descubram que você está ajudando Odetallo, justo ele, que é o principal responsável pelas notícias alarmantes que Túris quer desmascarar. Então... DIABOS! Por que se meteu nisso?

– Eu não sei – soluçou.

– Já completei minha cota de estresse. Agora vou me deitar e não quero te ver mais hoje – Regina se levantou.

– E então? Vai me ajudar? – perguntou ainda com o coração acelerado. A rainha lhe dirigiu um olhar de reprovação.

– Vou enrolar Termala enquanto puder. Mas não vou poder segurar isso por muito tempo. Se tiver que liberar a equipe de investigação de Túris, vou liberar. É a minha decisão.

Echerd retirou-se.

Praguejou em seu íntimo, mas teria que continuar o treinamento. Ficou torcendo para que a liberação acontecesse após a conclusão do curso. Daria tempo ou não? Se os investigadores viessem, toda a missão estaria em perigo.

A sorte fora lançada.

27

O guerreiro do diabo

ANTÁRTIDA, ANO 198, DIA DE URANO, 28 LUZ.

Nem ela mesmo entendia por que estava fazendo aquilo. Não que Sizígia não soubesse usar seus pontos para se divertir, mas pagar por um treinamento em sua folga causava muita estranheza. Afinal, treinamentos eram o que mais havia na Antártida, e inteiramente custeados pelo Governo. Todavia, o que a movia agora era a curiosidade, de um tipo que teria que ser bem paga.

Em uma das vezes que Caldene ligou para Sizígia, a conversa debandou para a questão dos *ciborgues*. Foi então que Caldene lhe falou que a Academia, de vez em quando, entregava alguns *ciborgues* para o Governo, e que haveria um treinamento para eles. O interesse de Sizígia foi tanto, que conseguiu um lugar no evento e convidou sua amiga, dizendo-lhe que pagaria tudo.

– Estou vendo – disse Caldene – que o lugar onde acontecerá o treinamento é muito alto e congelante, -55°C durante a noite. Você quer ir mesmo?

– Não tem problema, nossa roupa esquenta perfeitamente, e só vou tirá-la debaixo de um vapor bem quente. – Riu Sizígia.

– Por que você está gastando seus pontos para fazer esse curso? – indagou Caldene. – E ainda vai ter coragem de pagar para mim? Vai me explicar esse negócio ou ficar de segredinho?

– Porque quero conhecer esse tal de Erik, que vai aplicar um treinamento de guerra em solo antártico para os *ciborgues*.

– Ah, só faltava essa. Já esqueceu seu bárbaro? Querida, eu te falei para tomar cuidado com os homens, eles são muito complicados. – Deu uma gargalhada.

– Pare de me atormentar com isso, garota. Você me conhece, sabe do que eu gosto e da minha maneira de ver as coisas, não sabe?

– Mas tenho que te falar uma coisa. Se você vai trocar seu "Bryan" pelo monstro, "Erik", olha, amiga… você vai ficar em maus lençóis. – Deu um olhar malicioso. – Ou… há alguma coisa que você não quer me contar?

– Não é isso, Caldene, é… só curiosidade, nada mais. – Deu de ombros.

– Ah é? Eu sei que está com algum problema. Ainda bem que você já está grávida, porque engravidar de um monstro seria um ponto negativo. – Deu um riso longo e desligou.

Ao entrar no sistema para marcar o treinamento, Sizígia descobriu que o curso estava vetado para os gelos. Só podiam fazê-lo monstros, mestiços de gelos, vampiros, *tirranies* ou *ciborgues,* pois era voltado para quem não tem *poder de magia*, ou seja, o código "P", em seus genes. Os gelos de raça pura, como ela, faziam outro tipo de curso de guerra em solo com técnicas específicas para eles.

Sizígia sentiu um pouco de frustração, mas talvez fosse melhor assim. Treinamentos com *ciborgues* são sempre muito pesados. Resolveu garantir pelo menos a hospedagem no acampamento, e reservou no sistema a única *barraca-iglu* disponível, e só a conseguiu porque houve desistência de alguns treinandos, que preferiram dormir ao relento, bem selvagem.

Selvagem nem tanto, pois estão usando a vestimenta especial dos gelos, que mantém o corpo aquecido. Duro seria se tivessem que se enterrar na neve para se proteger do frio, pensou.

Educada pela escola dos *mestres obstinados*, Sizígia não perderia a oportunidade de estar perto dos monstros por nada deste mundo. Logo ela descobriria, com Caldene, ao chegarem no tal acampamento, que a instalação era bem desconfortável.

– Olha aqui, amiga, que droga de lugar! Eu preferia estar acompanhando um treinamento em uma base submarina. Já te disse que você é louca quando cisma com um homem, não te disse?

– Caldene, Erik nunca vai aplicar um curso na base submarina. Quem faz isso são geralmente *tirranies*, os tais *homens-peixes* que vieram abduzidos juntamente com os gelos.

– Mas o que essa… coisa, esse tal de Erik, tem de tão especial para você? Não vai me contar não? Quer me deixar doida?

– Ele é uma figura diferente de todas que já vi. É nada menos que… – Sizígia levantou as sobrancelhas e fez uma careta de quem finalmente revelaria o segredo.

– Fala logo, você tem que soltar esse negócio que está entalado – advertiu Caldene com um braço estendido na direção de Sizígia.

– Não é nada de mais. O monstro é filho de diabos, é o guerreiro que não pode ser vencido.

– Pelas forças abissais! Aqueles hediondos do fogo com incrível poder mágico? – Pôs as duas mãos na cabeça.

– Não é bem isso. O cara é um mestiço. Muitos pensam que ele é um *ciborgue*, mas não é. É uma mistura de DNA de diabos e de vários projetos de laboratório, e ainda tem genes do próprio Líder Geada.

– Eu nunca iria querer ter filho nem de um diabo ou de um cara de laboratório – sussurrou Caldene.

Sizígia deu uma risadinha.

– Será que eles iriam te querer?

– Fala sério! Os diabos gostam de mulheres bonitas, mas uma mulher-gelo não se candidataria, tenho certeza – afirmou Caldene.

– Os *sapiens* dizem que os diabos são criaturas espirituais invisíveis, não esses monstrengos que a gente conhece.

– Eu te avisei para tomar cuidado com os *sapiens*, eles são cheios de filosofias e coisas invisíveis. Preferem fantasias do que ciência. Por exemplo, se eu comer muito e ficar empanzinada, os *sapiens* inventarão que tem um fantasma invisível dentro da minha barriga, entende? Eles duplicam tudo. Se uma pedra cai, inventam que há um espírito que puxa a pedra para baixo. Para eles não basta a gravidade, compreende?

– Será isso mesmo? – indagou Sizígia, incrédula.

– Claro, menina! Meu professor de física na Academia disse isso, quando eu era adolescente. Esses *sapiens* são loucos, não se desenvolvem porque preferem estudar filosofias no lugar das ciências. Ai, ai!

– Acho que você tem razão, eles são muito filosóficos – respondeu rindo.

– Agora... Pense em um cara com genes de *sapiens*, de gelos e de diabos e mais uns olhos extras por trás do ouvido, ou coisa que o valha. Deve ser uma loucura!

– Tá certo. Vou conhecer um cara criado em laboratório porque minha amiga resolveu gastar seus pontos e me convidou. Tudo bem. Acho que já te disse que é por isso que gosto de você, minha colega maluca. – Soltou uma gargalhada.

– Vá ver se estou lá nas ilhas Kerguelen!

Caldene, ainda com uma cara de deboche, esticou-se dentro do iglu, encostando a mão no teto. Passeou os olhos por cada detalhe.

– Esse iglu é legal, pequeno, mas dá para nós duas. As instalações do acampamento são as piores possíveis, mas a comida é boa. Ponto pra você!

– Vou tentar aproveitar bem nossos três dias de folga. – Passou a mão na barriga, que já despertava a atenção.

– Mulheres grávidas são mais taradas – provocou Caldene.

– Aham! – concordou Sizígia, e foi logo mudando de conversa. – Olha aqui, estou vendo nesse sistema que o pessoal não vai dormir, a equipe continuará lutando ainda por algumas horas.

– Esses locais nas montanhas, distantes da costa, são frios e desérticos. Planícies mortas, onde nada cresce, não há um ser vivo, e a paisagem aqui não existe. Na maioria das vezes é uma planura só. Mas não adianta ficar aqui dentro do iglu, uma olhando para a cara da outra. – Foi dizendo Caldene.

As duas mulheres resolveram então passar as horas caminhando e observando os locais de tiros. Os ventos gélidos ameaçadores não as impediram de correr e de se atracarem em treinos de luta livre, mas sempre exercícios leves, pois Sizígia não queria desandar sua gestação. Depois foram para a cozinha da base do acampamento pegar uma barrica de água quente para o banho, pois era o único lugar daquele fim de mundo que havia aquecimento.

– Que horror! Um acampamento que não tem sauna – lastimou Caldene, balançando a cabeça.

No caminho para o iglu-banheiro, a barrica, que tinha uma abertura na parte de cima, não parava de soltar vapor. Ao chegar, as duas mulheres descobriram que não havia no dito cujo nem uma única banheira. Elas teriam que molhar as esponjas na água e esfregá-las pelo corpo.

– O quê? Tirar a roupa quentinha para tomar banho de esponja nesse frio? Nem pensar. Isso só serve para higiene íntima – comentaram entre si.

Jogaram a água quente fora e resolveram se deitar.

Durante o tempo em que dormiram, o vento cortante do norte fez subir bastante a temperatura do lugar. Caldene, ao sair da barraca-iglu durante a madrugada, com o céu estrelado refletindo-se no alvíssimo manto branco, ao perceber que não havia mais vento, ousou tirar o capuz e deixar a cabeça descoberta para sentir o ar denso e insuflar lentamente seus pulmões. Foi nesse momento que divisou ao longe uma perturbação nas estáticas paragens longínquas de gelo calcado sobre gelo. Pôs sua atenção na pálida luz, firmou sua vista e lobrigou no horizonte, do lado do monte, uma massa de vultos cobertos de branco que desciam tresloucadamente, saltando e deslizando no chão escorregadio. Não teve mais dúvida. Era a tropa que vinha. Precisava correr para acordar a amiga, que, com muito gosto, dormia profundamente.

– Rápido, eles estão vindo!

Sizígia levantou-se às pressas, e mal teve tempo de esfregar os olhos. Ambas as mulheres, mais que depressa, correram ao refeitório, uma cobertura provisória imensa com uma única entrada para o norte de modo a evitar as correntes de ar.

Escolheram um bom lugar antes de a tropa chegar. O silêncio, digno de um mosteiro, foi logo perturbado pela algazarra e as fortes pisadas das grotescas figuras.

Ficaram observando os mestiços, os esgares horrendos de uns poucos monstros e as não menos execráveis carrancas dos ciborgues invadir o refeitório e se dirigir, um a um, em medonho alarido, aos caldeirões para encher suas travessas com comida e pegar as garrafas de sopas quentes que eram assim acondicionadas, conforme o costume turisiano, de forma a conservar o calor. Os monstros destacavam-se entre os mestiços pelo tamanho, já os ciborgues, havia-os desde pequenos até agigantados. Sentadas, as mulheres repararam em um gelo de alta patente que fazia o papel de comandante, e, após ele, repararam na chegada de uma figura inumana, soberba, que atendia pelo nome Erik.

– Olhe bem para *sua paixão*, você nunca mais irá esquecê-lo – Caldene, caçoando da amiga, apontou para o sujeito que se supunha ser o mais prodigioso entre as criaturas que no refeitório adentraram.

Sizígia virou-se e prestou atenção naquele que, ao pegar sua travessa, foi sentar-se ao lado do comandante.

– Lá está ele, o fruto de cem anos de pesquisas em laboratório por várias gerações de cientistas, o protótipo final do combatente invencível, *o guerreiro do diabo,* o cara que vai distrair os inimigos de Túris – Sizígia falava muito baixo para Caldene, como quem recitava uma prece.

– Ali está o motivo de você me trazer para esse *fim de mundo*, um lugar dos mais frios da Terra, um horrível acampamento em que não se pode sequer tomar banho – alfinetou Caldene, sempre com um sorriso nos lábios.

Difícil imaginar o que Sizígia sentiu. Seus olhos azuis tentavam enxergar os traços do homem que parecia ter quase 160 quilos, cabelos duros como cerdas de um castanho-claro esverdeado e olhos da cor de esmeraldas. Restos de gelo acumulavam-se em suas cerdas e por toda a roupa, e ele, apesar da cabeça toda descoberta, parecia não se incomodar com isso. Observou que, na fila para pegar os mantimentos, pouco falava com os guerreiros disformes que o assediavam, fossem homens ou mulheres.

O Santana, o monstro que Koll Bryan me contou ter despedaçado os atletas, o cara que os sapiens procuram para processar Túris. Ele vive em total liberdade, como se nada tivesse acontecido, ela pensou, atônita. Não ousou falar disso com a amiga.

Caldene olhou para Sizígia e a pergunta maliciosa que tinha na ponta da língua – se Erik lhe trouxe algum tipo de *desejo incontido* – morreu em sua boca. Sua colega estava pálida e sem expressão. Observou que ela tentava se desfazer do torpor, como se tivesse tomado um grande choque. Caldene, sem dizer uma palavra, foi acompanhando a amiga com os olhos e, com grande surpresa, viu-a se levantar.

– Não, Sizígia, fique onde está – sussurrou Caldene, aflita. A amiga nada respondeu, como se para ela o tempo tivesse parado.

O Santana, tenho que me aproximar, vou me apresentar ao comandante. Não é uma situação esperada, mas tem que ser agora, pois meu tempo de folga está terminando.

Destemida, dirigiu-se, sem ser convidada, à mesa em que o comandante e o horrendo instrutor se encontravam. Eles logo repararam que ela não fazia parte do grupo.

– Perdão, meu nome é Sizígia. Aprecio muito esses treinamentos severos e gostaria de saber de você, Erik, se acontecerá algum tipo de modalidade em que eu possa participar.

Não titubeou, falou claro, nem se agitou. Mantinha-se firme. O comandante gelo olhou para Sizígia com o semblante severo.

– Os treinamentos estão no sistema. Estranho que você não tenha visto. Quem a trouxe? – perguntou com frieza.

– Desculpe, é que não me expliquei direito. O sistema pode não ter programado um treinamento do Erik para os gelos, mas talvez, Erik... – Sizígia olhou para o monstro fixamente. – Você esteja planejando alguma modalidade nova e...

– Pensei ter-lhe falado – insistiu o comandante, cortando a conversa. – Se algum dia for programado, estará no sistema, mas somente para aqueles que defenderão Túris como guardiões.

Sizígia procurou não se irritar, mas via com surpresa que o monstro titânico nada falava, limitava-se a olhá-la meio que de lado enquanto se distraía mastigando a cabeça de um leão-marinho, dilacerando-o com a poderosa carranca com o auxílio das mãos desenluvadas que funcionavam como garras.

Não acredito, estou arriscando minha reputação e o Santana não vai nem me responder. Esse comandante horrível vai me acusar de louca, pensou.

– Se você nos permite, estamos em serviço, vamos continuar com nossa refeição. Retorne ao seu lugar – disse o comandante, agora com a voz modulada para comando.

Nesse momento, Erik, que só observava, começou a falar com uma voz grossa com a mulher que, para ele, continuava a ser uma desconhecida.

– Você, Sizígia, não vai poder fazer treinamento de guerra em campo, qualquer que seja, na situação em que se encontra. Não por agora, a não ser os treinamentos na logística, em bases e naves espaciais.

Os olhos dela pareceram cintilar.

– Você diz pela minha gravidez? – respondeu Sizígia ainda de pé, pois não a haviam convidado para se sentar. Passou a mão sobre a barriga. – Mas falta pouco para terminar minha gestação. Você tem filhos? – Sizígia ousou pousar sua mão do lado dos dedos dele e se surpreendeu. Jamais soubera que alguma criatura do planeta pudesse ter uma mão tão grande como a de um urso.

O comandante irritou-se, mas Erik não lhe deu importância:

– Senhora Sizígia. A *cidade do meu pai* precisa de combatentes. Há mulheres-gelos que não querem engravidar, mas você não – desviou-se os olhos dela e voltou a se fixar no comandante, que estava à sua frente. Sizígia, sem se fazer de rogada, ignorou o comportamento dele e insistiu na conversa.

– Eu já forneci dois meninos e duas meninas viáveis para Túris – respondeu ela, bem relaxada. – Este que está comigo agora será o quinto.

– Enquanto o marco legal, que trata dos direitos da Antártida, não for assinado – Erik voltou a olhar para Sizígia e em seguida se dirigiu ao comandante, apenas apontando para ela –, Túris vai precisar de fêmeas como essa mulher para expulsar os *sapiens*.

Nesse momento, inexplicavelmente, Sizígia sentiu fortíssima tontura, tudo começou a rodar em sua cabeça, mal deu tempo de colocar as duas mãos sob a barriga para protegê-la e desmaiou.

Não foi ao chão.

No início da queda uma forte mão segurou-a por debaixo de um ombro e a sustentou. Tão rápido foi o reflexo e a ação do homem, que só uma câmera de alta velocidade poderia perceber o movimento que a protegeu.

Caldene pôs-se de pé num salto para socorrer a amiga, no momento em que Erik a pegava no colo e a colocava deitada sobre a mesa de gelo do jantar.

– Sizígia! – gritou ela, mas, ao chegar, viu sua companheira já despertando.

– O que foi que houve? Você está bem?

– Nada... Deve ter sido um mal da gravidez ou talvez da altitude. Desculpe – virou-se para Erik e o comandante, levantou-se, agradeceu e se retirou.

Ao olhar para trás, Sizígia ainda observou que chegava para Erik e o comandante uma travessa fumegante cheia de algas, peixes, carnes de focas, ovos de pinguins em uma quantidade absurda, como se fosse para alimentar uma faminta foca-leopardo, e não um ser humano. Caldene fez o favor de levar a travessa de Sizígia para o caldeirão e a encheu, retornando à mesa.

– Se demorar para comer, vai congelar tudo – ralhou ela com a amiga.

– Estou preocupada com você, o que foi que aconteceu?

– Não foi nada. – Deu um sorriso sinistro. – Viu o reflexo lateral dele? Instantâneo menina! E nem estava olhando para mim.

– O quê? Você não desmaiou?

– Apaguei completamente, mas foi de propósito. Mantive o *sexto sentido* alerta para observar tudo. Agora entendo bem. Um cara forte e veloz desse jeito *não pode ser derrotado*.

– Você é louca! Não seria nada engraçado se perdesse o bebê – Caldene aborreceu-se com a companheira. – Se Túris resolvesse montar um teatro, você seria a artista principal – gracejou, mas desta vez não riu.

Meu pai, a forma como o monstro reverenciou seu criador. No futuro, quando os ciborgues, *diferente do Santana, poderão nem vir a ter ossos, se espalharem por toda a Antártida, terão esse mesmo respeito?* Sizígia não encontrava resposta para um dilema tão sério, que poderia alterar o destino de todos os povos da Terra.

– Está calada. O que foi que houve? – perguntou Caldene.

– Minha sorte foi essa barriga. Erik gostou muito em saber que estou aumentando a população de Túris.

– Mas esse garoto não é gelo, é misturado com um australiano.

– Isso não importa, e ele também não sabe disso. Nasceu entre os gelos, gelo será. Quem elogiou minha gestação não foi um gelo, foi o líder dos monstros. Enquanto o comandante gelo se importunava comigo, o *monstro Santana* se admirava. Você já reparou a salada *genética* que acontece em nosso meio? Aonde isso vai parar?

– Não, não vai haver salada *genética*. Nós gelos somos superiores a todos os outros povos da Terra. A maioria dos *ciborgues* é de gelos que foram amputados, mas os *ciborgues* que não são gelos e os monstros, como esse Erik, estão aí para nos servir. Eu tenho certeza de que a Academia não deixaria nossa raça acabar porque eles não são doidos.

– Será?

– Claro! Olhe, você não era assim. Agora vive filosofando, como os *sapiens*. É o seu bárbaro quem te ensina isso? Eu vou te alertar, amiga: é hora de parar, sabia? – avisou Caldene, sem disfarçar o preconceito que tinha pela cultura humana.

– Caldene, sempre achamos que os *sapiens* eram meros bárbaros, nada mais. Um povo com inteligência menor que a nossa, mas muito beligerante. Violentos e predadores das demais espécies. Inimigos da diversidade. Mas eles inventaram a filosofia, e nós a desprezamos. Será que... estamos certos?

– Não deixe ninguém escutar isso de ti. Nosso povo é lógico, racional e objetivo, não somos como eles...

– Mas estamos criando criaturas metade máquinas metade humanas. – Virou-se, apontando alguns com um movimento discreto da cabeça –, nossa Academia não para.

– Futuros guardiões, servos nossos, nada mais. Agora, levante-se e pegue outra comida para você, pois a sua congelou. Viu no que dá ficar filosofando? Se continuar assim, amiga, vai morrer de fome. Esqueça os *sapiens*.

Mais tarde, deitada na tenda-iglu, debaixo de uma coberta acolhedora, Sizígia deu-se a pensar. Disseram-lhe que o monstro viu mais combates em sua vida do que o ribombo do gelo na desolada Antártida. Nunca o vira lutar, mas agora não podia mais duvidar.

O tal Santana é gigante, suas mãos e garras são descomunais, mas ele sensibilizou-se pelo meu bebê. Apesar de sua aparente hediondez, foi bem mais educado que aquele comandante, suspirou. *Que situação. E não vou poder contar ao meu Koll que estive com ele... Não poderei falar disso nunca.*

Ia-se-lhe o tempo em que ignorava a existência dos monstros e da abominação que há apenas uma década trucidara os atletas, o *guerreiro do diabo*.

28 Submerso na polínia

MAR DOS COSMONAUTAS, OCEANO ANTÁRTICO.

A nave ia descendo sobre um grande lago. Acomodados em suas cadeiras estofadas, os passageiros começaram a notar, pelas câmeras externas, uma paisagem envolvente. Uma grande massa de água cercada de gelo que surgia devagar e crescia a cada nova observação, ao ponto de deixar ver seus encantos naturais, tons que do branco vão ao azul-turquesa ou ao azul-marinho. Em meio aos turistas e funcionários, o estrangeiro Koll Bryan, o único humano a estar ali, era quem mais se maravilhava.

Em dado momento, teve a impressão de que a nave iria pousar no lago, mas qual não foi sua surpresa quando a percebeu inclinando-se e, sem qualquer aviso, realizando um mergulho suave nas geladas águas antárticas. Olhou para Sizígia, pôs as mãos na cabeça e riu, com o contentamento de uma criança, imaginando que surpresas o estariam aguardando. Perplexo, viu a nave se dirigir a uma grande base submarina, que a engoliu como se fosse um brinquedo. Como em todas as outras vezes, percebeu que estava diante de uma tecnologia diferente das do seu mundo.

De repente, escutou uma voz conhecida que o trouxe ao mundo real.

– Este é nosso *último passeio* nas dependências de Túris. Você sabe o que estou dizendo? Quando sairmos daqui, só vou poder me encontrar com você em Cratera Nevada, até que o sistema libere alguma solicitação minha – disse Sizígia.

– Por quê? – ele indagou, surpreso.

– Eu não sei, o sistema não me diz. Esse negócio de autorização não se consegue sempre, ela pode acontecer ou não. Você é um estrangeiro, então as permissões são restritas.

– Bela, quando te conheci, te imaginei insondável, misteriosa. Hoje vejo que, na verdade, você não tem nada de estranho. O que é esquisito mesmo é esse tal de sistema. Tenho medo dele, confesso.

– Como vou te explicar? É o que existe de mais útil no meu mundo. Os sistemas seguem lógicas inteligentes, é tudo o que a gente quer e é o que precisamos.

– Mas não é o que eu quero. Essa coisa de o sistema fez isso, o sistema decidiu aquilo... Aí você pergunta: Por quê? Ele não te responde. Isso me dá arrepios, parece que estou numa prisão.

– Meu bárbaro, você fala isso porque não é um gelo. Não vá querer discutir as ações dos sistemas turisianos. É só uma questão de segurança; estrangeiros não podem ir a qualquer lugar, pronto.

– O mundo livre é diferente...

– Querido, deixe de ser bobo. Quero ver se vão me deixar visitar uma instalação militar do seu país. Vão? E tem mais! Com a baixíssima população que temos, se não tivéssemos ajuda de uma vasta gama de sistemas inteligentes meu povo teria sucumbido há muito tempo.

Koll sacudiu a cabeça e pareceu não concordar muito, mas, confiante de que qualquer problema poderia ser solucionado pela diplomacia do seu país, preferiu aproveitar sua nova estadia.

– Vocês chamam esse lugar de Base Parque Submarino?

– É um dos seus nomes. Essa base é especial, é a única em Túris que pode abrigar turistas gelos pelo fato de ter sido construída no continente antártico, em local raso, diferente das demais, que ficam no oceano a grandes profundidades.

– E se você quisesse ir a essas outras?

– Só se estivesse a serviço ou treinamento.

– Então, bela, agora o meu nível de permissão está igual ao seu? – Deu uma risada forçada, zombeteira.

Sizígia quedou-se, não era uma pessoa do tipo que aprecia discussões. Como uma profissional, otimizava seu tempo para as coisas úteis.

Não foi difícil para ele perceber que era hora de observar a esplêndida vida marinha que havia do lado de fora, algas diferentes, estrelas-do-mar e os curiosos que tentam se aproximar, como a predadora foca-leopardo e até os grandes elefantes-marinhos.

– Esse lugar é incrível – observou ele. – Estamos em um aquário ao contrário, ou seja, as paredes transparentes das janelas nos deixam ver a fauna e flora da Antártida que está em liberdade, e nós presos aqui.

– Aqui nesta sala estamos a quarenta metros de profundidade com todo conforto, você nunca viu coisa igual, não é?

– Jura? Não é coisa que se vê por aí – ele concordou. – Minha bela, estou estranhando, pois estou vendo muito mais diversidade e quantidade de seres vivos que no oceano.

– É claro! Esse lago salgado, que tem até *icebergs*, tem correntes verticais que levam o excesso de sal para o fundo e trazem nutrientes para a superfície. Então, o plâncton prolifera e toda a cadeia marinha também, até chegar nos peixes, focas, pinguins e, às vezes, baleias.

– Caramba, você foi longe, hein?

– Estamos diante de uma das maiores zonas de produtividade biológica do planeta. Bom para se ver e também para nadar. – Sizígia pôs as mãos na parede translúcida.

Foi então que Koll viu alguns mergulhadores de Túris que nadavam com uma roupa preta e perguntou como fazer para se juntar a eles.

– Tem que ir lá pra cima, na cúpula da base, onde a profundidade é de vinte metros. Sobre a cúpula estão os tubos retráteis para que os mergulhadores possam equalizar a pressão, sair e explorar a água ao redor, a uma profundidade ainda menor. Vamos agora?

– Mas você não vai mergulhar com essa barriga, certo? – perguntou Koll, preocupado.

– Bobeira... Não tem problema nenhum, o bebê nem vai perceber. Ele vai receber oxigênio natural, entende? Quando se mergulha com garrafa existe o problema da descompressão e retenção de nitrogênio, mas vou fazer mergulho livre, em apneia, como as mulheres-gelos fazem constantemente quando grávidas.

– Incrível, você tem sempre uma resposta pronta para tudo, não é?

– Eu não invento nada, bárbaro, só respondo o que sei.

Koll observou a mulher, admirado. *Por que ela não se aborrece em viver em um mundo tão isolado? Por que não demonstra ódio ao sistema? Será que o errado sou eu?* Quando despertou de seus devaneios, percebeu que Sizígia já estava com a tal roupa de mergulho, pronta para sair.

– Espere, eu também vou – gritou.

Depois que retornaram, ela lhe mostrou a sala de banhos, que tinha uma grande piscina de água doce, com temperatura aquecida a dez graus e várias saunas a vapor, bem no estilo que os gelos gostam. Koll ficou olhando por toda a volta e perguntou:

– Onde vocês conseguem tanta energia?

Sizígia virou-se para ele e respondeu num estalo:

– Células de fusão nuclear. Uma tecnologia nossa, que as nações da Terra não conseguem reproduzir.

– Quem mandou perguntar? – Ele riu para ela.

– Essa base foi construída há vinte anos, em seguida foi comissionada pelos técnicos que fizeram os testes necessários, e, por fim, foi só o trabalho de carregar o reator com células nucleares e verificar seu desempenho.

– Essas células fazem o papel do combustível. Mas e o perigo de contaminar o ambiente e as pessoas durante o processo de carga?

– Não vai acontecer nunca. O reator nem está crítico no momento do carregamento. Só depois de carregado o combustível é que ele vai criticalizar.

– Opa! Vamos com calma, criticali... Que negócio é esse?

– Estou falando da criticalidade. O reator nuclear fica crítico quando a energia atômica que recebe é igual à que ele produz. Então ele se torna *autossustentável* e, a partir daí, se quiser produzir muita energia é só aumentar a reação em cadeia com as colisões dos núcleos de isótopos de hidrogênio. Falei de modo simplificado, pois o funcionamento das células nucleares é muito complexa, querido.

– Acho que entendi. E a água da piscina e da sauna vem das geleiras?

– A água doce daqui vem de *icebergs*; aliás, você já deve saber, como velejador, que a Antártida é a maior reserva de água doce do planeta. Mas, para derreter o gelo temos o *Gerador de Água Doce*, que é uma sofisticada câmara de degelo móvel que fica submersa, abaixo do *iceberg*. Então, querido, o gerador, com diversos sistemas tipo parafuso, extrai lentamente blocos de gelo e os direciona ao *Poço Quente* do *Resfriador do Reator*, que faz o papel de um imenso trocador de calor, derretendo o gelo. Entendeu?

Koll balançou a cabeça.

– Acho que sim. O resto já sei, é só fazer a análise e filtragem da água. Fácil, até um cozinheiro entende – brincou Koll. – E nas latitudes do mar, onde não tem gelo vocês usam dessalinizadores, com certeza, só pode ser.

– Ponto para você, bárbaro, está sabendo de tudo. Mostre seu anel para o sistema, ele vai contratá-lo. – Ela deu uma gargalhada.

Koll também achou graça, abraçou Sizígia e falou.

– Quero voltar aqui outras vezes. Essa base do lago funciona também no verão?

– Bárbaro, isso não é bem um lago, é uma *polínia*.

– *Polínia*?

– Acontece quando o gelo se expande com muita velocidade, devido aos ventos que descem das montanhas do costão, acabando por formar um grande lago temporário onde nossa base se encontra. O bacana é que, com a *polínia*, podemos nos divertir até mesmo no mês Estelar, o inverno de vocês. Mas, quando chega o verão, ela pode se desfazer, se o gelo à volta sumir e a base ficar no mar.

– Então, bela, em pleno inverno e primavera, vamos ter um lago, ao invés de somente gelo. Divertido.

– Querido, há uns poucos anos em que o lago não se forma, então nossa base é interditada, porque acaba ficando debaixo de grossas camadas de gelo e, lógico, nenhum turista iria querer vir.

– Ah, comigo não vai acontecer isso não. Com os gostosos pratos daqui, as bebidas quentes e um belo céu para se admirar, eu ficaria aqui nesse lago até no meio do inverno – ele observou.

No dia seguinte, Koll reparou que o salão da piscina estava interditado. Pouco depois, para sua surpresa, percebeu que vários ambientes haviam sido interditados, e até mesmo fechados. Haveria algum perigo? Estaria entrando água na base? Algo bizarro estava acontecendo. Remoeu seus pensamentos. Não havia ninguém para lhe explicar seja o que fosse. Era o lado terrível de uma base toda automatizada e robótica. Se estivesse em um cruzeiro em qualquer navio obteria fartas informações do pessoal de bordo. O sentimento de admiração que Koll sentia pela tecnologia dos gelos ia se transmutando em preocupação, aflição e medo. Sentia-se inseguro, mas como não queria voltar para o quarto e acordar Sizígia, resolveu ir ao refeitório.

Quando Sizígia chegou, ele estava admirando a fauna e a flora marinha, vistas através dos janelões, enquanto saboreava em sua mesa, além de ovos de pinguins, uma deliciosa sopa de algas e krill. Mesmo com toda essa fartura ainda se preocupava.

Se todos fossem como Sizígia, esse mundo utópico, esse mundo ideal, miscigenar-se-ia com a Terra. Eu e ela somos exemplo de que isso é possível. Mas quase tudo em Túris é proibido aos sapiens. *Os turisianos vivem numa redoma só deles, onde não podemos entrar. O que eles escondem?*

– O que você está pensando? – sussurrou ela. Ele ficou calado. – Está com medo de alguma coisa? – ela insistiu, colocando os olhos fitos nele.

Koll assustou-se, sentiu um arrepio percorrer seu corpo quando percebeu os penetrantes olhos azuis de sua bela.

– Não leia meu pensamento! – gritou ele.

– Não fiz isso, seu nervoso. Qualquer um perceberia que você não está bem – falou-lhe em tom afável, ao mesmo tempo que pegava sua mão. – O que te preocupa agora, vai falar?

– Minha bela, tenho medo de perdê-la. Não estamos juntos, não de verdade. Este pode ser nosso último passeio, como você me contou. O sistema... Merda de sistema! – desabafou. – Não vai nos deixar mais sair juntos.

–Tenha calma! Não posso prever o que o sistema vai decidir – Sizígia pôs suas mãos cálidas sobre o rosto de Koll e se aproximou. – Olhe para mim... Não sou um ciborgue. Tenho sentimentos. Você está angustiado só porque não entende que somos originários de culturas muito diferentes.

– Não é isso. Eu te amo como jamais amei alguém na minha vida, mas não vou poder ficar nem com você nem com o bebê, então estou ferrado.

– Você vai pode me ver.

– Não. Não é verdade! Você não vai poder ir à Austrália conhecer meus pais, e eu não vou poder mostrar vocês dois para ninguém.

Koll estava muito emotivo, segurava-se para não desabafar com uma saraivada de palavrões.

– Querido, você quer uma família do jeito que fazem em seu país: pai, mãe e filhos. Mas isto não posso te dar. Você tem que aceitar a diferença. Ou não quer que continuemos juntos?

– É o contrário. Eu quero ficar junto de verdade, e cuidar do nosso filho. Vou me informar sobre os meus direitos na Embaixada, eu juro – ele falou, angustiado.

– Ótimo. Consiga a autorização para criar nosso filho. Está bem assim? – Koll virou a cabeça e seus olhos brilharam.

– Por que os gelos não podem se misturar com os humanos *sapiens*? Vamos juntar tudo e fazer um povo só.

Sizígia cruzou as pernas, suspirou e disse seriamente:

– Os gelos têm medo dos *sapiens*. Eu te disse uma vez. Meu povo vivia escondido nas grutas da Antártida. Ninguém sabia de nós. Ficamos escondidos por quase setenta anos. Foi então que, sem qualquer tentativa de conversa, fomos atacados por uma quantidade de forças além da nossa imaginação. Para nós poderia ter sido o fim do mundo.

– Isso foi no passado. Acabou, minha bela.

– Passado? Imagine se não estivéssemos nos preparando durante todo esse tempo... Quando o momento chegou, das camadas subglaciais, a grande profundidade, locais que nossos inimigos desconheciam totalmente, saíram nossos mísseis, disparados em alta velocidade.

Koll tentou interromper, mas ela insistiu em continuar.

– Os *sapiens* deram mais ordens de ataque e mais bombas, até o momento que se viram alvejados por cima, pelas nossas naves que trafegavam na estratosfera. Por esta eles não esperavam. Então o ataque parou.

– Eu queria te falar que, pelo fato de fazer parte da logística, li sobre isso em um documento classificado na minha Embaixada – disse Koll. – A batalha da Antártida não foi divulgada. As nações da Terra pensaram que vocês eram alienígenas que tinham vindo destruir a humanidade e tomar o planeta. Eles se enganaram, não dá agora para perdoar os humanos, gente como eu?

– Bárbaro, é que você não me deixou contar o final.

– Não acabou?

– É que tivemos de fazer um tratado com as nações. Eles nos impuseram umas cláusulas que obrigam o distanciamento entre nós. Como nossa população era muito baixa, concordamos em assinar. Agora você quer nos juntar...

– Quero – afirmou.

– Então, experimente perguntar aos políticos da ONT se alguém quer isso? Ninguém nos quer perto. Entendeu?

– Eu... eu tenho que concordar com você – respondeu, aflito.

– Uau! Finalmente meu bárbaro me entendeu! – exclamou Sizígia.

– É. Pensando bem, acho que não vou conseguir mudar nosso sistema em relação a vocês. Seu sistema é ultra-automatizado, inteligente e frio. O nosso também existe, mas é mais camuflado.

Nesse momento, Sizígia recebeu um comunicado expresso de que eles teriam que se retirar amanhã ao raiar o dia. Ela procurou saber com a tripulação, mas lhe disseram que eles mesmos evacuariam a base para entregá-la a outro grupo.

– O pessoal da base está em estado de tensão, algo quebrou a rotina aqui.

– Algum perigo? Uma emergência? – perguntou Koll.

– Não. A base foi *solicitada*.

– Por quê? Explique-me, por favor.

– Não sei. Fique calmo, não tente alterar o curso das coisas. Não faça nenhuma besteira. A vida tem seu ritmo. – Alisou sua barba lentamente e o beijou.

A noite passou rápido, e o novo dia surgiu. Não houve desjejum, nem mesmo um chá. Em completo silêncio, Sizígia, de pé, observava o cardume de peixes-gelos enquanto aguardava autorização para se retirar. Foi quando ouviu o ruído de fortes pisadas irrompendo pelos corredores, e viu que entravam na base muitos guardiões com roupas brancas e detalhes nas cores azul, rubi e marsala. Homens altos e mulheres imponentes.

– Quem são eles? – perguntou Koll, assustado.

– Soldados da Magistratura que vieram tomar a base. Vão fazer a troca de comando.

Koll ficou tenso, nunca vira algo assim em Túris.

– Isso é normal? Acontece sempre?

– Não, nunca presenciei. Mas é previsto em nossas leis.

Quando chegou a hora de saírem da base, viram chegar os chefes dos guardiões, os temíveis magistrados, que, sob o comando do príncipe Leucon Gavião, se dirigiram ao cosmos Telurium, o turisiano que exercia na instalação o papel equivalente ao de um almirante.

– Que o *Poder* permaneça com você – o príncipe-feiticeiro saudou, em alta voz, o cosmos Telurium.

– Salve, que o *Poder* te ouça, príncipe – respondeu o cosmos, visivelmente contrariado, ao lhe passar o comando.

Tendo cumprido os ritos de entrega da instalação estratégica, foi o cosmos o último a se retirar.

– O Governo entregou sua base para a Magistratura – admirou-se Sizígia, quando pegou a espaçonave para Cratera Nevada.

– Por que fizeram isso? Por que concordaram em entregar a base para o Terceiro Poder? Quem manda mais, o Governo ou a Magistratura?

– Não me pergunte. Alguma coisa está acontecendo, não consigo entender. Verdade.

– Você não está com medo?

– Medo de quê?

– De os radicais tomarem o Governo, entendeu? Não viu que expulsaram todo mundo? Talvez tenha havido um golpe de Estado. Isso acontece em vários países, principalmente nos menos desenvolvidos.

– Não, pare com isso! Pare de imaginar coisas, e não me pergunte mais nada, por favor.

Sizígia não quis comentar, mas sentiu-se surpreendida. Seu coração bateu acelerado. Começou a desconfiar de que algo de muito importante estava para acontecer em Túris.

Só não sabia o quê.

29 O terceiro útero

DOIS DIAS ANTES.

Uma agitação tomou conta de toda a região das montanhas elevadas. Os bruxos comentavam a chegada na Caverna da Rainha de cinco diabos, quatro do Oriente, e um da Floresta Negra. Eram humanoides horrendos, com pele marrom ou avermelhada, unhas aduncas feito garras, alguns oriundos da Caverna outros não. Detentores de sofisticada magia, foram convocados pela bruxa-gênia ao Salão da Invocação a fim de auxiliar o grande experimento da triangulação cósmica.

Vuca foi atendendo cada um deles, chamando-os pelo nome, começando com o diabo-chefe, pois não dispensava a hierarquia:

– Cashar, o diabo-chefe!

– Novamente juntos – respondeu o horrendo.

– Bel! – interpelou a gênia.

– Este é meu nome.

– Magodor!

– Aqui estou.

– Dargoim!

– Aqui estou.

– Mefistofu!

– O maior, depois de Cashar – respondeu atrevidamente o diabo, que se destacava pela inimizade que tinha com os feiticeiros da Antártida.

Sem se perturbar, a gênia apresentou os recém-chegados aos dez feiticeiros mestres da Caverna e aos dois diabos, que ali viviam, que com a gênia completavam o número treze. Treze era o número que compunha o pequeno círculo dos bruxos, que correspondia às treze constelações zodiacais, e não doze, pois a constelação do Ophiuchus fazia parte também do zodíaco, o caminho do Sol.

Começou a apresentação por Dunial, seu sobrinho e o mais venerado dentre eles. Depois seguiu apresentando os demais, irmãos, sobrinhos, um seu filho, que era o mais jovem dos mestres e, por fim, três magos do oriente que se incorporaram à Caverna há alguns anos, após o retorno da gênia.

Depois, dirigiu suas mãos para outro grupo formado pelos feiticeiros *geniacus*, não mestres. E, sem nominá-los, terminou dizendo:

– Estamos preparados. A Ordem Cósmica que engrena o universo nos trará uma nova gnose, uma nova sabedoria.

Ato contínuo, arregaçou as mangas, tirou as luvas, expôs as longuíssimas unhas e pôs ambas as mãos nuas na brasa que ardia e crepitava na grande Taça do rito. Surgiu um pó brilhante e rubro. Virou-se e atirou na direção oposta aos convidados. A imagem de Usdarina se formou, surpreendendo até mesmo os diabos.

– Diga, ó mulher das trevas, quando a conexão vai começar! – Todos escutaram a imagem falar cavernosamente.

– Vejo que estão preparados. Começaremos amanhã, não na parte da manhã, mas à noite, nas trevas que antecedem a lua minguante. Nesse momento, aqui nas montanhas do Tajiquistão, devido ao fuso horário, o passarinheiro estará cantando a aurora e, na *floresta escura* da América, as aves estarão procurando seu poleiro.

– E na Antártida – disse Vuca – estarão presenciando o meio da noite em algum lugar no fundo do mar. O mérito do experimento será nosso. Na Caverna terminaremos tudo com sete dias de festas inesquecíveis, para que nenhum *geniacus*, bruxo ou diabo, ouse olvidar o que aqui se passou. – Então, a bruxa-gênia projetou nas paredes de rocha a terrível voz de trombeta.

– Escutem ó *poderios* das trevas e da luz! Esse momento será para sempre lembrado. Gerações e gerações evocarão o encontro dos dois mundos. Por todos os séculos...

Silêncio profundo. Na fumaça em brasa uma luz tênue foi surgindo, e todos os que ali se aglomeraram a viram. Viram o espectro do *poderio-gênio*, embora só a bruxa Vuca tenha escutado a voz do além, ninguém mais.

A visão do *poderio-gênio* animou os feiticeiros e diabos, que se recolheram para aguardar o tão esperado início do ritual de invocação, à noite, antes do nascer da lua minguante.

A bruxa-gênia subia a longa escadaria da Caverna que a conduzia às entranhas da montanha, no lugar dito *Parição*, onde a nenhum mortal era permitido chegar. A escuridão total, onde nem mesmo a luz mortiça de um candeeiro havia, era somente vencida pelo brilhar de centenas de pontos que atravessavam o longo vestido da feiticeira como se fossem estrelas. Tais pontos de luz eram nada menos que pequeninos orifícios na veste inconsútil que deixavam vazar a claridade que emanava do corpo da mulher. Sempre pisando nos degraus, onde a escuridão absoluta era apenas interrompida pelas ditas estrelinhas, prosseguiu a gênia até chegar ao seu destino, uma sala morna, redonda, com uma fileira de velas nas paredes rochosas. No chão, carregado de sinais e enigmas, figuras e símbolos, podiam-se ver dois colchões também redondos. Móveis não havia.

Vuca ajoelhou-se, agachada, pondo as mãos sobre o chão de pedra, o silêncio absoluto só era interrompido pela sua respiração ofegante, o vestido espalhando-se por toda sua volta e, em poucos minutos, entrou em trabalho de parto. Não demorou muito para que um choro de criança percorresse a sala sombria, oculta e deserta. Ela, a mãe, sem que em nenhum momento se desfizesse do seu belo vestido, simplesmente pôs a mão por baixo dele e puxou a criança, um menino muito pequeno de olhos claros que nascera pesando apenas oitocentos gramas. Nisso, um ruído se fez escutar, alguém ousara dali se aproximar, quebrando um longo tabu.

– Quem és tu? – disparou rispidamente a mulher que no chão se encontrava, agora sentada sobre suas pernas a envolver o nascituro com panos.

– Leucon, o Gavião da Antártida – respondeu o homem elegante, muito alto, que trajava uma roupa branca com insígnias em rubi e uma capa de um azul profundo.

Vuca parecia chocada. Jamais algum homem entrara no recinto onde as rainhas-gênias tinham seus filhos. Assim fora com sua irmã Facos, com sua mãe, a mãe da sua mãe e toda a ascendência milenar. O matriarcado da Caverna jamais permitira tal coisa.

– Tu vieste me ver ter um filho? Como conseguiste chegar aqui? – Vuca estava enojada com o que via.

– Esqueceste que sou o Gavião? Nenhum feitiço pode barrar aquele que voa. – Dito isso, lançou os olhos para a bela mulher de cabelos de fogo que ainda se encontrava abaixada.

Silêncio.

O rosto da gênia foi ficando vermelho, com uma expressão de fúria. Lentamente começou a flutuar para sair da posição incômoda em que se encontrava. Ficou de pé e, sem disfarçar sua ira, disse pausadamente, em tom grave, ainda com a criança no colo:

– Eu posso. Tenho poder de afastá-lo daqui no momento que eu quiser. E... se eu quiser!

Sem tirar os olhos do príncipe-gelo e com a criança segura no braço esquerdo, começou a erguer sua mão direita, cujas unhas iam crescendo à medida que o braço subia. Foi então que o Gavião percebeu que tinha ido longe demais. A criatura que ali estava não podia ser intimidada.

– Vuca, Vuca, não vim aqui para brigar com você. – O príncipe alterava agora seu tom de voz. – Esqueci de me desculpar. Vim para cá porque não queria ser visto.

Sua voz ecoou no silencio absoluto.

Quando percebeu que o momento de grande tensão se aplacava, o príncipe perguntou:

– Este não é o meu filho, verdade?

– O teu filho está aqui comigo, no *segundo útero* – respondeu Vuca, acalmando-se com o pedido de clemência e passando a mão na pequena barriga. Não tirava os olhos do invasor. – Estou com ele e com a minha sucessora, a nova rainha.

– Nisto eu também ajudei, com a ciência de Túris.

– Tu não podes ousar entrar aqui porque me fez um pequeno favor com minha filha! – falou, colérica, alteando a voz poderosa até terminar em alta intensidade.

O príncipe-gelo, sentindo-se agora em situação confortável ao perceber suas desculpas aceitas, respondeu calmamente:

– Não fosse por mim... Bom, você não morreria como a sua mãe, porque é sua primeira partenogênese. A partenogênese danifica parte do sistema reprodutor ao eliminar o preciosíssimo *terceiro útero*, o que praticamente impede uma segunda tentativa. Mas esteja certa de que as chances de fecundação sem a ciência turisiana seguem mais devagar.

– Concebi esta menina, e estou me sentindo muito bem. Posso esquecer tua loucura, esquecer que ousaste vir aqui, à *Parição*. Mas agora tu sairás e não pisarás mais neste chão feminino. Nenhum homem jamais entrou nesta sala. Somente as rainhas aqui vieram e... – Vuca estava agora surpreendentemente calma.

– E as outras bruxas, não podem vir aqui? – ele a interrompeu.

– Podem. Sempre que a rainha permitir. Acontece algumas vezes ou quando a rainha está doente. Era para ser um acontecimento raro, mas minha irmã, Facos, banalizava esse rito gnóstico, trouxe algumas vezes até aquela *falsa rainha* para cá. Isso me deixava irada, porque não era rainha – comentou.

– Você fala de Regina de Monde, rainha dos humanos?

– Não é nem uma bruxa, que dirá uma bruxa-rainha. Preste atenção, quando fizermos o Duo, meu destino mudará. Os bruxos ficarão do meu lado para anular o pacto de sangue, aquele que tive de fazer com o *poderio-morte*. O tempo cuidará das feridas que causei à Caverna.

– Se nada mudar, você vai morar em um castelo na Floresta Negra.

– Talvez eu vá morar na Antártida.

– Você não é gelo. É uma mulher do fogo. Túris a recusaria.

– Eu sou um *geniacus* especial. Não esqueças tu que, há milhares de anos, nos tempos de Tera, a linhagem das gênias turisianas se extinguiu. Eu posso ser útil, vou restaurar essa linhagem dos gelos – argumentou Vuca.

– Como uma mulher de fogo vai restaurar a linhagem da água?

– A ciência turisiana não é tão poderosa? Posso permitir que estudem minha genética... e vou gerar uma gênia da água. – Vuca não tinha certeza de estar sendo convincente para um homem da inteligência de Leucon.

– Muitos vão se opor, inclusive a suprema magistrada, a feiticeira que ficou no meu lugar, Tulan Nira.

– Posso acabar com ela com um único golpe. Não tem nada que ela possa fazer contra mim. Já conversamos sobre isto, Gavião, tu vais escolher o que é melhor para ti.

O príncipe a olhou longamente, mas nada respondeu.

– Agora chega! Tu tens que ir embora para fazer o teu círculo. Mas, antes, príncipe dos gelos, quero lhe apresentar os forasteiros.

– Eu te falei que não quero ser visto, Vuca.

– Mas eu quero apresentá-lo aos diabos. Não vá me dizer que o outrora poderoso Leucon Gavião está com medo da Caverna... Tem medo de fantasmas...

A bruxa-gênia começou a descer a longa escada rapidamente, após sinalizar com o martelo no gongo para que uma feiticeira *geniacus* viesse à *Parição* e levasse seu bebê ao berçário. Leucon, logo atrás, sentia que uma força invisível o puxava para seguir os passos de Vuca, afastando-o do salão da *Parição*. Estava em um dilema: se tentasse se opor a conhecer os diabos, pareceria a Vuca que era um covarde; se não se opusesse, poderia ser descoberto por Túris, pois sabia que a Embaixada turisiana em Monde estava em seu encalço.

Optou pela segunda possibilidade, para não ter seus brios feridos novamente perante a gênia.

♦ ♦ ♦

A rainha Regina estava perplexa. Não conseguia se comunicar com seu irmão, Dunial, pelo globo de cristal. Sabia que isso acontecia nas situações em que eventos inusitados estavam ocorrendo na Caverna ou nas ocasiões em que Dunial se ausentava em alguma missão. Talvez o círculo tivesse começado. Não era assunto que o Serviço Secreto de Monde pudesse averiguar. Muito menos conversaria sobre isso com o rei, por saber se tratar de algo que a ele não competia. Não deveria preocupá-lo com os assuntos da Caverna. Quando o rei lhe perguntava, simplesmente dizia que tinha posto ouvidos certos nos lugares chave e que uma notícia do mundo em que ela nasceu não tardaria.

Desde que a princesa Echerd se formara em feitiçaria, a rainha tinha uma bruxinha em seu palácio, e, não sem tomar certas precauções, ia aos poucos confiando-lhe algumas conversas ocultas, tomando-a como uma secretária informal para serviços especiais. A princesa dos cabelos vermelhos ainda estava treinando a missão secreta que iria investigar a caverna do *Santana* e, somente após o término, pretendia voltar à África do Sul para continuar a pós-graduação que a tornaria Mestre nas Artes da Magia; se conseguisse completá-la, obviamente. Para ela e para a Rainha foi a decisão mais acertada, pois não poderia haver no mundo melhor *mistagoga*, professora de magia, do que Míriam Mofanie.

A princesa sempre pedia à mãe que não ficasse ansiosa demais, pois no momento certo as notícias tão aguardadas começariam a chegar. Echerd pediu à Míriam que ajudasse sua mãe, mas não obteve resposta da maga. Ainda assim dizia à Rainha: "Aquele que não sabe esperar, fecha as portas para o mistério".

Não demorou muito. No dia seguinte, quando Echerd estava acordando, recebeu em *estado alfa* uma mensagem da *Mulher do Tempo*. Levantou-se mais que depressa, encontrou tempo para um banho ligeiro e se dirigiu ao andar imperial para falar com a rainha.

– O que é agora? Nem tomei meu café – falou Regina, um tanto surpresa, ainda com o roupão de seda e cetim que usara para dormir.

– Mãe, a senhora sempre acorda tarde!

– Que te importas isso? O cientista do seu pai só chega da base espacial às duas da manhã. Se eu dormir cedo não nos veremos.

– Desculpe minha indiscrição, mãe. Míriam me mandou uma mensagem, quer falar-lhe na Bola de Cristal.

– Ah, só pode ser notícia boa. Vou relevar que você me perturbou, está bem? – Sorriu. Colocou um xale por cima da leve seda para cobrir os seios que a transparência da roupa denunciava e se dirigiu à sala secreta ao lado, onde o bizarro objeto, a esfera de cristal, repousava. Despertou-o com estranhos movimentos que aprendera com a mãe, Facos. A primeira imagem que lhe apareceu foi a face soturna da *Mulher do Tempo*.

– Regina de Monde, a triangulação já começou. Mas você não vai tentar impedi-la, até porque não adiantaria. Cinco diabos vieram do Oriente para se somarem aos *círculos* que os venerandos mestres formaram. O Gavião da Antártida esteve na Caverna, mas já se foi.

– A bruxa víbora fortalecendo-se, e eu sem nada poder fazer. – Arfou irada a rainha. – Que coisa é essa? Onde isso vai terminar?

– Não esqueça, Regina, que seu irmão e aliado Dunial e sua irmã Ákila também estão no círculo. Você não está sozinha.

– Não sei até que ponto meus irmãos conseguem enfrentar essa bruxa. Faz nove anos que ela se mudou para lá, e desde então tudo de mal acontece no reino.

– Mãe, tenha paciência – cochichou Echerd. – A maga sabe o que diz.

– Eu tenho outra notícia para lhe dar – continuou a *Mulher do Tempo*. – A bruxa Niágara está superando muito o que eu esperava dela. Sua mística é muito forte, mas estranha, diferente do que se faz na magia. Aconteceu um intervalo depois de uma primeira sessão que durou 28 horas, durante a qual ninguém se alimentou. Vuca, quando tentou sentar no *trono das espadas*, aquele de ouro, sentiu muita dor e não conseguiu, agachando-se no chão. Teve um sangramento. De imediato todos os bruxos, diabos e monstrinhos tiveram que sair disparados do salão, ficando apenas as mulheres. Ela teve fortes contrações, mas não perdeu a criança.

– Não! – gritou, exasperada, a rainha Regina.

– Não se assuste. Ela esperava em seu ventre duas crianças. Ainda que perdesse uma poderia não ser a bebê-gênia. Ela gesta também um menino, que não se sabe ainda a procedência.

– Você deveria ser atriz de novela. – Suspirou a rainha, nervosa. – Quase me matou de susto. Em vez de começar contando-me que o feto daquela bruxa está bem... Não! Foi logo dizendo que...

– Cale-se! Não me perturbe – cortou bruscamente a fala da rainha.

– Desculpe-me – Regina surpreendeu-se com o gesto da *Mulher do Tempo*, mas fez questão de agradecer. – Estou muito grata a você, Míriam, por me ajudar com informações preciosas. Finalmente vou me livrar de Vuca. Aquela criatura hedionda voltará para o Oriente ou para o inferno, de onde surgiu. – A rainha não aguentou e deu um riso mordaz.

– Assim você não me ajuda. Deixe-me falar com Echerd. – Regina relutou por um momento e se afastou surpresa.

– Echerd, vou me desconectar, continue a praticar os exercícios que te ensinei para se apartar do mundo.

– Sim mestra, tenho praticado trancada em meu quarto, pois sinto medo de flutuar e sair pela janela – respondeu a princesa.

– Ouça agora. Parei minha conexão com Niágara e vou parar com vocês para me alimentar, tomar banho e dar de comer às minhas leoas – disse a maga.

– Ah! Mande beijos para a Loira e a Gata, morro de saudades das duas, sinto falta do cheiro delas, de afagá-las. – Echerd deu um gritinho, na esperança de que a maga ainda estivesse ouvindo.

– Ela está deixando o caldeirão – disse a rainha ao observar que a imagem da maga na esfera luminosa começava a se apagar.

Regina guardou o globo de cristal e retornou ao seu aposento seguida da filha. Comentou com Echerd a forma rude com que Míriam a tratara.

– Mamãe, a senhora assustou a maga com aquele riso e a desconcentrou. É preciso ter muito cuidado. Ela falava com a gente sem se desconectar da Niágara; sua mente estava dividida, um terrível esforço mental. Ela conversava com a senhora via sua mente cósmica, que não pode ser perturbada por conversas do lóbulo frontal.

– Tudo bem, eu sei que ela está exausta. E quando você falou aquela bobagem das leoas? Ela se importou? – retrucou a rainha.

– Naquele momento ela tinha acabado de me avisar que estava se desconectando. Sua mente não estava mais dividida. Nesse caso pode-se falar qualquer coisa.

A rainha suspirou.

– No dia em que soube que Vuca foi a responsável pela morte da minha mãe jurei vingança. Minha mãe era tudo para mim, além de vocês, é claro.

– Mãe, eu pensava comigo, as gênias são tão diferentes, elas têm gestações independentes. Então, quando uma criança nasce, pode haver duas na fila para nascer semanas ou meses depois. Quando eu estava grávida de Serginho, fiquei muitas vezes incomodada...

– Sua vó me disse, certa vez, que nunca ficou enjoada com a gravidez. Faz parte do dia a dia dela, e os nenéns nascem pequeninos, não pesam na barriga. Esse negócio de gestar em úteros diferentes os *góis* chamam de *gestação internária*. Eva Gô, a mãe de todos os *góis*, também tinha essas gestações.

– Gestação *internária*?

– Dizem os *góis* que os *iténs* no planeta Tera são assim. As mães ficam com vários filhos na barriga e eles vão nascendo aos poucos. Em uma única semana nascem vários – explicou a rainha.

– Argh, se eu tivesse várias crianças na barriga me matava – murmurou Echerd.

– Agora me deixe quieta, tenho uns trabalhos para organizar.

A princesa, sentada na confortável poltrona do quarto da mãe, entregou-se aos pensamentos, enquanto a rainha consultava as mensagens do seu anel celular, que projetava a imagem em seu lençol de seda branca. De repente, Echerd resolveu perguntar à rainha se, algum dia, venderia a Bola de Cristal para Míriam.

– Ela já insinuou querer comprar essa minha bola, que ganhei da minha mãe como presente de casamento. Nunca, nunquinha...

– Mãe, já a vi se dar ao trabalho de preparar seu caldeirão das mágicas com poções incríveis, de modo que, através dele, possa conversar com os feiticeiros dos vários cantões do mundo. Só que a bola é bem melhor, faz contato muito rápido, não tem igual.

– Pouco me importa – respondeu a rainha. – A Caverna tem um Globo de Cristal, idêntico. Mande ela comprar de lá, compre da Vuca. – Deu de ombros.

– Como minha vó conseguiu isso?

– Esse objeto dos desejos foi forjado nos terríveis vulcões que ficam a trezentos quilômetros daqui – respondeu a rainha. – Quando a relíquia ficou pronta, minha mãe teve que descer para pegá-la às entranhas da terra, no calor das lavas, onde nada sobrevive. A bola nasceu ligeiramente achatada, como é o nosso planeta. Você acha que existe algum outro alguém que consiga fazer o que sua avó fez?

– Acho impossível, nem a Míriam, nem ninguém. Não conheci minha avó direito, eu era pequena – lamentou.

– Agora chega – interrompeu a rainha. – Tenho que tomar meu banho e me trocar para tomar o café, não vou ficar com roupa de dormir o dia todo. Beijos para você. – Balançou as mãos, indicando para a filha a grande porta branca do aposento com bela madeira trabalhada.

Echerd pegou o elevador e desceu ao quarto andar, onde ficavam os aposentos das princesas.

Minha mãe não me convidou para tomar café, mas ela tem esses protocolos. Só toma café toda arrumada com as damas servindo. Ela gosta muito da gente, mas esmera-se para não parecer. Eu não seria ninguém sem ela.

No dia seguinte a Rainha marcou um novo encontro com a embaixadora Termala de Túris Antártica.

– Leucon Gavião voltou à Caverna – disse a rainha.

– Meus registros dizem que ele não está lá – respondeu Termala secamente.

– Porque agora ele deve estar no tal Círculo Cósmico. Já começou, ou você ainda não foi informada?

– Claro que não é segredo para Túris. Nosso acordo é que os gelos não participariam do círculo na Etiópia. É o que está ocorrendo, não é mesmo?

– Mas eles estão atuando na Antártida. Estou preocupada. Esse círculo pode vir a ser muito perigoso. Não é bom para a humanidade.

– Majestade, Túris jamais descarta experimentos científicos inovadores. Essa triangulação pode não dar em nada. Só vamos saber se tentarmos. Mas o que podemos garantir é que, aconteça o que for, o Reino de Monde não será prejudicado pelos gelos.

– Termala, o ponto central da questão é que a bruxa-gênia não pode ser favorecida por qualquer benefício que Túris venha a obter. Isso vai desbalancear o equilíbrio das forças bem aqui, na minha porta. O reino não vai permitir – pressionou.

– Senhora, o Governo da Antártida está ciente disso. Não temos interesse nenhum em criar problemas com Monde. Quanto às outras nações da Terra, prefiro declarar que Túris jamais abrirá mão da sua soberania.

– Não estou lhe pedindo isso. Só gostaria que me mantivesse informada sobre as ações dos gelos na conexão cósmica, pois o centro dela é bem próximo ao meu país.

– É justo. Majestade, tenho outra coisa para falar. Estão pedindo uma série de informações para autorizar a vinda dos meus investigadores, uma burocracia danada. Por que isso?

– É mesmo? Esse pessoal da chancelaria é cheia de protocolos, mas não se preocupe, a autorização será dada, aguarde só mais um pouco.

Terminado o encontro, a rainha pensou: *Já ganhei um tempo.*

Nove dias se passaram.

Regina despertou, de súbito, às duas da manhã.

– A Bola de Cristal me chama – sussurrou, pensando que o rei dormia ao seu lado, até que se deu conta de que ele chegaria mais tarde.

Ao entrar na Sala Secreta encontrou o globo brilhando em seu berço de madeira. Pulsava. Ao se aproximar, viu o rosto da maga do tempo.

– Regina – ela falou –, vejo que você está com a aparência cansada.

Foi então que a rainha percebeu que não passara nem ao menos uma água no rosto. Vaidosa como era, praguejou em silêncio contra si mesma.

– Niágara, a bruxa desfaleceu. O esforço mental que fez durante esses dias foi intenso demais – contou Míriam. – Ela deve estar correndo risco de vida, alguém tem que ajudá-la, é algo que não posso fazer. A comunicação não pôde continuar, porque...

Então, fez-se um breve silêncio. Surpresa, Regina gritou:

– Fale, por favor!

– O círculo saiu da Caverna – Míriam retornou, suspirando. – Uma nuvem escura cobriu a montanha. Os mestres e os demônios começaram a rodopiar, como dervixes, cada vez mais velozes e, de repente, todos desapareceram.

– Meu Deus! Para onde foram?

– Pelas energias que senti, a conexão foi bem-sucedida. Mas não se assustem, eles não estão em outro planeta. Parece-me que devem estar agora no inferno de Erta Ale, um dos vulcões ativos do deserto etíope.

– Erta Ale, não... a montanha fumegante, aquela que nunca adormece – exclamou a rainha, preocupada com seus irmãos bruxos.

– Podem estar também no vulcão Dallol ou em algum outro lugar bastante sinistro – insinuou a maga.

O inferno na Terra, a região mais quente do mundo, pensou a rainha, apreensiva.

– A vida deles está em perigo?

– Creio que não. Foram arrebatados pelo evento cósmico. Não ficarão lá por muito tempo. Devem estar esgotados também – respondeu a maga.

– Se você puder, Míriam, não saia do seu caldeirão. Talvez ainda consiga alguma informação, mesmo sem a Niágara. Estamos diante de um feitiço cósmico inteiramente novo, tenho medo.

– Não sei quanto tempo ainda vou suportar. Também estou desfalecendo. O *lócus* do meu espírito me pede para parar. E, sem Niágara, não vai adiantar insistir muito.

Regina respirou fundo.

– Míriam, sei que tenho pedido coisas demais. Você, que durante vários dias muito pouco dormiu, está na hora de descansar. Vamos desistir, está bem?

– Continuarei um pouco mais, ainda estou enxergando o pátio da Caverna. Mas quando parar não vou poder me reconectar sem a ajuda da Niágara. Tente descobrir o que aconteceu com ela, faça todo possível...

A misteriosa bola que bruxuleava foi perdendo sua luz; não mais cintilava. Regina retornou para sua luxuosa cama. Lembrou-se de Niágara, que espionara a seu pedido, mas lamentou não poder mandar ninguém resgatá-la. Nem mesmo seu irmão, Dunial, ela sabia se estava vivo. Queria muito notícias dele. Tentaria o único recurso.

No dia seguinte, dois aviões de reconhecimento militar de Monde, com equipamentos de precisão, decolaram da Base Espacial e se dirigiram ao vale do Rift, no lugar onde se encontra a grande depressão de Danakil. Saindo de Monde, entraram na Etiópia e tomaram o rumo noroeste, seguindo o vale. A região que sobrevoavam era de desertos inóspitos, com o solo abaixo do nível do mar, coroado por pequenos montes e vulcões, zona seca, completamente árida, percorrida somente por alguns povos nômades, os afar, quando na lide da extração de sal.

Em Dallol, o cheiro de enxofre, lagoas de ácido, a paisagem de inferno e de fim de mundo passavam aos olhos dos pilotos e seus escâneres poderosos.

Em Erta Ale, o vulcão ativo, que nunca escondia sua lava, trazia um belo espetáculo à visão dos pilotos, principalmente durante o voo noturno.

Tudo mapearam, fotografaram e radiografaram em vários comprimentos de onda.

– Viram os mestres bruxos? – perguntou um brigadeiro.

– Não – responderam.

A rainha não vai gostar nem um pouco, pensou. *Ter-se-iam evaporado?*, perguntou-se. Terminou dizendo, taciturno: – Não é de se estranhar, ninguém pode viver ali.

Os pilotos se retiraram.

IV

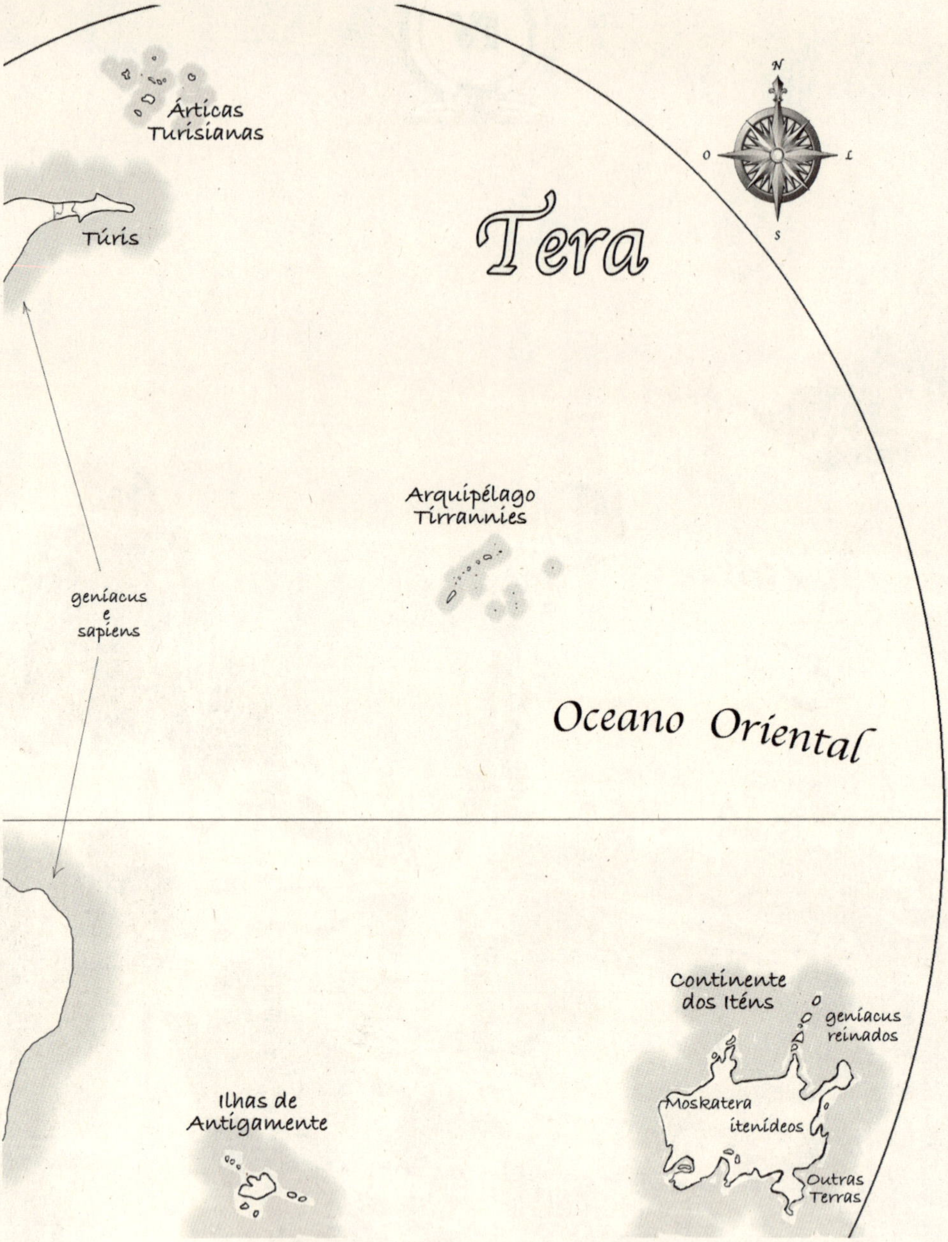

Os planetas irmãos que tão longe se encontravam.
Diz a lenda que cem anos levaria a luz para unir os irmãos separados pelo leite de Hércules: Terra e Tera.

30
O planeta irmão

O que se ouvia não eram passos, não aqueles sons produzidos por sapatos com solado de couro rígido. Algo pulava em ritmo constante, produzindo um ruído abafado ao modo de um corpo em queda no chão; o tipo de percussão que todos ali estavam acostumados, até chegar à entrada da ampla sala da Reitoria do Doutorado.

Parou. Aguardava.

Aqueles seres tão desenvolvidos não caminhavam, pois não tinham pernas, somente o que se poderia chamar de um grande pé redondo que, como uma mola, se distendia e contraía, possibilitando o movimento do seu corpanzil, cuja forma assemelhava-se a um cilindro elíptico. Os humanos doutores que ali se encontravam não estranhavam a presença do gigante de 2,60 m que se aproximara daquela forma; ao contrário, sentiam-se orgulhosos de poder trabalhar na mais renomada universidade aberta aos humanos e às demais espécies do distante planeta Tera: A *Universidade Internária* da *Ilha de Antigamente*.

Esta venerada instituição não formava somente alunos de espécies amigas, que tudo faziam para passar nos concursos da universidade; os próprios *iténs*, fundadores da antiga escola, estudavam lá, quase sempre em disciplinas diferentes, mas situações havia em que *iténs* e humanos compartilhavam o mesmo grupo de estudo ou apresentações em auditórios.

As aulas eram ministradas via sistemas de realidades virtuais 3D, em que o contato com os professores era mínimo. Os encontros aconteciam para esclarecer dúvidas e também nos eventos das concorridas *disputas*, o momento em que os alunos tinham que mostrar o que haviam aprendido.

A porta abobadada e muito alta da grande Sala da Reitoria pôs aquele que chegava em contato com o Magnífico Reitor, que autorizara sua entrada.

– Que me traz agora, Tag Cinzento?

– A nova tese de Etuelli, Sr. Reitor.

– Aquela sobre a transferência para outras espécies da genética molecular dos *tanátanos reinados*? – perguntou Tag Opala, eminente pesquisador da raça dos *iténs* de "Outras Terras".

– Não, ele abandonou isso. Enveredou-se em outra pesquisa que considerou muito mais promissora.

– O que não é difícil. Aquele trabalho estava mal delineado, eu já não acreditava – virou a cabeça e passou a observar, em sua mesa, condecorações que pretendia entregar a alunos brilhantes, enquanto continuava a falar. – É o que digo sempre, o aluno-pesquisador que ainda não sabe o que quer causa muitas perdas à instituição. O que ele está inventando agora?

– A comunicação com planetas de estrelas distantes via *corpo etéreo de poderios* – respondeu Tag Cinzento calmamente.

– O quê? O orientador o deixou trabalhar nisso? – respondeu Tag Opala, inclinando a poltrona para trás.

– Não só deixou como ficou maravilhado com os resultados.

– Posso imaginar, modelos computacionais dimensionais, simulações empíricas, ou então...

– Não, reitor. Resultados reais. Comunicação interestelar realizada com sucesso.

Não podia ter sido mais fleumático. O professor Tag Cinzento trabalhava na universidade há *mais de cem anos,* e ultimamente coordenava as dissertações de doutorado e pós-doutorado, interagindo com os orientadores. Deteve-se a observar as reações do reitor.

Tag Opala não disfarçou seu espanto. Se fosse um humano teria caído da cadeira. Tivesse ele sobrancelhas, as teria franzido. Sua expressão se alterou de forma quase imperceptível, piscando o diminuto olho que lhe proporcionava excelente visão, apesar de o tamanho não o dizer.

Falou alto:

– Realizado com sucesso, você diz. Para onde? Cinzento, não me faça piada, hoje estou com pouco tempo. Vamos lá, vai ser difícil me convencer!

– Do nosso planeta Tera até o planeta Terra, na remota estrela Sol.

– Então você quer dizer que nós, *iténs*, estamos iguais às potências do orbe galático, fazendo comunicações em dimensões profundas? Vai continuar ou esperar eu encontrar um erro? – gracejou.

– É o trabalho do nosso aluno, reitor – insistiu.

Opala emitiu um chiado.

– Muito bem. Deixe-me ver – retomou a seriedade enquanto aprumava um pouco o ângulo da poltrona.

O chefe da universidade começou a abrir o projeto. Em apenas dez minutos Tag Cinzento deixou o reitor a par do que desenvolvera Etuelli em sua tese de pós-doutorado.

Foi o suficiente.

Tag Opala levantou-se da cadeira em que estivera recostado, ergueu-se, pulando, como fazem todos os *iténs*, vestiu sua impecável casaca, e resolveu que iria apresentar esse trabalho ao Presidente do Ensino, o cientista e inventor Ega Tubarão, que se encontrava em uma base científica a duzentos quilômetros dali.

– Vocês estão de parabéns, Cinzento. Agora é comigo.

Avisou a secretária robótica que reprogramasse sua agenda, hoje não atenderia mais ninguém, e convocasse Etuelli para que fosse também à base.

Chegando ao saguão do prédio universitário, o reitor entrou em um pequeno módulo voador, uma espécie de carro, acomodou-se na poltrona e disse apenas para onde desejava ir, pois o módulo era programado para obedecer ordens de quem fosse habilitado. O carro subiu a uma altitude de duzentos metros, seguiu um corredor aéreo invisível, cruzando em alta velocidade com vários outros módulos, a distâncias tão pequenas como um ou dois metros, chegando ao destino em apenas cinco minutos, o tempo suficiente para que o reitor tomasse seu litro de vitamina quente.

Os *iténs*, por serem muito grandes, podiam comer até dez vezes mais que os humanos. Eram também criaturas que tinham exoesqueleto, uma carapaça de polímero resistente que envolvia todo o corpo; por isto mesmo, quando descansavam, apoiavam-se na parte inferior desse esqueleto, próximo ao pé, deixando os dois braços e o único pé soltos em posição de relaxamento.

Para que isso pudesse acontecer, a cadeira tinha um apoio que permitia deixar o pé livre, em posição de descanso. Depois, para repousar mais ainda, era só inclinar o recosto. O carro parou, o teto se abriu e a cadeira retornou à posição vertical, de modo que seu ocupante pudesse sair confortavelmente, ou seja, pulando com seu pé vigoroso.

Em segundos Tag Opala encontrava-se admirando a bela paisagem, um jardim muito grande e bem-cuidado, com formas graciosas e perfumes agrestes que contrastavam com o imponente edifício da presidência do ensino, para eles algo equivalente a uma secretaria de educação.

O presidente do ensino, Ega Tubarão, com 2,42 metros de altura, era considerado baixo para um *itén*. Mas, por ser gordo e arredondado, como um hipopótamo, diziam que pesava duas toneladas. Sem qualquer cerimônia, recebeu o pós-doutorando Etuelli e o reitor Tag Opala. Tubarão tinha o exoesqueleto na cor vermelha, usava uma roupa simples, como era seu jeito de ser, que apenas se destacava por uma bela insígnia de "Inventor" em seu peito, que o fazia membro de um seleto grupo, um dos mais cobiçados em todo o *Império Internário*.

– Etuelli de Etonevelli, então você conseguiu comunicação com o planeta Terra? – perguntou, sem rodeios, o cientista que comandava o ensino na Ilha de Antigamente.

– Sim, presidente. A comunicação, na presença da universidade, funcionou por seis dias seguidos, e depois foi interrompida. O experimento foi feito com o maior rigor e verificado pelos mais avançados equipamentos de pesquisa da nossa espécie.

– Nós *iténs* não temos feiticeiros. Mas você, Etuelli, é um quase *itén*, um *quasitídeo*. É um genuíno e poderoso *feiticeiro tanátano reinado*, oriundo do continente dos *iténs*. Agora, uma curiosidade para ser registrada na história: O que o levou a fazer esse experimento? – perguntou Ega Tubarão.

– Quando os progenitores do meu povo faleceram, nossa população se reduziu drasticamente por falta de reprodutores, uma vez que nós, do ponto de vista genético, não podemos ter filhos, somente o rei e a rainha podiam procriar. Isso fez que eu ficasse cada vez mais só.

– É, vocês são parecidos conosco neste aspecto. Graças a Deus os reprodutores dos *iténs*, os bags, vivem até hoje.

– O tempo me fez travar amizade com os feiticeiros *geniacus* que viviam no continente dos *iténs,* pois tinham alguns costumes parecidos aos nossos. Nisso, acabei aprofundando a amizade com um deles, até o dia em que meu grande amigo, que na ocasião estava morando na avançada *cidade dos feiticeiros de Túris*, nos terrores gelados das ilhas árticas turisianas, foi abduzido junto com os humanos gelos e conduzido a outro sistema estelar.

– Isso foi há uns duzentos anos – observou Ega Tubarão. Falava do longo período de forma bastante natural, difícil de ser compreendida por quem não conhece a mais que milenar longevidade dos *iténs*.

– Etuelli e seu amigo tinham uma amizade tão grande, como só os *iténs* sabem ter, apesar do amigo ser humano – observou o reitor.

– Opala – interveio Tubarão. – Veja bem, aqueles feiticeiros do nosso continente são humanos diferentes, pois têm alguns genes de *iténs*. Mesmo assim, essa ligação que fizeram entre si foi algo difícil de se ver. – Virou-se para Etuelli: – Tudo bem, vocês tinham essa amizade toda; agora, o que foi que os despertou para desenvolver esse trabalho, ou, melhor dizendo, esse hobby? Conte-nos, por favor.

Etuelli ficou alegre e voltou a falar, bem mais animado.

– Começou bem antes do meu amigo ser abduzido. Costumávamos nos comunicar através do poder mágico, eu na ilha de Antigamente e ele no continente dos *iténs*, duas ou três vezes por semana. Também, uma vez por mês, sempre no primeiro dia, invocávamos um *poderio-gênio*, que aguçava nossos poderes e fazíamos em seguida nossa comunicação com mais definição e qualidade.

– Por que não ligavam? Estavam se preparando para o caso de uma pane universal na rede de comunicações do *Império Internário*? – O presidente deu um riso continuado e espasmódico, cujas contrações eram percebidas no movimento da sua larga barriga.

– É que para nós, no início, era só um divertimento. Então, quando meu amigo se mudou para os continentes dos humanos, continuamos da mesma forma. Contatávamos com a mesma frequência, independente do lugar em que ele se encontrava, e sempre invocando o mesmo poderio. Quando terminava a conexão, a gente se telefonava e conversava sobre a experiência.

– Bom. Até aí não há nada de surpreendente – observou Tubarão.

– Presidente, tudo começou a mudar quando combinamos que, se um dia um de nós morresse, o outro tentaria, via o *poderio*, a que estávamos acostumados, descobrir se a alma, o espírito que movia o amigo, poderia ser encontrada.

– Ah, isso seria muito diferente, mas algo estranho ao escopo das ciências. Pelo menos até hoje nunca ouvi nada de concreto sobre experimentos científicos bem-sucedidos com os espíritos dos defuntos – ressalvou. – E o Duo, onde entra nessa história?

– Começaram a acontecer coisas estranhas. Descobri que algumas frases que achava ter sido o *poderio* que me disse, não era, mas sim do meu amigo. A mesma coisa aconteceu com ele, que descobriu que algumas frases eram minhas. Resolvemos nos aprofundar nessa pesquisa e descobrimos os momentos em que isso acontecia, normalmente ao final das invocações, e fomos correlacionando e provocando essas situações. Fizemos isso durante uns *oitenta anos*.

– Etuelli, vocês poderiam estar se comunicando entre si apenas pelo poder mágico, cuja comunicação é simples e feita em nossa dimensão, e estarem iludindo-se, achando que era por meio do *poderio.* Como saber? – questionou Tubarão.

– Depois de oitenta anos, presidente, não tínhamos mais dúvidas. Não comentávamos com ninguém porque não tínhamos provas.

– Essa história está ficando interessante. Então, Etuelli, seu amigo, ao invés de morrer, foi sequestrado e conduzido a um planeta de uma distante estrela.

– Foi terrível para mim. Fiquei mais animado quando o grande Tag Ubag, *o sapientíssimo,* por meio de seres ultrapoderosos, descobriu que o distante planeta Terra da estrela Sol, a cerca de trinta anos-luz, era o lugar onde a espécie humana surgiu e para onde os feiticeiros de Tera foram levados.

– Salve Tag Ubag! – exclamou o entusiasta Tag Opala ao ouvir mencionar o augusto nome do pai dos *iténs*.

– Presidente – interveio Etuelli. – Depois que meu amigo foi abduzido, tentei comunicação milhares de vezes com ele sem sucesso, mas tinha certeza de que ele fazia a mesma coisa. Eu estava angustiado, pois o Duo tinha que ser feito ao mesmo tempo, ele tinha que tentar junto comigo, entende?

Tag Opala interrompeu.

– Houve um problema temporal nessa migração. Quando o relógio do feiticeiro indicava que era o primeiro dia do mês em Tera, não era, pois o tempo tinha parado e retornado durante a viagem de migração. Ele não tinha como saber.

– Em tal caso – continuou Etuelli –, a matéria de Ciência resumiu-se a uma única questão: se eu conseguisse me comunicar com meu amigo a trinta anos-luz de distância, então não seria em nossa dimensão, pois só para escutar a conversa levar-se-ia trinta anos, e mais trinta para respondê-la.

– E você sequer poderia saber se ele ainda vivia, o que dificultava o trabalho. Esse era o maior problema – disse Tubarão.

– Talvez não. Iríamos seguir exatamente o que combinamos; afinal, tentaríamos ainda que o outro morresse.

– Realmente. Ele estando vivo você poderia ter sucesso, e foi o que aconteceu, não foi?

– O maior problema era a sincronicidade – respondeu Etuelli. – E então chegou um dia em que as simultaneidades aconteceram e conseguimos nos falar. Chorei ao descobrir que ele sobrevivera ao sequestro, parecia a mim estar começando a viver naquele instante. A partir desse dia acertamos os relógios temporais, criamos novas *chaves,* códigos, e repetimos várias vezes.

Todos ficaram surpresos.

Os *iténs* perceberam a emoção de Etuelli, pelo tom da fala e sua expressão corporal. Tubarão, que estava conhecendo o projeto agora, foi quem fez a pergunta decisiva:

– Quanto tempo levou para ele lhe responder? – perguntou, já impressionado com a estranha história.

– Levou... apenas seis horas.

Tag Opala e Ega Tubarão olharam-se. O presidente era um *itén* muito inteligente, mas nada tinha de orgulho. Nele não se via nem um pouco de inveja por alguém sem o brilho dos grandes cientistas, ter logrado alcançar tão grande resultado.

– A comunicação aconteceu via a dimensão do *poderio-gênio,* inacreditável! Parece ficção científica. Deixe-me ver se entendi – disse Tubarão. – O *poderio-gênio* habita a dimensão 45 mil. Ao invocá-lo, vocês estiveram em contato com seu corpo etéreo, aquilo que o envolve. Então, sua mensagem chegou ao *poderio*, trafegou na periferia do corpo etéreo do *ser dimensional* e chegou ao amigo a uma velocidade 45 mil vezes superior à da luz. Ou seja, usaram um insondável e temido *poderio-gênio* como servidor de mensagens entre vocês. – Parou de falar por dois segundos, pôs as mãos na cabeça redonda e riu. – Não acredito... foi uma ideia genial, difícil de ser concebida.

– O mais incrível, senhor, é que o *poderio* nunca reclamou.

Ega Tubarão riu novamente.

– O *poderio-gênio* fez esse *trabalhinho* de passar mensagens entre vocês sem saber. Se tentassem passar excesso de informações, talvez lhe causasse algo desagradável, poderia perceber e interromper a comunicação.

– Desagradável? – questionou Tag Opala.

– É, como se fossem cócegas, sei lá – falou o presidente descuidadamente.

– Eu tentaria mais vezes se... – Etuelli não completou a frase, pois Ega Tubarão o interrompeu.

– Eu admiro você, Etuelli. Trabalhou nesse projeto por mais de duzentos anos até conseguir um resultado satisfatório, e então resolveu levar essa pesquisa particular para ser testada na universidade. Eu, apesar de ser inventor, jamais teria tanta paciência – levantou-se da sua cadeira e o abraçou ternamente.

O desengonçado Etuelli ficou emocionado. Contou que ele e o amigo trabalharam muitos anos aprimorando a técnica, utilizaram o método da *mente fluida* para ampliar a tempestade cerebral de ideias. Mesmo ele morando na Terra, chegavam a gravar centenas de horas de conversas. Terminou dizendo:

– Quando o Duo falhava, o que era comum, tentávamos novamente.

– Quem é seu amigo? Acho que já sei, não? – perguntou Ega Tubarão.

– Novus Seles, senhor presidente, o feiticeiro *geniacus* de longa vida, originário do continente dos *iténs*.

– Conheci-o, antes de ser abduzido – disse o presidente. – Foi o único humano que chegou a morar conosco na *Mansão do Abecedário*, mas por pouco tempo. Era muito independente e ambicioso. Começou a cometer alguns delitos, e foi expulso pelas nossas leis. Então voltou a viver entre os seus.

– Sim, presidente, mas era o meu amigo inseparável.

– Formidável – observou Tubarão. – Tag Opala, vocês conseguiram reproduzir o experimento de Etuelli?

– Perfeito! Repetimos todo o procedimento para a conexão junto com o aluno e acabamos por nos conectar, não com Novus Seles, mas com outros feiticeiros humanos *geniacus* e também feiticeiros gelos, e recebemos a informação de que Novus Seles morreu faz uns quinze anos.

– Meus pêsames – Ega Tubarão se dirigiu, contrito, a Etuelli, como se ele tivesse perdido um esposo, pois sabia que era solitário, não tinha companheiro nenhum.

Etuelli fez um sinal de agradecimento com a cabeça e continuou a explanação um tanto pesaroso.

– É... Durante esses quinze anos não tenho mais conseguido falar com ele. Eu já estava percebendo que a comunicação de repente ficara horrível, e comecei a mandar mensagens para que meu amigo a melhorasse, pois não sabia ainda que estava morto. Finalmente, na última vez que nos comunicamos, a conexão ficou ótima; os feiticeiros da Terra a haviam aperfeiçoado. Agora que a tese está pronta para ser defendida, não sei se vou continuar o experimento.

– Acho bom não parar ainda. Você está de parabéns – falou Tubarão. – Embora não tenhamos conseguido obter até agora qualquer ganho concreto para nossa ciência, penso que esse estudo científico deva ser apresentado ao nosso imperador e protetor, Tag Ubag. Comunicações via *poderios* é algo que nenhum outro cientista que conheça chegou a executar.

O continente *Internário*, a mais de mil quilômetros a leste da Ilha de Antigamente, era o lugar onde os *iténs*, a espécie mais desenvolvida tecnologicamente das várias que habitam o planeta Tera, surgiram em um passado remoto. O encontro com um dos imperadores teve que ser agendado para dali a um mês.

Os grandes *bags*, Ubag I e Ubag II, governavam todos os *iténs*. Diferente de quase todos, os *bags* procriavam e tinham mais de dois milhões de filhos vivos, sendo considerados *pais e mães* da espécie *internária*. Em sua longa vida, testemunharam a morte de muitos de seus filhos por causas variadas e também por velhice. Para qualquer *itén*, estar diante de um dos grandes *bags* era uma honra suprema, pois os líderes máximos eram considerados, pela maioria dos *iténs*, os mais sábios dentre todos, os mais justos, o símbolo augusto da pátria e do povo. Difícil compreender a natureza de um momento com o grande *bag*, mesmo para alguém que não era um *itén*, um ser que pertencia a alguma outra espécie.

Ao chegar o tão esperado dia, Etuelli começou a ficar tenso, pois não queria desapontar o presidente do ensino, que acolhera seu trabalho com grande prestígio. A nave que os conduziu pousou em um pátio do Centro Olímpico dos *iténs* da raça dos *Moskatera*, a mais numerosa da espécie *internária*. Logo tomaram um carro, mas desta vez não voaram, seguiram por uma antiga pista calçada de pedra até chegar ao antigo palácio dos *bags*. Foram recebidos por quatro *Moskateras*, dois *tags* e dois *egas* – estes eram mais largos, e aqueles mais esbeltos –, que os conduziram à sala imperial onde o grande pai, Tag Ubag, iria recebê-los. Ega Tubarão levava um carrinho robô com uma grande caixa de metal para presentear seu imperador.

Ao chegar a hora marcada, tiveram que aguardar ainda mais cinquenta minutos, pois o grande *bag* estava em comunicação com a base espacial Cerebral na distante Antares – estrela vermelha que é o coração da constelação do escorpião –, atividade essa que o deixava informado do que ocorria em regiões longínquas do nosso quadrante galático.

Diante de um atraso cerimonial na corte de Ubag, apesar de ser um fato incomum, nada se fazia, apenas aguardava-se.

Um sinal foi dado e, imediatamente, entraram no salão. Apenas dois *iténs*, fortemente armados, perfilavam-se logo após o saguão de entrada; à direita do ambiente viam-se seis filhotes que tinham nascido há apenas dois dias, e ficavam no berçário a dar grandes e desordenados saltos e balbuciar palavras no idioma internário, pois, como todos os bebês *iténs*, nasciam já falando.

Ao centro, observaram tão somente uma aparente parede, que tinha em sua volta decorações e inscrições na linguagem *internária*, que indicavam ser ali o trono do *bag*. Notaram o trono vazio e pararam a certa distância, evitando aproximar-se muito.

De repente foi surgindo diante deles, no local abaixo das inscrições, como se estivesse atravessando a tal parede, a figura imponente do Tag Ubag I, que governava os *iténs* há milhares de anos. Era uma lenda viva.

Com 3,04 metros de altura, em certos aspectos era bem diferente dos outros da sua espécie. Era gordo e comprido, embora toda sua gordura fosse contida em seu forte exoesqueleto, uma verdadeira couraça, mais resistente que o aço e com a plasticidade de materiais compósitos. Como todos os *iténs*, seus olhos eram pequenos e a cabeça redonda, mas os braços diferiam muito dos de seus filhos, pois eram largos e extensos, podendo chegar até o piso se o *bag* os esticassem. Duas antenas sensoriais projetavam-se do seu corpo para além da cabeça. Não pulava, deslizava sobre rodas. Pesava várias toneladas. Em sua sagrada cabeça, o elevado e antigo chapéu cerimonial com detalhes em ouro e pedras raras era símbolo de um período quando os *iténs* tinham que lutar bravamente contra os elementos naturais, fossem furacões, nevascas, tempestades de areia, frio, calor, desabamentos e até as tão temidas inundações. Tudo o que a alta tecnologia acabou deixando para trás.

Ega Tubarão, logo que percebeu que a palavra lhe fora dada, quebrou o silêncio.

– Grande Ubag. É uma honra para mim estar aqui.

Evitando ser formal com o presidente do ensino, o imperador Ubag I respondeu, cordialmente:

– Ega Tubarão, como está o teu povo? Vejo que me trouxeste de lembrança os deliciosos pratos do teu companheiro, o cozinheiro Tag Vermelho. Tu me trouxeste também o *quasitídeo*. Como estás, Etuelli?

– Meu imperador – disse Etuelli –, vim aqui pela benevolência de Ega Tubarão, que me achou merecedor de tanta honra.

– Se Ega Tubarão entendeu assim é porque tu fizeste por merecer – Etuelli mostrou-se radiante, mas ficou sem saber o que dizer.

– Etuelli de Etonevelli, saiba que raros são os *iténs* que conseguiriam perseverar tanto quanto tu, e, desta forma, perseguir um projeto durante mais de duzentos anos. Tornaste-te um exemplo. Você está feliz?

– Grande Ubag – respondeu. – Soube, finalmente, que meu amigo, Novus Seles, faleceu. Sabia que algo diferente estava acontecendo, pois ele não me respondia, embora tivesse tentado inúmeras vezes. Cheguei a pensar na hipótese de o *poderio-gênio* estar impedindo nossa comunicação *criando ruídos*, mas não desisti. Foi muito confortante para mim saber o destino do amigo, pois estava consternado, sem notícias dele. Este, majestade, foi meu maior ganho.

– O destino dos seres não está em nossas mãos. Só podemos controlar nosso campo, nosso universo de interações. Nosso maior tesouro é a felicidade.

A voz poderosa do grande Ubag vibrou dentro de Etuelli de uma forma que ninguém antes fizera. Sentiu uma paz profunda.

– Senhor de todos, não sei como agradecer.

– Fale-me alguma coisa do projeto. Com quem conversou?

– Vários magos participaram do Duo, inclusive havia alguns que descendiam dos homens-gelos da *cidade dos feiticeiros de Túris,* nas ilhas árticas do nosso planeta. Os feiticeiros da Terra fizeram muitos pedidos, desde livros de feitiços até tecnologias espaciais. A comunicação por vezes falhava, mas depois retornava. Consegui visualizar algumas imagens da Terra em baixa resolução, tudo muito difícil, mas com sucesso.

– Estou ciente – disse Ubag I. – Vocês conseguiram se comunicar com o planeta Tera e manter esse link por cerca de seis dias. Fabuloso. A partir daí, que contribuições pretendem trazer para o império?

– A pesquisa de Etuelli foi muito bem acolhida pela comunidade científica, mas o proveito ainda é pequeno, estamos na fase embrionária, apenas começando – respondeu Ega Tubarão.

– Com a tecnologia das potências do Braço de Órion da Via Láctea – ponderou Ubag I –, vejo no equipamento de *cosmovisão,* que comprei em Antares, notícias de outras estrelas em realidade virtual, programas culturais e até as *olimpíadas antaresianas*. Tenho contato com meus filhos na base Cerebral, que orbita o *planeta-escola*, ou seja, esta pesquisa, para nos ser útil, teria que evoluir muito.

– Perdão, grande Ubag – desculpou-se Ega Tubarão –, ao menos a pesquisa é nossa, engatinha, mas é tecnologia própria. E os sistemas de *cosmovisão* não trazem notícias da Terra, um pálido *ponto azul* fora das grandes rotas.

– Falas com sabedoria, Tubarão. Em verdade, meu equipamento de *cosmovisão* de Antares só me deixa ver eventos dos grandes centros civilizacionais e culturais, praticamente nada desse remoto planeta.

– Se houvesse gente nossa morando na Terra, o projeto teria mais motivação – respondeu.

– Não quero desanimar vocês – disse Ubag I. – Inclusive, vou contar ao meu irmão Ubag II sobre essa descoberta da universidade. A pesquisa deve continuar, podemos colocar mais alguns cientistas, mas não vamos dedicar esforço demais em algo ainda hipotético e limitado a somente dois planetas – levantou seu augusto braço assim formalizando, solene, sua decisão. – Que vocês prossigam na pesquisa, sem deixar de ter em conta nosso benefício, e sigam em paz.

Tubarão piscou os olhos. Ao abri-los, verificou que o grande Ubag não estava mais lá.

31

Niágara e o mestre

Nos contrafortes das montanhas da Etiópia, que dão para o muito distante Mar Vermelho, um grande abutre sobrevoava em volteio próximo a um penhasco de rochas nuas. Sua assombrosa facilidade em descobrir corpos de animais agonizantes denunciava a presença de algo que poderia lhe valer alguns dias de fartura.

Uma velha bruxa, ao avistar a grande ave de colar de penugens brancas, lembrou que ali podia estar uma caça fresca para sua refeição, ou então fígado e miolos para uma poção que tinha como rejuvenescedora. Foi então que, sabedora que a distância que teria de percorrer seria difícil para suas pernas encarquilhadas, gritou como uma gralha e, num súbito movimento, fez-se flutuar do lugar em que se encontrava ascendendo sobre a rocha de forma a poder ver o que o abutre de cara cinzenta, pousado em um galho, estava observando. Cansada pela mágica potente que acabara de fazer, a velha sôfrega vislumbrou, desacordada na rocha nua, uma bela moça loira em uma bonita túnica azul que lhe ocultava as pernas para além dos joelhos.

– Só me faltava essa – resmungou a bruxa, descendo de onde estava até chegar à vítima, que mostrava ainda estar viva. Pegou um pequeno cantil, que guardava em uma das pregas da velha túnica que usava, tentou acordar a mulher e fazê-la beber, ao mesmo tempo que falava palavras ininteligíveis com poder de feitiço que prodigiosamente foi acelerando seus batimentos e fê-la despertar.

– Onde estou? – murmurou a moribunda, debatendo-se e colocando para fora um tanto de água com uma forte tosse.

– Calma, desgraça, você está tonta. Você está onde não deve, a não ser que seja uma feiticeira – respondeu a velha, volvendo a cabeça para baixo e para os lados. Em seguida, indagou com rispidez: – Quem é você? O que faz aqui? Qual é o seu clã?

– Fluviano... O clã dos fluvianos. Meu nome é Niágara – respondeu baixinho, tentando controlar a respiração ofegante.

A velha parou um pouco e examinou o rosto dela encrespando a cara enrugada. Estranhou não a conhecer.

– Diabos! Então você não está tão longe. Quer morrer aqui?

Niágara não respondeu, estava atordoada e tendo visões confusas. A anciã começou a falar mais alto ainda.

– Arre! Se você chegou do jeito que cheguei, ou seja, com forte magia, magra e fraca como está agora não conseguirá retornar mais. Não posso te carregar, então... – a velha percebeu que o abutre estava ainda descansando no galho seco do arbusto próximo a elas. Pegou uma pedra pontuda, gritou umas imprecações e a atirou no animal. A pedra ficou flamejante com o feitiço e, ao atingir a soturna ave no momento que principiava a alçar voo, a derrubou. A bruxa, movimentando seus beiços caídos, como se estivesse mascando, falou em tom estridente:

– Só tem um jeito de você se salvar. Tem que comer essa ave necrófaga. O sangue dos mortos vai te reviver!

Niágara agradeceu. A ave pesava sete quilos. Deu muita carne e caldo. Debilitada como estava, voltou a perder a consciência após a refeição. Durante a noite encolhia-se, agarrada à manta que trouxera consigo.

No dia seguinte, bem cedo, ao acordar, ainda no despenhadeiro, observou que a velha tinha partido, e não lhe deixara uma gota d'água, certamente porque não lhe sobrara. Sentiu-se forte o bastante para caminhar. Olhou para as sobras do abutre de Rüppel e, vendo que dele se faria ainda suculenta canja, pegou sua coberta e nela envolveu porções da sua carne e ossos. Principiou a caminhar trôpega, e passou a dar a volta pela montanha, enfrentando estreitas rochas escarpadas que provocavam terror a todo desavisado que ousasse olhar o despenhadeiro vertiginoso sempre à esquerda. Em um local de areias escaldantes, sob um sol ardente, viu verter da rocha um filete de água fresca e pura que saciou a sede que a atormentava.

Foi mais de uma hora de exaustiva caminhada, pois teve que dar muitas voltas para se afastar de passagens difíceis, até chegar na gruta onde se hospedara e deixara sua mochila. Lá informou-se e soube quem era a velha que a salvara, prometendo que passaria na toca dela, distante dali, para presenteá-la com um doce antes de retornar para Monde. Lavou sua túnica azul de bruxa na tina do seu quarto e também sua manta, deixou-as secando ao sol e, ao fim da tarde, acendeu o fogo para preparar a canja de abutre, que seria seu alimento à noite.

No dia que se seguiu, outra conversa não havia, só se falava que os venerandos mestres, os diabos e a matriarca Vuca tinham retornado das entranhas dos vulcões. Niágara precisava ir embora, mas não podia se ausentar sem se despedir de Dunial, seu antigo mestre e mistagogo, professor dos mistérios da magia e seu protetor. Não negava a si mesma estar com medo, uma vez que tinha sido uma espiã durante todo o período que na região das cavernas esteve, mas, ainda assim, seu espírito afável mandava que não fosse descortês.

Decidiu então seguir sua consciência e atravessou a longa ponte oscilante que separava a zona das cavernas da grande caverna-mãe. Ao chegar à entrada da Caverna da Rainha e após adaptar o olhar à luz fraca que vinha do interior, percebeu que ninguém viera interpelá-la, então adentrou, passando sem pressa por elevados portais e um hall até chegar no grande salão das cerimônias e ritos, adornado por mais de cem candeeiros cravados na rocha, cujo azeite era completado manualmente pelos servis *diabinhos*. Lá, no fausto ambiente, só encontrou uma jovem de uns doze anos contemplando a sagrada *taça cerimonial* em brasa que deixava escapar um filete de fumaça. Percebeu imediatamente que a garota obedecia ao antigo preceito de se conservar acesa a chama dos ritos ancestrais. Perguntou-lhe onde estavam todos, recebendo a resposta de que os encontraria na grande cava onde o almoço estava sendo servido.

Era um verdadeiro banquete. Nos cantos das paredes rochosas via-se nos fumeiros vísceras, traseiros, dianteiros e animais inteiros recém-abatidos a sangrar aguardando a hora de ser consumidos. Na longa mesa, que estava servida com petiscos de macacos, o destaque era um facochero – porco africano maior que um javali – de noventa quilos e o grande avestruz, levemente assado, mostrando ainda sua carne vermelha, marinada com sangue e temperos. Vinhos e licores na mesa havia à vontade, bem como queijos de búfalas, ovos, azeitonas, cuscuz, pipocas, fibras de vegetais locais e a *injera*, panqueca etíope.

Alheios ao tempo e afazeres, cada grupo cantava suas músicas. Comia-se e bebia-se para além do desperdício. Os diabos, por pesar em média 150 quilos, eram os mais comilões, mas até seus primos diabinhos, que não podiam se aproximar da mesa central, com quarenta quilos apenas, eram verdadeiros glutões devorando os alimentos pelos cantos. Ninguém se preocupava com a sujeira da orgia, pois sabiam que no dia seguinte ou no mais tardar no próximo, os diabinhos se danariam para deixar tudo impecável e com aroma agradável.

Niágara sentou-se em uma das mesas laterais, defronte a mesa principal, e na companhia de algumas bruxas e ninfas que mal conhecia serviu-se ao ponto de aplacar toda sua fome. *Isso é muito melhor que aquela carne de abutre*, pensou. Naquele salão ruidoso e caótico, onde todos falavam ao mesmo tempo, Niágara acabou por avistar a mulher que todos deveriam temer, mas que agora, sem qualquer compostura, bebia seguidas taças de vinho e propositadamente as quebrava no chão de pedra. Estava entre os mestres e diabos, ela, a rainha-gênia Vuca, a gargalhar e emanar luz de suas mãos sempre que tocava em alguém, com uma alegria que Niágara não lembrava de jamais ter visto. A bela matriarca celebrava o sucesso da conexão cósmica e dizia que um novo tempo estava surgindo. Aproximou-se de cada um dos mestres e, segurando-lhes a mão, lhes foi dizendo: – Hoje encerrou-se o mito da união dos mundos, da *Lenda das Cem Terras.* A partir de agora ela nos é real. – Fez o mesmo com os diabos. Volta e meia ouvia-se dela, em meio à bebedeira, frases como "tudo o que quisermos teremos", "novos feitiços descobriremos", "o mundo vai entender que não poderá nos ignorar".

Niágara olhou para seu mestre e o encontrou rindo, conversando alegremente com os irmãos. Não havia ninguém descontente. Ela então se afastou, triste.

O banquete durou até o anoitecer, dando então lugar à festa dos bruxos que, por longa tradição, só acontecia após o pôr do sol. Os bruxos *sapiens* das grutas vizinhas ocuparam o grande pátio aberto, à frente da Caverna da Rainha, e enchiam suas canecas de metal com os vinhos e licores dos crateres espalhados pelo quintal. Davam-se as mãos formando trios e rodas, corriam, pulavam e, por vezes, elevavam-se acima do solo, em êxtase; homens e mulheres eram assim vistos em piruetas e cambalhotas até retornar a ter a terra sob os pés. Em momento mágico, não anunciado, saiu da Caverna a gênia em seu cavalo, que soltou um relincho e se empinou nas patas traseiras, eriçando sua longa crina e fazendo que sua dona eriçasse seus cabelos de fogo. Completava esse quadro as fogueiras, os guizos e os tamborins.

Na pequena gruta em que se recolhera, Niágara tudo contemplava de longe. Na solidão completa não via nada além de ilusão; só conseguia enxergar a vontade do mau triunfando sobre os justos, o escuro vencendo a luz. Deprimida, não se conteve e chorou sozinha, chorou muito. Resolveu deixar sua ida para o dia seguinte, não poderia descer a perigosa montanha à noite para retornar ao Reino de Monde.

Levantou-se cedo, tomou seu último banho na tina e partiu com uma pequena mochila às costas. Quando iniciava a descida, avistou um grande vale à direita e, diante de uma vista tão bela, resolveu fazer sua primeira parada e comer uma panqueca de injera que enrolara em pacotes. Foi então que percebeu uma estranha chama que serpenteava por detrás das flores da acácia. Olhou novamente e identificou na figura que ali se formara, como que surgida do nada, seu antigo mestre, Dunial.

Assustou-se.

– A minha pupila não se despediu – disse ele, de braços cruzados, ambas as mãos dentro das mangas espaçosas.

Niágara hesitou.

– Mestre, eu o vi ontem, mas estavam todos alegres e...

– Alegres? Alegria devemos ter sempre, não só ontem.

– Mas o sucesso da conexão cósmica, que vai mudar a vida de todos...

– Mudar... mudar... para quê? – olhou para os lados com um olhar distante procurando na natureza algo de diferente.

Não encontrou.

– Não coloque suas esperanças em conexões com feiticeiros de outro planeta que você nunca vai conhecer – disse Dunial. – Lute por aqueles que estão à sua volta.

– Não mestre, não espero nada disso. É que escutei a matriarca Vuca, ela estava muito alegre, e...

– Não se preocupe com ela. Não diz respeito a você, não é?

– Verdade. Nada tenho com isso aqui, nada...

O mestre só precisou olhar para ela para ver sua aura alterada e saber que sua pupila lhe escondia alguma coisa.

– Nada mesmo? Ouça, sei o que você veio fazer na montanha.

Niágara empalideceu. Sentiu medo.

Como ele descobriu?, pensou. Tentou murmurar alguma coisa, mas não pôde. Sabia que não conseguiria iludir o venerando mestre. Fechou os olhos. Reteve as lágrimas que lhe premiam por baixo de suas pálpebras para que não descessem. Levantou a cabeça e disse:

– Perdoe-me. Não sei que denúncia tens contra mim. Se me acusares à rainha da Caverna, seja do que for, estarei morta, ainda hoje.

O mestre manteve-se impassível.

– Deixe-me ir embora agora. – Ouviu ela dizer.

A feiticeira loira tentava esconder sua frustração, que estava a ponto de fazê-la perder o controle. O mestre então caminhou na sua direção.

– Tenha calma. Quando você chegou e conversou comigo, percebi que tentava não pensar em alguma coisa para que eu não lesse sua mente. O *damanchi*, lembra-se? Mas, então, busquei a resposta na terra.

Apontando seus dedos magros, Dunial voltou a desenhar no chão a temida Roda da Fortuna.

– É ela mesma? – murmurou incerta. Niágara esfregou os olhos para tentar vê-la e adivinhar seu destino.

– Não a reconhece?

A feiticeira loira franziu o cenho e corou. O mestre então percebeu que começara a ler os desígnios ali revelados.

Sua voz soou firme:

– Foi com a Roda que descobri o que pretendia fazer, mas você não percebeu. A Roda tem poderes que o *damanchi* não consegue sobrepor, você veio à Caverna para nos espionar.

Niágara estremeceu. Sentia-se completamente desolada. Mas quando imaginou que iria chorar, o choro não veio, e sentiu-se leve, iluminada.

– Na sua opinião – perguntou o mestre –, o que a Caverna deve fazer com você?

Num relance, passou pela mente dela toda sua vida, as execuções encomendadas que cometera quando na companhia do mago Merveux, a morte dele, sua conversão ao cristianismo e sua vida com as índias *bugabus*. Por último, recordou-se da amizade, que acabara de trair, com este à sua frente, o decano dos bruxos. Olhou para ele:

– A Caverna não me importa agora. Mestre, se você quisesse me entregar já o teria feito.

Não disse mais nada. Aguardou o venerando feiticeiro quebrar o silêncio.

– Veja isso! – Dunial tirou de alguma dobra de seu manto duas belíssimas bolas cristalinas, de dois centímetros de diâmetro, que reluziam, mostrando ora um tom verde ora azul. – Eu a consegui no vulcão onde estive. São bonitas, mas não são uma peça mágica. Escolha uma delas. É sua.

Niágara surpreendeu-se.

– Você me presenteia depois do que fiz?

– Foi minha irmã que contratou você, não foi? Minha irmã, a rainha Regina de Monde. Você não teve culpa, não lhe era permitido negar um pedido real.

– Desculpe, não posso confirmar isso.

– Mas eu sei que foi ela. Então, esta outra, entregue à rainha Regina e diga-lhe que foi meu presente. Mas diga também que o mestre deseja que a rainha confie mais em seu irmão.

Niágara riu de felicidade e esfregou o rosto com as duas mãos.

– Então não está com raiva de mim nem vai me levar para o julgamento na Caverna? – falava agora sorridente, com as faces ainda avermelhadas.

Não se conteve e, como se fosse uma adolescente, pulou até agarrar o pescoço do homem alto e abraçá-lo com força.

Dunial, não querendo mais ocultar seus sentimentos, resolveu mostrar a sua pupila o quanto a apreciava.

– Niágara, vou te dizer uma coisa. Você me ensinou mais do que muitos poderosos e arrogantes que vivem na Caverna da Rainha. Você é uma pessoa simples, seu espírito é leve. Eu me atreveria a declarar que você não é mais uma bruxa, é uma fada. As energias que emanam do seu poder não são mais as mesmas. Esteja certa de que muitos bruxos gostariam de ser como você.

– Você não vai me envergonhar. Não existem fadas, existem bruxas malucas como eu, que teimam em somente seguir a luz.

O mestre sorriu.

– Desculpe-me assustá-la, é mania de professor parecer rude. Talvez, quando eu estiver velho, você... bom, quem sabe... Vou arrumar uma casinha perto da sua, próximo a essa reserva *bugabu*.

A bruxa loira deu uma risada e o provocou.

– Sua irmã, a rainha Regina, não vai deixá-lo morar em Monde!

– E ela precisa saber? – O professor riu para sua antiga aluna.

A feiticeira estava muito feliz. Mas havia uma coisa que não estava resolvida. Preocupada, resolveu perguntar:

– Mestre, desculpe-me insistir nisso. O que será de Vuca, a matriarca gênia? Ela deu uma cartada certa. E então...

– Então o quê?

Niágara não tirava os olhos de Dunial. Queria uma resposta. Viu que ele voltou a olhar para a Roda da Fortuna.

– O destino da gênia ela não me diz. Mas talvez a mulher de fogo retorne à *Cova do Fundo*, no oriente, não posso saber... O que sei é que a nova rainha está a caminho e não tardará nascer. Preservar a linhagem das gênias foi sempre o nosso sonho. A Caverna continuará a existir, como foi neste século, no milênio que passou e no tempo antes desse – observando que ela não respondia, completou: – Só Deus conhece o futuro, não é?

Niágara estranhou. Nunca ouvira Dunial falar em Deus.

Com ternura, o mestre estendeu a mão e afastou para trás os macios cabelos loiros de Niágara.

– Um venerando mestre da Caverna conhece muitas coisas indizíveis, mas não conhece Deus. Não está no que aprendemos nem na nossa cosmogênese. Não conheço o futuro, mas você... Você é diferente de tudo o que sei. Então, vou lhe pedir uma coisa. Se algum canário lhe contar o que há de sobrevir, deixe-me saber.

Foi assim a despedida.

32 Cidade de cristal

ANTÁRTIDA, ANO 199, DIA DE NETUNO, 29 SOLAR.
CRATERA NEVADA, EMBAIXADA DA AUSTRÁLIA.

Quando os raios de sol começaram a fazer brilhar os cumes gelados da montanha, Koll recebeu a estranha mulher que transformara toda sua vida. Sizígia usava um traje especial que tinha o ventre alargado, projetado especialmente para acomodar sua gestação de 32 semanas. Olhou para seu homem e, antes que ele pudesse dizer alguma coisa, liberou com um discreto sorriso a parte de cima do seu traje, abaixando-o ao nível da cintura, e removeu com um simples toque o fino colete negro que a protegia até o pescoço. Foi então que pôde lhe mostrar a bela barriga redonda que acomodava o bebê, que ansiosamente aguardava, imaginando-o um futuro turisiano barbado, diferente dos demais que nenhum pelo apresentavam além da discreta e transparente pele aveludada e dos cabelos brancos.

Koll não pôde deixar de notar seus belos seios, agora mais volumosos, e ficou feliz em ver que o momento tão esperado de conhecer seu primeiro filho estava próximo. Sizígia voltou a colocar o resistente colete e a terminar de vestir o traje, esticou-se com as duas mãos cruzadas por detrás da cabeça, alongando-se. Maravilhado, Koll, que sabia ser o bebê um menino, resolveu lhe contar que escolhera o nome.

– Não sei se você é bom de nomes – abordou Sizígia, sem lhe dar tempo de mais explicações. – Há nomes que não são de Túris, e isso pode trazer algum problema para a criança.

– Posso colocar um nome australiano. Não vejo por que não.

– Querido, não é uma coisa simples. Túris tem seus costumes. São considerados gelos todos os filhos de mulheres-gelo. Eu já te falei isso, é a lei do meu povo.

Koll franziu a testa e bufou.

– Eu sei que ele será considerado como um gelo e terá que viver na Antártida. Mas só vou concordar se ele puder tirar férias na Austrália. Esta é a minha condição. – Voltou o olhar para a escrivaninha e começou a arrumar com cuidado a papelada, que estava fora de ordem.

– Longe de ser assim tão simples. Nós mulheres ficamos com o filho só na fase inicial da amamentação. Depois ele é levado para os especialistas que lhe dão a melhor educação possível. As mães ainda podem vê-lo, mas têm que deixá-lo seguir seu destino. Nós já havíamos conversado sobre isso não?

Koll balançou a cabeça, discordando. Lembrou-se do pensamento do filósofo que havia escrito: "a educação infantil era importante demais para ser deixada a cargo do indivíduo. Deveria ser responsabilidade do Estado", mas negligenciou esse antigo ensinamento e foi tirando suas próprias conclusões. *No meu mundo essas coisas não valem. O que me espanta é haver semelhanças entre os que nunca se encontraram, o povo da Antártida e o filósofo*, pensava.

Foi então que se deu conta de que Sizígia aguardava que construísse uma frase após a negação que mostrara com a cabeça. Decidiu de uma vez por todas opor-se à educação turisiana.

– Eu já me informei. Como funcionário da Embaixada de Túris, sou considerado um morador e, portanto, com diversos direitos. Um deles é o de criar meus filhos e educá-los em Cratera Nevada. Ponto-final.

– Mas a coisa complica. Sua mulher é de Túris, esqueceu? Se você tivesse uma mulher australiana, poderia educar seu filho nessa cidade até atingir a puberdade, mas não é esse o nosso caso.

– Mas vou fazer uma petição para que Túris permita que eu acompanhe meu filho – respondeu Koll de forma solene.

– Tudo bem, mas fique sabendo que essa petição será negada. O que eles podem permitir é que você o veja nas férias e, ainda assim, se o garoto quiser.

– Mas Erik vai querer! – gritou.

– Erik?

Sizígia deteve-se. *Tantos nomes existem entre os sapiens e ele foi escolher logo este. O que está acontecendo?*, pensou, arrebatada.

– Sim, Erik. Alguma objeção bela? – exclamou. – Responda, você está me ouvindo?

Koll a tinha visto assim em poucas ocasiões. Desconectada do presente, parecia sua mente estar projetada entre a borda de dois mundos. Seus gritos acabaram por fazer Sizígia despertar do seu transe. Com o rosto límpido e brilho nos olhos ela disse:

– Não. Não tem problema. Agora, olhe para mim – a mulher colocou as duas mãos sobre as têmporas do seu homem. – As mulheres-gelos não costumam ficar com os filhos. Mas isso não nos impede de continuar namorando o pai. A vida continua, *meu lobo*.

– Eu sei, mas meu filho eu quero. É meu direito. É a lei do meu país! – inflamou-se bruscamente.

– Calma, por favor... Não vai adiantar ficar desse jeito. Eu sou uma mulher de Túris. A lei da Austrália não vale aqui. Mas, veja que coisa boa, você será uma das raras pessoas a ter um filho da Antártida. Não é bom, bárbaro?

– Droga! Olhe, não quero ser raro. – Koll estava irado e falava com o indicador em riste. – Quero ser um pai normal e cuidar do meu filho. Foda-se que aqui não deixam, sou da Embaixada, e é assim que vai ser! – berrou.

– Pare com isso agora! – Sizígia lhe deu voz de comando. – Eu já tive quatro filhos e não os acompanho, pois esse é o costume. Aqui, se eu quisesse cuidar de crianças, teria que me empregar em uma maternidade, nas cidades da Academia. Não quero isso para mim, entendeu?

Koll ficou abalado. Ela nunca lhe tinha falado dos seus outros filhos. Não queria acreditar.

– Quatro filhos? Por que não me disse isso antes?

– Porque... porque na Antártida todo mundo é assim. É o natural, é o que Túris espera das mulheres, que ajudem nosso povo a crescer. – Hesitou um pouco, mas falou de forma despojada.

– Merda, vocês não podem ter família. – Koll apoiou seus cotovelos na escrivaninha e pôs as mãos por detrás da cabeça.

Sizígia afastou-se e se pôs a equacionar a revolta na mente do seu homem, que jogava uma cartada da qual ela não via saída.

– E então, o que você vai fazer?

– Eu não sei... Só sei que é meu direito criar o menino.

– Quando eu te conheci, você me dizia que deixava a vida te levar. Gostei do seu jeito leve, solto, entregue aos ventos, ao frio, às correntes e ondas do mar. Era o que te regulavam e que o fazia sonhar. Sua casa era o veleiro, e seu quintal o mundo.

– Eu era mesmo. Eu era isso tudo, mas... nunca tive a sensação de ser pai. Eu nem sabia que gostava tanto assim de crianças... – Koll se calou para ouvi-la. Inspirou profundamente e atirou a cabeça para trás, como quem quisesse se afundar no estofado da cadeira. Extenuado que estava pela frustração de não poder criar seu filho, nada dizia. Sizígia então falou:

– Aconteceu alguma coisa e você não gosta mais de mim. É isso, eu já devia ter percebido – ela continuava a olhá-lo, deixando-o perturbado.

Koll levantou a cabeça e esfregou o rosto com uma das mãos.

– Não é nada disso. Desculpe. Eu... eu me descontrolei.

– Você não respondeu ainda – insistiu ela. – O que o fez mudar?

– Eu não mudei nada. Gosto de você, gosto muito. Tenho medo de perdê-la e de perder nosso Erik.

Durante todo o tempo ele continuava sentado em sua cadeira executiva e Sizígia em pé. Então, ela se aproximou, inclinou-se e pôs ambas as mãos sobre a mesa dele, e perguntou:

– Perder a mim? Ou perder a chance de educar o Erik?

Koll bufou e pediu para que se sentasse. Não que a mulher precisasse da sua permissão, a questão é que ele sabia que em pé ela ficava mais combativa e mais difícil de ser convencida.

– Os dois – ele disse, enquanto voltava a ajeitar uns papéis na mesa. Sizígia resolveu se acomodar no sofá da Embaixada e se pôs a observar o homem do além-oceano que a conquistara. Sentiu-o representando. Estaria sendo durão ou estava mesmo arrogante?

– Olha, você está com problemas. Não tenho habilidade para consolar as pessoas. Nós, gelos... não sabemos o que é psicologia, somos diferentes de vocês, *sapiens*. Não tenho problemas, pois tudo o que quero de verdade está à minha disposição. Não tenho por que complicar.

– Não é bem assim – ele respondeu, negando com a cabeça. – Quando você diz que não os têm fecha a chance de resolvê-los. Os psicanalistas sabem. Quem acha que está bem, aí é que está mal.

Sizígia estranhou, achou-o meio idiota.

– Você pensa demais, pegou a mania dos *sapiens*. Não deixa mais o vento te levar. Fica inventando problemas como um louco.

– Eu invento? E você, não tem problemas no trabalho?

– De jeito algum. Problema ocupacional em Túris só existe se alguém não cumprir as normas. Nós temos um sistema estruturado para evitar a má gestão. Existe uma avaliação continuada que torna impossível um carreirista subir na empresa para postos de comando. Na grande maioria das situações, nossos chefes e supervisores são bem objetivos, pois não são humanos. São um sistema computacional inteligente que não distingue pessoas nem dá privilégios. Ninguém se sente injustiçado, entendeu?

– Arre! Chega de elogiar os sistemas. Perfeição demais atrapalha, Jimmy me dizia isso.

Sizígia empertigou-se no sofá e falou em tom ríspido.

– Eu já te disse para se afastar desse homem.

– Desculpe, foi mal. Mas, bela, e os problemas com o amor? Quem vai resolver? Hein?

Sizígia deu um leve sorriso e respondeu com o olhar arguto de uma mestra:

– Educação dos filhos não gera brigas entre os amantes, assim Túris os educa. Discussões que ocorrem entre pessoas que vivem sob o mesmo teto? Não temos, pois vivemos em confortáveis suítes de hospedagens, só fica junto na mesma suíte quem quer. Entendeu agora que nosso sistema é mais simples que o de vocês?

Koll deu um riso zombeteiro.

– Ah! Você não me disse nada. Não vai responder? E as brigas por ciúme? Essas vocês têm.

Sizígia levantou-se num gesto brusco, denunciando que ele tocara em um ponto sensível para ela.

– Este é o nosso maior problema. Muitas pessoas na Antártida brigam e até se matam por descontrole no amor. Isto é um fato. A grande maioria dos crimes aqui é passional, e o Governo se esforça para resolvê-los, mas os resultados são precários. Túris não encontrou uma solução.

– Isso prova que não somos tão diferentes assim. – Riu Koll. – Agora eu vou te dar a solução: o casamento e a criação de filhos é o que acalma os amantes. Não adianta inventar outra coisa. Explique isto ao sistema e você vai ganhar muitos pontos pela ideia e ser promovida – debochou.

Sizígia sentiu-se incomodada.

– Não é assim. Entre os *sapiens* também há crimes passionais, e até estupros. Não vá querer me ensinar.

– O que falta para vocês é casamento e família – insistiu.

– Nada disso. O que se ouve de vocês é que muitos vivem sob o mesmo teto e se odeiam. Aqui em Túris, só dorme junto quem quer, não existem imóveis privados. Tudo aqui é mais fácil.

Koll deu um risinho debochado.

– Minha bela, o maior problema de vocês é que o ser humano adora errar, adora fazer uma merda muito grande, e Túris tudo proíbe. Então as pessoas ficam sufocadas, porque vocês querem controlar tudo, não deixam ninguém ser diferente. Por exemplo, um turisiano não pode sequer usar uma roupa de pele de rena, um maiô caribenho, tem que usar esse traje único. Vamos acabar com isso, ter uma vida normal e autorizar os casamentos, pronto!

Sizígia franziu o cenho e perguntou:

– O que o *filósofo* falou?

Koll convidou-a a se sentar novamente no sofá da sua sala.

– Platão imaginou fazer uniões sagradas, autorizadas pela cidade – ele foi dizendo, enquanto mastigava um cereal e servia o café.

– Quem iria gostar de autorizar isto seria a Magistratura. Eles curtem essas coisas, ritos, cantos, mistérios e mundos do além – respondeu ela após se acomodar novamente. – É antiquado demais, jamais daria certo em Túris. Mas uma coisa posso te dizer: os *sapiens* não são melhores do que nós, que têm crises de ciúme e se matam, isso todos sabem.

– Todos, menos eu. – O homem não resistiu e soltou uma gargalhada. Sizígia levantou-se, muito irritada.

– Koll Bryan, você cansa minha cabeça! Se eu sair por aquela porta – apontou – e uma *bonitona entrar aqui* e sentar no seu colo, o que você vai fazer?

Koll a olhou assustado; não esperava uma reação tão súbita. Passou a mão no cabelo e respondeu de forma automática:

– Não vou fazer nada. Vou mandá-la se levantar.

– Nada?

– Nada.

Que merda, ele pensou, com o coração batendo acelerado.

– Afinal... O que vamos fazer com nosso filho, Erik? – perguntou, sentindo-se agora extenuado.

Ela se virou e disse simplesmente:

– Bárbaro, eu tive filho porque aconteceu. Existem feitiços para se evitar filhos, mas a maioria das mulheres deixa acontecer, pois ganha-se *pontos* com isso também.

– Tudo bem. Enquanto ele estiver com você, amamentando, estarei perto. Depois disso pedirei uma licença...

Ele não pôde terminar, Sizígia o interrompeu. Chegou junto dele, pôs uma das mãos sobre sua barba e segurou a mão dele com a outra. Fez o *anel dos dois se tocarem*.

– Hoje vou ficar com você, querido. Amanhã farei o que vocês chamam de pré-natal. Tudo bem?

– Eu vou também, eu vou, minha bela…

– Sinto muito. Não é permitido a estrangeiros. Eu vou à *Cidade de Cristal.*

– O quê? Essa cidade é linda. Vi uma imagem tridimensional certa vez. É subterrânea, mas tudo ali brilha.

– É uma das joias da Antártida. Uma das cidades da Academia escavada a grande profundidade. Ela brilha sob o efeito da luz no quartzo com todos os tons que os cristais conseguem decompor. Inesquecível, mas não posso te levar. É o regulamento, entendeu?

Não haveria jeito.

Foi então que Koll viu o mundo desabar a sua volta. Nada pronunciou. Sentia um mal-estar, além da frustração de não poder sequer acompanhá-la.

O que estou fazendo aqui?

Recostado na cadeira executiva, sentiu sua cabeça girar. Perdido em pensamentos, não soube dizer quanto tempo ficou assim, até que escutou ao longe uma voz muito distante de alguém que parecia lhe gritar.

Tchau, bárbaro, eu já fui.

Abriu os olhos e viu com surpresa que estava deitado no sofá da Embaixada, e não mais em sua cadeira. Olhou ao redor e não viu mais Sizígia. Não tinha sido um sonho. Bastante chateado, saiu da sua sala e foi na secretaria falar com Odette.

– Sim, eu vi Sizígia saindo. Foi agora mesmo, falou comigo, pegou a moto e se mandou. Quer que tente me comunicar com ela?

– Não, obrigado. – Saiu do prédio e mirou os caminhos. *Não dissera ela que ficaria hoje comigo?*

Estava só.

33 A gruta do diabo

Se é verdade que me irei agora
Para um lugar que não consigo ver,
Dê-me ao menos um dia, meu Deus
Para que eu possa trazer o que esqueci.
Não são coisas de valor, são lembranças
da terra que pisei e dos amigos que deixei.

ANTÁRTIDA, ANO 199, DIA DE MARTE, 53 SOLAR.

Um veleiro aproximava-se da costa Banzare no continente branco. Partira da Tasmânia, de uma localidade denominada SouthPort, ao sul da ilha, em direção ao mar de Dumont d'Urville. O vento noroeste o conduzira às latitudes antárticas, mas depois teve que fazer uma guinada para retomar o caminho do sul. No barco havia um motor pequeno, mas muito potente, que na travessia foi ligado poucas vezes durante a mudança do trajeto para o sul e para vencer os ventos do litoral que o afastavam da costa. O casco era bastante resistente ao gelo cortante e apropriado para o deslocamento pelas banquisas. A temperatura indicava três graus negativos. Os velejadores buscavam uma estreita passagem, de cerca de quinze quilômetros, que ocultaria o veleiro e lhes dariam acesso a um lado da *barreira* de menor altitude e de escalada mais fácil para as geleiras do continente.

Para qualquer um que visse a embarcação, seria mais uma dos vários aventureiros que vinham constantemente admirar as belas paisagens, a natureza e o clima antártico, que se transformou em cobiçado roteiro turístico após o planeta ter sido aquecido pelas contínuas emissões de gases do efeito estufa.

O derretimento das calotas polares seguia seu curso com o descaso dos que nada faziam para cuidar do planeta, alheios aos compromissos do *Acordo de Paris* e de todos os outros que vieram depois.

As velas enfunadas pelo vento aprazível retesavam os cabos e conduziam o inocente casco ao seu destino.

Era apenas o que parecia.

O barco, que tentava se passar por um veleiro casual, tinha sido secretamente armado com uma pequena bateria antiaérea de alta precisão e poder de fogo, e trazia ainda armas de menor volume, que seriam transportadas pelos homens. Os velejadores eram pessoas treinadas, com incrível habilidade na guerra de superfície.

Lindon Joff e Craig eram membros da Força de Operações Especiais dos Estados Unidos, Houstand foi condecorado por bravura em Monde, na guerra contra os guerrilheiros jihadistas do deserto, e o detetive Hórus serviu na Força Nacional egípcia, tendo sido condecorado por desbaratar células terroristas. Havia um último homem, um sargento da marinha americana, que estava à paisana e ficaria no barco aguardando o regresso dos expedicionários.

Craig era quem tinha todas as coordenadas geográficas do local e, com Hórus, planejara a estratégia da missão que estavam desempenhando. Ao avistar o lugar, que imaginaram não poder ir mais, fizeram o barco fundear em um estreito corredor de apenas dez metros de largura, cujas gigantescas falésias continentais de gelo assemelhavam-se a um fiorde.

A altura das paredes geladas, com pouco mais de quinze metros, era menor do que as que chegaram a ver quando entraram no corredor das falésias. Ainda assim causava assombro, pois a escalada do paredão de gelo seria muito mais segura se a temperatura estivesse muitos graus abaixo de zero. O gelo, a menos dois ou três graus centígrados, poderia se soltar e despencar sobre eles, mas não tinham escolha, por isso decidiram subir assim mesmo com as armas que lançavam grampos amarrados a finos cabos de fibra, que sustentavam o peso de cinco homens. Todos estavam equipados com arma a laser, além de outra pequena, mas potentíssima arma explosiva. Tinham que ser muito discretos para não ser descobertos.

Não foi difícil.

Em pouco tempo os quatro homens caminhavam sobre a barreira de gelo em direção ao continente. Não foi preciso parar para recuperar o fôlego.

– Onde estamos? – indagou Houstand, enquanto ajustava o passo.

– Em algum lugar entre as costas Banzare e Sabrina – respondeu Craig, após um breve olhar.

– A paisagem é familiar? – perguntou Hórus, dirigindo-se a Houstand e Joff, que haviam corrido por essa região há cerca de dez anos, mas ambos responderam-lhe não.

Em se tratando de elementos fluidos como o gelo e onde os cenários se modificam facilmente, não era de se admirar a resposta que o egípcio acabara de ouvir. Subiam agora inclinações suaves com seus calçados de grampos, apropriados para gelo e neve; o esforço despendido fazia-os sentir calor sob o agasalho e o colete, pois a temperatura estava próxima do zero e quase não ventava.

Em meio à planura avistava-se uma formação de gelo barrando-lhes o caminho para o sul. Como os demais, Houstand caminhava pensativo e ensimesmado quando ouviu Craig quebrar, com sua voz, o leve ruído de seu calçado em lentas passadas sobre o gelo. Antes que principiasse a contornar o acidente gelado, ouviu-o falar que fariam agora a única parada.

Junto à grande pedra de gelo detiveram-se e se sentaram com os olhos fixos no mar. Apesar da altura em que se encontravam, não viam a embarcação em que vieram, muito bem escondida no estreito corredor marinho cercado por falésias.

– Durante a manobra que fizemos, no tal fiorde de gelo, teve um momento que deu para ver o mar por uma longa brecha na grossa parede da geleira. Cheguei a avistar dois veleiros, mas a sorte é que ninguém quis encarar esse corredor com medo de encalhe ou avalanches – disse o forte Houstand, ansiando manter aquela missão longe de olhares curiosos.

– Eles fazem muito bem – respondeu Joff. – O local do nosso desembarque é estreito e perigoso. O sargento ficou de se afastar uns doze quilômetros até o largo do fiorde branco e se esconder ali, para não ser eventualmente sepultado por um desmoronamento do paredão. Só quando terminarmos é que ele vai retornar.

– É, estamos no verão – comentou Craig enquanto mascava. – Com esse tempo bom, vamos esperar muitos aventureiros e desportistas por essas águas. Isso é... excelente, pois camuflará nossas verdadeiras intenções.

– Eles estão nos observando? – perguntou Houstand, inquieto.

– Os gelos? Não. A gruta na qual entraremos para mapear, fotografar e coletar foi desocupada, ao que parece há anos. O fato de os gelos não terem colocado o *borrador* nessa região é porque não consideram ser esta uma *instalação sensível.*

– Nada desconfiam, e isso nos deixa tranquilos – interveio Hórus com tranquilidade. – Mas não descuidem de observar, desde já, qualquer indício que possa ser conectado ao sequestro.

– Estejamos preparados – Joff estreitou os olhos e procurou afastá-los do sol ofuscante que, mesmo nos dias antárticos, não se elevava muito além do horizonte.

– Esse local pode ter sido visitado por algum insurgente, quiçá alguns monstros inumanos. Se tivermos sorte, encontraremos alguma ossatura, que servirá de prova material da existência deles, desbaratando a tese de ilusão coletiva.

A simples menção às tais terríveis criaturas fez que Joff e Houstand tirassem um pigarro em uníssono, como se algo estivesse querendo obstruir-lhes as glotes. Entreolharam-se e, no silêncio, começaram a observar o voo de graciosos petréis antárticos. Peito e asas brancas na parte de baixo, cabeça, dorso e parte superior das asas negros, seguiam alheios ao desafio que os quatro homens enfrentavam. Craig, querendo distrair o pensamento e por ser afeito às ciências, provocou uma discussão com o grupo, perguntando se o dorso escuro da ave teria relação com a necessidade de maior absorção do calor solar e se o peito branco seria uma camuflagem para torná-la invisível às presas que se aventurassem a observá-la contra a claridade acima.

Houstand se pôs a rir:

– Eu não sou presa, derrubo-a, camuflada ou não, com um tiro só.

Esperou ouvir risos quando os homens se mexeram, mas só escutou surdos bafejos. Havia tensão na calmaria, ele começou a perceber.

– Bom, senhores – interveio Craig. – Vamos continuar e aproveitar o tempo excelente que a natureza nos está dando. Se os ventos catabáticos, aqueles que descem das montanhas, chegarem aqui com a violência costumeira, todos os pontos de referência desaparecerão num piscar de olhos.

Era um alerta que não podia ser ignorado.

Ao ver o grupo levantando-se, Hórus, que se recostara na pedra de gelo, pediu um minuto de atenção.

– Companheiros, tudo está muito calmo e dentro do que previmos. Mas o que vai acontecer daqui para a frente vai depender essencialmente de nós. Vamos lembrar que o inimigo, caso nos venha atacar, é de um poder muito grande. Lembrem-se do nosso treinamento, e falo não só de armas, munições e jogos de movimentação. Quando sairmos detrás dessa pedra de gelo – apontou – ninguém poderá mais ficar pensando em como chegar na gruta e em como entrar lá, que fotos vai tirar e que vestígios vai descobrir, nada que possa ser lido por feiticeiros...

– Nós vamos seguir o condicionamento que aprendemos, o damanchi – interrompeu Joff –, agora é a hora.

Hórus concordou.

– Para mim vai ser fácil. Aprendi na guerra a matar bandidos sem pensar – grunhiu Houstand. – Aplico os golpes que sei por instinto. E atiro com a esquerda e com a direita, para mim, tanto faz.

– Muito bem, siga seu instinto. – Hórus acenou com a cabeça. – Quando o momento certo chegar, vamos nos separar. Seremos então dois grupos, o que aumentará nossas chances de observação do outeiro branco onde fica a gruta.

– Eu queria ter tido o barão Richo aqui conosco. É um grande combatente – lamentou Houstand. – Alguns se acovardam nessas horas, ele não.

– Um grupo grande não é bom – interveio Craig. – A missão deverá ser mais fácil do que pensamos, só temos que ficar vigilantes. Companheiros, quando entrarem na gruta, peguem qualquer material, objeto, qualquer coisa relevante que esteja largada pelo chão. Tudo são provas.

Os homens começaram a olhar uns para os outros. Joff adiantou-se e fez uma pergunta:

– Estão todos bem?

– Preparados – respondeu Craig.

– Bom... ao chegarmos próximo à entrada da caverna, se nosso contato não aparecer, talvez não consigamos descobrir o corredor do outeiro, onde está a porta que cerra a gruta do cão, pois estará coberta de gelo. Um pequeno equipamento portátil, que trago na minha mochila, fornecido pela marinha de guerra americana, nos dá alguma chance de encontrar a porta. Se não tivermos sucesso, o jeito será retornarmos.

– É a última coisa que desejo agora. Jamais desistirei – opôs-se Houstand bruscamente, cuspindo no chão.

– Muita calma e vigilância – Hórus falou devagar e com o olhar distante.

– Esvaziar a mente é imprescindível.

Craig olhou para seu relógio e voltou-se para os demais.

– Senhores, não temos mais tempo. É hora de seguirmos para o nosso destino. O *localizador*, que a inteligência do meu país me entregou, nos levará exatamente aonde queremos. E que Deus nos acompanhe e guie nossos passos.

– E que guie a minha mão para fazer justiça – rosnou Houstand, ainda pensando em sua vingança.

Com largas passadas voltaram a contemplar as aves que iam e vinham, silhuetas riscadas no céu azul, indiferentes ao frio, atentas a observar pequenos pinguins, filhotes de mamíferos, crustáceos, polvos e peixes da sua possível dieta. Seguiam os quatro homens os passos de Craig na planície gelada. Avistaram um grupo de pinguins que sob o sol caminhavam, possivelmente aguardando completar a digestão longe dos predadores que as águas litorâneas abrigavam. Perceberam que as tranquilas aves os ignoravam completamente e as deixaram para trás. Foi então que Craig entregou um *localizador* a Hórus e, junto com Joff, separou-se do grupo, seguindo outro caminho mais longo que contornaria o outeiro branco que escondia a gruta.

Deixaram de se ver.

Não demorou muito para que Hórus e Houstand, seguindo uma reta imaginária em uma paisagem sem relevos, avistassem um promontório coberto de gelo e neve que abrigaria a diminuta fenda rochosa, o possível cativeiro dos atletas dez anos antes. Neste momento, o único sinal de presença humana na vastidão gelada era o pequeno rastro que deixavam atrás de si ao caminharem com suas botas de grampo em um dia muito claro. Um tempo ruim ocultaria melhor a presença deles? Decerto que não. Os equipamentos dos turisianos funcionavam muito bem em pleno temporal, e tinham consciência disso. Houstand, um tanto afrontado pela emoção, ao avistar o local que esconderia a gruta, disse a Hórus que se lembrava da maldita elevação, aliás das duas, a maior e a menor.

– Amigo – respondeu Hórus. – Agora, mais do que nunca, use seu treinamento, use o *damanchi*. Para todos os efeitos, se estiverem nos observando, somos dois turistas velejadores que estão explorando a região.

Seguiram com o sol às costas. Tudo estava muito calmo.

Hórus tinha acabado de falar quando, de longe, avistaram alguém que se aproximava com uma roupa toda branca. Sem se perturbar, continuaram os dois homens, Houstand e Hórus, a caminhar para a suposta caverna, percebendo, que, pelo trajeto que o estranho fazia, iriam se encontrar em menos de trinta minutos. Não se falaram. O silêncio na caminhada era apenas quebrado pelo crepitar das fortes passadas dos homens que venciam uma neve grossa com pedrinhas de gelo. Estivessem com esqui, fazendo um *cross-country*, a velocidade seria outra. A sequência dos minutos parecia interminável, mas quando o tempo estimado passou, o tão esperado encontro finalmente aconteceu.

O estranho, ao chegar, cumprimentou Hórus, como se fossem velhos amigos.

– Sr. Bryan, folgo em revê-lo – retribuiu Hórus.

– O dia está calmo. Vocês podem fotografar e ir embora sem serem notados – respondeu Koll.

– Aqui venta mais que junto ao mar, talvez o ar esteja sendo canalizado pela passagem que divide o outeiro que estamos vendo – referiu-se Hórus aos dois pequenos montes gelados, um maior e outro menor, que cercavam o local para onde se dirigiam.

– É só uma brisa do sul. Estivesse forte vocês amargariam o frio que ela traz – sorriu Koll.

– Deixe-me lhe apresentar o senhor Albert Houstand – disse Hórus. – Ele é um dos atletas sobreviventes do massacre na Antártida. Acabou de reconhecer a elevação rochosa do outeiro adiante. Estamos no caminho certo.

– Companheiro, acho que vi seu veleiro quando navegava no canal e você por fora – falou Houstand.

– Provável. Estava eu e outro esportista. Mas agora vamos, nossa amiga nos espera – completou Koll.

Dez anos se passaram e eu aqui, com pessoas que nunca vi. Houstand entregou-se aos pensamentos, e as imagens que surgiram em tantos sonhos voltaram a assaltar sua mente, mas então se recordou: *Tenho que voltar a bloquear o cérebro e não pensar nada disso, como a princesa ensinou.*

Foi o que fez. Tão rápido como o tempo de um suspiro.

A passagem ia se estreitando, quebrando a monotonia da infindável planície litorânea antártica, mas ainda era larga para os homens. Estavam entrando em um corredor natural delimitado pelos dois montes. Por vezes Koll puxava uma conversa, mas era Hórus que a controlava, não deixando que se falasse qualquer coisa acerca da tarefa que estavam executando. Foi assim que se aproximaram do monte maior. Chegando ao local, a elevação agora não parecia pequena.

Hórus parou, sem nada dizer, indicando para quem soubesse interpretar seu gestual que estavam sobre o ponto exato no qual o aparelho indicava haver a gruta. Koll Bryan, neste momento, fez um gesto para que o seguissem e, contornando uma das colunas naturais de gelo do outeiro, os fez chegar a uma parede inclinada de neve.

– É aqui. Só temos que remover a camada grossa de neve. A área está abandonada, não traz nenhum perigo – disse Koll, cavando com as mãos até encontrar gelo.

Houstand se juntou a ele.

– Mais difícil do que pensei, não é só neve – avaliou Koll.

– Isso aí é muito duro! Em outros tempos teríamos que usar picaretas. Vou regular meu explosivo de profundidade – disse Hórus, tomando distância e atirando.

O gelo rachou, possibilitando a remoção de grandes blocos; novo explosivo, mais blocos; e assim foi até descobrirem parte do que seria uma porta de fibra sintética, resistente como o mais duro aço. A porta era branca, como tudo no mundo em que se encontravam. Pela grossa camada de gelo, concluíram, com alegria, que era um lugar no qual ninguém entrava há muito tempo.

– Só temos que abrir isso com a chave – brincou Koll.

Chave? Seguiu-se um murmurejo e um forçado sorriso.

Houstand imaginava como uma pessoa como o australiano poderia ficar tão tranquila em um lugar tenebroso como aquele. Mas, seguindo o *damanchi*, riu e só disse:

– O céu está azul! – Ao mesmo tempo que, subitamente, percebeu um vulto ao seu lado. Não o vira se aproximar.

– Meu querido, seus amigos chegaram.

A mulher-gelo dirigiu-se a Koll Bryan e soprou-lhe na boca, o beijo romântico dos turisianos. Houstand e Hórus trocaram olhares.

Não era Sizígia.

A mulher era mais baixa, tinha cerca de 1,70 metro, olhos escuros muito brilhantes, compridos cabelos brancos rajados com poucas fibras de denso negro. Hórus pressentiu o perigo, mas conteve-se. Se acreditasse em Deus, rogaria agora que encontrasse um meio de retirá-los dali.

– Crucis, agora é sua vez – respondeu Koll.

A mulher afastou-se, fez um gesto com a mão direita, na qual estava seu anel. A porta rangeu, logo a seguir um tremor fez-se sentir e o restante do gelo cedeu e tombou. Viram-na então se abrir tranquilamente, como se tivesse sido fechada apenas ontem. Não tinha o cheiro forte de cavernas quentes e abafadas, mas suave. Houstand arregalou os olhos, assombrado, mas de sua garganta levemente escancarada nada se escutou. *A gruta. A gruta do Guerreiro do Diabo,* imaginou.

Ao colocarem os pés no portal, observaram que a escuridão era total; foi o momento de os homens testarem suas luzes do capuz. Uma queda ali era tudo o que não queriam.

– É melhor um de nós ficar aguardando aqui fora – disse Hórus. – Vão, eu fico.

Houstand, Koll Bryan e Crucis entraram na gruta. Foram percorrendo os espaços ali dentro, volta e meia fotografando e filmando com as minicâmeras que portavam na vestimenta. Em certos momentos tiveram que se curvar até chegar às galerias que os deixavam folgadamente de pé.

Houstand observava os recintos com atenção. Uma grande mesa ao canto, talhada no gelo, estava partida ao meio. Sua memória começou a voltar devagar quando Crucis começou a olhar o atleta fixamente.

– E então? – perguntou Koll. – Você esteve nesse lugar? Você o reconhece?

– Deve ser o estado de tensão. Comecei a me lembrar de algumas coisas, mas de repente fiquei confuso, Sr. Bryan.

– Vamos seguir por esse corredor, parece ter algo adiante – disse Koll. – Uma galeria maior, um porão talvez. Eu vou tirando as fotos e você vai tentando se lembrar.

Ao se aproximar da galeria, Houstand sentiu forte dor de cabeça e sudorese. Começou a ver o cenário rodar, enquanto Crucis dele não desviava seus perturbadores olhos negros.

– Estou ficando tonto – ele disse. – Acho melhor me sentar um pouco.

– Koll, meu querido, vamos tirá-lo daqui. Está passando muito mal – falou Crucis, pondo as mãos sobre o ombro do seu parceiro.

– Não, Crucis, sabemos que estamos no lugar correto. Houstand reconheceu a paisagem externa e o início da caverna. Vamos seguir mais um pouco, vejo um corredor que vai dar numa... numa escada estreita que desce. Vai dar no *porão*, o porão que a gente procura, tenho certeza!

Enquanto a discussão acontecia nos escuros meandros da gruta, do lado de fora, na sua entrada, uma figura de branco deu ordem de prisão a Hórus. O sagaz detetive, que imaginava estar o local completamente deserto, tentava entender o porquê de não ter visto o homem-gelo chegar. Por ser sensitivo e também um mago do oriente, Hórus não acreditava que poderia ser surpreendido por algum outro feiticeiro. Estivera atento todo o tempo. Mas agora escutava a derradeira ordem de um desconhecido, traduzida para o seu idioma natal, árabe. Pensou em traição. Ele, que sempre ditara ordens, via-se abordado por um combatente cujo rosto, coberto por um capacete branco, assemelhava-se ao de um extraterrestre. Com raciocínio rápido, reconheceu que a arma de cano longo apontada para si era de Túris.

Precisava ganhar tempo.

– Perdão soldado, não somos bandidos, somos apenas exploradores. Encontramos essa passagem aberta e não sabíamos se haveria algum dono.

Foi quando acima, no monte menor, começaram a atirar no homem de branco com um potente laser e uma detonadora arma explosiva, ambas versões de última geração das forças Seals.

Forte estampido, acompanhado de fogo e explosões.

O homem-gelo cambaleou e caiu tão rápido que tudo pareceu acontecer ao mesmo tempo para os olhos frios de Hórus. Ao olhar para cima, viu seus companheiros, Craig e Joff, lhe acenarem do alto.

A morte de um combatente gelo, rebelde ou não, estava fora dos planos de Hórus. O melhor agora seria terminar as filmagens, pegar o que pudesse da caverna e se retirar o mais rapidamente possível. Era esperto o bastante para saber que o incidente atrairia outros combatentes mais bem equipados.

Em muito pouco tempo o detetive percebeu que, por sobre o mesmo monte, um novo confronto se iniciava, pois ouviu um forte estrondo e tiros. Reconheceu os gritos dos *marines*. Hórus correu e se abrigou. De alguma forma teria que subir o monte menor, onde a luta acontecia, para ajudá-los a enfrentar o agressor. Não seria fácil, mas tinha a pistola lançadora de cabos que lhe permitiria subir, supondo que o gelo estaria sólido o suficiente para aguentar seu peso. Mas tinha também outra arma, digna do dissimulado feiticeiro que era: O poder de ascensão.

A necessidade urgia. Não pensou duas vezes.

Ascendeu-se ao topo do monte e, ao chegar, encontrou o companheiro Craig inconsciente, junto a muito sangue congelado e sem as armas laser e de explosivos. Recebeu uma comunicação do campeão Joff, que lhe disse ter quebrado a perna no desmoronamento causado pela arma inimiga e que eram dois os combatentes. Em qualquer lado que olhasse a paisagem era a mesma, nada se via, não se percebia os inimigos e sequer onde estava Joff. Foi então que olhou para baixo, para o corredor entre os dois montes, e viu chegarem na entrada da gruta Houstand, apoiado em Koll, e a espiã gelo, Crucis. Avisou-os pelo comunicador que havia dois assassinos à solta e que os dois companheiros haviam sido atacados.

O australiano, visivelmente nervoso, se dirigiu a Crucis:

– Não é possível! Você contou a alguém?

– Querido, se não quisesse te ajudar, não estaria me expondo desse jeito. Era só eu ter-lhe dito que ficaria de fora. Com certeza alguém mais sabia disso aqui – subitamente ela viu o combatente turisiano morto e gritou com muita fúria.

– Só pode ser isso. Tu deves ter dado com a língua nos dentes, seu canalha!

– Não falei com ninguém, não sou louco!

– Tu não sabes é guardar segredo! – vociferou Crucis, colocando peso em sua ira. – A culpa foi minha em aceitar ajudá-lo, sua peste! Agora estamos encrencados. Seu animal! – Cuspiu grosseiramente no rosto do homem.

Koll enxugou a gosma da serpente e sentiu medo.

Era apenas um desportista e cozinheiro, não um guerreiro. Muito mal servira no exército australiano. A missão era para ter sido muito simples. Eles apenas entrariam em uma gruta esquecida, fariam o reconhecimento e a fotografariam. O local estava abandonado. Os gelos não poderiam reclamar, porque sempre disseram não ter nada a ver com o sequestro. Foi nesse momento que lembrou de algo que o assustou ainda mais.

Os dissidentes do Terceiro Poder. Eu sou da Embaixada australiana, mas esses bandidos podem me ignorar. Se não gostam do Governo, por que se importariam comigo? Desejou jamais ter feito aquele trato com Hórus, e mais ainda com Crucis. Olhou para Houstand. O miliciano recuperava-se das tonturas, e, desesperado, gritou-lhe:

– Grande... eu não te conheço, mas, por favor, pegue sua arma e lute! – estava bastante nervoso. – Hórus está lá em cima e tem alguém querendo nos matar!

Houstand rosnou e soltou um palavrão. Sentindo-se melhor, pegou as duas armas, ajeitou-se e grunhiu com os dentes cerrados:

– Vou acabar com isso agora, você vai ver.

– Vá, campeão! Você pode ganhar essa. Encontre o agressor e mate-o sem piedade! – gritou Crucis para o gigante mesomorfo de quase dois metros. Na gruta, ela, com sua perfídia, lançara-lhe um feitiço para que desistisse de continuar. Mas aqui fora o apoiava.

Poderia alguém imaginar o que se passava na cabeça da feiticeira?

Koll viu o campeão empunhar na sua mão direita a arma explosiva, na esquerda a arma laser. *Ele consegue mirar com ambas as mãos*, percebeu, aliviado. *É um combatente nato, queira Deus que domine o insurgente e nos livre desse pesadelo.*

Houstand encostou-se próximo ao portal, onde teria um mínimo de abrigo, ao invés de se lançar no espaço entre os dois montes. Ora fixava no monte menor, onde acima andava Hórus, às escondidas, ora nos dois lados do corredor, onde o assassino poderia surgir. Resolveu atirar no topo do monte menor com o explosivo, causando um pequeno desmoronamento de gelo.

– Apareça, assassino! – gritou Houstand. Voltou a atirar, agora com as duas armas, a laser e a explosiva. Novo desmoronamento. Nada do inimigo.

Ele quer atrair o gelo insurgente para cá para desviá-lo de Hórus, pensou Koll. *Merda, isso não pode ser bom.*

– Koll, pegue sua laser e me dê cobertura. Vou atravessar a passagem e me juntar a Hórus em cima do monte – disse Houstand.

– NÃO! NÃO VÁ AGORA! – guinchou Crucis, pressentindo algum perigo. – Em algum lugar... lá em cima, o inimigo espreita.

– VOCÊ O VÊ? – berrou Houstand.

– Não, mas sei do que falo, sinto-o com o *poder* – sibilou ela. – Se você se lançar agora, não vai durar dois segundos... Será um homem morto – disse, franzindo o cenho e respirando fundo, farejando o odor do perigo.

– Mulher sobrenatural, o que vamos fazer então? – gritou sem resposta.

Houstand tinha muita coragem, mas não era louco. Diante de um inimigo invisível preferiu seguir as recomendações de Crucis e esperar que ela desse o sinal. Em cima do monte, Hórus finalmente conseguiu ver o inimigo pelas costas, a uma distância muito longe, a enfrentar Joff que, embora ferido, lutava. Lembrou do seu treinamento *sniper* e resolveu atirar. Não haveria outra oportunidade. Atirou com a potente laser e viu o inimigo pegar fogo e, logo em seguida, explodir. Não poderia ter ficado mais surpreso, pois parecia ter disparado contra um robô, ao invés de um ser humano. Não teve mais tempo. Como se tudo acontecesse no mesmo segundo, alguém o agarrou por trás e o jogou monte abaixo, num golpe formidável.

Perdeu os sentidos.

A queda do astucioso detetive soou como um mau presságio.

Houstand correu em direção a Hórus atirando com ambas as mãos. Koll se virou e, de súbito, percebeu que Crucis não estava mais com ele. Viu Houstand arrastar o corpo de Hórus para junto do monte pequeno, visando tirá-lo do campo aberto. *Crucis teria entrado na caverna?*, pensou Koll. *Ou... Ou então...*

Crucis caminhava agora por cima do tal monte que se opõe à entrada da gruta. Chegou junto a Craig e viu que já estava morto. O que quer que o tenha atingido quebrara seu pescoço. Observou uma cratera ao lado, certamente feita por alguma arma, mas intuiu que se alguém ali tivesse caído, saíra em seguida.

Lindon Joff, escondido atrás de uma formação de gelo, percebeu o sinal que lhe vinha do potente radar de seus óculos. Alguém se aproximava dele, invisível aos olhos humanos, mas não do moderníssimo sensor dos seus óculos que captava imagens simultaneamente em *mais de mil comprimentos de onda* e os agrupava na poderosa lente. Enxergava perfeitamente, via um pequeno captador móvel que se comunicava com seus óculos, a feiticeira caminhando em sua direção. No momento certo a liquidaria facilmente. Com uma perna quebrada, movimentava-se devagar, mas suas mãos estavam livres. Pegou sua arma e, surpreso, estranhou a inimiga parando a sua frente, a uma distância de cinquenta metros.

Teria percebido o captador que coloquei sobre a formação de gelo? Não pode ser, é muito pequeno. Estaria me procurando? Ou o quê?

Foram momentos decisivos. Joff tinha sangue frio, nascera para a luta e era treinado para atuar *no mar, na terra e no ar,* mas imaginou ter ainda a vantagem da surpresa, pois se a mulher estava ali parada, exposta, era porque acreditava não estar sendo vista. Talvez estivesse tentando localizar algum ruído.

Ajeitou sua arma silenciosamente, mas não podia atirar por trás das grossas paredes de gelo, teria que agir muito rápido. E foi o que fez.

Em uma fração de segundo ele surgiu atirando, com uma pontaria de mestre, na direção em que a feiticeira estaria. Mas não a viu tombar. Foi virando-se e sentiu uma terrível queimadura no ombro, que caiu junto com a sua arma.

Crucis estava diante dele com uma pequena arma, agora apontada para sua cabeça.

– Você me viu parada diante de você? – perguntou friamente. O homem caído ergueu as espáduas para fitar a mulher.

– Você treinou o *damanchi*, não foi? *Tsc tsc*. Nada mal, mas consigo perceber você me respondendo pelo seu olhar. Túris tem que saber que vocês estão cada vez mais tecnológicos. Imagine um equipamento que enxerga os feiticeiros, ai, ai! Apesar disso tudo, eu sabia que você estava aqui, mas tive que esperar o momento exato para surpreendê-lo com meu *poder de translocação*, tão querido por nós do *Terceiro Poder*. É como os truques de magia. Para eu te surpreender, você tem que ter *um segundo* de *distração* e sua cabeça estar prestando atenção em outra coisa. Afinal, seria muito desagradável eu desaparecer e surgir atrás de você para tomar um tiro bem na cara. Já vi feiticeiros morrendo com uma *translocação* mal planejada. É horrível, sabia? Sua distração, inimigo de Túris, foi sair detrás do gelo para atirar em mim. Não foi? Você me deu o *segundo* que precisava, mas eu me arrisquei. Tive sorte.

Crucis observou a perna quebrada de Joff e disse em tom irônico:

– Isso aí me ajudou, te deixou com a velocidade que eu precisava, legal.

Joff nada dizia, só observava. Sabia que Houstand tentaria salvá-lo. Conseguiria a tempo?

– Está com a língua presa, não é? Essa arma pequeníssima fez um estrago terrível em seu ombro, e pode fazer outro pior – falou Crucis, enquanto calmamente a movimentava, ora apontando, ora afastando da cabeça do homem. A seguir, fez um leve movimento com a cabeça, olhou nos olhos do combatente e deu um sorriso sinistro. – Ah, acho que chegou a hora de eu vingar Túris.

Joff, o maior dos atletas, empertigou-se o mais que pôde, caído e mutilado como estava, disse que não era inimigo de Túris e que sua única falta foi tentar tirar fotos da gruta. Em sua mente corriam as lembranças dos belos lugares que conhecera, da família e dos amigos. Falava no seu idioma, o inglês, e implorou para que a espiã o ajudasse e o perdoasse de seu erro por achar que a gruta era abandonada.

A feiticeira fez uma careta horrível e sacudiu os cabelos brancos e brilhantes que cobriam seus olhos.

– Não entendo essa língua – respondeu com desprezo. – Tinhas que falar o meu idioma... – E, com extrema frieza, atirou em seu rosto.

Instantes antes, o grito de Joff, ao perder o braço, ecoara para baixo dos montes. O silêncio da imensidão antártica, quando se está longe da costa, era absoluto, de modo que, ainda que distante, foi percebido.

– Você não está ouvindo? – berrou Koll para Houstand, que ainda estava pateticamente junto de Hórus desacordado.

Houstand, entendendo que tentar reanimar Hórus agora seria fora de propósito, resolveu agir e escalar o pequeno monte, lamentando-se por não já ter feito isso antes devido à negativa da feiticeira. Rodeou a colina, procurando o melhor lugar para subi-la e, ao encontrar uma vertente menos inclinada, atirou com sua pistola lança-cabos em uma massa de gelo que aparentava solidez. Estava de costas, no meio da escalada, quando alguém lhe gritou, bem atrás.

– Não suba, você está preso!

Na posição incômoda em que se encontrava, só deu para se virar e observar o combatente *gelo* flutuar calmamente, com a arma bem às suas costas. Interrompeu seu rapel e desceu.

– Braços para trás! – A voz sintética lhe ordenava no dialeto francês de Monde, sinalizando uma derrota que a muito custo ele aceitaria. Imaginou que se livraria do agressor com um formidável golpe, mas, antes que pudesse esboçar qualquer reação, percebeu que fibras engenhosas, que pareciam ter vida própria, enlaçaram velozmente seus punhos, obedecendo a um comando do turisiano. Foi o fim. Suas armas lhe foram retiradas pelo inimigo e lançadas ao chão gelado. Desolado, Houstand não conseguia se ver livre do pensamento que o torturava. O lugar estava abandonado, não era vigiado, como aqueles caras vieram caçá-los?

Só podia ter sido traição... traição.

Koll permanecera na porta da caverna com uma arma laser, que preferia não ter que usar. Estava angustiado. Não podia ver o companheiro, mas escutara o suficiente para perceber que o encontro entre o assassino e Houstand acontecera longe da sua vista.

Será que ele... meu Deus!

Foi então que avistou Houstand contornando a geleira em sua direção com o adversário turisiano por trás dele, talvez o fazendo de escudo. Ficou imaginando o que faria. Fugir para dentro da caverna nada resolveria. Ao se aproximar, viu o gelo com a mão sobre a arma berrar usando o tradutor:

– Jogue a laser no chão!

Percebendo que não teria como enfrentar o oponente, Koll obedeceu. Procurou empertigar-se e esbravejou:

– Por favor, não sou inimigo, sou inocente! Somos velejadores, encontramos essa caverna. Só queríamos entrar, nada mais. Sou amigo dos gelos, trabalho...

– Pare! Não quero escutar isso.

Foi então que Koll percebeu que o inimigo era uma mulher-gelo. Não era Crucis, era mais alta. A mulher levantou com uma das mãos o capacete e o enrolou para trás. Seus olhos azuis encontraram os seus.

Koll ficou chocado. Perdeu o prumo. Suas pernas não paravam de tremer. Sua alma sufocava-lhe o peito.

– Não, não! É você? Como...

A garganta lhe premia o pomo-de-adão e o coração parecia querer explodir. Suava, desesperado. Encontrou forças ainda para gritar:

– Sizígia, você os matou?

Sem mostrar qualquer emoção, ela respondeu em voz alta e solene:

– Pergunte à sua mulher.

– Eu... eu não tive culpa! – exclamou.

– Não sou mais nada de você, e você não é mais nada meu. Acabou. Tudo acabou – respondeu secamente.

Nem uma lágrima escorreu dos olhos dela.

– Bela, você não está mais grávida. Nosso neném nasceu! – gemeu Koll.

– Ele morreu.

– Como? – Koll sentiu uma forte quentura no rosto, não conseguia conter a angústia que dele tomara conta. Seus olhos, encharcados, pouco se abriam, e neles nada havia além da mais profunda tristeza.

– Isso não é mais seu problema – respondeu a mulher. – Você vai ser julgado por Túris Antártica. E aí, o que vai acontecer... eu não sei.

– Sizígia, eu te amo. Te amo... como jamais amei alguém em toda a minha vida... – Koll buscava forças para falar com o nó lhe comprimindo a garganta.

Sizígia resolveu que era hora de parar com aquilo.

– Por que sua voz está tão presa? – esbravejou. – Lá em cima, ou em algum outro lugar, está a sua mulher, uma mulher demônio, a mulher que pedi para você esquecer, Crucis. Adiantou alguma coisa? Ela quer me matar, e sabe por que não vai?

Koll olhou, pasmo. Não conseguiria dizer nada nem que quisesse.

– Ela não vai me matar porque os reforços já chegaram! – gritou Sizígia.

– Estou cumprindo uma missão. Se ela tentar me matar, o juiz computador vai condená-la. Pena de morte, entendeu?

– O que vai ser de mim? – tentou Houstand uma pergunta com seu rude inglês das ruas de Monde.

– Em Túris não existem prisões. Você será investigado. O que vai acontecer depois eu também não sei – ela respondeu friamente.

Um veículo pousou verticalmente no corredor entre os dois montes do outeiro coberto de gelo. Koll voltou a rever Crucis, a primeira a entrar na nave, que se assemelhava a um moderno coletivo. Quatro homens-gelos transportaram os corpos para o interior, para depois fazer entrar Houstand, Koll Bryan e, por fim, Sizígia.

34 Poço do ouro

No hospital de Túris, na localidade denominada Poço do Ouro, na Terra Adélia, quatro corpos jaziam em uma cama de cristais de magnetita. Um deles era o do homem-gelo, que tinha sido atingido por tiros do potente laser e da arma explosiva de Craig e Joff. A médica, doutora Sedna, tentou revivê-lo, como é o costume da Antártida, toda vez que a roupa protetora é danificada e a pessoa perde os sentidos. O procedimento prescreve que, devido ao congelamento do corpo, os sinais vitais são parcialmente suspensos, criando a expectativa de poder fazer o paciente voltar. Entretanto, ela verificou que foram muitos os tiros recebidos, cinco ao todo, de armas muito potentes, de modo que os órgãos vitais haviam sido totalmente dilacerados antes de o corpo entrar em congelamento. Sedna jamais havia presenciado a morte de turisianos por humanos *sapiens*, por ser algo extremamente raro. Infelizmente, teve que declarar a morte do guardião e liberar seu corpo para estudos da Academia.

O segundo corpo a ser analisado foi o do atleta americano Lindon Joff, das forças Seals. Foram constatadas duas grandes chagas, mas que o tiro fatal foi aquele que atingiu seu rosto. Nada mais se podia fazer. O terceiro corpo foi o do investigador americano da marinha de guerra, Craig. O tiro que recebeu foi certeiro no coração. Ao reanimá-lo, doutor Topázio constatou que suas funções cerebrais tinham sido lesionadas ao ponto de não haver retorno e, por conseguinte, declarou-o morto. Ambos os corpos foram embalados em dois sacos cobertos por folha de alumínio para serem conduzidos à Embaixada australiana, que representava em Túris as nações do Ocidente.

O quarto corpo não tinha sido atingido por nenhuma arma. Sofrera uma queda de grande altura e se encontrava desacordado e com lesões. A doutora Sedna dirigiu o robô que fez a cirurgia no detetive Hórus. Terminada a cirurgia, ele foi reanimado e enviado à Academia para passar pelas investigações requeridas pelo tribunal.

Houstand e Bryan foram também investigados pela Academia, ainda na cidade de Poço do Ouro, um processo que levou não muito mais que trinta horas. A Embaixada australiana exigiu a liberação das pessoas envolvidas no incidente e, em especial, do seu funcionário, Koll Bryan. Também a Embaixada do Reino de Monde fez coro aos colegas da Austrália para a liberação de Hórus e Houstand. Quando os três invasores que sobreviveram e os corpos de Craig e Joff chegaram na cidade das Embaixadas, Cratera Nevada, os principais jornais do mundo já noticiavam o fato. Os sobreviventes foram retidos para o julgamento extraordinário, reservado aos estrangeiros que violam as leis de Túris Antártica.

A linha aérea que saía de Monde e passava pela Cidade do Cabo em direção a Melbourne, via Cratera Nevada, só tinha um único voo por dia, que era operado pela companhia dos *góis*, que utilizava um grande e moderno avião de dois andares com as classes executiva e luxo, ou seja, nada popular. No dia seguinte à chegada dos corpos em Cratera Nevada, os assentos disponíveis foram disputados em um concorrido leilão digital, tal era a quantidade de repórteres e funcionários governamentais que entendiam ser sua ida ao *país dos gelos* o que havia de maior prioridade.

Laura Lindabel, do conhecido pasquim de Monde, e seu cinegrafista estavam entre as pessoas que chegaram na cidade das Embaixadas. O julgamento foi marcado para dali a apenas dois dias.

Quando chegou o tão aguardado momento, somente os passageiros de países que tinham relações diplomáticas com Túris puderam assistir, no grande Salão Oval, à entrevista coletiva do gestor de Cratera Nevada sobre as conclusões da investigação. O gestor, cosmos Elipsum, por estar em missão no satélite lunar, foi substituído pelo seu superior militar, o cosmos Neso. Os demais não puderam entrar na cidade, e ficaram restritos às dependências do espaçoporto, onde muitos protestaram.

No Salão Oval, cosmos Neso procurou relatar as conclusões da investigação de forma sucinta, conforme o costume turisiano. Foi um relato oficial.

– Antártida, ano 199, dia de Saturno, 57 solar. – Ele iniciou. – Cinco homens se dirigiram a uma instalação abandonada de Túris com o propósito de violar a porta e adentrar em seu interior. Não se buscou autorização para esta operação. Os senhores Craig e Lindon Joff assassinaram o guardião, o homem-gelo que foi enviado em missão para averiguar o que cinco pessoas faziam em uma instalação de Túris, que acabava de ser violada. Por conta do crime, as mulheres-gelos, que também faziam parte da missão como guardiãs, atiraram nos assassinos, o que causou a morte de ambos. Senhor Hórus tentou impedir a ação da justiça e destruiu o agente robótico que ajudava os guardiões. Derrubado e ferido, foi operado e se encontra em bom estado. Os senhores Houstand e Bryan, também invasores, renderam-se à guardiã, agente da justiça.

Os que ouviam o relato estavam apreensivos, pois sabiam que era a primeira audiência desse tipo que ocorria em mais de vinte anos. Cada um esperava sua vez para perguntar ou contestar.

– Seguem as conclusões – continuou Neso. – Os corpos dos agressores que assassinaram o guardião de Túris serão imediatamente devolvidos para ser repatriados. O funcionário da Embaixada australiana, Koll Bryan, confessou sua culpa e, portanto, o tribunal não lhe imputou nenhuma pena pela invasão. Para isso concorreu também o fato de ele não ter feito uso de sua arma. Por ter violado a ética diplomática, senhor Bryan não poderá mais permanecer em Túris e terá seu passaporte confiscado para sempre. Houstand de Monde e o egípcio mondino, Hórus, declararam-se inocentes, alegando terem invadido uma instalação que não pertencia a Túris, uma vez que supuseram ter sido ela construída por insurgentes. O *sistema Juiz* esclareceu que pertence de fato a Túris todo o patrimônio construído por gelos, e afirmou que, embora delinquentes possam *ocupar ilegalmente* instalações abandonadas, essas serão sempre turisianas. Tentar violar uma instalação nossa é considerado crime contra a propriedade do povo. Portanto, os réus Houstand e Hórus foram considerados culpados e não poderão deixar a Antártida até pagar a pesada multa, a ser estipulada em lingotes de ouro. Mas a pena de Hórus deverá ser revista, pois o sistema requisitou uma nova investigação, por terem sido ele e o falecido Craig os organizadores estratégicos da expedição ilegal.

Os repórteres fizeram diversas perguntas, mas o cosmos Neso não foi muito além do que já havia dito, somente variando um pouco as palavras. Laura Lindabel perguntou sobre a contratação de advogado para interpor recurso e permitir a defesa e análise do contraditório. Neso respondeu que em Túris não existem advogados, pois é o próprio réu quem dá entrada nos recursos. No caso em questão, por se tratar de estrangeiros, qualquer recurso tem que acontecer via a Embaixada. Por fim, Neso declarou que os autos do processo já estão à disposição das quatro Embaixadas na Antártida, no idioma gelo e *internário*, os dois únicos oficiais de Túris. Dito isso, foi dada por encerrada a cerimônia.

Na representação de Monde, Laura conseguiu os autos do processo de Houstand e Hórus, transcritos para o *francês* pela própria Embaixada. O material era farto de informações do sistema e até dos próprios réus, além de conter a sentença, a base, os pressupostos e os fatos. O que admirava era que toda a investigação não durou mais do que dois dias e a sentença saiu em minutos. O que Neso fizera mais tarde, durante a reunião, foi tão somente divulgá-la.

– Como produziram esse processo tão rápido? – perguntou Laura ao embaixador de Monde, Raweyl Di Lucca.

– Aqui é assim. Eles acham que são os melhores do mundo, mas se você observar bem, perceberá evidências de que a maior parte das informações prestadas pelos réus foram obtidas por meio de hipnose ou algo semelhante. Para nós isto é ilegal, para eles não.

– A Embaixada fará agravo ou apelação?

– É bem complicado por dois motivos – respondeu o embaixador. – O primeiro é que não temos especialista em matéria do direito público externo de Túris, aquele que é aplicado aos estrangeiros. Você sabe, Túris... não segue as leis internacionais da Terra. A segunda dificuldade é que o agravo ou a apelação só pode ser feito se aparecerem fatos novos que não foram considerados no processo.

– Eles podem dizer que pensaram estar combatendo insurgentes, inimigos de Túris – objetou Laura. – Estariam prestando um serviço à nação, não é?

– O direito de Túris leva pouco em consideração as intenções dos infratores. O foco está nas evidências.

– Eles não conseguiram provar que a caverna foi encontrada?

– Essa prova seria para o julgamento do sequestro em Monde, não para este aqui – respondeu o embaixador.

– Verdade, mas pelo que eu soube eles conseguiram.

– Embora Houstand tenha reconhecido o lugar como sendo o do seu cativeiro de dez anos atrás, não reconheceu quase nada do interior da caverna. As fotografias e filmagens que disseram ter feito no interior foram confiscadas ou destruídas, e ficaram sem registros, só temos as da parte externa, pois foram transmitidas em *tempo real* para os satélites.

– Mas o que é isso? Os gelos não podem reter esse material, podem?

– Aqui eles fazem o que querem – respondeu Di Lucca, franzindo as sobrancelhas. – Mas o pouco que foi obtido servirá certamente para o processo de Monde.

Então a secretária do embaixador se aproximou e lhe entregou uma nota. Ele fez um sinal com a cabeça e virou-se para Laura.

– Está vendo? Acabo de receber a informação de que as fotos e as filmagens do exterior da gruta foram reconhecidas pelos impetrantes do processo em Monde, o barão Richo, o professor Daniel, o senhor Odetallo e a doutora Íris.

– Ah, eu sabia que eles reconheceriam o outeiro, as fotos ficaram ótimas. – A jornalista vibrou e deu um soco na própria mão.

– Eu já imaginava – sorriu Di Lucca ante o gesto descontraído da mulher.

– Embaixador, voltando à questão da defesa na Antártida, eles podem alegar que a ação do grupo foi tão somente para elucidar o terrível caso de morte e sequestro de humanos *sapiens* por feiticeiros e monstros dos gelos, uma vez que Túris Antártica tirou toda responsabilidade do Estado nessa barbárie, que foi amplamente divulgada pela imprensa internacional?

– Senhora Lindabel – disse o embaixador Di Lucca –, um ano depois do sequestro tentamos abrir na Antártida um processo sobre esse caso, mas o sistema não aceitou colocar Túris como réu nem que se abrisse uma investigação sobre os monstros, porque os *sapiens* feriram uma cláusula do direito turisiano, que diz que *um processo quando aberto em tribunais humanos não pode mais sê-lo na Antártida*. Sinto lhe dizer, Laura, que o direito de Túris não nos favorece em nada. Só nos resta a política. Mas nosso país, o Reino de Monde, não quer se indispor com Túris, a não ser que surjam evidências da participação do Governo turisiano.

– Que bem os turisianos nos trazem? Nada, nada mesmo. Nunca vi... – o embaixador Di Lucca deu um sorriso para a jornalista.

– Não é bem assim. O relacionamento entre os gelos e o reino acontece de maneira forte no serviço secreto. Não posso falar muita coisa, mas você sabe que Monde foi, inclusive, alvo de uma invasão de feiticeiros, não sabe?

– Sim, mas eles demoraram muito para ajudar Monde.

– Porque Monde e a própria Túris não querem violar os tratados internacionais que proíbem trazer naves espaciais da Antártida para cá. Então, foi uma ação que aconteceu mais na logística.

– É, eu sei. E nosso reino criou a primeira Embaixada dos gelos na Terra nos tempos da antiga rainha. Túris deveria nos tratar melhor.

– De nossa parte, a relação do Governo com os gelos tem sido exemplar. Da parte deles, posso dizer que este caso do sequestro destoou de *tudo* o que foi trabalhado pelas duas nações. É por isso que sinceramente acho que foram *delinquentes*, não o Governo.

– *Tudo*? Tudo o quê? Eu não vi nada ainda – retrucou Laura, contestadora que era.

– É o que lhe falei, Laura. O relacionamento entre nós acontece na área da inteligência, por isso não é divulgado. Você quer perguntar para a rainha Regina que chefia a inteligência? Ou vai perguntar ao rei? – Deu um risinho debochado.

– Olhe que eu vou mesmo, hein? – Deu uma risada. – Agora estou entendendo. Esse Governo formado há quase quarenta anos tem uma rainha que não é exatamente humana, então a diplomacia com os gelos se torna muito importante para o caso de as nações *normais* querer nos boicotar.

– Pare, por favor, não vá inventar essas coisas – advertiu Di Lucca seriamente.

– Desculpe, estava só pensando alto. – Ela deu um sorriso amarelo.

– Bom, senhora, a verdade é que todos os povos da Terra temem os gelos. Ninguém pode contra eles, sinto dizer.

Neste momento, entrou a secretária para lhes servir um chá de algas bem quente com biscoitos da África do Sul.

– Vamos tomar logo isso aqui – disse Di Lucca –, pois tenho que fazer outro atendimento.

– Não, espere aí... Embaixador, a mulher-gelo, Crucis, os ajudou. Sem ela não teriam entrado na gruta.

– O relatório da investigação a incluiu entre os guardiões.

– Mas isto é mentira. Os autos factuais confirmam que foi ela quem abriu a porta da gruta para eles. Se ela fez isso é porque considerou que a causa dos *mondinos* é válida. Vamos agravar para que seja ouvida neste caso.

O embaixador sacudiu a cabeça, sorriu novamente e, após terminar de tomar seu chá, disse:

– Você é muito inteligente, Laura. Mas, infelizmente, o direito turisiano foi feito para eles, nada fará para nos proteger. Por isso o direito não permite que se arrole uma testemunha interna. Essa feiticeira... Não se esqueça de que ela ajudou a matar os americanos. Essa mulher agiu como se fosse uma agente dupla, uma pessoa perigosa.

– É o pior tipo de gente. Mas se ela é uma agente dupla, o Governo está envolvido até o pescoço. Para mim isso parece que eles estão com medo de que a gente descubra alguma coisa.

– Talvez sim, mas só fiz uma suposição. Na verdade, Túris usará isto como um recado para as nações da Terra, para que nunca mais tentem invadir algum sítio seu, ainda que abandonado, entendeu? Ficará no plano da política internacional.

– Embaixador, então, para terminar, você não vê nenhuma possibilidade de a Embaixada exigir o depoimento dessa feiticeira, essa agente espiã, ou seja lá o que ela for. O mundo vai querer saber. Digo com certeza e assino abaixo.

– Creia em mim, faria isso se pudesse. Essa mulher, pelo que li nos autos, deve estar encrencada; se estivesse mesmo trabalhando com o Governo poderia ter evitado a morte do guardião. Acho que ela agora deve estar querendo salvar a própria pele.

Crucis não foi para Cratera Nevada. A audiência do seu julgamento aconteceu em Poço do Ouro; portanto, fora do alcance da mídia internacional. A sala era pequena. Crucis entrou pela porta de trás, acompanhada apenas por um guardião, um homem-gelo que fora designado para vigiá-la. Foi então que, pela porta da frente, entrou um homem com longa capa em cor marsala, detalhes em azul e insígnias em rubi e safira.

– Magistrado! – Crucis ergueu as duas mãos para o alto, uma saudação informal costumeira entre os feiticeiros, ao ver diante de si um dos conhecidos líderes da Magistratura, Albor Digume.

– O *Sistema Juiz* concluiu seu julgamento e emitiu a sentença – disse o recém-chegado.

– Mestre, desculpe-me. Só quis ajudar Túris – ela disse, preocupada.

– Tarde demais – respondeu o velho magistrado, mirando-a com as grossas sobrancelhas caídas sobre os olhos azuis. – Em Túris, todos os três poderes são julgados pelo sistema. Por estar casualmente em Poço do Ouro, fui designado pelo príncipe-magistrado, Leucon Gavião, para ouvi-la e colocá-la a par da investigação e da decisão do juiz.

– Leucon, o maior dos turisianos – murmurou, sem esconder sua admiração. Com os dedos a apalpar o anel, Crucis lamentava, em seu íntimo, que em seu mundo um *sistema* pudesse substituir um competente magistrado turisiano.

O magistrado sentou-se em uma cadeira de espaldar alto e projetou diante de si, o que leria:

– Antártida, ano 199, dia de Sírius, 60 solar. A funcionária da Magistratura, Beta Crucis, comprometeu-se com o agente estrangeiro australiano, Koll Bryan, a lhe abrir o portão de uma gruta turisiana abandonada há vários anos. Para isso, conseguiu intencionalmente que a colocassem em uma missão próxima, de forma que o sistema a liberasse os códigos de abertura dos lugares ao redor. Encontrou-se com os delinquentes e abriu a porta. Uma vez dentro da gruta, cuidou de inutilizar as imagens ali gravadas, e de que a memória da testemunha no local ficasse confusa. Após o assassinato do guardião turisiano, aceitou ser nomeada guardiã pelo sistema, perseguiu e matou o agressor Lindon Joff, que tirara a vida do defensor.

– Agora, senhora Crucis, vou lhe passar as conclusões do juiz.– A feiticeira suspirou, estreitou os olhos e mordeu os lábios. Estava nitidamente inquieta e nervosa.

– Beta Crucis tomou uma atitude ilícita ao planejar abrir a porta da gruta para os invasores estrangeiros. Tornou-se cúmplice deles. Limitou sua ilicitude ao confundir os transgressores e inutilizar as imagens dentro da gruta. A ré alegou inocência, pois não previu que o comando enviaria guardiões e que estes seriam assassinados. Culpou a guardiã Sizígia, que teria feito a denúncia irresponsável motivada por ciúmes. A ré alegou vontade de colaborar ao aceitar a missão de guardiã e matar um perigoso transgressor. O sistema entendeu haver conduta muito grave e punível cometida pela ré. Franqueou uma instalação turisiana por motivo torpe: atrair o agente estrangeiro para que a servisse em seus envolvimentos amorosos. A pena, considerando os atenuantes, é de trabalho forçado por dois anos, sem nenhuma folga. Fica estipulado que outro comportamento semelhante acarretará à ré, Beta Crucis, a sentença capital.

Crucis não acreditou.

– Dois anos é muito tempo! – retrucou. – Não fosse por aquela mulher, eu teria feito um bem a Túris e não teria sido condenada. Isso é injusto!

– Você não estava em missão, ajudou os bandidos e causou a morte de um de nós. Você nada tem de inocente – respondeu o velho Albor.

Crucis gritou.

– Eu não posso ser condenada por isso... – Pôs-se a varrer o ar com as mãos. – Uma máquina idiota da Academia. Cadê os juízes? Chame-os agora! Vou interpor recurso! Quero falar com o ministro Leucon Gavião, não posso ser prejudicada pelo ciúme de uma vadia!

O magistrado levantou-se, irritado.

– O ministro não vai poder julgá-la e lhe dar outro veredito. Desde que os gelos vieram para este planeta, nós, da Magistratura, perdemos o poder de julgar, você sabe muito bem disso. A exceção dá-se quando o recurso visa evitar uma pena capital. Felizmente, para você, não é o caso.

– Mestre, você sabia que Sizígia estava entregando segredos de Túris para o amante australiano? Em nossa lei, a pena prevista para isto é a morte. Desconfiei que Bryan queria muito investigar a gruta para se envolver em nossos negócios. Ele esteve até em uma base submarina com ela para desvendar nossos segredos.

– Bryan já foi investigado. Você fala demais. Não fosse por Sizígia esse crime não teria sido descoberto.

– Por favor. – A feiticeira esforçava-se para falar com calma. – Ele entrou na logística australiana só por causa dela. Foi tudo combinado entre eles. Ele é um espião. E ela, é o quê? – voltou a gritar.

– Tenha calma! – O velho foi áspero. – Fale a verdade. O que a motivou a ajudar os estrangeiros?

Crucis grunhiu. Fechou os olhos e respirou fundo para se tranquilizar.

– Eu só estava querendo descobrir o que aquela mulher tramava com o espião australiano. Eu tinha que me infiltrar naquela relação e...

– Mentira! O que a moveu foi o *ciúme*. – Fez uma expressão de nojo. – Queria o espião só para si. Um crime banal, passional, o delito mais comum em Túris, nada mais nobre que isso.

– Você, meu velho, desonra a Magistratura como um corno! Seu dia e o dos zumbis que o acompanham chegará! – gritou com fúria.

O velho magistrado se foi. Na mente da acusada não havia remorso, somente ódio, um sentimento que a perseguiria durante os dois longos anos de trabalho ininterrupto.

Mataram o guardião errado, era para ter sido ela, Crucis chorou raivosa, sacudindo a cabeça e puxando os cabelos, inconformada.

♦ ♦ ♦

Koll Bryan encontrava-se na Embaixada arrumando sua bagagem. Viajaria no dia seguinte. O embaixador o avisou que alguém desejava lhe falar, mas que só deixaria a pessoa entrar na Embaixada com seu consentimento. Koll ficou surpreso, disse que não podia atender ninguém. Mas, quando soube quem era pediu que a deixasse entrar em seu escritório. Seria seu último despacho, pois no dia seguinte, cedo, protocolaria a entrega das chaves. Seu Governo encontraria logo um outro chefe para a logística, "melhor que ele, certamente". Sentou-se em sua poltrona no gabinete pela última vez.

– Oi. Vim me despedir. Se quiser, saio agora mesmo. – Apontou a porta.

Koll suspirou, e com as duas mãos ajeitou o cabelo para trás. Ganhou coragem e encarou a mulher.

– Não. Não saia. Você não teve culpa de nada. Quem errou fui eu. Fui um tolo. Traí a mulher que amava... traí nos negócios e traí com uma feiticeira louca. Então, vou embora amanhã para nunca mais voltar.

– Muito bem... Não vim aqui para condená-lo – respondeu a mulher.

– Não? É que... Você me avisou que parasse com investigações, com perguntas. Avisou que Túris poderia me bloquear. Hoje entendo o que você me disse na base submarina. Esse meu negócio de trabalhar na inteligência de outro país e sair visitando diversos lugares... Você me avisou, mas eu continuei. Perdi tudo. Fui ambicioso. Quando pedi para trabalhar na Embaixada, pelo apoio que Jimmy me dava, não imaginava que aquela *raposa* me ofereceria o cargo de *chefe da logística*. Fiquei muito lisonjeado, mas hoje percebo que essa oferta só me foi feita porque eu... eu e você... nos amávamos.

– É... o que nos torna felizes.

Koll assentiu levemente com a cabeça.

– Eles queriam *tirar proveito* disso. Mandaram-me fazer vários cursos, até treinamento na CIA, e isto foi mudando minha cabeça. Sou o cara mais idiota do mundo, não percebi que estava sendo usado. Vi-me diante de uma oportunidade para desvendar um mistério de dez anos e me senti feliz com isso. Na verdade, nunca me julgaram talentoso... Eu é que fui um tolo, e por isso... perdi a melhor mulher do mundo.

Koll sentiu um nó na garganta, engasgou, não pôde terminar. As lágrimas escorreram suavemente pela sua face, mas não escondeu o rosto nem sua vergonha. Estava muito arrependido.

A mulher-gelo moveu levemente a cabeça. Olhou para ele. Continuava em pé, e ele sentado. Apoiou uma das mãos na parede e relaxou uma das pernas.

– O amor é uma coisa complicada. Eu te avisei para tomar cuidado, Koll, falei sobre isso em Termas do Oitante, mas você não me ouviu. Aqui em Túris também há pessoas ruins.

– Olha – disse Koll –, você poderia ter morrido por minha causa. Os americanos que vieram comigo eram muito habilidosos. Jamais erravam um tiro. O guardião não teve chance alguma. Poderia ter sido uma guardiã... Você! Eu não iria mais querer viver, juro. Você o conhecia?

– Não, só de vista. Ele tinha amigos. Nossa abordagem foi semelhante à de vocês, ou seja, ocultar um de nós em outro lugar. Só que, quando mataram o guardião, eu sabia que teria que ficar, o mais possível, invisível para os sentidos humanos e para os equipamentos sensíveis que os americanos usavam, o que é bem difícil. E vocês levaram um feiticeiro, o que complica muito as coisas.

– Feiticeiro? Não!

– Não sabia? Hórus, um feiticeiro detetive perigosíssimo.

– Juro, juro que não sabia. Parecia uma pessoa tão razoável, amiga.

– Bom, se eu também não fosse feiticeira... Não estaria aqui, certamente teria sido morta, ou pelos *marines* ou pelo egípcio. Olha, sou muito boa. – Mexeu a boca como se fosse sorrir. – Poderia ter matado Hórus pelas costas, mas eu o conhecia. Foi em Cratera Nevada, lembra-se? Arrisquei minha vida para jogá-lo morro abaixo.

– Você é a pessoa mais maravilhosa que conheci em toda minha vida. Matou os Seals, mas não teve culpa nenhuma, eram eles ou você.

– Não, quem matou Lindon Joff não fui eu. Foi Crucis. Eu te avisei para não confiar nela.

Koll foi ficando cada vez mais chocado.

– Os *marines* eram muito bem treinados, mas não sabiam de mim. Então, aproveitei o único momento que teria como... o *elemento surpresa* e, visto que estavam afastados, atirei ao mesmo tempo em Craig e Joff, duas miras simultâneas, com as duas armas, a *magnética* e a laser. O potente laser turisiano fulminou Craig, e a *magnética* quebrou o gelo por baixo de Joff, que caiu e quebrou uma perna. Não fui atrás de Joff, incumbi o robô de vigiá-lo, pois minha vida estava em real perigo, sabia que teria agora em meu encalço o mago egípcio de sangue frio, ardiloso e sagaz detetive.

– Nossa! Minha bela, por que não me deixou morrer naquele dia em que a nevasca me derrubou e me soterrou?

Sizígia deu de ombros e nada disse.

– Não te culpo de nada. Perdi tudo o que amava: você e a Antártida selvagem. O último santuário da Terra. – Koll se ajeitava na cadeira. – Vocês, gelos, estão certos. O continente está lindo, ambientalmente preservado. Se fossem os *sapiens* a fazer na Antártida uma civilização tecnológica como a de Túris, nada teria sobrado. Nós somos predadores e...

– É sobre nós que vim aqui te falar, não sobre o mundo – Sizígia o interrompeu, encarando-o. – Você transou com ela para conseguir o que queria.

Não podia ter sido mais direta. Koll sentiu o sangue subir.

– Não é isso – ele bufou, exasperado –, nunca gostei dela, só queria informações sigilosas da Magistratura! Eu me comportei seguindo o treinamento que me deram na logística.

– Não precisa se explicar! – falou bruscamente. – Eu já sei. Ela sempre foi assim, desprezível, quando quer transar com alguém ou deseja um favor, mas achei que você era diferente. E me enganei. – Virou o rosto e olhou para a parede, apoiando-se com uma das mãos para não se emocionar.

Koll, ainda confuso, percebeu que Sizígia continuava de pé.

– Sente-se. Sente-se, por favor – pediu ele.

– Obrigada, não quero.

– Sizígia... eu... eu queria saber por que te mandaram nessa missão contra nós? A gente só ia fotografar, só isso.

– Amanhã você entregará seu anel para as autoridades de Túris. – A mulher se aproximou, encostou sua mão na dele e fez os anéis se tocarem. – Eu segui você com isso. – Piscou um olho.

Koll sentiu um arrepio, ficou pálido.

– Anel com anel. Você colocou um programa seguidor no meu. – Riu nervosamente. – Fui espionado. Por quê?

– Sabe por que fiz isso? Você estava muito diferente... Então eu lhe perguntei o que faria se uma bonita sentasse no seu colo. Pela sua reação, percebi que estava me traindo... me traindo com a feiticeira da Magistratura, aquela cobra cheia de perfídia.

Ele piscou os olhos, mas não negou.

– Foi pela missão. Não estou me desculpando, mas me monitorar foi ruim, não foi correto. – Koll inclinou a cabeça e olhou para ela.

– Correto? Tenho mais para lhe falar, não é só isso. Lembra-se quando eu te disse que a Academia não o permitiria ir à Cidade de Cristal? O que você fez?

– Quê? Eu fiquei muito confuso e passou muita coisa pela minha cabeça. Acho que cochilei.

– Eu peguei você no colo e o coloquei no sofá. Você murmurou algumas coisas sem saber. Foi então que descobri que você tinha um plano. Um plano contra Túris... Não tem graça nenhuma, não é? Eu não poderia ocultar isso do Governo, nunca...

– Não vou culpá-la, eu queria só ajudar os caras, mas... nunca imaginei que morreria um guardião. Eu me desculpei no tribunal. E já que você não quer se sentar...

Koll levantou-se e se aproximou de Sizígia. Olhou para sua barriga reta e para seu traje de sempre, e perguntou:

– Eu te imploro, me diga, onde está nosso filho?

Sizígia moveu os olhos com tristeza. Dava para perceber seu rosto agora avermelhado.

– A Academia... Não gosto de falar nisso, mas vou. Fui na Cidade de Cristal fazer o pré-natal obrigatório. Seria o último antes do nascimento. A Academia resolveu que ele não iria nascer pois não tinha os 150 de QI necessários. Fiquei magoada, mas é a lei. Estão cada vez mais exigentes. Antigamente exigiam só 140. É uma droga, fiquei grávida à toa.

Koll viu uma lágrima no rosto da mulher, percebeu que estava sofrendo. Agora seria sua vez de ajudá-la. Então, com os olhos fixos nela abriu um inesperado sorriso.

– Você não teve culpa. Sabe o que é isso? O *filósofo*!

– Sei, Platão! – respondeu ela com um estalo de dedos, sorrindo enquanto uma lágrima escorria pelo seu rosto.

– Foi ele quem disse: *É preciso que os homens superiores se encontrem com as mulheres superiores, o maior número de vezes possível... e que se crie a descendência deles, e não a dos inferiores... para que a grei dos guardiões fique isenta de dissensões.*

Sizígia riu, riu novamente, para aliviar o aperto que ainda sentia logo abaixo do peito. Sacudiu a cabeça, como quem quisesse afastar para bem longe os pensamentos que a entristeciam.

– Nunca vou me esquecer de você e seu filósofo... Mesmo sabendo de você e Crucis, jamais tiraria o bebê. Nunca! Não concordo com essas decisões dos nerds da Academia. Fui obrigada, não me perguntaram o que eu queria... Eles nunca perguntam.

Fez-se silêncio. De repente, ela notou uma tristeza incomum tomar conta do homem.

– O estado turisiano não o criaria, mas eu sim, na Austrália... Platão permitiu isso em seu livro. Escute o que ele escreveu – apanhou o livro e foi lendo com os olhos rasos d'água:... *se nascer algum filho inferior aos guardiões, deve ser levado para as outras classes, e, se nascer um superior das outras, deve ser levado para a dos guardiões.* Koll não conseguiu mais conter as lágrimas. Deixou cair o livro ruidosamente no chão e chorou profusamente, desta vez com o braço sobre o rosto.

Sizígia contraiu o maxilar e as sobrancelhas. Resolveu não se emocionar mais.

– Olha, acabou, não quero mais ouvir coisas tristes. Eu te falei no nosso último encontro, antes de ir à Cidade de Cristal, lembra-se? Túris não autoriza que um gene gelo seja criado pelos *sapiens*. No dia em que os humanos da Terra aceitarem meu povo e reconhecerem os direitos dos gelos sobre o continente branco, tenho certeza de que a Academia autorizará. Vai ser um tempo de mudanças. – Ela abriu os braços, como quem fosse abarcar o mundo. – E gelos e *sapiens* se casarão e viverão em todo o lugar.

A mulher branca deu-lhe as costas e se dirigiu calmamente à porta, abrindo-a. Virou-se para ele e disse:

– Adeus.

– Você não vai me perdoar?

Ela mexeu com o ombro e a cabeça.

– É uma palavra que não existe no meu idioma. No meu mundo... a gente é responsável por tudo o que faz. Mas, se perdoar é esquecer, eu prometo esquecer.

– Nunca mais nos veremos, não é mesmo? – indagou Koll, tentando buscar alguma esperança.

– Talvez. Se um dia me mandarem em alguma missão na Austrália eu te ligo. Verdade. Mas acho que você já estará gordo, com uma família e um menino no colo, assistindo televisão enquanto se delicia com hambúrgueres e batatas fritas. – Ela sorriu. – Seu coração é bom. Torço por você.

Piscou os olhos, mandou-lhe um beijo e se foi.

35 O tribunal do marreta

Os dias que ficaram para trás desde o julgamento foram os que cabem em uma semana de Túris, ou seja, dez dias. Para Hórus, que esteve dormindo por uns três dias, induzido que fora por máquinas turisianas, era como se estivesse aguardando o veredito final há sete dias. A suíte isolada onde se encontrava não parecia uma prisão. A cama era confortável, o banheiro muito bem limpo, a sauna tinha banheira de água fria a dez graus centígrados, que era compensada pelo vapor quente. A comida chegava regularmente pela parede, dentro de uma pequena cápsula higienizada, e era sempre saborosa, com muitos mariscos das orlas antárticas. Não fosse seu confinamento, de nada poderia reclamar. Às vezes encontrava-se pensando em como foi enganado por Sizígia e atacado pelas costas, quase ao mesmo tempo que disparava contra um robô que o fizera crer ser um homem-gelo. Mas agora percebia que tivera muita sorte, porque, se a matasse, em vez do robô, sua vida não valeria um centavo na Antártida.

Hórus era um grande detetive, tendo feito carreira no Egito e em vários países. Acumulara experiência e um bom capital, que daria para viver confortavelmente, mas agora a situação era outra. Pelo pequeno canal de comunicação só interpelava autômatos, que nada sabiam sobre o tempo que permaneceria ali nem qual era a acusação. Não havia TV3D, internet, telefone, nada que pudesse usar para falar com alguém ou contratar um advogado. Nenhum instrumento lhe foi permitido conservar, não sabia que horas eram e talvez nem o dia, a quietude do seu recinto era completa. Às vezes batia palmas para ter a sensação de que alguém o chamava. O grosso cristal da janela do quarto da suíte permanecia sempre escuro. Não passava luz alguma, e ele sabia que, se fosse um homem livre, a janela de cristal se tornaria transparente. Angustiado como estava, foi com grande satisfação que recebeu a notícia do comunicador robótico de que seria levado a julgamento em trinta minutos.

Foi conduzido por um robô à sala de apelação, onde se sentou. Em poucos minutos uma porta lateral se abriu e entrou um guardião, seguido por uma mulher-gelo que portava o traje universal e uma capa branca. Quando Hórus viu quem era a mulher, seus olhos se contraíram e uma vermelhidão subiu-lhe involuntariamente pelo pescoço. Sentiu um aperto horrível no coração.

Estava desolado.

Não pronunciou uma palavra. Diante dele estava Termala, a embaixadora do Reino de Monde, que ele tanto afetara com suas notícias fabricadas.

– Antártida, ano 199, dia de Saturno, 67 solar – ela iniciou, após sentar-se à mesa do togado. – Seguem agora as conclusões da segunda investigação, à qual se acrescentará os delitos já apontados, de invasão de propriedade e agressão armada, impetrados pelo agente estrangeiro Hórus: o agente planejou o ataque às instalações de Túris e ajudou na preparação dos agressores. Também foi ele, detetive e mago habilidoso, quem tramou com o marginal Tobruk para que este se tornasse uma testemunha falsa contra o Governo turisiano no caso do sequestro e morte de atletas. Conhecedor do fato de que a testemunha seria desmascarada, aproveitou-se do momento em que a mídia estava dando publicidade ao caso para secretamente envenená-la, apagando qualquer chance de a verdade ser confrontada. Para ainda avalizar e dar corpo à acusação e imputar novos crimes ao Governo turisiano, resolveu utilizar-se do *suposto* agente neurotóxico *xinyaowu*, pelo fato de esse produto químico possuir um composto desenvolvido por Túris facilitando a associação do ato criminoso com o povo da Antártida.

Hórus viu seu mundo desabar. Já se arrependera de ter pego este caso, a pedido de Odetallo, mas arrependimento era a última coisa que interessava em um julgamento turisiano.

– Uma vez que a investigação foi concluída, segue agora o veredicto do sistema juiz.

Pronta para concluir, Termala escutou o silêncio ser quebrado por um pigarro de Hórus.

– Eu gostaria de falar – disse ele, impaciente, levantando a mão. Termala fez com a cabeça que não, e continuou.

– O réu Hórus foi considerado culpado dos graves delitos apurados e de tramar e criar situações para denegrir a imagem de Túris perante as nações, com o propósito de ganhar uma causa favorável na justiça. Os atos praticados pelo réu, além da difamação, servem à causa do mito e do preconceito contra o povo turisiano, gerando *gelofobia* e fomentando a guerra contra nós. Por estas razões, o juiz determinou que aplicasse ao réu a pena capital.

Termala parou de ler e olhou para o homem sentado na cadeira diante de si. Hórus abaixou a cabeça e pôs uma das mãos sobre a testa. *Por quê? Por que me meti nisso?*

– Você está bem encrencado – disse Termala. – Se o julgamento fosse em Monde, talvez pudesse ser mais brando. Você envenenou um homem que estava sendo interrogado. Veja... foi um ato muito grave.

– Eu peço perdão – implorou ele. – Dê-me uma chance.

– Você se declara culpado ou inocente?

Hórus viu-se em uma sinuca. Uma declaração de inocência não o livraria da sentença do computador, já uma declaração de culpa poderia lhe dar oportunidade de se explicar e tentar obter atenuantes, caso conseguisse provar que sua participação nas acusações foi exagerada pela infeliz coleta de dados que alimentou o sistema. Optou pela segunda possibilidade.

– Eu... eu, de fato, fiz *umas coisas* erradas.

– Assassinou Tobruk?

– Sim, mas... ele era um bandido. Tinha cometido crimes horríveis. Seria condenado à morte de qualquer jeito, entende?

– E onde você conseguiu o *xinyaowu*?

– Eu trouxe comigo do Egito. Era um frasco muito pequeno... do tamanho dos usados para perfume.

– Era uma arma biológica? De destruição em massa?

– Não. Eu não disse isso.

– Mas a grande mídia propagou essa acusação pelos sete continentes e pelos oito ventos! – Termala gesticulou com uma das mãos e manteve a outra sobre a mesa do togado.

– Não sei de onde tiraram isso... Não acusei vocês. Foram os investigadores e a mídia, esta... Eu vou te dizer, nessa hora, só querem saber de reportagem e auferir lucros. – Hórus deu de ombros.

– Mas você sabia que, ao matar o suposto delator, a mídia cairia em cima de Túris e nosso relacionamento com os humanos da Terra ficaria bem mais difícil, não sabia?

– Desculpe, eu tinha muita raiva de Tobruk. Ele chegou a estuprar menores. Era um foragido já condenado no Egito. Pela corte egípcia, tinha que morrer. Mas como chegou a conhecer o feiticeiro-gelo que sequestrou os atletas, fui protelando seu destino e...

– Conheceu mesmo? Então, qual é o nome do feiticeiro? Se me disser, mando prendê-lo agora mesmo, caso ainda esteja vivo. – Termala foi incisiva.

– O problema é que Tobruk não perguntou o nome dele. Deveria, mas não perguntou. Na verdade, esse marginal sabia muito pouco, mas nos enganou, fazendo-nos crer que ele sabia muito... Um verdadeiro patife!

Termala tirou da capa o que parecia ser uma moeda de ouro com o brasão da Antártida, mas que não tinha nenhum valor gravado.

– Está vendo esse ouro? Tobruk tinha um desses?

– Não. Ele só tinha uma pepita, que disse ter ganho do feiticeiro do gelo.

– Mas os jornais publicaram que era de Túris.

– Tobruk achava que era uma liga turisiana, mas não conseguia provar. Pela composição da liga analisada no laboratório, poderia até ser, mas não foi conclusivo. O bandido insistia nisso... Só baboseiras – respondeu Hórus.

– Mas os jornais publicaram.

– Se você inventar uma boa história, vão publicar. Eles querem vender. Por favor, se me libertarem, poderei ajudar e testemunhar a favor de Túris. Vou dizer que esse bandido tentou de fato nos enganar. Verdade! Não fosse ele nada disso teria acontecido. Acabei com ele, porque suas mentiras estavam nos expondo demais.

– E Túris, o que tem a ver com isso?

– Nada, tudo trapalhada desse bandido. Eu sinto muito.

– Senhor Hórus, infelizmente, não posso mudar a sentença do *Sistema Juiz*. Ninguém tem este poder.

Hórus estremeceu.

Termala deteve-se por alguns minutos, escrevendo e fazendo consultas e operações no computador, que nada mais era que o tampo da mesa do togado. Hórus observava o único guardião que estava na sala, sonhava com uma fuga, mas era impossível naquele lugar. De repente, a embaixadora dos gelos em Monde lhe perguntou:

– Você acha, agente estrangeiro Hórus que, em Monde, lhe dariam uma pena mais branda?

– Com certeza – ele afirmou.

– Você quer ser julgado lá?

Hórus tomou um grande susto e freneticamente concordou com a cabeça. Estava disposto a acreditar em qualquer coisa, mas algo o compelia a ter cautela, para não se deixar enganar por uma falsa esperança. Termala tornou a olhar para a mesa do togado que servia de tela do computador e completou:

– Então, é só contar ao seu juiz tudo o que me disse. Não tenho poder para alterar seu julgamento aqui, mas como é estrangeiro e Túris tem representação em seu país, posso enviá-lo para ser julgado em Monde. Você concorda?

– Sim, sim... Então terei outra oportunidade! – exclamou. – Vou poder voltar para minha terra? – perguntou, visivelmente satisfeito.

Termala levantou-se subitamente.

– Senhor embaixador! – chamou, olhando para o fundo da sala. Hórus se virou e viu o embaixador do Reino de Monde, Raweyl Di Lucca, sentado no último banco, atrás dele.

– É, meu rapaz! – disse o embaixador. – Vais contar direitinho essa história quando chegar ao nosso tribunal.

♦ ♦ ♦

Sete meses depois do julgamento na Antártida.

Seria no dia seguinte. As provas eram frágeis. Como responsabilizar Túris Antártica por atos praticados por feiticeiros estrangeiros, ou por insurgentes que, embora em pouco número, teriam sido capazes de cometer crimes de tal envergadura? Dezesseis sequestrados, dos quais seis mortos. Era esse o número que constava no processo.

Dizer que o feiticeiro sequestrador fazia parte de uma seita ou de um grupo de adeptos da Rainha Branca em nada ajudava; o poderoso feiticeiro nunca foi identificado, e do processo só constava o nome de um monstro semi-humano de identidade desconhecida, que foi denominado Santana.

Segundo informações oficiais de Túris, o grupo de feiticeiros adeptos da rainha dos gelos foi extinto com a morte de sua líder. Também foi dito que, em qualquer país do mundo, existem marginais estrangeiros que entram ilegalmente e cometem todo tipo de atrocidades, e nem por isso cogita-se responsabilizar o Estado.

Sobre a gruta que serviu de cativeiro, o Governo turisiano declarou que, de acordo com suas leis, qualquer porão construído pelos gelos nos duzentos anos que vêm habitando a Antártida é de propriedade de Túris. Afirmou que todas as construções foram feitas pelas instituições nacionais, mas algumas delas, de má qualidade e sem uso, poderiam ter sido utilizadas temporariamente por bandidos estrangeiros para se abrigar ou planejar atos nefandos.

Apesar do caráter fluido dos cenários de gelo que facilmente se alteram com o calor e o vento, as fotos da região, em especial das duas elevações do outeiro onde a maior delas abriga a gruta, foram reconhecidas por todos os sequestrados. Nenhuma foto do seu interior foi preservada. Houstand, a única testemunha do massacre que esteve no local pessoalmente, também afirmou lembrar-se da formação dos montes, embora quase nada acerca da gruta em si, pois afirmara ter tido fortes dores de cabeça e tontura quando adentrou seu interior.

Tudo isso para os advogados de Túris eram informações de pouca relevância. A nação alienígena tinha mostrado boa vontade quando facilitou a liberação de Houstand, após o pagamento da multa em ouro, reduzindo o pagamento elevado à metade do seu valor, acolhendo politicamente o pedido de Monde de que o combatente não tinha atirado no guardião.

Os sobreviventes Nicholas Gebaio e Herpons Gargiro tinham acabado de chegar da França ao Reino de Monde. Os outros que estiveram presentes na audiência foram, além de Houstand, o barão Richo, o megaempresário Odetallo, o professor Daniel e a doutora Íris.

O tão esperado dia chegou. A sala da audiência estava lotada de interessados, repórteres e curiosos. A última instância do processo contra Túris teve seu início na parte da manhã, no *Tribunal do Marreta*, nome que se dava popularmente em Monde à corte do último recurso.

Houve quem dissesse que Túris não compareceria, a exemplo de outras audiências para as quais mandara somente os advogados, mas não neste tribunal, onde a presença de turisianos era obrigatória. Foi assim que, logo que se abriu a sessão, foi notada a presença da embaixadora Termala, acompanhada de um investigador de Túris e de um notório advogado mondino.

O juiz do Supremo Tribunal abriu a audiência e fez um breve relatório do processo, e, depois, a leitura das peças solicitada por promotoria e defesa.

Como era de se esperar, o promotor culpou o Governo dos gelos por não ter se dedicado à prisão dos responsáveis pelos crimes, e que as novas evidências mostravam que o local do crime foi descoberto em uma das grutas pertencentes ao Governo, segundo afirmações da própria Túris Antártica. Isso evidenciaria a culpa negada pela defesa, e que o Governo turisiano, ou teve autoria no crime, ou tudo facilitou para a impunidade dos criminosos, ao impedir a recente *investigação independente* feita pelos humanos no local do sangrento delito, a *gruta do diabo*.

– Isso posto e tudo o mais que dos autos consta, peço, meritíssimo, que se reconheça neste tribunal a responsabilidade integral do Governo turisiano pelos crimes perpetrados – concluiu a Promotoria.

A defesa contestou.

A embaixadora Termala, ao lhe ser dada a palavra, fez questão de ler um pronunciamento oficial do seu Governo explicando o porquê da não presença de qualquer turisiano nas duas primeiras audiências:

– Devido ao fato de o tratado de propriedade dos gelos na Antártida jamais ter sido assinado, Túris não reconhece nenhuma lei internacional ou qualquer *regra de conduta* elaborada pela ONT. Segundo as leis turisianas, a nação dos gelos e seu Governo não podem ser julgados por tribunais dos humanos da Terra.

Essa declaração gerou muitos protestos e gritaria no plenário, causando muita confusão, até o juiz do Supremo resolver mandar esvaziar todos os incomodados da sala, inclusive o professor Daniel Zovrain, um dos que se exaltaram.

– A ressalva feita pela embaixadora já tinha sido acordada com este tribunal – pronunciou o juiz. – Volto a dar a palavra a Túris.

Foi então que Termala declarou que a gruta que fora invadida é uma antiga propriedade de Túris, construída há mais de setenta anos, e desativada por motivos de logística e segurança, e que nada mais poderia acrescentar por ser essa informação *classificada*. Quanto aos responsáveis pelos crimes, ressaltou que não foram identificados, sequer pelos acusadores, e que poderiam perfeitamente não ser oriundos da Antártida e ter sido simplesmente invasores de outros continentes.

Sobre a hipótese de ter sido turisianos insurgentes, a acusação solicitou a lista e a ficha dos condenados por Túris dos últimos dez anos. Mas a defesa negou-se, dizendo que não existe nenhum tratado de Túris com as nações que lhe permita divulgar nomes de condenados em seu país.

A acusação insistiu para que Túris apresentasse informações sobre o monstro Santana e exibiu um desenho, um retrato falado, que seria do assassino, mas Termala afirmou categoricamente que Túris desconhece essa pessoa e que a imagem do monstro na cabeça dos sequestrados pode ter sido fruto de ilusão coletiva induzida pelo terrível feiticeiro, não sendo obrigatoriamente a figura real do assassino.

As testemunhas e a plateia que restavam na audiência ficaram perplexas. Não queriam acreditar no que tinham acabado de ouvir.

– Então, os atletas morreram em uma luta contra monstros imaginários? É possível alguém crer nisso? – ironizou o advogado das vítimas.

Temendo ser expulsos da sala, alguns da plateia se limitaram a rir com moderação, enquanto outros se fizeram pronunciar através de expressões de descontentamento ou expondo folhas de papel que rabiscavam ali mesmo.

Contudo, a defesa não se intimidou. Alertou ao tribunal que nenhuma evidência fora apresentada nesses dez anos que vinculem monstros e um feiticeiro, de origens desconhecidas, ao Governo turisiano, e condenou o uso de matéria publicitária para mover as opiniões contra as ações do Governo. Para evidenciar quanto nocivo podem ser as mensagens das mídias, a defesa leu para todos o resultado da confissão feita no Reino de Monde pelo investigador Hórus em um processo anterior.

Há muitas coisas nas quais se acreditam porque há interesses na credulidade. Um feiticeiro, uma suposta testemunha, chamada Tobruk, foi assassinado por um agente neurotóxico xinyaowu *a mando de Túris. Todos acreditaram nisso e os jornais noticiaram com ampla divulgação no mundo inteiro. Mas o que de fato ocorreu? Todos ouviram no depoimento que o envenenamento foi praticado pelo agente Hórus, que foi então punido por assassinato e obstrução de justiça, e que a testemunha não tinha nenhuma informação segura sobre o sequestro dos atletas.*

A confissão de Hórus ainda estava aquecendo a venda de notícia, e tinha sido uma bomba que caíra no colo dos acusadores.

A defesa concluiu que o fato que acabava de explanar era exemplar e que alegações feitas sem evidências não constituem provas. Por fim, colocou que a causa do sequestro em questão não tem solução jurídica, e que a *única saída é a diplomacia*. Propôs assim que se usasse para isto as boas relações diplomáticas entre o Reino de Monde e Túris Antártica e que o processo fosse arquivado.

O juiz do Supremo Tribunal levantou algumas questões sobre a dificuldade de se conseguir investigar crimes na Antártida, e que os gelos têm que interagir melhor com o reino. Túris terminou concordando e propôs criar instrumentos que facilitassem acompanhamentos on-line de casos como esse, mas não a abertura de processos, que continuaria a ser feita pelas Embaixadas em Cratera Nevada para não ferir a rígida legislação turisiana.

Após todas as acusações e refutações, o juiz pegou o simbólico martelo de madeira – com as insígnias do reino e o cabo de ouro maciço entalhado no marfim, a mesma relíquia que há centenas de anos é guardada em um cofre no

Supremo Tribunal –, e batendo três vezes na mesa, de forma solene, encerrou a sessão.

O Supremo Tribunal de Monde deliberou pelo fechamento da causa, pondo fim a uma acirrada disputa de dez anos. Declarou pela incompetência deste tribunal para acusar o Governo turisiano e pela fragilidade das provas levantadas. Sugeriu que os governos do Reino de Monde e de Túris Antártica avançassem em acordos bilaterais que pudessem impedir futuros casos similares a esse.

A embaixadora Termala levantou-se e se retirou em um blindado negro, um automóvel das fábricas dos *góis*, *gigalaxy* anfíbio, passando por uma multidão furiosa. Lembrava agora do que dissera a rainha: "que os acordos entre as nações estavam aquém de nossas ligações especiais".

No estacionamento do prédio do Supremo dois homens se encontraram.

– Jogou o problema para os políticos – comentou o barão Richo.

– Já era esperado – disse Odetallo. – Hórus tentou reverter a questão das provas, mas falhou, infelizmente. O desmonte de várias alegações infundadas da participação dos gelos em crimes enfraqueceu aquelas que sabemos ser as mais importantes. Afinal, sentimos isso em nossa carne.

O barão Richo atualizou o código da fechadura do seu carro anfíbio, olhou para Odetallo e, antes de se despedir, disse:

– A confissão de Hórus tirou a última esperança que tínhamos em ganhar alguma coisa. Ou não.

– Ou não, você disse tudo. Túris não pode ser julgada, não é o que você quer dizer?

O barão fez um muxoxo e ajeitou o colarinho.

– Mas, ainda assim, vou lhe dizer o que vejo de bom nisso tudo. – Fez um sinal com o dedo indicador. – Não haverá mais outro caso como o nosso. Eles vão botar as barbas de molho.

Esse foi o último encontro dos sequestrados.

36 Vida e morte na Caverna

DOIS ANOS DEPOIS DO JULGAMENTO NA ANTÁRTIDA.

Uma pequena menina caminhava, de pés descalços, sobre o frio piso de pedra da Caverna Mama. Bochechas rosadas e cabelos vermelhos, muito esperta, sabia pedir e falava tudo, diziam. Brincava com lagartos, baratinhas e sapos. Mas o bicho que mais gostava eram os girinos que seu irmão, três meses apenas mais velho que ela, criava em uma poça d'água na rocha, junto a uma parede fresca. Quando ela correu para pegar uns girinos, Térion barrou-lhe as mãos. Ela gritou e olhou para ele fixamente. Era um menino de olhos tão negros quanto brilhantes, testa alta e cabelos vermelhos com mechas brancas. Ele só disse:

– Não pega! É meu.

– É meu! – berrou ela.

Um arrastar de longas saias de um fino veludo coral, beirando a escarlate, que parecia serpentear pelo chão à frente da sua dona, denunciou a presença da mãe, que se aventurou a se pôr entre os contendores.

Dirigiu-se à menina:

– Vida, filha minha, você pode brincar com os girinos, mas não bata no seu irmão. Térion, cuide dela, você é mais forte. Dê um abraço nela agora, vai!

Vai. A última palavra vibrou na cabeça do menino com a sonorização de delicados cristais, e então abraçou sua irmã. O ônix de seus olhos fitaram o verde-ágata dos dela, cheios de vitalidade. Os girinos, já com perninhas, viraram agora o brinquedo da vez, dele e dela, conjuntamente.

Escolher o nome para a herdeira das gênias não foi difícil. Todos da Caverna opinaram. Em meio às festas e encontros mais formais, o sentimento que pairava em todas as mentes era a de que a milenar *colmeia dos bruxos* não veria mais seu fim. Um novo impulso foi dado, seguindo o que já era professado na veneranda tradição oral dos cânticos da Caverna, de que a fraternidade viveria e sobreporia os séculos, conforme os arcanos místicos, repetidos pelos mestres que se sucederam.

A filha de Vuca, a mais doce menina, trazia a *vida* reclamada ao pleroma, segundo o *Livro dos Vivos:*

Do limite surgiu e não viu os anos,
pelas correntes do éter seguiu,
nadou, nadou, até regressar.
Do todo se fez um.

Os venerandos mestres, intérpretes oficiais de todas as escrituras da Caverna, já tinham predito um longo e próspero Governo para a nova princesinha, que irradiaria luz ao invés do escuro.

O dia seguia a noite.

Estavam as coisas nesse pé quando, de súbito, algo veio estorvar a calmaria dos que na alvorada observavam ociosamente o primeiro voo dos abutres abaixo do despenhadeiro.

♦ ♦ ♦

Chegou em uma manhã fria, sem ser convidado, comentaram. O homem alto, com os cabelos do topo eriçados pelo vórtice, encontrava-se no grande largo, defronte a Caverna. Disseram que veio buscar o que era dele. Uma velha desdentada disse-lhe para ir embora, que não havia ninguém para atendê-lo. O homem, se é que era realmente um, não se moveu dali. Sua capa batia-lhe nas pernas com o som emprestado do ritmo das batidas da vela açoitada pela procela. Para os agourentos da Caverna, parecia ele o *mensageiro do abismo* que, no *Livro dos Vivos*, vinha requerer do *Pleroma* seguidores para as obras do *Livro Negro dos Feitiços*. Obras manuscritas, poeirentas e carcomidas que, em estantes centenárias, atiçavam a imaginação de quem na Caverna nada fazia além de decifrá-las.

Na Caverna, não convidados não eram benquistos. O homem que ali estava não tinha sido anunciado. Fora os ruídos provocados pela corrente da montanha, somente o canto estridente das gralhas se fazia ouvir.

Dois diabos, Mefistofu, de um pardo escuro, e Crábuli, de um pardo claro, saíram e se encaminharam a passos largos na direção do intruso e postaram-se diante dele. Crábuli olhou para Mefistofu, pois sabia que ele detestava os feiticeiros do gelo, e deu um sorriso macabro.

Como ambos não entendiam o idioma do príncipe-feiticeiro da Antártida, comunicaram-se mentalmente, fazendo-se compreender:

– Você está muito longe de suas terras.

– Eu estou onde devo estar agora – respondeu-lhes.

O ogro Mefistofu rebentou em sonoras gargalhadas. Era o prenúncio, até para os bruxos menores que não conseguiam entender o que dizia, de que algo irritara o monstro. Mefistofu empinou-se, cuspiu uma dúzia de palavras ininteligíveis e apontou, desafiadoramente, para o príncipe-feiticeiro.

– Você... Você não nos trouxe todo o bem que prometeu.

– Engana-se. Nada prometi, nada além de operar a triangulação cósmica.

– A Caverna não tem muitas riquezas, você não tem que levar nada daqui. – O diabo andou um pouco para a direita e um pouco para a esquerda, sem tirar seus olhos vermelhos do príncipe, e retornou ao mesmo lugar. Parecia uma fera avaliando o tamanho da sua presa.

Os poucos feiticeiros que conseguiam entender uma conversa mental foram ficando assustados, pois sabiam que a conversa nada tinha de amigável. Para piorar mais ainda a situação, viram o medonho Mefistofu bruscamente escarrar no chão. Uma afronta.

O estranho, com a aparência de um anjo sem asas, manteve a calma, apesar do asco, que a atitude do diabo provocara.

– Não preciso de ouro. Eu tenho – disse o príncipe.

– Não é disso que falamos, você sabe – disseram os diabos.

– Quero aquilo que vim buscar. Só vou levar o que me pertence.

–Nada nesse lugar é seu. – Crábuli virou-se para Mefistofu e o lembrou, no sotaque deles, que era sorte o feiticeiro branco estar aqui fora, pois não lhes era permitido derramar sangue dentro da caverna sagrada. O medonho assentiu e disse que o diabo de maior hierarquia era agora ele, depois do retorno de Cashar à *Cova do Fundo.* Crábuli entendeu e assoou o nariz com a força de um rugido.

Ignorando o comentário que a seu respeito os horrendos faziam, o príncipe-gelo insistiu:

– Não vou sair, vou falar com Vuca.

– Talvez Vuca não queira vê-lo.

– Eu vou esperar.

Irritados, os diabos pararam de se comunicar com ondas mentais, seus músculos soberbos retesaram-se próximo ao limite e urraram em um brado único no seu idioma natal.

– Não! O menino é nosso, vá embora! – Era o grito da besta.

O príncipe-feiticeiro percebeu que os dois atacariam e, assim, abriu os braços ao mesmo tempo que as criaturas medonhas.

Os diabos, que pareciam antever o prazer que teriam em rasgar o belo rosto do magistrado gelo, lançaram terríveis feitiços de fogo com gritos de triunfo.

A luta começou.

As criaturas tentavam atingi-lo na comprida cabeça, mas o feiticeiro-branco continha o terrível conjuro. Bruxos e diabinhos se aproximaram até uma distância segura. Os contendores contorciam-se, via-se fogo saindo das narinas bestiais. Alguém se lembrou de chamar os venerandos mestres, que reunidos dentro da Caverna cumpriam naquele momento um ritual matinal no salão da Taça Ardente.

Foi então que os diabos começaram a rodopiar em alta velocidade, gritando imprecações em um dialeto pouco conhecido na Caverna. Os bruxos afastaram-se, assustados, pois poderiam ser facilmente queimados pelas terríveis pragas do rodopio. Entretanto, vendo que o príncipe, *o encantador da Antártida*, resistia aos seus mais terríveis feitiços, resolveram usar da última cartada: o ataque físico potencializado pela magia.

Do grito dos monstros só se ouviram umas poucas palavras medonhas. Seus olhos de fogo e as carrancas, deformadas pelo desprezo, não deixavam dúvidas da intenção dos agressores.

– Agora é tarde, vais morrer, com *todo o poder do escuro*! – gritaram em uníssono.

O poderoso príncipe-feiticeiro recuou alguns metros em um único salto. Os assistentes chegaram a ver as garras dos diabos errar sua cabeça e cravar fundo em sua espádua. A forte explosão liberou muito fogo e levantou muito pó, pedras e raízes do terreiro, cobrindo a visão do duelo fulgurante. Quando a poeira começou a assentar, as atônitas testemunhas observaram que um só estava de pé.

O silêncio era total.

No solo, os olhares distinguiram as carrancas queimadas e o monstruoso corpo das medonhas criaturas, pálidas, exangues. À frente do campeão do gelo, encontravam-se os venerandos mestres, todos com as mãos enfiadas na manga do braço oposto, o gestual consagrado entre os feiticeiros *geniacus* de quem não quer iniciar uma luta.

– Gavião, vieste aqui sem o meu chamado e para tomar o que é meu! – gritou-lhe a bruxa-gênia que chegava a pé, abrindo bruscamente o caminho entre os mestres e os que estavam ali aglomerados, com seu vestido a esvoaçar pelos lados, sem que ninguém ousasse tocá-lo. Os bruxos pareciam encolher-se a sua passagem, mas todos a seguiam com os olhares atentos, porque nada os faria perder esse momento único.

Foi então que a gênia olhou para o chão e, mirando os medonhos caídos, proclamou:

– O homem sanguíneo pouco entende da arte da diplomacia. – Abaixou-se e pôs a mão esquerda sobre a abjeta cabeça queimada de Mefistofu. As unhas da rainha matriarca foram crescendo até envolver toda a carranca.

– Mefistofu, VIVE! VIVE! VIVE! – gritou, e sua voz crescente transmutou-se em um terrível som grave de trombeta que estrondeava o lugar como se saísse da boca de uma caverna.

Aos feitos narrados junto às fogueiras da Caverna, este de agora não será esquecido. A gênia Vuca, deixando ou não as montanhas elevadas, garantiu seu nome no rol das lendas.

Os bruxos arrepiaram-se, os diabinhos treparam nas árvores afastadas, os cabelos de fogo da matriarca levitaram completamente, deixando soltar centenas de faíscas; só o feiticeiro do gelo permanecia imóvel, com os punhos cerrados, quase ferindo a poderosa mão com suas próprias unhas. Então, a matriarca foi se levantando em velocidade lenta e uniforme, sua magra mão esquerda erguendo a cabeça e o corpanzil do gigante Mefistofu, que pesava 160 quilos, como se fosse uma pluma. Flutuando um pouco acima do solo, fez rodar a cabeça e o corpanzil do monstro até sentir seu sopro. Então, num ímpeto, soltou a figura horripilante, que desabou no solo uivando.

Todos os bruxos entreolharam-se e se voltaram para o diabo que se levantava, contorcendo-se de dor e erguendo-se em pés instáveis. Seus olhos se abriram, neles nada havia além de ódio. Moveu lentamente a pesada cabeça até avistar o alvo, o inimigo branco. O rosto queimado do diabo contorceu-se clamando pela vindita.

– Mefistofu, pare, eu ordeno! – gritou Vuca, com o terrível guincho estridente de uma águia a defender o ninho.

O diabo estancou.

– Tu, que és um mortal, contendeste bravamente, *meu tio.* – O temido diabo da *floresta escura* era irmão da sua mãe. – Mas foi com alguém bem mais forte. Eu te salvei. Agora, não cultives o ódio em teu peito, pois não é humilhação perder a contenda para o príncipe da Antártida. Tua vida, Mefistofu, agora me pertence, como escrito está no *Livro Negro dos Feitiços.*

O diabo, deformado, fitou o príncipe-feiticeiro e percebeu nele somente a mancha de sangue nas espáduas. Olhou para o outro diabo, chamuscado, no chão estendido, rosnou e pediu a gênia:

– Salve este.

– Crábuli me serviu muito bem e eu gostava muito dele – respondeu Vuca. – Mas seu espírito imundo se foi para as entranhas da terra. Não posso. Quisera muito, mas não tenho esse poder.

Mefistofu ficou com a carranca transtornada. Não fosse um diabo, cairia em prantos. Crábuli vivera 130 anos, e acabar deste jeito, sem glória, foi decepcionante, nada poderia ter sido pior para um diabo. Vuca mandou que servissem a Mefistofu uma especial sopa proteica para que seu sangue retornasse às fauces.

Leucon Gavião, o príncipe-feiticeiro, que acabara de fazer história na Caverna, deu um passo e disse:

– Se estivéssemos na Antártida, congelaríamos Crábuli para que os mestres da Academia pudessem tentar sua reanimação.

– Aqui não temos gelo, só fogo – retrucou a matriarca. – E não adiantaria agora. Ele está completamente morto.

– Não posso discordar. A ciência tem limites, até mesmo na Antártida.

– Crábuli e meu tio foram imprudentes – virou seu rosto para o do Gavião e continuou, com os olhos fixos nele. – Tu ameaçaste levar uma pessoa daqui, os diabos não gostam, os bruxos também não. A Caverna precisa de gente poderosa para voltar à magnificência de outrora. Queremos ter gente para ostentar, fazer festas mais animadas e a glória ressurgir.

– Você prometeu, Vuca. Eu te dei a herdeira que a Caverna precisava, Vida. E você me deu um filho, Térion. Vou levá-lo. É a lei de Túris. Nossos filhos são sempre nossos.

– E o que ganho? Vou poder visitá-lo, príncipe?

– Geada reclamou a criança. Ele quer te conhecer, conhecer a matriarca da Caverna, a rainha-gênia, a lenda que você se tornou. Na ocasião, ele me disse que serás bem-vinda à Antártida, mas não poderás permanecer mais do que três dias a cada vinda. Eu serei seu negociador.

Vuca aproximou-se e buscou o príncipe-feiticeiro pela mão.

– Vem, vou te levar à criança. Vais conhecer Térion.

Entraram os dois na Caverna, desceram uma longa escadaria até o lugar denominado *Criação*. Lá, ela lhe apresentou o belo menino.

– É todo teu. Vais poder levá-lo. Ele é muito bonito, vou sentir sua falta. Esse nome foi dado em homenagem a nossa triangulação cósmica com o planeta Tera. Térion para nós significa "de Tera". Agora, me diga, tu triangulaste do fundo do mar, ao invés do platô polar, eu percebi, e eu das entranhas do vulcão.

– Foi inesquecível.

– Conseguimos manter a conexão por seis dias. Sabe quem ficou furiosa?

– Posso imaginar, talvez.

– Talvez não – retrucou Vuca.

– Quem foi?

– Usdarina. Ela pensou que o poder iria para ela, mas foi para Geada, para Túris.

– Diga a ela – deu um riso debochado – que nos seis dias até a conexão fechar, os gelos conseguiram alguns desenhos de projetos tecnológicos na escrita *internária*. Se ela não sabe como se aproveitar disso não é nossa culpa. Ela tentou trazer uns pergaminhos mágicos, na escrita perdida dos *arcanos da morte*, e algumas outras fórmulas antiquadas, mas nem Etuelli nem os feiticeiros de Tera mostraram interesse em lhe fornecer algo tão perigoso.

– Leucon Gavião, tu és muito inteligente e, sendo assim, me explique por que a triangulação cósmica parou. Por que não funcionou mais? – perguntou Vuca.

– É simples, rainha. A triangulação só deu certo porque alguém em *Tera* tentou fazer a mesma coisa. Esse alguém foi Etuelli. No momento em que sua experiência se encerrou, não mais buscou nos contactar. Se um dia quiserem reconectar vão procurar Usdarina, que é a única que tem as chaves para esse sincronismo. Mas talvez ela não queira mais, após o desinteresse de Etuelli e dos feiticeiros do seu grupo em ajudá-la.

– É, eu dou razão a Usdarina. Aqui na Caverna isto não me ajudou. Não obtive nada que pudesse utilizar para romper o pacto de sangue, apesar do imenso esforço despendido. Tenho certeza de que em Tera, onde vivem até dragões, existem os *arcanos da morte* que preciso para desfazer o pacto. Usdarina me atrapalhou, pediu muitas fórmulas dos *arcanos,* e eu precisava de apenas uma. Eles se assustaram com ela e não quiseram nos fornecer nada. Só me mandaram uns feitiços de segunda categoria, inúteis para mim.

– É, não tinha como vocês se entenderem. E não se poderia prever a reação dos seres de lá.

– Os feitiços que nos enviaram não a ajudaram no Tajiquistão, e tampouco os temíveis feiticeiros dos recônditos lúgubres da *Floresta Negra*.

Vuca aproximou-se do Gavião e o convidou a se sentar.

– Se tivesse me ajudado, eu não precisaria ir embora.

– Você vai embora mesmo? Não há outro jeito? – ele inquiriu.

– Você sabe que minha vinda para cá foi condicionada, e os mestres fizeram questão de celebrar o terrível pacto com o poderio Morte. Se eu romper, não sei o que acontecerá comigo. Esperava que a triangulação pudesse me livrar. Nada ganhei. Enfim...

– Pensou alguma vez em anular o pacto?

– Pensei, e tentei uma vez, há mais de três anos. Eu tinha que anular o feitiço antes de gestar a princesa-gênia, *a menina Vida*. Saí da Caverna em segredo, para que ninguém soubesse, e fui sozinha ao vulcão, o Erta Ale, o lago de lava etíope, o portão do inferno, a cerca de duzentos quilômetros daqui.

– Se o *poderio-morte* aparecesse na invocação você veria seu fim, conforme foi vaticinado no livro dos Arcanos – comentou o Gavião, enquanto não tirava os olhos do seu filho Térion, que montava um quebra-cabeça com a irmã, Vida.

A bruxa-gênia pôs seus olhos no príncipe-magistrado e uma força, proveniente dela, o fez virar a cabeça para mirá-la.

– Olhe para mim agora – ela disse. – Quando lá cheguei, fui descendo em um dos buracos de lava até escolher o melhor lugar. Coloquei os *signos* que tinha levado comigo e comecei as invocações para desfazer o terrível feitiço. Era noite, mas havia luz, das lavas ardentes. Foi então que, em transe, escolhi o lugar para onde invocaria o *poderio-morte*. Meu *duplo cósmico* subiu para muito alto, muito além do vulcão. Na escuridão da noite ele avistou um belo palácio nas praias de Monde e foi ali que mentalizei.

– O palácio do rei e da rainha de Monde? – exclamou o príncipe-feiticeiro. – E então?

– Eu estava longe demais – soluçou. – A sombra e o bafo do poderio das trevas manifestaram-se longe de mim de forma segura, mas não consegui quebrar o pacto, minhas invisíveis cadeias – moveu seus punhos juntos para cima – estavam muito distantes do palácio, fracassei. Eu teria que tentar novamente com Túris Antártica – abraçou o príncipe carinhosamente, como uma mulher meiga faria. Leucon Gavião jamais a vira daquele jeito. A bruxa-gênia, a mais temida feiticeira do planeta, encostando a cabeça em seu peito como uma fêmea indefesa.

– Vuca – disse ele. – Quando você dirigiu o feitiço para o palácio trouxe a doença negra, *a pretal*, para o filho do rei. Ele só não morreu por causa do Dr. Pedra, o médico, um dos três que presidem a Organização dos *Góis*.

– Verdade? – disse ela, afastando-se. – Eu não tentei matar ninguém, só joguei a maldição lá para que não viesse sobre mim.

– Atingiu o príncipe herdeiro.

Vuca franziu as sobrancelhas.

– Que te importas a família daquela falsa rainha? Saiba, ó príncipe, que se quisesse matar o garoto, eu mesma entraria naquele antro e nenhuma força do Reino de Monde me impediria. Ele morreria dormindo, e todas as princesas também, para que Regina pudesse sofrer o resto de seus dias. Não os mato porque... sou muita boa. – Moveu levemente a cabeça para cima. – Mas que ela não me provoque, pois quem protegia aquele palácio já morreu.

– Eu sei de quem você fala, a bruxa-gênia Facos, sua irmã, aquela que você conjurou a morte.

– Eu não sinto sua morte, porque era ela ou eu. Uma *colmeia* não pode ter duas rainhas. Facos teria que ter feito um plano bom para mim, para dividir a herança da Caverna entre nós, mas não quis.

– Esqueces, ó Vuca, que Facos, para não a prejudicar, resolveu não fazer a partenogênese? Então você teria a Caverna só para si quando Facos abdicasse.

– Quem lhe falou que era simples assim? Quando tinha meus vinte e poucos anos, eu e Facos tivemos sérias discussões. Se eu fosse sua filha não me preocuparia, pois seria natural herdar a Caverna, mas sendo apenas sua irmã mais nova, e ela uma mulher longeva que ainda procriava, poderia mudar de ideia e se vingar de mim fazendo a partenogênese.

– Se isso acontecesse você perderia tudo. Ficaria sem herança alguma.

– Demorou para entender, não foi? Sem herança alguma, jogada neste mundo, eu teria que levar uma vida inteira prenhe para ter filhos suficientes para montar uma fraternidade menos estruturada que a da Caverna, e teria que lutar para atrair gente poderosa de fora. E, quando conseguisse algum sucesso, teria perdido a melhor parte da minha existência.

– Começar é sempre difícil – ele murmurou.

– E tem mais. – Levantou o dedo de longas unhas e apontou para ele. – Você não sabe como é horrível ter que se relacionar com magos, bruxos e diabos que você não gosta para construir uma comunidade forte. Hoje vivo confortável, relaciono-me somente com quem quero e sempre na *Cova do Fundo* ou na *Floresta Negra*.

O príncipe-gelo se mexeu na cadeira e falou:

– Vuca, começar foi o que a gênia fundadora fez. Ela iniciou essa obra fantástica.

– A fundadora? Não me compare. Nunca tive as qualidades da branquela. Imagine pentear os cabelos no regato enquanto conta os peixes. Empoleirar-se em árvores e alimentar beija-flores. – A gênia suspirou.

– A saída então seria você jamais ter brigado com a gênia Facos.

– Facos? Ela não gostava de mim, sua preferida era a rainha Regina de Monde, sua filha.

– Facos, Vuca e Regina, *as três rainhas* do conto. – O príncipe sorriu.

Fez-se um silêncio sepulcral.

O homem do gelo resolveu quebrá-lo e perguntou:

– Você vai para onde?

– Inicialmente, vou à *Floresta Negra* onde farei nascer o filho de Cashar, o diabo-chefe da *Cova do Fundo*.

– Concebeste de Cashar?

– Ele me procurou. Eu precisava de sangue forte aqui. Mas, como vou embora, a criança de Cashar pertencerá somente a mim, não mais à Caverna. Mefistofu, o diabo, agora é meu, pois fiz voltá-lo à vida. Vou morar na *Floresta Negra*, onde adquiri um bonito castelo de pedra. Ali existem feiticeiros e diabos com muito poder mágico que me fornecerão genes bem variados, mais do que os que posso obter no Oriente. Levarei todos os filhos que gerei, grandes e pequenos, menos...

– Térion e Vida – completou o Gavião. Vuca deu um suspiro e guinchou.

– Chega dessa história, não quero mais falar nisso, eu falhei e tu também falhaste. A Roda da Fortuna continua a girar, e tu bem sabes.

– Se eu comandasse Túris, empenharia a Magistratura para que, com você, conseguisse quebrar o pacto de sangue que o prende. Você também poderia usar a Antártida como seu segundo lar. Mas a triangulação não me deu o prestígio de que precisava.

A gênia o ignorou. Nem as paredes lhe deram ouvidos.

A rainha-matriarca levantou-se e disse que teriam que participar das exéquias de Crábuli que, à meia-noite, seria incinerado no Salão da Invocação.

Quando a hora chegou, o corpo de Crábuli, todo paramentado, descansava na sepulcral pira de pedra, com as essências, sementes, raízes e fios de ouro prescritos no cerimonial.

Em fila indiana, cada bruxo depositou uma porção de óleo de oferendas sobre o corpo do defunto, depois chegou a vez dos mestres e diabos, o último deles Mefistofu. Dunial então chamou o convidado de honra, Leucon Gavião, que deitou uma concha com sete pedras preciosas na boca aberta do medonho. Por último, aproximou-se a bruxa-gênia, a rainha Vuca, com uma tocha de ouro acesa e, olhando para todos os presentes, acendeu a pira do cerimonial, que permaneceria ardendo até o fim da madrugada, enquanto os bruxos e diabos entoavam o fúnebre canto do abandono das *Árias dos Defuntos*.

Todos os fantásticos acontecimentos deste dia foram registrados no *Livro Branco dos Feitos da Caverna*, para que jamais os esqueçam de contar às gerações que virão, para que a grei dos filhos da Caverna não sucumba sem honra.

37
O giro da roda

No palácio real de Monde, um jovem adolescente se dirigiu ao quinto andar, privativo do rei e da rainha. A rainha Regina estava em seus dias mais felizes e lhe deu um abraço caloroso.

– A senhora me chamou?

– Sim, queria te ver. Sauro, você está agora com 14 anos. Ficou livre da doença maligna – fez uma careta –, e agora voltou a crescer muito, está forte e bonito, como seu pai.

– Ih, mãe, tem mais de dois anos que fui curado. – Sacudiu a cabeça. – O legal é que consegui uns poderes. Dizem que quem sobrevive à *pretal* fica com um poder mágico. Vamos ver se é verdade. Eu queria um poder igual ao do meu tio – falou com um olhar cheio de vivacidade.

– De Dunial? Você está de brincadeira, seu tio tem um poder exagerado.

– Então eu queria o poder da tia Ákila, ora – deu um riso malandro e se sentou.

– Da tia? Não, o seu... vai ser maior que o meu, pronto, está bom assim?

– Pare com isso, a senhora nem é feiticeira. Mãe, é a minha vez de perguntar. Posso comer aqui hoje?

– Não é que essa ideia veio em boa hora? – A rainha sorriu e subitamente pôs as mãos a desgrenhar o cabelo dele. – Eu te falei que queria te ver.

– Ei, olhe o meu topo aí, poxa! – respondeu Sauro, arrumando o penteado. – Quando a senhora começou a falar, perto da hora da refeição, sem dizer por que me chamou, eu já sabia que era para comer aqui.

– É mesmo? – Franziu as sobrancelhas, enquanto os cantos de seus lábios se esticavam, quase sorrindo.

– Não quer almoçar sozinho, o pai e a Linda estão trabalhando, Echerd estudando na África do Sul e Pilar passeando, acertei?

Regina pressionou os lábios.

– Muito inteligente. Meu filho tem dom para psicólogo, mas acho que você vai mesmo é projetar aeronaves e foguetes. – Ela riu.

O telefone pessoal da rainha tocou. Ela foi atender.

Quando viu quem era, piscou para Sauro e lhe disse que seu tio, o venerando mestre da Caverna, estava na linha. *Viu o que dá falar das pessoas?* Dunial usava a comunicação por satélite para falar diretamente da Caverna com a irmã, o que não era comum, sinal de que os tempos eram outros.

– Então, meu irmão – foi perguntando ela –, tem notícia daquela bruxa, daquela coisa?

– Tenho sim. A matriarca gênia foi embora. Só ficou a pequenina.

A rainha soltou uma sonora gargalhada de felicidade. O jorro de emoções começou a aflorar por todo seu corpo.

– Ex-rainha. Ela se foi? Verdade? – falou, eufórica, muito diferente do seu comportamento usual, contido e reservado.

– É o que estou te dizendo. Fez a mudança, só levou suas joias, roupas, livros manuscritos, pergaminhos e ouro em duas arcas grandes e muito pesadas. Quando sua mudança foi carregada para o pátio da Caverna, a gênia, com um belo manto bordado, cor de vinho, despediu-se do seu cavalo branco, olhou para o alto, dirigiu feitiços em voz alta e desapareceu com seus pertences. Todos assistiram.

– Para onde ela foi?

– Foi morar na *floresta escura* com a horda dos renegados do *pleroma*.

A rainha sobressaltou-se com palavras tão terríveis.

– Eu sei, aquele lugar horrível, que ninguém tem coragem de ir. – Lembranças da sua juventude na Caverna, onde as disputas pelo domínio do conhecimento entre os *geniacus* adeptos da luz e os do escuro não tinham fim. – Mas a Roda da Fortuna, querido irmão, é assim mesmo, uns caem e outros sobem. – Riu com sarcasmo.

– Noite e dia ela gira. Todos terão a sua vez – ele explicou.

– Ah, lá vem você de novo – respondeu Regina. – E o tal príncipe dos gelos, Leucon Gavião?

– Também não retornará mais. Levou o filho que teve com Vuca para a Antártida.

– Meu irmão – gritou a rainha, eufórica –, desinfeta esse lugar para que eu possa visitá-lo. Você sabe, ela pode ter deixado um feitiço com efeito retardado, como se fosse uma mina, que precisa ser desativada.

Dunial riu.

– Farei isso tudo, minha irmã, pois só quero te ver aqui quando estiver o ambiente completamente seguro. Afinal, tem quase trinta anos que você não vem. Nossa mãe vivia ainda.

– Vamos ver se você trabalha bem! – Ofegou a rainha. Não conseguia se conter e voltava a rir. O encontro de alegria, emoções, saudades e vingança, tudo ao mesmo tempo, a embriagava.

– Eu e todos os membros da fraternidade prepararemos sua vinda e lhe daremos a melhor recepção.

– Preste atenção, Dunial. Reserve seus melhores vinhos, asse um avestruz e prepare a melhor festa, pois a rainha de Monde retornará – falava alto, sentindo-se inspirada. – Subirei as encostas da serra onde cresci, rumo aos tabuleiros que desafiam a gravidade, e continuarei até o topo das montanhas elevadas e de lá avistarei, às margens de um córrego, as plagas secas do vale onde a espécie humana deixou suas pegadas na pedra. Sob a luz dourada do sol vou tomar banho de água corrente na piscina de rocha da Caverna à beira do abismo, como fez minha mãe, a mãe da minha mãe e todas as rainhas antes delas, até a *fundadora*.

– E assim será – falou o mestre. Despediram-se.

A alegria estampada no rosto de Regina era indisfarçável. O príncipe, que nunca tinha visto sua mãe tão feliz, viu naquilo muita graça e falou com um riso malicioso:

– Eu sei porque a senhora está contente. A tia Vuca foi embora para sempre, não volta mais.

– Não a chame de tia, nunca mais!

– Chamo sim. Ou a senhora não sabe que nos reinos existem intrigas palacianas e morte? Não é só em Monde. Isso acontece em todo lugar, nos Governos e reinos do mundo.

A rainha sentiu-se desafiada, mas se segurou. *Não é que o garoto fala a verdade?*, pensou.

– No dia em que eu for rei, farei questão de visitar a Caverna, onde minha prima, Vida, vai governar. Ela será uma pessoa bacana, pois seu tutor será Dunial.

– Eu acho que tenho que concordar, não vou ter problemas nunca mais. Não teremos mais ameaças da Caverna nem da Antártida – seu olhar fitou o infinito e completou, sorridente, com uma das mãos por cima dos cabelos: – Esqueça os problemas, filho, aproveite sua juventude, agora que está com saúde.

– A Antártida não vai ameaçar o reino. É só seguir a política iniciada com os *góis* e que meu pai continuou, algum tempo depois. Se daqui a uns quinze anos o rei passar o Governo para mim, é o que farei.

– É sim, você está certo. – Balançou a cabeça. – Os problemas que tivemos com a Antártida ficaram para trás. Vamos almoçar?

♦ ♦ ♦

Era uma terra seca, mas que servia a toda espécie de plantio desde que a irrigassem, pois não era permitido usar a água do pequeno riacho. O calor era forte, mas não ao ponto de ameaçar a alegria de quem lá vivia. As crianças índias e mestiças corriam descalças para todo lado e, num canto, junto a uma palhoça, uma mulher loira entretinha-se fazendo remédios e poções com as mulheres da tribo.

Foi ali que apareceu um visitante inusitado que, pedindo licença às velhas que estavam tecendo redes, chegou à porta de um lugar em que os homens não podiam entrar, pois era a *casa das mulheres*. Niágara logo reconheceu o homem e saiu apressadamente ao seu encontro, dispensando-lhe toda atenção.

– Mestre Dunial, como aparece aqui? A rainha autorizou sua vinda ao Reino de Monde? – perguntou, desconfiada.

– As coisas estão mudando, os ventos são mais favoráveis agora – disse Dunial, voltando-se rapidamente para a brisa. – Ela me convidou para um colóquio no palácio, então resolvi passar aqui um dia antes.

Niágara riu de fechar os olhos, tal sua alegria. Aproximou-se e o abraçou, dizendo:

– Meu professor despende seu tempo comigo, como um amigo bondoso, eu que nem mereço – falou alegremente. – Vou lhes mostrar a missão, os caciques da tribo, os pajés, as mulheres da tecelagem e os artesãos. Serei seu guia.

– Não posso esquecer a luz dos olhos da minha pupila. Feliz o homem que puder tê-la junto a si – respondeu.

Niágara deu um passo para trás.

– Mestre, você vive como um monge, e não faltam mulheres bonitas na Caverna.

– Não as procuro.

– Desculpe minha indiscrição. E a mulher dos cabelos de fogo, enroscou-se com algum dos mestres?

– Que pergunta você me faz – franziu as sobrancelhas. – Bom, nós sabemos que as gênias têm que ajudar a povoar a Caverna com genes fortes, é uma de suas missões. Mas Vuca sempre preferiu os diabos e feiticeiros do Oriente e da *Floresta Negra*. Mas eram sempre seres do escuro, nunca da luz.

Niágara suspirou e depois sorriu.

– Eu sei, Vuca não tinha sua sabedoria. Vocês eram como a água e o azeite, não poderiam ser mais desiguais.

– Eu sou no mundo sempre um aprendiz. Você pode me ensinar.

– Eu? Com certeza que não. O pouco que sei além da Caverna aprendi com o sacerdote Mesólice e com a tribo. Perdi muito tempo da minha vida no lado escuro. Estou só começando.

– Minha pupila, eu lhe falei que quando estivesse velho... lembra-se? Eu poderia alugar uma casinha perto da sua, próximo a essa reserva *bugabu*. Minha casa teria como abóbada o azul do firmamento, deixaria uma parte descoberta, e me sentiria na paz de um claustro. Bom, mas não estou tão velho assim, então não vou ficar. Há muito trabalho para mim na Caverna, vou ajudar a criar a princesinha, nossa querida Vida, no caminho...

– Da luz, você ia dizer – sorriu com os olhos.

– Então, como faço para alugar uma choça na aldeia?

– Calma... Já que você só vai se encontrar com a rainha amanhã, quem vai coordenar sua visita hoje e dizer onde vai ficar serei eu – falou com voz de comando. – Vou arrumar uma rede para você na paliçada dos homens, tem sempre uns índios visitantes que ficam lá.

– Ah, então vou dividir o espaço com eles?

– Mestre, se você não quiser, posso falar com Mesólice para lhe conseguir um quarto na missão.

O venerando mestre agradeceu com um sorriso iluminado.

– Não se preocupe, gostei da rede. Como se pode ser sábio na Caverna sem conhecer a sabedoria dos povos das tribos?

38

Fogo nas entranhas do gelo

DEZ MESES DEPOIS DO JULGAMENTO DA ANTÁRTIDA.
SERVIÇO SECRETO DE TÚRIS ANTÁRTICA. BASE DE PAVO, ESTAÇÃO DELTA PAVONIS.

Um incêndio se iniciara na estação Delta a dois mil metros de profundidade, próximo ao *Sistema de Refrigeração do Reator*. Os sistemas de segurança foram automaticamente acionados e o reator de fusão nuclear, a fonte térmica que pulsava como um coração, foi desligado imediatamente pelo *Sistema de Proteção do Reator*, sem o qual o reator nuclear fundiria tudo à sua volta até se autodestruir.

Menos mal. Não fosse a tal proteção, a reação em cadeia terminaria, mas da maneira mais drástica possível, pois, até que isso acontecesse, o estrago seria tão grande, que afetaria todas as estações da base Pavo e custaria muitas vidas. Uma vez desligado o reator, as células nucleares geradoras deixaram de receber energia. Toda a estação ficou sendo alimentada pela energia acumulada nestas células que se descarregariam ao ponto de cederem a vez às baterias de decaimento nucleares que, embora duradouras, tinham muito baixa potência.

Nada bom.

Os sistemas complexos de Delta Pavonis passaram a trabalhar com capacidade bastante reduzida, apenas o suficiente para evitar interrupções que pudessem colocar a estação em perigo, pois a prioridade máxima era abastecer o *Sistema de Estabilização do Gelo*, uma tecnologia exclusivamente turisiana que permite a vida nas profundezas geladas, pois impede que desmoronamentos e movimentações de geleiras venham a soterrar todos.

O engenheiro Sigma Musca não podia estar em pior situação. Corria grande perigo. Tinha que extinguir o incêndio na estação antes que a passagem para a superfície fosse bloqueada, mas esta era a menor de suas preocupações. Se o fogo ultrapassasse as barreiras poderia chegar a outras estações da base de Pavo. As estações controladoras, Alfa e Gama, eram as principais, mas Musca sabia que a passagem tinha sido isolada, e que o incêndio só se propagaria para essas estações se ele fosse abrir as comportas, e isso ele não faria. Mas esse também não era o maior de seus problemas.

Havia mais.

Não demorou muito e Musca percebeu a presença de alguém que chegava por trás dele, sem temer as labaredas que emanavam uma radiação de calor que estava próxima do limite em que seu traje turisiano poderia suportar confortavelmente.

– Eu sei quem causou esse fogo. – Uma voz poderosa atrás dele o incriminava. Era justamente o que ele temia.

– Tríaco26, o que você faz aqui, seu ciborgue? – ele gritou.

O homem-máquina grunhiu. – Eu sei que foi você que causou o fogo – repetiu.

– Você está louco? Não está vendo que foi um acidente?

– Um acidente causado por negligência. Quero ver alguém protegê-lo agora. Você tomou meu lugar, achou que era melhor do que eu...

– Tríaco, você corre perigo ficando aqui. A passagem para fora vai fechar, pois a estabilização parará em razão da sobrecarga. Se essa merda consumisse oxigênio era só eu fazer vácuo e o fogo pararia, mas o comburente é outro. – O engenheiro estava consternado. – Vá embora, conterei o fogo sozinho – gritou, na esperança de que o ciborgue de dois metros o deixasse em paz.

Tríaco estava sem capuz, apenas de óculos, e Musca percebeu que ele deu um sorriso sinistro.

– Agora é tarde, Sigma Musca. Os sistemas de vigilância estão cegos. Ninguém verá o que vou fazer com você. – Uma sonora gargalhada rompeu da sua garganta.

Musca afastou-se dos equipamentos de contenção do incêndio, mas, antes que conseguisse puxar sua arma, foi atingido pelo tiro laser da arma turisiana do inimigo. Caiu. No instante seguinte, viu as garras de metal de Tríaco segurarem seus braços.

– Por favor, deixe-me ir – pediu, atônito.

– Soltar você? NUNCA! Não acharam que você era melhor do que eu? Agora será julgado... por mim.

Os braços biometálicos do ciborgue abraçaram o homem ferido e as garras pousaram em sua nuca.

– O que você vai fazer? – perguntou, apavorado.

– Você vai escolher. Posso quebrar seu pescoço agora ou podemos fazer um jogo. Você tira a vestimenta e tenta controlar o fogo. Se sobreviver ao calor e às queimaduras eu o poupo.

Em meio ao crepitar e assobio das chamas o ciborgue soltou uma horrível gargalhada, um berro tão alto e tão repentino que paralisaria até um urso.

Súbito, alguém agarrou o ciborgue por trás. Mãos enluvadas foram lentamente soltando o abraço mortal que o monstro dava em sua vítima, apesar de toda força que o homem-máquina fazia. Com grande habilidade, ainda tirou-lhe as armas. Um forte solavanco, por fim, fez o ciborgue cair.

– ERIK! – berrou Tríaco, reconhecendo-o. – Esse homem indigno colocou-nos em perigo de morte. O erro que cometeu provocou o incêndio, toda a estação está sendo destruída.

– Você não vai mexer com ele – respondeu Erik, com sua voz grossa e gutural. Diante do ciborgue estava o temido *monstro do serviço secreto*, que nem o calor temia. Também como ele, mantinha o capuz recolhido para trás. Seu rosto medonho impunha respeito até ao homem-metálico.

Tríaco levantou-se.

– Escuta, Erik. Vamos combater o incêndio e sair daqui. Musca já está condenado pelo erro que cometeu. Aqui só tem eu e você. A passagem vai fechar, vamos salvar nossas vidas.

– Só quem pode condená-lo é o sistema juiz. Esta é a LEI DE TÚRIS!

Não podia ter sido mais convincente. Tríaco26 teve poucos segundos para refletir. O que decidisse ali afetaria toda sua vida. O ódio que tinha de Musca por ter ocupado o lugar que um dia foi dele era agora um problema menor. O único modo de ele se livrar do julgamento seria pela ausência de testemunhas, uma vez que o sistema de vigilância estava inoperante por causa do incêndio. O ciborgue sabia que, se saíssem dali, seria julgado, e não haveria, como acontece entre os *sapiens*, nenhum defensor dos *direitos humanos* para tentar livrá-lo do rigor do juiz. Sim, apesar de ter biomateriais em seu corpo, metade dele era humano, principalmente a cabeça, apoiada em um pescoço de biofibra.

– Erik, você está certo, eu... eu me descontrolei quando vi nossa estação sendo consumida pelas chamas – cedeu Tríaco, e recuou. – Vamos fazer o melhor possível, me ajude a apagar o fogo.

Tríaco percebeu que Erik se virou de costas e ergueu o homem ferido, para conduzi-lo a um lugar mais afastado. Era a chance que ele queria. Os braços e as garras metálicas, que no ciborgue se faziam de mãos, pressurizaram-se, suas pernas metálicas pularam em grande velocidade nas costas de Erik. Foi só o tempo de ele sentir o cotovelo do oponente quebrar-lhe os dentes. Alguém comentara que Erik tinha dois pequenos olhos por trás da orelha. Talvez fosse verdade.

O ciborgue sangrou, mas a luta continuou com uma fúria inimaginável. Tríaco sentia as pancadas certeiras de Erik nas suas partes humanas e nas juntas que emendavam seu corpo original com o robótico. Erik não gritava, rugia com sua bocarra e seu larguíssimo pescoço monstruoso. A velocidade dos seus golpes em nada devia ao ciborgue. Foi quando o monstro levantou o pesado Tríaco pelas pernas e foi batendo-o nas vigas e suportes de metal das estruturas do salão dos *trocadores de calor*, com tanta velocidade, que o lesou profundamente.

Atirou-o ao chão, desfalecido. Olhando para o ciborgue derrotado, escancarou sua bocarra, de suas fauces duas babas escorreram, e aquele que *não pode ser vencido* deu o grito de vitória dos monstros como uma fera inumana, metade homem, metade diabo. Ihôôôô!… SANTAAANA!

Mandaram o gigante aguardar, o Líder viria ao seu encontro. Uma mulher-gelo, elegante, bonita, nos seus cinquenta anos, ofereceu-lhe um chá quente de selecionadas algas marinhas. O monstro sorveu-o com prazer. Suas mãos, apesar de gigantes, puseram a xícara de volta na bandeja com toda leveza.

Ainda esperando, olhou pela ampla janela o fino pó de gelo que a brisa conduzia, mas insuficiente para ocultar a bonita espaçonave que se encontrava no pátio da *Cidade do Gelo*. Imaginou quantas vezes viajara naquela nave e em outras similares; imaginou quantas expedições fizera e em quantas lutas se envolvera. Logo escutaria às suas costas passos se aproximando. Levantou-se, ergueu seu braço esquerdo e o trouxe ao peito.

– O *Poder* te saúda, Geada – ele exclamou com sua voz grossa e gutural.

– Salve, que o *Poder* te ouça, Santana – respondeu o líder.

– Mentor – disse ele. – Meu nome é Erik, mas tu me chamas por este outro.

– Tornei-me líder graças ao projeto Santana; traz-me muito orgulho – respondeu, sentando-se em seguida. – Você me ajudou sem saber, era só um menino.

O monstro acenou com a cabeça.

– Santana, o juiz condenou os dois homens do desastre da base Pavo, daquela estação Delta que foi consumida pelo fogo. O incêndio chegou a tais proporções que não podia mais ser combatido. Não fosses tu ter conseguido passar pelas comportas que conduziam à passagem para a estação Gama, não terias sobrevivido ao incêndio, estarias morto.

– Tríaco tentou matar Musca. Eu não poderia deixar, por isso o matei e carreguei Musca para a estação Gama, pois estava muito fraco.

– A investigação das lembranças de Musca provou a culpa de Tríaco. Foi então julgado e condenado, apesar de morto.

– Mentor, condenaram Musca também?

– Claro. Você sabia que ele colocou o *Sistema de Refrigeração do Reator* no manual para estudar seu comportamento? Ele confessou que fez isto para estudar o sistema com o intuito de obter provas para fundamentar seu processo de negligência contra Tríaco26. Santana, um homem que trabalha numa base secreta pode tomar essa decisão?

– Jamais, o lugar de fazer experimento é na Academia.

– Musca pediu clemência, usou do seu último recurso. Como era funcionário do Governo, chegou a petição em minhas mãos e eu neguei. Há vários tipos de erros, mas há alguns que *não podem* ser cometidos – disse secamente.

– Arrisquei minha vida à toa – murmurou o monstro.

– Quando seguimos as leis turisianas nada acontece à toa. Não tinhas como saber da culpa de Musca. E não poderias deixar Triaco26 impune. Agiste corretamente. Eu só lamentaria se perdesse a sua vida ali, mas não aconteceu.

O Santana acenou com a cabeça e disse:

– A missão foi cumprida. Se não houver outra, irei à grande *Cidade dos Canais*, onde vivem os ciborgues. Metade dela pertence à Academia, onde construíram o *Simulador da Terra*.

– Lá onde os ataques acontecem é que a nossa liberdade começa. Eu só fico absorto quando vejo a Academia perder dezenas de guerreiros e robôs, mas quando da conquista real será muito pior.

– Grande líder, eu queria muito saber. Afinal, quando Túris expulsará os humanos da Antártida?

Geada ajeitou-se em sua cadeira e tomou uma xícara de chá quente. O Santana percebeu que o líder evitava falar nisso.

– Hoje monitoramos cada palmo desse belíssimo continente. Existe uma linha vermelha, você sabe. Nosso tratado proíbe que os humanos coloquem bases militares aqui, mas eles estão vindo, e nós observando. No momento em que o tratado for violado a guerra poderá começar no dia seguinte. E só vai haver um vencedor, sinto dizer isso.

– E ainda há o perigo de a guerra se estender para todo o planeta – completou o Santana.

– Eu apostaria que não. Se houver guerra, os humanos serão expulsos do nosso continente para sempre, mas os deixaríamos em suas moradas.

– Quando será?

– Nem os *poderios* sabem.

– Eu preferia que fosse amanhã.

– Infelizmente, Santana, temos que esperar. Nossos antepassados assinaram os tratados, e seria uma desonra ignorá-los enquanto os *sapiens* os estão cumprindo.

– Mas nós sabemos que eles não respeitam os tratados que fazem entre si. Até mesmo os do Conselho de Segurança da ONT algumas vezes são desobedecidos – o monstro retrucou.

– Se descumprirem os nossos, melhor para nós. Santana, muitos da Magistratura têm insistido nisso, mas sei que os antigos não aprovariam. Essa é a nossa diferença. Tive muitas discussões com Leucon Gavião quando era o supremo magistrado.

– Mentor, se fosse por ele a Antártida seria toda nossa. Ele quer voltar a presidir a instituição da Magistratura e sempre te acusa de ser fraco.

O Líder Supremo soltou vapor da sua boca e narinas, mas seu semblante ficou impassível.

– Ele pode retornar, mas sem uma base jurídica não fará Túris entrar em guerra com os *sapiens*. A Academia se voltaria contra ele, pois o povo e os clãs de Túris *não aceitam a tirania*.

– Tu podes vir a perder o poder para eles?

– Muito difícil. Enquanto a Academia estiver do nosso lado eles não terão chances.

O Santana ficou calado por uns momentos, mas então falou:

– Mentor, o poder que tenho muito pouco é o *mágico*. Apesar de ter sido premiado com partes do seu DNA, esse *poder mágico* não veio junto.

– Você opera todas as nossas armas, pilota nossos carros, cargueiros, submarinos e naves espaciais com maestria. Sua grande inteligência foi dedicada à arte da guerra, como já conseguimos provar. E isso é bom.

– Mas, e o *poder mágico?*

– Se eu pudesse te daria o poder dos seus primos diabos. Escute, Santana, se eu tivesse o conhecimento científico para manipular o *poder mágico* a meu bel prazer, conquistaria o mundo sentado na minha cadeira.

– É verdade, ficaria muito fácil derrotar nossos inimigos.

– Você entendeu rápido. Aliás, antes que me esqueça, tenho uma boa notícia.

– Qual?

– Ganhamos aquele processo do Reino de Monde, que durou dez anos. Foi encerrado.

– Eu já me desculpei antes por ter colaborado com os feiticeiros rebeldes. Eu e os demais monstros achávamos estar trabalhando para o Governo de Túris. Só comecei a desconfiar quando o feiticeiro libertou um deles, Crujev, sem meu conhecimento, e lhe deu armas para que me matasse. Ainda conseguiram um barco para que fugissem. Traição. Não me deram nem um motogelo. Fiquei a pé.

– Santana, eles queriam que parecesse real, mas, para que o plano desse certo, teria que haver sobreviventes para colocar as nações da Terra e toda a ONT contra nós e criar uma situação de instabilidade.

– Eu sei que não posso reclamar, fui preparado para isso durante toda minha vida. Quando cheguei lá, o feiticeiro me disse que os presos eram espiões que tinham roubado segredos nossos e que não mereciam viver. Mesmo assim poupei uma mulher loira com um rosto de anjo. Alguma coisa me dizia que ela não podia ser culpada. Eu estava certo.

Geada surpreendeu-se. Lembrou-se que o monstro tinha o gene *melede* dos diabos, e isso poderia fazê-lo ser atraído por ninfas, mulheres delicadas e de cabelos formosos. *As ninfas são atraídas por quem tem muito poder mágico; esse não é o caso dele, felizmente*, pensou. Frio e calculista como era o líder, jamais comentaria isso com sua criação. Continuou a conversar de onde havia parado:

– Eu te falei de uns caras da Magistratura que querem a guerra contra os humanos. Então, um grupo rebelde pensou em provocar os *sapiens* para que se indignassem e nos atacassem primeiro. As vítimas eram atletas que tinham acabado de vencer um concurso internacional, uma oportunidade única para mover as nações contra nós. Monitorei essa célula rebelde anos a fio. Eles estavam tão certos de que não eram monitorados que usaram até você e vários monstros. Soubemos do sequestro tarde demais para impedir.

O Santana apenas grunhiu. Geada continuou:

– Quando a notícia do sequestro se espalhou nas agências de mídias dos *sapiens* em toda a Terra, conseguimos detectar alterações comportamentais em vários indivíduos monitorados e em outros que foram se chegando a eles um tanto eufóricos. Pegamos todos, creio. Pelo menos os convictos foram descobertos.

Vendo que chegava a hora de se despedir, Geada fitou o Santana e disse:

– Saiba que você terá sempre minha gratidão. Se te perdesse por causa daqueles bandidos, eu ficaria desolado, meu filho. Você foi preparado para a guerra, não para o jogo dos rebeldes.

O Santana olhou para o homem que o projetou no laboratório de biofísica molecular e pensou, enquanto tomava outro chá:

Quisera ser um verdadeiro gelo. Quisera ser como os demais, mas não sou. Fizeram-me para a grande guerra, mas ela não aconteceu... ainda. O que será de mim?

Pensou em interpelar o líder e implorar pela guerra, mas hesitou. A um sinal dele, o homem criado para a batalha final se retirou. Foi seguindo seu caminho na Cidade do Gelo, a principal entre todas da Antártida.

Um vermelho tênue foi se avultando no horizonte, tornando-se rubro e formando raias em dourado e coral sobre os azuis-escuros, antes de se espraiar pela abóbada imensa dos céus em suaves cores pastel.

Não havia ninguém com ele.

♦ ♦ ♦

Ano 200, dia de Mercúrio, 4 Solar.

Mar de Bellingshausen, porção leste da ilha Thurston. Era o terceiro dia de tormenta. O céu, o mar e o chão pareciam uma coisa só. Nada havia diferente do branco. Não se enxergava qualquer coisa além de cinco metros de distância. O veleiro que partira do porto de Ushuaia e seguia a península Antártica encalhara; o vento do sul tinha feito a temperatura cair para vinte graus negativos. No veleiro, um casal aterrorizado pela violência da tempestade, que não dava trégua, acionou o pedido urgente de socorro pelo canal de emergência chileno de Punta Arenas. Infelizmente, a resposta que receberam foi que qualquer operação de resgate levaria alguns dias, e só poderia ser iniciada depois que o tempo se acalmasse. O velejador insistiu que estava com sua mulher e um filho pequeno de nove anos, e perguntou quantos dias teriam que aguardar. A única resposta que obteve foi algo como "quanto tempo vocês têm de comida?".

No dia seguinte, de madrugada, uma nova nevasca castigou ainda mais o veleiro; a ventania ululava lá fora, e, mais adiante podia-se escutar o gelo se quebrando e o estrondo produzido pelas quedas de enormes blocos que geravam ondas assustadoras que sacudiam tudo ao redor e frequentemente interrompiam o sono dos adultos.

O sol já estava alto quando o menino acordou o pai e lhe disse que escutara um barulho no convés. O homem, que não dormira a noite toda, se assustou.

Percebeu que a tempestade amainara e, enquanto colocava por cima da roupa seu grosso macacão forrado com várias camadas de tecido isolante, imaginava que tipo de animal poderia ser. Colocou sua espingarda bem à vista, para o caso de precisar, abriu a pequena porta e se deparou, atônito, com uma figura que não conseguia identificar, uma pessoa com uma vestimenta inteiriça, toda branca, muito elegante.

– Quem... Quem é você? – perguntou em francês, e ouviu a pessoa responder no seu idioma com um sotaque de difícil identificação.

– Aqui é o resgate de Túris Antártica. Não precisa se preocupar. A nevasca vai parar hoje à tarde, então vou desencalhar o veleiro e vocês poderão seguir.

O homem ficou apavorado, já ouvira falar daquele nome.

– Tu... Túris? Eu não sei... não sei se vou poder... não tenho como pagar, obrigado. Se me permite... – Ele fez menção de querer fechar a porta.

O agente não se intimidou, pulou para a parte coberta do veleiro e puxou para trás os óculos e o capuz. Era uma mulher muito branca de penetrantes olhos azuis.

– Não se incomode. Faremos cortesia a um cidadão francês.

– Por Deus! Muito obrigado. – A visão da bela mulher tranquilizou o homem do mar. – Quem é você?

– Sizígia.

Glossário

BLIZZARD

Nevasca severa acompanhada por ventos fortes e prolongados, que pode durar algumas horas. Pode acontecer também sem que a neve caia; neste caso, fortes vendavais podem levantar a neve solta pelo chão e fazer a nevasca seguir por centenas de quilômetros ou até mais.

CAVERNA DA RAINHA

Conhecida também como *caverna mama* ou simplesmente a Caverna. Dizem que é a moradia de uma grande legião de bruxos, diabos, diabos anões e ninfas que se situa em algum lugar perdido nas cadeias de montanhas da Etiópia. Em um monte muito próximo, separado da Caverna por uma única ponte em balanço, encontram-se diversas outras grutas e pequenas cavernas, que são as moradas dos *feiticeiros sapiens*.

Conta a tradição registrada nos manuscritos do *Livro Branco* que a Caverna foi fundada no primeiro milênio por uma gênia que lá chegou só, caminhando descalça, e depois com um grupo muito pequeno. Nas altitudes escarpadas e proibidas, encontrou seu lar em uma região cavernosa. Conhecida posteriormente como fundadora, esta mulher excepcional criou uma raríssima fraternidade de *feiticeiros geniacus* do tipo colmeia, uma sociedade matriarcal com um *ethos* específico, diferente dos demais agrupamentos de feiticeiros.

O interior da Caverna é tido como magnífico, pois, durante mais de mil anos, foi lapidado utilizando-se para isso de mão de obra de escravos hediondos. Os pisos de pedra foram aplainados, degraus de longas escadarias cinzelados e corredores abertos para se conectar galerias e salões. Até o riacho foi canalizado na pedra para formar a estonteante piscina de rocha à beira do abismo.

Conta-se ainda que a fraternidade dos bruxos da Caverna montou, ao longo dos séculos, um patrimônio cultural insubstituível, com milhares de obras manuscritas, que são conservadas até hoje.

CORRENTE CIRCUMPOLAR ANTÁRTICA

Corrente oceânica que flui em sentido horário de oeste para o leste dando a volta no planeta. Também flui neste mesmo sentido os fortes ventos do oeste, que seguem imperturbáveis sua trajetória, pois não há porção de terra a lhes estorvar o caminho. São constantes as formações de ciclones entre a Antártida e os continentes próximos, cujas águas revoltas e geladas são um verdadeiro desafio aos navegantes.

COVA DO FUNDO

Acredita-se ser um local no Oriente onde vivem *magos geniacus* de muito poder, alguns deles parentes dos bruxos da Caverna da Rainha e da Mulher do Tempo da África do Sul.

DAMANCHI

Elaborada por extintas comunidades de *feiticeiros geniacus* da antiga China, há mais de três mil anos, é uma técnica de supressão cerebral que impede que a mente seja lida por feiticeiros. Popularizou-se por ser tão eficiente a ponto de poder ser utilizada até por pessoas comuns. Não restam dúvidas de que, quanto maior o poder mágico, maior a eficiência do *damanchi*.

DIABOS, DIABOS ANÕES E NINFAS

Acredita-se que os diabos são *geniacus* híbridos por ter um alto percentual de códigos genéticos oriundos do planeta irmão. São musculosos e grotescos, pesando em média 150 quilos. Por possuírem um imenso poder mágico, são temidos pela grande maioria dos feiticeiros. São aparentados com os diabos-anões e as ninfas. Estas são as fêmeas naturais dos diabos, gerando tanto diabinhos quanto diabos e, algumas vezes, feiticeiros geniacus. Ao contrário dos monstrengos, são delicadas e graciosas.

As ninfas e os diabinhos possuem poderes mágicos apenas residuais, não chegando a ser considerados feiticeiros.

FEITICEIROS, MAGOS E BRUXOS

Dependendo das regiões geográficas, alguns feiticeiros são chamados magos ou bruxos, mas sua natureza é a mesma.

Dizem haver dois tipos de feiticeiros conforme o grau de parentesco com os humanos e com os alienígenas: *sapiens* ou *geniacus*.

A proximidade com poderios pode acarretar mutações genéticas em humanos comuns, que através das gerações se tornam feiticeiros. Essa é a origem dos feiticeiros *sapiens*. Um exemplo seria humanos que presenciam invocações de poderios-gênios e aqueles em contato com o poderio-morte (doença pretal). Uma característica deste tipo de mutação é que perdura nas gerações seguintes, ou seja, cruzamentos de feiticeiros *sapiens* com não feiticeiros pode vir a gerar um bebê feiticeiro. Na Caverna da Rainha esses feiticeiros são chamados menores. É comum que estes utilizem varinhas, bastões ou cajados para seus feitiços, diferente dos maiores que não os usam.

Os feiticeiros *geniacus*, conhecidos em alguns lugares como maiores, descendem de feiticeiros *geniacus* provenientes do planeta irmão. As alterações genéticas neles são muito complexas. Só transmitem o poder aos seus filhos se cruzarem com outro feiticeiro *geniacus*. Tem que haver pureza genética, e este é o motivo de esses feiticeiros viverem isolados, longe dos humanos, ou então em grupos fechados. As mulheres desta raça procuram ter filhos puros com grande potencial de poderes mágicos e a certeza de pertença a uma classe social privilegiada, que poderia ascender até a augusta posição ocupada pelos mestres veneráveis, como ocorre na Caverna. Quando acontece de engravidarem de algum *sapiens* procuram logo abortar.

FLORESTA DA GRANDE CACHOEIRA

Contam os não céticos que esta floresta situa-se na Amazônia, próximo ao Brasil e à Colômbia, e que é uma região de moradia de uma grande comunidade de feiticeiros *sapiens*. A cachoeira é um lugar místico e temido, pois dizem que ali habitaria um poderio-gênio, segundo uma antiga crença, que ninguém ousa desafiar. Contam inclusive sobre feiticeiros *sapiens* que ficaram mudos e cegos por se aproximarem demais da grande queda d'água.

A maioria do povo fala o idioma Darcoh. Um grupo desses feiticeiros teria construído um castelo na África, na região onde hoje se encontram os novos territórios de Monde, e fundado uma faculdade de feitiçaria com o aval do Governo.

FLORESTA NEGRA

É conhecida também como floresta escura, devido a sua vegetação arbórea tão densa, que nunca se enxerga a luz solar. Seria um lugar temido até mesmo pela maioria dos feiticeiros. É muito pouco conhecida. Os que acreditam em sua existência a situam em algum lugar perdido na Amazônia, difícil de ser encontrado. Há até quem imagine que a floresta escura poderia sofrer alterações de localização.

Seus mistérios ainda persistem, pois, além dos relatos de diabos, ninfas, feiticeiros *geniacus* e enigmáticas figuras femininas, não se sabe o que se pode encontrar por lá.

GELOS OU TURISIANOS

Conta-se que são *geniacus* que se adaptaram a uma temperatura média de dez graus centígrados, pois são oriundos do arquipélago conhecido como Ilhas Árticas Turisianas, situadas ao norte da desenvolvida nação de Túris no planeta irmão.

A vida nas altas latitudes e o estudo sistemático e científico dos poderes mágicos poderiam ser a explicação do grande desenvolvimento tecnológico dos gelos. A crença dominante é a de que chegaram à Antártida ao se iniciar a última década do século XIX nas naves de seus raptores.

Diferente dos *geniacus* de migrações mais antigas, os turisianos chegaram com tecnologia bastante avançada, inclusive algumas máquinas, armas e equipamentos científicos. Na Antártida, mantiveram o nome do seu país de origem, Túris. Esse povo tem muitas bases em Marte e na Lua, e suas espaçonaves são bem mais velozes que as dos humanos.

Suas cidades são quase todas subglaciais, erigidas em grandes profundidades. Eles perfuram longos túneis no gelo até encontrar enormes galerias com estabilização glacial, lagoas de água doce e, às vezes, fontes térmicas, onde edificam suas cidades ocultas. Sua principal fonte de energia provém dos reatores de fusão nuclear, cuja tecnologia dominam perfeitamente.

Só reconhecem dois idiomas: o dialeto turisiano das Ilhas Árticas e o idioma internário. Esse último foi adotado por eles nos trabalhos científicos da Academia, pelo fato de grandes cientistas gelos terem sido alunos da Universidade Internária no planeta irmão.

GENIACUS

Apesar da grande variedade de raças com diferentes caracteres, a espécie que se acredita ser o *Homo geniacus* é prima do *Homo sapiens,* ao ponto de poderem se cruzar e gerar filhos mestiços.

Os *geniacus* teriam sido originados de uma antiga migração, um sequestro de *Homo sapiens* de populações provenientes de todas as regiões e etnias da Terra, incluindo povos com significativa porcentagem de DNA Neandertal e Denisovano, que teria ocorrido há cerca de trinta mil anos. Os raptores teriam vindo em naves interestelares de uma civilização multidimensional, e fizeram o trabalho de implantá-los em um planeta irmão, com uma atmosfera muito similar à da Terra, a cerca de trinta anos-luz daqui.

As condições muito adversas causadas por um planeta diferente em diversos sentidos e a ação de radiações provenientes do solo e do espaço acarretaram mutações nesses homens até o ponto de gerarem novas espécies, sendo a mais importante delas a do *Homo geniacus*. Essa nova espécie expandiu-se rapidamente e conquistou muitas terras no novo planeta.

Até aí estaria tudo bem, se há mais de três mil anos não tivesse havido outra migração, em sentido inverso, em que alguns deles e seus híbridos foram levados de volta à Terra, o planeta natal de seus antepassados.

Os *geniacus* têm uma variedade muito grande entre eles, dependendo da região em que seus antepassados viveram no planeta irmão. Aqueles que viveram em biomas mais parecidos com os da Terra tiveram menos alterações que outros que viveram em locais bastante agressivos e adversos, como os gelos.

O grupo mais numeroso dos *geniacus* que veio de volta à Terra foi aquele composto de pessoas mais assemelhadas aos *sapiens*, de modo que poderiam não ser distinguidos na multidão, mas, por essa mesma razão, misturaram-se aos humanos ao ponto de seus descendentes ser classificados hoje como *Homo sapiens*.

Um grupo menor de *geniacus* sofreu mutações especiais em contato com criaturas de poder mágico no planeta irmão, resultando feiticeiros poderosos; outros sofreram alterações mais acentuadas devido à hibridização com espécies estranhas via manipulação de genes ou de forma natural.

Os *geniacus* não híbridos conservaram a compatibilização genética que permite o cruzamento com os *sapiens* e a geração de filhos e descendência.

GÊNIAS

Dizem que estas criaturas estranhas seriam resultado da miscigenação de *geniacus* com estranhos habitantes do continente dos *iténs* no planeta irmão. Podem gerar filhos de humanos *sapiens*, *geniacus* e diabos. A geração de outra gênia é possível apenas por partenogênese, ou seja, sem a fecundação por espermatozoides, e acontece normalmente no terceiro útero. Supõe-se que essa faculdade de uma fêmea possuir dois ou mais úteros seria fruto de algum gene *itenídeo*, pois é sabido que os reprodutores dos iténs e suas espécies primas possuem grande quantidade de úteros.

As matriarcas gênias são longevas e têm a faculdade de gestar até três crianças de forma independente, e, portanto, ajudam a povoar a comunidade de feiticeiros e diabos introduzindo maior variedade e poder mágico. Este tipo de comunidade gerada pela gênia é denominada colmeia.

GÓIS

São humanos gigantes, híbridos de cruzamento entre *geniacus* e espécies exclusivas do continente dos iténs em Tera. Vieram para a Terra por volta de duzentos anos antes dos gelos. Descendem todos de uma única mulher, Eva Gô, a *mag*, uma palavra do idioma *internário* que não tem tradução no nosso idioma, mas seria algo como a "mãe de todos". Os *góis* podem ter filhos com humanos, mas esses não são biologicamente *góis*. Eva Gô relacionou-se somente com humanos *góis* e teve, em sua longa vida de *mag*, 507 anos, cerca de mil filhos. Os *góis* homens vivem em média 150 anos.

Eva Gô tinha três úteros devido a um gene *itenídeo.* Os dois primeiros geravam homens, e somente o terceiro poderia gerar mulheres. Mas não há partenogênese entre os *góis*, os filhos são todos fruto do cruzamento entre um macho e uma fêmea.

ITÉNS

As lendas do planeta irmão asseveram que os iténs são seres gigantes de civilização avançada que, ao invés de pele, possuem um exoesqueleto constituído de complexos polímeros e uma cabeça esférica. São extremamente longevos e descendem de um único casal de *bags*. Os *bags* são os pais e mães da raça internária e geraram todos os filhos em centenas de úteros. São bem maiores que os demais iténs, pesando várias toneladas.

Um bag pode ser pai e também mãe. Se gerar um filho no útero de outro *bag*, será pai, e se gestar um filho do outro *bag* em seu próprio útero, será mãe.

Além do gênero *bag*, existem os *tags* e *egas*. Apesar de serem quase todos inférteis, os *tags* e *egas* formam casais de companheiros. No caso de eles serem férteis, o *tag* seria o macho e o *ega* a fêmea. O corpo dos *egas* e *tags* tem a forma aproximada de um cilindro elíptico, sendo que os *tags* são mais delgados e elegantes, e os *egas* mais brutos.

Os iténs pertencem ao gênero dos iteníDeos, também chamados *tanátanos reinados*, que abrange também os quasitídeos, espécies aparentadas aos iténs, mas que não têm *bags* e, sim, outros tipos de reprodutores, chamados reis e rainhas, estas últimas com vários úteros. Etuelli seria um dos remanescentes desse povo em Tera.

INTERNÁRIO

Diz-se de tudo o que é relativo aos iténs. O império internário é o estado governado pelos *bags* imperadores, Ubag I e Ubag II. Abrange o continente dos iténs, diversas ilhas, regiões fora do planeta e bases espaciais.

LENDA DAS CEM TERRAS

Entre as várias obras dos *geniacus* que vieram para a Terra, esta é uma das mais antigas. Oriundo de tradição oral, logo após a migração, este famoso mito foi grafado pelos feiticeiros *geniacus* que chegaram à Terra há mais de três mil anos.

De acordo com esta primitiva lenda, o mundo cósmico seria constituído de cem planetas, sendo a Terra o 23º planeta e Tera, o 22º. O centésimo planeta seria extremamente seco e habitado pelo *Poderio-Morte*. Uma profecia *do Livro Negro dos Feitiços* vaticinava que os dois mundos estavam destinados a se unir e a formar uma grande nação. Assim, a ordem cósmica voltaria ao equilíbrio. Os crentes de sociedades ocultas viram, de forma alegórica, esta profecia acontecer em Monde – quando a rainha Regina (*geniacus*) se casou com Laboiazo (*sapiens*), formando um novo reino que salvaria a nação – esta crença ajudou muito o Governo nos seus primeiros anos para obter o apoio do povo contra inimigos poderosos.

LIVRO BRANCO DOS FEITOS DA CAVERNA

Seriam as crônicas da sociedade dos bruxos da Etiópia, que vêm sendo registradas há mais de mil anos por escribas, em vários volumes de pergaminhos encadernados, no idioma peculiar da estranha e reclusa sociedade. Tais escritos, de grande valor, são ambicionados por cientistas, historiadores, arqueólogos e toda uma variedade de pesquisadores humanísticos; contudo, devido ao sigilo dos bruxos *geniacus*, a maior parte dessa coleção permanece em segredo para os humanos.

LIVRO DA INOCÊNCIA

Livro dos feiticeiros *geniacus* que trata da iniciação das crianças e dos treinamentos e ritos de passagem do(a) efebo(a) à vida adulta. Terminados os estudos da inocência, os feiticeiros *geniacus* da sociedade eram conduzidos aos mentores para o ensino superior. Entre as versões deste livro, há alguns manuscritos antigos que incluem um ritual que teria sido acrescentado por uma escola herética extremista que trata da "Prova do Fogo", geralmente feita aos quinze anos, uma prova tão terrível que causou a morte de muitos feiticeiros que se iniciavam na magia.

LIVRO DOS ARCANOS DA MORTE

Rezam as lendas que é um livro raríssimo, de alguns milhares de anos, o único cujos originais vieram do planeta irmão. Está escrito na língua morta dos Arcanos. É considerada uma obra maligna por conter feitiços macabros que invocam o *Poderio-Morte*, causando, na maioria das vezes, doença e morte aos seus executores. Acredita-se que palavras escritas na língua dos Arcanos podem trazer terríveis maldições. É também conhecido como o *Livro Proibido,* e seu uso é a principal causa da disseminação da doença negra, a pretal.

LIVRO NEGRO DOS FEITIÇOS

Seria uma espécie de bíblia dos feiticeiros *geniacus*. Possui uma vasta gama de feitiços que foram registrados por antigas comunidades ao longo de mais de dois mil anos. Na verdade, é uma coletânea de livros que tem este único nome, à semelhança do que aconteceu com a bíblia cristã. Além dos feitiços, inclui uma grande variedade de contos e lendas, como é o caso da Lenda das Cem Terras.

Existem versões deste livro em todos os idiomas de feiticeiros espalhados pela Terra. Como um apêndice de alguns manuscritos encontram-se os livros das árias para ser cantadas em momentos solenes, como, por exemplo, as Árias dos Defuntos.

LIVRO DOS VIVOS

Trata do surgimento da vida fora do pleroma, da gnose e dos princípios que nortearão a vida dos iniciados e também das teorias mistagógicas de condução dos feiticeiros à luz ou ao escuro. A mistagogia dos *geniacus* com poderes mágicos e seu aspecto dual difere da mistagogia cristã.

NUNATAK

Picos rochosos que se projetam acima de espessas camadas de gelo.

OLIMPÍADAS ANTARESIANAS

Competição do orbe galáctico que se realiza no sistema estelar de Antares, a estrela vermelha da constelação do Escorpião, promovida por hipercivilizações que controlam os hiperespaços.

ONT

Organização das Nações da Terra, uma organização intergovernamental que substituiu a ONU em alguma data anterior a 2070, com a tarefa de promover a cooperação e integração entre as nações.

PARTENOGÊNESE

Desenvolvimento de um ser vivo a partir de um óvulo não fecundado.

PLANETA IRMÃO

Dizem que o verdadeiro nome deste planeta é Tera, um corpo celeste rico em fauna, flora e vida marinha, habitado por várias espécies inteligentes. Migrações no passado levaram do planeta Terra exemplares do *Homo erectus* (há cerca de um milhão de anos) e do *Homo sapiens* (há cerca de trinta mil anos), gerando uma grande variedade de novas espécies. Este planeta situa-se em uma estrela há cerca de trinta anos-luz do Sol (não os cem anos da canção dos místicos geniacus). Possui mais oceanos e vida marinha que seu irmão, a Terra.

PLEROMA

Conceito gnóstico para plenitude, muito utilizado pelos povos antigos, inclusive os gregos. Lugar de luz de onde viemos e para onde os seres espirituais voltarão.

PODER

As lendas o consideram como o pai dos primeiros poderios. Todos os poderios seriam descendentes de um Poder, que não pode ser invocado. Ele habita uma dimensão muito mais profunda que a de todos os poderios. É simbolizado por um rio muito sinuoso que segue uma trajetória semicircular.

Existe uma querela entre os bruxos da Caverna e os magistrados turisianos, pois os bruxos invocam um poderio-gênio cujo arquétipo é o fogo, e os magistrados outro, cujo arquétipo é a água. A questão mistagógica que os dividem é que, ao invés de pedirem proteção e saúde a este poderio-gênio da água, os magistrados pedem proteção ao pai cosmogônico dos poderios, o Poder, que ninguém consegue invocar. Do ponto de vista das escrituras gnósticas dos *geniacus*, os bruxos consideram este costume desonesto, inútil e herético, já que o Poder não intervém no mundo nem protege ninguém. Para muitos feiticeiros *sapiens*, tudo isso é bobagem, não levam a sério discussões sobre cosmogênese, que parecem as antigas querelas entre os filósofos e teólogos gregos.

PODER MÁGICO

Uma alteração no código genético de algumas pessoas acarretou-lhes o que se denomina Poder Mágico, uma grande predisposição à feitiçaria. É o que se denomina genética do "P". É considerado feiticeiro somente aquele que possui mais de 0,5 P. Abaixo disso diz-se que a pessoa tem somente poderes residuais. Os feiticeiros *geniacus* possuem, em média, quinze vezes mais poder que os feiticeiros *sapiens,* e os diabos sessenta vezes mais. Alguns feiticeiros geniacus de incrível poder, como a Mulher do Tempo, possuem o "P" na ordem das centenas.

PODERIOS

Diz-se ser entidades que habitam algumas longínquas dimensões do hiperespaço e que, por algum motivo, podem ser invocadas por quem tem muito poder mágico. Ocupam as dimensões 9 mil, 45 mil ou 90 mil.

PODERIOS-GÊNIO

Seria o mais famoso dos poderios entre os feiticeiros *geniacus,* pois são invocados nos rituais dos círculos. Não vivem em nosso mundo, habitam a dimensão 45 mil. Devido ao encurtamento do espaço nessa dimensão, quem ali percorresse um ano-luz, ao retornar a nossa dimensão surpreender-se-ia por ter percorrido, sem perceber, 45 mil anos-luz.

PODERIOS-MORTE

As lendas os consideram os mais temidos dos poderios. O nome advém do fato de que sua invocação traz a morte para quem o invoca. Habita uma dimensão mais profunda que a do *poderio-gênio*, a dimensão noventa mil. As escrituras dos *geniacus* fazem menção à Morte da Centésima Terra e à Morte Jubileu, obscuros poderios cuja existência está no rol das lendas.

POLÍNIA

Região de mar cercado pelo gelo aparentando um tipo de lago. A formação desses lagos provisórios deve-se a ascensões de correntes quentes por baixo da cobertura congelada ou ao deslocamento de gelos que não se formam em determinado lugar por causa dos fortes ventos do sul. Existem muitas dessas regiões na Antártida.

PRETAL

Supõe-se que é uma doença negra, quase sempre mortal, que teria alguma ligação com o *poderio-morte*. Acredita-se que os sobreviventes dessa doença maligna podem se tornar feiticeiros *sapiens*. No idioma dos *iténs*, os primeiros a estudar este mal, é denominado "bolk".

REINO DE MONDE

O primitivo reino foi fundado por um príncipe da dinastia franca com muita dificuldade. Sofreu diversos reveses, tendo o poder passado de mão em mão por mais de cinquenta anos, até a chegada da dinastia rica e próspera dos reis Falcão Vale, que, também oriundos da França, assumiram o Governo. Foi a época em que o poeta popular, conhecido como o ancião de Monde, testemunhou a chegada dos novos senhores do deserto com suas famílias, brasões e armas em navios franceses.

Esta dinastia conseguiu tornar o país viável e estável, e se enriqueceu ainda mais após a abertura do canal de Suez, governando de forma ininterrupta até os tempos de Cicerato II, que morreu ainda novo, após governar sete anos. A rainha Ana Bernadete Lhé Falcão Vale, que governou durante 31 anos, era neta de Cicerato, assim como a rainha Regina, esta neta advinda de um ramo bastardo.

Administrativamente, o reino é dividido em 25 unidades, sendo 22 baronatos, duas cidades estados, Principayle e Góleo, e a prefeitura da Casa Imperial. Cinco condados supervisionam e auxiliam os baronatos.

No Governo, o rei Laboiazo é responsável pela defesa e diplomacia externa, e o primeiro-ministro, pela gestão interna. Na ausência do rei, quem o substitui é a rainha Regina, que comanda ordinariamente o serviço secreto.

SASTRUGIS

Ondas congeladas esculpidas no solo que tecem uma rede de cristas e depressões tornando a circulação extremamente lenta e difícil. Lembram o formato das ondulações e dunas em praias.

TIRRANIES

Homens marinhos que descendem de um grupo de *Homo erectus*, que foram abduzidos para o planeta irmão há cerca de um milhão de anos. Retornaram alguns para a Terra junto com os gelos. Possuem respiração pulmonar e branquial.

TÚRIS E TÚRIS ANTÁRTICA

Dizem que Túris é o mais desenvolvido país de humanos no planeta Tera e em suas ilhas árticas os feiticeiros gelos tiveram origem. O nome de Túris Antártica, atribuído pelos gelos à Antártida, teria sido uma homenagem ao seu antigo país.

A nação turisiana é dividida em três poderes: Governo, chefiado pelo Supremo Líder, Academia, chefiada pelo Supremo Reitor, e Magistratura, chefiada pelo Supremo Magistrado. Cada poder administra suas cidades, mas a maior parte da administração fica a cargo do Governo, que, além de possuir a grande maioria das cidades, tem a função de cuidar das tarefas executivas, do cumprimento das leis e da representação perante às nações da Terra.

O Supremo Líder Geada teve seu Governo desafiado no passado por uma figura enigmática, a Rainha Branca da Magistratura, que tomou o poder de Túris por cerca de um ano. Existe uma tradição da Magistratura que diz que, quando alguém perde o cargo de supremo magistrado, passa a carregar o nome de príncipe. Pelo fato de Branca ter sido também líder do Governo, quando perdeu ambos os cargos, passou a ser chamada de rainha, em vez de princesa.

ZODÍACO

Conjunto de constelações da abóbada celeste que o sol percorre ao longo do ano. Embora a ciência antiga considere a existência de doze constelações, os astrônomos modernos entendem que o número correto é treze.

FONTE: Perpetua